KB263414

서북문학과 로컬리티

이상주의와 공동체의 언어

지은이_정주아(Joung Ju-A, 鄭珠娥) 1974년 서울에서 태어나 서울대학교 국어국문학과와 대학원을 졸업했다. 2005년 계간『문학수첩』평론 부문 신인상으로 등단했다. 현재 서울대학교 기초교육원에서 강의교수로 일하고 있다. 근현대 지성사와 공간성을 연계시키는 공부에 관심이 많다. 주요 논문으로는「움직이는 중심들, 가능성과 선택으로서의 로컬리티」, 「두 개의 국경과 이동의 딜레마-선우휘를 통해 본 월남작가의 반공주의」 등이 있다.

서북문학과 로컬리티 : 이상주의와 공동체의 언어

초판 인쇄 2014년 3월 1일 **초판 발행** 2014년 3월 10일
지은이 정주아 **펴낸이** 박성모 **펴낸곳** 소명출판 **출판등록** 제13-522호
주소 서울시 서초구 서초동 1621-18 란빌딩 1층
전화 02-585-7840 **팩스** 02-585-7848 **전자우편** somyong@korea.com **홈페이지** www.somyong.co.kr

값 25,000원
ISBN 978-89-5626-920-7 93810
ⓒ 정주아, 2014

이 도서의 국립중앙도서관 출판시도서목록(CIP)은 서지정보유통지원시스템 홈페이지(http://seoji.nl.go.kr)와 국가자료
공동목록시스템(http://www.nl.go.kr/kolisnet)에서 이용하실 수 있습니다.(CIP제어번호: CIP2014005130)

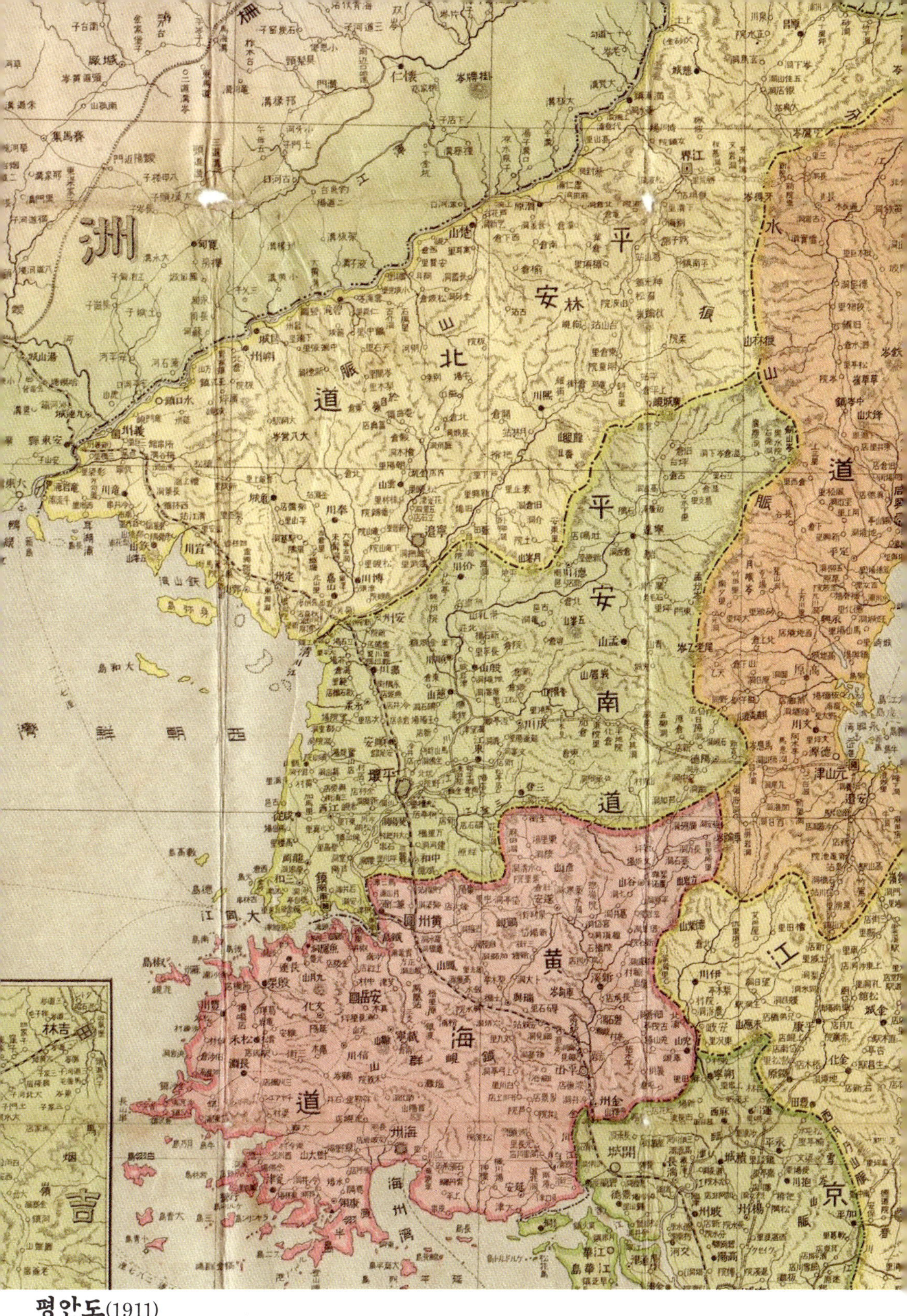

평안도(1911)
(Web source : University of Texas Libraries, http://www.lib.utexas.edu/maps/historical/history_asia.html)

洲
安
林
山
北
道
脈
평안북도
의주
신의주
州義
구성
龜城
영변
寧邊
선천
정주
川宣
州定
平
安
南
道
鴨綠江
압록강
島和大
灣
鮮
朝
西
清川江
청천강
강서
평양
壤平
진남포
鎮南浦
大
同
江
대동강
안악
황주
黃州
同川黃
安岳
黃

  지역성(locality)과 문인을 엮어서 글을 쓴다는 것이 대체 말이 되는지 고민하던 무렵, 우연히 텔레비전에서 오래된 기록 영화 한 편을 봤다. 〈고요한 아침의 나라에서(*Im Land der Morgenstille*)〉라는 표제의 이 흑백무성영화는 1925년 선교사의 자격으로 한국을 방문했던 노르베르트 베버(Norbert Weber) 신부가 경성, 평양, 원산 등을 답사하며 촬영한 것이었다. 그가 보여준 근대 조선의 풍경이란 그리 새로울 것은 없었다. 자료 영화나 사진에서 간간이 보아 왔던 장면들, 예컨대 제 몸집만 한 동생을 업은 새까만 여자 아이가 맨발로 흙바닥에 선 채 외국인 선교사를 호기심과 경계심이 뒤섞인 눈으로 바라보곤 하는 장면들이 등장했다. 근대 조선의 풍속 자료라 생각하면 괜찮고, 느닷없이 카메라의 피사체가 된 인물을 의식하고 보자면 불편한, 그런 유의 영화였다.

  별 기대 없이 보고 있던 영화는 어느 순간 조용한 충격을 던져줬다. 조선의 풍경을 담은 편집이 잠시 끊기고 작은 방에 선 베버 신부가 등장한 대목이었다. 아무래도 마음이 놓이지 않았는지 그는 커다란 칠판 앞에 서서 무언가 설명하려는 참이었다. 그는 칠판 가운데에 선을 그어 두 구역으로 나눈 뒤, 한편에 이탈리아 반도를 그렸다. 유럽인에게 낯설기 짝이 없을 코리아(Coree)에 대해 설명하려나보다 짐작했다. 과

연 그는 소리 없이 무언가를 열심히 말하면서 다른 한편에 한반도를 그렸다. 까만 바탕으로 삽입된 자막 화면에서 그는 코리아가 이탈리아 반도의 장화 모양과 닮았다고 설명하고 있었다. 그는 이탈리아 반도의 중간쯤에 점을 하나 찍고 'Rome'이라고 썼다. 그리고 한반도의 동쪽 중간쯤에 점을 하나 찍고 '元山'이라고 썼다. 이탈리아의 로마라면 조선에는 경성, 그런데 원산이라니.

 그것은 당연히 경성에 점을 찍으리라 생각했던 예측을 뒤집은, 아주 특별한 순간이었다. 나중에야 베버 신부가 소속된 로마 카톨릭의 베네딕토 선교회가 당시 원산에 근거지를 두었다는 사실을 알게 됐지만 그것은 별로 중요한 사실은 아니었다. 오래전 조선을 다녀간 신부에게서 작은 변방의 땅에서 시작되는 이상주의를, 그리고 그 꿈이 현실적인 중심과 주변의 구조를 간단히 전복시키는 광경을 보았기 때문이었다. 조선이면 곧 경성, 그러니까 중심과 주변의 절대성에 함몰된 시선으로서는 보지 못했던 한반도 내부의 또 다른 중심의 가능성이 그 순간 생겨났다. 서북문인이라는 공동체가 그저 단순한 지연(地緣) 따위로는 설명되지 않는 어떤 이상주의를 공유했을지도 모른다는 생각, 그들이 써낸 문학이란 근대의 길목에서 출현한 새로운 중심 만들기의 언어는 아닐까라는 생각이 꼬리를 물고 이어졌고, 그 생각은 결국 서북문학과 로컬리티라는 테마로 구체화되었다.

 이 책은 「한국 근대 서북문인의 로컬리티와 보편지향성 연구」(2011)로 발표된 박사학위논문을 단행본으로 펴낸 것이다. 다시 써넣은 대목도 있고 전체적으로 다듬기는 했지만 학위 논문 특유의 경직된 구성이나 문장 등을 그대로 담은 대목이 많다. 아쉬운 부분이지만, 학술 논문의 글쓰기도 그 나름대로 해내는 몫이 있을 것이라는 말로 변명을 대신하려 한다. 다만 서론에서 관련 연구사 검토에 해당하는 부분을 따로 떼어 수록해서 선택적으로 읽을 수 있도록 하였다.

아무리 관심을 가졌던 주제라 할지라도 불투명한 구상을 구체적인 논의로 조직하는 과정은 힘든 일이었고, 당연히 많은 분들에게 폐를 끼치고 도움을 받았다. 분별없는 국문학도를 연구자가 되도록 키워주신 모교의 선생님들과 동학들께는 평생 은혜를 갚아나가야 할 것이다. 함께 공부하는 즐거움을 알려주신 민족문학사연구소 당대비평반 동지들과의 인연을 소중히 생각한다. 난삽한 초고를 한 편의 논문으로 만들 수 있도록 도와주신 권영민 선생님, 장사선 선생님, 신범순 선생님, 방민호 선생님께 감사드린다. 조남현 선생님은 연구의 태도와 연구자의 삶에 대해 몸소 당신의 실천으로 가르쳐 주셨다. 아둔한 제자에게 언제나 과분한 믿음과 사랑을 주셨다고 생각한다. 논문을 쓰면서 지면으로 만났던 많은 선학의 틈에 끼어, 그들과 같은 출판사에서 책을 낼 수 있어서 기쁘다. 후배 연구자의 논문을 읽고 과감히 출판을 권해주신 김건우 선생님, 기꺼이 초보연구자에게 문을 열어주신 소명출판에 감사드린다. 어쩌면 이 책은 국문학 연구자로서 서투르게나마 발걸음을 내딛는 것으로 그동안 여러 동학들께 받은 격려와 사랑에 조금이나마 보답하는 계기가 될지도 모른다. 그러나 이 모든 보답의 가능성을 초월한 자리에 가족이 있다. 부모님의 건강하고도 정직한 노동이 있었기에 지금 이 글을 쓴다. 사랑하고 죄송하다는 말씀을 드리고 싶다. 마지막으로, 전공 분야를 떠나서 오랜 세월 선학들이 묵묵히 인내하며 만들어낸 길이 아니었더라면 여전히 방황하고 있거나 지레 포기했을지도 모르겠다는 생각이 든다. 이 순간에도 책상 앞을 지키고 계실 동학들에게 감사드리고 경의를 표한다.

2013년 겨울

정 주 아

서북문학과
로컬리티

이상주의와 공동체의 언어

*The Literature of Korea's Northwestern Province
and its Locality
: Utopianism and the Language of Community*

정주아

소명출판

서북(西北) 지역과 서북문인

　이 책은 한국 근대문학사의 첫 장을 여는 순간 마주치는 익숙한 이름들, 가령 이광수, 김동인, 주요한, 전영택, 김억, 김소월 등의 작가가 모두 평안도(平安道)의 평양(平壤)이나 정주(定州)에서 출생했다는 흥미로운 현상에서 출발한다. 원래 문학 창작이란 전적으로 개인의 개성에 의존하는 것이며, 그에 비한다면 출생지나 연고지는 우연적인 요소임에 틀림없다. 그러나 문학 창작이란 공동체 내부에서 산출되는 생산 과정이기도 하다. 때문에 이 책은 평양의 대성학교(大成學校)나 정주의 오산학교(五山學校), 대동강(大同江) 같은, 일반적으로 작가의 전기적 배경 사항에 놓여 있기 마련인 지명(地名)의 자리에서 거꾸로 서북문인의 삶과 문학을 들여다보고 있다.

　지역은 인간의 삶이 놓이게 되는 구조적 원점에 해당한다. 가령 사학자 페르낭 브로델은 역사를 시간의 흐름에 따라 세 가지 층위로 나눴다. 영속적인 것과 가변적인 것, 그리고 그 중간쯤에 놓인 것이 어울려 하나의 전체를 만들어낸다고 본 것이다. 이때 그가 가장 느린 호흡으로 변화하되 그만큼 가장 저층에서 인류사를 형성하는 요인으로 둔 것이 지리적 환경이다.[1] 말하자면 근대화나 문명화 등 정치사회적 사건사의 영향은 지정학적 영향에 비한다면 단기적인 변인(變因)이라 할 수 있는 것이다. 이런 시각을 한반도의 국경 지대인 서북 지역에 적용해본다면 어떤 문제 제기가 가능해질까.

'서북', '서북인'이란 본래 조선조 이전부터 평안도와 함경도 지역, 즉 한반도의 서쪽과 북쪽을 병렬의 개념으로 묶어서 국경 지대의 변방과 그 주민을 가리키는 말로 사용되었던 것이다. 물론 이와 같은 지칭은, 불안정한 국경 지대의 백성들과는 달리 언제나 조선의 안정적인 영토 안에서 '정주민'의 자격으로 살았던 기호 지역 및 영호남의 백성들과 구분을 하기 위한 용도로 사용되었다. 북쪽 국경 지대에 살고 있는 지역 주민들이 오랑캐와 내통할지도 모른다는 불안함 때문에 별도로 서북 지역 선비들을 관리하는 기관을 따로 만들었다는 기록이 전하지만, 실상 서북 지역 인사들이 고위 관료로 등용되는 경우는 드물었다고 한다. 북방은 유배 갔던 죄인이나 비천한 노비의 후손들이 살고 있는 땅이라 하여 남부 지역과는 다른 종류의 지방이라 편견이 잠재했던 것이다.[2] 이에 따라 조선시대에는 '서북인은 주요 관직에 등용하지 않는다'는 인재 등용의 원칙이 암암리에 지켜졌다. 서북 출신이라는 이유로 정치적으로 배제된 '서북인'은 주요 중앙 정계에 진출한 양반 및 관료들이 모여 살았던 한성 및 인근 경기·충청 지역의 엘리트 집단인 '기

---

1   페르낭 브로델, 강주헌 역, 『지중해의 기억』, 한길사, 2006; 페르낭 브로델, 이정옥 역, 『역사학
　　　논고』, 민음사, 1990. 페르낭 브로델은 역사를 '전체사'라는 개념으로 파악하면서 '장기지속'
　　　의 층위에 지리적 환경을, 지리적 환경을 토대로 만들어지는 '중기지속(콩종뒤르)'의 층위
　　　에 사회경제적 요인을, 마지막 가변성이 가장 큰 '단기지속'에 정치 영역에서 발생하는 사
　　　건사를 배치한다.
2   장유승, 「17~18세기 함경도 지역 문집 편찬과 서적 간행」, 『서지학보』 27, 2003; 「조선 후기
　　　서북지역 문인 집단의 성격」, 『진단학보』 101, 2006 참고.

호인'과 대조적인 의미에 놓이게 되었다.

　요컨대 서북 혹은 서북인이라는 명명은 그 자체로는 중립적인 것처럼 보이는 지정학적 층위에 놓여 있지만, 실제로는 지정학이 만들어낸 공동체적 균열의 지점을 교묘하게 감추고 있다. 서북 지역은 당초 반란이나 가난에 떠밀려 변방으로 밀려난 이들의 땅이었지만, 그 이후로도 정치적으로 배제되거나 제도적으로 보호받지 못했다는 숙원(宿怨)을 떠안게 된다. 말하자면 서북인은 단일한 국가의 내부에서 '국민' 혹은 '백성'이라 지칭되었지만, 정작 내부에서는 소외당한 집단이 된 것이다. 갑오경장 이후 공식적으로 신분제는 폐지되었지만, 인식은 제도처럼 쉽게 사라지지 않는 것이어서 서북인이란 지칭은 지식인 사회에서는 여전히 신분제적 구분의 기준으로 남는다. 본래 서북인은 용맹하다는 기질적인 구분을 통해 묘사되곤 했지만, 함의를 풀어보자면 이 말에는 기존 체제를 위협하는 '이질성'의 요인들, 긍정적으로는 '역동성'이라 표현할 수 있으며 부정적으로는 '체제동요'의 요인이라 할 체제변혁성과 정치사회적 이념 차이에 대한 경계심이 담겨 있다. 서북인에 내포된 신분론 및 이질성의 잔영은 조선시대에서 개화기를 거쳐 식민지 시기까지 공공연하게 확인된다. 또한 그 공간적 파급 범위는 한반도를 넘어 대한민국임시정부가 수립된 상해 임시정부의 조계지까지도 연장되는 것이다.

　요컨대 서북 지역의 지정학적 성격은 한반도 근대화 과정에서 나타난 신분제의 해체와 그에 따른 지식인 그룹의 성격 변화, 이들 지식인 그룹의 근대적 변화의 수용 및 대응방식에 대한 차별성을 변별하는 시각을 마련해준다. 이른바 "내부에 존재하는 외부"로서[3] 서북인은 기존

3　주디스버틀러·가야트리 스피박, 주해연 역, 『누가 민족국가를 노래하는가』, 산책자, 2008, 25면.

체제에 대한 미련이 적었던 만큼 변혁의 욕구가 강했던 것이다. 이들은 농업 및 상업을 본업으로 삼는 중상인층에 속하며, 기독교나 천도교 등 종교적 후원 세력이나 해당 단체와 연계된 지역 사회 조직의 후원을 받아 신학문을 접한 집단으로서, 전통적인 지식인 사회에 도래했던 전환기적 이질성을 체현하는 존재가 된다. 조선시대 이래 문화적 이질성, 반심(叛心)에 대한 의혹 등으로 정치사회적 차별을 불렀던 국경 지대라는 특징은 어느덧 근대적 자질로 탈바꿈한다. 국경을 넘나드는 문물과 언어가 일상화되면서 이들 변방이 지닌 시공간적 '유동성'에 대한 태생적 감각은 때로는 철도나 상업 거래에 구현되는 물질적 이동의 감각으로, 때로는 번역이나 역사 서사와 같은 언어적 감수성으로, 망명과 유학 같은 영토적 상상력으로 전이된다. 개화기 이후 서북 지역은 변변한 정치적 발언권을 가져보지 못한 변방에서 일약 변화의 담론을 주도하는 중심지로 위상이 뒤바뀌는 역동적인 경험을 보유한 장소이다. 이후 개화기를 거치면서 서북 지역은 일찌감치 기독교를 통해 근대화에 성공한 지역이자, 동시에 민족주의운동의 중심지라는 특수성을 지니게 된다. 이때 '서북인'의 범주는 평안도와 함경도 중심의 국경 지대 백성들이라는 본래의 의미에서, 평안도와 황해도 중심의 개혁 사상을 지닌 인사라는 새로운 의미로 이동한다.[4]

이 책은 한국 근대문학이 서북 지역의 이와 같은 특수성 속에서 잉

---

4 이 책에서 앞으로 사용하게 될 서북인(西北人)이란 용어는 주로 평안도 지역의 정치문화적인 세력 및 관련 문학인을 가리키는 말이다. 물론 함경도인, 황해도인 중에서도 서북인이라 지칭된 인물들이 있으나, 이는 신문물을 접한 개혁 성향의 인사라는 성격을 공유하고 평안도 지역 인사를 주축으로 한 인맥과 연결선상에 있는 경우임을 볼 수 있다. 평안도는 당대에 '서도(西道)', '서선(西鮮)' 등으로도 불렸는데, 그럼에도 불구하고 본문에서 '서북(西北)'이라는 포괄적 명칭을 사용하는 것은, 서북 혹은 서북인이라는 명칭이 비단 지역명을 넘어 정치사회적 분야는 물론 문학 분야에서 나타난 평양 지역 중심의 개혁 사상 자체 혹은 개혁적 인사를 가리키는 일종의 고유명사처럼 사용되었다는 판단에 따른 것이다.

태되었다는 것, 그러한 사적(史的) 의의에 대해 설명하고자 기획된 것
이다. 이러한 작업의 의의는 다음과 같은 반문을 통해 좀 더 잘 이해가
될 듯하다. 지역을 통해 문학을 조명한다는 것은 국가를 통해 문학을
보는 식의, 기존의 관점을 반복하되 더 작게 분할한다는 것 이외에 과
연 어떤 의의를 지닐 수 있을까. 가장 큰 의의는 '민족'이라는 근대문학
론의 거대한 주제를 재론하는 데 있지 않을까 한다. 그동안 한국문학
사에서 서북 지역의 문학사상은 주로 민족주의문학론의 맥락에서 사
뭇 대조적인 흐름을 가지고 논의되었다. 민요시 및 민요시론의 발원지
로서의 서북 지역과 여기에서 파생된 '민족'의 위상이 있는 반면, 다른
한편으로는 '민족개조론'과 '자치론'을 옹호하는 '민족주의 우파', '문화
민족주의', '민족개량주의' 세력의 결집지로서의 서북 지역과 여기에서
파생된 '민족'의 위상이 있다.[5] 향토적인 순혈성의 단위로서의 민족과
대일협력과 아슬아슬한 줄타기를 하는 보수주의 혹은 국수주의 이념
으로서의 민족이 있는 것이다. 이때 '민족'을 단일 서사로(균질한 이념으
로) 취급하는 것, 말하자면 전자에 대해서는 찬사 일변도의 태도를 보
내면서도 후자에 대해서는 비난 일변도의 태도를 취하는 것이란 연구
자로서는 정치적 입장에의 표명은 될지언정 균형 감각을 확보하기에
는 요원한 일이 될 것이다. 하물며 춘원 이광수나 송아 주요한처럼 '민
족'이란 키워드 앞에서 어지러운 행보를 보였던 서북문인의 경우 단일
서사의 차원에서는 제대로 이해하기 어렵다. 개인은 '민족'을 비롯한
다양한 관념적 구조물이 층층이 누적된 차원에 살아가는 실체이기 때
문이다.

　이때 지역은 기존의 '민족', '국가' 등에 내재된 '단일공동체'의 통념

5　'민족주의 우파'의 범주화와, 그로부터 파생된 명칭들의 논의에 대해서는 박찬승, 『한국 근
　대정치사상사 연구』(역사비평사, 1992)를 참고하였다.

에 균열을 내면서, 이로써 민족주의문학을 단일집단의 생성에 기여한다는 면에서 무조건 옹호하거나 혹은 비판하는 관점의 대립 구도를 해체하는 계기가 된다. 지역, 즉 '로컬'의 존재와 '로컬의 소속감'이라는 것을 별도로 인정한다는 것은, 우선 '민족' 개념의 형성에 있어서 여러 가지 시나리오가 가능하다는 것을 인정하는 것이며 이로써 그들이 내놓은 공동체에의 상상과 그 현실화의 경로가 어떤 역사적 경험 속에서 합리성을 획득한 것인지를 이해하려는 태도로 전환한다는 뜻이다. 근대란 동일성을 양산하는 기제로서 인식되는 것이 보통이지만, 이때 동일성에 대한 열망은 '차이'에의 인식이 그만큼 심화되었기에 나온 결과이기도 하다. 민족 단합을 저해하는 요인으로 성토되었던 '지방열(地方熱)'이란 지정학적 관습 차이를 근거로 구성된 가장 일상적 차원의 조직 구성 원리였다. 특히 개화기에 각종 지역을 단위로 생겨난 학회나 단체는 근대민족국가라는 거대한 평등(동일화)의 담론장 속에서 지역성이 조직과 소속감의 근거를 마련하는 기본적인 원리였던 점을 보여준다.[6] 각기 다른 역사를 지닌 집단이 모여든 만큼 그들이 제안한 민족국가에의 시나리오'들'은 나름대로의 발생론적 맥락을 갖추게 된다.

특히 서북 지역의 경우 조선조와 개화기, 해방 이전 시기에 이르기까지 서북인을 규정했던 지역성의 개념이 신분 담론의 변형이라는 점을 고려한다면, '로컬'과 '중심'이라는 흥미로운 관계항이 생겨난다. 당

---

6 David Parkin, edited by Nadia Lovell, *Locality and Belonging*, London&New York : Routledge, 1998, 서문 참조.
근본적으로 지역성은 '소속감', 즉 개체가 존재하는 시공간과의 애착 관계에의 형성 양상을 담지한 개념이다. 이때 소속감이란 "장소에 대한 집단 기억을 기억하고 구축하는 방법"인 것이며, 이에 로컬리티의 연구는 "자기-정의적인 그룹이 갖고 있는 기원의 개념"이 지리적인 장소 혹은 자연에 어떻게 의탁되었는지 추적하는 작업을 염두에 두고 이루어지는 것이다. 로컬리티는 개인 또는 집단의 정체성이 시공간과의 관계 속에서 형성되는 양상을 조망하는 작업을 가능하게 만들고, 이때의 시공간적 인식은 궁극적으로 문학연구의 대상인 서사물의 기본적 구조를 형성한다고 할 수 있다.

대 문헌과 신문기사에서 등장하는 기호인과 서북인의 대립이란, 단순한 지역 이기주의가 아니라 신분론의 근대적 재배치 과정에서 나타나는 전통 세력과 변혁 세력의 긴장 관계이기도 한 것이다. 그러므로 이들 세력이 각기 '문명', '근대화' 등 동일한 어휘를 사용하고 있다고 하더라도 그 필연성을 요청하는 심정은 같을 수가 없다.

　서북인은 통치 수단으로 동원되는 단일국가론의 허상과 기득권 계층을 재생산하는 사회제도 등에 대한 환멸을 키운, 내부적으로 소외되었던 집단이다. 서북인은 근대적 전환을 구시대와 구분되는 새로운 공동체를 창조하기 위한 기회라 보았고, 서북문인과 그들의 작품은 이와 같은 서북 지역 및 서북인의 역사 속의 일부인 것이다. 서북문인에게서 발견되는 변방의식과 탈–변방의식을 동시에 살피면서 놓치지 않으려고 애쓴 맥락은 다음과 같은 것이다. 서북 지역은 서구식 신문명을 적극적으로 받아들였고, 그 매개 역할을 담당했던 종교의 영향권에 놓였던 공간이다. 서북인이 꿈꾼 민족국가의 형상은 그들 특유의 역사를 반영한 이상주의가 된다. 서구식 문명론의 근저에 놓인 진화론의 세계관이 가르쳐주는 냉혹한 진리란 영원한 강자는 없다는 사실이다. 인류의 경합 속에서 중심은 고정된 지위가 아니라 이동하는 '자리'에 가깝다. 한반도 내에서 변방에 불과하던 서북 지역이 신문명의 중심지로 거듭난 역사가 보여준 것은 그러한 중심의 이동 가능성이다. 이에 서북인이 꿈꾼 공동체 이상주의는 고정된 '중심'을 향한 권력투쟁만으로는 설명할 수 없다. 시간에 따라 유동하는 중심의 자리를 차지하기 위한 지속적인 자기 연마와 인내, 이것이 서북지성사를 관통하는 실력양성론의 시간관 혹은 미래관의 근간이다. 아울러 서북인은 종교를 매개로 개인과 민족의 문제를 사고했으며, 서북문인은 근대 미학의 언어 구조물을 접했다. 서북문인의 작품은 진화론적 근대 문명론과 종교가 만났을 때 열리는 언어적 구조물이다. 종교 언어 특유의 자기지시적 언어에 토대를 두고, 자각한 개인의 소명의식에 기댄 이상적 공동체에 대한 상상인 것이다. 서북 지역의 로컬리티는 그간 근대정치사회의 담론 속에서 조명되어 온 민족주의문학론을 새롭게 조망하는 관점을 열어준다.

이 책에서는 한국 근대문학의 발생지로서 한반도 서북 지역 특히 평안도(平安道)의 지역적 특수성을 문학 연구에 도입해서, 한반도 내부의 정치사회적 헤게모니 경쟁과 국제 관계 속에서 민족문학을 구상해야 했던 서북문인의 위상을 구조적으로 파악하려고 시도했다.

본격적인 지역론의 관점을 취하지는 않았지만 한국문학사에 있어서 서북 지역이 문학사상적 특수성을 지녔다는 점은 이미 여러 차례 논의되었다. 예컨대 김동인, 주요한의 주도로 창간된 『창조』지의 동인(同人)은 대부분 평양 지역 문인들인 것이며 이와 같은 정황은 당대에 평양 지역 문인들과 경성 지역 문인들 간에 존재했던 의식적인 경쟁 구도의 일환으로 해석된다는 점, 또는 최남선, 이광수를 중심으로 한 한국 근대문학의 발생 과정에서 나타나는 민족주의적 성향이 명백히 도산 안창호의 사상에서 비롯되고 있으며 이에 특히 "서도인 곧 평양중심의 지정학적 사상 계보"가 주목된다는 점 등은 문학사상사 연구에 있어서 지역학적 접근의 가능성을 열어주는 연구결과이다.[1] 또한 1920년대 민요조 서정시의 연구에 있어서 주요 작가인 주요한, 김억, 김소월, 김동환 등이 서북인이라는 공통점을 지니며, 서북 지역의 전

---

1 김윤식, 「주요한론—근대시 형성의 내면풍경」, 『(속)한국근대작가론고』, 일지사, 1981, 129~135면.

통적인 반사림의 성향, 기독교에 의거한 전근대적 계층 개념의 타파, 평민의식의 발생이 이들에게 민요조 서정시의 서민정서와 한글전용의 감각을 불어 넣었다고 보는 것 역시 지역학적 관점으로 문학 장르론에 접근한 연구 사례가 된다.[2] 이 가운데 김소월의 경우에는 서북 지역 민족사학의 양대 축이었던 오산학교와 대성학교의 민족주의 이상향운동과 이들 사학 출신의 예술가인 김억, 남궁벽, 이광수, 백석, 화가 이중섭 등의 이상주의가 해명되어야만, 김소월의 시 세계를 관통하는 낭만주의가 설명될 수 있다는 견해도 있다.[3]

'평양 중심의 사상 계보와 민족주의', '서북 지역의 정서와 민요조 서정시' 등 선행 연구들의 관심사는 한반도 서북 지역의 지정학과 문학론의 연계 가능성으로까지 확장된 것으로 보이나 그 가능성의 입증 자체에 목적을 둔 본격적 논의로 진전되지는 않았다. 이와 같은 현상은 논의 자체의 중요성이 덜해서라기보다는, 논의에 접근할 수 있는 방법론을 마련하기가 어렵다는 데서 기인한 것처럼 보인다. 기존 연구의 주제를 좀 더 발전시키다보면, 이들 민요조 서정시를 창작한 인물들이 당대에 가장 서구적인 시의 역자이자 창작자라는 점을 알게 되고, 도산의 민족주의관에 영향을 받았다는 이광수가 일제 말기 대일협력 행위에 나서는 광경이나, 순수 예술론의 기치를 높였던 『창조』가 전형적인 목적론적 문학관을 가진 이광수를 동인으로 초빙하는 장면 등 수많

---

2 김용직, 『한국근대시사』 상, 학연사, 1998, 335~341면.
　　같은 맥락에서 박혜숙은 '평북 정주' 지역을 민요시의 산실이라는 관점에서 주목하고, 김억, 김소월, 백석 등 오산학교 출신 민요 시인을 배출한 평북 정주가 과거 홍경래 난의 중심지로서 그 민중의식이 이들의 작품에서 실제로 소재로 활용되었다는 것, 또한 정주의 반사림적 경향이 기독교의 영향을 받아 진보적이고 민족주의적인 지역적 성향을 자극한 사실 등을 설명한 바 있다(박혜숙, 「평북 정주 지역의 문학 풍토와 시인 연구」, 『국어국문학』 120, 1997.12, 277~302면).
3 신범순, 「김소월 시의 여성주의적 이상향과 민요시적 성과 (2)」, 『관악어문연구』 33, 2008.12.

은 내적 모순의 사태를 보게 되기 때문이다. 그야말로 전통 지향성 대 서구지향성, 일제 치하 민족주의문학론, 예술지상주의론 등 근대문학의 주요 논점들이 밀집한 형국이다. 얼핏 보아도 이러한 사태는 '지역학'이라는 개별사의 관점으로는 감당하기 힘든 정치사회적 맥락을 지닌 것이고, 이에 민족, 국가, 식민지, 근대 등 보다 포괄적인 시공간적 범주를 도입하게 만든다. 물론 보편사적 해석을 지향할수록 개별 작가들이 문학적 교류를 나누며 머물렀던 구체적 시공간이나 근대문학의 주요 논점이 파생된 현장과는 멀어지는 셈이다.

그러나 1990년대 인문학 연구의 패러다임을 바꾸었던 탈식민주의, 해체론, 문화학의 연구 결과들이 연구 대상을 이해하는 기본적 시각을 바꾸어 놓는 수준까지 정착되면서 '지역학'에 대한 관점 역시 개별사의 차원을 벗어나게 된다. 특히 이 글에서 참조한 것은 첫째, '지역학'을 '이념사'로 전환할 가능성을 보여준 연구 성과와, 둘째, '지역학(area studies)'을 '지역론(local theory)'으로 구조화한 연구 성과이다.

우선 전자의 경우는 근대 서북 지역의 근대화 과정에서 도입된 기독교와 자본주의의 유입이라는 요인을 주목하는 경우가 대부분이다. 대표적인 연구 성과로 사학자 김상태는 평안도 지역의 근대화 과정의 특수성과 평안도 지성사의 전개를 토대로 해방 이후 미국이 남한 사회의 전 분야에서 지배력을 행사하게 되는 과정을 재구하고 있다.[4] 서북지식인들과 서구주의적 지형도에 대한 김상태의 실증주의적 접근은 '로컬'이 현실의 차원에서 하나의 환경으로 작용했을 때, '식민지 지식인의 반응', '제국에 대한 반응'이 어떤 지역적 특수성을 띠고 도출되는지를 고구한 결과이다. 서북 지역이 그 집단성을 형성할 수 있었던 것은

---

4 김상태, 「근현대 평안도 출신 사회지도층 연구」, 서울대 박사논문, 2002.

전통적으로 지배 계층의 담론장이었던 기호 지역과의 대립적 위상을 부여받았기 때문에 가능했다.[5] 김상태에 따르면 1890년대 평안도에 보급된 기독교는 저층에 놓여 있던 반정부적 성향을 수면 위로 끌어올려 미국을 전범으로 한 문명개화를 지상 과제로 부여하게 만든다. 기독교계 사회교육 기관 및 흥사단 계열 단체의 활동을 통해 기독교를 사상적 배경으로 하고 친미적 성향을 가진 서북 지역의 지식인 집단이 조직된다. 김상태는 평안도가 반봉건 근대화에 나선 선진 지역이었으나 자본주의의 성장과정에서 기득권 지역으로 변모하여 보수화하면서, 이 지역의 자본가 상층들이 일제 강점기 적극적인 친일활동에 나선다고 보았다. 해방 후 소련군이 진주하면서 대개 기독교 세력과 친미 성향이 있는 평안도 지식인들이 대거 월남할 수밖에 없었고 이념적으로 반공노선을 지지했다는 것이다. 그의 견해는 한반도의 변방에 놓인 평안도의 지정학적 특수성이 해방과 6·25를 거치면서 특정한 대사회적 태도와 이념적 정향을 낳는 과정을 추적한 것이라 할 수 있으며, 이로써 서북의 지역적 특성이 단순히 지역학의 사료 차원을 넘어 근현대사를 관통하는 정치사회적 이념태의 구성 인자가 될 수 있다는 사실을 보여준다.

근대 서북인의 이념이 해방 및 6·25 이후까지 연속된다는 관점은 국문학계에서도 확인된다. 『사상계』를 중심으로 전후 남한 문단의 문화지성사를 해석한 김건우는, 김상태에 의해서 제안된 서북 지역 지성사의 계보에 대한 견해를 상당 부분 수용하고 있다. 그러나 김상태의 논의가 상공업과 기독교를 기반으로 한 부르주아 인텔리의 서구지향성에 집중된 데에 비해서, 김건우는 서북 지역 민족주의 문화운동사를

5　윤치호, 김상태 편, 『윤치호일기』, 역사비평사, 2001; 정병준, 『우남 이승만 연구』, 역사비평사, 2005 등 참고.

지탱한 정신주의적 경사로부터 전후의 개발 독재를 비판하는 저항문단의 정신사적 연원을 읽어낸다는 점에서 관점의 차이를 보인다.[6] 김건우는 장준하를 비롯한 『사상계』의 핵심 인사들이 대부분 월남한 서북인이며 이들이 해방 이전 문화운동주의의 계보를 잇는다는 점에 주목한다. 그는 『사상계』의 근간이 기독교 정신주의의 지향에 있다고 보고 이를 근대 서북 지역의 개신교 우세 현상과 연결시킨다. 그는 이러한 종교적 경향이 평상시에는 공동체의 질서를 유지하는 보수적인 직분론의 근거가 되는 반면, 정치적 파행이 커지는 경우 예언자적 기능을 수행한다고 보았다. "함석헌을 위시한 서북 기독교인들 가운데 한 축이 가지고 있었던 이러한 정신주의적 사유의 경향은 1960년대 중반 이후 공화당 정권의 근대화방식에 대한 대항 논리의 기반이 되었던 것"으로 본다.[7] 다시 말해 "1920년대 문화주의의 연장에 대해 공과를 가린다면, 문화주의에 기반한 정신주의가 1960년대 중반 이후의 산업화 일변도의 근대화론과 화해할 수 없는 것이었기에 대항논리의 축으로 기능할 수 있었다는 것"이다.[8] 즉 문화운동을 통해 근대화를 도모했던 1920년대 문화주의자들의 이념은, 당대에 민족의 독립운동과 근대화를 위한 계몽이라는 상충되기까지 하는 이상 사이에서 혼란을 겪다가 1950년대 후반에 와서 비로소 대항 담론으로 현실화되었다고 보는 것이다.

서북 지역의 민족주의 문화운동과 지성사의 이념적 전개를 다룬 김건우의 논의는 서북의 지역성을 문학사상적 관점에서 본격적으로 다룬 첫 성과이다. 그러나 앞서 김상태의 논의가 그간 국사학 및 정치학계에서 '우파 민족주의', '부르주아 민족주의' 등으로[9] 지칭되어 온 서

---

6 김건우, 『사상계와 1950년대 문학』, 소명출판, 2003.
7 위의 책, 76면.
8 위의 책, 77면.
9 박찬승, 『한국근대정치사상사연구』, 역사비평사, 1992.

북지식인의 계급적 보수성을 미리 승인하여 논의를 제한하는 입장을 취하고 있는 것처럼, 김건우 역시 1920년대 서북 지역의 문화민족주의와 기독교의 영향을 정신주의적 차원으로 제한하는 경향을 보인다. 서북 지역의 문화민족주의나 기독교는 한편으로는 물질적·세속적 욕망과 길항하는 정신주의를 제공하기도 했지만, 정신적인 수양과 물질적인 부를 상반된 가치라 보지 않고 같은 수준에 두었던 청교도적 실용주의를 뒷받침하기도 했다. 때문에 김동원, 조만식, 이승훈 등 서북 지역의 대표적인 지식인들은 민족주의자이자 기독교인인 동시에 유능한 실업가이자 경제이론가이기도 했던 것이다. 지역학을 이념사로 전환하는 데 있어 난점은 '문화민족주의', '우파 민족주의' 등의 정치학적 개념이 이미 가치 평가를 내포하고 있어 논의의 중립성과 방향을 제한할 가능성이 크다는 것이다.

한편 서북 지역 문화 인텔리의 사상사에 접근하되 도산 안창호의 민족운동 노선과 기독교의 영향을 함께 논의한 연구도 있다. 이철호는 서북지식인의 사상사를 김동인, 전영택 등의 소설에 나타난 '평양' 표상을 중심으로 분석한다.[10] 그는 1920년대의 평양이 당대 서북문인들 사이에 조선 유일의 상공업 도시이자 전통적인 미의 세계, 기독교 성지 등으로 그 표상이 분화되어 있었다고 본다. 그의 논의에서 특히 주목할 것은 이와 같은 서북계 엘리트들의 이념적 지향의 분화 양상을 "통일된 내러티브로 환원하는 데 기여"하는 것이 곧 "1910년대 후반기 대동강을 중심으로 한 안창호의 영웅적 이미지"라는 점을 지적한 대목이다.[11] 그는 도산 안창호의 중심 사상이 평양 지역의 기독교적 갱생의 모티프와 연관이 있으며 이것이 민족적 갱생의 구상과 이어진다고

10　이철호, 「근대소설에 나타난 평양 표상과 그 의미」, 『상허학보』 28, 상허학회, 2010, 147~178면.
11　위의 글, 171~172면.

보고 '서북계 문화 엘리트'에게 미친 도산의 영향력이 심대한 것이었음을 밝히고 있다.

최근 고전문학 분야에서도 평안도와 함경도의 지역 문단사를 중심으로 서북 지역의 문학사상사에 대한 연구가 보고된 바 있다.[12] 장유승은 '서북'이라는 어휘가 '지명'이라는 중립성을 띠고 나타나지만, 실은 개화기 갑오경장에 이르러 공식적으로 폐지된 양반 중심 '신분론'의 대체개념이라고 주장한다. 조선 후기 서북 지역의 특수성에 입각하여, 평안도와 함경도 지역 문단의 형성 및 이념적 지향의 차이를 밝히는 장유승의 시각은 기본적으로 지역학의 관점을 취하되, 이들 지역 문인들이 지녔던 탈지역적 욕망이 문학에 반영되는 양상을 읽고 있다는 점에서 로컬리티 연구의 구조적 장점을 결합한 연구 사례라 할 수 있다. 그는 이들 변경 지역의 서북문인이 겪어야 했던 지역 차별이 실상은 중앙 관계로의 등용기회를 제한하는 차별 담론의 성격을 띠었다고 본다. 그는 서북 지역 엘리트에게 적용된 차별 담론의 형성에는 종족적, 문화적, 신분적 요인이 복합적으로 작용했으며, 해당 요인을 종합해보면 서북 지역 문인에 대한 차별은 본질적으로 지역 차별이라기보다 신분 차별에 가깝다고 보았다. 이와 같은 차별 담론에 대응하는 방식에 있어서 특히 평안도의 문인은 지역 문화 전통에 대한 자부심을 토대로 중앙과의 대결의식으로 맞선다. 이는 왕실의 발상지라는 지역적 자부심을 바탕으로 중앙 체제의 정통성을 확고히 지지했던 함경도 문인의 대응과는 차이가 있는 것이다. 다만 "선구적인 개화에 대한 자부심과 전근대의 차별로 인한 피해의식을 공유"하는 지점들이 보인다는 것은 공통점으로 확인된다.[13] 장유승의 연구는 근대의 서북 지역 지식인들

---

12 장유승, 「조선후기 서북지역 문인 연구」, 서울대 박사논문, 2010.
13 위의 논문, '국문초록' 및 247면.

이 봉건왕조가 해체되고 국가 체제로 전환되는 시기를 단절적인 계기로 인식하지 않았으며, 오히려 조선 후기 서북 지역 문인들과 지역사의 연속성 속에서 지식인으로서의 자아상을 설정했다는 점을 증명하고 있어 흥미롭다.[14]

서북의 로컬리티가 단순히 지정학적 특수성을 가리키는 데 머물지 않고 신분론을 생산하는 규율로 기능했다는 것은 실상 로컬리티가 서북지식인의 존재론과 직결된다는 점을 보여준다. 근대작가들이 소설가라는 전문적 직업인으로 명명되기에 앞서 언론인, 장인, 이데올로그 등의 지식인 범주로 분류되곤 하는 점을 감안하면,[15] 서북지식인의 근대화론이나 문화론은 곧 한국근대의 이념적 정향으로 연결된다. 서북의 로컬리티가 서북의 지식인론으로, 나아가 서북문인의 문학사상사로 연결될 수 있는 근거는 여기에 있다.

이상의 논의가 지역학을 이념사로 전환하기 위해 주로 지성사의 관점에서 접근하고 있다면, 최근 문화론에서는 '지역'의 관점 자체를 정적인 장(area)의 개념에서 정치사회적 관계 속에 탄생하는 상대적 부분(local)의 의미로 전환시킨다. '로컬리티'는 변방의 지역적 주체들이 서로 갈등하는 현장을 드러냄으로써 기존의 국가(민족) 중심의 서사에서 탈중심적 전환을 끌어낼 수 있는 유용한 개념으로 이해되고 있다.[16] 지역학의 차

---

14 장유승의 연구는 평안도와 함경도가 조선시대부터 이미 그 정신적 지향이 서로 다른 방향으로 발전하고 있었다는 근거가 된다고 보아도 좋을 것이다. 조선시대 사용되었던 '서북인'이라는 범주는 개화기 『서북학회월보』가 평안도와 함경도 인사들의 제휴를 통해 발행된 것을 고비로, 그 이후로는 주로 평안도와 황해도 지역의 신교육을 받은 인물들을 가리키는 용어로 그 의미가 변형되고 있다. 김상태의 경우 '서북인'을 평안도 및 황해도 지역의 인사들을 대상으로 사용하고 있다.
15 조남현, 「한국현대작가의 존재방식」, 『한국현대작가의 시야』, 문학수첩, 2005, 15~42면.
16 Sun Joo Kim, *Marginality and Subversion in Korea : The Hong Kyǒngnae Rebellion of 1812*, The University of Washington Press, 2007. 이 글의 필자는 'nation-centered approach'에 입각한 'single narrative'에서 'local-based study'로 관점을 전환할 것을 요구하고 있다. 그는 'regional subjectivity'가 한국 역사에서 'subnational subjectivity'를 구성하는 주요 인자가 되며 이를 통해 역사의 입체적 구

원에서 도출된 결과물이 흔히 실증주의적 성과를 누적시키는 데 머물거나 이미 지난 역사의 일부로 취급되는 것에 대한 반동의 차원에서, 구조적인 개념 틀로 변형된 '전체(중심)와 로컬'의 시각은 특정 공간을 '현존하는 담론의 생산 공간'으로 부각하는 기능을 수행한다는 평가를 받는다.[17] 이와 같은 관점에서는 로컬리티를 중심과 주변, 국가와 지방이라는 수평 혹은 수직 구도의 공간적 구획을 창출하는 근대적 위계질서의 속성으로 파악한다. 이때 지역성이란 개념에는 이미 공간의 구획에서 나오는 근대적 폭력성을 구명하겠다는 의도 자체가 포함되어 있다. 1990년대 이후 현대문학 연구의 주제적 관심이 근대 및 근대성의 연구로 넓어지고, 그 접근방법으로 문화연구나 탈식민주의 연구가 도입되면서 나타난 시각이다.

문학연구에서 일반적으로 로컬과 보편의 관계는 전통과 서구, 개인과 공동체, 민족과 세계, 민족어와 보편 언어 등의 주제로 무수한 이항 대립을 낳으며 확장된다. 서북 지역을 단순한 지역사의 차원이 아니라 '로컬리티'라는 관점에서 살피려면, 그 외연에 존재하는 '보편'과의 연계가 당연히 논의되어야 한다. 가령 전통적으로 수도의 역할을 담당한 경성(한양)이 본래부터 각종 문화와 문명의 격전지이자 중심지 성격을 띠고 있는 것과는 달리 평양은 전통문화의 본류이며 그만큼 정신적 중심지라는 성격을 내포하고 있다는 연구들이 그 예이다. 이들의 연구에서는 대동강, 부벽루 같은 평양의 유명한 자연 경관이 근대적 변화나 식민지화로 인해 파괴되는 조선적 전통의 매개로 등장한다는 점이 지적되기도 하고,[18] 근대 도시화로 인해 전근대의 전통적인 공간이 오염

성이 가능하리라고 본다.

17 로컬리티의 관점이 현실의 담론효과를 구명하는 문화정치학의 차원에 있다는 관련 논의로는 김용규, 「로컬리티의 문화정치학과 비판적 로컬리티 연구」, 『한국민족문화』 32, 2008, 31~69면 참고.

되는 양상이 조명된다.[19] 또는 탈식민주의적인 독법에 의해, 제국의 변방이 되어버린 조선에서 평양이 중앙 권력에 저항하는 문화적 주변부로서의 위상과 조선적 민족문화가 보존된 '고도(古都)'라는 정신적 중심으로서의 위상을 동시에 보유함으로써 '중심과 주변' 메커니즘의 착종을 보여주었다는 점 등이 논의되었다.[20]

지역학에서 지역론으로 구조적 접근을 시도한다는 것은, 자연, 전통 등 단일한 시선으로 미화되던 지역학을 해체하고 지역을 근대라는 공간 속에서 정치적으로 기능하는 주체로 불러낸다는 장점을 지닌다. 그러나 기존 지역학의 특수성에 의해 뒷받침을 받지 못할 경우 중심과 주변의 이분법에 의존하는 방법론 자체의 단순성에 함몰되어, 지역의 역동성을 밝혀내기보다 로컬적인 자질의 재확인을 반복적으로 승인하는 단순 작업에 가까워질 우려가 있다. 즉 로컬리티론의 구조적 공고함은 비단 평양이 아니라, 전근대와 근대, 전통과 탈전통 등 대립적 구도를 충족시키는 어떤 지역을 대입해도 동일한 귀결에 이르게 된다는 방법론적 도식화의 위험을 안고 있는 것이다. 이 방법론 자체가 분석 사례를 해명하는 데 그 목적이 있는 것이 아니라 구조 자체의 반복성을 보여주어 그 구조의 괴물성을 폭로하는 데 있다는 점을 고려한다면 이는 한계라 할 수는 없다. 그러나 서북 지역 자체의 존재론을 해명하는 데에 있어서는 충분하지 않다. 실제로 앞서 연구들이 밝혀낸 결과 중에는 대도시 경성의 혼종적 문화와 변별되는 문화적 기원으로서의 평양의 '순혈성'을 강조하면서 이미 일정한 이분법하에서 구축된 시

---

18 박성란, 「「패강랭」, 1937년 평양의 문화지리」, 『플랫폼』 6, 인천문화재단, 2007, 120~125면.
19 정혜영, 「김동인 소설과 평양이라는 도시공간」, 『현대소설연구』 13, 현대소설학회, 2000, 95~115면.
20 정종현, 「한국 근대소설과 '평양이라는 로컬리티」, 『사이(SAI)』 4, 국제한국문학문화학회, 2008, 89~127면.

각적 제한을 노출하는 경우도 있다. 그러나 평양의 존재방식은 비단 대도시 경성에 대한 대타의식을 통해서만 설명되는 것도, 반드시 문화적 정통성을 고수하는 방식으로만 정향되었던 것도 아니다. 여기에는 과거 봉건적 왕조 체제하에서 억압당했던 지역이 도리어 서양식 신교육과 자본주의적 발전을 통해 근대화의 중심지로 거듭나려 했다는 시대적 전환기의 교훈, 즉 중심이라는 개념 자체의 붕괴 가능성을 목도한 집단이 갖는 희망과 불신이 착종되어 있는 것이다. 서북 지역 특유의 역사와 근대화 과정을 간과하고 단지 근대적 도시와 향토적 변방이라는 구조적인 이원론으로 환원하는 경우, 고도(古都)의 이미지에 가려져 있는 서북인의 이상과 좌절이라는 현실적 차원의 서사를 놓치게 된다.

살펴보았듯이, 서북인의 존재론을 중심으로 한 문화론 및 문학사상사는 로컬리티의 구조적인 통찰과 실증성을 동시에 현현하는 방식이 될 수 있다. 또한 한국 근대문학의 태동과 서북 지역의 로컬리티는 서로 분리할 수 없는 지점에 놓여 있다. 서북 지역은 하나의 통치 체계 속에 위치했으되 동질한 수준에 놓여 있지 않은, 조선이랄 수도 그렇다고 조선이 아니랄 수도 없는 변방의 사각지대로서, 경계의 영역 혹은 '내부에 존재하는 이질성'의 영역으로 내적 비판과 변화의 욕구를 키운 공간이었다. 실상 한국 근대문학은 이 공간이 품을 수 있었던 변혁의 욕망, 공동체적 상상력의 크기와 깊이 아래에서 출발하고 있었던 것이다.

제1부

서북의 로컬리티와
서북인의 삶

　서북 지역이 근대화 담론을 주도하면서 민족운동론을 주도했다는 점은 한국 근대문학론의 전개 측면에서도 주목되는 현상이다. 주지하듯 한국의 근현대사는 한일합병으로 국가라는 공적인 영역이 소멸되는 상황에 부딪힌다. 기존 정치체제에 대한 불만 속에서, '종묘(宗廟)'의 멸망에는 미련을 갖지 않는다는 남강의 우회적인 표현 속에서 드러나듯, 국가 제도란 기왕에도 없는 것이나 마찬가지라 생각했던 서북인은 개화기에 이르러 오히려 공동체의 이상을 키운다. 탈-계급적, 탈-지역적 공동체주의의 세계관은 서북 지역 로컬리티의 속성이 된다.

　서북 지역은 단일 민족 공동체 내부에서 경험한 고립의 역사로 인해 기존 체제에 대한 개혁의 욕구와 그 대안으로서 외래문화에 대한 개방성을 보여주었다. 그러나 동시에 고조선 및 고구려의 도읍으로서 새로운 민족공동체의 상상이 시작되는 역사적 정통성을 지닌 지역으로 생각되기도 했다. 만약 '로컬'을 특수자의 성격에 두고 그 반대편에 '서구'라는 보편자의 성격을 이분법적으로 대립시킨다면, 외래문화에 대한 개방성과 구제국의 역사적 정통성이라는 양면을 모두 보유한 서북 지역의 특성은 제대로 평가될 수 없다. 서구 지향적 보편성의 방어로서 역사적 전통성을 강조해야 하거나, 역사적 전통성의 정체성을 극복하기 위해 서구 지향적 보편성을 강조하게 될 뿐이다. 그러나 예컨대 서북의 지정학적 중심지였던 평양은 전통적 고도(古都)이자 자본주의적 근대화의 도시였으며, 민족주의자의 성소이자 기생과 풍류로 대변되는 낭만의 도시라는 대립적 위상을 동시에 담지하고 있다. 즉 문화와 문명, 집단과 개인, 정치와 연애 같은 서로 이질적인 서사들이 섞여 있던 공간이다. 즉, '로컬'과 '글로벌'이라는 이분법으로는 파악할 수 없을 만큼 서북의 로컬리티는 혼종적인 성격을 띤다.

'로컬'의 역동성은 한 축에 보편 체제의 획일성에 귀속되지 않으려는 '차이'에의 의지를, 다른 한 축에 자기 해체를 통해 파편화에 저항하는 '동일성'에의 의지를 동시에 공유하는 데 있다. 즉 이는 '차이'와 '동일성'이라는 모순적 양면을 공유하면서 이른바 '자기보존적 개방성'을 통해 스스로를 폐쇄와 안주로부터 끌어내는 자기갱신의 동력을 내재했다는 의미다. 예컨대 식민지적 체제의 재편 압력하에 평양은 정신적 구심점으로서 고도(古都)의 위상을 지니게 된다. 그러나 정통성에 근거한 권위의 재생산으로 나아가지 않고, 서구 문명과 문화를 적극적으로 수용하는 것으로 현실적 권위를 확보한다. 이때 그 문명과 문화의 구현방식은 식민지적 점유의 방식과 어떤 '차이'를 두어야 하느냐는 고민을 수반하게 된다.

제1부에서는 근대 서북 지역의 역사적 특수성 속에서 서북인의 정체성이 형성되는 과정을 검토하고, 서북문인의 작품에 자주 등장하는 장소 표상들을 통해 서북문단을 형성한 토양을 살펴보기로 한다.

제1장

변방의 시간과 새로운 기원의 형성

1. 변방의식의 반전과 '서우(西友)'

1906년 10월, 한성에서는 평안도와 황해도 출신 인사를 주축으로 한 '서우학회(西友學會)'가 조직되었다. 같은 해, 같은 달에 함경도 출신 인사들 역시 한성에서 '한북흥학회(漢北興學會)'를 발족시켰다. 잇달아 창립된 이 두 학회는 연고지를 단체명으로 내걸고 활동했던 근대 학회운동사의 첫머리에 나란히 놓이는 동시에, '서북(西北)'이라는 '지역성'을 결집의 동력으로 끌어들였다는 공통점을 가지고 있었다. 500여 년에 걸친 조선의 지배 체제하에서 '서북'은 분명 조선의 영토였으나, 공공연하게 내적인 차별을 받아왔던 '방외(方外)의 땅'이었다. 그러나 구한말 개신교와 천도교의 주도하에 신교육 사업이 시작되고, 경의선(京義線)과 지역 자원을 바탕으로 산업이 발달하면서 서북은 서구를 모델로 한 문명 담론의 최대 수혜 지역이 된다. 더불어 변화와 진보가 곧 구국(救國)의 실천 강령으로 인식되면서, 문명화의 선봉에 선 서북은 한반도 민족주의운동의 본산으로 떠오른다. 요컨대 쇠망의 기운이 뚜렷해가는 조선의 수도 한성에서 조직된 이 두 학회의 역사적 의미란, 오랜 기간 변방에 놓여 있던 서북이 실상 한반도의 정신적 중심이 되었음을 알리는 선언과도 같은 것이었다. 두 학회의 조직원들, 즉 '서북인'들은 그 사실을 너무나도 잘 알고 있었다.

서우학회가 발행한 기관지 『서우(西友)』나, 서우학회와 한북흥학회가 통합 후 발행한 『서북학회월보(西北學會月報)』는 서북 지역 인사들이 과거에 받았던 부당한 처사를 성토하고 미래에 대한 기대를 풀어놓는 장의 역할을 담당했다.[1] 잡지에는 서북의 역사를 소개하거나 당대 서북의 위상을 평가하는 글이 다수 수록되어 있는데, 이와 같은 글은 대개 서북과 서북인이 감당해야 했던 지역적인 차별의 역사를 소환하는 것으로 시작된다.

幾百年 間에 所謂 西土之産이 對 我國人ᄒ야 下等 待遇를 受ᄒ얏ᄂ가. 讀書士子ᄂ 不過 宰相家의 人役이요 一般 平民은 盡是官吏輩의 犧牲이라. 就其中 最優等事業이라 ᄒᄂ 者ᄂ 所謂 進士니 及第니 持平이니 正言이니 僉使니 萬戶니 察訪이니 ᄒᄂ 經營으로 朱門終日垂頭客을 作ᄒ면셔 旅舘星霜에 不覺鬢邊髮白이라. 以此志氣와 以此身世로 飽喫苦楚ᄒ야 或其門戶에 榮光을 得홀가 ᄒ야 營營苟苟로 誤其平生ᄒ얏스니 其不得者ᄂ 固屬可憐이어니와 所謂 得此者인덜 亦何足尙哉아. 此ᄂ 吾輩의 祖先과 父兄이 世世經歷ᄒ신 境遇라.[2]

---

1 『서우』는 서우학회의 기관지로 1906년 12월에 창간되었다. 이후 1908년 1월에 서우학회와 한북흥학회가 통합하여 '서북학회'로 명칭을 변경하면서, 표제를 『서북학회월보』로 바꾸어 발간하였다. 표제를 바꾼 이후에도 1908년 5월까지는 본래 『서우』의 권호를 따라 통권 17호까지 발행하였고, 이후 1908년 6월부터 제1호부터 다시 권호를 세기 시작하였다. 1910년 5월경까지 발행된 것으로 알려져 있으며, 정확한 종간 시기와 권호는 밝혀지지 않았다.

글을 작성한 필자가 서북인이든 비서북인이든 서북의 역사를 다루는 글의 첫머리에는 이처럼 서북인이 받았던 푸대접을 나열하곤 했다. 위의 인용에서 보이듯, 선비들은 세도가의 문전을 기웃거리고 평민은 수탈의 대상이 되었다는 것, 그나마 벼슬을 얻어도 변방의 한직에 머물러 생계를 걱정하기 마련이었다는 것이다. 지역적인 소외의 역사는 "國中之賤族者를 말하면 필시 西北 松都人이라 하니 ……"[3]라는 자조 속에, 당대의 서북인사에게 주어졌던 계급적인 차별을 환기하는 효과를 거둔다. 위의 인용은 『서우』의 편집 주간을 담당했던 박은식(朴殷植)의 글이다. 서북의 역사를 통사적으로 기술하면서 이렇듯 과거의 부당한 처사를 환기하는 것은, 물론 그로부터 유발되는 감정을 집단적 응집의 동력으로 이용하려 했기 때문이다. 서북에 누적된 과거의 회한을 수식하는 데 흔히 동원된 어구는 "兩西의 累百年 沈淪坎坷의 恨" 즉, '양서의 인사들이 수백 년간 때를 만나지 못해 세를 떨치지 못하고 뜻을 이루지 못한 데에 한을 품었다'는 것으로 요약된다.[4]

1907년 평북 정주 오산에 오산학교(五山學校)를 세웠던, 서북 지역의 대표적 지식인인 남강 이승훈(李昇薰)의 「西北人의 宿怨新慟」은 당대 서북인들의 정치적 소외감을 잘 나타내는 글로 알려져 있다.

'文不過持掌令, 武不過僉使萬戶'라 하여 反旗를 들고 일어나던 洪景來의 快擧는 當時에 얼마나 西北人의 피를 끓게 하였던가. 李朝 五百年間에 西北人을 虐待한 것은 마침내 西北 사람으로 限없는 宿怨을 품게 하였다. 制度의 形式上으로는 別다른 差別이 없었다 하나 朝家의 方針으로 「西北人

---

2 박은식, 「사설」, 『서우』 1, 1906.12.
3 박은식, 「평양과 개성의 발달」, 『서우』 9, 1907.8.
4 박은식, 「경고사우」, 『서우』 2, 1907.1.1; 이도재, 「序」, 『서우』 2, 1907.1.1("嗟夫西土人士 抱
    幾百年沈淪坎坷之恨").

勿爲重用」이라는 信修를 世世 固守하여 西北 人物은 아무리 科擧에 及第하여 人才가 特出일지라도 恒常 무슨 叛心이나 있을까 하여 重要한 官職에 任用치 않고 文官으로는 最高가 持平(六品官)이나 掌令(三品官), 武官으로는 萬戶나 僉使(地方軍職) 차례에 지나지 못하고 中央政權은 畿湖 西南 人士의 獨斷場이 되어 西北 人士의 發身할 길이 杜塞되었다.[5]

인용문에서 이승훈은 서북인의 입신출세를 제한하는 특정한 형식적 제도가 있는 것은 아니었으나, 서북인들의 '반심(叛心)'을 우려하여 중요한 관직에는 등용치 않았다며 문관 및 무관의 임용하는 데 있어서 구체적인 상한선까지 제시하고 있다. 이승훈의 글은 서북인들에게 적용되었던 정치적 제약이 공식적으로 제도화되지 않은 채 일종의 묵계처럼 관행으로 굳어져 온 통치 정책의 일환이었다는 점을 보여준다. 실제적인 제약은 있었으되, 불공평한 처사임을 하소연할 만한 구체적인 대상이나 통로가 없었다는 뜻이다.

서북 지역의 인사들이 왜 정치사회적 영역에서 배제되었는지 그 집단적 불신의 기원에 대해서는 당대에 몇 가지 소문이 있었으나 정확한 것은 아니었다. 국초에 태조가 서북인의 인재 등용을 금지했다거나, 인조 집정 시에 서북의 선비들과 사이가 나빴던 한 중앙 관료가 허언을 꾸며 등용을 금지했다는 소위 '금고설(禁錮說)'부터,[6] 임진왜란 당시 평안도 지역에 의병활동이 없었기 때문이라는 설도 있었다.[7] 현재까지도 정확한 원인은 밝혀지지 않았으며, 연구자들은 여러 상황적 요인

---

5 이승훈, 「西北人의 宿怨新慟」, 『新民』 14, 1926.6(『남강 이승훈과 민족운동』, 남강문화재단출판부, 1988, 399면에서 재인용).
6 장유승, 「조선후기 서북 지역 문인 연구」, 서울대 박사논문, 2010, 86~93면.
7 한영우, 『조선 후기 사학사 연구』, 일지사, 1989, 223면(김상태, 「근현대 평안도 출신 사회지도층 연구」, 서울대 박사논문, 2002, 17면에서 재인용).

이 복합적으로 작용한 결과라 보고 있다. 서북 지역의 로컬리티를 집중적으로 다룬 최근의 한 연구는 우선 '대동강 이북의 한반도 북부 지역은 고대로부터 여러 종족이 공존하던 곳으로 한반도의 남부 지역과 적지 않은 이질적 면모'를 지니고 있었다는 연구사적 견해를 소개하면서, 여기에 함남 단천(端川) 지방 이북의 사람들은 여진족의 후손이라 보는 '종족적 배타성'과, 국경 지대를 확보하기 위해 사민(徙民) 정책을 시행하면서 주로 속량된 천민들이나 죄인들을 강제 이주시킨 결과 형성된 '계급적 배타성'이 종합적으로 작용했다는 의견을 제시하고 있다.[8] 이상의 논거들은 이민족과 근접한 지역이자, 중앙의 통제력이 강력하게 전달되지 못하는 변방의 국경 지대라는 지리적인 특성이 서북을 이질적인 지역으로 구별하는 결정적인 근거가 되어 왔음을 보여주고 있다.

앞서 『서우』의 기사들이 보여주듯이, 서북 지역에 대한 조선 왕조의 차별 정책은 해당 지역의 주민들에게 뿌리 깊은 소외감을 남겼다. 서북 출신의 과거급제자는 요직에 등용될 기회를 거의 얻지 못했다. 예컨대 평북 정주 지역은, 국가에서 지역의 문인들을 달래기 위해 도과(道科)를 실시하기 시작한 17세기 중반 무렵, 평안도 지역은 물론 전국 단위에서 가장 많은 합격자를 배출하기도 하였다.[9] 이는 지역적 차별에 갇혀 살아온 것에 비례하여 그만큼 강렬해진 서북 지역의 지식인들의 중앙 진출에 대한 욕구를 보여주는 것이나, 과거에 급제했다고

8　장유승, 「조선 후기 서북 문인 집단의 성격―평안도와 함경도의 지역 정체성 차이를 중심으로」, 『진단학보』 101, 진단학회, 2006, 410~413면; 장유승, 「조선후기 서북 지역 문인 연구」, 서울대 박사논문, 2010, 86~93면. 장유승은 서북문인들의 계보를 재구성하면서, 서북 지역에 대한 이러한 차별 담론이 객관적인 사실이 확인되지 않은 채 서북 지역 문인들이나 중앙 문인들에게 정설이 되면서 서북인의 집합의식과 서북의 지역 정체성을 형성하는 데 영향을 주었음을 밝히고 있다.

9　장유승, 「조선후기 서북 지역 문인 연구」, 서울대 박사논문, 2010, 139~142면.

하더라도 실제 요직으로의 진출은 극히 제한되어 있었다. 이에 서북 지역에서는 세태를 비관하여 오히려 "명망있는 문인들은 진출을 기피" 하면서, "과거에 몰두하는 지역문인들을 경시"하는 풍조까지 생기게 되었다.[10] 이와 같은 일련의 상황은 서북지식인들의 소외감이 비단 차별정책 때문에 반감을 품는 식의 단순한 반응 수준에서 나아가, 장기간 일종의 인정 투쟁을 되풀이하는 가운데 집단 내의 갈등을 누적시키며 형성된 것임을 보여준다.

지역적인 차별이 오랜 시간 동안 계속되면서, 그 결과는 중앙 정권에 대한 의뢰도가 줄어들고 독자적인 지역 사회 공동체의 색채가 강해지는 경향으로 나타났다. 지역에 자체적으로 강학을 교습하는 학교들이 많아지고, 과거를 통한 입신이라는 전통적인 방식 대신에 상업, 무역 등으로 전업하는 이들이 생겼다. 중앙과 연계된 양반층이 두텁지 않은 대신에 지역 사회에서 영향력을 행사하는 일부 향반들을 중심으로 공동체가 구성되었다.

개화기 서북 지역의 공동체의식의 특징적 국면을 보여주는 몇 가지 사례가 있다. 최근 근대 계몽기의 영토적 공간 개념의 형성을 추적한 한 연구는 『대한매일신보』, 『독립신보』, 『황성신문』을 대상으로 '영토', '강산' 등 영토의 개념을 내포한 어휘와 백성, 인민, 국민 등 주체적 개념을 내포한 어휘들의 사용 맥락과 빈도를 조사하였다.[11] 주지하듯, 영국인 베델(Ernest Thomas Bethell, 裵說)과 양기탁(梁起鐸)이 1904년 창간한 『대한매일신보』는 1907년 도산 안창호(安昌浩)가 조직한 신민회(新民會)와 밀접한 관련을 맺고 있다.[12] 양기탁을 비롯하여 주요 필자인 박

10　위의 논문, 145면.
11　박태호, 「근대 계몽기 영토적 공간개념의 형성」, '2004 한국문화연구원 학술대회 : 한국의 근대와 근대경험 Ⅱ—1900~1904, 계몽의 공백 발표문, 이화여대 한국문화연구원, 2004, 31~60면.
12　양기탁은 신민회의 총감독이었으며, 『대한매일신보』의 논설위원이나 사원들도 신민회의 회

은식, 장도빈(張道斌), 재정 업무를 담당한 임치정(林蚩正), 황해도 지역의 지사를 운영한 김구(金九), 평양 지사를 운영한 안태국(安泰國) 등은 서북인이자 신민회의 구성원들이었다. 1908년 무렵 총 47개소의 지사 중 평안도 23개소(49%), 황해도 6개소(13%) 등 신문사 지부의 절반 이상이 관서 지역에 집중되어 있었다는 사실은,[13] 전국 조직을 표방했지만 주로 평안도 지역의 조직운동에 의존했던 신민회의 지역적 존재 기반과도 일치하는 것이다. 『대한매일신보』는 전국지를 표방했지만 당대 서북 지역의 지적인 동향을 반영한 자료가 된다.

개념어의 사용 면에서 보았을 때, 『대한매일신보』의 기사는 『독립신문』이나 『황성신문』의 기사와는 공간과 주체에 대한 인식 양상이 달랐다. 우선 '강토'라는 어휘에 대해, 『독립신문』이나 『황성신문』이 '왕에게 귀속된 영토'의 개념으로 이해하고 서술하는 데 비해 『대한매일신보』는 '단군'이나 '국조'에게 귀속시켜 현재 통치자인 왕이 아니라 "국민 내지 민족의 기원을 이루는 지점"으로 사용하는 경향을 보인다. 또한 『독립신문』에서는 '국민'이라는 단어 대신에 '백성'이라는 단어가 많이 사용되고 그 빈도도 점차 증가하는 양상을 보이는 반면에, 『대한매일신보』에서는 '백성'의 빈도가 줄어들고 그 자리를 '국민'이라는 단어가 대치하는 현상이 나타난다. 이 글의 연구자는 당시 '백성'은 "임금에게 귀속되어 임금의 보호대상"임을 의식한 단어로, '국민'은 "임금을 포함한 전체를 표시하는 단어"로 사용되었으며, 이를 감안한다면 두

원이 되었다. 신채호, 박은식, 장지연(張志淵), 임치정(林蚩正), 옥관빈(玉觀彬), 장도빈(張道斌) 등이 이에 해당한다. 또한 신민회의 본부가 대한매일신보사 안에 있었다는 증언도 존재한다(장도빈, 「암운 짙은 구한말」, 『사상계』, 1962.4). 이와 같은 정황에 의거하여 신용하는 『대한매일신보』가 신민회의 기관지였으며, 대한매일신보사는 사실상 신민회 총본부의 기능을 겸하였다고 보았다(신용하, 『한국 민족독립운동사 연구』, 을유문화사, 1985, 96면).

13 박정규, 「대한매일신보의 참여인물과 언론활동」, 한국언론학회 심포지움 및 세미나, 한국언론학회, 2004, 43면.

신문 사이의 대조적인 인식 차는 『대한매일신보』에서 "국민은 임금에 귀속되지 않으며 오히려 임금을 포함하는 전체로 사용되었다"는 점을 보여주는 것이라 분석하고 있다.[14] '영토'나 '국민'이라는 개념의 재배치를 통해 전통적으로 종속적 구도에 놓여 있던 중앙과의 관계를 대등한 구도로 바꿔 놓았다는 점, 그 과정에서 '국왕'이라는 존재를 대체할 정신적 구심점으로 '국가' 혹은 '민족'이라는 공동체 개념이 유입되고 있다는 점은 서북 지역의 지식인들을 구속했던 전통적인 차별 담론이 어떤 방향으로 변화하고 있는지를 나타낸다. 왕과 양반 세력이 권력을 독점하는 봉건적인 계급구도가 해체된 이후에 오는 시공간의 성격이란, 상하의 종속 관계가 아닌 대등한 자격을 갖춘 구성원이 만드는 민족공동체의 성격을 지녀야 한다는 미래 지향성이 엿보이는 것이다.

중앙 집권층에 대한 의뢰 관계를 청산하고 자체적인 발전 방향을 추구해왔음을 시사하는 언급은 남강 이승훈의 발언에서도 찾을 수 있다.

우리 西北人은 國喪(純宗의 國喪 — 인용자 주)을 當하여 感情이 他道 사람과는 不同하다. 喪章을 付하며 白笠을 쓰는 禮俗에 이르러서는 一般 同胞가 하는 대로 大同을 從하는 것이 勿論 當然하지마는 嶺湖地方에 比하면 좀 冷淡한 모양이다.

그러나 世上이 이렇게 되고 보니 宿怨도 이제는 問題가 自然 消滅되었다. 西北 사람도 亦是 血管이 相通하는 朝鮮 사람이라 多數 同胞가 慟哭할 때 어찌 뼈가 저리고 가슴이 쓰리지 아니하랴. 소리 없이 우는 것은 우리 西北 사람도 他道 사람만 못지않을 것이다. 또한 宿怨에 感染되지 않는 純潔한 靑年들은 그 哀慟하는 새로운 悲哀가 더욱 深刻하다.

---

14 위의 글, 58~59면.

그러나 우리가 우는 눈물은 그 意味가 좀 別다른 점이 있다. 舊君을 哭함보다 우리는 社稷을 哭한다. 자못 哭할 뿐 아니라 한번 눈물을 씻고 주먹을 부르쥐고 살려고 努力을 하려 한다.[15]

　1926년 4월, 순종의 국상을 당하여 쓴 글에서 남강 이승훈은 서북인 역시 국상에 슬퍼하나 그 정도가 영호(嶺湖) 지방보다는 냉담하다는 것, 하지만 세월이 흐르고 보니 서북인 차별이라는 '숙원(宿怨)'의 역사를 모르는 청년층에 이르러서는 그 비애의 정도가 심하다고 적었다. 그러나 이하의 대목에서 이승훈은 서북인의 경우 "구군(舊君)을 곡함보다 우리는 사직(社稷)을 곡한다"고 하여, 서북인이 공유한 '비통함'의 성격을 설명하면서 세월의 경과나 세대의 변화 따위에 영향을 받지 않는 서북 특유의 정서를 제시하려 든다. 이승훈의 발언은 유교적 전통에서 왕이 국가를 구성할 때 '종묘(宗廟)'와 '사직(社稷)'이라는 이원 체계를 근간에 두었다는 맥락에서 이해할 수 있다. 즉, 종묘가 역대 왕가의 정통성과 역사를 상징하는 장소적 개념이라면, 사직은 토지와 곡식으로 대변되는 백성의 기본적인 생존 환경에 대한 구복을 상징하는 개념이다. '구군'보다 '사직'을 곡한다는 것은, 땅과 그 땅의 산물들에 대한 권리를 빼앗겨 생존권을 위협받게 된 것이 왕통의 단절보다 더 비극적 사태임을 언명한 것이다. 이는 앞서 『대한매일신보』에서 왕과 백성의 종속구도를 공동체적 차원에서의 수평 구도로 바꾸어 놓던 인식과도 상통하는 것으로, 중앙의 봉건적 지배 체제를 벗어나 민족, 국가 등 근대적 공동체의 개념 속에서 평등한 구성원으로 자격을 확보하고자 했던 서북인의 지향을 잘 드러낸 사례이다.

15　이승훈, 앞의 글, 400면.

서우학회의 조직(1906), 신민회의 조직(1907), 서북학회 결성(1908) 등은 서북 지역 지식인의 위상이 사회적으로 증가하고 있음을 보여주는 일련의 사건들이다. 이에 따라 과거 서북의 지역적인 결점이나 서북인의 약점으로 지적되었던 요인들은 구왕조의 멸망과 더불어 새롭게 열릴 시대에 적합한 자질임이 부각된다.

호전성이나 용맹함처럼, 문관 위주의 등용정책에서는 환영받지 못했던 서북인의 기질은 시대의 흐름에 부합하는 덕목으로 재평가된다.

① 본래 西會의 성질은 勇敢猛進하고 北會의 성질은 剛毅堅執하니 전자에 서회는 太猛하니 顚倒의 慮가 있고, 북회는 太堅하니 粘泥의 慮가 유하더니 양회 상합함에 방회성질이 일변하여 强勇莊重하고 文雅忠勤이라.[16]

② 신라와 백제는 의뢰의 습관이 있으나, 유독 고구려는 할거서북하여 용맹한 장수와 강한 병사를 두었다. 살수, 안시성 전투가 그러하다. 그러한 즉, 우리 한민족으로 자강의 기초를 놓고 독립의 정신을 보할진대 그것은 필연코 우리 兩西가 해낼 것이다. 세간의 논자가 우리 한국의 兩西로 일컬어서 일본의 융장(薩長) 兩州에 비유함은 좋은 예이다.[17]

첫 번째 인용문은 서우학회와 한북학회가 합병하여 서북학회로 통합된 것을 축하하기 위해 한 회원이 기고한 글로, 서북인들 스스로 자신들의 특징은 호전적인 강인함과 근면함이라 평가하고 있음을 보여준다. 서북인의 적극적인 기질은 특히 구왕조의 지배세력이 보여준 무능함과 수사적으로 대조되면서 급변하는 세계 추세에 걸맞은 적극성으로 환치된다.

---

16 전하석, 「축사」, 『서북학회월보』 15, 1908(융희 2).2.1.
17 방홍주, 「축사」, 『서우』 5, 1907.4.1, 1면.

두 번째 인용문 역시 서북학회 회원의 글로, 서북인의 적극성이 과거 중국과 영토 경쟁을 벌이던 고구려인의 역사를 서북인의 역사로 포괄하는 근거로 동원되는 것을 보여준다. 고구려의 호전성은 평안도 및 황해도 양서인의 기질로 대응되고, 이는 다시 자강과 독립의 능력으로 연결된다. 이와 같은 논리 전개는 역사의 기술이란 비단 민족의 통사를 위해서만 기능하는 것이 아니라는 점을 확인시켜 준다. 그것은 지역의 통사이기도 한 것이다. 아울러 인용문의 논자는 "세간의 논자가 한국의 양서를 '융장(隆長)'에 비유한다"고 적었다. 인용문에서 "융장(隆長) 兩州"란 메이지 유신을 주도하여 막부체제를 무너뜨린 일본의 초오슈우번[長州藩]과 사쯔마번[薩摩藩], 두 곳의 외번(外藩)을 가리킨다. 서북이 조선 반도의 문명화를 이끌어낼 혁명적 장소가 되었다는 그의 언급은, 1900년대 후반 서북인들의 집단적 자부심을 선명하게 드러낸다. 서북은 과거 단군과 기자에서부터 시작된 문명의 발상지였고, 조선의 국운이 다한 지금 다시금 문명의 발상지가 되리라는 기대감에 차 있는 것이다. 이들에게 '서북'은 더 이상 소외되어 온 조선의 변방이 아니라 '문명화된 조선'의 정신적인 중심지이다.

서북인들의 자부심은 지역적인 소외의 역사조차도 서북이 문명화의 자질을 갖추는 데 기여한 요인이자, 서북의 힘을 길러준 요인으로 바꾸어 놓기에 이른다. 서북이 한반도 문명화의 선두에 나서게 된 것은 기존의 구문화와 구분되는 이질성 덕분이라는 것이다.

아 ― 人間得失塞翁之馬인가, 오백년 宿怨 生活을 보낸 우리 西北에는 뼈다귀를 울궈먹는 先正判書의 祀堂도 없고, 罪惡의 歷史를 끼친 貪官汚吏의 祖上도 없고, 妄想을 發揮하던 四色偏黨도 없고, 跋扈兼併하던 土豪 强族도 없고, 班常의 階級과 依賴의 陋習도 없다. 자못 남달리 가진 것은 감

상의 수심가와 울결한 혁명사상 뿐이었다. 그러므로 近世에 이르러서는
幸히 新文明의 空氣를 吸收함이 他地方보다 무速하여 文化가 일찍 發達되
었으니 ……. [18]

남강 이승훈이 서북인의 숙원(宿怨)을 서술한 글의 일절이다. 주로 양반토호의 발호와 중앙권력의 견제에서 자유로웠다는 맥락에서 남강은 "선조판서의 사당도 없고", "탐관오리의 조상도 없고", "사색편당도 없고", "반상의 계급과 의뢰의 누습도 없다"는 것을 서북의 특징으로 내세운다. 이 대목에서 남강 이승훈은 서북이 특히 기성 지배 세력에서 변방에 있었다는 것이 서북의 숙원이기도 했지만 역설적으로 서북을 발전시킨 동력이라고 본다. 특히, 그 동력을 '없음[無]'이라는 결여의 자질에서 찾고, 그 여백이 상대적으로 신문명을 흡수하는 데 있어 신속한 대응을 가능케 했다고 분석하고 있는 것이다. 한반도에서 서북의 이질성에 대한 인식은 비단 서북인들만의 것은 아니었다. 당대 대표적인 기호파 인사로 꼽혔던 윤치호(尹致昊)는 서북인들의 집단성에 대해 "서북파, 특히 평안도인들은 오랜 세월 동안 억압을 받아온 데다, 자기들끼리 신분상의 이질감이 없기 때문에 응집력이 강한 편"이라 적고 있다.[19] 이어서 윤치호는 서북인의 응집력이 현대교육을 빨리 수용할 수 있게 하였으며, 이로 인해 세력을 얻은 서북인으로 인해 장차 조선인 간의 갈등이 심화되는 상황을 우려하고 있다.

일종의 결여 상태가 도리어 신문명에 대한 적극적인 대응을 낳는 자질을 키웠다는 이승훈의 시각과 유사한 관점은 박은식의 글에도 나타난다. 1907년, 박은식은 『서우』의 잡보에 청나라의 인력거꾼들이 신문

---

18 이승훈, 앞의 글, 400면.
19 윤치호, 김상태 편, 『윤치호 일기』, 역사비평사, 2001, 625면.

에서 시사와 국정의 소식을 얻는 자가 많다는 소식을 전하면서 "하등 사회에는 다수이며, 변화의 세가 강하고, 감동하기를 잘하니 개풍기(改風氣)하고자 하는 이는 먼저 하등인에게 힘을 미쳐야 할 것이다"[20]라고 적고 있다. 그의 언급은 사회의 개혁을 이끌어내려면 하등인을 움직여야 한다는 계급적인 관점에서 나온다. 이는 『서우』, 『서북학회월보』 같은 서북 지역학회의 기관지부터, 『황성신문』, 『대한매일신보』 등의 전국 단위 언론지까지 종횡무진으로 활동하던 박은식의 계몽운동 전략을 드러낸다.[21] 변화는 기득권으로 무장한 중앙이 아니라 변화를 갈

---

20 박은식, 「淸報護載後識」, 『서우』 5, 1907.4.
21 기독교를 매개로 교육 및 산업화가 이루어진 서북 지역에서, 박은식은 유림 세력을 기반으로 근대화운동을 전개한 경우에 해당한다. 박은식은 기독교의 미덕은 노동에 가치를 부여하고 근면함을 추구한다는 데에 있다고 보기도 했으나, 기독교 세력과는 일정한 거리를 유지한 것처럼 보인다. 박은식을 통해 당시 서북 지역의 기독교와 유림 간의 갈등 구도를 유추해 볼 수 있다. 청일전쟁을 전후하여 평안도에서 교회는 '치외법권적인 영역'으로 인식되어 지방 관료의 수탈로부터 재산을 보호하려는 사람들이 대거 입교하는 양상을 보였다. 교인들과 지방 관료들의 갈등이 표면화된 것이 1894년 평양에서 일어난 '기독교인 박해사건'이다. 당시 평양감사 민병석(閔丙奭)은 평안도의 유력한 기독교 인사인 김창식, 한석진 등을 체포한다(평안도 지역 개신교의 형성과정에 대해서는 김상태, 「근현대 평안도 출신 사회지도층 연구」, 서울대 박사논문, 2002, 28~30면 참조). 민병석은 1890년 평안도 관찰사로 부임하여 당시 학문적으로 소외되어 있던 평안도 지방의 유교 엘리트들을 대상으로 관서 지방의 홍학정책을 입안하고, 박은식이 사숙했던 평안도 지역의 대표적 성리학자인 박문일(朴文一)·박문오(朴文五) 형제의 문하생들을 지원한 인물이다. 박은식은 은사였던 박문일 형제와 민병석 사이에서 의견 조정을 담당하는 역할을 했던 것으로 알려져 있다(박은식과 평안도 지역 유교학파의 관계는 노관범, 「대한제국기 박은식과 장지연의 자강사상 연구」, 서울대 박사논문, 2007, 142~150면 참조). 또한 박은식이 속했던 서우학회 태천지회는 박문일 형제의 학문적인 영향을 받은 유생들이 주도한 것으로 알려져 있다(김도형, 『대한제국기의 정치사상 연구』, 지식산업사, 1994, 166면). 한편 근대자강운동의 일환으로 추진했던 지역학교 설립운동에서도 기독교 세력과 개혁적 유교 세력은 그 추진 방법이 달랐다. 당시 평안도 지역에 세워진 개신교 계열의 학교는 주로 지역 경제적 수준이 높고 행정·교통의 요지이며 교인의 세가 컸던 곳에 세워졌다(김상태, 앞의 논문, 43~50면 참조). 반면 서우학회에서 인가한 서북협성학교의 지방분교 분포도는 지역적 정치경제의 수준 차에서 상대적으로 자유롭다. 평안도의 경우를 예로 들면, 평안도 내에서도 척박한 땅으로 분류되었고 개신교의 교세가 그다지 크지 않았던 벽동, 구성, 운산, 태천 등의 지역에도 분교를 인가했다(신용하, 『박은식의 사회사상 연구』, 서울대 출판부, 1982, 18~20면). 개신교나 천도교 세력과 연관이 없으면서도 지역적으로 신교육의 필요를 느낀 지역인사들이 분교 설립을

망하는 탈-중앙, 즉 변방을 공략하는 데에서 나온다.

변혁의 중심이 하등 사회의 변화 가능성에 놓여 있다는 관점은 박은식의 「몽배금태조(夢拜金太祖)」를 뒷받침하는 논리이기도 하다. 한일합병 후 1911년, 만주 서간도로 망명한 이후 박은식은 망국을 막아내지 못한 무치생(無恥生)의 입장에서, 그 부활의 방안을 중국의 금(金) 태조에게 물었다. 글의 도입부에 박은식은 금 태조를 소환하는 이유에 대해 금국은 '발해족 및 마한족과 연결되어 있으며, 함경도 회령에서 발흥하여 요(遼)를 없애고 북송(北宋)과 대결했으니 우리 민족이 천하를 호령하던 때'이기 때문이라 적었다.[22] 서북 출신 유학자로서 중앙에 등용되지 못한 채 유학의 개혁을 모색했던 박은식은 그 자신이 유학자 출신임에도 이미 한족 중심사관을 탈피하고 있다. 약소민족에 지나지 않았던 여진족이 송을 위협하며 중국 대륙을 지배하는 상황은 더 이상 정통성에의 반역이나 반란의 구도에서 해석되는 것이 아니라, 강자의 자질을 갖춘 지방 부족의 승리이다. 무치생의 질문과 금 태조의 답변이라는 전통적 유교 강학서의 기본 구도를 빌려, 그는 '하등의 동포들이 상등의 지위로 나가는 방법'에 대해, 즉 현대적 혁명의 방법에 대해 말하고 있다.

> 下等社會를 開導홈이 上等社會 보다 容易ᄒ니라. (…중략…) 舊學의 習梁이 腦髓에 印着혼 者ᄂ 恒常 新文化를 對ᄒ야 抵抗力이 强ᄒ고 又 其平日 高等地位에 處혼으로 自賢自足의 習이 有혼 고로 此等人의게ᄂ 비록 許多百舌의 力을 費홀지라도 其思想을 轉向키 難ᄒ고 舊學의 習梁이 素無혼 者ᄂ 腦髓中 本來 虛靈이 自在ᄒ야 新文化를 灌注키 不難ᄒ고 又 其平日

신청했던 것으로 보인다.

22 박은식, 「夢拜金太祖」, 백암 박은식 선생 전집 편찬위원회 편, 『백암 박은식 전집』 4, 동방미디어, 2002.

下等社會에 處호 故로 自賢自足의 習이 無ㅎ야 人의 勸告의 開諭를 聽受홈이 容易ㅎ니라. 況 現今은 世界大運이 平等主義로 轉向ㅎ는 時代라. 下等社會를 引導ㅎ야 上等地位로 進步케 홈은 卽 天地進化의 程度를 順從홈이니 그 功效를 奏홈이 또한 自然호 勢니라. [23]

요점은 하등 사회의 '개도(開導)'가 보다 용이하다는 것을 깨닫는 점에 있다. 하등 사회의 인사들은 구학문의 습속이 없어 마치 백지처럼 신문화를 받아들일 수 있으며, 사회적 권력을 갖지 못한 까닭에 자현자족(自賢自足)하는 습성이 없어 타인의 가르침을 쉽게 수용한다는 것이다. 하등 사회 인사들이 지니고 있는 자질로서, 이와 같은 시대적 전환을 쉽게 수용할 수 있는 유연성은 "腦髓中 本來 虛靈이 自在"한다는 점에서 나온다. '허령(虛靈)'이란 성리학 중에서도 심성론의 주요 개념인 마음(心)을 가리키는 말로, 특히 박은식의 언급은 "심은 마음의 주인이다. 심은 허령명각(虛靈明覺)한 것으로 본원의 양지(良知)라고 말하는 것이다"라는, 왕양명의 심성론을 따른 것으로 보인다. [24] 박은식은 왕양명의 양지 개념, 즉 "앎은 마음속에 원래부터 지니고 있는 도덕적 지식이 발현되어 나온 것"이라는 관념을 받아들여, 유교의 틀 내에서 도덕학을 확립하려 했다. [25] 왕양명은 '심'의 본체는 선한 것이며, 동시에 "심의 본체는 허함을 그 특징으로 하기에 실질적 형상도 없고 대대(對待)도 없는 초월적 절대성"이라[26] 보아 '선'함을 그 자체로 아무런 상대 개념도 가지지 않는 절대적 가치로 격상시킨 바 있다. 즉 인간은 도덕적 가치를 본체로 한 무형상의 절대성, 즉 '허령'을 일종의 필터처럼 지니기에 각

---

23 위의 글, 190면.
24 몽배원, 홍원식 외역, 『성리학의 개념들』, 예문서원, 2008, 428면.
25 심용진, 「박은식의 자강사상에 관한 연구」, 성균관대 석사논문, 1991, 32~37면.
26 몽배원, 앞의 책, 429면.

자 도덕의 자율성에 대한 감각을 갖게 되는 것이다. 학문적 출발점을 성리학에 두되, 양명학을 수용하여 관념론적 고답성을 벗어나 현실적 실천 논리로의 변형을 주장했던 박은식은 인간의 기질적 본성에 해당하는 '허령'을 구사회의 변혁을 이끌어낼 합리적인 도덕의지로 변용시킨다. 박은식은 특히 구학의 폐단에 물들지 않은 하등 사회의 인물들에게서 보다 순수한 도덕적 자율성의 감각이 내재한다고 보았던 것이다.

중앙권력의 통치에서 상대적으로 소외받으며 생겨난 지식이나 관습의 '결여[無]'가 도리어 시대적 전환에 적응하기에 유용한 자질이라는 것을 박은식은 잘 알고 있었다. 그는 이미 『황성신문』의 주필로서 서도의 각 지방을 돌며 서북인들이 신학문을 흡수하려 자체적으로 마련한 근대 사립학교들을 돌아 본 경험이 있었던 것이다.[27] 당시 그가 남긴 여행기 중에는 박은식에게 서도(西道)가 어떤 의미였는가, 서북인이란 어떤 존재였는가를 짐작케 하는 구절이 있다. 그는 관서 지방을 주유하며 각 지방의 신학교를 견학한 소감을 빠짐없이 적는다. 이 가운데 신안주(新安州) 지방의 안흥학교(安興學校)를 참관하고 그곳의 학생들과 함께 을지문덕의 묘비와 살수(薩水)를 방문한다. 살수에 배를 띄우고 유람하면서("薩水의 汎舟遊宴"), 각지의 학생들이 모여든 장면을 다음과 같이 묘사한다.

綠城而下하야 野를 越하야 沙를 涉하야 薩水에 至하니 南北 兩○가 聯合함이 學徒가 수백인이라. 六隻船을 聯結하여 中流에 放하니 十餘 個 校旗는 船頭에 颺揚하고 一般 學徒는 唱歌를 迭奏하니 懽○快甚하여 縱○所如러니, (…중략…) 昔年 乙支公의 數萬 貔貅(비휴, 맹수의 이름 — 인용자

---

27 박은식, 「서도여행기」, 『황성신문』, 1910.6.21~7.1.

주)가 隋兵 百萬을 包圍掩襲하던 光景이 森然如覩이러라.[28]

　박은식은 수백 명의 학생들을 태운 배가 진용을 짜고, 교기를 배에 꽂고 창가를 부르는 장관을 일컬어 이것이야말로 수나라의 병정을 무찌르던 고구려군의 장관을 연상시킨다고 적었다. 그에게 있어서, 신교육을 받은 관서의 학도들은 과거 고구려의 역동적 진취성을 재현할 핵심세력이다. 전장과도 같은 세계정세 속에서, 서북의 역사는 이미 지나간 지역사의 한 페이지가 아니라 현재를 재편성하는 동력으로 재현되고 있는 것이다.

　앞서 이승훈이 '없음(無)'이라는 결여의 상태를 서북의 지역적 특징으로 지목하고 이를 공동체의 질적 도약을 이끄는 방안으로 제시했다면, 박은식 역시 서북에서 '허령(虛靈)'의 의지를 발견하고 이를 한반도 문명화의 동력으로 확장시키려 했다. 두 사람은 역사적으로 누적되어온 지역적 소외감이 도리어 공동체적 발전의 동력이 되었다는 인식을 공통적으로 지니고 있다. 아울러 이들의 시공간적 인식 내에서는 이미 전통적 주종관계에서 파생된 '차별'은 해체되고, 공동체 간의 실력에 의해 생겨나는 질적 '차이'가 그 자리를 대신한다.

　전통 사회에서 오랜 차별을 받았으며, 이와 같은 차별을 오히려 변혁의 계기로 삼아 새로운 시대의 적자로 거듭났다는 자부심은 서북지식인들의 문화사상사를 이해하는 데 중요한 단서가 된다. 진보의 자질이란 전통 사회에의 편승이나 인정투쟁에서 승리하는 지점에서 오지 않았다. 그것은 국경을 넘는 일을 두려워하지 않고 이민족의 문물을 접하는 데 인색하지 않았던 자체적 생존 모색의 결과였다. 문명의 진

28　위의 글, 1910.6.23.

보는 전통의 연속성 속에 성취된 것이라기보다는 기존 지배이념을 뛰어넘은 시각의 확장과 실천을 통해 이루어지고 있다. 이것은 일차적으로는 서북청년의 유학(留學) 열기나 외국 사상의 수용 등의 영토 확장에의 욕구로 나타난다. 그러나 이와 같은 외적 확장의 원심력은, 서북인의 숙원과 고구려사 등을 재해석하는 태도에서 드러나듯이 과거를 적극적으로 도입하여 자아상을 재평가하려는 구심력과 동시에 작용하고 있다는 것을 간과해서는 안 될 것이다. 이에 서북과 서북인의 전사(前史)를 통해 서북의 외래지향성을 들여다보는 경우, 그 '외래 지향' 현상을 이해하기 위해 짚고 넘어가야 할 한 가지 전제를 알 수 있다. 외래지향성에 수반되었던 '배움', '학습'의 동력을 제국의 문명에 대한 찬양에서 나온 단순한 모방욕구만으로 치부해서는 안 된다는 점이다. 그것은 단일 공동체 내부에 존재했던 차별 담론의 영향을 받은 것으로, 서북 지역 특유의 생존 논리의 마련이라는 차원에서 요청된 것이며, 오히려 '자기'를 포기하지 않은 결과로 도출된 것이다.

2. 유예된 미래와 사도로서의 지식인

본래 서북 지역은 각종 종교 및 민간신앙이 전통적으로 승한 곳이었다. 중앙 통치로부터 소외된 만큼, 공식적인 통치 이념에서 자유롭고 저항적인 상상력이 통용되었다는 증거로 볼 수 있다. 타 지역에 비해 평안도의 유학자들은 주역(周易)에 정통했다. 불교와 도교, 기타 종교들이 전통 유교 사회 속에서 '이단사설(異端邪說)'로 불리며 나타났고, 『정감록』 등의 예언서가 널리 퍼져 있었으며, 이로 인한 민심의 동요가 보고되곤 하였다.[29] 평안도 지역의 어사에게는 "요망한 책을 끼고 이단의 도를 강하여 혹세무민하는 일"을 단속할 일이 강조되었다. 점서(占書)나 지술서(地術書)를 익힌 뒤 귀신과 접하고 점술을 신통히 하기 위해 수련을 한다 하여, 주민들이 신선이라 부르고 관인들은 '요인(妖人)'이라 부르는 민간신앙 신봉자들도 많았다.[30] 18세기의 홍경래 난이 진압된 이후에도 평안도 지방에는 홍경래가 아직 살아서 반란을 준비하는 중이라는 믿음도 광범위하게 유포되어 있었다.[31] 서북 지역의 종교적 강세는 19세기에도 이어졌다. 1910년도에 박은식은 서도를 유람한 뒤 "최고 발달한 것은 야소교회"라 소감을 말하였고,[32] 1923년 중반 『개벽』에 실린 평안북도 답사 기사에서도 "무엇보다도 평북에서 그중 눈들어 볼 만한 것은 종교계"라는 평가가 이어지고 있다.[33]

서북에서 강력한 영향력을 점유한 것은 기독교와 천도교이다. 1920

---

29 장유승, 「조선후기 서북 지역 문인 연구」, 서울대 박사논문, 2010, 54면.

30 오수창, 『조선후기 평안도 사회발전 연구』, 일조각, 2002, 247~248면.

31 Chull Lee, "social sources of the rapid growth of the christian church in the northwest Korea : 1895~1910", Ph.D. Boston University Graduate School of Arts and Sciences, 1997, p.118.

32 박은식, 「서도 여행기」, 『황성신문』, 1910.7.1.

33 춘파, 「一高一下한 평북의 二大界」, 『개벽』, 1923.8, 77면.

년대 초반의 통계는 서북 지역의 기독교와 천도교가 거의 비등한 세력을 확보했음을 보여주고 있다.[34] 1921년 현재 천도교 신도 수는 26,527명, 예수교의 신도 수는 33,961명이다. 천도교의 포교소는 228개소, 예수교의 교회는 195개소로 오히려 천도교의 선교 거점 수가 기독교의 교회 수를 앞지른다. 기독교와 천도교는 서북인들이 느꼈던 기존 통치제제의 안전망으로부터의 소외감, 전쟁에 대한 공포와 불안 등, 서북지역의 지정학에 따른 지방 주민의 심리적 취약점을 파고들어 교세를 확장했다는 공통점을 가지고 있다.

함남 고원 출신의 천도교 이론가인 이돈화(李敦化)는[35] 당초 소년기에 '무당'이나 '신사(神祠)' 같은 재래종교에 염증을 느끼던 무신앙자이자, 세상과 자아에 대한 '몹쓸 염증'에서 기인한 자살 충동을 억누르려 방랑을 일삼던 자신이 동학에 입도하던 심경을 밝힌 바 있다.[36] 이돈화의 회고를 읽어보면, 소년 시절 그가 느끼던 답답함은 더 이상 '농사 짓고 나무하며 살기보다는 차라리 죽겠다'는 소년다운 야망과 패기에

---

34 「조선문화의 기본조사—평안북도 특집호」, 『개벽』, 1923.8, 77~78면.

35 1884년 함남 고원에서 출생하여 1903년 동학에 입문, 손병희의 추천으로 1910년 천도교회월보사에 입사하면서 동학의 인내천주의에 바탕을 두고 저술활동에 나섰다. 야뢰, 백두산인, 창해거사 등의 필명을 사용하여 『천도교회월보』, 『신인간』과 천도교 계열 잡지인 『개벽』, 『부인』(『신여성』의 전신), 『신여성』, 『어린이』, 『조선농민』, 『학생』, 『혜성』 등에 글을 기고했다. 그는 천도교를 근대적 종교로 탈바꿈하는 데 이론적인 논거를 제공한 인물로 평가받고 있으며, 1920년 천도교청년회를 조직하고 편집부 사업의 일환으로 차상찬, 방정환, 김기전, 박달성 등과 함께 『개벽』을 발간하고 편집인으로 활동하였다. 『신인철학』(1930), 『인내천요의』(1924), 『천도교창건사』(1933) 등 천도교의 교리와 역사에 관한 저서에서 종교원론을 정리하고 체계화했다. 1950년 6·25 당시 12월까지도 평남 양덕의 수도원에 머문 것으로 알려져 있으나 이후 행방불명되었다. 이돈화의 생애와 저술활동에 관련해서는 다음과 같은 자료들을 참고할 수 있다. 이돈화, 「나의 반생—자서전」, 『천도교회월보』 249~251, 1931.9~11; 조규태, 「천도교 인물열전 2—신문화운동의 논객 이돈화」, 『신인간』 564, 1997; 조남현, 「이돈화 사상의 형성과 전개」, 『시대정신에 합일된 사람性 주의』 해설, 범우, 2007, 514~544면; 차웅렬, 「천도교를 빛낸 별, 夜雷 李敦化」, 『신인간』 616, 2001.12; 허수, 「1920년 전후 이돈화의 현실인식과 근대철학수용」, 『역사문제연구』 9, 역사문제연구소, 2002.

36 이돈화, 「나의 반생」, 『천도교회월보』 249, 1931.9, 23~24면; 차웅렬, 위의 글, 102~108면.

서 나온 것이었는데, 당시 그의 어머니와 동학접주이던 진외종조는 '동학에 들면 돈 안 들이고 돌아다닐 수 있다'며 그에게 입도를 권유했던 것이다. 그는 자신이 동학에 입도하던 1903년 무렵, 평안도와 함경도에 동학이 교세를 넓힐 수 있었던 이유를 다음과 같이 말하고 있다.

> 한쪽으로 鄭堪說의 풍설이 津津浦浦에 퍼저서 十勝之地를 차자야 산다는 공포심이 민심을 크게 동요하고 잇슬 때에 동학군들은 그것을 이용하야 가지고 十勝之地며 弓弓乙乙이란 것은 다른 것이 안이오 사람의 마음이며 또는 吾道의 眞理이라고 고함치는 바람에 평등자유의 사상을 渴仰하든 西北百姓들은 나도나도하고 東學으로 들어가젓습니다 이때 우리곳에는 東學을 東學이라 하지안코 대개는 '吾道'라고 부른 것입니다.[37]

이돈화의 회고는 개인적인 수준에서는, 동학이 변방인의 전형적인 삶의 방식을 답습하고 싶지 않았던 한 개인에게 제공되었던 탈향의 기회였으며, 서북인의 차원에서는 기존의 통치체제가 지닌 구조적 모순을 탈피한 신세계의 원리로 간주되었다는 점을 보여주고 있다. 흥미로운 것은 동학을 '오도(吾道)'라는 별칭으로 불렀다는 점인데, 그 의미는 실증적인 자료가 뒷받침되어야 확언할 수 있겠으나, 대중적 포교 활동에 있어서 당시 서북 지역에서 경쟁하던 기독교의 외래성에 맞선 자생적 원리로서의 '도(道)'가 서북인의 지역적 결집의식과 겹쳐지는 대목을 보여준다.

한편 서북 지역의 기독교사를 다룬 한 연구자는 그 지역적 특징을 각각 정치, 경제, 문화적 요인으로 나누어 정리하고 있다. 그에 따르면

---

37 이돈화, 위의 글, 33면.

서북은 정치적으로는 정부 관료의 부패에 대해 실망하고, 청일전쟁·러일전쟁의 피해를 입었으며, 지역 인사들이 출세의 제약을 받은 지역이다. 경제적으로는 서북인들은 정치적 경력을 대신해서 경제적 경력을 쌓으려 했고, 중국과의 교역에 있어서 지리적인 이점을 가지고 있었다. 문화적으로 서북은 다른 지역보다 유교적 영향을 덜 받았으며, 양반 계급이 부재하고, 바깥세계의 소식에 대한 수용성을 지닌 지역이었다.[38] 그는 이와 같은 지반(domain)의 특성상 외래의 종교인 기독교가 서북 지역에서 강한 호응을 얻었다고 보았다.

실제로 통계상 서북 지역에서 교회와 교인의 숫자가 증가하기 시작하는 1895년은 청일전쟁이 시작된 해이다. 서북 지역, 특히 평양은 대한제국의 영토 내에서 외국 열강이 벌인 두 차례의 전쟁에서 모두 격전지가 되었다. 평양은 1895년 9월의 첫 번째 내륙 전투가 일어난 곳이었고, 청군과 일본군은 평양을 차지하기 위해 격렬히 싸웠다. 그 과정에서 민간인 측에 피해가 많았던 것은 물론이다. 당시 평양을 방문했던 선교사 게일(Gale)은 당시 상황을 "불쌍한 평양의 한국인들은 힘든 시간을 견디고 있다. 그들은 전쟁에 아무 책임도 없지만, 그 침략자들을 참아내야만 한다. 많은 사람들이 그들의 모든 것을 잃었다"고 썼다.[39] 러일전쟁 때에도 유사한 상황이 반복되었다. 러시아와 일본의 내륙 전투도 서북 지역에서 집중적으로 벌어졌다. 이러한 전쟁 시기에 교회는 생명과 사유재산을 보호하는 은신처의 역할을 담당했다. 전쟁의 경험은 기독교를 경계하던 사람들의 마음을 바꾸는 데 기여했다. 서북인들은 수탈자에 불과했던 중앙의 관료들을 불신했고, 생명과 재산을 지켜낸 교회를 믿기 시작했다. 생명을 보존해야 한다는 혼돈기의

---

38 Chull Lee, op. cit., pp. 246~247.
39 James S. Gale, *Korean Sketches*, New York : F.H.Revell, 1898, p.84.

위기의식 때문이기도 했고, 어느 나라의 군대라 하더라도 무단 침입할 수 없다는 종교적 권위에 깊은 인상을 받았기 때문이기도 했다.[40]

이상에서 살펴본 서북 지역의 종교적인 분위기는 일차적으로 무력을 앞세운 서양의 출현이 한반도에 불러일으킨 종말론적 분위기에 닿아 있다. 이광수(李光洙)는 도산 안창호의 삶을 다룬 모델소설 『선도자』(1923)에서 신민회 관련 시절을 회고하며, 1907년 군대해산 조치를 전후하여 의병이 일어나고 청년들이 술렁거리는 가운데 덩달아 민간에 조성되었던 불안감을 다음과 같이 전한다.

더욱이 전국에서 총이란 총은 말할 것도 없고 식칼 좀 기름한 것까지도 모조로 걷어 들일 때에,

'옳다, 인제는 죽을 날이 왔구나'

하고 노인들까지도 세상 마지막 날이 온 것을 단언하였다. 그래서 정감록에 있는 십승지를 찾아서 혹은 경상·전라도로 피난을 가고 혹은 서북간도로 피난을 가는 이가 날로 늘고, 난 날 때에도 산에 들어 가 죽지 아니할 준비로 벽곡 공부를 하는 이는 수가 없었다. 저녁을 먹다가 어디서 무슨 큰 소리만 나도 옳다 죽었구나 하고 밥숟가락을 떨어뜨릴 만큼 백성들의 신경은 병적으로 예민하여졌다. 대체 인심이 이렇게도 불온하게 끓어오르는 일이 다시도 있을까? 그것은 도저히 필설로 형용할 수가 없을 지경이었다. 이러한 공기 중에서 맘이 아니 흔들릴 사람이 있으랴?[41]

춘원의 회고 중, 정감록 및 십승지(十勝地) 운운하는 대목은 이미 앞

---

40 Chull Lee, op. cit., pp.190~195. 이만열은 이미 1894년경부터 지방 관청에 체포된 조선인 교인을 선교부가 정치적 압력을 넣어 풀려나게 하면서 서북인들 사이에 기독교를 보는 눈이 달라지기 시작했다고 보았다. 이만열, 『한국기독교와 민족의식』, 지식산업사, 2000, 29면.

41 이광수, 『先導者』(1923), 『이광수 전집』 4, 삼중당, 1962, 493면.

서 이돈화의 회고에서도 보았던 것으로 민간신앙에 의탁하여 생명을 보전하려 했던 민간 사회의 혼란을 가리키고 있다. 춘원은 이를 '신경이 병적으로 예민'해지고, 인심이 '불온하게 끓어오르던 시기'라 묘사했다. 물론 종말론적 분위기를 연상시키는 이와 같은 '병적 불온함'은 비단 국내의 정황에서만 기인하는 것은 아니다. 주지하듯, 구한말 조선에 유입된 사회진화론은 국제 사회를 '강자즉생 약자필멸(强者卽生 弱者必滅)'의 원리가 지배하는 생존 경쟁의 전장으로 간주하고 있었다. 사회진화론에 따르면 국제 사회 속에서 약소민족의 운명은 이미 예정된 것이나 마찬가지이다. 구한말 조선을 둘러싼 국내, 국제적 정황이 이렇듯 불안한 현실과 암울한 미래를 예고하는 것이었다고 할 때 민간에서 종교를 통한 내세구복(來世求福)의 신앙이 유행했다는 것은 그다지 독특한 현상이랄 수는 없다.

그러나 기독교, 천도교 등의 종교는 비단 개인적인 수준에 머물지 않고 한국의 근대화 및 민족운동을 이끈 핵심적인 세력이기도 하다. 그 영향을 분석하고자 할 때, 다만 식민지 치하의 근대화운동 및 민족운동 세력이 종교적인 외피를 빌려서 정치적 탄압을 모면하려 했다고 보는 것은 지나치게 편협한 해석일 수 있다. 문제는 당시의 공동체적 이상주의가 해당 종교의 원리와 어떤 공감대를 형성했는가이다. 과연 당대의 종교에 어떤 역할을 기대했는가를 물어야 할 것이다. 마찬가지로, 당대의 종말론적 혼란을 근대적 진보주의와 대립하는 것으로 보거나, 개인 차원에서 발화되는 대속구령(代贖救靈)의 의지를 민족주의적 경향과 대립하는 차원으로 보는 것은 당대 현상에 대한 정확한 이해를 가로막는 것일 수도 있다. 역시 문제는 구한말의 조선인들 중 일부가 특정 종교에서 그들이 갈망했던 삶의 형식을 보아냈다는 사실이다. 이런 관점은 세계 포교 사상 유례가 없을 정도로 폭발적인 교세의 확장을 보인 서북과 서북인을 이해하기 위해서 필수적인 것이다.[42] 다시 말해 이들이 삶의 우연성에서 기인한 고통을 해결하기 위해 '신앙'을 선택한 것이라면, 그 의식의 내부에는 비단 종말과 지속, 개인과 민족 등의 이항적 변별의 틀로는 접근하기 힘든 이율배반의 영역이 있을 수 있다. 이로부터 종말론적 사유는 실제로 소멸이 아닐 수가 있고, 개인 의 구원은 개인의 차원에 머물지 않는 것이 될 수도 있는 것이며, 궁극 적으로는 현세에서 구원을 모색하는 방식과 닿아 있는 것이다.

사회진화론 내부에서도 자체적으로 그 악한 세계의 영속적인 예언 을 뒤집는 논의가 제시되었다는 점은 흥미롭다. 토머스 헉슬리는 스스 로 사회진화론을 제시했음에도, 윤리적 진화론이라는 구상 아래, 진화 론적 경쟁으로 인한 멸망과 도태라는 절망적 상태는 인류의 평화지향 적인 합의에 의해 통제 가능할 것이라며 스스로 결말을 수정하기도 하 는 것이다.[43] 근대 종교론이 비단 특정 종교에 대한 신봉이 아닌 '신에 의해 버림받은 약한 자의 운명', '악의 반복만이 노정된 세계'에 대한 환 멸에서 온 범종교적인 구원의 요청과, 그에 부응하는 인간 중심 구원 론의 변형이라는 측면에서 조명될 수 있는 근거는 이들 종교론의 관심

---

[42] 한반도에 개신교가 본격적으로 전래된 것은 1885년 미국인 선교사 아펜젤러(H. G. Appenzeller) 와 언더우드(H. G. Underwood, 元杜尤)가 각각 감리교와 장로교를 대표하는 선교사로 입국하 면서부터이다. 특히 한반도 관서 지역의 기독교는 기독교사 연구뿐만 아니라 국사학에서도 주 목받는 연구 대상이 되어 왔는데, 세계 선교 사상 유래가 없을 정도로 폭발적인 교세의 확장 현 상을 보였기 때문이다. 관서 지역의 개신교 선교활동은 1891년 입국한 모펫(S. A. Moffet, 馬布 三悅), 베어드(W. M. Baird, 裵緯亮), 맥쿤(G. S. McCune, 尹山溫) 등 장로교회 소속 선교사들이 1897년경 평양에 이주하면서 주도된 것으로 알려져 있다. "1898년 한국 장로교 교인이 7,500여 명인데, 그중 평안도와 황해도 곧 '서북 지방'의 교인이 5,950명으로 79.3%를 차지"(김상태, 앞의 논문, 21면)한다는 통계나, "1895년에서 1898년의 3년 사이에 서북 지역 교회의 숫자가 약 1,000% 증가했으며, 같은 증가율을 이룩하는 데 서울은 10년이 걸렸다"(Chull Lee, op. cit., p.4) 는 보고 는 1900년을 전후해서 서북 지역을 휩쓸었던 기독교의 위력을 보여주고 있다.

[43] 토머스 헉슬리, 김기윤 역, 『진화와 윤리』, 지만지, 2009. 헉슬리의 진화론은 옌푸[嚴復]에 의 해 『천연론(天演論)』으로 번역되어 중국의 개화 지식인들에게 읽혔고, '진화(evolution)'의 번역어인 '천연(天演)'은 박은식의 논설에서도 자주 언급된다.

이 '개성론', '자아론'으로 집중되고, 나아가 개인과 공동체의 관계설정에 집중하고 있다는 점에서 찾을 수 있다. 이는 개성의 자각이라는 시대적 과제를 부여받았으나, 민족이라는 공동체의 현실 문제를 외면한 채 마냥 자아의 세계로만 침잠할 수 없었던 시대적 딜레마에서 나온 절충안이다. 개인성을 보존한 채로 수행할 수 있는 공적 윤리에 대한 인식론의 체계를 종교론을 통해 세우려 했던 것이다.

『개벽』의 편집자로서 1920~30년대 천도교 주요 이론가였던 이돈화의 '인간 개조'에 대한 논의는 인간주의적 메시아니즘의 기대가 표현된 사례라고 할 수 있다. 이돈화는 물질문명을 일방적으로 신봉하다 신념이나 종교적인 열정을 상실한 인류의 혼돈을 일컬어 "세기말의 비애"라 하면서,[44] 세계대전을 계기로 장차 새로운 종교적 토대하에 신세계가 펼쳐진다고 주장했다. 천도교의 후천개벽은 이돈화의 논설에서 '인문개벽'이라는 용어로도 이야기되는데,[45] 그는 이 인문개벽이 정신·물질의 병행 개조를 의미한다고 해석했다. 이처럼 이돈화는 종교적 의미의 개벽을 당대 유행어였던 개조와 연결하고 있다. 1920년대 초 세계 개조의 분위기를 전통적인 '후천개벽'의 상황으로 연결하면서도, 이돈화는 유학생들을 통해 수입되어 문명의 법칙이라 인식되고 있었던 진화론을 교리에 포섭, 전통적인 천도교에 근대적인 성격을 부여하고자 하였다. 이돈화의 개조론 속에서 진화론은 우주가 진보하여 현재에 이르렀듯이 인류도 스스로 귀족주의 봉건제도와 군국주의를 부정하며 진보하리라는 낙관론의 형태로 수용된다.[46] "强卽生 弱卽死"의 적자생존 논리는 오히려 매 시대적 요구에 부합하는 인간형으로 스스

---

44 이돈화, 「신앙성과 사회성」, 『천도교회월보』 99호, 1918.11, 8면; 「개조와 종교」, 『천도교회월보』 112, 1919.12, 5면.
45 이돈화, 「세계 삼대 종교의 차이점과 천도교의 인내천주의에 대한 일별」, 『개벽』 45, 1924.3, 590면.
46 이돈화, 「시대정신에 합일된 사람性主義」, 『개벽』 17, 1921.11, 2~12면.

로를 개조해야 한다는 의미로 인식된다.[47] 이 경우 개조란 "과거의 죄를 개정ᄒ고 신히 선ᄒ 방침과 선ᄒ 노력을 가ᄒ야 개인과 사회를 일층 행복의 경에 도달코져 ᄒ는 최신의 용어됨"을[48] 말하는 것으로, 우주의 섭리에 따라 함께 진화하는 인간의 정신사적 진화의 연장선상에 있다.

이렇듯 『개벽』에 나타난 개조의 근본 개념은 진화론이 예고한 종말론적 위기를 인간 정신에의 신앙을 통해 진보적인 도약의 계기로 바꾸어 놓으려는 데에 있는 것이다. 때문에 『개벽』에 실린 이돈화의 논설은 상당수가 사회현상의 문제를 비판하면서도 그 해결책은 인격 수양, 도덕심의 함양 등으로 기울어져 있다. 그에게 궁극적인 개조의 대상은 세계의 구성 인자인 개인이다. 그는 "개조의 제일보"에 "자기해방"이라는 개인적 각성의 문제가 놓여 있다고 보았다.[49] 이때 자기해방이란 데카르트적인 의미의 고립적인 주체로서의 개인적 각성과는 차이가 있는 것이다. 그는 어디까지나 "心靈萬能主義"라는 용어를 사용하면서 오로지 '마음[心]'의 깨달음이 자아가 스스로의 가치를 증명할 수 있는 활동들, 예컨대 "自重, 自信, 自覺, 自立, 自用의 정신"으로 발현되면서 개인의 자유가 획득된다고 보았다.[50] "개성중심설",[51] "의식의 주관적 해방",[52] "개성만능주의"[53] 등은 같은 맥락에서 사용된 용어들이다. 의식주의 물질적 조건을 갖추는 것이 객관적 해방이라면 자기해방은 주관적 해방이며, 객관적 해방에 선행되어야 할 조건이다. 이때 '인격',

---

47 이돈화, 「赤子主義에 돌아오라」, 『개벽』 55, 1925. 1, 5~7면.
48 이돈화, 「개조와 종교」, 위의 책, 4면.
49 이돈화, 「자기해방과 인내천주의」, 『천도교회월보』 118, 1920. 6, 4면.
50 이돈화, 「신앙성과 사회성(4)」, 『천도교회월보』 102, 1919. 2, 12~14면.
51 위의 글, 12면.
52 이돈화, 「자기해방과 인내천주의(속)」, 『천도교회월보』 119, 1920. 7, 3면.
53 이돈화, 「신문화는 무엇에 의하야 건설되랴」, 『천도교회월보』 131, 1921. 7, 4면.

'주관', '자기' 등 개성론을 이루는 개념들은 물질문명의 추수를 비판하고 인간의 존재방식이나 정신적인 지향이 지니는 의미를 강조하기 위한 것이다. 이돈화가 주장하는 개조론의 궁극적인 지점은 '인간의 개조'이며, 이에 기계와 다른 인간의 정신적인 덕성들, 자유, 도덕, 선 등의 추상적 개념과 연결된다.

그러나 이와 같은 덕성들은 개인의 완성으로 끝나는 것이 아니라, 사회에 기여해야 한다는 당위를 지닌다.

> 원래 사회와 개성은 병행발달혼 자라. 사회는 개성의 발달을 종ᄒ야 첨차 진보ᄒ고 개성은 사회의 발달을 수ᄒ야 익익 향상ᄒᄂ니 사회로붓허 개인을 견ᄒ면 개인을 위ᄒ야 사회가 존ᄒ고 개인으로붓허 사회를 관ᄒ면 사회를 위ᄒ야 개인이 존혼 것이라 고로 개인의 개성과 사회의 사회성은 동일물의 양측면이로다.[54]

이돈화는 개인의 해방, 자아의 해방을 주장하면서도 결국 그것들이 사회의 근간을 이루고, 장차 인류공동체의 진보를 위한 것이라는 점을 의심하지 않았다. 개인의 자각을 통해 인류의 화합을 도모하는 것으로 사회적인 문제도 해결이 가능하다고 보는 입장이기 때문이다. 개인과 우주를 동일한 것으로 연결하는 과정에서 이돈화의 교리는 개인과 집단, 특수와 보편, 부분과 전체 등의 규범적 현세가 빚어내는 갈등 구조를 무화시킨다. 이돈화에게 있어서 '자기'를 구원하는 과정은 곧 인류를 구원하는 과정으로 인식된다.

이돈화가 주장한 개성론의 특징은 인간은 모두 동일한 천(天)이라는,

---

54 이돈화, 「신앙성과 사회성」, 『천도교회월보』 99, 1918. 11, 9면.

즉 인내천주의에 입각하여 인간 개인의 개성과 우주의 개성은 근본적으로 일치하는 것이라 믿은 점에 있다. 그는 천인합일의 사상을 진화론에 대한 낙관과 결합시켜 "사람性의 自然主義"이라는 개념으로 정리했다. 이때 '자연'이란 "사람이나 事爲나 모든 것의 그대로의 天眞"이자 "모든 것의 塵積, 假裝, 虛飾을 脫한 本然 其者의 自然"을 이르는 것으로, 근대문명의 '깍지'를 벗고 본연으로 돌아가자는 의미를 뜻한다.[55] 예컨대 인위적인 계급구별은 자연을 거스르는 것이므로 배척하고 평등을 지향하되, 사회주의는 사람성이 아닌 물질에 기초한 유물론이므로 경계하였다. 그는 개인의 개조는 '사람성자연주의'에 부합하여자기를 자각하는 것으로 완성되므로, 이를 위해 부단한 종교적 수양의과정이 필요하다고 보았다. 종교적 수행에 의해 내적인 진보를 거듭하는 인간을 일컬어 그는 '新人'이라 부르고,[56] 그의 가장 중요한 덕목을 '창조' 능력에서 찾는다. 물질이 아닌 인간의 창조적 정신에서 미래가상상되고, 현실의 물질적 시공간에 구속된 상태를 벗어나 주관성에 있어 해방된 개인들이야말로 '인내천'의 본성을 체득하여 인류적 평화를구할 수 있으리라 믿었던 것이다.

신적 창조의 원리가 인간에게 내재한다는 것이나, 그에 대한 자각이곧 인간의 생명이자 자기구원의 방식이라는 인식은 1910년대 일본 유학생들에게 수용되고 예술론적 근거가 되기도 했던 에머슨의 생철학에서도 확인된다. 아울러 백성욱(白性郁), 김일엽(金一葉) 등 근대 불교의대중화운동 관련자들의 사상에서도 확인해 볼 수 있다.[57] 요컨대 개성과 공동체의 공존이라는 논리란 자칫 전근대적 발상이 될 수 있음에도

---

55 이돈화, 「사람성해방과 사람성의 자연주의」, 『개벽』 10, 1921.4, 561~563면.
56 이돈화, 「인내천의 연구 1」, 『개벽』 창간호, 1920.6, 55~57면.
57 방민호, 「김일엽 문학의 사상적 변모 과정과 불교 선택의 의미」, 『한국 현대문학 연구』 20,
    한국현대문학회, 2006, 357~403면.

불구하고, 민족적 생존이라는 공동체적 관심사를 포기하지 않았던 근대 서북인에게 당대의 종교는 '공동체적 개인' 혹은 '보편적 주관'이라는 조화로운 공존의 논리를 제공하는 인식론적 틀이 되었다고 할 수 있다.

당대 기독교의 수용에서도 개인과 사회와의 경계를 인정하되, 어느 하나를 배제하지 않고 동일한 차원에서 조화시키려는 시도를 읽어낼 수 있다. 개신교가 일으킨 대부흥운동에 대한 공감과 비판은 좋은 사례가 된다. 한반도 전래 당시에 지역민을 결집시키고 조직화하는 매개로 환영을 받았던 개신교는, 일본의 통감정치가 노골화되는 가운데 1907년 무렵 정교분리를 선언하여 민족주의자들로부터 비판을 받는다. 이 시기 기독교 선교부는 민족주의운동과 선교운동의 엄격한 구분을 주장하고, 다른 한편으로 평양에서부터 대규모 부흥운동을 일으켜 신도 수를 늘리고 복음화를 이룩한다는 목적 달성에 주력했다. 개신교 선교부는 전적으로 속지주의, 속인주의의 방침을 펴서 대중적인 지지를 얻되, 정교분리의 원칙을 표명하여 정치적 지배 집단과 반목하는 일을 피하고자 했다.[58] 1907년, 북장로회 평양선교회의 주도로 장대현교회, 숭실학교 학생수련회 등을 중심으로 시작된 대부흥운동은 민족주의자들로부터 개인적인 구복 행위를 조장한다는 거센 비판을 받으며 민족주의자들의 교단 이탈이라는 현상을 낳지만,[59] 동시에 엄청난 대중적 호

---

58 한규원, 『개화기 한국기독교 민족교육의 연구』, 국학자료원, 1997, 167~168면.
59 기독교 민족운동사의 입장에서 서북 지방과 기호 지방의 대별 양상을 다룬 연구로는 장규식의 『일제하 한국기독교 민족주의 연구』(혜안, 2001)가 상세하다. 그는 1907년 대부흥운동이 한국기독교가 '선교사들의 영향하에 교회를 중심으로 하는 탈정치적인 종교운동'과 '기독교계 학교와 사회단체를 거점으로 하는 사회참여적인 기독교 민족운동'이라는 두 방향으로(75면) 나뉘는 계기가 된다고 보았다. 나아가 그는 한국기독교가 민족주의운동과 연결되는 맥락을 을사조약 체결 이후 서울의 상동교회를 중심으로 한 상동청년회 그룹 인사들(전덕기, 정순만, 이동녕, 이준 등)과 관서 지방 기독청년들(김구, 김홍식, 옥관빈, 전석준 등)의 연대투쟁이 1907년의 신민회의 모태가 된다는 지점에서 찾고 있다. 기호 지방 양반 출신 인사들을 주축으로 하고 이동녕을 중심에 둔 서울의 상동 청년회와 안창호로 대표되는 관서 지방 평민 출신 기

응을 받았다. 신도 수가 증가한 것은 물론, 당시 대부흥운동의 열기에 대한 회고 중에는 "집회가 끝났다고 여러 차례 말했음에도 불구하고 몇 몇 학생들은 애통하고 절규하면서 "제발 제게 고백할 수 있는 기회를 주십시오"라고 부르짖었으며, 학교에서는 심지어 학생들이 울면서 그들의 잘못을 서로 나누느라 수업을 중단하기까지 했다"고 고백과 참회의 광기에 집단적으로 압도되었던 광경을 전하는 것도 있다.[60]

1917년에 춘원 이광수는 「야소교의 조선의 준 은혜」와 「금일 조선 야소교회의 결점」을 통해서 초기 개신교의 공과를 평가한 바 있다. 그에 따르면, 기독교는 개성의 자각이라는 근대적 과제를 해결해주는 매개의 역할을 한 것으로 평가된다.

　　第七 個性의 自覺, 又는 個人意識의 自覺이외다. 原來 耶蘇敎는 個人的이외다. 儒敎는 聖人의 禮法을 지어 庶民으로 하여금 無意識的으로 服從케 하는 것이니 '可使由之 不可使知之'라 함이 此를 니름이외다. 그럼으로 儒敎道德은 個人意識을 沒却케 합니다. 이 個人意識의 沒却이 思想의 發達을 沮害함이 多大하외다. 그러나 耶蘇敎는 各個人이 祈禱와 思索으로 하나님을 보고 하나님을 차즘으로 各個人의 永生을 어들 수 잇다 합니다. 그럼으로 各個人의 標準은 各個人의 靈魂이외다. 各人은 各各 個性을 具備한 靈魂을 가진다 함이 실로 個人意識의 根柢외다. 新倫理의 中心인 個性이라는 思想과 新政治 思想의 中心인 民本主義라는 思想은 實로 耶蘇敎理와 自然科學의 兩源에서 發한 一流외다.[61]

독교계 민족지사들은 신민회 내부의 기독교 세력의 양대 축이라 파악하였다. 80~83면 참조.

60　박용규, 「윌리엄 베어드와 한국선교」, 한국기독교문화연구소 편, 『베어드와 한국선교』, 숭실대 출판부, 2009, 78~79면.

61　孤舟, 「耶蘇敎의 朝鮮에 준 恩惠」, 『청춘』 9, 1917.7, 18면.

　　인용문에서 춘원은 예수교가 조선에 준 긍정적 영향 중 하나는 ‘개성의 자각’이자 ‘개인의식의 자각’이라고 말한다. ‘따르도록 만들 수는 있으나, 알게 만들 수는 없는’ 유교와 달리, 개인이 스스로 자신의 영혼에 관심을 갖도록 기여한 것이 기독교이며, 이에 조선에도 개성이나 민본주의와 같은 사상이 가능해졌다는 것이다. 춘원은 기독교를 비판하기도 하지만, 그 비판은 기독교의 교리를 위반하는 기독교인이나 교조화 되어가는 기독교단의 행태에 집중된다. 즉 그가 비난하는 것은 교리 자체의 부정이 아니라 인간 사회에서 세속화되어 기독교가 본래의 교리와 어긋나는 행태를 보인다는 점에 대한 반감이다. 개인의 영혼의 각성에 기인한 자발적인 복종이라는 기독교의 공동체적 구성 원리 자체는, 유교가 개인의식을 몰각한 ‘무의식적 복종’에 의존한 사상이라는 점과 대조되면서 고평되고 있다. 살아 있는 개성들의 자발적인 복종이란, 개성을 말살하고 군림하는 율법의 절대성에 무조건적으로 복종해야 하는 기존 통치 체제의 억압적 방식을 대체할 자율적 공동체의 구성 원리가 된다. 요컨대 개별적인 평등과 보편적인 이상에의 복종이 공존하는 상태, 춘원은 평등과 복종의 모순 없는 결합이라는 종교적 결속의 상태를 정치사상적으로는 민본주의와 연결하고 있다.

　　개성의 자각에 근거를 둔 절대자에의 복종이란 무의식적 강제 내지는 훈육의 결과물로 나타나는 복종과는 질적으로 다르다. 개성의 자율성에 대한 신념에 근거하고 있는 것이기에, 국가주의 내지는 파시즘에서 논하는 집단적인 배타성이나 선민의식에 근거한 ‘힘’에 대한 예찬과는 구분하여 읽어야 할 필요가 있다. 근본적으로 개성의 존중에 기반을 두고 있기에 집단 간의 제도적 경계란 부차적인 것이 될 수 있다. 즉, 민족과 국가란 일차적인 과제로 선정되었으되, 그것이 궁극적으로는 보편인류의 연대와 이상에 합치하는 방향으로 나아가야 한다는 목적성을 띠게 된다. 가령 대부흥회에 대한 민족주의자들의 비판은 단순한 국가주의자의 종교탄압 이상의 의미를 지닌다. 대부흥회에 쏟아졌던 비난은 비단 개별자로서의 자각이라는 측면이 민족운동에 방해가 된다는 억압적 시선이기보다, 개별자의 '슬픔'에서 발원한 타자와의 연대에의 에너지가 비단 초월적 신의 존재에 귀의하는 것으로 구조화하는 기독교의 제도적 경직성에 대한 공격인 것이다. 이들의 반발은 고백과 참회를 통한 '반성의 힘'을 현세적 차원에서의 공동체적 미래에 대한 구상으로 돌리려는 데서 나타난다. 타자와의 연대를 향한 이와 같은 에너지는, 기독교적으로 형제애라 이를 만한 공감의 정서를 바탕으로 하기에, 일차적으로는 '서북인'이나 '민족'의 범위에 한정될 수 있으나 결국은 '세계'를 아우르는 확장과 포용의 에너지로 얼마든지 전화할 수 있다는 특성을 지니는 것이다. 서북 지역의 민족주의가 기독교의 영향을 받았다는 점을 다룰 때에 주목해야 할 논제는 비단 그 직접적인 관계사를 입증하는 것에 머물러서는 안 된다. 오히려 문제는 어떤 집단이 자각한 민족주의가 현실정치론의 '민족', '국가' 등 집단 규정적인 사고 대신에 종교적 보편원리 차원의 연대 지향성을 근본 성격으로 지니게 된다는 지점인 것이다.[62] 이때 서북발(發) 민족주의의 이상적 지향은 비단 서북 지역, 한반도에서만 머물지 않는 보편지향성을 지니게 된다.

　　서북의 민족주의운동이나 문화운동은, 비록 서북 지역에서 천도교와 기독교가 대등한 세력을 이루고 있었다고 할지라도 결국은 개신교를 중심으로 규합된 측면이 강하다. 이는 개성과 사회의 조화라는 종

---

[62] 서북의 기독교는 기호 지방과 비교했을 때 정신주의적 편향이 강한 것으로 분석되고 있다. 기호 지방에서 배재학당 등을 중심으로 수용된 기독교가 문명개화의 학습과 정치적 입신출세의 차원에서 선택되는 경향이 있었다면, 서북 지방의 기독교는 신흥중간 계급에 의해 주도된 이 지방의 평민적 자치질서와 인격적 개인주의, 자유주의에 기초한 청교도적 프로테스탄티즘 사이의 이념적 친화성에서 비롯된다고 분석되고 있다. 장규식, 앞의 책, 41~45면.

교적인 연대의식의 계기를 제공하는 데에는 두 종교 모두 일정한 역할을 담당했다 했을지라도, 그 보편지향성의 실현을 감당해낼 제도적, 물질적 자원의 측면에서 기독교가 보다 유리한 위치에 놓여 있었다는 데에 이유가 있는 것으로 보인다. 실제로 안창호, 조만식(曹晚植), 김동원(金東元), 함석헌(咸錫憲) 등 서북의 민족주의자들은 기독교도인 경우가 대부분인데, 이들은 기독교를 통해 한편으로는 지식인으로서의 자기윤리를 확립하고, 다른 한편으로는 조선에 전파된 기독교가 그러했듯이 평양을 '예루살렘'으로 삼아 기독교의 교리와 자원을 활용하여 새로운 민족공동체를 성립시키고자 했다.

미국 북장로회가 세운 평양의 숭실학교와 숭의여학교, 선천의 신성학교와 보성여학교, 미국 북감리회가 세운 평양의 광성학교와 정의여학교, 이 밖에 평원의 의명학교, 의주의 양실학교, 강계의 영실학교 등은[63] 서북 지역의 미션스쿨로 지역 엘리트의 사상적인 기반을 제공했다. 서북의 민족주의 계열 사립학교의 대명사였던 안창호의 대성학교나 이승훈의 오산학교 역시 이들 미션스쿨의 학제와 조직을 모방했고, 채플 시간을 두어 정신을 수양하는 방식까지도 그대로 수용했다.[64] 기독교에 대한 귀의 정도는 두 창립자 개인차가 있었지만, 정신적인 수양이 교육의 바탕에 있어야 한다는 의견에는 차이가 없었던 것이다. 정신적 차원의 동의는 어떤 것이든 제도적으로 실제화된 다음에야 그 의지가 구현될 수 있다. 서북에서 기독교가 제도적으로 영향을 미치는 것은, 단지 일차적인 모방의 욕구 때문이 아니라 내적인 구상을 현실로 구현하는 수단을 습득하는 과정에서 이루어졌다. 그 결과 미국 혹

---

63 김상태, 앞의 논문, 50면.

64 홍기주, 「안도산의 교장시대」, 『동광』 40, 1933, 1·2월 병합호; 오산100년사 편찬위원회 편, 『五山百年史』, 학교법인 오산학원, 2007, 59~64면.

은 만주를 통해 직접 기독교를 수용한 세대의 후속 세대들, 즉 서북 지역의 기독교 세력에 의해 서구식 신교육을 받게 되는 후속 세대들은 그 사상적 지반에 기독교적 침윤이 불가피하게 되었다.

기독교가 오랜 세월 정치적 역할론에서 배제되었던 서북인에게 지역 내에서의 계급적 지위와 사회적 참여의 길을 터 주었다는 사실은 중요하다. 서북 지역에서 왜 하필 개신교가 선택되었느냐는 물음을 해결해주기 때문이다. 엘리트 교육 및 지역 사회 조직화에 제도적인 영향력이 컸던 만큼, 기독교의 수용사는 지식인의 공적 역할론을 설정하는 과정과 긴밀한 관련을 맺고 있다. 특히 지역의 유력자들을 중심으로 교회의 인적 구성이 편성되는 경향은 기호 지역보다 서북 지역에서 보다 강했다. 이것은 한반도에 전래된 기독교의 종파별 선교방식의 차이에서 유래한다. 주로 기호 지역에서 선교 영역을 확보한 감리교의 경우 문화적인 접근을 선호한 반면 서북 지역에서 우세했던 장로교는 교회의 건설 및 복음전도 중심의 접근법을 중시했다. 즉, 서북 지역에 진출했던 장로교 계열의 선교사들은 경성에 진출한 감리교계 선교사들이 병원이나 학교를 먼저 짓고 지역 내 빈곤층을 대상으로 한 계몽 및 구제 사업을 먼저 실시했던 것과는 다른 선교방식을 택한다. 해당 지역에 토착화된 교회를 세우는 것을 우선 목표로 하고 선교력을 교회의 건설에 집중했다. 따라서 서울 지역과는 달리 서북 지역의 교회 조직은 지역의 유력인사들을 흡수하고 그들의 지역적 영향력을 빌려 교인수를 늘리고 선교망을 정비하는 방식을 취했다. 이는 기독교의 정신에 위배되는 것이라는 내적인 비판에도 불구하고, 서울에 비해 상대적으로 인적·물적 지원을 적게 받았던 선교 여건에서 비롯된 선택이었다고 평가되고 있다.[65] 이러한 선교방식이 정치적인 참여 및 권력에의 욕망을 누르고 있었던 서북 지역의 유력자들에게 쉽게 수용되었다. 당시 선교사들은 지역의 유력자를 바탕으로 한 네트워크의 구성방식을 "리더십의 욕망을 채우고 이를 통해 단체에 봉사하는 긍정적인 체제"라고 평가하고 있으나,[66] 이는 반면에 종교에 기반한 새로운 계층을 낳을 우려도 안고 있었던 것이 사실이다. 춘원은 기독교가 사회에 끼친 부정적인 영향 요인들을 지적하면서, 과거 유교가 내세웠던 신분제를 교회의 목사 장로와 보통교인이라는 방식으로 재생산하는 것에 불과하다고 비판했다.[67] 그러나 춘원의 비판은 어디까지나 기독교의 교리가 아니라 당대 기독교인의 행태에 맞추어진 것이다.

기독교는 전통적인 맥락에서 적당한 지식인의 전범을 찾지 못했던 서북인들에게 사회와 개인이 조화되는 방식에 대한 윤리적 답안을 제시했다고 볼 수 있다. 즉, 사욕을 버리고 전적으로 공공의 영역에 헌신하는 종교적 지도자의 상에서 그간 억눌려 왔던 실천적인 지식인의 역할을 발견한다. 기존 정치 체제에 대해 혁명을 일으키고 죽음을 맞이한 홍경래의 모습이 어디까지나 서북의 혁명성에 대한 전통 세우기의 작업 일환으로 소환된 성상의 일종이라면, 기독교 성자의 공동체적 역할론은 수난 받는 민족이라는 현재적인 상황과 연계하여 만들어진 현재적인 실천방식의 모색이다. 이스라엘의 수난사와 민족적 생존의 방식은 민족적인 구심점을 모색해야 했던 지식인들에게도 비단 성경의 일화가 아니라 현재에도 적용되는 고전적 가르침이었다. 이스라엘 민

---

65 리처드 베어드, 김인수 역, 『배위량 박사의 한국선교』, 쿰란출판사, 2004, 175~196면 참조. 이와 같은 선교방법은 네비어스 방법(Nevius method)이라 불리는 것으로, 완전히 새로운 기독교 국가의 기초를 위해 교회, 학교, 교육 등에서 전 방위의 선교를 수행해야 한다는 당시 주도적인 접근방식과는 거리가 있는 것이었다. "교회의 목적은 복음화이다. 공학을 가르치는 것도, 외국어나 과학을 가르치는 것도 아니다. 이교도를 개화시켜 기독교인으로 만드는 것도 아니다. 그들을 기독교화 시키는 것이고 그들이 자신들의 문화형태를 발전해 가도록 돕는 것이다." 위의 책, 175면.
66 Chull Lee, op. cit., p.242.
67 孤舟, 「금일조선야소교회의 결점」, 『청춘』 11, 1917.11, 76~77면.

족의 해방에 있어서 예언자들의 역할, 『사도행전』이 담고 있는 예언자들의 역할론 등은 그 사례가 된다. 예언자들의 운동을 "당시 한국 기독인들 사이에 중요한 담론의 주제"로 평가한 논자 중에는, 초기 한국기독교가 한국의 비운과 이스라엘의 역사를 유비시키는 가운데 신약의 '탈이스라엘' 구조보다 구약의 '이스라엘화'에 기울어져 있었다고 파악하기도 한다.[68]

기독교는 서북 지역 지식인의 현실 참여 논리에 교리상의 기여를 했을 뿐만 아니라 미국식의 교육을 비롯한 공공 부문의 제도화나 조직화의 근대적 모범으로 인식되면서 실용적이고 일상적인 부분까지 영향력을 행사하게 되었다. 오히려 기독교에서 파생된 제도적인 영향력은 민족주의 세력과 기독교 세력의 결별 여부에 상관없이 서북 지역의 특성으로 자리 잡게 된 것이며, 이는 해당 지역의 개인이 기독교를 신봉하느냐의 여부에 관계없이 기독교적 사유와 생활방식이 이들의 삶에 영향을 미치게 되는 요인이 된다. 기독교 자체의 교리에 완전히 포섭된 유형이 없는 대신에, 기독교가 제시하는 개혁과 이상의 자장에서 완전히 자유로운 유형도 없다는 것이 서북 지역 지성사의 특징이다.

교리를 통한 정신사적 점유나 제도적인 영향력의 측면에서, 보편적 세계종교인 기독교는 서북 지역에 그 종교 본연의 성격을 유감없이 전달했다고 할 수 있다. 이는 앞으로 살펴볼 서북 지역 문학사의 외연을 지배하는 기본 속성이 된다. 기독교를 통해 서북 지역의 공간적 제한은 풀어지고 억눌렸던 탈지방성, 보편성의 욕망이 커져나간다. 기본적으로 서북 지역인들이 평등권을 부여받고 현실적으로 참여의 목소리를 낼 수 있는 새로운 계급적 개편의 장이 열렸을 때, 현실적인 활동의

---

68 민경배, 『일제하의 한국기독교 신앙·민족운동사』, 대한기독교서회, 1991, 74~75면; 한규완, 『개화기 한국기독교 민족교육의 연구』, 국학자료원, 1997, 234면.

원리를 제공할 뿐만 아니라 정신적인 근거점을 마련하는 데 도움을 주었던 것이다. 그것은 민족 중심의 탈지방적인 공동체의 형상을 제시하면서, 탈지방적인 정치 참여에의 욕망을 충족시켰고, 프로테스탄티즘의 윤리를 전파했다. 나아가 제도적 형식성에의 강요에 저항하는 내면의 자유로운 표백의 영역을 열어놓기에 이른다.

적어도 서북 지역에서는 종교의 직간접적인 영향력하에서 보편지향성이 형성되었고, 이는 전통적으로 축적된 서북인의 집단의식과 만나 민족의식과 코스모폴리타니즘의 공존이라는 독특한 현상을 만들어낸다. 이와 같은 일련의 현상들은 서북 지역 특유의 정신사적 기반이라 할 수 있다.

제2장

현세적 유토피아라는 (불)가능성

1. 평양(平壤), 소년시대의 원형과 회상의 시작

서북 지역이 가장 역동적인 변화를 보여주었던 것은 1910년을 전후한 시기이다. 앞서 『서우(西友)』의 발간을 계기로 논의했듯이, 교육과 식산을 양대 축으로 삼아 서북 지역은 일본의 메이지 유신의 중심지인 일본의 초오슈우번[長州藩]과 사쯔마번[薩摩藩]에 비견될 만큼 문명화의 중심지로 자리 잡는다. 아울러 정치적으로 변방으로 밀려났던 서북인이 변화의 담론을 이끄는 일군의 인텔리 계급으로 등장하게 된다. 전통적으로 서북 지역의 지리적 중심지였던 평양은 이와 같은 서북의 정치적 위상의 상승과 더불어 그 자체로 상징성을 갖는 지명으로 등장하게 되는데, 그 계기 격에 해당하는 것이 1907년 신민회운동이다. 신민회운동의 지침에 따라 언론, 교육, 출판, 기업, 청년조직 등이 움직였다. 신민회는 도산 안창호의 구상 아래에서 만들어진 전국 단위의 독립운동 조

직으로, 도산 안창호와 남강 이승훈, 고당 조만식 등 서북의 민족주의자
들의 현실변혁적인 구상이 가시적인 성과로 나타났던 사례이다. 당시 서
북의 민족주의운동이 어떤 계기에서 나타나고, 어떤 형식으로 진행되었
는지를 잘 보여주는 것이 이인직(李人稙)의 「血의 淚」(『만세보』, 1906.7.22～
10.10)이다.

이인직은 1894년에서 1895년 사이 청일전쟁기에, 청군이 일제히 퇴
각하던 시기의 평양을 소설의 배경으로 선택했다. 조선과는 상관없는
싸움에 파괴되고 약탈당한 고향, 약소국의 설움을 대변하는 존재인 옥
련의 비운을 통해 작가는 사회진화론, 민족자강론에 입각한 한반도의
문명화 방안을 제시하려 한다. 작가에게는 급변하는 정세를 가장 압축
적으로 대변했던 시공간, 「혈의 누」가 발표되던 시점의 기원을 설명할
시공간이 필요했던 것이고 청일전쟁기의 평양은 그가 선택한 답안이
었다. 청일전쟁기의 평양은 구지배층의 정치적 무능함이 폭로되고, 그
에 따라 개혁의 욕구가 강하게 제기된 장소였던 것이다.

곤 곳마두 불에 불피고, 눈에 걸리난, 피란군부녀들은, 나라의 운수런가,
제 팔즈 긔박ᄒ야, 평양빅셩 되얏던가, 짱도 죠션 짱이오, 사롬도 죠션 사
롬이라, 시우 쏜홈에, 고려등 터지드시, 우리 나라 사롬들이, 남의 나라 싸
홈에, 이러ᄒᆫ, 참혹ᄒᆫ 일을 당ᄒᆫ는가, 우리 마누라는, 디문 밧게 ᄒᆫ 거름, 나
가 보지 못하던 사람이오 내 쌀은 일곱 살 된, 어린 아히라, 어디셔 불펴 죽
엇눈지, 살은 진흙 되고, 피는, 시니되야, 디동강에 흘러들어, 여울목치는
쇼리, 무심이 듯지 말지이다, 평양 빅셩의 원통ᄒ고 셔른 소리, 이 아닌가
　(…중략…)
평안도 빅셩은, 염나디왕이 둘이라, ᄒ나는 황쳔에 잇고, ᄒ나는 평양션
화당에 안젓는 감스이라 (…중략…) 제 손으로 버러 노흔, 제 지물을 마음

노코, 먹지 못ᄒ고, 쳔싱 타고ᄂᆞᆫ 제 목숨을 늙의게 미여 노코 잇ᄂᆞᆫ, 우리ᄂᆞ라 빅셩들을 불상ᄒ다 ᄒᄀᆞᆺ거던, 더구나 그 셔슬에 우리ᄂᆞᆫ 픠가ᄒ고 스룸 죽난 것이, 드 우리나라 강ᄒ지 못ᄒᆫ 탓이라.[1]

인용문에서 작가는 기존 권력자들의 타락과 부패에서 우선 자강론에 대한 주장을 끌어낸다. 나아가 그는 오랫동안 수탈의 대상이 되었으면서도 국가에서 보호받지 못하고 오히려 전쟁에서 무고한 희생자가 된 평안도 백성의 역사적 수난사를 기술한다. 이로써 평안도인들의 불행은 지배 세력의 타락과 부패의 결과물로서 조명된다. 이어 이인직은 평양인 부호인 김관일이 시국에 대한 울분을 참지 못하여 아내와 딸을 버리고 "나라의 큰일"을 위해 미국으로 유학을 떠나는 장면을 배치했다. 김관일은 공적인 대의명분을 위해 가족과 문벌 등 개인적 영달을 버리고 외국으로 유학을 떠난 지식인의 전형이다. 구한말 이인직이 일본 측의 창구 역할을 했다는 점을 무시할 수는 없겠지만, 이 소설은 청일전쟁을 전후하여 평안도 지역에 형성된 여론을 반영하기도 한다. 서양 열강의 세력 싸움에 자국의 영토를 내어준 청일전쟁에서, 평양은 최초로 내륙에서 격전이 벌어진 장소였다. 지방관의 횡포에 이어 전쟁에 의한 생명과 재산의 침해에 이르기까지, 이인직은 평양인의 음성을 통해 구체제에 대한 분노를 전달하고 있다. 평양인들이 청군을 '원수' 보듯이 원망했던 반면에 일본 헌병에 대해서는 경계하지 않는 모습이나, 전쟁의 울분을 부패한 지배 세력과 국가에 대한 원망으로 투사하는 과정 등 당시의 서북인의 민심이 여과 없이 묘사되고 있다.[2]

---

1 이인직, 「血의 淚(六)」, 『만세보』, 1906.7.
2 청일전쟁 당시 청군과 일본군에 대한 주민들의 대조적 반응은 정주의 한 소부락에서 전쟁에 패해 퇴각 중인 청인들의 횡포를 참다못해 주민들이 합심하여 공격하는 내용을 그린 선우휘의 소설 「銃과 호미」(『望鄕』, 일지사, 1972)에도 동일하게 나타난다.

이인직은 주인공 옥련을 일본과 미국으로 유랑시키면서, 옥련이 신학문을 익히고 지식인이 되는 과정을 그렸다. 평양의 부모가 낳았으되, 옥련이 새로운 시대의 지식을 습득한 것은 그녀의 일본행과 미국행을 지원한 원조자들에 의해 가능한 것이었다. 흥미로운 것은, 이인직이 구상해낸 신지식의 루트가 일본을 최종 목적지로 설정하지 않고 미국을 그 도달점으로 두었다는 것이다. 이 신지식의 루트는 이인직이 파악해낸 자강론 세대 청년들의 서구지향적 열망의 축도였다.[3] 그는 사회진화론에 기초한 문명화론과 우승열패의 비관적인 전망에 사로잡힌 나머지, 미국을 김관일과 옥련을 가르친 서구문명의 출처로 설정했을 뿐 당시 서북인과 미국을 연결하는 중요한 매개가 되었던 기독교를 서사에서 배제했다. 이는 사회진화론적 문명화론의 초조함이 이인직의 눈을 가렸던 결과일 수도 있고, 특히 이인직이 '동양의 문명국 일본'을 통해 도움을 받아야 한다는 '목적의식'에 사로잡혀 있었기에 의도적으로 배제한 것이라고도 볼 수 있다.[4]

상대적으로 개혁의 욕구가 컸던 한반도의 서북 지역에 도입된 기독교는 한편으로는 신교육으로 대변되는 서구적인 문명과 제도를 제공했지만, 다른 한편으로는 개개인에게 자유와 평등의 권리가 있다는 서구의 자유민주주의적 이념을 전달하기도 했다. 아울러 청일전쟁, 러일전쟁을 겪으며 폭력과 약탈에 무방비로 노출되었던 평양인들에게 피

---

3 권영민은 「혈의 누」를 조선-일본-미국의 이동 도식하에 분석하면서 문명지향성을 설명한 바 있으며(『서사양식과 담론의 근대성』, 서울대 출판부, 1999), 이재선은 「혈의 누」의 서구지향성을 '타자애호의식(xenophilia)'으로 보고, 작중의 개화와 문명지향성은 타자와의 관계 속에서 자아를 새롭게 구성하는 운동성에서 나온다고 보았다(『한국개화기소설 연구』, 일조각, 1972). 실제로 일본을 거쳐 미국에 이르는 소년의 성장서사는 3·1운동 이후 흥사단 계열 청년 작가들에게 이르기까지 서북 지역 청년문화운동사의 특징적 국면으로 나타난다. 제3부 제2장의 「코스모폴리탄의 명랑성과 망명객의 내면」에서 자세히 다루기로 한다.
4 조남현, 「부국담론의 언론인, 합방론의 행동주의자—이인직론」, 『한국 현대작가의 시야』, 문학수첩, 2005, 48면.

난처와 정신적 위안을 제공하면서 인류애, 평화주의 등의 보편적 이상주의를 경험하도록 만들었다. 전통적으로 중앙과의 연대에 있어 소외되었으며 그에 따른 '숙원'을 마음속에 품은 전환기 서북의 지식인들에게, 기독교가 열어 보인 보편주의적 공동체의 형상은 장차 한국 사회의 미래상을 설계하고 지식인의 공적인 역할론을 설정하는 데 영향을 미친 강력한 이데올로기가 되었다. 독립협회 평양지부를 통해 정치운동에 뛰어든 도산 안창호가 감리교 목사 밀러의 도움을 받아 1902년 미국 유학을 떠나 정작 공부는 포기하고 교포들의 구제 사업에 뛰어든 것이나,[5] "국가의 힘에는 무형의 자강과 유형의 자강이 있는데 무형의 자강은 종교의 힘"이라며[6] 자강론에 정신주의적 경사현상이 더해진 것은 기독교와의 영향관계 속에서 나타난 현상이다.[7] 기독교에 의거한 보편적 이상주의는 한편으로는 약자필멸(弱者必滅)이라는 사회진화론적 결말을 벗어나는 동시에 정치적 배제로 누적되어 온 서북 지역의 소외감 및 서구지향성을 모두 끌어안을 수 있는 정신적 준거가 되었던 것이다. 정치와 종교가 결합한 형태의 기독교적 이상주의는 1906년 일본의 견제에 의해 선교단이 정교분리의 방침을 정하고 개인의 대속구령(代贖救靈)을 위한 복음화에 초점을 맞추는 방향으로 선교방침을 전환한 이후에도 범종교적인 성격으로 확장되었을망정 서북 지역 인텔리의 정치적 노선으로 유지되었다.[8]

---

5   주요한, 『안도산 전서』, 삼중당, 1963, 34~35면.
6   『대한매일신보』, 1905.12.1.
7   개화지식인의 기독교 수용, 동학의 천도교로의 재정비, 단군교, 대종교, 유교구신론 등은 민족운동과 연결된 '종교입국론'의 경향으로 해석되기도 한다. 장규식, 『일제하 기독교민족주의 연구』, 혜안, 2001, 88~90면.
8   기독교인이 지역 내의 권력자로 행세하는 세속화의 문제점이나 개인의 구복만을 기원하는 이기적 행태의 윤리적 문제에 대한 반성으로는 춘원이 발표한 「금일 조선 야소교회의 결점」(『청춘』11, 1917.11)이 대표적인 사례가 된다.

정치와 종교가 결합된 보편적 이상주의의 분위기 속에서 도산을 중심으로 한 서북 지역의 민족운동이 추진되고, 그 일환으로 당대 청년운동의 기반이 마련되는 과정은 중요하다. 서북의 청년운동은 이와 같은 보편지향적 이상주의의 성격을 계승하고, 또한 그들에게 부여된 청년으로서의 역할을 종교적 소명으로 내면화한다. 이광수, 주요한(朱耀翰), 주요섭(朱耀燮), 김여제(金輿濟), 전영택(田榮澤) 등 서북에서 태어나 도산의 직접적 영향에 놓인 작가는 물론, 최남선(崔南善), 김동환(金東煥)처럼 도산 세대의 사업에 동조하고 참여한 작가에서 김동인(金東仁)처럼 세대적 구속을 벗어나려 시도한 작가에 이르기까지 도산 세대가 만들어 놓은 청년론의 영향력은 막강하다. 춘원은 도산 안창호의 생애를 다룬 전기소설 『선도자(先導者)』(『동아일보』, 1923.3.27~7.17)에서 서북 지역에서 소년시대의 이상이 탄생하는 과정을 다음과 같이 상상하여 적었다.

고요한 달밤 대동강 버들 그늘에서 나는 일곱 청년의 소근거림은 거의 끝날 줄을 몰랐다. 밤이 깊은 뒤에 한 사람이, "자 이제 항목 군을 작별할 때에 우리 각기 일생에 할 일을 말하자" 하였다. (…중략…)

일곱 사람의 말이 끝난 뒤에 대형은 일어나 큰 잔에 술을 가득히 부어 들고 "자, 우리가 인제 일생에 할 일을 말하였으니 저 하늘과 땅과 달과 별과 대동강의 물을 증인으로 하고 여기서 한 가지 서약을 합시다. 우리는 몸과 마음을 온전히 나라에 바치되, 우리 일곱 사람이 한맘 한 뜻이 되어 나라를 위하여 사생을 같이 하기로 맹세를 합시다. 만일 내 말에 응하시거든 모두 손을 들으시오!" 모두 일어나 손을 높이 들었다. 높이 든 일곱 손이 달빛에 보기에 검극과 같았다. 대형은 고개를 들어 하늘을 우러러 보며 "천지 신명이여! 우리의 맺은 거룩한 서약을 증거하시옵소서. 비록 몸이 칼에 죽을지언정 이 굳은 맹세가 변치 말게 하옵소서."[9]

대동강에 맹세한 일군의 '대동강 동지'들이 탄생하는 이 장면은 엄밀히 말해 도산의 영향력 아래 소년기를 보낸 춘원의 것이기도 하다. 이 장면은 3·1운동 이후 본격적으로 형성되는 일군의 서북의 청년문화운동의 정신적인 원형을 담고 있다.[10] 이미 3·1운동 이전 신민회의 시대에 도산 안창호와 대성학교, 남강 이승훈과 오산학교 등으로 일컬어지는 공간적 이상향이 마련되고, 동시에 신민회 세대가 변혁의 신화를 이루어가는 가운데 청년론을 배우고 수용한 서북의 청년들이 계속해서 '소년시대의 이상'을 회상하게 되는 출발점이 마련된다. 평양과 대동강은 그 회상의 기원에 해당한다.

때문에 이들 서북의 청년들에게 평양은 언제나 정신적인 원형이며, 신성한 것이고 상대적으로 현실의 타락상을 되돌아보게 되는 잣대로 기능한다. 이와 같은 평양의 신성화 양상과 소년시대의 회상을 뚜렷하게 보여주고 있는 것이 전영택이 발표한 「평양성을 바라보며」라는 콩트이다. 「평양성을 바라보며」는 중심사건이 갖추어지지 않은 채 한 쌍의 남녀 학생이 평양성의 풍경을 바라보며 3·1운동 이후 평양의 세태에 대한 의견을 교환하는 형식으로 되어 있어, 단편소설이라기보다는 개화기에 나타났던 대화체 단형 서사물에 가깝다. 이 글은 평양에 소재한 남산현교회의 기관 잡지인 『대동강』에 실렸던 것으로 알려져 있다.[11] 전영택은 1909년 진남포의 삼숭교회에 다니면서 교인이 된 후

---

9 이광수, 『선도자』, 『이광수 전집』 4, 삼중당, 1962, 409~411면.

10 이철호 역시 서북계 개신교 엘리트로 구분되는 이광수, 주요한, 김동인 등의 소설을 통해 근대 소설에 나타난 평양의 표상을 검토하는 과정에서 대동강이 이들 청년 엘리트들이 자신들의 정체성을 형성하는 데 관여한 원형적 공간에 해당한다고 분석한 바 있다. 이철호, 「근대소설에 나타난 평양 표상과 그 의미」, 『상허학보』 28, 상허학회, 2010, 147~174면.

11 이 글은 전영택의 소설집 『생명의 봄』에 수록되었다. 이 글의 제목과 잡지명은 전영택의 단편소설 「생명의 봄」에서 소설가로 등장하는 주인공 영순이 근래 발표한 작품으로 설정되어 작중에 실명으로 등장하기도 한다. 잡지 『대동강』은 실제로 발굴되지는 않았으나, 남산현교회의 기관 잡지로 알려져 있다. 잡지의 권호를 알 수 없기에 「평양성을 바라보며」가 발

1912년 감리교의 지원을 받아 일본의 청산학원에 입학하게 되었고, 이후 평생 감리교계 목회자로 살았다. 남산현 교회는 평양 지역 감리교의 중앙교회이다. 이 글은 남녀 화자 모두 과거와는 달리 평양의 현재 세태가 세속화되어 있다고 비판하는 내용으로 채워져 있다.

넷날은 구만두고 只今부터 한 十餘年 前까지도 그러치안앗다오. 우리 平壤이 果然 朝鮮의 新知識輸入의 先導者요, 文明發達의 先驅者이엿지오. 그때의 平壤이야말노 참 산平壤이엇지오. 사랏섯지오. 펄덕〜 뒤고 들석들석 노랏지오. 멀니서도 그거시 完然히 보엿지오. 무슨소리가 늘 요란하게 들엿지오. 그것은 죄 — 다 靑年의 음직임이오, 靑年의 사안소래이엇지오. 그때는 果然 平壤城이 더르렁〜 우러서 天下를 振動하엿지오. 그래서 모든사람들이 平壤을 바라보고 平壤을 崇拜하고 平壤을 본바닷지오.[12]

요새 平壤 사람은 靑年이나 實業家나 所謂 敎育家나 勿論하고 아모 理想도 업고 아모쯧이 업다해도 可하지오. 그러고 돈밧게 모르는 모양이야요. 돈만주면 제아비라도 파라먹는 形勢야요. 工夫을 해도 醫學이라 齒科라 商業이라 쏙 自己의 돈벌 工夫를하고 혹은 제멋으로 美術이니 音樂이니하는 사람이잇지만 社會를 爲하야 獻身하고 일할 準備하는 工夫를 하는사람은 암만 볼나야 볼수가 업서요. 平壤사람으로는. 그러고 우리가 東京서 몃가지 雜誌를 해서 내보내면 平壤서 第一 안팔니고 平壤에 第一 讀者가 적

표된 정확한 발표 시기는 알 수 없으나, 작중 대화의 내용으로 미루어 발표 시기를 추정해 보는 것은 가능하다. 작중에 "독립운동이 일어나 長谷川씨가 사직하고"라는 구절이 있는데, 만세운동 이후 하세가와의 재임기간은 1919년 8월까지였으므로 일단 소설이 창작된 것은 이 시점 이후이다. 또한 「생명의 봄」에 이 글의 존재가 명시된 것으로 보아, 「생명의 봄」이 『창조』에 연재되기 시작한 1920년 3월 이전에 창작되었으리라 유추해 볼 수 있다. 본문의 인용은 단편집 『생명의 봄』의 수록분을 저본으로 한 표언복의 전집본을 따른다.

12 전영택, 「평양성을 바라보며」, 표언복 편, 『늘봄 전영택 전집』 1, 88~89면.

읍듸다그려. (…중략…) 그러닛가 平壤이 時勢에 퍽 쩌러저서 옛 平壤사람
들의 思想이 固陋하고 蒙昧하기가 짝이 업서요. [13]

　인용문에서 화자는 3·1운동을 거슬러 올라가 십여 년 전에 평양이
지식과 문명에 앞서 있었음을 말하고 있다. 또한 어디를 가든 청년들
의 '사안 소래' 즉 '살아 있는 소리'로 인해 도시가 빛났다고 회고하고
있다. 그러나 3·1운동이라는 거대한 계기가 있었음에도 불구하고, 평
양이 사회를 위해 일할 청년을 찾을 수 없는 '고루하고 몽매한' 도시가
되어버렸음을 한탄한다. 그에게 있어 평양은 단순한 연고지의 의미에
서 음미되는 것이 아니다. 평양은 '신지식운동의 선도자', '문명 발달의
선구자', '청년의 움직임'이 천하를 진동시키는 도시였다. 즉, 그에게
평양의 지정학은 서북 지역 청년운동 및 민족주의운동의 역사와 연결
되어 있고, 이는 앞서 살펴본 대동강의 표상이 평양의 역사와 연결된
것과 마찬가지의 맥락에 놓여 있는 것이다. 전영택의 초기 작품들에서
평양이 민족주의 청년운동의 중심지로 나타나고 있다는 점을 확인하
는 것은 어려운 일이 아니다. 중요한 것은 그가 평양성이 과거에는 그
렇지 않았다는 식의 태도를 보이고 있다는 점이다. 요컨대 3·1운동
당시의 청년들에게도 현재의 평양은 '현재의 상태' 그대로 수용되지 않
았다. 평양은 회상이 시작되는 땅이며, 이를 통해 현실적 비판이 시작
되는 기준점이다.
　평양을 중심으로 회상을 시작하고, 그것으로 정신적 기원을 삼는 것
은 이미 이광수의 장편소설 『무정』에서 시작된 것이다. 선형의 부모는
개신교 신자인 김장로로 적당히 세속적인 인물이며 딸에게 영어 공부

13　위의 글, 93면.

까지 시키는 개화된 인물이다. 반면 영채는 과거 평안도 안주에서 신교육운동을 주도하다 몰락한 박진사의 딸이다. 박진사는 중국 상해를 통해 접한 견문을 바탕으로 서당을 세워 신문화운동을 폈던 선각자인 것이다. 이형식을 둘러싼 선형과 영채의 삼각구도는, 청년 이광수를 견인하는 구시대와 신시대의 자장을 의미한다고 해석되곤 한다. 그러나 이를 전통 사회와 근대의 이분법으로 나누는 것은 너무 거친 구분이다. 오히려 이는 당대 신문화운동의 근원을 어디에서 구하였느냐에 대한 물음에 가깝다. 평안도 지역의 영세한 유학자가 중국 상해를 통해 신문화운동을 수용하여 토착적인 구국운동을 폈던 것이 세력을 펴지 못하고 몰락한 반면, 기독교를 받아들인 김장로는 종교인의 윤리와는 상관없이 기독교를 양반 계급의 특권을 연장시키는 수단으로 삼아 권세를 누리는 것이다. 즉, 『무정』에 등장하는 삼각관계의 두 여인이 보여주는 구도는 서울 경성과 평안도 안주라는 지역적인 정신사를 배경에 두고 있다. 이때, 개혁적 성향의 유학자와 기독교 개혁론자란 이광수가 나고 자란 평안도 지역의 개화 지식인들의 가장 흔한 유형에 해당하는 것이다. 다만 김장로를 경성의 양반 출신 기독교인으로 설정함으로써 더욱 그 서구지향성과 계급적인 특권의식을 강조하는 효과를 거둔다. 1917년에 『무정』을 연재하기에 앞서 이광수가 발표한 기독교 비판론을 염두에 둔다면 세속화된 기독교에 대한 비판이 등장하는 것은 자연스러운 맥락이다. 이에 따라 『무정』의 선형과 영채, 두 여성 인물은 앞선 부모 세대의 선택에 의해 서로 다른 운명에 놓인 후세대의 형상이 된다. 형식은 두 여성 인물을 통해 당장의 눈앞의 현실에서 벗어나 조선에 닥친 이념적 혼돈의 결과물을 통사적인 맥락에서 읽어내는 시야를 확보하게 된다.

형식은 얼른 선형을 생각하였다. 얼굴의 아름다움이나 그 부모의 귀여워함은 피차에 다름이 없건마는 현재 두 사람의 팔자는 왜 이다지도 다른고. 하나는 부모 갖고, 집 있고, 재산 있어 평안하게 학교에도 다니고, 명년에는 미국까지 간다 하는데, 하나는 부모도 없고, 형제도 없고, 집도 없고, 어디 의지할 곳 없어 밤낮을 눈물로 보내는고.[14]

시대가 옮아갈 때마다 이러한 희생이 있는 것이어니와 박 선생처럼 참혹한 희생은 없다. (…중략…) 그러나 이제 영채마저 죽으니, 영채의 집은 아주 이 세상에 씨도 없이 되고 말았다. 수십 호 되던 박씨 문중이 신미 혁명에 다 쓰러지고, 오직 하나 남았던 박 진사의 집이 신문명운동에 희생이 되어 아주 없어지고 말았다.[15]

형식이 보기에 박진사는 "시대의 선구자의 비참한 운명"의 한 사례이다. 기독교로 대변되는 세속적으로 서구지향적인 변화의 흐름 속에서 영채는 잊히고 훼손당하는 사상적 정통성의 기표로 기능한다. 이때 박진사는 서북의 전통적인 개화 지식인상을 대변한다. 박진사의 집안이 몰락한 계기인 신미혁명(辛未革命)이란 1871년에 일어난 홍경래의 난을 가리킨다.[16] 향리에서 신식 학교를 세워 교육운동을 펴던 박진사는 억울한 누명을 쓰고 평양감옥에 투옥되는 것으로 설정되어 있는데, 작중에서는 도둑질을 사주한 혐의를 받는 것으로 되어 있으나 이는 총독살해음모 혐의를 씌워 서북 지역 지식인들을 구속한 105인 사건의

---

14 이광수, 『무정』(1917), 『이광수 전집』 1, 삼중당, 1962, 22면.
15 위의 책, 167면.
16 홍경래의 난을 '신미혁명'으로 부르는 다른 사례는 이윤재, 「辛未革命과 辛未洋擾」(『동광』 17, 1931.1)의 예에서도 볼 수 있다. 홍경래의 난을 반란이 아닌 권력자에게 저항하는 봉기로 바꾸어 평가하는 것으로 역사적 관점이 전환되어 있는 것을 알 수 있다.

비유로도 읽을 수 있을 것이다. 소설 상에서는 박진사가 연루된 사건이 억울한 누명이라는 점만 여러 차례 언급되고 있다.

그러므로 삼각관계 구도 속에서 이형식은 두 여성의 부모 세대의 이념을 어떤 방식으로 계승할 것인지를 고민하는 후계자가 된다. 그는 자식 세대가 아니라, 은사의 가르침을 이어나가야 하는 제자이자 이들 두 여성의 은사가 되는 입장에 있다. 신시대로 나아가는 출세냐 구시대를 버리지 못하는 의리냐의 차원을 넘어, 민족의 미래를 위해 제안되었던 두 이념, 기독교와 개신유학의 현재상이 각각 하나는 부패하고 다른 하나는 무력해진 점을 목도한 후세대의 입장에서 이를 어떤 방향으로 극복해야 하느냐는 과제를 떠안게 되는 것이다. 그 상황에서 이형식이 내놓는 답이 '민족을 살릴 일'이라는 것은 어색한 설정이 아니다. 전통성 속에서 생각할 때, 이들 두 여인의 각기 다른 삶의 모양을 낳은 본연의 과제가 있는 지점으로 올라가 초심을 계승하는 것이 갈등의 봉합책이 되고, 아울러 기호와 서북으로 갈라진 지역색을 넘어서는 것이 가장 이상적인 처방이라는 것이다. 또한 그 구체적 방편으로 '교육'을 제안하는 것 역시 그들의 부모 세대가 믿었던 구국의 처방과 일치하는 것이다. 이렇듯 이형식, 선형, 영채의 삼각 구도는 세대적 연속성을 바탕으로 성립하고, 그 구도의 출발점은 이들의 부모 세대에 놓여 있다.

그렇다면, 평양의 이상향이 놓인 지점이 가리키는 곳은 비교적 분명해진다. 앞서 전영택은 평양성을 바라보며 청년의 '산 소리'가 들렸던 시절을 회상한다. '산 평양'은 평양이 신문화, 신문명의 중심지가 되었던 그 시절에 있었다. 구체적으로 말하면, 그 시절은 만세 이전, 형식의 부모 세대인 김장로의 신앙이 세속화되지 않았던 시기, 박진사가 영채를 키우며 형식에게서 미래를 보았던 시기로 소급해가야 한다.

1906년에서 1907년은 도산 안창호와 남강 이승훈, 고당 조만식이라는 서북의 민족주의자들의 현실변혁적인 구상이 실천으로 옮겨지고 가시적인 결과를 낳았던 시기이다. 1907년 도산 안창호의 구상 아래에서 만들어진 전국 단위의 조직인 신민회는 대표적인 결실이었다. 신민회운동의 지침에 따라 언론, 교육, 출판, 기업, 청년조직 등이 움직였다. 춘원의 세대는 이들의 현실 변혁 이념 속에서 교육을 받았다. 공동체적 신념이 곧 구국이라는 이상으로 실현되는 듯이 보였던 시기이다. 이렇듯 종교적 신념으로 승화한 듯한 이상주의는 춘원을 비롯한 서북인들의 현실참여론의 기본적 태도가 된다. 서북인의 꿈은 한일강제병합을 앞두고 일어난 1909년의 105인 사건으로 중단된다. 이 사건은 신민회의 해체를 염두에 두고 일어난 것이다. 신민회가 준비한 국내 민족운동의 근간은 와해되고 지도급 인사들은 모두 망명길에 나선다. 그들을 따르던 청년들은 함께 망명에 나서거나, 어린 학생들은 고국에 남아서 체포된 인사들의 운명을 지켜봤다. 105인 사건은 홍경래의 난에 이어 서북의 수난사의 일부로 편입되고, 평양을 민족주의운동의 성지로 만드는 계기가 된다. 즉, 다수의 서북 지역 민족주의자와 기독교인을 검거하여 운동을 와해시키는 정치적 효과를 보았지만, 반대로 서북 지역 특히 평양이 민족주의운동의 중심지라는 인식을 굳혀 놓는 결과를 가져왔다.

또한 105인 사건은 청년지사들의 망명의 역사가 시작되는 지점이다. 이 서북의 황금기에 이승훈, 안도산, 조만식 등 민족주의 지도자를 중심으로 만들어진 역사는 이들을 따르는 청년의 운명도 바꾸어 놓았다. 서북의 문인, 엄밀히 말해 문인이라기보다 민족운동의 일환으로 청년문화 운동가의 역할을 맡아야 한다고 믿었던 서북의 청년 지식인들인 이광수, 김여제, 주요한, 주요섭 등은 나중에 3·1운동을 계기로 망명가의 대열에 합세하여, 상해에서 도산을 중심으로 한 흥사단 원동지부에 모이게 된다. 3·1운동은 한일합병 이전 중단되었던 꿈의 연속, 역사의 반복을 알리는 지점이다. 과거 소년의 이상시대에 대한 회고가 본격화된다. 현 세계의 타락과 세속화에 대해 경계하는 것, 다시금 그 시대가 만들어낸 청년의 역할론이 힘을 얻고 젊은이의 열정을 되살려야 한다는 구호들이 전면에 등장한다. 이들에게 있어 1909년의 105인 사건, 이어진 1910년의 한일강제병합은 상대적으로 1907년 전후 서북의 민족주의운동의 황금기, 그 좌절된 가능성에 대한 향수를 키워낸다. 이후 한일합병 이후에도 평양은 상공업 분야나 문화운동 분야에서 타 지역과 비교할 때 괄목할 만한 성장을 보이지만,[17] 중요한 것은 이때가 '산 평양', 그러니까 서북의 유일한 '현재성'의 지점이고, 이후의 시간의 질적 가치를 평가하는 척도가 된다는 점이다. 현실적인 일상의 시간은 흐르되 그것은 그들이 바라던 미래는 아닌 것이고, 미래는 오직 유일한 현재형의 역사에 매인 채로 아직 보류되어 있다.

어느덧 기차는 황주를 지내여 대동강 철교에 다다랏다. 차창으로 멀니 모란봉이 바라보인다. 자연은 녜나 이제나 다름이 없다만은 그동안에 인사의 변천은 얼마나 잇섯는고? 대성의 녯집은 텨만 남앗으니 뽈치며 노래 불으던 아희들은 이제 어대가 찾을고? 소년시대읫 나도 그 안에 한사람이엿더니 지금은 회고의 노래를 부르게 되엿구나! 아—셰상이 왜? 이다지 변천이 많은고? 하는 늣김을 금치 못하엿섯다.[18]

인용문은 김환(金煥)이 쓴 기행문인 「고향의 길」의 일절이다. 동경에

---

17 평양 조선물산장려회를 중심으로 한 평안도 지역의 자립경제운동에 대한 자료로는 장규식, 『민중과 함께 한 조선의 간디—조만식의 민족운동』, 역사공간, 2007, 91~124 참고.
18 백악, 「고향의 길」, 『창조』 2, 1919.3, 55면.

서 고향인 진남포로 가는 길에 평양에 들러 그는 소년시절의 기억을 더듬는다. 그가 "소년시대"를 보낸 "대성의 넷집"은 터만 남았고, 자신은 회고의 지점에 놓여 있다. 작가에게 대성학교의 옛 시절은 과거의 일이지만, 그럼에도 불구하고 세상의 변천을 더듬는 기준점이 되고, "예술운동의 선도자"로서 자신의 역할론을 환기하게 만든다.

서북 지역을 뒤덮고 있는 종교적 이상주의의 독특성을 외부에서 들어선 여행자의 시선에서 그려낸 것이 염상섭(廉想涉)의 「標本室의 靑개고리」(『개벽』, 1921.5)이다. 서북의 이상주의란 당초 사회진화론의 기계론적 오류를 지적하며 인류 공동체적 생존의 방안으로 인류애, 사해동포주의, 코스모폴리탄의 감각을 제창하며 나타난 것이지만, 제1차 세계대전을 치르고 3·1운동의 감격이 사그라질 무렵에 이와 같은 이상주의는 좀처럼 동화되기 힘든 비현실적 상태로 보였음에 틀림없다. 평양의 대동강과 진남포의 해변을 오가며 목격한 두 명의 광인에 대한 이야기를 다룬 염상섭의 「표본실의 청개구리」의 관찰자가 목격하는 서북 지역의 광기의 정체란 곧 서북인의 보편적 이상주의에 대한 신념이다. 권태와 신경과민에 빠진 주인공 X는 남포와 평양에서 흡사 한 명이라 보아도 좋을 두 명의 광인을 만난다. 경성에서 출발한 주인공은 평양에 이르러, 평남선을 타고 남포로, 다시 평양으로 되돌아와 경의선을 타고 '북국의 한촌'으로 이동한다.[19] 작중 인물과 청년들의 무력감은 일차적으로 3·1운동이라는 대규모 봉기 이후의 공허함에서

---

19 김윤식은 염상섭의 연보를 고려할 때 작중 주인공의 종착지로 등장하는 북국의 한촌이 곧 정주의 오산학교일 가능성이 있다고 본다. 당시 오산학교 교감이던 맏형 염창섭이 염상섭을 교원으로 청하여 정주를 찾아가던 경험에서 나온 것이 「표본실의 청개구리」이며, 작중 인물의 우울증은 교원 생활을 원치 않았으나 맏형의 명령을 따를 수밖에 없었던 염상섭의 자의식에서 나온 것이라 해석한다. 김윤식, 「증언으로서의 소설」, 『20세기 한국 작가론』, 서울대 출판부, 2004, 47~57면 참고.

오는 것이다. 대규모 봉기에 따르는 격정적 동요가 사라진 이후 현실감의 근거를 어느 곳에 두어야 할지 모른다는 것, 3·1운동이 결과적으로 정치적 행동의 제약을 가져왔다는 데에서 신경증이 발생한다. 이와 같은 정치적 전망의 불투명성은 공적인 영역에서 이루어지는 사회적 발언에 대한 회의로 이어지기도 한다.[20] 이 때문에 X가 서북에서 마주친 두 광인의 발작 증세는 객관적으로는 광기이지만, 적어도 어떤 신경증이나 회의가 침투할 여지가 없는 신념이 충만한 상태라는 점에서 X에게는 경탄의 대상이 되는 것이다.

> "알코 ― ㄹ以上의效果? …… 狂症이냐? 信念이냐, ― 이두가지밧게 아
> 모것도업슬것이요 …… 그러나 五官이 明確한以上, …… 에 ― , 疲勞, 倦
> 怠, 失望 …… 以外에 아모것도업는이상, ― 그것도 狂人으로 一生을마츨
> 宿命이잇다면 하는수업겟지만 ― 할수업지안혼가." (…중략…)
> "그러나 X군 ― 톨스토이슴에다가, 윌손이슴을 加味한 先生의說教를들
> 을제, 나는부럽던걸" 술에弱한Y는, 벌서 빨개진얼굴을 A에게 向하고 同意
> 를求하얏다.[21]

현실적 위안을 얻기 위해 술을 마시던 X에게, 최초 김창억의 이야기는 비현실적이며 낡아빠진 것으로 어느 광인의 장광설에 지나지 않는 것이었으나, 정작 김창억을 찾아간 자리에서는 그의 광기에 압도된다. 가족사의 불행에다 '불의의 사건'으로 인한 옥살이까지 겪으며 김창억은 신경과민에 시달리고, 끝내 아내의 배반으로 광인이 된다. 현실의

20　수필 「저수(樗樹)하에서」에 나타나는 허언(虛言)에 대한 신경증과 관련되어 있다. 想涉, 『폐
　　허』 2, 1921.1, 54면.
21　염상섭, 「標本室의 靑개고리」, 『개벽』, 1921.8, 128면.

무게를 벗어던진 그는 인류의 평화를 위한 사도가 되기를 자처한 것이다. 가족과 연애 등 사적인 차원의 책임과 갈등을 외면하고 이를 인류애와 세계평화, 민족의 구제라는 대의로 돌리곤 하는 것은 서북청년운동에 가담했던 이들의 전형적인 형상이다. X는 "세계평화론자, 기이한 운명의 殉難者, 聖神의 寵臣, 佛陀의 聖徒"인 김창억에게서 '신념과 광기'를 구분하여 읽는 일이 어려웠을 뿐만 아니라, 자신과는 달리 일종의 범종교적 이상주의에 사로잡혀 어떤 불안이나 회의도 없는 모습에서 신성함을 느낀다. 김창억의 궤변과 행동은 이를 비웃는 타인에게는 광기였을망정, 당사자에게는 신념인 것이다. 염상섭은 서북 지역 지식인의 관념주의적 성향을 "톨스토이슴에다가, 월손이슴을 加味한" 이상주의라고 파악하되, 이것이 실상 실현가능성이라고는 없는 광기나 마찬가지라는 관찰자의 시선을 잃지 않았다. 그러나 동시에 그는 서북 지역의 이와 같은 분위기가 일군의 서울 청년들의 자기 환멸에 찬 냉소와 무목적성에서 나오는 신경증을 압도하는 힘을 지니고 있다는 점을 파악하고 있었다. '북국 한촌'을 지배하는 무속신앙을 마냥 비웃을 수 없었던 것도 같은 맥락이다. 한촌 주민이 보여주는 무속신앙에의 맹신이란 적어도 개인을 무기력한 방황에서 신념의 세계로 끌어올려 삶의 낙관성을 부여해주는 것이었다. 이에, 작가는 작중 인물 Y의 입을 빌려 평양이 곧 "世界의 슷"이라 평했던 것이다.[22] 즉, 평양은 3·1 운동 이후 조선의 젊은이들이 가질 수 있었던 이상주의의 최대치이다.[23] X는 김창억과 대동강가의 걸인이 자꾸 겹쳐지는 듯한 환상을 본

---

22 염상섭, 「표본실의 청개고리」, 『개벽』, 1921.10, 107면.

23 같은 시기 염상섭이 수필 「저수(樗樹)하에서」(『폐허』 2, 1921.1)를 통해 소개한 어린 소녀와의 공기놀이 삽화도 「표본실의 청개구리」에 연결된다. 공기놀이에 지고서도 체면 때문에 약속했던 벌칙을 지키지 않은 그에게, 소녀가 일부러 공기놀이에 지고 스스로 벌칙을 받았다는 이야기이다. 그 소녀의 행동에서 염상섭은 "사람의 모든 美"를 본 것, "인생을 낙관

다. 이들 두 사람이 평양을 중심으로 하는 서북인의 광기 혹은 신념을 보여주는 동일한 부류의 인물인 까닭이다.

염상섭이 남포, 평양, 북국의 한촌으로 이동하면서 공통적으로 느꼈던 이상한 광기의 기운은 1923년에 특집 기획 기사를 위해 평북을 방문한 『개벽』의 기자에게서도 유사하게 감지되고 있다. 1923년 『개벽』이 기획한 「조선문화의 기본 조사」의 시리즈 중 평안북도 편에서 기자는 "무엇보다도 平北에서 그中 눈 드러 볼만한 것은 宗敎界"라며,[24] 이 때문에 독특한 지역적 정서가 형성된다는 점을 다음과 같이 적었다.

> 郡과 郡에 天道敎堂 耶蘇敎堂이 있고 面과 面에 傳敎堂 禮拜堂이 있다. 그러하여 呪文소리 讚美소리 到處에서 들을 수 있고 敎書든 이, 聖經 씬 이를 重重 만날 수 있다. 그리하야 사람들이 大槪 淳厚하고 人事性 있고 또 그리 無識치 않은 것을 보면 宗敎修養 안이 宗敎의 偉力을 可히 斟酌하겠고, 또 希望心이 많고 集團性이 많은 것도 이것이 宗敎의 勢力인 줄 可히 알겠다. 甲辰乙巳에 그들은 猪突的 運動을 率先해 하얏고 己未事件에도 그들은 無宗敎界에 比하야 훨신 決斷的 行動을 하였다. 그러고 現在 그들의 社會를 窺視하면 무엇인지 潛勢力 안이 大希望이 伏在하얏음을 可히 알 수 잇다. 그리하야 貧寒한 地方에서 生活의 末由를 叫號하면서도 各히 그ㅣ 所信하는 宗敎에 對하야는 小毫도 解弛之端이 업다. 그리고 늘ㅣ 相會輪集하야 무엇을 講究하며 무엇을 積置하며 또 相愛相扶하야 一種의 理

할 유일의 손잡이를 붓든 것" 같았다며, "敎育은 改造할 것이요 社會改良은 반듯이 難事業이안이라고도 생각하엿다"(71면)고 적었다. 이 수필은 염상섭이 오산학교에서 일본어교사로 체류하는 동안에 쓴 것으로, 그가 이 기간에 「표본실의 청개구리」에서 보여주었던 범종교적 이상주의와 인류애에 기반을 둔 사회개혁 사업의 시대적 의미 및 실현가능성에 대해 관심을 기울였다는 점을 보여준다.

24 미상(未詳), 「一高一下한 平北의 二大界」, 『개벽』38, 1923.8, 77면.

想團을 構成하고, 機會何時來를 隱然히 苦待하고 잇다. [25]

기자는 군마다 들어선 천도교당과 야소교당을 보며 종교 예식과 성서가 일상화되었음을 이야기한다. 그는 종교의 영향이 지역 주민의 인성, 교양 정도, 민족운동에의 참여도에 영향을 주었다고 본다. 그리고 이런 경향이 지속되어 현재에도 그들의 생활에는 "대희망이 복재"되어 있는 듯하며, 종교 활동을 계기로 늘 "상회윤집하야 무엇을 강구"하고, "상애상부하야 일종의 이상단을 구성"하면서 기회를 기다리고 있다는 것이다. 앞서 염상섭의 눈에 광기인지 신념인지 모를 이상주의로 비춰졌던 서북 지역의 분위기에서, 『개벽』지의 기자는 지치지 않고 '기회'를 고대하는 종교집단의 위력을 읽고 있다.

평양과 대동강 변에서 시작되는 소년시대의 이상주의와 그 정치적 현재화에 대한 꿈은 전영택을 중심으로 한 평양의 기독교문화운동, 이광수와 주요한을 주축으로 한 상해『독립』신문 발간운동과 흥사단 원동지부운동, 미주의 흥사단과 미국유학생들의 잡지『우라키』등을 통해서 확인해 볼 수 있고, 이로써 도산의 세대가 소년들에게 외쳤던 세계를 향한 모험정신은 1920년대 전반에 이르러 최고조에 이른다. 이 흐름은 1926년 국내에 수양동우회가 발족하고, 『동광』이 창간되면서 상징적 결실을 맺는다. 이와 같은 과정에서 평양은 그 정신적 중심에 놓여 있다. 이들 단체는 안도산의 신민회가 그러했듯이 전국조직을 표방했지만, 구체제의 전복과 변화의 방향을 제시했던 서북인의 자부심과 참여에 정신적 줄기를 대고 있었다. 수양동우회가 경성에 근거를 두었으나, 실제 운영을 평양지부의 김동원, 김성업(金性業) 등에게 크게

---

25 위의 글, 같은 곳.

의존했던 것은 그 근거가 될 것이다.[26] 도산이 조직한 청년학우회의
『소년』에서 시작된 소년시대의 이상주의는 3·1운동 이후 『동광』의
발간에 이르기까지 지속된다. 이 가운데 한일합병이라는 단절의 요인
은 이상주의의 실현을 막고 동시에 미래를 보류하게 만드는 요인이 되
면서, 소년시대의 이상이 정치적 신념이자 종교적인 신앙의 플롯으로
굳어지는 데 기여한다.

그러나 평양을 대상으로 신념의 기원까지 회상하는 일이 반복된다
는 것은 그만큼 평양의 현실태가 과거의 이상에 부합하지 않는다는 것
을 방증하는 행위이기도 하다. 앞서 춘원이 영채의 운명에서 개혁적
유교지사 일가의 기구한 몰락을 읽어내는 것이나, 전영택이 더 이상
'산 소리'가 들리지 않는다는 점을 탄식하는 것이 이 맥락에 있다. 현실
은 이상과 점점 거리가 멀어지고 있는 셈인데, 그 주된 원인으로 자주
언급되는 것이 평양의 종교적 보수성과 산업자본주의화의 추세이다.
주요섭은 근대화된 도시 평양의 특징에 대해 냉소하면서, 공업화에 따
른 자본의 축적과 발달 양상이 기독교를 근간으로 한 종교적 윤리의식
과 도무지 맞지 않는다는 점을 비판하고 있다.

'平壤은 朝鮮의 유일한 공업도시'이라는 일흠이 외국에까지 퍼지엇다.
특히 朝鮮人 經營의 공업이 長足으로 발전되엿다는 데 一種驚訝와 흥미를
늣긴다. 아마 西鮮에는 특수 조건이 잇는 모양이다. 초가에서 職工 두서넛

---

26 동우회 평양지부의 회의록에는 『동광』이 경영난으로 발간 중지를 맞자 속간을 위해 빚을
청산하고 자금을 마련하는 방침을 논의한 기록이 자주 등장한다. 한편 평양지부는 제1회 수
양동우회의 단합대회를 대동강 변의 모처에서 성공리에 개최하는데, 이 회의는 도산이 흥사
단 단합대회를 각국의 도시를 돌아가며 개최했던 전통을 잇는 것이었다. 당시 춘원은 이 단
합대회가 성사된 것에 대해 상당히 고무된 반응을 보였다. 「동우회公函」 제3회, 1931.9, 증
거 제63호, 동우회 사건 관련 증거목록(한국 독립운동사 정보 시스템 http://search. i815. or.
kr)참고.

더리고 일하고 잇든 양말공장들이 오늘에 와서는 대공장이 되여 잇다. 고무공장들은 突起하여 졸부가 된 기적적 遺物이다. 精米業도 鎭南浦를 따라 가려는 기세이다. 양조업은 가장 큰 공업으로 되여 잇다. 하기는 平壤서 술을 넘우 만히 마시기 때문에 인지도 몰은다. (…중략…)

朝鮮人의 공장은 19세기 英國공장을 연상 식히는 더러움의 구렁텅이다. 더욱이 그 안에서 매일 13,4시간式 勞動하는 婦女들과 小兒들을 보면 맛치 生地獄을 보는 맛이다.

그러나 조선인 경영의 基督敎堂만은 도처에서 雄姿를 자랑하고 있다. 이것은 네 가지를 증명한다. 첫재 平壤에는 基督敎人이 만흔 것, 둘째 平壤人은 迷信이 적은 것, 셋재 平壤의 基督敎는 中産階級 以上 有産者階級 전유물이라는 것, 넷재 平壤 基督敎人은 현실에는 눈이 어둡고 死後 神仙될 몽상에만 급급한다는 것이다.[27]

주요섭은 특히 조선인 경영의 공장이 성장했으나, 그 운영 실태가 열악하다는 점을 지적하고 있다. 그럼에도 조선인의 기독교당은 번성하니, 이것이 곧 평양의 기독교가 "중산계급 이상의 유산자 계급의 전유물"이고, 평양의 기독교인들이 "사후 신선될 몽상에만 급급"함을 보여준다는 것이다.[28] 평양 지역의 기독교에 대한 비판이 시작된 것은

---

27 주요섭, 「사천년 전 고도 평양행진곡 지방소개 1—십년 만에 본 평양」, 『별건곤』 32, 1930.9, 46~47면.
28 주요섭은 1923년에 상해에서 귀국했을 때에도 유사한 성격의 문명비평기를 쓴 적이 있다. 당시 그는 평양을 향해 "한우님과 기생을 한꺼번에 섬기려 한다"며 평양 청년들의 위선을 비판하고, 진정한 생활을 강조했다. 이 시기만 해도 주요섭은 평양에 새롭게 나타난 현상으로 "기생의 激增"과 "七星門外土城방면에 貧民窟의 번창"(54면)을 우려할 만한 현상으로 꼽고 있다. 이후 1930년에 이르러 작성된 본문의 인용문은 이미 청년층의 정신무장에 대한 당부는 현실감 없는 주제가 되어버리고, 평양의 산업화와 그 직접적 수혜자인 중산층 기독교인을 공격하는 내용으로 대체된다. 우려가 현실로 나타난 것이다. 金星, 「혼돈—四年만에 故國에 돌아와서」, 『개벽』 39, 1923.9, 49~60면.

이미 한일합병 이전, 선교단이 민족주의운동과의 분리를 선언하고 심령부흥회를 통해 신도 수를 늘리던 1906년 무렵부터 시작된 것이다. 평양 지역 기독교가 다시 민족주의운동과 만나는 시기는 1919년 3·1운동을 통해서인데, 물론 이는 선교단의 방침이 바뀌었다기보다는 서북 지역의 민족주의 인사들이 기독교를 통해 신문화를 접하고 지역 사회 내의 신임과 명망을 얻은 이들이었다는 특수성에 기인한 것이다. 이후 1920년대 전반에 다시금 기독교와 민족운동의 공동보조가 이루어지면서 과거 도산시대가 재현될 기회를 맞는다.

그러나 당초 도산의 세대가 만든 자강론의 기초인 교육과 식산, 문화정책의 정신주의적 성향은 실물경제와 마찰을 빚으며 내부에서부터 평양의 이상주의는 붕괴하기 시작한다. 당초에 교육과 식산은 청교도주의가 표방하는 실용주의적 합리성으로의 전환이라는 점에서 무리 없이 수용되었던 것이나, 평양의 산업화가 본격화되는 1920년대 후반에 이르면 기독교적 이상향을 추구하면서 동시에 '생지옥'과 같은 작업 환경을 강요하는 모순이 생겨난다. 아울러 산업과 학문의 영역을 분리하지 않았던 서북 지역의 특성상, 서북의 민족주의 인사들이 대개는 기독교인이면서 동시에 토착자본가들이었다는 점에서 이념적 혼란의 가능성을 내포하고 있었다. 종교와 정치가 결합한 구도하에 초월적 이상주의라 비판받던 서북의 운동 노선은 신념의 진정성이라는 정신적 가치에 의존해서만 지탱할 수 있던 것이었다. 그러나 자본이라는 새로운 변수가 등장하면서 신념의 순수성이 훼손되고, 사회주의운동 세력의 비판의 표적이 되는 것은 물론 서북청년 문화운동계 스스로도 도덕적 결백을 주장할 수 없는 위기를 맞는다. 1927년 신간회 결성을 둘러싸고 신간회의 가담을 종용한 주요한·주요섭 형제와 이에 찬성하지 않았던 이광수와의 대립은 그 결과물이다. 주요섭 역시 '조선인 경영'의 공장과 기독교당을 문제 삼으며, 평양을 내부적 모순으로 가득한 디스토피아로 묘사하고 있는 것이다.

1930년대 들어 평양은 점차 변질된 유토피아로 조명되기 시작한다. 소년시대의 성지가 아니라 변질된 유토피아라는 점을 상징적으로 만천하에 드러낸 사건이 1930년 8월의 평양고무공장의 파업과 강제진압 사건이다. 평양고무공장의 사장인 김동원이 수양동우회 평양지부의 핵심요인이자 평양지역의 기독교 단체의 거두였다는 점에서, 평양고무공장의 파업은 서북청년 운동계나 사회주의진영 어느 쪽에 있어서도 단순한 공장주와 노동자의 대결 이상의 의미를 띠는 것이었다. 이에 가장 긴밀하게 반응한 것이 평남 성천 출신의 작가인 김남천(金南天)이다. 그는 평양고무공장 파업 현장에 참여하고 이 경험을 바탕으로 단편소설 「공장신문」(『조선일보』, 1931.7.5~15), 「공우회」(『조선지광』, 1932.2) 등과 희곡 「조정안」(『캅프작가칠인집』, 집단사, 1932)을 썼다. 앞의 두 단편은 평양의 고무공장을 배경으로 조합원들이 공장신문을 만들거나 공우회를 조직하여 자본주에 맞서 노동자들의 요구를 관철시키려는 의지를 보인다는 내용으로 되어 있다. 이 두 편의 소설은 모두 노동자 측의 파업운동을 조명하고 있는 반면에 희곡 「조정안」은 자본가 측의 허위를 폭로하는 데 중점을 둔다. 김남천은 평양고무공장이 서북의 민족주의 진영 측에서 지니고 있었던 존재적 위상과 대표성을 십분 활용하여, 비단 고무공장 자본가를 공략하는 데 그치지 않고 이를 당시 평양 민족주의 진영의 주요 인사들과 그들의 정책에 대한 비판으로 확장시켰다. 이 희곡에서 작가는 평양고무공장 사장 김동원, 신간회 평양지회장이던 조만식, 상공업회장 김병연(金炳淵)을 김도원, 조만석, 김병현 등으로 약간 개명하여 등장시켰다. 공장파업노동자들의 요구사항을 조정하기 위해 모인 네 사람의 토론과 사적 대화가 김도원의 사택 응접실에서 진행되는 장면을 담은 단막극이다. 도입부부터 신간회와 기독청년회, 물산장려회 등 조만식을 중심으로 한 평양 지역의 실력양성운동의 기간사업의 위선을 폭로하겠다는 의도를 무대 밖 목소리를 통해 전달하고 있다. 작품은 김도원의 집안 거실에서 요리와 기생을 청해놓고 한담을 나누듯 성의 없이 노동자들의 요구를 검토하고 조정안을 만드는 과정을 보여준다. 이들은 표면상으로 요구를 수용하는 듯하면서 실제로는 자신들의 이익을 관철하는 방안을 만들기 위해 머리를 모으고 있다. 이 희곡을 통해 김남천은 '민족주의자라고 해서 노동자를 도외시하는 것이 아니며, 민족의 발전을 위해서는 무엇보다 단합이 최우선'임을 주장한 도산의 노선이나,[29] 물산장려회 평양지부를 통해 민족자본의 형성이 곧 독립의 지름길이라 주장해온 고당의 노선을[30] 모두 비판하면서 권력과 치부를 위한 변명의 일환으로 그려냈다.

아울러 1931년 7월 만주에서 '만보산 사건'이 일어나고 이로 인해 중국인에 대한 국내 여론이 악화되고 적대감이 누적된 결과, 평양 시내에서 주민들에 의해 백여 명의 화교가 살해당하고 이들의 상점이 방화, 파손되는 사건이 일어난다. 비록 '군중적 행동은 상궤를 벗어나기 쉽다는 것, 민족적 감정은 맹목적이 되기 쉽다는 것을 경계해야 한다'고 재차 환기하고 있다고 하더라도,[31] 본래 기독교의 보편적 인류애에 기반한 공동체주의를 지향하던 평양의 민족주의운동이 배타적인 방향의 자민족중심주의로 변질되었다는 비판을 면하기는 어려웠다. 국제 관계의 갈등 속에서 평양은 점차 자본주의의 모순과 배타적 민족주의의 부작용이 밀집된 지역으로 변질되어 가고 있었던 것이다.

---

29 주요한, 「사설—사회주의와 민족주의」, 『동광』 1, 1926.5, 23면.
30 오기영, 「조만식씨의 이꼴저꼴」, 『동광』 17, 1931.1, 43면; 장규식, 앞의 책, 91~124면 참고.
31 주요한, 「참변과 재만 동포문제」, 『동광』 24, 1931.8.

비단 사회주의 문학을 지향하지 않았다고 하더라도, 평양고무공장
의 파업이라는 소재는 중도적 성격의 작가에게서도 계급적 지지를 끌
어내곤 했다. 유진오(俞鎭午)는 「밤중에 거니는 자」(『동광』 19, 1931.1)에
서 ××고무직공 조합연맹, 전고무직공조합의 동맹파업을 배경으로
한 이야기를 썼다. 이무영(李無影)은 단편 「두 훈시」(『동광』 33, 1932.5)에
서 ××고무공장 노동자였다가 해고된 주인공이 굶주림을 못 이겨 '만
보산 사건' 이후 청인이 위축된 틈을 타서 청인의 음식점에서 무단취
식하는 상황을 그렸다. 이 소설은 평양고무공장 파업과 화교 살해 사
건을 동시에 다룬 것이다. 작중에서 주인공은 결국 구치소에 끌려가게
되고 경찰서의 S순사와 나프 사건으로 구금된 H선생 두 명으로부터
훈시를 듣는데, 이 중 H선생의 훈시에 감화되어 사회주의자가 된다.

평양성 내의 부유함과 대조적으로 평양 외성의 대동강 지류를 따라
형성된 빈민굴인 토성랑은 평양을 디스토피아로 조명하는 주요한 제
재가 되었다. 이상적 공동체주의를 내세웠음에도 불구하고 당장 평양
성 밖 외벽에는 빈민굴이 있다는 모순을 가장 먼저 문학의 영역으로
끌어들인 이는 김동인이다. 그는 「감자」(『조선문단』, 1925.1)에서 평양의
보통강 유역에 있는 칠성문 밖 빈민굴을 현대 사회의 온갖 추악한 타락
과 욕망이 집결한 장소로 그렸다. 김동인의 단편 「감자」에서 시작된 평
양성 밖 빈민굴이라는 소재는 김사량(金史良)의 단편 「토성랑」(『제방(堤
防)』 2, 1936.10), 평양 광성고보 출신의 단층파 시인인 양운한(楊雲閒)의 「토
성랑」(『비판』, 1936.7), 역시 광성고보 출신의 희곡 작가인 한태천(韓泰泉)의
「토성낭」(『동아일보』, 1935.1.11~23)으로 이어진다. 이들 작품들은 당시 빈
민굴의 여인들이 생계를 해결해주는 위인을 찾아 남편을 바꾸곤 했으
며, 남성들 역시 아내의 매음을 방조하거나 돈에 따라 아내를 골라서
성욕을 채우는 것이 보통이었다는 점을 보여준다. 즉, 토성랑은 인간

의 이성과 감성이라는 정신적 영역, 예컨대 윤리도덕이나 사랑 따위가 소거되고 '돈'과 '성'을 맞바꾸는 일이 곧 생존의 수단이 되는, 자본주의 사회의 가장 밑바닥에서 길어 올린 인간의 추악한 욕망을 오롯이 드러 낼 수 있는 소재였던 셈이다. 김동인은 빈민굴에서 주인공 복녀가 이 와 같은 시스템에 수동적으로 발을 들여놓았으나 점차 그 교환관계에 익숙해지는 과정을 그렸다. 그리고 윤리나 동정이 발붙일 자리가 없는 만큼 복녀의 죽음 역시 돈으로 환산되고 사라지는 것으로 결말을 맺었 다. 김동인이 일찌감치 토성랑을 소설의 소재로 주목할 수 있었던 것 은 그가 평양 지역을 지배하는 기독교적 이상주의나 인류애 따위의 구 호를 불신하고 있었기에 가능한 것이었다.

한태천은 「토성낭」에서 여성 인물의 성매매를 모티프로 삼아 토성 랑의 빈민들을 조명했다는 점에서 선배 작가인 김동인과 유사한 접근 방식을 취했다. 그는 여아를 낳으면 선금을 받고 첩이나 기생으로 팔 곤 했던 토막민들의 생존방식에서 비극성을 찾고 있으나, 다른 한편으 로는 이와 같은 거래가 마치 풍속처럼 당연하게 수용되고 있다는 점을 부각했다.[32] 매매 대상이 되는 딸과의 이별을 안타까워 하지만 죄책감 은 없는 어머니와 자신은 아들밖에 없어 살림 밑천을 장만할 길이 없 다고 푸념을 늘어놓는 이웃 여인과의 대화과정은 비인간적 상황이 어 쩔 수 없는 고통의 단계를 지나 기계적인 일상의 영역으로 침투했다는 점을 보여준다. 이 작품의 중심축은 이미 가정을 이루어 아이를 낳은 상태에서, 부모가 맺어 놓은 기왕의 계약에 따라 만주에 기생으로 팔 려갔다가 아편중독이 되어 돌아온 덕순이 회한과 울분을 참지 못하고

---

32 딸을 기생으로 보내거나, 시집을 보낼 때 신랑의 집에서 건네 오는 금품으로 인해 '딸을 판 다'든가 '며느리를 산다'든가 하는 인상이 남는다거나, 하류층에서는 이런 풍습이 일종의 매 매관계로 성립되었다는 언급은 김남천의 「風俗隨感」(『조선일보』, 1940.5.28)에서도 볼 수 있다.

자살하는 과정에 있다.

김사량은 단편 「토성랑」에서 평양의 빈부 차이를 토성랑이라는 제재를 통해, 양민들이 토성랑의 빈민으로 전락하고, 결국은 토성랑에서조차 발붙이지 못하고 실종되거나 죽음을 맞는 현실을 이야기했다.[33] 이 소설은 자신의 재정적 무능으로 인해 아내를 원삼영감에게 빼앗길지도 모른다는 이첨지의 열등감에서 비롯된다. 이첨지는 돈을 벌기 위해 자신의 나이와 건강상태로는 버텨낼 수 없는 막일을 자처하다 죽음을 맞는다. 그러나 이때 이첨지의 절박한 선택은 비단 아내에 대한 애정이나 질투에서 나온다고는 볼 수는 없으며, 차라리 자신의 가족을 대신 부양하는 원삼영감에 대한 경쟁의식과 질투심에 가까운 것이다. 이는 여성의 부양이 곧 남성성의 증표로 간주되는 빈민굴의 분위기 때문인데, 앞서 김동인이 여성의 성이 매매되는 것을 보여주었다면 김사량은 그런 교환 구조 속에서 남성 역시 강자일 수만은 없다는 점을 보여주고 있다. 즉, 여성이 돈을 받고 성을 파는 측이라면, 남성은 성역할을 입증하기 위해 돈을 바쳐야 하는 것으로, 이는 돈과 성의 교환구조 속에서는 비단 여성뿐만이 아니라 어느 쪽도 희생자의 처지에서 벗어날 수 없다는 것을 의미한다. 인간의 동물적인 어두운 본성을 묘사하는 데서 나아가 인간의 운명을 배후에서 조종하면서 주인 노릇을 하고 있는 교환구조 자체를 선명하게 드러냈다는 점에서 김사량은 김동인보다 분석적인 시선을 보여준다고 할 수 있다. 김사량은 이첨지 외에도 지대납입에 항의하다가 경찰에 연행되거나, 종교에 의지하여 힘겹게 약속의 '때'를 기다리다 가난을 못 이겨 광인이 된 말더듬이 사내 등을 통해 토막에조차 정착하지 못하고 실종되는 사람들을 등장시켰

---

33 작품의 요약은 김재용·곽형덕의 편역으로 소개된 「토성랑」 초판본(『堤防』 2, 1936.10)을 토대로 작성하였다. 김재용·곽형덕 편역, 『김사량, 작품과 연구』 1, 역락, 2008.

다. 작가는 이들이 비참한 처지로 전락할 수밖에 없었던 원인을 토지 개발 사업이나 소작권 정비 등으로 지역의 이권을 장악한 일본의 식민 체제에 있다고 보았다. 이들은 마침내 토막민들을 모두 몰아내고 철도 와 공장을 부설한다. 김사량은 평화롭던 농민들의 땅에서 점차 일본인 에 의해 근대적인 공업도시로 바뀌어가는 평양의 모습을 토성랑의 토 막민들이 불행하게 쫓겨나는 과정을 통해 보여주었다.

그러나 이와 같은 평양의 디스토피아적인 측면에 대한 조망은 비단 평양을 부정하는 차원에서 나타났다기보다는 평양의 변모가, 고수해 야 할 이상적인 유토피아의 면모로부터 점차 벗어나고 있다는 조바심 에서 시작되는 것이다. 이렇듯 자본주의적 물신성에 대한 비판이 어떤 종류의 이상성을 염두에 둔 것인지의 여부를 지정하는 것은 중요한데, 그렇지 않은 경우 한낱 시대의 세속적 변천에 대한 푸념에 지나지 않 는 것이기 때문이다. 평양의 산업화에 대한 경계적 시선으로 물신성을 비판하는 모습은 이미 1920년, 김동인의 「마음이 여튼 者여」에서부터 나타난다. 작중에서 주인공 K는 친구 C와 산책하며 모란봉에 오른다. 둘 사이에 오가는 대화는 평양 청년 사회에 오랜 일화로 전하는 한 바 위에 관한 것이다.

"저 乙密臺가 空中에 썻나 쌍에 부텃나?"

"썻네!" K는 고함첫다.

"그래! 썻지, 平壤市民들 감독하랴구."

"왜?"

"K! 평양서 무슨 내음새가 나는지 마타보앗나?"

"하々々々 넘 — 새가 나々? 무슨내?"

"걱정말게, 자넨 그축에 안석겟네, 守錢奴내, 돈내, 物質내 虛榮내!"

"난안심햇다, 서울선 무슨내가 나々?"

"자네모르나? 大監내, 건달내, 비단내, 셋방내, 無識내!" (…중략…)

"그랜, 저저 —기 져바위가 쥬암이지."

"응."

"거츤 물의 皷迫을 바들지언뎡, 속은亦是萬年不變이요, 동해물과白頭山 다 — 마르고다라두 나는變치안는단 정신이로구만!"

"응!"

衞然히서잇는 쥬암은, 물과 百萬年을다토면서도, 거츤물에감겨슬지언 뎡 속은亦是내속, 정신은亦是내정신이라고, 百萬年을百萬人의게 百萬가 지로 가르치던 쥬암은, 亦是屈치안노라고 웃둑大同江우으로 소사잇다.[34]

두 사람의 대화는 당시 경성과 평양의 도시화에 대한 의견을 포함하고 있다. 경성이 '대감, 건달, 비단' 등으로 상징되는 귀족적 권위와 계급 차별, 지적 변화를 추구하지 않는 안일함의 땅이라면, 평양은 상인과 공업화로 인해 돈과 물질, 이기주의로 물들어가는 땅이다. 두 사람의 비판은 현재적 시점에서의 평양과 경성 두 도시를 모두 포괄하고 있다. 이어 두 사람의 대화 속에서 도출되는 이상의 지점은, 과거로부터 현재까지 오랜 시간 변하지 않고 정신적 성소의 역할을 담당하고 있는 '주암'을 향한다. 즉 그들에게 평양은 이상향의 잠재태로서 그 존재의의가 있는 것이며, 평양 청년인 자신들은 그러한 이상향의 정신을 자각한 예외적 존재인 것이다.

평양의 지정학과 역사에 토대를 둔 이상향의 구상과 그 실천으로서의 청년운동이라는 구도는 고조선과 고구려 등의 역사와 연결된 근대

---

[34] 김동인, 「마음이 여튼 者여」, 『창조』 5, 1920.3, 32면.

화의 꿈을 낳는다. 그 서사에서 구조선왕조와 그 권위의 상징인 경성은 현상태의 민족적 위기를 초래한 온갖 폐단, 예컨대 사대성, 지적 나태함, 신분 차별 등의 온상으로 그 존재 자체가 배제된다. 즉, 평양 중심의 서사는 조선을 뛰어 넘어 고구려와 단군의 시대로 소급된다. 이와 같은 구상이 잘 드러난 것이 춘원 이광수가 서술한 『도산 안창호』 전기의 일절이다.

> 도산의 마음에는 평양은 단군 왕검이 계시던 곳이요, 고구려 전성시대의 큰 서울이었다. 한군은 함박(태백, 모란봉)에 올라 대동강을 굽어 보시면서 우리 민족 만세의 기업을 구상하셨다. 우리 민족 중에 가장 웅장한 역사를 짓고 문화를 이룬 고구려의 선인들도 이 강산에서 수양하고 이 강산에서 기상을 배웠다. 고증학자는 무엇이라고 하든지 평양은 우리 조국의 발상지요 최대 문화의 개화지였다. (…중략…)
> 이런 의미에서 평양은 우리 민족 국가, 민족 정신, 민족 문화의 발생지 즉 우리 민족의 고향이라고 도산은 이것을 사랑하고 소중하게 여긴 것이었다. 그가 신민회의 교육사업의 제일보를 평양에서 발족한 것이 실로 이 신념에서였다. 신민회의 양대사업이 교육과 산업이었다. 교육이나 산업 기관을 전국에 널리 두는 시초로 평양에 대성학교와 마산동 자기회사, 평양·경성·대구에 태극서관을 설치하였던 것이다.
> 도산은 평양에 총준자제(聰俊子弟)를 모아서 단군과 고구려의 민족정신을 함양하자는 것이었다. 반만년 전 민족창업(民族創業)의 대기개(大氣概)를 조상들의 피와 살로 된 이 강산에서 감득, 체득케 하자는 것이었다. 그리하여서 신대한(新大韓)의 영웅을 양성하자는 것이었었다.[35]

---

35 이광수, 『도산 안창호』(1946), 『이광수 전집』 13, 삼중당, 1962, 103면.

춘원은 도산이 상해에서 체포되어 평양에 송태산장에 칩거하던 시절을 서술하기 전에, 왜 그가 평양에 자리를 잡았는지 여러 장을 할애하여 적고 있다. 춘원에 따르면, 평양은 근대화에 실패하여 사라진 조선을 재건할 지리적·정신적 중심지로, 새로운 조선의 구상은 과거 고구려와 고조선이 보여주었던 영토적 확장과 제국 건설의 서사를 닮아 있다. 도산이 구상한 청년운동이 평양에서 시작된 것은 단순히 평양이 그의 고향이라는 점을 넘어, 평양에서 기원한 정신성을 계승하는 차원에서 민족 복원 작업의 역사적 동인을 구하는 의미가 있다는 것이다. 이 글은 물론 도산의 구상에 덧붙여진 춘원 자신의 구상일수도 있다. 그러나 도산과 춘원은 물론 앞서 모란봉에 서서 '주암'을 바라보는 김동인 등 서북청년이 공유하는 이상주의란 '민족공동체'의 새로운 구축을 향한 평양의 이상주의적 경사에서 유래한 것이다.

2. 대동강(大同江), '청춘의 무덤' 앞에서의 생명 의지

한반도의 지정학 속에서 평양의 의미는 앞서 살펴보았듯이 과거 단군 시대의 구도(舊都)이자, 민족문화운동의 중심지, 최대의 상공업도시라는 세 인식이 뒤섞여서 결정된다. 구한말 자강운동의 구도에서 이 세 가지 인식은 서로 충돌하지 않으며, 무능한 양반과 부패한 귀족의 땅이자 서양열강에게 점유된 경성을 대신할 개혁의 중심지로서 그 위상을 강화하는 데 이용된다. 단군과 기자가 그 도읍을 세운 곳이며, 그 역사가 고구려와 고려를 통해 이어졌다는 점에서 민족 공동체 계보의 정통성을 계승할 중심지가 된다. 아울러 민족의 멸망을 막고 번영을 이룰 방법으로 적극적인 상공업의 장려가 이루어지는 것이다. 그러나 평양의 지역적 위상이 흔들리기 시작하는 것은 이 정신주의와 물질주의가 서로 불화를 빚어서, 전통적으로 서북이 지향해온 민족 공동체의 이상이 흔들리기 시작하면서부터이다. 즉 상공업의 성공으로 인해 그 잉여로 기생, 노동자와 빈민 등이 증가하는 현실적 모순이 심화되면서부터였다.

이와 같은 평양의 지정학적 위상의 변화 속에서 대동강은 일차적으로 평양의 은유로 기능한다고 보아야 할 것이다. 1920년, 유학 중에 일어난 3·1운동으로 잠시 귀국했다가 다시 동경의 아오야마[靑山] 학원으로 돌아가는 길에 전영택은 다음과 같이 노래했다.

푸른물 건너 물기는 적물위에
멀리 반공에 떠나가는 흰 갈매기
우리님이 날 생각하는 일편단심
그 정기화하여 오는 메세지가 아닌가.
낭림산 깊은 골짜기 구비구비 흘러서
모란봉, 유벽루, 청류벽을 비치면서
능라도 반월도 씻기면서
만세 전부터 흐르는 맑으나 맑은 대동강물에
아―너 입은 양을 비쳐라.
그러면 웃물이 흐르고 흘러서 대해로 나올 때에
물에 비친 네 그림자 둥실둥실 떠돌아
나를 따라 여기까지 따라와서
저기저기 저 물에 늠실늠실 비치나보게[36]

인용문은 「평양을 떠나서 동경으로」라는 글의 일부이다. 이 글은 전 영택이 『창조』의 동인이기도 했던 오천석(吳天錫)에게 평양에서 동경으로 떠나는 동안의 일정과 감상에 대해 편지를 띄우는 형식으로 되어 있다. 인용한 대목은 그중 세 번째 편지에 삽입된 노래로 부산에서 출발하여 현해탄을 건너면서 남긴 것이다. 바다 위의 흰 갈매기를 메신저 삼아 화자의 마음은 평양으로 다시 돌아간다. 대동강은 평양의 자연을 비추고 씻으면서 화자를 따른다. 평양에 두고 온 "우리님"은 대동강의 물결에 투영되어 화자에게 전달될 것이다. 이 시에서 대동강은 일종의 '거울'이자 '정화수(淨化水)'로 기능한다. 거울이나 정화수는 메신저의 일방적인 사연을 듣는 구조가 아니다. 물에 담긴 사연을 보기 위해서는 동시에 수신자인 '나'를 비추는 행위가 수반되어야 하는 것이다. "대동강물"로 표상된 고향으로부터 온 "메세지"는 '비치나 보게'라는 행동에 수반된 적극성과 상호성에 의해 화자가 선 자리와 그 모양새를 단속하는 구실을 한다. 이는 비단 달아나는 화자를 과거의 연민이 붙드는 방식의 이별의 구도와는 차이가 있는 것이다. 이 시에서 대동강이란 시어는 일차적으로 전영택이 평양에서 태어난 점을 감안한다면, 고향의 자연을 뜻하는 대표단수로 기능하는 것이라 볼 수 있다. 그러나 그와 같은 해석은 의미의 일부만을 보는 것으로, "만세 전부터 흐르는 맑으나 맑은 대동강물에"라는 구절을 눈여겨 볼 필요가 있다. 이 부분은 '대동강물'이 3 · 1운동 이전으로 소급되는 시기부터 계속해서 진행되어온 평양의 역사라는 의미를 품고 있음을 보여준다. 이 시는 유학길에 오른 자신과 평양의 정신적인 연대감을 바탕으로 창작된 것이며, 대동강은 평양과 등가의 의미를 지닌다.

---

36 전영택, 「평양을 떠나서 동경으로」, 『서울』 4, 1920.6.

　이와 같은 일차적인 은유의 방식은 앞 장에서 살펴본 평양 관련 소설에 대동강이 함께 등장하는 장면에서 자주 볼 수 있다. 이인직의 「혈의 누」에서 대동강은 청일전쟁으로 평양의 백성들이 희생될 때 그 피로 물든 강이며, 일본에서 오갈 데가 없어진 옥련이 투신을 상상할 때 그녀의 시신을 고향인 평양으로 데려갈 물길이 되는 것이다. 이광수는 『선도자』에서 '대동강 동지'라는 용어를 통해서, 서북청년들의 정체성을 대동강에 부여했고 이로써 평양은 소년시대의 이상을 담지한 원형적 공간이 된다. 때문에 서북청년들의 신념이 변질되었다고 느낄 때에는 대동강에 배를 띄우고 기생과 소일하는 청년들의 형상을 그리고, 그 신념에 도전하기 위해서는 김동인의 「감자」처럼 대동강 변에 자리잡은 빈민굴을 묘사하는 것만으로도 충분했던 것이다.

　그러나 대동강은 평양의 은유에서 떨어져 나와 별도의 공간성을 부여받을 때 보다 풍성한 서사들을 생산해낸다. 즉, 부벽루, 청류벽, 능라도, 을밀대 등 천혜의 자연으로 둘러싸인 대동강은 대도시 평양 속에 자리한 예외적 장소가 되면서, 때로는 평양의 공간성 자체를 상징하는 강력한 의미망을 형성한다. 당대 평양인에게 대동강이 지녔던 의미와 그 문학적 변용에 대해 관심을 기울였던 작가로 김동인이 있다. 그는 「大同江은 속삭인다」(『삼천리』, 1934.9)를 발표하면서, 대동강과 평양인 사이에는 외지인이 이해하지 못하는 특별한 감정이 존재한다는 것을 감추지 않았다. 자신의 고향을 '시골'이라는 이름으로 지칭하면서 서북의 역사나 인물에 대해 이야기할 때 '지방열'의 일환으로 보이지 않도록 신경을 썼던 춘원과 달리, 김동인은 자신이 서도인 즉 평양 출신이라는 것을 자랑스럽게 내세운다.

　단편 「대동강은 속삭인다」에서 김동인은 작품의 도입부부터 평양을 "세상의 온갖 군잡스럽고 시끄러운 문제를 잊은 듯이 한가히 앉아서 태고적 이야기에 세월가는 줄을 모르고 있는 것"이라 하여[37] 평양 성 내부를 세속과는 다른 종류의 시간관의 지배를 받는 공간으로 묘사 한다. 외지인이 목격하는 평양인들의 행동이란 더욱 이해할 수 없는 종류의 것이다.

그리고 그 연광정 앞에는 이 세상의 온갖 계급관념을 무시하듯이 점잖은 사람이며 상사람이며 늙은이며 젊은이가 서로 어깨를 겯고 앉아서 말없이 저편 아래로 흐르는 대동강 물만 내려다보고 있으리라. (…중략…)

거기 奇異를 느낀 그대가 그들에게,

"그대들은 무엇을 보는가"

고 질문을 던질 것 같으면 그들은 머리도 돌리지 않고 시끄러운 듯이 한 마디로 대답하리라.

"물을!"

"물을?"

"물은 그대들의 집의 부엌에라도 얼마든지 있지 않은가? 물이 그렇게도 자미있는가?"

그대가 만약 두 번째 질문을 던지면 그들은 비로소 처음으로 머리를 그대에게로 돌리리라. 그러고는 가장 경멸하는 눈초리로 잠시 그대의 위에 부었다가 다시 머리를 물 쪽으로 돌리리라. (…중략…)

그들은 집이 없나? 그들은 점심은 먹었나? 그들은 처자도 없나? 그리고 그들은 그 평범한 '물의 흐름'에 왜 그다지도 흥미를 가졌나?

여기 평양인의 심경이 있다. 여기서 평양인의 정서는 뛰놀고 여기서 평양인의 공상은 비약하고 여기서 평양인의 환몽은 약동하고 여기서 평양인

---

[37] 김동인, 「大同江은 속삭인다」, 『삼천리』, 1934.9(『김동인 전집』 2, 조선일보사, 1988, 177면 에서 재인용).

의 詩歌가 생겨나고 평양인의 노래가 읊어지는 것이다.

그대가 만약 이런 사정만 알 것 같으면 그 경중 없이 장청류의 대동강만 내려다보고 집안도 잊고 처자도 잊고 앉아 있는 허다한 무리를 관대한 마음으로 용서하기는커녕 일종의 존경의 숲까지 생기겠지.[38]

김동인은 평양인을 하루 종일 대동강 물만 내려다보고 있는 일군의 인물들로 그렸다. 그들은 침식도, 집안도, 처자도 잊고 대동강을 보는 데 골몰한다. 외지인이 무엇을 묻느냐고 할 때 그들은 '물을 본다'고 대답하겠지만, 만약 그것이 무엇 때문에 특별한지 캐어묻는다면 즉시 경멸의 눈초리를 돌려받게 될 것이라 적었다. 이와 같이 외지인이 도무지 이해할 수 없는 '대동강 바라보기'에서 평양인의 정서, 공상, 환몽, 시가, 노래가 생겨나는 것이며, 만약 그 사정을 알 수만 있다면 '대동강 바라보기'에 골몰한 무리를 용서하는 데에서 나아가 존경하는 마음이 생길 것이라 했다.

이 소설은 당대 평양의 지역적 역사와 위상에 대한 김동인의 이해방식을 보여주는 알레고리이다. 소설의 도입부에 김동인이 그려낸 평양은 몇 가지 독특한 공간적 특징을 지닌다. 평양의 시간 인식은 세속의 시간과는 다른 층위로 흘러간다. 세상의 잡다한 문제 대신에 평양인의 화제에는 '태곳적 이야기'가 놓여 있다. 세속적인 세상사에 무심한 이와 같은 태도가 곧 하루 종일 대동강에서 물을 바라보는 기이한 행태를 가능케 했을 것이다.

김동인이 말하는 대동강 바라보기란 무엇일까. 그것이 옛 선비의 풍류를 흉내 내거나 경치를 감상하는 행위의 차원이 아니라는 점은 명백

하다. 이미 김동인은 외지인이 대동강을 지나 부벽루, 청류벽, 을밀대, 기자묘 등을 통과하며 '지나간 조상'을 회고하고 시조의 옛 구절을 되새기며 '감상'하는 장면을 넣어 두었기 때문이다. 다시 말해, 대상과 자아의 단절을 전제로 자신의 내면을 일방적으로 투사하여 풍경을 관조하는 방식으로, 대동강 주변의 경치와 기자묘에서 옛 조상의 자취를 더듬는 일을 끝내고 내려오는 외지인의 모습을 이미 그려두었다. 그러므로 대동강 바라보기란 단지 대동강을 자연물로 감상하거나, 단지 평양의 유구한 역사를 되새기는 차원에 놓여 있는 행위가 아니다.

대동강 바라보기를 설명할 실마리는 소설 초반에 대동강에 몰려든 인물 군상을 묘사하는 대목에 이미 제시되어 있다. '대동강 바라보기'에 있어서는 '점잖은 사람과 상사람', '늙은이며 젊은이' 등의 구분이 없다. 이 대목은 '대동강 바라보기'가 "세상의 온갖 계급관념"을 무시한 일군의 무리가 "어깨를 걷고" 뛰어들 만큼 매혹적이라는 점을 보여준다. 이들이 대동강 바라보기에 골몰하면서 잊은 것은 집안, 가족(처자), 생계이다. 물론 이와 같은 요소들이란 인간의 현실적인 삶과 생존을 지탱하는 것들이다. 뿐만 아니라, '처자'란 표현에서 대동강의 무리가 이미 남성으로 상정되어 있음을 감안한다면, 이 요소들은 계급이나 나이에 상관없이, 장성한 남성들에게 사회가 기대해온 현실적 역할의 범주라는 점을 눈치챌 수 있을 것이다. 그러므로 대동강 바라보기란 평양인들이 계급적 구분이나 세대에 상관없이 지니고 있었던 이상주의로의 경사를 가리킨다.

김동인에게는 서북청년의 삶의 전형성이 이러한 이상주의적 경사를 보여주는 사례로 보였을 것이다. 그는 「대동강은 속삭인다」를 집필하면서, 이상주의에 매혹된 소년들의 군상을 그린 「무지개」를 첫 번째 삽화로 배치한다. 물론 이때 무지개를 좇는 소년 군상이란 소년시대의 이상을 잡으려 집을 떠나는 서북청년들에 관한 알레고리이다. 소년은 무지개를 잡기 위해 길을 걷지만 무지개와의 거리는 좁혀지지 않고, 사라졌다가는 소년이 포기할 무렵에 다시 나타난다. 소년은 무지개에 허송세월을 했노라 만류하는 이의 충고도 듣지 않고, 엉뚱한 것을 잡고서 그것이 무지개라 착각하는 다른 소년을 만나고, 같이 의기투합할 만한 다른 소년을 만나기도 하면서 길을 걷는다.[39] 이는 결국 이상에 들떠 그것을 이루려 방황하는 청년 집단에 대한 비유적 묘사이며, 이들이 보여주는 무지개에 대한 열병은 결국 대동강가를 떠나지 못하는 일군의 무리가 지닌 심정과 동일한 것이다. 대동강을 종일 바라보며 그 물의 흐름을 좇는 것이나 손에 잡힐 듯한 무지개를 따라 기약 없이 걷는 것은 결국 기왕의 정해진 길에 청춘을 의탁한다는 점에서는 같기 때문이다. 계급과 세대를 초월하여 지속되는 무지개를 좇는 소년들의 역사, 곧 소년시대의 이상주의의 연속성이 김동인이 읽어낸 평양의 시공간적 특수성의 핵심이다.

가령 이광수의 소설 『무정』(1917)의 평양행 에피소드는 평양인의 대동강 바라보기가 이상주의에의 경사로 환원된다는 점을 직접적으로 보여주는 사례가 될 것이다. 대동강에 투신하여 자결하려는 영채를 찾아내려간 춘원은 엉뚱하게도 평양 체류 기간 장차 자신이 나서야 할 문명운동의 방향과 그 역할에 대한 강렬한 확신을 얻고 경성으로 귀환한다. 평양의 체험에서 형식은 영채와 자신이 같은 운명처럼 닮은 구

---

39 이 소설의 무지개는 소년이 만든 것이 아니라 그가 나기 전부터 존재해왔던 것이다. 즉 무지개는 주인공 소년뿐만 아니라 오랫동안 '소년들'을 유혹해온 어떤 힘이며, 집을 떠나야만 만날 수 있는 '외부'이다. 기존에 만들어진 외부의 어떤 힘이 소년들을 꾀어내고 그들의 희생을 요구한다는 패턴이 곧 김동인이 인식한 평양인의 삶이라는 점은 중요하다. 김동인의 문학이란 이와 같은 무지개의 유혹이 가지는 괴물성과의 싸움이라 할 수 있기 때문이다. 이는 김동인 소설을 서북의 청년들이 지녔던 이상주의에의 경사와의 긴장 관계 속에서 다루는 제2부 제2장에서 상술하기로 한다.

석이 있다는 것을 깨닫고, 기생 계향과 누이와 오빠의 관계를 맺고, 영
채의 아버지와 두 오빠의 무덤에서 "시대의 선구의 비참한 운명"을 본
다.[40] 이러한 일련의 체험은 고아였던 형식이 영채를 계기로 평양에
내려가 자신의 문명관과 그 선택을 뒷받침할 근거를 획득하는 과정에
해당한다. 고아인 영채의 운명에서 동병상련의 자기연민을 경험하고,
영채 아버지 박진사의 '문명운동'과 그에 따른 참혹한 말로에서 "죽은
자를 생각하고 슬퍼하기보다" "그 썩어지는 살을 먹고 자란 무덤 위의
꽃을 보고 즐거워하리라"는[41] 것을 결심하는 것이다. 그가 목격한 평
양의 번화함과 활기는 박진사의 죽음에서 피어난 꽃과 같은 결실이니,
그 역시 과거를 돌아보지 않고 박진사가 그랬듯이 문명운동을 향해 나
아가는 것만이 그의 할 일이라는 결론을 내리게 되는 것이다. 이로써
영채가 비운의 운명을 안고 투신했을지도 모르는 대동강은 형식에게
있어서는 시대의 흐름을 거스를 수 없었던 또 하나의 희생을 떠안은
장소이되, 헤매고 통곡하는 것보다는 그녀의 죽음이 의미하는 바를 안
고 다시 경성으로 향하라는 깨우침을 주는 곳이 되는 것이다. 이에 따
라 경의선을 되짚어 돌아오는 길에 형식은 마치 우주 만물의 조화를
깨닫고 인류 최초의 살아있는 피조물이 된 듯한 황홀한 각성의 상태를
경험하게 된다. 이것은 형식의 평양 체험이 그의 생애 최초로 자신의
신념에 대한 확신을 얻은 곳이라는 점에서 기인한다. 영채의 아버지
박진사가 집안과 가산을 돌보지 않고 문명운동에 매진했으며 그 딸이
기생이 되었다는 수치심에 자결을 선택하는 것으로 자신의 결백성을
유지했듯이, 대의를 향한 신념으로 살아가려는 형식에게 기생 영채의
죽음은 그만 잊어도 좋은 일이었던 것이다.

---

40 이광수, 『무정』(1917), 『이광수 전집』 1, 삼중당, 1962, 167면.
41 위의 책, 168면.

평양이 형식에게는 자신의 신념에 대한 확신을 획득하는 강렬한 부활의 공간이었다는 점에서, 평양에서 갑작스레 등장한 어린 기생 계향이 영채의 빈자리를 대신하면서 그의 죄의식을 덜어낸다는 점은 주목할 만하다. 기생 계향과의 사제 관계를 통해 그는 영채로 인해 무너졌던 자존심을 회복하고 자신의 역할을 찾게 된다. 이때 형식과 계향의 관계를 연상시키는 동일한 사제 관계는 이미 평양이라는 공간 속에서 재현된 적이 있다.

① 그 연회에서 돌아오는 길에 영채는 월화를 따라 청류벽 밑으로 산보하였다. 그 때에 마침 평양 대성 중학이라는 학교의 학생 사오인이 청류벽 바위 위에 서서 유쾌하게 노래를 부른다. 그 노래는 이러하다.

굽이치는 대동강이
능라도를 싸고 도니
동뚜렷한 모란봉이
우쭐우쭐 춤을 추네

청류벽에 걸터앉아
가는 물아 말을 들어
청춘의 더운 피를
네게 부쳐 보내고저

(…중략…)

월화는 영채를 안으며,

“영채야, 저 속에 참시인이 있다.”[42]

　② 월화는 저 학생들이 자기를 보는가 하고, 가만히 학생들의 동정을 보았다. 그러나 학생들은 모두 정면한 대로 까딱도 하지 아니하고 앉았다.
　월화는 영채를 보고 가만히
　“애, 저 학생들은 우리가 보던 사람과는 딴 세상 사람이지?”하였다.
　과연 함 교장은 청년을 잘 교육하였다. 설혹 개성을 무시하고 만인을 한 모형에 집어넣으려는 구식교육가의 때를 아주 다 벗지는 못하였으나, 그래도 당시 조선에는 유일한 가장 진보하고 열성 있는 교육가였다. 과연 평양 성내에 월화를 보고 눈에 음란한 웃음을 아니 띄우는 자는 대성의 학교 학생 밖에 없을 것이다.[43]

　춘원은 대성중학 함교장과 기생 월화의 일화를 통해 영채가 굳이 대동강까지 와서 투신하려 했던 개연성을 마련해 놓았다. 월화는 영채가 기생으로 안주하지 않도록 자극을 준 인물로, 그의 각성은 결국 대성중학 함교장에서 나온 것이다. 인용문 ①은 기생의 고달픈 신세에 염증을 느낀 월화가 청류벽을 지나다 대성중학 학생들의 노래에서 ‘참시인’이 있어 마치 “날마다 만나는 죽은 사람들”과 달리 마치 구원자를 만난 듯한 감동을 경험하는 장면이다. 이에 월화는 인용문 ②에서 보듯 대성중학 학생들의 연설 구경을 다니다 그곳에서 자신을 기생이 아닌 사람으로 대접하는 사람이 있다는 것, 그러한 교육의 중심에 함교장이 있다는 사실을 알게 되고 그를 연모하게 된다. 월화는 함교장에 대한 애정을 품고 대동강에 투신함으로써 영채에게 기생의 신분적 한

42　위의 책, 84~85면.
43　위의 책, 88면.

계와 생명을 맞바꾸는 격정적 사랑의 선례를 남긴다.

인용문의 함교장이 도산 안창호라는 점은 의심의 여지가 없다. 작중에서 월화의 죽음은 그 자체로 의미를 부여받기보다 대성학교 학생의 기풍과 함교장의 인간적 풍모를 재현하기 위한 매개의 성격이 강하다. 평양에서 형식과 동행하는 기생 계향의 존재 역시 그러하다. 월화가 함교장과 대성학교 학생들을 통해 기생이 아닌 인간으로 대접받으며 구원의 출구를 찾았듯이, 계향은 자신을 '누이'라 부르는 형식을 구원의 출구로 기억할 것이다. 춘원은 형식에게 함교장의 역할을 되풀이시키고 있으며, 이로써 형식은 기생이 된 딸 때문에 자결한 박진사의 자기결백성 이외에 기생까지 각성시켰던 당대 함교장의 인도적 교육자로서의 면모까지도 계승한 것이 된다. 형식의 평양행은 기생 월화가 청류벽에서 들었던 대성 중학생의 노래를 되풀이하는 것에 해당하며, 이에 대동강은 기생 영채의 원혼이 떠도는 비극의 현장이라기보다 형식의 새출발을 가능케 만드는 재생의 공간이 된다.

만약 김동인이 말하는 무지개를 좇는 소년들의 군상, 또한 현실을 등지고 대동강을 쉼없이 굽어보는 군상들을 『무정』에서 찾는다면 다음과 같은 인물들이 그 예라 할 것이다. 가산을 털어 학교를 세운 박진사와 그의 학생이었던 형식, 대중 앞에서 연설하는 함교장과 그에 귀를 기울이던 청중, 청류벽에서 노래를 부르던 대성중학 학생들과 그들의 노래에 감동하던 월화 등의 인물이 그들이다.

그러나 김동인은 이상주의에의 계승을 춘원처럼 아름답게 묘사하지 않았다. 그가 파악하기에 무지개를 좇는 것은 소년시대의 열병과 유사한 것이었으며, 대동강 바라보기는 분명 현실을 도외시한 배타적 집단성을 띤 것이었다. 「대동강은 속삭인다」에 등장하는 '대동강 바라보기'는 단지 소년시대의 이상과 신념을 확인하는 수준에서 나아가, 소년의 꿈이 깨어진 이후에 나타나는 자신의 삶에 대한 반성과 회의, 소년시절에의 향수까지도 포함하고 있다는 점에서 춘원 세대의 대동강 바라보기 방식을 넘어선다. 김동인이 보기에 소년시대를 잠식하는 열병은 서북청년들의 전형적인 통과제의와도 같은 것이었다. 이들이 길을 떠나도록 추동하는 힘은 이미 여러 세대에 걸쳐 지속되고 있는 것이며, 그 결과 가족, 집안, 생계 등의 현실적인 부분들을 등지고 앉아 있는 형상이 되는 것이다. 그러므로 소년시대의 이상을 잃은 소년들이 그동안 외면했던 현실의 무게를 느끼며 급속하게 늙는다는 것 역시 자명하다.

"아아 무지개란 사람의 손으로는 기어이 잡을 수가 없는 물건인가"
아직껏 그와 같은 길을 걸은 수만의 소년이 부르짖은 그 부르짖음을 이 소년도 여기서 부르짖었다. 그야말로 단념하기로 결심을 하였다. 그때에는 이상타. 아직껏 검던 그의 머리는 하얗게 되고 그의 얼굴에는 전면에 수없는 주름살이 잡혔다.[44]

이것이 '대동강의 군상들', 즉 소년시대의 열병에 사로잡혀 현실에 등 돌린 채 물줄기를 떠나지 못하는 인물들에 대한 김동인식의 각성의 순간이다. 대동강은 이러한 인물들의 역사가 누적되고 그들 개개인에게 있어서는 소년시대에의 그리움과 회한이 잠긴 곳이며, 이와 같은 삶은 또한 평양인의 삶의 유형으로 되풀이되고 있기에 세대를 초월하여 모두에게 추억의 대상이 되는 것이다. 이것이 외지인은 쉽게 알아채지 못하는 평양이라는 공간과 대동강을 바라보는 평양인의 심정이 지닌 특수성이다.

---

[44] 김동인, 앞의 글, 1934, 186면.

　물론 소년시대에의 열병에서 깨어나는 순간의 절망을 김동인만 알고 있었던 것은 아니다. 『무정』을 썼던 춘원 역시 상해에서 돌아온 후에는 대성학교 청년들의 군상을 다음과 같이 설명하고 있는 것이다. 다음은 춘원이 도산의 생애를 대상으로 쓴 소설 『선도자』(『동아일보』, 1923.3.27~7.17)의 일절이다.

　　백산학교(작중 이름, 대성학교를 가리킴 — 인용자 주) 학생 중에서도 굵직굵직한 이들은 모두 마음이 들먹거려 공부하는 것이 맘에도 들어가지 아니하고, 모여만 앉으면 만주 무관 학교로 달아날 공론들을 하였고 그중에 가장 과격한 청년 사오인은 선생께 말씀도 아니하고 만주로 달아나 버렸다. (…중략…) 거의 모든 지사들이 청년을 선동하므로 불과 삼개월 간에 천여 명 청년들이 아무 계획도 없이 직업과 공부를 버리고 만주로 건너갔다.

　　이렇게 만주로 나간 청년들은 얼마 아니하여 합병이 되고 백령회(작중 이름, 신민회를 가리킴 — 인용자 주) 사업이 실패됨을 따라 전혀 갈 바를 잃고 만주와 서백리아를 표류 방황하는 신세가 되었다. 어떤 이는 동포가 많이 사는 촌락에 들어 가 학교도 세우고 농민을 지도하는 사업도 하고, 어떤 이는 혹은 이발사 혹은 빨래질, 혹은 농사, 혹은 금덤군, 혹은 아편 장수 이 모양으로 의식을 버는 직업을 삼고 어떤 이는 이곳에서 저곳으로 정처 없이 돌아다니며 언제 돌아올지 모를 시기를 기다렸다.

　　지금 만주와 서백리아에 다니는 삼십 세 내지 사십 세 된 사람들은 이렁 하여 나간 사람이다.[45]

　이상의 내용은 한일합병 직전, 도산의 신민회(작중 백령회)운동이 실

45　이광수, 『선도자』(1923), 『이광수 전집』 4, 삼중당, 1962, 493~494면.

패한 이후 대성학교의 분위기를 설명한 대목이다. 이미 상해로 망명한 지사들을 따라, 학생들이 술렁이고 그들 중 많은 수가, 춘원에 따르면 "3개월간에 천여 명의 청년들"이 만주로 직업과 공부를 버리고 떠난다. 춘원은 그들의 운명이 순탄치 않았으며 다만 "언제 돌아올지 모를 시기"를 기다리는 지난한 시간을 보내야만 했다고 적었다. 그러나 이 소설이 발표되었던 1923년 현재 이미 두 차례에 걸쳐 청년 시기를 상해에서 보낸 적이 있는 춘원 역시 그 군상의 일부에 포함된다는 사실은 변하지 않는다. 춘원이 김동인과 다른 점이 있다면, 춘원 역시 소년시대의 이상에 함몰되어 있는 '대동강의 군상들'의 일부이기에, 대동강의 군상들이 대동강을 떠나지 못하는 것처럼 감히 그 신념을 객관화하여 소년시대의 종언을 공언하지 못한다는 것이다.

소설 「대동강은 속삭인다」를 통해 나타나는 김동인은 또래의 세대들이 '대동강 무리'의 이상주의로 기꺼이 함몰되길 자처했을 때 그곳에 합류하기를 거절하고, '대의'를 따르는 이상주의 뒤편에 '집안, 처자, 생계'라는 문제가 보류되어 있다는 점을 잊지 않은 냉소적 현실 감각을 지닌 인물이다.[46] '정치보다 문학'의 우월성을 주장했던 김동인의 문인으로서의 자부심은 한낱 그가 부유한 집안의 응석받이 외동아들로 자랐으며 동경 유학을 통해 서구문학을 배웠다는 데 있었던 것이 아니다. 그것은 자신이 그가 선 장소와 시대를 지배하는 이상주의에 함몰되지 않고, 태곳적 이야기를 나누며 대동강을 보고 앉은 무리들을 관찰하는 입장에 놓여 있다는 시선상의 우월감에서 나왔다.

---

[46] 김동인의 방탕한 생활과 집안에 대한 무관심, 재정적 무능은 남편을 압도하여 집안을 건사하던 그의 첫 아내에 대한 열등감의 발로처럼 보인다. 또한 그의 형 김동원의 가부장적 영향력이 김동인의 성격 형성에 영향을 미쳤다는 점이 이미 지적되었듯이(김윤식, 『김동인 연구』, 민음사, 1989), 전형적인 서북청년의 궤도를 따라 살았던 형 김동원에 대한 거리감이 이와 같은 반성적 통찰을 가능케 했을 가능성도 있다.

이에 김동인의 문학에서 '대동강의 군상들'로 대변되는 서북청년들과 그들의 이상주의는 새로운 시대를 열기 위해서는 극복해야 할 대상이 되었던 것이다. 그렇다고 해서 김동인이 기왕의 평양 청년의 역사를 부정했다는 뜻은 아니다. 그가 경멸한 것은 '정치적 영역'이 현실적 문제를 외면하고 꿈의 언어만을 쏟아놓는다는 사실이었다. 이에 고통을 고통이라 말하는 문학은 '활사실'로서 그에게 정치보다 우월한 영역으로 다가올 수 있었고, 그 역시 대동강의 상상력을 이와 같은 활사실의 세계로 바꾸어 놓고자 시도했던 것이다. 그는 이상의 힘이 기왕의 평양의 정서, 공상, 환몽, 시가, 노래 등 모든 상상력의 원천을 이룬다는 것을 알고 있으며, 이에 그들의 현실성의 몰각이란 관대하게 용서해야 할 수준을 넘어 "존경의 念"까지 품게 만드는 것이라 말한다. 다만 그는 소년시대의 이상이 태곳적의 이야기가 된 만큼, 다른 종류의 상상력을 보여주는 것으로 서북청년 문화운동의 축을 바꾸어 놓겠다는 야심을 품었던 것뿐이다. 이에 춘원은 라이벌이자 극복해야 할 연구의 대상이 되고, 경성 문단과의 대결의식이 나타난다.[47] 말하자면, 신문화운동을 이끈 서북청년의 자부심은 포기하지 않되, 춘원의 세대가 정치와 문학이 결합된 이상주의를 지향했다면 자신은 문학을 통해

---

[47] 김동인이 『창조』를 발행하면서 이광수를 동인으로 영입하고자 한 것은, 창조의 동인들이 가지고 있었던 문학사적 의식 속에서 다루어져야 하는 문제이다. 『창조』는 이광수의 문학을 비판했지만, 그의 문학을 무효라고 선언한 것은 아니었기 때문이다. 『창조』의 핵심 동인인 전영택은 유년기부터 춘원의 소설을 읽고 작가의 꿈을 키웠다는 고백을 여러 지면에서 밝힌 바 있다. 춘원이 『창조』의 분위기에 맞지 않는다는 것을 알면서도 그를 동인으로 포함하려 한 것은 한국 최초의 순문예지가 신문화운동의 본산인 서도에서 나타났다는 서북 중심 문화운동의 정통성을 확보하려는 차원에서 요청되었을 가능성도 있다. 이와 같은 맥락을 감안한다면, 춘원의 영입을 두고, 춘원의 대중적 영향력에 기대서 『창조』의 발행부수를 확보하겠다는 상업적 의도에서 나온 것이라 해석하는 것은(김영민, 「동인지 『창조』와 한국의 근대소설」, 『현대문학의 연구』 18, 한국문학연구학회, 2002, 169~195면) 춘원과 『창조』 동인들의 정신적 연대의 가능성을 배제한 일면적인 고찰일 수 있다.

현실적인 영역을 보여주는 일을 새로운 목표로 삼겠다고 선언한 것이다. 그러므로 김동인이 '정치가 아닌 문학'을 주장했을 때 결과적으로 근대문학에서 순문예의 영역이 열렸다고 하더라도, 그것이 '문학으로서의 문학'을 하기 위한 것이 아니라 '정치를 배제한 문학'이라는 또 다른 정치적 운동의 일환이었다는 점은 강조되어야 할 것이다.

이에 당대 김동인이 보여주었던 문학적 과제는 현실의 '활사실'에 입각하여 지금껏 없었던 다른 종류의 상상을 보여주는 일, 이른바 대동강의 상상력을 새롭게 제시하는 일이 된다. 「배따라기」(『창조』9, 1921.5)나 「눈을 겨우 뜰 때」(『개벽』37~41, 1923.7~11)는 이와 같은 의식 속에서 창작된 소설이다. 「배따라기」에서 대동강은 작가의 구상이 이루어지는 장소로서, 이야기의 소재를 얻기 위해 공상하고 타인의 세계를 관조하는 시각적 우위를 확보한 곳이다. 그 시각적 우위를 바탕으로 대동강에서 벌어지는 기생의 자살이라는 전통적 모티프를 활용하여 시대적 희생양의 발생이라는 의미를 다룬 것이 「눈을 겨우 뜰 때」이다.

김동인은 1918년 4월 8일 평양 불놀이를 배경으로 대동강에 뜬 배를 통해 '온갖 것을 초월한 삶의 문제'를 보여주고자 했다. 이 소설은 돈과 멋을 즐기던 평양 기생 금패가 그녀가 믿고 있는 '행복한 생활'에서 깨어나는 과정을 그렸다. 기생 금패는 여학생에게 은근히 적개심을 품되 그들보다 행복한 삶을 살고 있다는 자부심에 차있다. 그러나 그녀가 청춘이 지나간 이후의 삶, 혹은 진심으로 자신을 사랑하는 남성과의 사랑 등 "돈과 멋 이상의 '참'과 '참사랑'"에 눈을 뜨게 되면서 그녀는 고민하기 시작한다. 이 대목에서 김동인은 금패의 고민이 "대동문이나 연광정에서 하루 종일 패수가 흐르는 것을 들여다보고 앉아서도 조금의 갑갑함도 깨닫지 않던 선조의 피를 받은 평양 사람들"의 기질, 즉 천진한 소년시대에의 이상주의를 바탕으로 심화되는 것이라 서술한다.

이는 훗날 「대동강은 속삭인다」에 언급되는 평양인의 전형성이 이미 김동인 소설의 창작 초기부터 지속된 것임을 증명하는 동시에, 관찰하는 입장에서 이러한 전형성을 문학에 끌어들이는 일이 그의 창작상 과제의 하나였다는 점을 보여주는 것이다. 김동인에게 그 방안은 무지개를 좇던 소년이 그 꿈에서 깨어나려는 미몽의 순간, 대동강을 바라보던 무리가 등 뒤의 현실을 감지하던 순간을 그리는 데 있었다. 소년시대의 이상에서 얻는 행복이 완전무결한 것이었던 만큼 현실은 두려운 것이 된다. 이에 금패는 비로소 "운명의 외로움", "쓸쓸한 인생" 등을 깨닫고 '천진한 아우'를 상대화하여 볼 수 있을 정도로 갑작스레 성장한다. 눈물로 세월을 보내던 그녀는 결국 대동강에 몸을 던진다.

「눈을 겨우 뜰 때」에서 대동강은 이상의 소멸과 그 뒤의 현실을 대면하는 각성의 공간으로 나타난다. 김동인은 대동강을 소년시대가 끝나는 지점에 놓아두고, 그곳에서 벌어지는 갈등의 폭과 깊이에서 문학적 차별화를 꾀하고 있다. 김동인이 주장하는 각성이란, 춘원류의 문학을 지탱했던 빛나는 미래에 대한 소년의 각성이 아니라 근대 소설이 보여주는 입사의 단계라 부를 만한 것이다. 대동강의 자연은 이상과 현실의 괴리를 보여주는 화폭이며, 동시에 대동강의 흐름은 그간 누적되어 온 수많은 청년들의 고통과 외로움에 대한 고지(告知)의 장소이다. 주인공은 대동강에 이르러 현실 속 자신의 모습을 깨닫고 그러한 운명에 놓인 자가 자신뿐만이 아니라는 점까지 알게 되면서, 결국 벗어날 수 없는 외부의 힘을 감지하게 된다.

김동인이 그려낸 대동강 투신의 정황이 얼마나 새로운 것인지 알아보기 위해서, 같은 배경과 유사한 인물이 등장하는 현상윤(玄相允)의 「청류벽」(『학지광』 10, 1916.9)을 비교해 보는 것도 좋을 것이다. 「청류벽」은 평양 기생 옥향이가 대동강 투신에 이르는 과정을 여성 수난사의 구도에 놓고, 이로부터 한 여성을 죽음에 이르게 하는 인간들의 배신과 금권만능주의를 고발한 작품이다. 옥향의 불운은 첫 남편이 변심하여 이혼을 요구하고, 재혼한 남편이 그녀를 기방에 팔아넘기면서 가중된다. 뒤늦게 개심하여 찾아온 첫 남편과의 행복한 생활을 꿈꾸지만 몸값으로 인해 그것마저 불가능해지자 옥향은 청류벽에서 몸을 던진다. 이 소설의 말미에 작자 현상윤은 "어제는 사람의게 바림을 바다서 원한을 불으적이다가, 언제는 금전의 구속을 바다서 고통을 맛보든 일생"이라 창작의도를 밝혀 놓았다.[48]

「청류벽」의 대동강 투신 장면에서 기생 옥향은 박복한 삶을 한탄하며 죽는다. 개인사에서 겪은 불행은 그녀를 죽음에 이르도록 만든 원인이다. 이때 그녀의 죽음은 개인적인 차원의 선택이다. 그리고 이를 사회적 의미로 끌어올리는 몫은 작가에게 주어져 있다. 반면 「눈을 겨우 뜰 때」에서 기생 금패는 기생으로서의 행복한 생활의 이면을 상상하는 것만으로 죽음을 선택한다. 동일한 상황을 바라보는 관점의 전환만으로 금패는 어느 순간 갑자기 성장하고, 그로부터 전혀 다른 사람이 된다. 김동인에게 있어서 대동강은 소년시대의 이상주의를 끊임없이 재생산하는 근원이기도 하지만, 그 이상주의의 후유증이 시대적으로 누적되어 온 장소이기도 하다. 집단의 차원에서 당위로 주어진 의무와 순전히 개인이 감당해야 할 몫으로 남겨진 고통을 겪으며 청년들은 외로움, 고통, 자기 연민 등에 시달리며 때로는 자살 충동을 느끼기도 하는데, 이것이 이상시대의 후유증에서 나오는 각종 신경증의 증세들을 만들어낸다. 그들의 신경증은 공적인 영역의 개혁과 문명화의 흐름이 마땅히 그래야할 것으로 간주되고 그들의 역할론이 고정된 상태에서는 마음

---

48 小星, 「淸流壁」, 『학지광』 10, 1916.9, 57면.

껏 내보일 수 없는 종류의 것이다. 아울러 무모한 꿈에 바친 청춘에 대한 보상의 욕구 때문에 쉽사리 그 꿈을 포기하지 못하는 이들에게 있어서는 무한한 자기 연민을 불러일으키는 장소이기도 하다. 공동체적 이상주의에의 경사가 낳은 개인적 차원의 신경증과, 보상 없는 꿈에 바쳐진 청춘에 대한 자기 연민. 이 두 가지 요인은 김동인이 추구했던 새로운 대동강의 상상력의 기본 바탕을 이룬다. 청춘을 삼키는 괴물이자 청춘의 무덤으로서의 대동강이 제시되는 것이다.

춘원이나 김동인 이외에, 대동강을 소년의 시대의 역사가 시작되는 원점으로 두는 사례는 문학적 경향이 전혀 달랐던 김남천에게서도 찾을 수 있다. 1935년 카프의 해산계를 제출한 이후 한동안 소설을 쓰지 못하던 김남천은 1937년 고향 평남 성천을 배경으로 「남매」(『조선문학』, 1937.3), 「소년행」(『조광』, 1937.7) 등 일련의 단편을 쓰면서 재기한다. 이들 소설은 그가 관심을 두었던 노동 현장을 떠나, 평안도 한촌(寒村)의 빈곤함과 그로부터 빚어진 가족의 갈등과 이산을 다루고 있다. 공통적으로 어린 소년이 기생이 된 누나를 통해서 사회의 부조리에 눈뜨기 시작한다는 성장소설의 구도를 취한다. 동시에 이 시기에 김남천은 평안도 지역의 사투리와 풍속 등을 수집하고 기록하는 일 자체를 즐기는 듯한 인상을 준다. 『대하(大河)』는 앞서 실험했던 성장소설의 구도와 고향 평남 성천을 중심으로 한 풍속사의 기록이라는 두 가지 경향이 종합되어 나타난 장편소설이다. 작품의 표제인 '대하(大河)'는 작중 배경인 성천 지방을 지나 "몇 천 년 한날처럼 대동강으로, 황해 바다로 흘러가는"[49] 비류강의 흐름을 가리킨 것으로, 주요 인물인 박성권 일가의 가족사적 구도를 통해 카프 이후 문학운동의 역사적 전망을 제시해

---

49 김남천, 『大河』, 인문사, 1939(『대하』(백양당, 1947년 판본), 슬기, 1987, 18면에서 재인용).

보겠다는 작가의 의도를 반영하고 있다. 그러나 전통 결혼식, 박래품, 잡화점 풍경 등에 작가의 관심이 쏠리고 지면이 할애된 탓에, 정작 조명되었어야 할 박성권과 그의 아들들 간의 갈등의 국면이나 원인 등 소설의 축이 될 만한 이야기는 정확하게 제시되지 못한 편이다.

작중에서 '대하'의 성장구도를 대변하는 인물은 박성권의 서자이자, 동명학교 학생인 박형걸이다. 그는 서자로 차별을 받는 것에 불만을 품고, 집안의 여복인 쌍네와 기생 부용 등을 거치며 방황한다. 울분과 격정 등의 복잡한 심사를 다스리지 못해 괴로워하던 그는, 자신으로 인해 고통을 받으면서도 쌍네나 부용이 사랑을 지키기 위해 용기를 내는 것을 보고 자신을 돌이켜 보게 된다. 삶을 그저 큰 바다로 흘러가는 비류강의 강물 같은 것이라 체념하고 있던 그는 "오늘 밤 안으로 이 고장을 떠나서 평양으로던가, 더 먼 곳으로던가, 새로운 행방을 잡어보자"고[50] 결심하기에 이른다. 박형걸의 변화가 단지 여성편력이 있는 난봉꾼의 개심 차원에서 읽히지 않는 것은 그가 장차 자각한 청년이 되리라는 조건을 작가가 미리 배치해 두었기 때문이다. 그가 동명학교의 학생으로서 평안도 지역 주요 중학교들이 연합하여 개최한 '학생대운동회'에서 대성학교 등 도회중학교의 학생들에게 뒤지지 않을 정도로 활약을 한다거나, 동명학교에 교사로 무임한 기독교인 교사인 문우성에게 특별한 인재로 각인된다는 것 등이 그에 해당한다. 작가는 소설을 쓸 당시에 박형걸을 문벌과 고리대금업에 열중하는 가장 박성권의 뒤를 이어 "시대정신의 구현된 성격으로 潑剌하야 전통의 파괴자, 가족 계보의 이단자로 청소년에서 구하되, 서자학도로 할 것"이라는 조건을 전제하고 있었다고 밝힌 바 있다.[51]

---

50 위의 책, 275면.
51 김남천, 「작품의 제작과정―나의 창작노트」, 『조광』, 1939.6.

문학운동의 새로운 출발점을 모색하던 시기에 김남천이 계급적 평등의식과 기독교, 근대적 상업화가 이루어지기 시작하던 개화기 평안도로 회귀하고 있다는 점은 중요하다. 희곡「조정안」 등을 통해서 평양고무공장의 착취 구조와 평양 중심의 민족운동의 노선을 격렬하게 비판했던 그이지만, 『대하』는 이와 같은 계급운동 노선의 뿌리조차 대성학교 청년들의 창가소리가 드높던 소년시대의 향수 속에서 나타난 것임을 보여주고 있기 때문이다. 물론 김남천은 박성권을 민족지사라거나 교육자 등으로 두지 않고 문벌에 집착하는 고리대금업자로 설정함으로써 박형걸의 반동성 및 부정성을 분명히 하였다. 그러나 장차 비류강의 차원에서 황해의 차원으로 나아가려는 박형걸의 원대한 이상 앞에 쌍네나 부용의 고통은 진보를 위한 밑거름 정도로 외면된다는 면에서 김남천은 어찌 보면 춘원이 『무정』에서 보여준 도식을 그대로 따르고 있다. 이는 현실의 전망이 어두워질 때마다 추체험되는 소년시대의 위력을 다시금 보여주는 예이다.

3. 정주(定州), 반역자의 긍지와 낙원 추방의 신경증

식민지적 상황, 망국의 상황에서 '로컬'은 세계를 만나는 단위가 된다. '로컬'로서 서북 지역의 위상을 담보한 문명지향성이란 서구 문명

이 글에서 그는 자신이 주장해온 장편소설 개조론의 일환으로 "年代記를 家族史의 가운데 현현시킨다"는 방침 아래 "삼십 년 전부터 현대까지, 西道의 어느 고을 신흥 부호의 가족사(흥망기)를 썼다"고 기술하고 있다.

에의 무조건적인 추종 혹은 거부와 같은 극단성을 넘어선 지점에서 발휘된다. 지역 사회가 공유하는 전통의 영역을 축으로 세우면서, 기존 제도적 차원의 개혁을 위해 서구 문명을 수용하고 변용하는 개방성이 곧 서북 지역의 역동성을 만든다. 서북 지역의 전통이 재구되는 과정에서 눈에 띄는 것은, 기존의 권력구도나 신분 계급의 배타성에 근거를 둔 현실 정치의 완고한 경계를 해체하고 역사적 사실에 의해 지정학적 영토를 재편성하는 경향이다. 즉, 정치적 지형도 속에서가 아니라 인류학적인 역사 속에서 기존의 중심과 주변의 구분을 해체하는 경향이다. 평양의 단군릉, 기자묘를 중심으로 서북의 중심성을 논하고, 을지문덕의 살수대첩의 장면을 소환하여 서북청년들의 기세를 비유하는 것은 그 예이다. 이와 같은 서술방식은 민족주의적 경향을 보이되, 배타적인 응집을 보이는 것이 아니라 확산적인 전파의 에너지를 지닌 제국 건설의 상상력에 가깝다. 그러나 이와 같은 확장성을 정복과 획일적 복속에 지향을 두었던 서구적 제국주의 역사성과 유사한 것으로 보기는 어렵다. 이는 변방에서 시작되는 변혁적 에너지이며, 오히려 이는 제국주의의 권위적 중심성에 대항하는 상대주의적인 상상력이다. 사회진화론의 도식적인 약육강식의 먹이사슬을 벗어나 '중심'의 이동가능성에 대한 유연함을 시대적 가능성으로 제기하고자 했던 것이다.

> 대금국의 태조황제는 우리나라의 平州 사람 김준의 9세손이요, 그 발상지는 지금의 함경북도 회령군이고 그 민족의 역사로 말하면 여진족은 발해족의 다른 이름으로 발해족은 마한족의 이주자가 많은지라 금국의 역사로 말하면 두만강변의 한 작은 부락으로 흥기하여 단숨에 요나라를 멸하고 다시금 북송을 취하여 중국 천지의 주권을 장악하였으니 (⋯중략⋯) 이는 실로 단군대황조의 음덕과 백두산의 신령스런 도움으로 이룩된 것이라 할 것이다.[52]

한일강제병합 시기에 서간도 신한촌에 망명했던 박은식이 쓴 「몽배금태조(夢拜金太祖)」(1912)의 일절이다. 그는 스스로 망국을 막지 못한 부끄러움을 담아 '무치생(無恥生)'이라는 이름으로 꿈속에서 금국의 태조를 소환해서 장차 구국의 요령을 물었다. 이 글에서 박은식은 사회진화론에 입각한 위기의식에서 그 대응 방법을 '강자'의 자질을 갖추는 데서 찾고 있다. 그의 주장은 『대한매일신보』의 주필이자, 『서우』 및 『서북학회월보(西北學會月報)』의 주필로 활동하면서 민족자강의 방법을 교육 및 식산에서 구하던 논조와 다르지 않다.

실상 이 소설의 흥미로움은 유학자인 박은식이 '송'에서 정통성을, '금'에서 역사의 정통성과 구국의 요령을 구하고 있다는 사실이다. 그가 금국의 태조를 소환한 까닭은 변방의 소종족에서 시작하여 중국 전체를 장악했던 찬란한 과거, 즉 천지의 주인이 뒤바뀌는 변방과 중심의 역전이 일개 한반도의 국경지대에서 발원했다는 점을 들어 망국민을 격려하고자 함이다. 황해도 출신으로 그 총명함을 일찍이 인정받았으나 관료로 입신하지 못하고 경성의 세력가 집에 기식하던 그는, 언론인으로 전신하여 개신유학자로서 자신의 뜻을 펴는 데 성공했다. 전통 성리학의 영역에서 한낱 변방에 속하는 '금'으로부터 생존의 방안을 묻는 시각의 유연성은 변방 학자의 이단성을 갖추었기에 가능한 것이었다.

구한말 오산학교를 이야기할 때 먼저 염두에 두어야 할 것이 이렇듯 서북 지역 지식인을 매혹했던 변방과 중심의 전복 가능성에 대한 희망이다. 평안도는 본래 양반이 적고 평민층이 발달하여 계급차가 적은 지역이며, 또한 기독교의 영향을 받아 서구문화의 수용력이 큰 지역으로 알려져 있다. 그러나 정주는 평민층의 발달이나 기독교의 교세도

---

52 박은식, 「夢拜金太祖」, 백암 박은식 선생 전집 편찬위원회 편, 『백암 박은식 전집』 4, 동방미디어, 2002, 172면.

강한 지역이었지만, 무엇보다도 토착 유학자 집단이 굳건했다는 특징을 지닌 지역이다. 17세기 중반 지방 선비들을 위로하기 위해 열었던 도과(道科)의 결과 등을 종합했을 때, 정주는 평안도 내에서뿐만 아니라 전국의 군현 단위에서도 가장 많은 합격자를 배출할 정도로 지역 엘리트층이 두텁고, 그만큼 관료로의 입신을 통해 중앙으로 진출하려는 욕구가 강한 곳이었다.[53] 그러나 문풍(文風)이 강한 만큼 관직 진출에의 제한을 통감할 수밖에 없는[54] 비운의 재사들이 많았다. 이들은 대개 사숙을 열어 강학 활동을 했는데,[55] 이로써 기본적인 유교적 교양을 갖춘 재사는 많으나 입신의 길은 봉쇄되어 있는 상태가 지속되는 결과를 낳는다. 서도를 여행했던 박은식도 그 기사에 "무릇 정주는 서도에 있어서 산수가 가장 아름답고 명족(名族)이 많"지만, "완고수구의 풍기가 상당히 강하여" 몇 개 학교를 제외하고는 지역적 활기가 없다고 쓰면서 정주 지역의 분위기를 안타까워했다.[56]

전통적으로 유림 세력이 강세를 보여 온 정주 지역의 특성 때문에 오산학교는 설립 당시부터 지역의 유학자 집단을 의식해야 했다. 남강 이승훈은 1907년 김도태(金道泰), 이윤영(李允榮) 등 7명의 학생을 데리

---

53 장유승, 「조선후기 서북 지역 문인 연구」, 서울대 박사논문, 2010, 139~141면.
    조선시대 전체 과거급제자의 수로 볼 때 정주의 과거급제자 수는 서울에 이어 2위이고, 이는 유림의 본산인 안동보다도 많을 것이라 한다. 김상태, 「근현대 평안도 출신 사회지도층 연구」, 서울대 박사논문, 2002, 16면.
54 남강 이승훈은 "文官으로는 最高가持平(六品官)이나掌令(三品官), 武官으로는 萬戶나 僉使(地方軍職) 차례에 지나지 못하고 中央政權은 畿湖 西南 人士의 獨斷場이 되어 西北 人士의 發身할 길이 杜塞되었다"(이승훈, 「西北人의 宿怨新慟」, 『新民』 14, 1926.6)라고 썼다. 김상태의 연구에 따르면, 남강의 회고는 각 벼슬의 품계에는 오차가 있지만, 평안도 출신의 유생(儒生)이나 무사(武士) 모두 장차 관직생활의 주요 경력을 얻게 되는 승문원분관(承文院分館)과 선전관천(宣傳官薦)에 들지 못하여 고위직에 진출할 가능성을 잃었다는 점에서 근거가 있는 주장이라 한다. 김상태, 위의 논문, 같은 곳.
55 조현욱, 「오산학교와 서북학회정주지회」, 『문명연지』 3(1), 한국문명학회, 2002, 41~48면.
56 박은식, 「서도 여행기」, 백암 박은식 선생 전집 편찬위원회 편, 『백암 박은식 전집』 5, 동방미디어, 2002, 473면.

고 본래 정주 유림들의 서당 터였던 경의재를 인수하여 오산학교를 열면서, 상인인 자신이 학교를 연다는 것에 대한 지역인들의 반감을 감안하여 초대 교장으로 지역 유학자로 명망이 높았던 백이행(白彝行)을 추천한다.[57] 백이행은 정주 지역의 대표적 문인이던 백경해(白慶楷), 백종걸(白宗杰) 가계의 후손으로,[58] 백이행은 정주 지역을 대표하는 성리학자 중 한 명이었으나 기독교로 개종하고 신교육의 방침에 찬성하는 개신유학자였다. 백이행은 수원 백씨 정주파의 43대손으로, 도산 안창호 및 춘원 이광수와 함께 흥사단에서 활동했던 백인제(白麟濟)의 오촌 당숙이 된다.[59] 정주에는 수원 백씨(水原 白氏) 이외에 연주 현씨(延州 玄氏), 태원 선우씨(太原 鮮于氏) 등 유력한 가문이 집성촌을 이루어 살았다. 정주 출신의 문사로『학지광』의 편집위원을 맡았던 현상윤은 백이행의 사위였다. 현정주, 선우혁, 선우훈 등 이들 세 일가의 자손 중에서 서북 지역 민족운동에 관계된 인물이 상당수 나왔다. 이와 같은 사실은 서북 지역 출신 개신유학자의 경향을 말해주는 것이기도 한데, 이들은 앞서 박은식의 경우에서 보았듯이 신문화를 수용하고 신교육 운동에 참여하는 것으로 과거제도를 통한 입신을 대치하여 근대적 지식인의 역할을 찾고자 했다.

이렇듯 신지식으로 무장한 민족 지사가 많았다는 것은 물론 구지배 체제에 대해 비판 의식이 높았다는 뜻이 된다. 홍경래의 난처럼 정주를 반란자의 땅으로 규정하는 근거가 되어 왔던 사건을 역사적으로 재

---

57 오산70년사 편찬위원회,『五山七十年史』, 오산70년사 편찬위원회, 1978, 71면.
58 장유승, 앞의 논문, 74면.
59 학교법인 인제학원,『선각자 백인제』, 창작과비평사, 1999, 9~15면;『水原 白氏 定州波譜』, 水原白氏定州波譜 刊行會, 1980, 210면. 『수원 백씨 정주파보』는 오산학교 초대교장이었던 백이행과 정주 오산 학교 출신의 시인인 백석이 수원 백씨 정주파의 43代孫(44世孫)으로, 실제 연령 차이는 있었으나 동일한 항렬에 놓여 있었던 친족 관계임을 보여준다. 각주 75) 및 백석「정주성」의 논의 대목에서 부연하였다.

평가한 것은 오랜 기간 중앙정권에 의해 배제당한 변방 지역으로서의 소외감과 자존감을 회복시키는 계기가 되었을 것이다. 현상윤은 「홍경래전」이라는 제목으로 약전(略傳)을 써서 일간지에 연재하였다.[60] 홍경래의 유년기부터 다복동의 봉기, 정주성에서의 고립, 진압과 죽음에 이르기까지 일대기를 다룬 것이다. 현상윤은 홍경래를 조선 500년사에 손꼽히는 위인이라 이르고 그 이유를 몇몇 인물과 비교하여 다루고 있는데, 이 지점에서 집필의 의도를 파악할 수 있다. 현상윤이 보기에 홍경래는 '인권의 평등과 국정의 개혁을 위해 궐기한 점', '관서인사가 인재등용을 차별 잇게 한다는 것을 불평'하더라도 그 정도가 동학란의 억압과는 비할 정도가 아닌데도 반란을 조직한 '정의감과 능동력의 예민함'에서 위인이라 할 만하다는 것이다. 이어 그는 이순신과 홍경래를 비교하여, 국가의 존망을 다투는 일에 애국애족의 정신을 발휘했다는 점에서 이순신은 위대한 인물임에 틀림없으나, 폭력자가 인권을 무시하는 상황에서 암흑정치의 횡포에 굴기한 홍경래 역시 이순신만큼 존경을 받아야 한다고 보았다. "우리가 忠武公을 배우면 外患을 免할 것이나 洪景來를 배우면 內心의 自由人이 될 것이니 그 공이 어찌 적다할가"라며, 인민들에게 내환을 간파하고 이것을 개혁하려는 담력이 있어야 한다는 점을 강조한다. 현상윤은 서북인사에 대한 차별을 권력자에 의한 인권의 무시이자 횡포라고 보고, 홍경래의 난을 내부의 모순을 해결하기 위한 의로운 행동이라고 평가하고 있다. 그러므로 현상윤이 쓴 전기는 적이란 외부뿐만 아니라 내부에도 있으며 이에 대한 다스림이 근본이 된다는 교훈적 성격을 띤다. 실제 홍경래의 신분과 지향이 어땠느냐에 상관없이 현상윤은 홍경래를 서북인에 대한 차별

---

60 현상윤, 「홍경래전」, 『동아일보』, 1931.7.12~8.20.

과 억압에 대해 봉기하는 인물로 그렸다. 홍경래의 거사는 지방에서 일어났던 개혁의 시도, 실패로 중단된 변혁의 의지로 재평가되고, 이러한 혁신의 힘이 곧 근대적 문명화의 힘이라는 논법으로 정당화된다. 중앙권력에 대한 반역자였던 홍경래는, 서북인의 위상이 회복되는 것과 동시에 체제 내부의 모순적인 권력구도에 저항하는 서북의 전통적 지식인상의 전범으로 부활한 것이다.

1811년 말에 일어난 홍경래의 난은 평안도 용강 사람인 홍경래가 서북 지역의 지식인이나 상인, 농민 들을 바탕으로 동지를 규합하여 평북 가산(嘉山) 다복동(多福洞)에서 난을 일으켰으나, 관군에게 몰려 정주성에 고립된 채 4개월여 대치하다 3,000여 명이 체포되고 이 중 2,000여 명이 참수된 사건이다. 난을 지휘하고 참여자를 규합한 중심세력은 기존 제도권의 선입견과 차별로 중앙 관직으로 등용되는 절차에서 차별을 받은 서북인들 사이에서 생겨난 '저항 지식인'들이다.[61] 난을 주동한 홍경래는 출신지는 알려져 있으나 그 신분은 정확하게 밝혀지지 않았다. 몰락한 양반이라는 설도 있고 평민이라는 설도 있다. 홍경래가 난을 주도하게 된 이유는, 진사시에 응시했다가 서북인에 대한 차별에 분노했기 때문으로 알려져 있다.[62] 홍경래의 난은 반란의 지지 세력이나 반란을 진압한 세력이 모두 해당 지역의 엘리트로 이루어졌다는 특징이 있다. 이와 같은 점은 홍경래의 난이 서북 지역 엘리트 간에 벌어

---

61 오수창, 앞의 책, 257면.
62 학계에서는 평안도인에 대한 차별이 있었던 것은 사실이되, 그것을 얼마나 반란의 핵심적인 사항으로 놓느냐는 지점에 있어서 의견이 엇갈리고 있다. 평안도 지역에 팽배했던 풍수사상이나 정감록의 예언에 의해 조선왕조의 부정사상이 만연하여 지역적으로 누적된 불만과 함께 기층민들의 동요를 촉발했다는 보는 입장은 홍경래의 난이 장차 조선 후기에 나타날 농민항쟁의 전단계라 해석한다. 저자는 홍경래의 난을 저항 지식인에게서 시작되어 농민층까지 포괄하는 계층 간의 차별이 극복된 난이라 보고, 이러한 저항 지식인의 활동을 전범으로 하여 조선 후기에 전국적으로 농민항쟁이 나타나게 된다는 데 홍경래 난의 역사적 의의를 두었다. 위의 책, 279~330면.

진 인정투쟁의 양상이라는 점, 그러므로 홍경래의 난을 부른 직접적 원인은 평안도 지역에 대한 차별 담론이라는 점을 보여준다.[63] 요컨대 홍경래의 난은 구체제의 당파적인 편협성을 폭로하여 구한말 서북인의 약진을 정당화하는 플롯을 제공했던 것이다.

현상윤의 「홍경래전」은 전통적으로 반역이라 간주되어 온 사건사가 서북인의 문학사의 일부로 편입되면서 의식적으로 혁명이라 재해석되고 있음을 보여준다. 최근 연구에 따르면 현상윤이 집필한 「홍경래전」 이외에 홍경래의 난을 다룬 고소설본은 「신미록」, 구활자본 소설 「홍경래실기」, 한문본 「홍경래전」 등이 있다. 이 가운데 「신미록」은 연대 미상의 작품으로 홍경래를 반군으로 보는 통상의 역사 기술의 관점에 의거한 것이다. 나머지 두 작품 중 「홍경래실기」는 신문관에서 1917년 발행된 작자 미상의 구활자본 소설로, 이는 현상윤이 훗날 일간지에 연재한 「홍경래전」과 동일한 작품임이 밝혀져 있다.[64] 또한 발행연도 및 저자가 분명하지 않은 한문본 「홍경래전」 역시 현상윤이 『동아일보』에 연재한 국한문 혼용체의 「홍경래전」의 원본이라는 의견이 제기되었다.[65] 만약 이 추정이 옳다면, 한국소설사에는 전적으로 현상윤의 작업에 의해 홍경래를 반란군이 아닌 혁명가로 보는 문학사적 시각이 도입된 셈이다. 이와 유사한 시각은 정주 출신의 역사가인 호암(湖岩) 문일평(文一平)의 역사관에서 반복된다. 문일평은 조선의 혁명사를 기존 귀

---

63 Sun Joo Kim, *Marginality and Subversion in Korea : The Hong Kyongnae Rebellion of 1812*, The University of Washington Press, 2007. 이 글의 논자는 중앙(central) 구조에 대응하는 지역(local)의 사회구조를 중심으로 한반도의 평안도 지방의 정치, 경제, 사회 등의 환경에 주목할 때, 평안도의 지역적 특징만으로도 반란의 발생을 설명하기에 충분하다는 입장을 견지하고 있다. 이 책에 대한 서평인 오수창, 「홍경래의 난, 폭넓은 시각과 수많은 논쟁거리」(『역사비평』 83, 한국역사연구회, 2008, 424~431면)도 참고하였다.

64 이에 필자는 현상윤이거나 혹은 현상윤의 저작을 기반으로 다른 인물이 옮겨 적은 이본이라는 추정이 제기되었다. 윤재근, 「「홍경래전」 연구」, 『경기어문학』 4, 1983, 91~114면.

65 위의 글.

족 중심의 왕위쟁탈사의 관점이 아니라, 상전(上典)과 천노(賤奴) 또는
양반과 상민(常民) 간의 계급쟁투의 역사로 재구성하면서 홍경래의 난
을 "상민계급의 제1차 혁명운동"이라 평가하기도 한다.[66] 이와 같은 역
사적 시각의 전환에 따라 '홍경래의 난'은 '辛未革命'으로 개칭되어 불
리기도 한다.[67] 춘원 역시 『무정』에서 영채의 아버지 박진사의 집안이
'신미혁명'에 의해 영락했다고 표현한다.[68]

　정주는 공적 영역에의 접근이 제한되어 온 땅에서 그 금기가 무너지
기 시작했을 때 시대적 반동이 어떻게 나타날 수 있는지를 보여주는 지
역이다. 오산학교를 개교한 남강 이승훈이 평양 대동강 쾌재정에서 열
린 도산 안창호의 연설을 듣고 교육 사업에 뛰어들었으며, 이후 신민회
의 평북도총관을 담당하면서 민족운동에 투신한 사실은 잘 알려져 있
다. 평민 출신의 장사꾼에서 상업가와 교육자, 정치가를 겸한 민족주의
자로 변신하는 그의 일대기는 당대 서북인에게 있어서 민족운동이란
그간 신분 차별, 지역 차별에 의해 막혀있던 공적 영역으로 합류하는
통로였다는 사실을 분명히 보여준다. 이승훈이 서북 지역의 특징을 '서
북인의 숙원(宿怨)'이란 단어에서 시작하고 있는 것은, 오랜 금기에서
놓여난 후 금단의 땅으로 쇄도하는 심정이란 마치 해원(解冤)을 바라는
심정과도 같다는 점을 드러내는 것이다.[69] 이승훈이 보여준 전회의 순
간에 대해 훗날 함석헌은 "종교적 회심"의 순간이라 설명하고 있는
데,[70] '민족', '국가' 등의 이념이 이승훈에게 존재적 근거를 마련해주고

66　문일평, 「조선 과거의 혁명운동」, 『湖岩史論選』, 탐구당, 1975, 68면.

67　이윤재, 「신미혁명과 신미양요」, 『동광』 17, 1931.1.

68　이광수, 『무정』(1917), 『이광수 전집』 1, 삼중당, 1962, 167면.

69　이승훈, 「西北人의 宿怨新慟」, 『백민』 14, 1926.6.

70　함석헌, 「남강 이승훈 선생의 생애」, 『남강 이승훈과 민족운동』, 남강문화재단출판부, 1988, 32면.
　　함석헌은 1923년 오산학교 3학년에 편입하여 졸업하고, 1928년부터 오산학교에 부임하여
　　교사로 재직했다. 함석헌은 오산의 교사였던 유영모(柳永模)를 통해 우치무라 간조[內村鑑

그 삶에 목적을 부여했다는 점을 고려한다면 적절한 비유였다고 할 수 있다. 사상이나 출생 신분에 차이가 있었다고 하더라도, 백이행이나 이승훈을 오산학교라는 공통점으로 묶을 수 있었던 것은, 공적 역할의 습득에 대한 열망이다.

평안도 출신자에 대한 차별이란 비단 관직 등용에 제한을 받아 권력자가 될 수 없다는 차원이 아니라, 공적 영역으로의 진출이 막힘으로써 윤리, 도덕 등 공동체적 형이상학의 구상들이 당초 현실화의 가능성을 얻지 못했다는 점, 그리하여 공적인 역할에 뜻을 둔 인물들이 자신의 선택과는 상관없이 일상영역에 머물도록 강요받았다는 점에서 주목할 만하다. 그러므로 이승훈을 비롯한 구한말 서북인의 약진은 그들이 정치적 권력을 잡았다는 의미가 아니라, 이 시기에 이르러 서북인이 비로소 공적인 참여의 루트를 찾았다는 차원에서 이해되어야 한다. '민족의 생존'이라는 대의가 그 참여의 장을 마련했다. 도산, 남강 등 신민회 세대에게 있어서 '공적인 영역에서 역할을 구하고 그 소명을 다하라'는 방식의 삶은 홍경래가 죽음으로도 얻지 못했던 지식인의 시대적 존재 의의를 되찾은 것에 해당한다. 남강이나 도산의 세대가 마련한 공동체의 선지자로서의 역할론은 이후 오산학교, 대성학교 등을 통해 서북의 청년들에게 모범적 삶의 방식으로 전파된다. 오산학교의 특징은 신학문을 배우되, 그 목적이 배움 자체에 있지 않고 사회에 나가 배움을 유익하게 쓰는 인물이 되어야 한다는 데에 있었다. 함석헌에 따르면 "설립한 취지부터 학문 공부를 한다기보다는 나라를 건지고 민족을 개조하기 위한 지도자를 길러내자는 것"인데,[71] 곧 인재 양

三]의 존재를 알게 되고, 이후 동경유학 때 우치무라의 성경 연구소에 다니게 된다. 이후 조선에 돌아와 오산학교 교사로 일하며 『聖書朝鮮』 모임을 조직한다.

71 위의 글, 37면.

성소의 성격을 지녔다고 할 수 있다. 1909년 신민회가 외곽단체로 청년학우회를 조직한 데에서 알 수 있듯이 '청년층을 민족운동의 주체'로 보는 것은 도산의 주요 운동 전략 중 하나였다.[72] 그러므로 도산이 신민회 사업의 일환으로 세웠던 대성학교나, 도산의 영향하에 세워진 오산학교는 민족운동을 담당할 인력을 양성하는 데 주력했다.

정주의 지역적 특색과 오산학교의 교육 방침은 공통적으로 청년 지식인의 시대적 역할을 강조한다는 지점에 맞추어져 있다. 현상윤이 반란군의 수장인 홍경래를 문학사의 영역으로 끌어와 소외 받은 땅에 태어난 불운한 시대의 지식인으로 그릴 수 있었던 것은, 지역사를 토대로 당대 지식인의 계보를 구상하는 데서 가능해진 것이었다.

산턱 원두막은 뷔였나 불빛이 외롭다
헝겊심지에 아즈까리 기름의 쪼는 소리가 들리는 듯하다

잠자리 조을든 문허진 성터
반딧불이 난다 파란 혼들 같다
어데서 말 있는 듯이 크다란 산새 한 마리 어두운 골짜기로 난다

헐리다 남은 성문이
한울빛같이 훤하다
날이 밝으면 또 메기수염의 늙은이가 청배를 팔러 올 것이다

— 「정주성」[73]

---

72 조남현, 「논설가, 이야기꾼, 투사를 거쳐 교육자로—장응진 론」, 『한국 현대작가의 시야』, 문학수첩, 2005, 131면.
73 『조선일보』, 1935.8.30.

백석(白石)은 동경 유학에서 돌아온 이후 「정주성」(1935)으로 시단에 등장한다. 백석의 출생지인 정주군 갈산면 익성동은 오산학교의 소재지이기도 하다. 오산학교는 한일합병을 경과하며 기독교적 색채가 강화되었지만 이는 대부분의 민족운동가가 기독교인이었던 평안도 지역의 특징을 반영한 것이었으며, 전통적인 미션스쿨을 표방한 것은 아니었다.[74] 오산학교와 오산고보를 졸업한 백석은 정주 지역 개신유학의 토양과 오산학교의 청년론의 계보를 내면화한 사례에 해당한다. 백석의 유년기에 오산학교 교사로 일하던 조만식은 백석의 부친이 경영하는 하숙에서 기거하기도 했다. 백석의 본명은 백기행(白夔行)으로, 정주 지역 토착 유림이었던 수원 백씨 정주파 44세손(世孫)이다. 비록 직계는 아니어서 연령 차이가 생겼지만, 앞서 정주 오산학교의 공동 창립자인 백이행(白彝行)과 같은 항렬에 놓여 있다.[75] 백석의 부친인 백시박(白時璞)이 조선일보사의 사진반장으로 활동한 것이나, 백석이『조선일보』의 사주인 방응모의 후원으로 일본 청산학원으로 유학을 떠나고, 귀국해서는『조선일보』에서 기자로 활동하게 되는 정황은 그가 서북인 간의 연계를 통해 성장했음을 보여주고 있다. 1935년, 동경 유학에서 돌아온 후에『조선일보』에 투고한 「정주성」은 고향 정주에 대한

---

[74] 본래 개신유학자와 개혁적 상공업자의 제휴로 출발했던 오산학교는 1909년 105인 사건으로 투옥된 이승훈이 옥중에서 기독교를 받아들이고, 그가 출옥 후 한영학원 출신의 기독교인인 유영모를 교사로 초빙하면서 기독교적 색채가 강화된다. 그러나 이승훈이 받아들인 기독교는 이스라엘 민족의 수난사를 중심으로 한 구약성서의 내용이 당대 조선의 정치적 상황과 유사하다는 데에 따른 것으로, 그는 자신뿐만 아니라 기독교를 통해 학생들을 정신적으로 무장시키려 했다. 이승훈은 일본 측의 감시가 심해지자 미국인 선교사 로버트 홀을 교장으로 초빙하는데, 이 시기에 오산학교의 기독교적 색채가 가장 강해졌고 춘원은 이때 오산을 떠났다.

[75] 『水原 白氏 定州波譜』, 水原白氏定州波譜 刊行會, 1980, 228면.
백이행은 정주 지역의 대표적 성리학자였던 백종걸(白宗杰)의 손자에 해당하고, 백석(백기행)의 조부는 백종지(白宗智)라는 인물이다.

감상인 동시에 그 자신이 서북문인의 계보에 서 있다는 점을 인정하는 것이나 마찬가지이다. 백석의 시에 나타나는 고향 및 친족 공동체에 대한 애착은 곧 민족 공동체의 애착으로 쉽게 전이되는 양상을 보여주는데, 오산학교와 얽혀 있는 백석의 가계상의 특수성은 그 해명 근거 중 하나가 될 수 있다. 백석의 시가 비록 이방 지역의 유랑 체험을 담았다고 할지라도 그 기억이 고향의 가족과 민간 풍습에 대한 감각적 재현으로 회귀하곤 하는 것은, 백석 자신이 정주 지역에서 성장하여 오산학교를 졸업했을 뿐 아니라, 오산학교의 민족주의적 이상을 가계의 혈연관계 속에서 내재화했다는 사정과 관련되어 있다. 해방 이후 조만식의 비서로 정계에 등장한 것이나, 6·25에도 불구하고 고향을 떠나지 못했던 이유 역시 같은 맥락에서 접근이 가능하다.

이석훈(李石薰)은 중편소설 「黃昏의 노래」(『신동아』, 1933.6~12)에서 일련의 정주 문인의 실명을 직접 소설에 등장시키고 비판을 하기도 한다. 소설의 배경이 되는 곳은 주인공 '철'의 고향마을과 그의 부친이 어업을 경영하는 'S섬'으로 나타나 있으나, 작가 이석훈의 전기적 기록을 참고하면 그 배경이 정주 및 정주 인근의 '쑥섬'이라는 점을 알 수 있다.[76] 이 소설은 가세가 기울어 동경유학을 중단하고 '낙오자'라는 자의식 속에 귀국한 철이 고향에서 동족의 비참한 생활을 보고 농촌운동에 투신하며 정신적으로 성숙해지는 과정을 그린다. 작가는 중소자본가인 철의 아버지가 일시적으로 성공했다가 몰락하는 장면에서 시작함으로

---

[76] 「황혼의 노래」는 작가의 자전적 요소를 상당 부분 반영한 소설이다. 정주 출신인 이석훈은 와세다 대학 재학 중 정주 앞바다 애도(艾島, 쑥섬)에서 백하(白蝦) 가공공장을 경영하던 부친의 어업이 파산하자 학업을 중단하고 귀국했다. 작중에 등장하는 'S섬'은 '쑥섬'의 이니셜을 딴 것이다. 이석훈의 전기적 자료와 연보, 작품 활동 등에 대한 연구는 아직 미비한 상태로, 김용성의 「민족사의 비극적 궤적을 따라간 삶과 문학」(『이주민열차(외)』, 범우, 2005)이 선구적 작업이다.

써, 일찍이 산업자본주의의 세례를 받아 흥성했던 평안도 지방의 상인들이 세계공황과 일본 동척의 대자본 앞에서 몰락하는 상황을 그려내고 있다. 사람들은 광인이 되고 자살하거나 혹은 보다 속물적인 물신주의자가 되는데, 이와 같은 고향의 정황은 철의 무력감을 더욱 심화시키는 요인이 된다. 작중에는 '이제는 소자본가 개인의 힘으로는 살 수 없는 시대가 되었다'는 한탄이 자주 등장한다. 이런 증세를 놓고 주인공 철은 '자본주의 제3기'의 증상이며, 한번 시작된 몰락은 끝을 보아야 끝날 것이라고 여기고 있다. '황혼의 노래'라는 표제는 시대적인 암운을 딛고 농촌 사업을 통해 새 출발 해야 한다는 방향 전환의 의도를 강조한 것이다. 1930년을 전후하여 세계공황이나 중일관계 긴장의 여파가 지역 경제를 붕괴시키고, 이러한 사회적 공감대에서 춘원의 『흙』(1932), 이기영의 『고향』(1933), 심훈의 『상록수』(1935) 등의 농촌소설이 발표된다. 「황혼의 노래」 역시 이러한 시대적 흐름을 반영한 작품이다. 이야기는 'S섬'의 어민을 대상으로 야학을 열고 청년회를 조직하는 것으로 자신감을 회복한 철이 본격적으로 농민의 계몽에 나서는 것으로 마무리된다. 작중에서 철이 지역 동료들과 청년회의 조직을 의논하는 장면에는 정주 출신 청년 지식인들이 실명으로 등장한다.

> "우리고향서는 이섬에서공부를한 춘원을 위시하야 많은수재(秀才)를 배출햇지 우선 시인(詩人)으로 김안서(金岸曙) 김소월(金素月) ……. 김소월은참뛰여난소질(素質)을가진 민요(民謠)시인이지. 그러구 현상윤(玄相允) 백린제(白麟濟) 리항복(李恒福) 겉은 이 또 김여제(金輿濟) 김권제(金權濟) 두 형제 …… 올치 서춘(徐椿) — 그이야말로 불우햇지만 뛰여난 수재지 이밖에 어려서고향을떠낫지만 여류시인으로 모윤숙(毛允淑), 그러구 백락준(白樂濬) 가튼이도 이곧서 낫지." (…중략…)

    철은 "두 분의 의견은 다 — 옳은데 내생각에는 고향을떠나서 일홈을 빛
내이는이들이 많은나는것도조치만 박군(朴)과같이 고향의흙속에 파묻혀
일하는 일꾼이 더귀하지요"하고 박군의 이야기를 하엿다. 린(麟)은철의말
에 더힘을얻어가지고.

    "암! 그렇구말구! 그런수재열사람이나는대신 박(朴)씨같이 굼주린사람들
에게밥을주기위하야싸호는 무명의일꾼 한사람이나는게 더귀한때죠! 하고
힘잇게말햇다.[77]

    인용한 부분에서 작가는 고향의 정주 지역의 지식인 계보를 열거하
고 이들 '수재'보다 '무명의 일꾼'이 현실적으로 고향을 살리는 데 귀하
다는 주장을 편다. 주인공 철이 농촌운동에 투신하는 '무명의 일꾼'이
되는 것으로 신경증을 떨치고 현실적 무력감을 극복하는 것은 이에 따
른 결과이다.

    그러나 정작 이 소설의 의의는, 작중에서 간단히 부정해버린 서북청
년들의 사상과 생애의 그림자가 작가 이석훈과 그의 소설에 강력한 영
향을 미친다는 역설적 장면을 확인하는 데 있다. 주인공 철이 대동강에
투신하러 떠난 옛 연인에 의해 갈등을 겪는 『무정』식의 설정이 반복되
는 것은 사소한 사례에 해당한다. 이석훈이 이광수의 계보에 놓여 있다
는 점을 가장 명백하게 보여주는 것은 농촌운동의 현장성보다도 운동
에 뛰어드는 헌신적인 태도 자체를 아름다운 것으로 부각하는 서술방
식이다. 다시 말해 이 소설에는 철이 현장에서 어떤 일을 했으며, 그 과
정에서 어떤 갈등을 겪는가에 대한 조명이 없다. 작중에서 주인공 철이
현실적으로 감당해낸 갈등은 야학운동, 청년회운동을 진행하는 과정

---

77 이석훈, 「黃昏의 노래」, 『신동아』 3(10), 1933.10, 172면.

에서 생기는 문제들이 아니다. 작가는 정략결혼을 원하는 아버지와 대립하여 가난한 어부의 딸과 결혼하고 가계의 몰락에 안주하지 않는 것, 즉 세속적인 명리를 취해서 사욕을 따르지 않은 것에서 철의 지도자적 자질을 증명하려 한다. 그리하여 사욕을 포기하고 대의를 좇는 청년의 뜻과 그 열정의 순수함, 고귀함 등이 최고의 가치로 부각된다.

> 늙은배ㅅ사공이 기다란 삿대로 배를 밀며 흥겨웁게떠든다. 배는 슬슬ー 나간다. 그러자 육지의 군중가운데서 늙은김선생과 린과 선생 세사람이,
> "철군 만세! 보패 만세!"
> 하고 크게웨치며 모자를 내흔들엇다. 청년회원들은 일제히 따라불럿다. 뒤밎여서 여러사람들도 두활기를펴며 화창하엿다. 철은 점점 멀어지는 배 우에서 힌수건을 휘휘ー내저엇다. (⋯중략⋯)
> "섬도인저는 멀어젓소 자ー인제가서 우리도 농사를 해야 하오! 이 허연 손과 허연얼골이 깜허케 돼야지ー보패얼골도 깜허게돼야해! 가난한농민들이 잘살게 될때까지 우리두 몸을 바처야!"[78]

지역 원로들과 청년회원들의 기대를 한 몸에 받으며 철은 아내와 S섬을 떠난다. 헌신적 태도와 그들의 순수한 정신에서 시작될 미래에 대한 낙관이 소설을 지배하고 있는 것이다. 이와 같은 청년 세대의 열정에서 나오는 이상주의는 이석훈이 춘원의 계보에 놓여 있다는 것을 보여준다. '무산자', '자본주의 제3기', '무명의 일꾼' 등 사회주의적 관점에 기울어진 용어와 비판적 관점으로 정주 출신 '수재'들을 비난하지만, 정작 그는 서북청년들의 이상주의적 세계관을 쉽게 벗어나지 못한다.

---

78 이석훈, 「황혼의 노래」, 『신동아』 3(12), 1933.12, 179면.

현실적 문제를 해결하는 전략과 논리를 가르치기보다 문제에 임하는 정신적 태도를 최우선으로 강조한 것, 즉 정신의 개조를 최우선에 두었던 것이 도산과 남강의 민족운동 방식의 특색이며, 이는 대성학교와 오산학교의 청년훈육에 있어서 가장 중요시되었던 것이다. 정신적 완성을 이룬 인물들 개개인이 모여 형제애를 바탕으로 연합을 이루고 이로써 강력한 민족 집단이 형성되며 인류애에 입각한 이상 세계가 열리리라는 것은, 서양식 민주주의와 기독교적 영향 아래 민족운동론을 마련한 도산의 꿈이었다. 인격적으로 완성된 운동주체의 열정과 헌신이 세계를 감화시킨다는 기대에서 만들어진 서사는 언제나 주인공의 고군분투와 미래에 대한 낙관의 수준에서 마무리될 수밖에 없다. 요컨대, 춘원이나 이석훈의 소설은 서북 지역 청년운동론이 만들어낸 이상주의의 결과물이라는 점에서 연속선상에 놓인 것이다.

청년 세대의 인격적 완성에 민족의 미래를 걸었던 도산과 남강의 신념, 정치적 변방에서 변혁 담론의 중심지로 거듭난 서북지식인의 현실 참여에의 욕구. 이 두 가지는 정주 오산학교를 서북 지역 청년운동의 정신적 기원이자 청년 영웅의 계보가 시작되는 지점으로 만든 요인이라 할 수 있다.

그러나 정주와 오산학교의 문학적인 의미는 지식인의 자긍심을 강조하는 행간에 나타난 갈등까지 포괄해야 완전해질 수 있을 것이다. 즉, 도산과 남강 세대에서 시작된 청년에 대한 기대는 민족의 생존에 대한 절박함과 비례하여 커지는 것인 만큼, 청년들에게 있어서는 자긍심의 원천이었던 동시에 예외의 영역을 허용하지 않는 구속이기도 했기 때문이다.

가령 현상윤은 동경 유학 후 향리 정주를 찾은 감상을 「핍박」(『청춘』8, 1917.6)이라는 제목으로 기술한다. 표제에서 짐작할 수 있듯이, 작중에서 화자인 '나'는 향리 사람 모두가 자신을 보고 자신을 꾸짖는 듯한 환청에 시달린다. "이놈아 약한 놈아 하기에 게르고 배호기에 게른 이놈아"라는 환청은 그가 정주성내를 산책하는 동안에도 그를 따라다니고, 그는 타인의 시선과 비웃음을 의식하며 혼자 신경증을 앓는다는 이야기이다. 뚜렷한 사건 없이 다만 내면의 고백을 따라 진행되는 이 소설에서 작가는 향리 사람들과 자신을 스스로 구분 짓고 지식인 청년으로서의 자의식에 시달린다. 그는 농사의 노역에 비교했을 때 자신의 노력이 안일해 보이고, 동시에 일상의 평범함에 자족하면서 "권리니 의무니 윤리니 도덕이니 평등이니 자유니" 하는 추상적 이념 없이도 행복한 사람들에 대해 질투를 느끼는 이중적 심리에 시달리고 있다. 그가 느끼는 '핍박'의 신경증은 일상적 행복을 부러워하면서 동시에 그것은 자신의 몫이 아니며, 자신을 보다 채찍질해야 한다는 강박증이다.

현상윤의 갈등은 자신의 선택에 의해서라기보다 시대적으로 규정된 '청년'의 기대치에 부응해야 하는 데서 오는 두려움을 보여준다. 일상적인 쾌락과 행복을 부러워하면서도, 청년의 이상은 그러한 사소한 개인사를 돌보는 데 있지 않으며 오히려 그와 같은 유혹으로부터 순결성을 유지해야 한다는 자의식을 떨치지 못한다. 이 같은 자의식은 자신이 태어나고 자란 고향에 돌아왔음에도 불구하고 그를 불편하게 만든다. 그의 신경증이 사람들의 시선과 꾸지람 때문에 '어디에도 몸을 둘 곳이 없다'는 것, 즉 고향에서 소외감을 느끼는 상황으로 귀결되고 있다는 점은 주목할 만하다. 현상윤의 신경증은 고향상실의 감정이 생겨나는 독특한 국면을 보여주고 있기 때문이다. 물리적으로 고향과 분리된 상태가 아니며, 이민족이 고향을 점령했기 때문이 아니며, 고향의 산천이 몰라보게 변했기 때문도 아니다. 현상윤의 경우 고향상실의 감정은 같은 장소 같은 사람들 속에 존재해도 전과 같이 어울릴 수 없다는 거리감에서 나오며, 이 거리감은 자신을 따라다니는 지역 주민들의 기대에 찬 시선에 의해 형성된 신경증의 일환이기에 외부적 요인에 의해서는 해소될 수 없다.

청년론에서 유래한 신경증은 김소월(金素月)의 시에서도 발견된다. 김소월의 시 「물마름」(1925)은 홍경래의 정주성 전투를 배경으로 한 시이다.

그누가記憶하랴茶北洞에서
피물든옷을닙고웨치는일을
定州城하로밤의지는달빗헤
애쓴는그가슴이숫기된줄을

물우의쓴마름에아츰이슬을
불붓는山마루에퓌엿든꼿츨
지금에우러르며나는우노라
이루며못이름에簿한이름을

— 「물마름」 부분[79]

백석의 「정주성」(1935)이 달밤에 폐허가 된 성터가 보여주는 서정적인 풍경을 그려낸 데 비해서 김소월은 '홍경래'라는 인물에 초점을 두었다. 시인은 사람들의 기억 속에서 사라져 가는 홍경래의 비극적인 죽음을 끄집어내어 옛 장수의 삶을 위로한다. 이 시의 울림은 시인이 마치 영매가 된 듯이 망자의 심정과 공명하며 그의 슬픔을 옮길 수 있었던 데에 있다. 홍경래의 죽음에서 시인은 뜻을 이루지 못한 미완성

---

79 김소월, 「물마름」, 『조선문단』 7, 1925.4, 46~48면.

의 삶에 대한 아쉬움을 읽고 이를 노래하고 있는데, 그 심정은 시인 자신을 다룬 시에서도 동일하게 발견된다.

평양서 나신 인격의 그당신님 제이, 엠, 에쓰,
덕없는 나를 미워하시고
재조잇든 나를 사랑하섯다.
오산게시든 제이, 엠, 에쓰
십년봄만에 오늘아츰 생각난다
근년 처음 쑴업시 자고 니러나며,
얼근얼골에 쟈그만키와 여윈몸매는
달은 쇠싯갓튼 지조가 튀여날 듯
타듯하는 눈동자만이 유난히 빗나섯다,
민족을 위하야는 더도 모르시는 열정의 그님,

소박한 풍채, 인자하신 넷날의 그모양대로,
그러나, 아 ― 술과 게집과 이욕에 헝클러져
십오년에 허주한 나를
웬일로 그당신님
맘속으로 차즈시오? 오늘아츰.
아름답다, 큰 사랑은 죽는법업서,
기억되어 항상 내가슴 속에 숨어잇서,
밋쳐 거츠르는 내양심을 잠재우리,
내가 괴롭은 이 세상 써날 째까지.

— 「제이, 엠, 에쓰」[80]

「제이, 엠, 에쓰」는 평소 오산의 선배로 소월을 동경했다는 백석이 안서에게서 소월의 노트를 받아, "이상한 흥분" 속에 살펴보다가 이색적인 것이라며 소개했던 시이기도 하다.[81] 백석은 이 시를 쓰던 당시 소월이 "'정주곽산 배가고 차가는 곳'인 고향을 떠나 산읍 구성 남시에서 돈을 모으려고 애를 쓰던 때다. 소월이 술을 사랑하고 돈을 모으려고 했으나 별로 남의 입사내에 오르도록 계집을 가지고 굴은 일은 업다하되 그러되 이미 고요하고 맑아야 할 마음이 미처 거칠어진 탓에 그는 이 은사 앞에 엎드려 이렇게 호곡하는 것이다"라고 해설을 썼다. 오산학교의 은사였던 고당 조만식을 시제로 삼은 이 시는 김소월이 일상에서 경험했던 자괴감을 드러내고 있다. 시인은 '술과 계집과 이욕'으로 헝클어진 자신의 상태를 부끄러워하고, 은사의 가르침과 기대에 부응하지 못한 죄책감을 표현한다. 백석이 지적했듯이, 소월의 슬픔이나 부끄러움은 '술과 계집과 이욕'으로 대변되는 세속적인 요소들에 의해 오염되어 정신적 순결을 잃었다는 데 있는 것이다. 김소월이 보여주는 자괴감은 앞서 현상윤이 보여주었던 신경증과 유사한 맥락에서 나온다. 그는 당대 청년에게 부여된 인텔리상에 부응하지 못하고 세속인의 삶에 파묻힌 자신을 자책한다.

山村와서 十年 잇는 동안에 山川은 別로 變함이 업서 보여도 人事는 아주 글러진 듯 하옵니다. 世紀는 저를 버리고 혼자 압서서다라간 것 갓사옵니다 (…중략…) 志士는 悲秋라고 저는 志士야 되겟사옵니까 만은 (…중략…) 마음이 어쩐지 먼먼 거츨은 마음이 먼멀은 어느 時節 옛나라에 살틀하다 只今은 넘어도 疏遠하여진 그 나라에 잇는 것 가티 좀 설어워지옵니다.[82]

80　김소월, 「제이, 엠, 에쓰」, 『삼천리』 53, 1934.8, 177면.
81　백석, 「素月과 曺先生」, 『조선일보』, 1939.5.1.

인용문은 「제이, 엠, 에쓰」를 쓰던 시기에, 김소월이 스승 김억(金億)에게 보낸 편지의 일절이다. 방탕해진 자신의 생활에 대한 한탄을 적고 있으며, 동시에 그는 "世紀는 저를 버리고 혼자 압서서다라간 것"이라며 상대적으로 시대의 흐름과 유리되어 있는 자신의 처지에 조바심을 느끼고 있다. 스스로 지사라고 내세울 수는 없어도 자신에게 주어진 소명이 있다는 것, 그러나 그에 합류하지 못하고 일상에 함몰되어 버렸다는 것이 시인을 괴롭게 만든다. 나아가 인용문은 현실과 좀처럼 화합하지 못하는 시인의 마음이 어디를 향하는지, 왜 방황하는지를 보여준다. 현실을 떠난 그의 마음은 "어느 時節 옛나라"를 지향하고 있는데, 문제는 그 나라와 "只今은 넘어도 疏遠하여진" 상태라는 데 있다.

김소월의 정신적 방황은 이향에서 생겨나는 것이 아니라 자신의 이상향이 놓여 있는 과거의 특정 시공간에 대해 옛날과 같은 열정을 느낄 수 없게 되어버린 자신의 변화에서 나온다. 이상과 합일될 수 있었던 어떤 시간과 점차 멀어지고 있다는 자의식이 김소월에게 있어서 고향상실의 감정을 만들고, 자신이 속한 공간과의 거리감을 만들어낸다. 김소월이 편지와 더불어 김억에게 써 보냈던 시 「삼수갑산」의 장소 표상 역시 이와 같은 고향상실과 거리감이라는 관점에서 풀어볼 수 있다.

三水甲山 내웨왓노
三水甲山이 어듸메냐
오고나니 奇險타
아아 물도 만코 山첩, 이라.

---

82 김소월, 「멧해만에 先生님의 …」, 『조선중앙일보』, 1935.1(김용직 편, 『김소월 전집』, 서울대 출판부, 1996, 505~506면에서 재인용).

내故鄕을 돌우가자
내故鄕을 내못가네
三水甲山 멀드라
아아 蜀道之難이 예로구나

三水甲山 어듸메냐
내가오고 내못가네
不歸로다 내故鄕
아아 새드라면면 떠가리라.

님계신곳 내故鄕을
내못간 내못가네
오다가다 야속타
아하 三水甲山이 날 가둡네

내故鄕을 가고지고
三水甲山 날가둡네
不歸로다 내몸이야
아하 三水甲山못버서난다

— 「次 岸曙先生 三水甲山韻」[83]

　　김억에게 보낸 헌시 「삼수갑산」은 원해서 왔으나 정작 와보니 기대
했던 곳이 아닌 장소에 갇혀 버린 절망의 감정을 노래하고 있다. 산속

에 은신하고 있는 자신의 처지를 하소연하는 내용이다. 이것은 고향에 가고 싶어도 매여 있는 몸이라 못 간다는 내용으로 간단히 풀어볼 수 있겠지만, 그 '불귀'의 맥락은 간단하지 않다. 화자를 붙잡는 삼수갑산이란 '고향과 멀어지게 만든 환경과 심리적 요인 모두를 통칭하는 것이겠기 때문이다. 서로 같지만 심적으로는 다르게 느껴지는 동일한 공간에 대한 지칭이 서로 다른 두 가지 공간으로 느껴지는 것일 수도 있다. "三水甲山 어듸메냐 / 내가 오고 내 못 가네"라는 구절이 보여주듯이, 삼수갑산에 서서 이곳이 어디냐고 묻고, 자신이 선택해서 왔으나 갈 수 없다는 역설적인 상황이 그것이다. 이때 현재에는 자신이 동경하는 곳에 있을 수 없음을 강조하는 것이 '불귀'의 맥락이다. 도달할 수 없는 그곳이란 현재 시점에 자신이 발 딛고 서 있어도 도달할 여지가 없는 곳이다. 그의 고향이란 이미 그의 마음속에서부터 낯선 땅이 되어버린 까닭이다. 이것은 식민지로 인해 빼앗긴 땅에서 느끼는 고향의 상실과는 또 다른 감정이다. 옛 고향과의 정신적 연속성을 잃어버려 현실에서는 정착할 땅을 찾지 못해 떠도는 감정인 것이다. 또한 이것은 시인이 나고 자란 땅의 기대 지평에서 만들어진 자의식이 세상 속에서 느끼는 소외감의 표현인 것이다.

정주성의 서정적 소묘를 그려냈던 백석에게도 고향의 기대에 부응하지 못하고, 고향을 잃은 채 떠도는 신세가 되었다는 신경증은 동일하게 적용된다.

아득한 녯날에 나는 떠났다
扶餘를 肅愼을 勃海를 女眞을 遼를 金을,
興安嶺을 陰山을 마무우르를 숭가리를.
범과 사슴과 너구리를 배반하고

송어와 메기와 개구리를 속이고 나는 떠났다.

(…중략…)

그동안 돌비는 깨어지고 많은 은금보화는 땅에 묻히고 가마귀도 긴 족보
를 이루었는데
이리하야 또 한 아득한 새 녯날이 비롯하는 때
이제는 참으로 익이지못할 슬픔과 시름에 쫓겨
나는 나의 녯 한울로 땅으로― 나의 胎盤으로 돌아왔으나

이미 해는 늙고 달은 파리하고 바람은 미치고 보래구름만 혼자 넋없이
떠도는데

아, 나의 조상은 형제는 일가친척은 정다운 이웃은 그리운 것은 사랑하
는 것은
우럴으는것은 나의 자랑은 나의 힘은 없다 바람과 물과 세월과 같이 지
나가고 없다.

―「북방에서―정현웅에게」[84]

이 시를 두고 북방 고향의 정경이 정말 변화한 것일까를 묻는 것은
아무 의미가 없다. 시인이 느끼는 '새 녯날'과 '나의 옛 하늘과 땅' 사이
에서 느껴지는 내적 거리감이 이 시의 상실감을 만들어내는 것이기 때
문이다. '새 녯날'이라는 표현은 시인이 느끼는 시간의 방향이 현실의

---

[84] 『문장』 2(6), 1940.7.

시간의 흐름과 다르다는 것을 의미한다. 즉, 시간의 흐름은 과거에서 미래로 나아가는 것이 아니라 옛날의 새로운 연장이다. 시인의 정신적인 기원은 과거의 어느 시점에 머물러 있으며, 그 시공간으로부터 시간의 흐름이 연장된다는 의미이다. 백석의 시에서 이 시공간은 '여우난골족'으로 명명된 정주의 한촌에서 보낸 유년기이다. 그의 유년기가 그토록 풍부할 수 있었던 것은 고향의 사람들과 풍속과 분리되지 않았기 때문이다. 그러나 그는 그 세계를 떠나야만 했던 것인데, 이는 분명 자의만은 아니었을 것이다. "곡식을 가려내는 키[箕]"의 모양을 하고 있어서 "자고로 定州라는 곳은 人物을 가려서 내어치기에 제 고장을 떠나야만 사람 구실을 한다"는 풍습이 있던 땅에서 태어나,[85] 그 땅의 믿음에 따라 시인은 자신의 주어진 몫을 다하고자 떠돌다 귀향한 것이다. 그리고 고향 땅에서 더 이상 '나의 옛 하늘과 땅'을 찾을 수 없을 정도로 그 자신과 고향 사이의 거리감이 생겨난 것이다.

　오산학교가 자리한 정주 지역은 평양성, 대동강이 있는 평양과 더불어 서북 지역 민족주의운동의 좌표 역할을 하는 곳이다. 도산과 남강의 시대에 서북의 신문화운동 역량은 전성기를 이루었고, 이에 정주는 오산과 대성의 기억을 지닌 청년 지사들이 공유하고 있는 신화의 공간이자 서북인의 역사의식이 회귀하는 원점이 된다. 이 장소는 세속성에 저항하는 청정지대, 공동체에 헌신하는 고귀한 열정이 곧 청년의 자질이라는 가르침과 결합되어 있다. 특히 오산학교의 경우, 정주 지역의 소외된 유교 지사들의 현실 참여 욕구를 대변하고 있기에 청년의 시대적 역할에 대한 기대가 평양보다 강화되는 양상을 띤다. 때문에 개화기에

85　地形으로 보면 定州地域의 北將臺를 등지고 앞으로는 달래江(達川江)을 바라본다. 그 모양이 꼭 곡식을 가려내는 키[箕] 같다고 해서, 자고로 定州라는 곳은 人物을 가려서 내어치기에 제 고장을 떠나야만 사람 구실을 한다는 말이 있다. 선우휘, 「두고온 산하―영원한 향수·정주」, 『북한』, 북한연구소, 1972, 206면.

서 한일합병 이전까지 정주 오산학교를 세우고 이끌었던 인물들은 당대의 활약에 그치지 않고 서북 역사의 일부로 편입되어 후대에 회자된다.

> 게다가 洪景來가 定州城에서 버티다가 죽었다는 것, 古邑面의 五山學校가 상징하는 民族意識, 李昇薰·李明龍옹 등 己未獨立運動 때의 三三人의 멤버가 났다는 자랑, 李朝五百年에 서울을 제외하고는 科擧에 及第한 사람이 제일 많이 났다는 것, 李光洙·金岸曙·金素月 등 文人과 玄相允·白樂濬 등의 교육자, 刀圭界의 白麟濟 등의 名聲으로 말미암아 定州人들은 모두 제나름의 슬기를 지니고 살았다.[86]

선우휘(鮮于煇)의 회고는 정주 출신의 인물사를 일목요연하게 정리하고 있다. 이 인물사는 정주의 역사와 지정학적 특수성, 서북인의 숙원(宿怨)과 대응방식, 인재의 교육을 통한 실력양성이라는 신념 등에 입각하여 정리된 것이다. 이러한 기억의 체계성은 앞서 현상윤이나 이석훈이 보여주었듯이, 홍경래로부터 시작된 정주 지역 지식인의 계보가 시간과 더불어 보완되면서 견고해진 것임을 보여준다. 따라서 선우휘의 호명은 곧 오랜 세월 비운의 재사들의 고장이었던 정주에서 완성된 일군의 청년 영웅들의 계보를 나타낸다.

---

86 위의 글, 205~206면.

앞서 제1부에서는 일련의 서북문인들이, 민족 공동체의 내부에서 이방인으로 살아야 했던 정치사회적인 소외에 대한 서북인의 해원(解冤)의 욕구를 계승하되, 그와 같은 해원의 방식을 비단 신분 상승을 향한 보상적인 욕구나 집단 이기주의가 아니라 차별과 배제를 재생산하지 않는 공동체 윤리에 대한 동경으로 표출하고 있다는 점을 살폈다. 기존의 '나라'에 대한 애착이 없었던 만큼, 서북 지역의 민족주의 문화운동은 빼앗긴 국가의 '탈환'이 아닌 '망국(亡國)'을 보상할 새로운 국가의 '건설'을 지향하게 된다. 이때 서북 지역의 근대화에 영향을 미쳤던 기독교는 서북인의 공동체 이상주의를 지탱하는 정신적 기반이 되어, '신념'과 '신앙'이 구분되지 않는 상태를 만들어낸다. 평양(平壤)의 대동강과 대성학교(大成學校), 정주(定州)의 오산학교(五山學校) 등은 근대 전환기를 통과하던 서북인의 유토피아니즘을 내포한 장소들이다.

제2부에서는 이러한 공동체 이상주의를 실현할 주체로 호명된 청년들이, 이른바 '서북청년'으로서의 자아상을 내면화하고 세대적 과제를 수용하는 양상을 살폈다. 한국근대문단이라는 범주에서 보았을 때 서북 지역에서 태어나 오산학교나 대성학교의 자장하에 놓여 있던 춘원 이광수와『창조』파는 서북청년의 대표 격이 된다. 물론 이들은 오산학

교와 대성학교를 설립한 도산 안창호나 남강 이승훈 등 서북청년 일세대의 정치사회적 이념에서 직접적인 영향을 받았다. 물론 이들의 정치사회적 정향이란 비단 공동체 이상주의라 일컫기에 앞서 근대 민족국가라는 집단적 신념을 실현하기 위해 청년군을 호명하고 훈육하는 폭력적인 이념 세습의 양상이라 비판받을 여지도 있을 것이다. 그러나 이 책에서는 두 가지 맥락을 들어 이들 서북청년의 존재를 집단주의로의 함몰이라기보다는 공동체 이상주의를 향한 수행자적 집단으로, 문화운동을 획일적 집단화의 기제라기보다는 공동체적 개인의 자기 수행의 방식으로 보고자 한다. 첫 번째는 이들 서북문인들이 한국 근대문학사에 있어서 그 누구보다도 앞서 개성의 문제를 명민하게 자각하고, 집단 속에서 개인의 존재방식을 질문하며 문학예술과 만나게 된 인물들이라는 사실 때문이다. 이는 두 번째, 근대 서북 지역이 '종교열'로 가득한 지역으로 차별화되었던 지역을 감안해야 한다는 판단에 따른 것이다. 실상 서북 지역 민족주의 문화운동을 이끌었던 주체는 개신교 및 천도교의 종교 단체였으며, 청년운동의 구심점으로 부상했던 도산 안창호의 민족주의 사상 역시 상당 부분 종교적 문법을 차용하고 있다. 물론 이때 분석의 초점은 특정한 종교의 역할을 밝힌다기보다는 종교적 상상력과 종교 언어의 영향력을 해명하는 데 있다.

문학과 정치라는 기존 문학사적 시선에 종교라는 제3항을 추가하는 경우, 근대 민족주의문학론을 이해하는 데 있어 몇 가지 재론의 여지가 열린다. 우선 민족주의 문화론이 표방했던 공동체주의와 개성 간의 관계를 재정립할 가능성이 생긴다. 한국 근대문학이 종교적 이상에 침윤된 서북 지역의 공동체주의를 기반으로 출발했다는 것은, 개인적 파편화에 길항하는 공동체적 이상주의와 동시에 개성의 차이를 인정하는 유연성을 동시에 지녔을 가능성을 시사하는 것이다. 이 글에서는 서북문인의 문학론이 개인과 집단을 양립시키고 어느 한 편의 취사선택을 고민하는 방식이 아니라 개인과 집단의 경계를 가능한 한 무화(無化)시켜 개인과 집단의 공존 방안을 찾아내려는 여정이었음을 밝히는데 중점을 두었다. 서북인의 공동체 이상주의는 무장투쟁론이 아닌 실력양성론을 토대로 성립되었고, 이에 구성원들에게 '산화(散華)하는 청춘'이 아닌 '인고(忍苦)하는 청춘'의 형상을 요구한다는 특징을 지닌다. 이것은 곧 서북청년 개개인에게 어떠한 자세로 삶을 유지해야 하느냐는 윤리적 질문으로 이어지게 된다. 이러한 질문이 근대문학의 출발점에 등장하는 '사랑', '참' 등의 개념과 화용(話用)을 이해하는 단초가 됨은 물론이다. 서북문인의 문학론이 소위 '민족주의 우파'로 지칭되는 민족주의문학론과 연결되어 있음을 감안할 때, 이러한 관점은 그간 내셔널리즘 혹은 파시즘으로의 경사로 분석되어 온 근대민족문학론을 재검토하는 계기를 마련해줄 것이다.

제1장

'서북청년'의 전형, 도산 안창호와 춘원 이광수

1. '무실(務實)'이라는 자기구원의 이념과 도산의 청년수양론

한국 근대지성사에서 도산 안창호가 민족주의운동가이자 철학자, 정치가, 교육가 등 다방면의 식견을 고루 갖춘 큰 인물로 평가되고 있다는 점은 길게 부연하지 않아도 좋을 것이다. 오히려 이 글에서 논의하고자 하는 것은, 도산 안창호의 생애와 사상을 재구하려 사료를 찾다보면 마주치게 되는 한 가지 흥미로움에 관한 것이다. 도산 안창호는 저술가이기보다 활동가여서, 오늘날 도산의 정치적 식견이나 구상, 생애에 관한 대부분의 자료는 그의 동지(도산은 사제 관계도 동지라는 호칭으로 부르게 했다)들이 후대에 정리한 기록에 의한다. 도산에 대한 첫 번째 평전은 1947년 발행된 『도산 안창호』이며, 필자는 춘원 이광수다. 이 책에서 춘원은 도산의 출생부터 사망까지의 행적을 좇으면서, 도산의 사회사업, 정치, 해외활동, 철학 등 공적인 행적과 인간적인 면모를 망라하고 있다.[1] 춘원 이후, 1963년 송아 주요한이 『안도산 전서』를 썼다.[2] 춘원보다 후대에 집필된 평전이니만큼 그는 새로 발견된 자료를 보완하여 기존 춘원의 문고판 300쪽 분량의 책을 이단(二段) 편집으로 된 신국판 460쪽의 방대한 분량으로 써냈다. 머리말에서 그는 춘원의 평전을 참고했다고 밝히고 있으며 필요한 경우에는 직접 인용하기도 했다. 그리고 1967년, 늘봄 전영택이 다시금 『도산 안창호 선생』이라는 제목의 평전을 썼다.[3] 그의 평전은 앞서 언급한 두 명의 필자의 책만큼 방대한 것은 아니었으나, 필자 자신이 해방 이후 평생 목사로 살았던 만큼 기독교인 도산 안창호의 면모를 부각했다. 한 명의 애국계몽지사의 평전을 세 명의 작가가 연달아 집필한 이 현상은 '객관적'으로 보아 세 작가 모두 도산이 창립한 흥사단(興士團)의 단우(團友)였다는 점에 기인한다. 이때 '객관적'이라 함은, 물론 이들이 흥사단의 일원이었음을 이력서상으로 확인하는 일로 이 평전의 의미를 설명할 수 없다는 점을 강조하기 위한 표현이다. 이 명징한 이력서상의 기록은 평전에 대한 대답이기보다는 질문을 끌어내는 계기라고 보는 것이 좋을 것이다. '도산'과 '흥사단'이라는 화제(話題)는 비문학적 재료임에도, 한국 근대문학사의 초기 단계에서 비중 있게 평가되는 세 명의 작가가 하나로 엮여 있는 상황에서 알 수 있듯이, 근대문인들의 문학사상사를 이해하기 위한 중요한 실마리가 된다.

---

1 춘원의 『도산 안창호』는 해방 후에 조직된 '도산 안창호 선생 기념 사업회'의 이름으로 태극서관에서 발행되었다. 이후 제3판부터는 대성문화사에서 순한글 표기로 개정하여 발행하였다. 본문에서 인용이 필요한 부분은 1959년 발행된 제5판의 표기와 면수를 따랐다.
2 주요한의 『안도산 전서』는 1963년 삼중당에서 발행되었고, 이후 도산사상연구회가 도산 관련 논문을 엮어서 펴낸 두 권의 『안도산 전서』 중 상권에 재수록되었다. 본문의 인용은 삼중당 판본의 표기와 페이지 수를 따랐다. 춘원과 주요한이 쓴 평전 사이에 1954년 흥사단 단우이자 상해에서 도산과 함께 활동했던 박현환이 쓴 『속편 도산 안창호』가 있으나 저자의 논지와는 거리가 있으므로 본문에서 언급을 생략했음을 밝혀둔다.
3 전영택, 『도산 안창호 선생』, 대한기독계명협회, 1967.12.

이 작가들이 평전을 집필하던 시기의 모습으로부터 도산과의 관계를 설명해나가는 것도 좋을 것이다. 춘원이 『도산 안창호』를 집필한 1947년은 해방과 더불어 그동안 관여했던 대일협력 행위에 대한 책임 문제가 춘원에게 고스란히 되돌아온 시기였다. 흥사단 국내지부였던 수양동우회가 치안유지법 위반 혐의를 받으면서 1937년 6월에서 1938년 3월까지 이광수, 주요한을 비롯하여 안창호까지 181명의 인사가 일시에 검거된다. 이 가운데 41명이 정식 기소되었고, 이들에게 전원무죄 판결이 내려진 것이 1947년 11월이었다. 그 사이 춘원은 병보석으로 석방되었고 도산은 1938년에 타계하였다. 춘원은 태평양전쟁(1941)을 일으킨 일본이 지정한 각종 연설과 문학회에 대표로 참가하면서 여론의 비난을 피해 1944년 무렵부터 경기도 양주의 사릉에 칩거하고 있었다. 그는 해방 후 자신의 심정에 대해 『나의 고백』(1948)에 "나는 더 말할 것도 없고, 또 말할 자격도 없는 것"이라 적었다. 도산 기념 사업회의 위촉을 받아 춘원이 안도산 평전을 집필하게 된 사실에 대해 김윤식 교수는 국법상 죄인이자, 민족의 정기를 저버린 양심의 죄인이던 춘원에게 자신이 아직도 민족에게 필요한 존재라는 "자존심을 회복"시켜주는 사건이었다고 평가하고 있다.[4] 안도산의 청년학우회, 상해 임시정부, 흥사단 원동지부, 수양동우회에 이르기까지 도산의 최측근으로 꼽혔던 춘원만큼 그 모든 행적을 잘 증언할 수 있는 인물은 없었을 것이다. 춘원에게 이 평전의 저술이 갖는 의의에 대해서는 곧 상술하겠지만 평전이 춘원의 생애에서 위기이자 환멸의 순간에 집필되었다는 것은 확실한 사실일 것이다.

주요한은 『안도산 전서』의 「자서(自序)」에 이 평전이 1962년 여름에

---

4 김윤식, 『이광수와 그의 시대』 1, 솔, 1999, 395면. 그는 『도산 안창호』를 춘원이 도산을 방패막이 삼아 자신을 변명한 자전적 저술의 하나였다고 평가한다. 394~400면.

서 연말까지 약 7개월에 걸쳐 집필된 것이라 밝혔다. 당시 주요한은 정치적 이유로 인해 자택에 연금된 상태였다. 1940년을 전후해서 대일협력 행위를 했던 그는 해방 이후 사실상 문인으로서의 활동을 접는다.[5] 그는 무역업에 종사하며 흥사단 재건에 주력하다 6·25 발발 중 언론계 및 정치계에 뛰어들어 민주당 국회의원의 신분으로 1960년 4·19를 맞는다. 장면(張勉) 내각하에 상공부 장관이라는 정계의 요직까지 진출했던 그는 1961년 5·16군사정변으로 인해 약 2년가량 자택에 연금되었으며, 평전은 이 기간 중 집필되어 1963년에 간행된 것이다. 그는 자전적 기록에서 "연금생활이 아니었던들 이 책이 나올 수 없었을 것"이라 밝히고 있다.[6] 이 시기 주요한의 심정은 5·16에 대한 저항의식이 아니라 4·19의 좌절에서 설명될 수 있다. 주요한을 비롯한 민주당 계열의 인사들과 우남 이승만(李承晩)과의 갈등은 거슬러 올라가면 해방 이전 상해의 임시정부수립 시기 도산과 우남 사이에 벌어졌던 갈등으로까지 소급된다. 민주당의 일부 인사들은 도산의 흥사단 계열에 맥이 닿아 있으며,[7] 그 대표적 인사인 주요한은 이승만 정권의 붕

---

5 이 시기 주요한의 행적에 대해서는 임종국, 「일제말 친일군상의 실태」, 『해방전후사의 인식』 1, 한길사, 1989, 267~268면에 요약되어 있다. 주요한은 자전적 기록에서 6·25 중 시작(詩作)의 단상을 모았던 노트와 과거 작품을 수집해서 시를 내려 했으나, 그 원고들이 화재로 소실된 이후 창작 의욕을 잃고 이후 시를 쓰지 못했다고 밝히고 있다. 주요한, 「나의 이력서」, 『한국일보』, 1975.9.11~11.11(「내가 당한 20세기—나의 이력서」, 『주요한 문집—새벽』 I, 요한기념사업회, 1982, 47면에서 재인용) 이하 인용과 면수는 이 문집판에 의한 것이다.

6 주요한, 위의 글, 100면.
   김건우는 주요한을 비롯하여 당시 민주당 인사들이 주장했던 경제개발론은 안창호 및 이광수가 주장했던 실력양성론, 민족개조론과 연결해 다룰 수 있다고 언급한 바 있다. 김건우, 『사상계와 1950년대 문학』, 소명출판, 2003, 61~68면 참고.

7 평안도 출신 인사들의 정치세력화와 이승만 정권과의 갈등에 대한 정황은 김건우, 위의 책, 86~88면을 참고할 것. 김건우는 김상태의 『윤치호 일기』(역사비평사, 2001) 및 「평안도 기독교 세력과 친미 엘리트의 형성」(『역사비평』 45, 한국역사연구회, 1998)을 검토하고, 우남이 집권과정에서 '서북 출신 특히 흥사단계 인맥을 제거'하고 이에 서북 출신 인사들이 야당 세력을 이루어 민주당 신파의 중심세력이 된다고 밝히고 있다.

괴를 보며 도산을 떠올리고 있는 것이다.

전영택이 쓴 도산 안창호의 평전은 1967년, 그가 사망한 해인 1968년 직전에 발행되었다. 소설가이기에 앞서 목사로서 평생을 살았던 전영택이 홍사단에 가입한 것은 미국 캘리포니아의 태평양신학교로 유학을 떠났던 1930년이었다. 앞선 두 작가에 비해 가입 시기는 늦은 편인데, 유학 전 그는 『신생명(新生命)』, 『진생(眞生)』 등의 잡지를 편집하고 발간하는 등 기독교잡지운동에 주력했기 때문이다. 그러나 그에 앞서 전영택은 도산이 평양에 설립한 대성학교의 학생으로,[8] 도산이 대변교장(代辦校長)으로 학교 경영에 힘을 쏟던 시기에[9] 직접 도산의 가르침을 받았다. 미국 유학에서 돌아온 그는 춘원과 주요한이 주도한 수양동우회에 가입했다가 1937년 동우회사건에 연루된다. 동우회사건 조사 기록에 따르면, 당시 전영택은 김여제 등과 함께 기소유예 처분을 받아 3개월여의 조사 후 전향서를 쓰고 석방된다.[10] 일본 당국이 기소유예의 대가로 내건 조건은 생업을 그만두고 사회활동에서 물러나라는 것이었다. 당시 전향서를 쓴 인물들은 대개 교사나 언론인으로 일하고 있었으며, 모두 직장을 그만두었다. 전영택은 당시 『새사람』이라는 기독교 잡지를 혼자 발

8 　전영택에 대한 자료는 표언복에 의해 작품 및 연보가 정리된 바 있다. 본문의 인용은 이 전집판과 연보를 근거로 하고 그 페이지수를 따르되, 정정이 필요한 경우는 따로 각주를 달아 설명을 붙였다. 전영택의 성장기에 대한 내용은 「내가 본 안도산」(1954), 「성장기」(1968) 등의 자전적 회고를 근거로 한 것이다.

9 　이광린, 「구한말 평양의 대성학교」, 『개화파와 개화사상 연구』, 일조각, 1989, 265면.
　초대 대성학교 교장은 윤치호였는데, 이광린 교수는 그 이유에 대해 '안창호가 무슨 일이든 표면에 안 나서고 사업을 추진하는 방침에서 나온 것'이라는 이광수의 회고를 근거로 들었다. 부연하자면, 안창호는 본인에게 각인되어 있는 서북파 인사라는 편견이 사업상 장애가 된다하여, 자신이 조직하는 단체의 장으로는 기호세력의 대표격인 인물을 초빙하거나, 각 도의 대표자를 고루 뽑아 조직을 대변하도록 하는 방법을 썼다.

10 　'동우회 경성관계자의 送局에 관한 건—京高特秘(경성고등계특별비밀문서) 제1373호의 10'(1937.7.23); '동우회관계 기소유예자에 관한 건—京鍾警高秘(경성종로경찰서고등계비밀문서) 제8272호의 6'(1937.10.4).

행과 편집을 맡아보며 발간하던 중이었는데, 이 때문에 잡지 발행을 중
단하게 된다.[11] 1946년 1월, 해방이 되자마자 그는 『새사람』을 다시 사
비를 들여 복간한다. 6·25로 다시 중단되기 전까지 이 잡지는 속간 14
호까지 발행되었다. 그는 전쟁 중 동경에서 『복음신문』의 주필로 있다
가 1954년 귀국한 뒤, 1955년 7월 『새사람』을 재복간하고 그해 11월 재
복간 2호까지 낸 뒤 재정적 어려움으로 잡지 발간을 중단하였다. 사망
하기 직전인 1967년 12월까지도 그는 동료들과 『새사람』을 신문형태
로 내려고 원고까지 써두었다고 한다. 일인잡지(一人雜誌)라는 희귀한
체제로 운영된 『새사람』의 발간과 복간의 역사는 곧 근대사의 굴곡을
통과하던 인간 전영택의 분투의 기록이라 할 수 있다.[12]

　지금껏 각 작가들이 평전을 쓰던 시기의 사정을 장황하게 설명한 이
유는, 도산과의 관련성을 중심으로 이들의 삶을 살펴보는 경우 드러나
는 일종의 전형성을 언급하기 위함이다. 즉 도산과 함께 했던 청년기
를 원점으로 공유한 이래 이들이 각자 선택하여 걸어간 길이란, 그 성
격은 달랐을지언정 그 양상은 하나같이 외길로의 고집스러운 돌진, 이
른바 '자기 신념에의 맹목성'이라는 공통점을 지닌다는 것이다. 근대

11　일본 당국은 당시 개인적으로 전향문을 쓰고 기소유예로 풀려난 인물들 중 몇몇을 지목하
　　여 동우회사상을 부정하는 공개전향성명서를 쓰도록 요구했다. 전영택 외에 당시 보성전
　　문학교 교사였던 김여제, 차상달(車相達, 영화공급업자) 등이 전향서의 기초문 집필자로
　　지목되었다('동우회사건 관계자의 사상전향서약서 제출과 교직사직의 건 – 京鍾警高秘 제
　　14868호'(1937.11.24); '동우회사건관계자의 전향성명서 발표에 관한 건 – 京鍾警高秘 제
　　5200호의 4'(1938.7.1)). 당국은 기소유예자들을 대상으로 '경성보호관찰소'를 운영하며 '대
　　동민우회'에 가입시키고 이들의 동태를 감시한다. 이런 과정을 겪으며 전영택은 건강이 악
　　화되었던 것으로 보이는데, 이후 그는 시골로 내려가 농사를 지으며 교회 업무와 지역 사회
　　의 고아들을 돌보았던 것으로 전해지고 있다.
12　윤춘병, 『한국기독교 신문·잡지백년사 1885~1945』, 감리교신학대 출판부, 1984.5, 295~299면.
　　이 자료집의 기록에는 해방 후 『새사람』이 1947년 1월부터 속간되었다고 적혀 있으나, 장
　　로회신학대학교 도서관에 보관된 『새사람』 영인본 발행일에 따르면 1946년 1월에 속간되
　　었음을 알 수 있다.

사의 역사적 격변을 통과하면서도 지속되고 있는 기독교 문화운동에 대한 전영택의 고집스러운 애착은 두드러진 사례라 할 수 있다. 자기 신념에의 맹목성은 다른 두 작가에게도 적용된다. '민족을 위한 친일'이라는 춘원의 자술의 변이 당시는 물론 오늘날까지도 비난을 받고 있는 것이 사실이되, 그 자술이 과연 정치적으로 정당한 것이냐에 대한 판단은 일단 유보하기로 하자. 필자가 주목하는 것은 적어도 그의 문학적 생을 관통하는 신념이란, 입신출세에 연연하는 기회주의자의 말 바꾸기가 아니라 그 형식이 어떠했든 간에 '민족을 위한'이라는 대의명분을 내세운 내적 일관성에 근거하고 있었다는 점이다.

문학에서 언론계로, 상업계에서 정치계로 그 활동 영역을 바꾸며 근대사를 통과하고 있는 주요한을 살피는 경우도 마찬가지이다. 주요한의 행적은 '문학'의 시선에서 보면 어지럽기 짝이 없는 것이지만, '도산'이라는 중심축을 놓고 본다면 그는 어느 영역에서도 중심지향성을 포기한 적이 없다. 『동아일보』, 『조선일보』, 『조선문단』, 『동광』 등으로 이어지는 그의 언론문화계 활동이란 춘원이 영향력을 행사했던 언론 문화운동의 영역과 정확하게 일치한다. 아울러 '생업'을 위한 기술의 습득을 '학문적 지식'과 등가에 놓고 취급하는 경향은, 이미 남강 이승훈 자신이 상인이자 동시에 교육자였던 면모에서 알 수 있듯이, 일찍이 학문적 출세를 단념한 채 상업으로 활로를 모색하고 이를 통해 지역적 위상의 일신을 이룩할 수 있었던 서북 지역의 전통적 정서에 속하는 것이었다.[13] 도산이 상해 임시정부의 요인이 될 수밖에 없었던 것은 정치적 식견의 탁월함도 있었겠지만, 무엇보다도 그가 미주 국민

13　장규식, 『민중과 함께 한 조선의 간디, 조만식』, 역사공간, 2007, 22면 참고.
　　저자는 부유한 집안의 자제들도 일찍부터 상업이나 그 밖의 사업에 진출시켜 경험을 쌓게 하는 것이 평양 지역 특유의 관습이었으며, 이는 신분보다 능력을 중시하는 평민들의 땅 평안도의 독특한 평민문화의 일부라 소개하고 있다.

회의 대표로서, 상해로 송부된 독립운동 자금의 최종 결재자로서의 권한을 지녔다는 점이[14] 큰 요인이 되었던 것이다. 민족운동이라는 대의의 신성성을 내걸더라도 결국은 조직의 운영과 존속을 좌우하는 것은 경제력이라는 냉정한 현실적 판단력을 갖추었던 것이 도산이고, 이처럼 '민족운동'이라는 신념체계가 가진 숭고한 아우라에 압도되지 않고 이념과 재정을 동등한 수준에 양립시켜 놓을 수 있었던 것이 곧 도산의 정치적 감각이다. 문학에서 상업으로의 월경(越境) 혹은 병존(竝存)이란 주요한에게도 상황에 따라 얼마든지 가능하며 자연스러운 상태였을 것이다. 도산의 삶에서, 춘원을 비롯한 대개의 평자들이 민족주의적 숭고함을 읽어내는 것이 상례인 데 비해, 조직을 구성하고 관리하는 근대적 정치가의 원형을 최초로 끄집어 낸 것이 바로 주요한이기 때문이다.[15] 해방 이후, 조만식이 이끈 조선민주당을 중심으로 정치활동을 시작하면서 상업계에서 정치계로 다시 월경을 감행한 것도 같은 맥락에서 이해할 수 있다. 일관성은 '대의명분'이라는 틀 안에서 외적 현현의 방식과는 상관없이 오로지 '자기 신념에의 맹목성'을 고수하며 돌진하는 것으로 유지된다.

서북문인들의 작품이나 논설, 수필, 회고담을 살펴보는 경우 도산으로부터 이념적 성향이나 현실 참여의 방식에 영향을 받았다는 언급은 자주 볼 수 있다. 이때 그 정신사적 영향의 성격을 이해하는 데 있어서 중요한 것은, 그 영향이 결국에 이르러서는 '민족주의'라는 개념으로 뭉뚱그려지는 결과를 피할 수 없다고 하더라도, 그러한 귀납의 중간 과정에 존재할 가능성이 있는 여러 명제들을 유추하고 그 연결 관계를 냉정하게 재구하는 작업이라 할 것이다. 오늘날 '민족주의 문학'을 실

---

14 주요한, 『안도산 전서』, 삼중당, 1963, 230~232면 참고.
15 위의 책, 459~462면.

체로 파악하기보다 근대성의 조건 혹은 근대성의 산물처럼 메타언어적 재료로 수용하는 비판적 관점들은, 근본적으로 '민족주의'의 당위성에 관한 한 이의 제기를 용납하지 않은 채 단일서사를 생산하는 학문적 풍토에 대한 반동의 성격을 띠고 있다. 다시 말해, '민족'에 대한 심정적 밀착에서 유래하는 해석적 완고함에 대한 회의적 태도라 할 수 있다. 서북문인에게 미친 도산의 영향을 설명함에 있어, 도산의 민족주의론이 지닌 논리적 구조를 먼저 살펴보는 것은 그러한 밀착을 떼어내는 기본적 단계가 될 수도 있을 것이다. '도산의 민족주의란 서북문인들에게 어떤 과정을 통해 수용되었는가?' 이와 같은 질문은 민족주의 문학 자체에 대한 실체적 접근이되 동시에 형성과정에 대한 관심을 통해 어쩌면 그 개념 내부에 존재할 수도 있는 중간 단계의 서사를 재구하는 계기가 된다.

1900년대 중반 애국계몽운동의 주요 조직이었던 신민회와 청년학우회, 3·1운동 직후 산재한 청년운동 세력을 조직화했던 미국과 상해 흥사단, 1920년대 중반 흥사단 국내 지부의 개념으로 조직된 수양동우회에 이르기까지, 도산의 존재와 그의 사상은 이들 조직의 결집 원리였으며 서북청년 지식인들의 정신적 구심점이 되었다. 특히 도산의 청년수양론은 신민회의 외곽단체로 청년학우회를 조직하고 정치단체와 별도로 존재하는 수양기관으로 규정할 때부터 시작된 것으로, 흥사단 및 수양동우회에 이르기까지 일관성 있게 추구되었던 핵심적인 운동 원리이다. 도산의 청년수양론은 그가 현실 개혁과 민족운동의 근거의 입각점을 정신적인 토대의 형성에 두었음을 보여준다. 춘원은 청년학우회나 흥사단처럼 정치성을 배제한 수양단체를 "도덕운동"이라 표현하고 있는데, 도산은 늘 민족운동이란 단지 '도덕가, 지사가의 헌신적인 종교적 노력으로만 되는 것'이라 강조했다.[16]

이와 같은 도덕적 수련에서 첫 번째 요건으로 강조되었던 것이 '무실(務實)'이다. '무실'이란 '참', '진리', '진실' 등으로 풀이된다. '무실'은 흥사단이 제창하는 기본정신, 즉, 무실(진실), 역행(실천), 충의(책임과 신용), 용감(적극성과 인내) 중[17] 가장 근본적인 덕성으로 규정되며 인격 수양의 목표가 된다. 도산의 청년학우회와 대성학교에 대한 일화는 그가 한결같이 '무실'을 내세워 당시 학생들에게 인격적인 측면에서 지도자로서 적합성을 가져야한다고 요구하고 있었음을 보여준다.[18] 인격수양을 강조하는 측면은 훗날 흥사단이 설립된 이후에도 변하지 않았다. 도산이 당시 청년에게 교육한 내용이란, 허위, 마비, 성실성의 결핍이 망국의 원인이며 이를 타개할 첫째 덕목이 '참'이라는 사실이었다.

도산이 '무실'을 강조한 일화들은 여러 문헌에서 발견되나, 이것은 '참'의 활용방식에 대한 반복적인 나열이거나 동일개념이 환유적 원리에 의해 증식하는 현상을 보여주는 것에 불과하다. 보다 흥미로운 것은 '허위', '마비', '나태' 등 수많은 적대적 관념을 만들어 내고 타기할 것으로 정당화할 수 있는 '참'의 논리를 설득시키는 방식이다. 미주 및 상해에서 도산은 자신과의 구술문답을 통과한 인물에게만 흥사단 입단을 허가했다. 이와 같은 절차는 상황에 따라 서면 문답 혹은 단우끼리의 문답으로 조절되기는 했지만, 춘원이 상해에서 흥사단 원동 지부에 가입하던 초기에는 엄격하게 지켜졌던 것으로 보인다. 그 절차는 왜 '구술문답'의 형식을 띠어야 했을까. 실상 '구술문답'의 형식은 이 문

---

16 이광수, 『도산 안창호』(1947), 『이광수 전집』 13, 삼중당, 1962, 37면.
17 박현환, 『흥사단운동』, 대성문화사, 1955, 31면.
18 최남선은 청년학우회의 취지서가 도산이 말했던 '무실역행'의 원리를 바탕으로 작성된 것이라 회고하고 있다. 당시 도산은 '쉽게 말해 '거짓말 말자'가 핵심이며 '거짓말 안하는 인간', '거짓말 안하는 민족이 되자는 것이 취지'라고 설명했다고 한다(최남선, 「진실정신」, 『새벽』 1, 1954.6). 대성학교의 첫 번째 행동강령이 '진실', '거짓이 없으라'는 점이었다는 사실은 주요한, 전영택 등이 증언하고 있다. 주요한, 『안도산 전서』, 삼중당, 1963, 78~81면.

답의 내용만큼이나 중요한 것으로, 그 이유는 춘원이 기술해 놓은 흥사단 문답 과정을 통해 유추할 수 있다. 이 기록은 아마도 춘원 자신의 문답 내용을 기억을 되살려 적은 것으로 추정되는데, 춘원 자신의 의견이 투사되었을 가능성이 있지만 현재 흥사단 문답에 관한 정황을 다룬 사료로는 유일한 것이다.

춘원의 기록에 따르면, '무실'의 중요성은 문답의 가장 앞부분에 등장한다.[19]

문 : "그러면 지식과 기술만 배우면 고만이지 인격이니 단결이니 하는 것은 무슨 소용이요?"

답 : "인격이 건천치 못한 사람의 지식과 기술은 나라의 이익을 위하여서 쓰여지지 아니하고 도리어 나라에 해롭게 쓰여지는 일이 많습니다."

문 : "그런 실례가 있소?"

답 : "오적칠적(五賊七賊)은 다 무식한 자가 아니라 유식하고 유능한 자였습니다." (…중략…)

문 : "그러면 그 덕의 중심이 되는 것, 근본이 되고 기초가 되는 것이 무엇이라고 ○군은 믿으시오?"

답 : "참이라고 나는 믿습니다."

문 : "참이란 무엇이요?"

답 : "거짓이 없다는 것입니다"

문 : "거짓이란 무엇이요?"

답 : "거짓말과 속이는 행실입니다."

---

19 흥사단 문답은 이광수의 『도산 안창호』 중 제2부인 「국민훈련편」에 실려 있다. 본문의 인용과 페이지수는 삼중당 전집의 내용에 의거한 것이고, 이 가운데 '무실'의 개념에 대한 논의는 114~123면 사이의 내용에 해당한다.

문 : "거짓이 어찌하여 옳지 못한 것이요?"

답 : "도에 어그러지므로."

문 : "거짓이 어찌해서 도에 어그러지오?"

답 : "거짓이 도에 어그러지는 줄은 누구나 제 양심에 비추어보면 알 것입니다."

(…중략…)

문 : "우리나라가 망하기 전에 백성이 정부를 믿었소?"

답 : "안 믿었습니다."

문 : "왜 안 믿었을까요?"

답 : "대신이나 수령방백이나 다 제 욕심만 채우고 나라와 백성을 생각하
지 아니하였으므로."

문 : "그것이야 이기심이지 왜 거짓이요?"

답 : "나라 일을 합네 하면서 제 일을 하니 거짓입니다."[20]

이 문답에서 '무실'을 증명하는 방법은 우선 거짓을 일삼는, 즉 인격
적 수양이 되어 있지 않은 인물들에 의해 운영되는 조직은 비록 물질
적 토대가 갖추어져 있다고 해도 유지될 수 없다는 점을 거듭 확인하
는 데서 시작된다. '무실'이 다른 원리에 앞서 먼저 설득되어야 하는 이
유는, 그것이 도산의 '준비론', '실력양성론' 등에 일관된 '점진주의'에
대한 회의를 해결하는 단계이기 때문이다.

춘원이나 주요한의 회고에 따르면 도산의 실력양성론은 이미 한일
합병 전부터 비판을 받았다고 한다. 특히 독립이라는 목표를 향해 무
장 투쟁해야 한다는 혁명론자의 주장과 대립했다. 이런 주장에 대해
도산이 대답하는 방식은 한결같은데, 실력이 갖추어져 있지 않으면 일

---

20 이광수, 『도산 안창호』(1947), 『이광수 전집』 13, 삼중당, 1962, 116 · 118면.

시적으로 국권을 회복한다 하더라도 다시 상실하기 마련이라는 것이
다. 이와 같은 정황을 춘원은 소설 『선도자(先導者)』에서 다음과 같이
묘사했다. 인용은 고종의 강제 양위를 앞두고 혁명파와 온건파가 서로
논쟁을 벌이는 부분이다. 신민회원을 동원한 즉각적 개전을 주장하는
작중 임참령(이동휘로 추정됨)과 추산 선생(안도산)이 대화를 나눈다. 춘
원은 답답할 만큼 준비론의 소신을 굽히지 않는 도산의 모습을 그리는
데 중점을 뒀다.

> "추산은 밤낮 실력 실력하니 그 실력이 언제나 준비된단 말이요? 나라이
> 다 망한 뒤에 실력은 해서 무엇을 하오?"
>
> "내 생각에는 이렇게 위태한 때일수록 더욱 힘을 쌓아야 할 것이라고 생
> 각합니다. …… 양위? 그것이 무엇이 그리 중합니까? 몇 날이 아니하여 한
> 국이 아주 일본의 영토가 되고 말 날도 올 것이외다. 그러나 그것도 아직
> 나라이 아주 망하는 것이 아니외다. 장차는 한국 땅에 한국 사람의 종자가
> 끊어질 것이 올 것이니 이것이 정말 나라이 망하는 날이외다. 그러니까 합
> 병이라든가 이것도 다 우습게 여겨야지요."[21]

작중의 추산은 '한국 사람의 종자가 끊어질 것', 그리하여 민족이 절
멸하는 것이 '정말 나라가 망하는 것'이라 주장한다. 죽음을 각오하고
투쟁하는 것이 구국의 방법이라는 주장과, 정치적 변동보다 민족의 힘
을 기르는 것이 결과적으로 구국이라는 시각이 서로 상충하고 있다.
작중의 갈등을 심화시키기 위해 춘원이 상황을 극단적으로 몰아가고
있음을 감안해야 할 것이나, 인용문에 등장하는 추산의 주장은 실제

---

21 위의 책, 471면.

도산의 민족론과 정치적 행보를 뒷받침했던 논리이다. 국가를 선택에 의해 구성되는 조직의 차원으로 돌리고, 조직의 존속은 곧 구성원인 민족의 자질에 의해 판가름난다는 구도이다. 흔히 도산의 점진론은 국가유기체설의 연장선상에서 나온 사회진화론의 영향을 보여준다고 평가되지만, 그보다 주목되는 것은 국가와 민족을 분리시켜 놓고 바라보는 시선 그 자체이다. 국가를 '제도'이자 '조직'이라는 선택의 문제로 치환해버리는 냉정함은 아마도 도산이 미국 체류 기간에 국민회(國民會)를 조직하면서 쌓았던 정치 감각과 관련시켜 이해해야 할 것이다. 1903년 미국 캘리포니아주 리버사이드(Riverside) 지역의 한인 노동자들을 중심으로 친목회를 조직하고, 1905년 샌프란시스코 지역까지 그 범위를 넓혀 공립협회(共立協會)의 창립이 이루어졌을 때, 도산 자신이 어떻게 받아들이든지 간에 그 일련의 결과물을 놓고는 "도산 선생의 공화국이 훌륭하다"는 감탄이 뒤따랐다.[22] 공립협회는 1909년에 국민회의 창립으로 이어지게 되고, 이 단체는 상실된 외교권을 대변하는 기관이자 "아주 나라가 없어진 때에도 여기서만은 태극기를 걸고 안팎으로 정부 아닌 정부의 책무"를[23] 담당하게 된다. 망국으로 인해 무국적자가 되어 버린 조선인을 동일집단으로 묶는 원리는 민족이라는 범주였지 국가는 아니었던 것이다.

　홍사단 문답은 당시 제기되었던 도산의 점진주의에 대한 다양한 형태의 회의들을 되짚으며 그것이 왜 결국 '무실'을 최고 가치로 하는 인격수양의 문제로 수렴될 수밖에 없는지를 보여주는 과정이다. 구술문답이라는 '형식'이 그 내용만큼이나 중요한 것도 저마다 다른 지점에 잠복해 있는 개개인의 회의를 확인하여 일소하는 데 효과를 발휘하기 때문이다.

22　주요한, 앞의 책, 47면.
23　위의 책, 51면.

　한편, 위의 문답과정은 '무실'이 ' — 이 참이다'라는 방식으로 규정된 정언명제가 아니라, '거짓이 아닌'이라는 방식의 부정적 규정을 통해 확립된 무한명제임을 보여준다. 이와 같은 부정적 규정은 '참'의 대상에 대한 직접적인 언급을 피한 상태에서, 오히려 '참'의 범위와 상황을 넓혀주는 역설적인 효과를 발휘한다. 그것은 사소한 일상성에서 고도로 정치적인 실천행위에 이르기까지 폭넓은 영역에서 찾아낸 '거짓'의 사례들에 의해서 형성되고 인지되는 일종의 여백이다.

　문답은 이와 같은 '참'이라는 여백을 채울 수 있는 방법이란 개인의 결단밖에 없으며, 결국 민족의 변화는 개인으로부터 비롯된다는 것을 확신시키는 방향으로 전개된다.

> 문 : "옳소, 옳소! 그러면 우리나라를 참나라를 만드는 길은 무엇이요?"
>
> 답 : "거짓을 버리는 것입니다"
>
> 문 : "거짓을 버린다면 실제로는 어떻게 한단 말이요?"
>
> 답 : "거짓말을 뚝 끊고 모든 거짓된 것을 일체 버리는 것입니다."
>
> 문 : "누가?"
>
> 답 : "우리 민족이 다."
>
> 문 : "우리 민족이 이천만이나 넘는데 어떻게 그들이 거짓을 버릴 수가 있소? 또 누가그들더러 거짓을 버리라고 명령은 하며, 그 명령을 듣기는 누가 듣겠소?" (…중략…)
>
> 문 : "○군이 혼자서 오늘부터 거짓을 버리고 참사람이 된단 말씀이요?"
>
> 답 : "네, 그밖에 길이 없다고 생각합니다."
>
> 문 : "그것은 확실하겠소? 조금도 의심이 없소?"
>
> 답 : "나 하나가 거짓을 버리고 참사람이 되기도 극히 어려운 일이지마는 그래도 내 말을 들을 사람은 나 밖에는 없다고 생각합니다." [24]

'수양'이란 공동체적 변화를 촉구하되, 개인과 개인 사이에 엄연히 타자의 벽이 존재한다는 점을 인정한 이후에 모색된 대안이다. 세계의 변화는 전적으로 개인의 자기완성에의 의지에 의존하게 되고, 그 자기완성에의 의지를 일깨울 방법은 결국 먼저 깨우친 자가 '모범'을 보이고 그것이 상대에 대한 일정한 자극이 되기를 시도하는 수밖에 없다. 도산이 청년학우회, 흥사단처럼 정치단체의 성격과는 구분되는 수양단체의 성격으로 청년집단을 두고자 했던 것은 이와 같은 '모범'의 역할을 담당할 인물들을 발굴하여 조직화하는 것이 일종의 '씨앗 뿌리기'의 작업이 된다고 여겼기 때문이다. 이때 도산의 수양운동과 관련하여 '지도자', '훈육' 등의 어휘를 사용하는 것은 부적절한 일일 수 있다. 그 어휘가 지식인의 수직적 군림의 태도를 염두에 둔 것이며, 계몽주의적 동화의 효과를 기대하는 것이라면 말이다. 춘원의 문학 역시 대개는 이와 같은 관점에서 분석되어 왔다. 그러나 도산의 수양론에는—어쩌면 이 수양론은 춘원에 의해 재구되었다는 점에서 춘원 자신의 구상이 투영되었을 가능성도 다분한 것인데—이미 일방적 가르침으로는 온전한 개성을 가진 타인을 변화시킬 수 없으리라는 전제가 내포되어 있다는 점을 간과해서는 안 된다. 때문에 상대의 의지를 움직이는 것 이외에는 그를 변화시킬 방법이란 없다. 이때 '자아'의 수양이란, '참'이라는 무규정의 상태를 전제로 정신과 육체 모두 '거짓 없음'으로서의 자기결백성을 유지하라고 요구하는 형식이되, 이 형식은 그 자신의 완성뿐만 아니라 타인의 전신(轉身)을 촉발할 매개의 역할을 감당할 때에만 존재적 의미를 완결할 수 있게 되는 것이다.

도산이 꿈꾸었던 청년의 역할과 그들과 더불어 만들고자 했던 공동

---

24 이광수, 「국민훈련편」, 『도산 안창호』, 『이광수 전집』 13, 삼중당, 1962, 119면.

체의 실현 방법은, '수양'이라는 어휘에서 감지되는 계몽주의적 확장 및 동질화의 원리보다는 수평적으로 분화하는 종교적 확장의 원리를 염두에 둘 때 보다 잘 설명될 수 있다. 이는 도산의 지도자론이 엘리트주의의 유형이되, 그것이 대중적 군림의 형상이 아니라 종교적 교화의 방식을 기초로 성립되었다는 점을 시사한다.[25] 춘원이 도산을 모델로 한 소설을 쓰면서, 그 제목을 '선도자(先導者)'라 명명한 것은 우연이 아니다. 도산이 지녔던 집단에 대한 범주는 '개인-사회-국가-인류공동체'로 무한히 확장되며, 이러한 보편주의적 확장의 운동성은 춘원에게서도 동시에 발견되는 것이다. 순진한 이상주의자의 과대망상처럼 보이기도 하는 무한 확장의 도식은, 개인으로부터 발원되어 수평적으로 분화하는 '깨달은 자'들의 확장을 고려해본다면 그리 이상한 발상이 아니다. 기독교는 이미 개별 국가의 경계를 넘어 한반도까지 전파되어 오지 않았던가.

도산이 구상한 '수양'은 세계가 개성을 보유한 타자들의 영역임을 알았으나, 이들 개인을 단위 삼아 공동체의 일체감을 이끌어 내야 하는 딜레마 속에서 마련된 원리이다. '무실역행'은 타자의 공감을 이끌어내야 할 '선지자'의 집단이 따라야 할 구체적인 실천 방법론으로 제시된 것이다. 도산은 이들 개인의 '무실역행'의 자세가 지금껏 조선의 발전을 가로막아 온 두 가지 유형의 인식적 폐단에 도전하는 것이라 본 듯하다. 일개 개인의 수양이 곧 민족운동이 되는 것은 이 때문이다. 도산의 청년수양론이 강조하는 두 가지 유형의 인식상 폐단과 그 전환이란 각각 인과론과 목적론에 관련된다. 첫 번째의 인식상 폐단은 현

---

25 주요한은 도산의 '엘리트론'이 '봉사하는 사람들', '모범을 보이는 무리'를 가리킨 것이라 부연하고 있는데(주요한, 『안도산 전서』, 삼중당, 1963, 461면), 이 역시 도산의 수양론이 종교적 차원에서 구상되었음을 뒷받침한다고 할 수 있다.

실의 불행을 숙명론적 비관으로 돌리는 태도이며, 이는 인과의 관점을
재설정하면서 극복된다.

> 문 : "우리 동포들이 인과를 믿나요?"
>
> 답 : "자연계의 인과는 안 믿는 사람이 없으면서도 사람일의 인과는 잘
>   믿지 않는 것 같습니다." (…중략…)
>
> 문 : "인과를 믿으면 숙명론자가 되지 않겠소? 모든 것이 다 팔자요 운명
>   이라 하여서 고만 단념하고 낙심해 버리지 아니할까요? 만일 전국
>   민이 다 그런 생각을 가진다면 큰일인데."[26]

　인용문의 앞부분은 자연의 인과를 믿지만 인사(人事)의 인과는 믿지
않고, 그러면서도 일에 있어서 운수와 요행을 바라는 것은 모순된 태
도임을 드러내기 위한 문답과정이다. '자연의 인과처럼 사람의 일에도
인과가 적용된다는 것을 믿으라'는 것이다. 이런 문답은 불행을 남의
탓이나 운명의 탓으로 돌리지 말고 자신의 책임으로 돌려야 현실이 개
선될 여지가 생긴다는 점을 깨닫게 하는 맥락에 놓여 있다. 그러나 문
제는 그다음 질문이 될 것이다. 질문자는 '과연 그렇다면 어차피 인과
적으로 실패가 예정된 경우에 왜 힘을 써야 하느냐'고 앞질러 묻는다.
숙명론적 비관주의를 비판하기 위한 포석이다. 이에 대한 문답은, 인
과를 믿는 사람이라면 당연히 "내가 지금부터 짓는 원인이 장래의 결
과를 결정할 것이니까" 노력을 해야 하며, 오히려 인과를 믿지 않는 사
람이 자포자기에 이르는 것이라는 결론에 이를 때까지 계속된다. '인
과'의 개념을 환기하는 것은 인격수양을 민족운동의 최우선 과제로 강

26　이광수, 앞의 책, 138~139면.

조하는 것과도 연결된다. '내가 지금부터 짓는 원인'에 의해 비관적 미래가 낙관적으로 변화한다는 기대는 순전히 '지금'이라는 현재성에서부터 질적으로 고양된 어떤 새로운 시간관이 시작된다는 것을 전제한 것이며, 그와 같은 새출발은 '수양에 의해서만 가능해지는 것이기 때문이다.

두 번째의 인식상 폐단은 '목적'을 표변하는 정치적 상황에 두고 정쟁을 벌이는 태도이며, 이는 '목적' 개념을 재설정하면서 극복된다.

> 문 : "흥사단운동이 필요하다는 데 대하여서는 우리들의 의견이 일치되었소. 이 운동은 언제까지나 계속할 필요가 있다고 생각하시오?"
> 답 : "광복 대업이 이루어지기까지."
> 문 : "독립이 된 뒤에는 흥사단의 필요가 없을까요?"
> 답 : "독립이 된 뒤에는 민족의 정도를 더욱더욱 높여서 언제나 국가의 영광을 유지하기 위하여 가기 위해서는 이러한 운동이 영구히 필요하다고 생각합니다."
> 문 : "흥사단은 정권을 잡기를 목적으로 삼는다고 생각하시오?"
> 답 : "흥사단은 정권과는 상관이 없다고 생각합니다. 언제까지나 수양단체로 있어야 된다고 생각합니다." (…중략…)
> 문 : "흥사단이 수양단체의 본색을 잃어버리면 어찌해서 안 될까요?"
> 답 : "국민을 수양하는 것이 국민의 생명이요, 정치보다도 수양이 근본이 됩니다."[27]

문답에서 도산과 춘원은 수양운동은 '광복'이라는 대업까지도 넘어

---

27 위의 책, 141면.

서는 의의를 획득한다고 강조하고 있다. 앞서 '미래의 시간관'을 바꾸는 '지금'의 '원인(原因)'이 되는 자리에 수양을 통한 개인의 전신(轉身)이 있었음을 감안한다면, 도산에게 있어서 수양이란 그 자체로 민족의 존속을 위한 원리가 되었을 것이다. 위의 문답은 혁명론과 대립했던 도산의 수양론(점진주의, 실력양성론)이 그 준거를 '인성의 발전이 곧 목적'이라는 입장에 두고 있음을 보여준다. 즉, 목적은 외재하지 않고 과정 자체에 내재함을 설득하는 것인데, 이는 앞서 세계를 생성하는 인과론의 근원에 개인이 놓여 있다는 점을 강조한 것과도 상통한다. 목적의 내재성이란, 외부에 목적을 설정하고 환경의 변화에서 목적의 달성을 확인하는 기왕의 인식에 도전하는 것이다. 과정 자체에서 목적성을 확인해야 한다는 것이며, 이때 매순간의 과정은 곧 결과가 될 것이다. 목적의 내재성에 대한 이와 같은 구상은 예컨대 자연계의 원리와 크게 벗어난 것이 아니다. 예컨대 풀이 자라는 현상은 그 어떤 외부에 설정된 목적을 위해 봉사하기 위함이 아니며, 당초 생명의 잉태와 더불어서 성장하는 과정 자체가 그 자신에게 내재하고 있는 목적을 입증하는 방식이 된다. 그 자연계의 원리가 인간에게도 마찬가지로 적용되며, 그러므로 외부의 목적을 이루는 것에서 자신의 존재를 증명하지 말고, 자기 존재의 본래 목적을 달성하라는 것이다. 이러한 논리는 한편으로는 수양론을 소극적이며 현실순응적인 처세술이라 비판하는 단서가 되겠지만, 다른 한편으로 목적과 과정을 동일한 차원에 묶어 놓는 강력한 도덕적 자기 규제의 지침으로 기능하기도 한다. 주요한은 한국전쟁 후 이와 유사한 사유 방향을 보여주는 칼럼을 발표한 적이 있다. 그는 상황에 따라 적당히 타협하는 세인들의 윤리의식을 비판하면서, 오직 바르기 위해 바르겠다는 생활 태도가 필요하다고 주장한다. 그는 "나무는 자라난다. 웨. 거기에는 웨가 없다. 자라나는 것 자체가 목적이다. 그것은 본능이다"라고 예를 들면서, "무윤리적인 본능과 초윤리적인 의지의 세계는 서로 통하여 있다"고 주장한다.[28] 그의 언급은 분명 목적이란 과정 자체에 내재한다는 시각을 보여주며, 주요한에게 있어서 그와 같은 가치관은 이미 신앙인지 신념인지 구분하기 힘든 '믿음'으로 귀결되는 것임을 알 수 있다.

도산과 춘원의 문답과정은 개인 차원의 수양론이 곧 민족운동이자 나아가 현재와 미래의 시간관 자체를 바꾸어 놓는다는 점을 반복적으로 각인시키는 작업이다. 이로써 문답에 참여하는 청년들은 민족에 대한 무의식적인 애착 또는 감정적 함몰 상태에서 한걸음 나아가서, 개인과 민족이 어떻게 연결되는 것인지 논리적 재구성을 거치게 되는 것이다. 그리고 각자 '깨달은 자'로서, 대외적인 사회 영역으로 나아가 일하기에 앞서, 그 전제로서 '수양'이라는 개인적 과제이자 공동체적 과제를 수행해야 하는 책임을 떠안게 된다. 그리고 이 '수양'이란 '무실'이라는 제일원칙에 의해, 모든 일에 '거짓이 없어야 한다'는 강력한 윤리적 제약의 기제로 기능하게 되는 것이다. 도산은 정치를 가르친 것이 아니라 "정치를 담당할 인물을 길러내는 역할"에 충실했고,[29] '무실역행'이라는 자기수양의 원리에 입각한 엄격한 자기통제의 기제를 청년들에게 부여한 것이다.

그러나 '무실'(참)은 정의되지 않은 채로, 다만 '거짓 아닌'이란 부정적 규정의 상태로 존재하는 상태를 가리키는 것인 만큼 개인의 인격적 수양이란 결국 엄격한 윤리적 결백성 이외에 아무 것도 주문하지 않는 것이나 마찬가지이다. 도산은 장차 성장하여 사회의 각 분야에서 다양한 모습으로 살아갈 청년들에게 제반 영역을 아우르고 시간을 관통하

---

28 주요한, 「그러 아니 하실지라도」(1956), 『주요한 문집—새벽』 I, 요한기념사업회, 1982, 700면.
29 위의 책, 26면.

여 지켜야 할 '진정성 있는 인간'으로서의 조건만을 가르쳤다. 그것은 여러 정치적 조건 속에서 엄중한 자기엄격성을 유지하라는 주문이라 는 점에서, 각 개인에게는 각자 처한 환경 속에서 지켜내야 할 어려운 과제가 될 것이다. 그것은 가시적으로 확인할 수 있는 외적인 목적조 차 설정되지 않은, 오로지 자신에 대한 반성과 매순간의 재출발이 있 을 뿐인 외로운 싸움의 형식이 될 수밖에 없다.[30]

  춘원을 비롯하여 주요한, 전영택, 김여제, 오천석(吳天錫), 주요섭 등 도산을 따라가다 보면 만나는 작가들이란, 누구보다 먼저 민감하게 개 인의 자유와 개성의 가치를 발견하고 그로부터 문학과 만나게 된 인물 들이라는 점을 잊어서는 안 된다. 문제는 도산의 민족주의를 수용한 작가 집단 따위의 일반화가 아니며, 당시 도산이 열어보였던 '그 무엇' 이 이들 근대적 개인들을 매혹시켰고 일군의 공동체를 이루게 했는가 를 설명하는 데 있다. 요컨대 '민족'이라는 집단성이 이들의 개성과 서 로 충돌하지 않고 섞일 수 있었던 이른바 '보편적 주관'의 존재양상을 구명하는 일이다. 그리고 이와 같은 문제의 설정 이후에야, 도산의 청 년수양론이 오로지 '자기 반성력에 의존하여 세속적 시간을 통과하는 개인'의 형상을 주문했으며, 그와 같은 '개성의 단련'으로부터 세계의 인과가 재편되리라는 낙관에 근간을 두었다는 사실의 중요성을 제대 로 이해할 수 있게 된다. 도산의 청년수양론은 '무실'(참)을 근간으로 한 개인의 윤리적 반성을 보편적 세계의 전망으로 연결시킨 형식이며, 이로부터 개인과 공동체가 어느 한쪽의 포기를 요구하며 대립하지 않 고 공존할 수 있는 길이 열린다.

---

30 도산의 청년론은 청년에게 그 역할의 내용보다 역할의 담당자로서의 자질만을 부여하는 특
   성이 있어, 이는 장차 청년들에게 내적 결백과 윤리에 대한 강박을 낳게 하였다. 그러므로
   이들 청년의 존재근거란 기표와 기의의 분리에 있는 것이 아니라, 자기언급적인 수행을 통
   해 기표와 기의를 하나로 묶어내는 이상을 지향하려는 데서 성립하는 것이었다.

개인이 그 자신을 '개성'으로 자각하기 시작한 이상 개인과 공동체가 아무런 의심 없이 화합할 수 있다는 것은 불가능하다. 무엇이, 어떤 과정이 '근대적 개성'의 고귀함을 외쳤던 젊은이들로 하여금 민족을 그들의 일부로 받아들이도록 만드는가. 개인과 민족의 비논리적 밀착 상태는 '본능적', '심정적'이라는 표현하에 당연시되거나 논리 밖의 문제로 취급되어 버리곤 하지만, '민족'을 이해하기 위해서는 '신념'과 '신앙'이 서로 구분하기 어려울 만큼 뒤섞여 있다는 점, 즉 정치와 종교의 혼종상태에서부터 논의를 시작해야 하는 것이다. 물론 이와 같은 '정치신학'적 상태를 관통하는 질문은 개성과 보편은 어떤 양상으로 공존할 수 있느냐는 묻는 셈이 된다.

도산이 설명하는 수양의 원리로서의 '무실'(참)이란, 세계를 대상으로 거짓말을 하지 말라는 교훈적인 맥락에서 성립하는 것이 아니라, 자신에게 비추어 보아 스스로 거짓이 없으라는 자기윤리의 차원에서 요구되는 것이다. 도산의 수양론이 이렇듯 정신주의적 경사를 지니게 된 데에는, 그 자신이 서울에 유학했던 길에 장로교 목사인 언더우드가 세운 '구세학당'에 입학하여 신도가 된 후 평양 지역에서 활동하면서 사회활동을 시작했다는 점이나 선교사의 도움으로 미국으로 건너가 생활을 했다는 점이 고려될 수 있을 것이다. 그러나 그보다도 도산을 비롯한 서북의 청년들이 살았던 시공간의 성격이 종교화된 신념을 요구했다는 요인이 크다. 서북 지역의 민족주의는 기독교, 천도교 등 종교의 언어와 제의를 모방하며 그 성상을 확보했던 것이다. 근대의 문화운동이 주로 종교적인 조직체를 중심으로 이루어졌던 것은 비단 종교가 정치 담론을 가려주는 위장막의 기능을 했다는 점에 그치는 것이 아니다. 개성과 보편이 충돌 없이 만나는 방편을 찾아내는 데 있어서 종교적 사유가 그 기반을 제공했다는 점에 있는 것이다.

이때 '신념'과 '신앙'이 착종된 종교적 사유가 만들어내는 시공간의 성격을 주목한다면, 개인과 보편의 공존이라는 이상을 꿈꾸었던 이들 청년 '메시아'들이 놓였던 정치사회적 문맥을 유추할 수 있다. 서북에 유입된 기독교는 그 자체로 서구문명을 모범으로 하는 근대로의 전환을 촉진시키면서, 다른 한편으로는 종교의 정태적인 시간관의 형성을 뒷받침한다는 점에서 이율배반적인 상황을 연출하고 있다. 이와 같은 이율배반적 상황을 이해하는 데 있어서는, 종교적 시간과 인간의 시간이 만나는 지점에서 만들어진 "합리적인 예측"의 시간이라는 개념으로 전근대의 시공간적 특성을 해명한 코젤렉의 견해가 유용해 보인다.[31] 중세에서 근대로의 전환을 시간론의 차원에서 해명하면서 코젤렉은 기독교의 관념이 세계를 지배할 수 있었던 것은 종말에의 예언과 그 시간을 유예하는 힘 때문이었다고 설명한다. 이와 같은 기독교의 세계에 균열을 낸 것이 곧 '정치'라는 '합리적 예측' 단계로의 전환이다. '합리적 예측'이란 종교적 '예언'을 인간적 '예측'이라는 차원으로 돌리면서 개연성을 통제하고 이로써 미래를 장악하려는 인간의 정치적 욕구에서 나온다. 그러나 신의 예언을 인간적 예측의 차원으로 옮겨 놓았으되, 이 예측은 자연의 일부인 인간의 수명을 기준으로 삼아 미래를 측정할 수밖에 없으며 아울러 역사적 경험의 반복 가능성에 의존하는 한 과거로의 회귀 구조를 가진 것이라서 여전히 정태적 시간관에 가깝다는 것이다.[32] 요컨대, 현실 너머의 미래를 상상하고 장악하려는 욕구의 역동성에 비해 그 시간 예측의 진폭은 인간의 기대 수명과 역

---

31 라인하르트 코젤렉, 한철 역, 『지나간 미래』, 문학동네, 1996, 32면.
32 위의 책, 32~42면.
　　코젤렉에 따르면 진정한 근대는 역사철학적 '진보'의 개념이 도입되어 미래가 '미지성'과 '시간의 가속'을 특징으로 하는 시간구조를 갖게 되고, 자기가속성을 지닌 시간에 의해 현실이 미래에 흡수되면서 시작된다.

사적 경험이라는 과거 회귀적 준거틀에 머무는 정태성을 보이는 것이 전근대적 시공간의 특징이다.

　개화기 서북 지역에 펼쳐졌던 종교와 정치의 공존 상태도 이렇듯 '정태적 발전 사관'이라는 모순적인 시공간의 성격을 통해 풀어볼 수 있다. 주지하듯 한국 개화기의 사회진화론은 종족 멸망의 위기의식을 통해 유입되었다. 전쟁에 노출된 서북 지역에 기독교가 구원자로 인식되면서 패권을 잡았음은 기독교사적 연구의 성과들이 입증하고 있는 사실로, 이때 도산의 청년수양론은 종교가 가지는 내세관을 비난하면서도 종교적 신앙의 형식을 차용하여 이를 민족의 미래에 대한 구상으로 전이시켰다고 할 수 있다. 이때 도산이 호출한 '청년'이란, 아직 자연의 형식에 의거해서 미래를 장악할 수밖에 없었던 전근대의 시공간적 영역 속에서, 생물학적 성장을 통해 현실적 시간 층위에서 미래로 나아가되 특정한 정신을 보유할 수 있는 '정신의 운반체'로서 과거를 담지한다는 성격을 지닌다. 청년 개개인은 마치 '과거에서 온 편지'처럼, 누적된 실패의 경험을 미래에 통보하는 역할을 담당하고, 그 고지(告知) 작업은 노화와 죽음이라는 자연 조건하에서도 장차 출현할 청년 세대의 연속성에 의해 지속될 것이다. 이것이 종말을 고지하는 신의 예언에 맞서고자 인간이 찾아낸 정치로서의 합리적 예측의 방식이다. 도산이 제안한 '무실'로서의 개성은 청년 세대의 영속성을 담보할 수 있는 유일한 전제이다. 청년 수양론은 지도자들의 부패와 무능이 빚어낸 반복적인 역사라는 경험 속에서 도산 안창호가 미래의 변수(變數)를 제어하고자 찾아낸 하나의 상수(常數)이며, 오산학교와 대성학교, 흥사단은 그 꿈의 실현 통로가 되고, 청년들의 존재적 특수성은 '수양론의 절대성'으로 인해 확보되었던 것이다.

　물론 당대 청년들이 도산의 청년수양론을 그대로 수용하지 않았을 수도 있다. 그러나 이 글에서 주목하는 것은 도산의 민족론이 '보편적 개인'이라는 종교적 원리, 특히 기독교적 원리의 차용을 통해 청년들의 자기완성 욕구와 민족애를 결합시켜 놓았다는 사실이다. 그 조건으로 요구되었던 것이 오직 자기신념에의 순도(純度)뿐일 때, 청년들은 그 순수한 열정을 때로는 예술운동으로, 정치운동으로, 종교운동으로 자신의 결단에 따라 분화시킬 수 있었던 것이다. 서북문인을 비롯하여 서북인사들의 회상에 등장하는 청년기의 본질, 다시 말해 도산의 영향력하에 놓여 있던 '오산학교', '대성학교', '청년학우회' 등에서 보낸 '중학시대', '소년시대' 등의 본질은 곧 이 거짓 없음으로서의 순수성, 즉, 자기신념의 순도를 보증하는 '참'의 열정이다. 개인의 자기완성과 집단적인 이상이 분리되지 않았던 유토피아에 대한 회고이기에 이들에게 '중학시대'에 대한 기억은 절대적이다. 청년의 유효기간은 이러한 '참'의 열정에 대한 자각이 남아 있는 기간까지로 상정되며, 때문에 이들에게 '청춘'은 그 자체만으로도 세속성과 구분되는 자기구원의 이념이 된다.

2. 춘원 문학의 종교적 경사와 순교자적 형상의 내면화

춘원의 문학이 근대 민족국가의 구현이라는 절대적 이상을 향해 바쳐진 것이라 할 때 그 정치적 실천의 중심에는 늘 도산 안창호가 있었다. 특히 춘원의 민족개조론이나 실력양성론에 관한 주장이 도산의 의견을 따른 것이라는 증언은 당시 도산의 흥사단에서 함께 활동했던 주요한에 의해서 제기된 바 있다.[33] 특정 정치적 견해의 유사성을 떠나 두 사람이 정치사상적으로 많은 견해를 공유하였으며 실제로 친밀한 관계를 유지했다는 것은 실증적인 사실이다. 그러나 두 사람의 사이가 대등한 것은 아니어서, 춘원은 도산의 사상 및 행보를 지사적 삶의 전범으로 전적으로 수용하는 모습을 보인다. 춘원은 도산을 모델로 삼아『선도자(先導者)』(『동아일보』, 1923.3.27~7.17)와『도산 안창호(島山 安昌浩)』(대성문화사, 1947)를 썼다. 이 두 편의 소설에 등장하는 도산의 모습은 강한 종교적 색채를 띠고 있다. 이와 같은 종교적 윤색이란, 시대가 요구했던 순교자형 민족운동가의 전형으로 도산을 그려내고, 그 종교적 세계가 열어주는 형제애의 네트워크 속에 춘원 자신이 도산과 같은 부류의 민족주의자가 되어 개입하고, 마침내는 자신과 도산을 동일시하기에 이르는 일련의 과정을 보여준다. 요컨대 '춘원화(春園化)된 도산(島山)'을 그려내는 일은 춘원에게 있어서는 '도산화(島山化)된 춘원(春園)"의 모습을 완성시키는 일이기도 하다.[34]

도산의 출생부터 죽음까지의 삶을 다룬 전기인『도산 안창호』는 실제 도산의 삶을 연대기 순으로 정리하여 갈무리한 작품임에도 춘원의 개성이 강하게 투영된 작품이다. 춘원은 사료가 남아 있지 않거나 자신이 잘 알지 못하는 부분은 도산의 목소리를 빌려 대사를 삽입한다. 예컨대『안도산 전서』에서 한일합병을 전후하여 이완용에 대한 원성

---

33 주요한, 『안도산 전서』, 삼중당, 1963, 344면.
　　이와 관련된 연구 결과로, 춘원에게 도산과의 만남은 일본 유학 생활을 통해 꿈꾸었던 문명화의 방향성을, 물질적인 방향에서 정신적인 교양론 및 수양론으로 전환하는 계기가 되었다는 평가도 있다. 김현주, 「식민지시대와 '문명'·'문화'의 이념─1910년대 李光洙의 '정신적 문명'론을 중심으로」, 『민족문학사 연구』 20, 민족문학사연구소, 2002, 91~116면.
34 이는 주요한이『도산 안창호』의 해설을 쓰면서 이 소설을 통해서 독자들이 "春園을 통한 島山의 모습, 또는 島山을 통한 春園의 모습을 생생하게 볼 수 있"을 것이라고 표현한 문장을 변형한 것이다. 주요한, 「安島山과 春園」, 『이광수전집』 13, 1962, 559면, '해설' 참조.

이 높아지는 가운데, 도산은 "우리 민족이 저마다 내가 망국의 책임자인 동시에 또한 나라를 다시 찾을 책임자라고 자각할 때가 우리나라의 광복의 새 생맥이 돌 때"라고 말하고 있는데,[35] 이와 같은 도산의 견해는 우리 민족은 늘 책임을 타인에게 돌리며 "책임 아니질 자는 오직 나 하나뿐인 것같이 장담"한다는 춘원의 자조적인 민족적 자아상과 붙어 있다.[36] 즉 『도산 안창호』는 춘원이 그 자신의 방식대로 수용한 도산의 형상과 견해를 도산의 생애와 발언을 빌려서 독자에게 전달하는 장이었던 것이다. 이 때문에 춘원과 마찬가지로 도산의 삶을 사료로 삼아 『안도산 전서』를 상재한 바 있는 주요한은, 춘원이 쓴 "『도산 안창호』는 전기라기보다도 춘원이 본 도산론이라고 해도 좋다"며 그만큼 춘원이 직접 경험한 도산의 상에 의거한 것이어서 사실 자체의 취재보다는 "실감이 육박하는 한 개의 작품"이 되었다고 평가한다.[37]

실상 춘원과 주요한이 그려낸 도산의 형상이 어떤 차이를 갖는가를 비교하는 일은 한국 근대문학의 대표적 두 작가가 꿈꾸었던 근대적 민족주의자의 이상형을 담아낸다는 점에서 그 자체로도 흥미로운 일이다. 1963년, 4·19의 실패 이후 집필한 『안도산 전서』에서 주요한은 사료와 증언을 수집하여 당대의 정치운동사 속에 도산을 위치시키고, 이를 통해 도산을 민주주의를 제창한 유능한 정치가로 그리려 노력했다. 반면 1947년, 해방 이후 집필된 춘원의 『도산 안창호』는 헌신적으로 민족을 위해 봉사하지만 끝내 결실을 맺지 못하고 죽음을 맞았던 도산의 비운의 일생에 초점을 맞춘다. 춘원은 노력은 많았으나 소득은 적었던 도산의 생애를 "실패의 인생"이라 요약하는데[38] 물론 이와 같은 언급은

---

35 주요한, 『안도산 전서』, 삼중당, 1963, 49면.
36 이광수, 『도산 안창호』(1947), 『이광수 전집』 13, 삼중당, 1962, 49면.
37 주요한, 「安島山과 春園」, 『이광수 전집』 13 , 삼중당, 1962, 559면 '해설' 참조.
38 이광수, 앞의 책, 87면.

도산의 생애가 실패가 아님을 강조하고자 하는 반어적 표현이다.

이와 같은 '반어적인 실패'는 곧 춘원이 저술한 『도산 안창호』의 핵심적인 메시지이고 춘원이 파악한 도산의 삶의 의의이다. 도산은 정치가이자 동시에 사상가였지만 그의 삶은 순탄치 않았다. 그가 주장한 준비론은 곧잘 비판의 대상이 되었고 의욕적으로 참여했던 임시정부의 활동은 지지부진했으며 작은 모범 농가를 지어 소박한 농부로 지내겠다는 마지막 소망도 이루지 못한 채 옥사했다. 사생활이라 이를 만한 영역도 없었다. 『도산 안창호』가 보여주는 도산의 삶이란 모든 사욕을 배제한 공리적 영역에의 헌신 그 자체인 것인데, 비극적인 죽음으로 인해 이는 장차 변질될 가능성이 없는 '신념의 정수(精髓)'로 자리잡는 것이다. 이에 춘원은 도산의 삶을 "대한독립운동의 순국자인 동시에 대한 민족 완성 운동의 최초의 순교자"라 요약했던 것이다.[39] 여기에서 춘원이 도산을 '순교자'라 일컫는 것은 단순한 수사적 차원의 표현이 아니다. 춘원이 지켜보았고 전달하고자 했던 도산의 삶이 곧 공리성이 종교적 차원으로 승화된 경지에 놓여 있었기 때문이다.

사적인 욕망을 모두 포기한 채 이상적 신념을 고수하고 이 때문에 죽음까지도 감당해야하는 운명을 다룬 플롯에 춘원은 자주 매혹되곤 했다.[40]

> 나는 殉敎者를 좋아합니다. 利害榮辱을 度外視하고 오직 眞理와 義理를 위하여 生命까지 犧牲하는 殉敎者는 人生의 가장 아름다운 꽃이라고 믿습니다. …… 朝鮮人이 數萬의 殉敎者를 내었다는 것을 不朽의 자랑으로 알

---

39 위의 책, 97면.

40 춘원은 종교가의 죽음을 즐겨서 묘사했는데, 『이차돈의 사』를 비롯하여 희곡 「순교자」 (1920.1 탈고, 삼중당 판본 『이광수 전집』 제20권에 소재)나 단편소설 「金十字架」(『동아일보』, 1924.3.22~5.11) 등이 대표적인 예이다.

며, 내 血管에도 이러한 殉敎者의 피가 흐르거니 하면 마음이 든든하고 큰 矜持를 느낍니다.[41]

이러한 언급은 맥락에 따라 국가주의 자체가 종교적인 초월성을 덮어 쓰고 군림하는 장면을 미화하고 있다는 점에서 비난을 받기에 충분하다. 그러나 그에 앞서 확인할 수 있는 것은, 춘원이 종교를 수용하는 방식이 특정 종교의 차별적 특징에 집중하기보다, '순교', '희생', '진리' 등으로 대변되는 범신론적 차원의 이상주의에서 비롯되고 있다는 점이다. 춘원이 도산에게 매료되었던 것은 도산이 평소 춘원이 존경하는 인물로 꼽았던 톨스토이, 간디, 예수 등과 유사한 속성을 지니고 있었기 때문이고, '순교자'란 그 단적인 표현이라 볼 수 있다. 순교자의 운명을 그린 『異次頓의 死』(『조선일보』, 1935.9.30~1936.4.12)와 같은 작품은 그 예이다. 주인공인 이차돈의 경우, 작품의 초반에는 신라와 고구려라는 국가적 이익 관계에 좌우된다. 조국 신라가 요구하는 대로 고구려의 왕을 암살하여 국가적 영웅이 될 것인가, 아니면 삼국의 연합으로 중국에 대적하자는 고구려 귀족의 말을 따라 민족의 단합과 이민족에 대항하는 영웅이 될 것인가 고민한다. 그러나 이 소설의 주요 서사는 이차돈이 어느 나라에도 귀속되지 않는 경계인의 자격에 놓이게 되고, 이로부터 평양에서 한 고승을 만나 세상을 자신의 마음으로부터 관조하는 불법을 터득하는 대목에 놓여 있다. 고승이 떠난 뒤, 신라에 불법을 전파하는 첫 사람이 되라는 소명을 위해 매순간 불법을 무너뜨리는 위협으로 다가오는 사랑의 번뇌를 잠재우며, 자신의 앞에 놓인 예정된 죽음을 향해 나아가는 이차돈의 신념이 소설의 주제인 것이다.

---

41 이광수, 「천주교도의 순교를 보고」, 『삼천리』, 1935.11.

여기에는 무사가 되어 한두 사람과의 싸움에서 승리하는 것으로는 세상을 구할 수 없으며, "길 잃은 중생은 영겁에 괴로운 길을 걸을 것이다. 신라 나라에서 이차돈 하나가 길을 찾은 사람이 될 때에 신라 백성을 제도되는 것"이라는[42] 불법의 가르침이 바탕이 되어 있다. 이때 이차돈이란 불법을 전하기 위한 하나의 계기에 불과한 것이며, 구국은 이차돈과 같은 선지자가 계속해서 나타날 때 이루어지는 것이다. 작중 '중생을 가르치는 불보살의 화신들의 도래'로도 표현되는 각성한 메시아들의 세계란, 불교나 기독교의 어법을 통해 발화되는 것이지만, 이와 같은 소명의식과 이상적 공동체주의는 춘원에게 있어서는 도산의 청년수양론과 같은 심급을 지니는 것이다. 결국 이차돈의 소명은 자신을 배신했던 조국 신라를 악에서 구해야 한다는 현재적 실천의 지점에 놓여 있기 때문이다. 그럼에도 불구하고, 이들 종교의 불법이나 청년수양론이란 단지 개인의 자기성찰에 모든 변화를 의존하고 있는 형식이어서, 비록 공동체적 대의를 향한 헌신을 요구한다고 하더라도 집단주의 자체를 신앙으로 섬기는 맹목성과는 구분된다.

춘원과 도산의 관계가 처음 시작된 시점과 그 양상을 확언하기는 물론 어려우며, 이에 두 사람 사이에 직접적인 관련이 생긴 것은 3·1운동 이후 상해임시정부에서 활동하고 춘원이 흥사단에 합류한 시점으로 보는 것이 일반적이다.[43] 그러나 춘원이 도산의 사업에 관여한 것

---

42 이광수, 『이차돈의 사』(1935), 『이광수 전집』 9, 삼중당, 1962, 129면.

43 김윤식은 춘원의 삶을 재구하면서 1907년 미국에서 귀국 중인 도산이 도쿄에 들러 유학생을 대상으로 연설을 했을 때 춘원이나 육당이 그를 처음 만났고, 그중 육당은 1909년 도산이 조직한 청년학우회의 간부가 되었다고 보았다. 메이지대학을 졸업하고 오산학교에 부임하는 1910년에 이르러 춘원은 남강 이승훈을 만나게 되었으나, 당시 춘원이 국내 사정이나 오산학교의 사정, 즉 도산을 중심으로 한 신민회나 청년학우회 등과의 직간접적 관련 여부를 알고 있었는지는 확실하지 않다고 적었다. 김윤식, 『이광수와 그의 시대』 1, 솔, 1999, 282~286면.

이 이보다 훨씬 이른 시기인 1908년 무렵이라는 몇 가지 단서가 존재하는데, 이는 유학 이후 춘원의 오산학교 교원 생활이나 시베리아 여행의 목적성 여부를 다시 재론할 가능성을 열어주는 만큼 상세히 짚고 넘어가야 할 것이다.

도산은 1878년에 평안남도 강서군에서 태어나 평양을 중심으로 독립협회 활동에 관여하다 1903년 미국으로 유학을 떠난다. 미주 교포를 규합하여 국민회를 조직하고[44] 조선에 귀국한 것이 1907년이며 이후 신민회와 대성학교 등 실력양성론에 입각한 기간 사업을 진행한다. 이 시기에 춘원은 일본 동경의 메이지학원에 유학중이었다. 춘원이 동경 유학생활 시절을 소재로 하여 쓴 소설 「혈서(血書)」(1924)에는 다음과 같은 일절이 보인다. 주인공 '나'는 일본 여인 'M'에게 사랑 고백을 받지만 자신은 사랑보다 큰일에 몸을 바친 사람이기에 그녀의 사랑을 받아들일 수 없다고 생각하는 부분이다.

그후 열흘이못되야 나는 고향으로 돌아오지아니치못하게되엿다. 방학까지에는 아직 삼주일이나 남앗스나 우리 단톄(그것은 그쌔에T씨가 주장해하던 결사엿다)의 명령으로녀름동안경긔황해 량도로 순회할일이잇기 째문이다.[45]

만일 내가 T선생의불가티 쓰거우면서도 털석갓치 구든 성격의 훌련을밧지아니하엿던들 정에만 쓸려울고웃고하는사람이 되여버렷슬것이다[46]

---

44 엄밀히 말하자면 1905년 공립협회(公立協會)를 발족한 것이다. 1909년 설립된 대한인국민회(大韓人國民會)의 전신이며, 보통 국민회라는 이름으로 통칭되는 경향이 있으므로 이 명칭을 사용하였다.

45 이광수, 「血書」, 『조선문단』 1, 1924.10, 12~13면.

46 위의 글, 16면.

　이 소설에서 춘원은 유학생 신분이었지만, 고향에서 T씨가 주관하는 어떤 결사의 명령으로 귀국해야 할 사정이 있었다고 적어 놓았다. 또한 '큰 일'을 위해 개인적인 사랑에 연연하지 않을 만큼 T선생에 의해 정신적 훈련을 받았다고 적었다. 이 언급을 따른다면 춘원은 유학생 시절부터 도산이 조직한 단체에 속해서, 그의 이념적 자장하에 놓여 활동했다는 말이 된다.[47]

　자전적인 성격의 작품임을 감안한다고 하더라도 허구의 일종인 만큼 작중의 언급을 그대로 믿기는 어려울 것이다. 그러나 주요한의 다음과 같은 언급은, 춘원이 적어놓은 유학생 시절의 근황이 전혀 허구만은 아니라는 점을 뒷받침한다. 춘원과 더불어 상해 임시정부 시기와 국내 수양동우회 활동에 이르기까지 도산의 측근으로 활동했던 주요한은 『안도산 전서』에서 일본 메이지학원 유학생 시절에 춘원이, 의식적이든 비의식적이든 이미 신민회원들과 교류가 있었음을 시사하는 언급을 해놓고 있다. 신민회 황해도 지부의 활동은 김구(金九), 최광옥(崔光玉), 김용제(金庸濟), 최명식(崔明植) 등의 주도하에 양산학교(陽山學校)에 마련된 '안악면학회(安岳勉學會)'의 교육활동을 중심으로 이루어졌다. 주요한은 『안도산 전서』에서 안악면학회가 김구를 책임자로 하고, 최명식, 최광옥 등이 강사가 되어 하기 사범강습소를 열었을 때, 강의를 진행했던 인물 중에 "당시 17세의 소년 李寶鏡, 즉 후일의 문호 春園 李光洙도 있었다"고 증언하고 있다. 일본 유학 중, "유학생 야구단이 방학 때 본국

47　주요한은 춘원이 안도산을 처음 만난 것은 '1906년 일본유학시대에 도산이 미국에서 귀국하던 길에 동경에 들러 애국연설로 명성을 날릴 때이나 그때 서로 사귈 기회는 없었다'고 기록하고 있다(주요한, 「안도산과 춘원」, 『이광수 전집』 13(『도산 안창호』 해설), 1962, 558면). 도산과 직접 교류하는 기회는 상해에서부터 시작된 것이나, 도산이 귀국하던 시점부터 이미 민족운동의 구심점으로 부상했음을 감안한다면 춘원이 신민회에 참여한 기점과 춘원과 도산이 직접 만난 시점은 일치하지 않을 가능성이 더 높다.

으로 원정을 오는 데 따라왔다가 安岳에서 떨어져 강사가 되었다"는 것
이다.[48] 주요한은 정확한 연도를 기술하지 않았으나, 안악면학회의 사
범강습에 관한 신문기사나,[49] 최광옥, 최명식의 개인 기록을 참고하면
1908년 정도로 추측된다. 주요한의 기술이 사실이라면, 춘원이 신민회
원들과 접촉하고 관련 사업에 참여하게 된 시기는 일본 유학 중인 1908
년경으로 앞당겨진다.[50]

만약 이와 같은 기술을 믿을 수 있다면 1910년 춘원의 오산학교 부임
은 단순한 귀향과정에서 생긴 우연이라 할 수 없는 것이 된다. 신교육
과 식산을 핵심과제로 내걸고 이루어진 구한말의 자강운동은 서북 지
역에서 큰 성과를 냈다.[51] 오랜 기간 한반도의 낙후된 지역이었던 서북
이 문명화운동의 선두에 섰다는 점에서 서북지식인들의 자부심과 책
임감은 대단한 것이었고, 춘원은 동향인인 남강 이승훈의 요청으로 오
산학교에 부임해있었던 것이다. 본래 평북 정주 지역의 상인이었던 남
강이 도산에게 감화를 받아 신민회의 주요 간부를 맡은 인물이라는 점
에서 춘원은 간접적으로 신민회의 민족운동에 관여한 셈이 된다.

---

48 주요한,『안도산 전서』, 삼중당, 1963, 157면.
49 「안악강습소 시험」,『대한매일신보』, 1908.8.26.
50 한승옥이 펴낸『이광수 문학사전』(고려대 출판부, 2002)에서는 춘원이 안악면학회의 사범
    강습소에서 최광옥 등과 강의한 시기를 1908년 7월이라고 단정하고 있다. 최주한 역시 자
    료의 검토 결과 춘원이 안악 양산학교의 하기 사범 강습회에 참여한 것은 1908년 7월일 가
    능성이 높다고 보았다. 다만 그는 유학생 야구단이 1909년 8월 안악 대한흥학회에 참여한
    적이 있으므로 1908년과 1909년 춘원이 잇달아 양산학교에 방문했을 가능성도 있다고 하였
    다. 최주한,「중학시절과 오산시절 전후의 이광수」,『'제6회 춘원 연구학회 학술대회' 자료
    집』, 2012.9, 137면 참조.
51 김상태의 조사에 따르면, 1910년 현재 평안도 지역 학교 수는 설립주체가 관공립인가 사립
    인가에 따라 큰 편차를 보이고 있다. 당시 전국의 관공립학교는 82개교, 그중 평안도의 관
    공립학교는 10개교(12.2%)였다. 반면 사립학교의 경우 전국의 일반 사립학교가 1,331개교
    이며 이 중 평안도의 일반 사립학교가 414개교(31.1%)로 서울·경기(15.7%)보다 두 배 가량
    많았다. 종교계 사립학교는 전국에 751개가 있었는데, 이 중 평안도의 종교계 사립학교는
    그 절반에 해당하는 370개교(43.9%)에 달했다. 김상태,「근현대 평안도 출신 사회지도층 연
    구」, 서울대 박사논문, 2002, 44~45면.

또한 1913년 상해와 시베리아를 주유하는 여행을 떠난 것도 우연이
아니기는 마찬가지이다. 1912년의 '105인 사건'으로[52] 신민회가 붕괴
되고 주요 회원들의 대거 망명사태가 일어나는 가운데, 신민회의 회원
이자 오산학교장인 남강 이승훈도 체포되어 투옥된다. 남강이 체포된
이후 오산학교는 당국의 감시를 의식하여 순수 기독교 학원으로 그 성
격을 전환하는데, 이와 같은 일련의 사태 속에서 춘원은 앞서 떠난 망
명객들의 여정을 따라 밟으려 했던 것으로 보인다. 춘원은 『나의 고
백』에서 자신의 첫 번째 상해행을 기록하며 그 첫 문장에 "나는 애초에
五山을 떠나기는 해외에 망명해 있는 애국자를 찾으려는 것은 아니었
다"고, "걸어서 아세아 대륙을 횡단할 예정"으로 떠났다고 그 동기를
설명해 놓았다.[53] 그러나 이에 앞서 춘원은 한 잡지와의 인터뷰에서
'무슨 생각으로 시베리아에 가셨느냐'는 기자의 질문에 "미국 가려고,
미국 가서 공부하려고. 그 때 소문에 미국은 문명햇고 자유의 나라고,
또 돈 업시도 공부할 수 잇다기에 미국행을 열망하여, 오산학교도 나
오고 西伯利亞도 지나 도라다녓지요"라고 말하고 있다.[54] 이는 상해로
망명하여 독립운동을 돕다가 여권을 위조하여 미국으로 유학을 떠나
곤 했던 당시 청년 망명객들의 전례를 따른 것이다. 상해, 블라디보스
토크, 길림성의 목릉현(穆陵縣), 시베리아의 치타(chita) 등으로 이어지는
춘원의 첫 번째 상해행이 도산이 미국에서 발간하는 『신한민보』의 주
필로 일하고자 도미하려다 실패하는 것으로 마무리되는 점이나, 여행

---

[52] 105인 사건이란, 신민회의 해체를 목적으로 하여 주로 서북 지역의 기독교인, 민족주의자
들을 데라우치[寺內] 총독 암살을 모의했다는 혐의로 1912년에 약 700여 명을 구속하고, 이
중 123명을 기소한 사건을 가리킨다. 제1심에서 유죄를 받은 인사의 수가 105인에 이르렀
다. 윤경로, 『105인 사건과 신민회 연구』, 일지사, 1990, 172~202면 참고.
[53] 이광수, 『나의 고백』(1948), 『이광수 전집』 13, 1962, 208면.
[54] 「이광수씨와 교담록」, 『삼천리』 5(9), 1933.9, 60면.

길에서 과거에 신민회원으로 활동했던 망명객들과 차례로 해후하게 되는 것은 그러므로, 도산의 신민회운동에 관여했던 후세대 청년의 행적이자 도산 중심의 민족주의 청년운동의 연장선상에서 나온 행적으로 해석할 수 있는 것이다.

1910년 전후의 망명을 둘러싼 사회적 분위기에 대해 춘원은 『선도자』에 여러 장을 할애하여 적었다. 『선도자』(『동아일보』, 1923.3.27~7.17)는 도산 안창호의 일대기를 모델로 하여 가공의 인물인 추산 이항목과 그의 민족운동을 다룬 중편소설이다. 본래 장편으로 기획하였으나 『동아일보』 연재 중 중단된 작품으로, 이 글에서 춘원은 도산의 출생부터 국내 신민회(작중 백령회) 활동이 좌절되는 한일강제병합 시기까지의 삶을 다루었다. 춘원이 전하는 1910년 무렵의 사회적 분위기는 다음과 같이 정리된다. 1905년의 군대해산 이후 국내에 많은 의병이 일어났고 이들이 폭도 토벌대에 쫓겨 산으로 숨어들었다는 것, 그렇게 산으로 들어간 사람의 숫자가 "몇 백 명인지 몇 천 명인지" 알 수는 없다고 했다. 용케 체포되지 않은 사람들 중 일부는 백두산을 넘어 만주로 갔을 것이고, 더러는 내려와 함경도·강원도 같은 오지의 어부가 되고 노동자가 되거나 그도 아니면 추위와 허기에 죽었을 것이라고 했다. 그들 집단이란 "해산 받은 군인들이 많이 중심인물이 되었던 것과 군졸의 대부분은 아무 것도 모르는 노동 계급에 속한 백성이던 것은 사실"이라고[55] 그 성격을 전했다. 이어 그는 청년들의 동요를 서술하고 있다. 서울이나 평양의 대처 학교에서 공부하던 학생들이 공부를 작파하거나, 또 민간의 노인들까지도 "세상 마지막 날이 온 것을 단언"하고 서북간도로 지레 피난을 가거나 불안에 떨었다고 적었다. 이 대목의 서술은 1910년 들어 만주 지역, 특

---

[55] 이광수, 『나의 고백』, 『이광수 전집』 13, 1962, 492면.

히 서간도 지역으로 이주자가 급격하게 증가하게 된[56] 전후 사정을 설명하는 것이기도 하다. 특히 신민회 내부에서 생겨난 '급진파'와 '완진파'의 대립이 만주에 사관학교를 세워 군인과 정치운동의 인물을 양성하자는 방향으로 타협을 보면서 학생들의 이탈은 더욱 증가한다. 당시 대성학교, 오산학교 등에서 공부하던 청년들의 망명 시 정황에 대해 알아보기 위해 춘원의 서술을 좀 더 인용해본다.

> 백산학교(작중 이름, 대성학교를 가리킴 — 인용자 주) 학생 중에서도 굵직굵직한 이들은 모두 마음이 들먹거려 공부하는 것이 맘에도 들어가지 아니하고, 모여만 앉으면 만주 무관 학교로 달아날 공론들을 하였고 그중에 가장 과격한 청년 사오인은 선생께 말씀도 아니하고 만주로 달아나 버렸다. (…중략…) 거의 모든 지사들이 청년을 선동하므로 불과 삼개월 간에 천여 명 청년들이 아무 계획도 없이 직업과 공부를 버리고 만주로 건너갔다.
>
> 이렇게 만주로 나간 청년들은 얼마 아니하여 합병이 되고 백령회(작중 이름, 신민회를 가리킴 — 인용자 주) 사업이 실패됨을 따라 전혀 갈 바를 잃고 만주와 서백리아를 표류 방황하는 신세가 되었다. 어떤 이는 동포가 많이 사는 촌락에 들어 가 학교도 세우고 농민을 지도하는 사업도 하고, 어떤 이는 혹은 이발사 혹은 빨래질, 혹은 농사, 혹은 금덤군, 혹은 아편 장수 이 모양으로 의식을 버는 직업을 삼고 어떤 이는 이곳에서 저곳으로 정처 없이 돌아다니며 언제 돌아올지 모를 시기를 기다렸다.
>
> 지금 만주와 서백리아에 다니는 삼십 세 내지 사십 세 된 사람들은 이렁하여 나간 사람이다.[57]

---

56 서중석, 『신흥무관학교와 망명자들』, 역사비평사, 2001, 58면.
57 이광수, 『선도자』, 『이광수 전집』 4, 삼중당, 1962, 493~494면.

인용한 대목은 한일합병을 전후하여 만주로 나간 학생들의 행적을 서술한 부분이다. 정신적 거점이었던 신민회가 해산되자, 이에 앞서 민족운동에 뜻을 두고 만주로 떠났던 학생들이 방황하게 되는 광경을 그리고 있다. 물론 신민회가 해산되었다는 사실이 곧 만주 지역의 독립기지 건설 사업의 실패를 의미하는 것은 아니다.[58] 이런 맥락에서 위의 인용은 신민회의 역할을 과장하여 언급했다고 볼 수 있지만, 실상 춘원이 이와 같은 망명 학생의 대열에 끼어 있었고 또한 신민회의 해산으로 방황하던 인사들의 영향권에 놓여 있었음을 감안한다면 진정성이 없다고 할 수는 없을 것이다.

1913년 춘원의 상해행은 한일합병 이전의 민족 자강운동을 이끌며 왕성한 활동을 보여주었던 민족주의자들에게 닥친 시련을 확인하는 여정이 된다. 앞서 '안악면학회' 활동에서 보았듯이 신민회가 비밀 결사의 성격을 유지하고 있었던 만큼, 일본 유학 시절 춘원이 목격했거나 가담했던 민족주의운동의 현장은 희생정신을 요구하되 온건한 계몽운동을 위주로 한 것이었다. 그러나 한일합병을 전후하여 민족주의자들에게 '희생'이란 생명을 건 저항의 의미로 변모한다. 교육과 식산, 언론 활동이라는 온건한 노선을 걸었던 이들도 일본 경찰의 검거와 고문, 투옥 대상이 되었던 것이다. 상해로 향하기 직전 춘원은 이미 오산학교의 교장이자 신민회의 평안도 지역 간부였던 남강 이승훈이 105인 사건으로 옥고를 치르는 모습을 목격한 바 있다. 훗날 춘원은 남강의 생애를 회고하는 글에 당시 남강의 고초를 다음과 같이 적었다.

---

58 북간도에는 1906년 10월, 이상설과 이동녕 등이 서전서숙(瑞甸書塾)을 세웠고, 서간도에는 1911년 4~5월, 이회영 등이 경학사와 신흥강습소를 세웠다. 1910년 당시 만주 지역의 한국인 수는 적어도 20만 명 이상이었던 것으로 조사되고 있다. 서중석, 앞의 책 참고.

　　1907년 정미년 류월에 평양에서 도산 안창호 선생과 만나 뜻이 서로 맞아 신민회에 들고, 일변 향지에 오산학교를 세우고, 일변 마산동에 자기회사를 세우니 모다 나라일이라. 이로부터 선생의 국가적 생활이 시작되다. 1919년 기미년 삼십삼인의 하나로 옥에 드러간 것까지 옥에 들어가기가 세 번이요, 있기가 전후 아홉 해, 선생의 백발이 옥중에서 난 것이다.[59]

　　춘원에게 있어서 105인 사건과 남강의 투옥은 비폭력주의 민족운동가에게 가해지는 제도적 폭력을 경험하는 계기가 된다. 춘원은 남강의 생애를 사실적으로 전달하다가 남강의 고초를 설명하는 대목에 이르러 "선생의 백발이 옥중에서 난 것"이라는 문학적 비유를 사용한다. 아마도 검열의 제한으로 인해 옥중에서의 고초를 직접적으로 언급하기가 힘들었을 것이다. 그러나 이 구절은 춘원의 문학적인 상상력이 민족주의와 만났을 때 어떻게 발화되는지를 보여주는 사례라 할 수 있다. 사욕을 배제한 공적인 헌신과 노력이 한 걸음 더 나아가 생명을 담보로 한 신념이 될 때 이는 종교적인 순교자의 형상이 된다.

　　1913년 춘원의 상해행은, 남강 이승훈과 마찬가지로 제각기 낯선 망명지에서 주어진 시간을 힘겹게 견디는 이전 세대의 민족주의자들과 해후하는 여정이었던 것이다. 상해에서 출발한 춘원은 미국 샌프란시스코의 한인신문 『신한민보』의 주필이 되라는 추천을 받아 미주를 향해 떠나게 된다. 춘원의 여정은 블라디보스토크, 길림성(吉林省)의 목릉현(穆陵縣), 시베리아의 치타(chita)로 이어진다. 목릉현에서 춘원은 과거 신민회의 주요 인물이었던 이갑(李甲)을 만난다. 본래 군인이었던 추정 이갑은 1910년 망명 당시 도산과 함께 미주로 들어가려 했으나

59　이광수, 「銅像文」(평북 정주 소재 오산학교에 세워진 첫 번째 동상에 새겨진 비문), 1929.11.30, 『남강이승훈과 민족운동』, 남강문화재단 출판부, 1988, 651면.

병을 얻어 반신불수의 몸이 되어 목릉현에서 요양하는 중이었다. 춘원은 추정을 '거동이 어려워 늘 안락의자에 앉아 있고, 말소리도 분명치 않았으나 자신보다는 항상 나라를 걱정하던 인물'로 기억하고 있다.[60] 이어 춘원은 시베리아의 치타에서 이강(李剛)을 만나 미주에 거점을 둔 국민회의 시베리아 지부기관지인 『대한인정교보』를 편집하게 된다.[61]

이강은 가난한 형편에도 도산이 미주에 본부를 두고 조직한 국민회의 시베리아 지부를 책임지고 있었다. 춘원은 이 지역의 대의원회에 "번쩍하게 차린 신사들"과는 거리가 먼 "빨랫간, 혹은 감자 농사"로 "얼굴이 볕에 글었거나 손에 마디가 간" 이들이 참석하는 것도 보았다.[62] 또한 나중에 한글학자가 된 이극로(李克魯)가 국경을 넘어 서간도까지 걸어오게 된 사정을 듣기도 하고, 한국인과 결혼한 러시아 여인이 그 사이에서 태어난 아이를 남편의 유지에 따라 한국인으로 키워야 하는데 방법이 없다고 호소하는 편지를 읽고 눈물을 흘리기도 한다.[63] 어디를 가든지 춘원은 가난과 죽음을 견디는 인물들을 만났던 것이다. 이 모든 인물의 군상들이 앞서 『선도자』에서 발췌한 인용문에 언급되

---

60 이광수, 『나의 고백』, 『이광수 전집』 13, 1962, 217면. 추정 이갑(1877~1917)은 평남에서 태어나 일본 사관학교를 졸업하고 육군참령을 지냈다. 신민회의 주요 구성원으로 서북학회를 설립한 인물로도 알려져 있다. 목릉현에서 추정을 만난 이후에 춘원은 이갑의 이름을 드러내지 않은 채 그의 삶을 소재로 한 소설인 「無名氏傳」을 수양동우회의 기관지 『동광』에 연재하다(1931.3~6) 중단한다. 그 이유는 밝혀져 있지 않으나, 소설의 초반부에 구한말 군부 해산 과정이 사실적으로 그려진 데 비해서 연재가 중단되기 직전에는 갑작스레 주인공을 사모하는 기생이 등장하여 통속적 구도로 전환되기 시작하는 것을 볼 수 있다. 훗날 주요한은 『추정 이갑』(대성문화사, 1964)이라는 제목의 평전을 써서 '무명씨'에게 이름을 부여하고 춘원이 끝내지 못한 작업을 마무리했다.

61 오산 이강(1878~1954)은 평남 용강에서 태어나 도산과 함께 미주에서 대한인국민회의 전신인 공립회를 세운 인물이다. 신민회의 회원이며, 한일합병 후 시베리아에서 「정교보」 발행을 담당했다. 이강과 이갑은 생을 마칠 때까지 도산을 지지했던 몇 안 되는 동료들로, 주요한은 『안도산 전서』에서 이들의 생애를 따로 편성하여 이력을 정리하기도 했다.

62 이광수, 『나의 고백』, 『이광수 전집』 13, 1962, 221면.

63 위의 책, 224~225면.

었던, "언제 돌아올지 모를 시기를" 기다리며 만주와 시베리아를 표류 방황하게 된 이들의 정체이다.

춘원의 상해행은 1910년을 전후하여 망명한 민족주의자들과 조선 유민들의 그늘을 목격하는 여정이다. 춘원이 자주 불만스럽게 언급하는 파벌 간의 갈등 속에서, 그가 언급하는 지사들은 모든 사욕을 버리고 고통을 견디는 순교자적인 태도를 보여준다. 이때 국민회 시베리아 지부, 신한민보, 신민회 등, 춘원이 답사한 영역에서 도산은 그 모든 헌신과 죽음의 현장에 관계되어 있었다. 즉 도산은 부재의 상태로 정신적인 구심점 노릇을 했던 것이다. 결과적으로 1913년 춘원의 상해행은 도산이 걸어간 흔적을 더듬는 답사의 길이 된 것이다. 이로써 춘원에게 도산은, 1919년 임시정부에서 만나기 전부터 강력한 정신적 영향력을 행사하게 된다.

춘원이 상해임시정부 활동을 접고 귀국한 후 집필한 『선도자』는 춘원이 도산의 모습 속에 자신의 모습을 투영하면서 전세대가 만들어 놓은 순교자상을 수용하고 있음을 보여주는 작품이다. 이와 같은 수용의 양상은 두 가지 측면에서 확인할 수 있는데, 우선은 동경유학생들의 2·8독립 선언을 계기로 청년운동의 주역이 된 춘원이 이 소설을 통해 도산의 청년기를 공유하려 든다는 점이고, 다른 하나는 작중에서 도산의 좌절을 그리면서 그 지난한 민족주의자의 말로에 춘원 자신의 삶을 대입하며 모든 것이 무위로 돌아간 삶의 예행연습을 해보고 있다는 점이다.

1910년을 전후하여 도산을 비롯한 민족주의 인사들이 대거 구속되어 고문 끝에 사망하거나 망명길에 올랐던 상황은 1919년 3·1운동을 전후하여 다시 재현된다. 실제로 도산의 세대가 주도한 신민회운동과 춘원 세대가 참여했던 3·1운동은 그 성격이 다르다. 전자가 비밀 결사 형태의 조직운동이었던 반면, 후자는 대규모 민중 봉기의 형식으로 실현되었다. 2·8독립선언이나 3·1운동이 선택한 '봉기'라는 형식은, 현실의 변혁을 이성적인 통제에 의해 점진적으로 실현한다는 실력양 성론의 정치사회적인 냉정성을 져버린 것이다. 신민회 사건과 3·1운 동이 질적으로 다르고 또한 10년의 간격이 있음에도 불구하고,『선도 자』는 춘원이 두 겹의 시공간을 동일한 속성을 지닌 것으로 파악한다 는 점을 보여준다.

이는 서북 지역의 민족주의자의 계보의식 속에서 확인되는 정신적 인 유대감으로 표출된다.『선도자』에 등장하는 소년, 청년들의 캐릭터 와 그들의 언어에는 도산과 춘원의 세대감각이 뒤섞여 있다. 춘원은 '청년의 결의'라는 장치를 매개로 도산 세대의 결의 광경 속에 자신의 목소리를 함께 공명시킨다. 다음의 인용문은 작중의 주인공 이항목(도 산 안창호)이 유학을 위해 평양을 떠나기 전 장차 그와 더불어 독립운동 을 하게 될 친구들과 미리 결의를 다지는 장면이다.

고요한 달밤 대동강 버들 그늘에서 나는 일곱 청년의 소근거림은 거의 끝날 줄을 몰랐다. 밤이 깊은 뒤에 한 사람이, "자 이제 항목 군을 작별할 때에 우리 각기 일생에 할 일을 말하자" 하였다. (…중략…)

일곱 사람의 말이 끝난 뒤에 대형은 일어나 큰 잔에 술을 가득히 부어 들 고 "자, 우리가 인제 일생에 할 일을 말하였으니 저 하늘과 땅과 달과 별과 대동강의 물을 증인으로 하고 여기서 한 가지 서약을 합시다. 우리는 몸과 마음을 온전히 나라에 바치되, 우리 일곱 사람이 한맘 한 뜻이 되어 나라를 위하여 사생을 같이 하기로 맹세를 합시다. 만일 내 말에 응하시거든 모두 손을 들으시오!" 모두 일어나 손을 높이 들었다. 높이 든 일곱 손이 달빛에 보기에 검극과 같았다. 대형은 고개를 들어 하늘을 우러러 보며 "천지 신명 이여! 우리의 맺은 거룩한 서약을 증거하시옵소서. 비록 몸이 칼에 죽을지언정 이 굳은 맹세가 변치 말게 하옵소서" 일동의 붉은 뺨에는 눈물이 흐르고 몸에는 오싹 소름이 끼쳤다. [64]

주인공 이항목(도산)과 친구들은 대동강 변에서 민족운동에 일생을 바치기로 결의한다. 미국에 가서 정치를 공부하겠다는 이항목 외에 그의 친구들은 병학(兵學)을 공부하고, 문필가가 되며, 언어를 배워 외교관이 되고 교육가가 되겠다고 다짐한다. 도산의 전기에 따르면 이 부분은 도산이 독립협회 활동에 참여하다가 고향인 평양 강서군으로 내려와 점진학교를 세웠던 1900년 무렵, 즉 미국 유학을 떠나기 직전의 상황에 해당한다. 그 무렵 도산과 교분이 있었던 인물로는 필대은(畢大殷), 최광옥 등이 알려져 있다. 위의 장면에서 일곱 청년의 무리를 이끄는 '대형'이라는 인물로 묘사된 이가 필대은이다. 그러나 이 장면은 여러 층위의 시간을 포함하고 있어서, 필대은을 제외한 나머지 청년들은 훗날 미국생활을 마친 도산이 1907년 국내에 돌아와 동지로 삼았던 인물들을 모델로 삼고 있다. 이들은 도산과 신민회 시절부터 상해 임시정부 시절에 이르기까지 활동을 함께 한 구성원들로서, 시간을 거슬러 도산의 유학 전 장면에 투입된 것이다. 대략 작중에 부연된 설명을 통해 유추하자면, 해당 인물들은 신민회원인 이갑, 양기탁, 이동휘(李東輝), 유동열(柳東說), 안태국(安泰國) 등으로 추측된다. 이 일곱 명의 친구는 소설의 중반부에서 이항목이 미국유학을 마치고 돌아왔을 때 국내 활동을 돕는 "대동강 동지"로 재등장한다. [65]

이렇듯 도산의 전기를 허구화하여 재구성하는 과정에서, 춘원은 신민회의 조직이 '나라를 위하여 사생을 같이 하려는' 청년 집단에 의해

64　이광수, 『선도자』, 『이광수 전집』 4, 삼중당, 1962, 409~411면.
65　위의 책, 442면.

미리 약속된 것이었다는 서사를 만들어 넣었다. 이들의 결의는 "하늘과 땅과 달과 별과 대동강의 물을 증인으로 하고" 이루어진다. 그들의 서약은 대자연을 상대로 한 것이고, 고로 그들의 삶과 죽음을 판정 짓는 권한 역시 대자연에 있다. 도산의 세대는 결의의 신성성을 그들이 태어난 대자연에 의탁하고 있다. 물론 이때 대자연이라는 초월적인 존재자를 상대로 한 맹세가 필요했던 것은, 그 맹세의 권위를 특정한 인간이 감당하도록 두는 것이 부적합하다고 느꼈기 때문일 것이다. 청년의 사적인 욕망과 애증을 일거에 압도하는 강력한 '나라'의 목소리가 대자연의 초월적 권위를 빌려서 발원하는 장면이다.

대동강 결의의 장면은 춘원과 도산이 청년 무렵, 동일한 기원적 목소리를 들었다는 점을 전달하고 있다. "하늘과 땅과 달과 별과 대동강의 물"로 열거된 증인의 목록 중에는, 보통명사 가운데 단 하나의 고유명사인 '대동강'이 끼어있다. '대동강'이란 장소 표상은 이들에게 있어서는 하늘, 땅, 달, 별 등과 같은 보통명사의 층위에 놓인다. 이와 같은 의식의 일차적 원인은 분명 도산이 평양인이며, 신민회의 주요 구성원이 서북인이라는 점에 있을 것이다.[66] 그러나 이 장소 표상을 청년 도산의 삶을 그리는 데 필수적인 요소라고 여기고 이를 작중에 삽입한

---

[66] 신민회는 전국 조직을 표방하고, 각 도마다 대표자를 선임하였다. 이것은 전국적인 민족운동 네트워크를 만든다는 방침에 따른 결과였지만, 아울러 평생 '서북인', '지방색을 주장하는 인물'이라는 시선에 시달린 도산이 이런 오해를 불식시키기 위해서는 반드시 팔도의 대표를 하나씩 두어야 한다고 고집한 결과였다. 그러나 그럼에도 불구하고 도산의 전기적 기록을 따라 읽을 때, 도산과 평생 밀접한 관계를 유지한 인사들은 서북인인 경우가 대부분이다. 예를 들어, 신민회의 중심인물인 추정 이갑, 오산 이강, 양기탁, 안태국 등의 인사가 해당 된다. 이것은 도산의 의도적 선택이었다기보다는 그만큼 신민회에 적극적으로 참여하는 인사들이 서북 지역에 많았기 때문이라고 보아야 할 것이다. 또한 윤경로는 105인 사건 공판기에 대한 검토를 통해 신민회 조직이 서북 지방의 면단위 세부조직까지 갖추어져 체계적으로 운영되었다는 사실을 제시한 바 있다. 윤경로, 『105인 사건과 신민회 연구』, 일지사, 1990, 204~232면.

것은 춘원이다. 그 역시 평안도 사람이며 서북인이다. 즉, '대동강'이란 서북인과 같은 의미인 것이다.

그러나 이와 같은 출신 지역에 근거한 동질감이 배타적 지역감정으로 비추어지는 것을 꺼리기는 당대의 도산이나 춘원이나 모두 마찬가지였다. 도산이 신민회나 흥사단에 반드시 전국의 대표를 고루 배정하고, 조직의 우두머리로는 반드시 기호인을 세우고자 했다는 기록을 두고[67] "도산이야말로 이 지방색 콤플렉스에서 벗어나고자 발버둥친 사람"임을 보여주며, 역설적으로 그가 "지방색을 가장 심하게 앓았던 증거"라고[68] 평가하는 것은 정확한 지적이라 할 수 있다. 그러나 배타적 집단으로 비춰지는 것을 꺼렸다는 말이 곧 서북인임을 부정했다는 말이 되는 것은 아니다. 춘원은 서북청년들의 연대의식을 단순한 동료애를 넘어 '대동강'이라는 자연의 권위를 빌린 유사혈연적인 공동체의식으로 그려내고 있는 것이다. 이 유사혈연적인 공동체의식은 초월적 존재의 보증 아래 맺어진 형제애를 바탕으로 하고 있으며, 이 역사적인 연대감은 춘원이 도산의 삶과 자신의 삶을 겹쳐 놓을 수 있었던 중요한 이유가 된다고 할 수 있다. 서북인이란 존재의 문제성은 비단 지역이기주의의 차원을 넘어 한반도 엘리트 구조의 재편성 및 근대화운동의 방향 설정과 맞물려 돌출된다. 때문에 민족국가라는 단일 공동체의

---

67 실상 도산의 전기를 기록했던 춘원이나 주요한은 모두 도산이 조직을 결성할 때마다 세인으로부터 '지방열'에 대한 혐의에서 벗어나지 못했다는 사실을 안타까워하고 있다. 일례로 주요한의 서술을 인용한다. "신민회의 조직이나 대성학교, 청년학우회 사업들이 황해도, 평안도 방면으로 활발하게 발전되어 나간 것은 관서 지방에 기독교가 먼저 퍼지어 서양 문명과의 접촉이 다른 지방에 비하여 빨랐고, 따라서 근대적인 민족 사상이 먼저 자라나게 된 까닭이라고 볼 것이다. (…중략…) 그러나 이런 자연적인 추세가 지방적 분파운동으로 오해되고, 또는 모략의 재료가 되어 소위 지방열이라고 하는 문제가 도산 개인에게나 민족운동 전체에 있어서 두고두고 커다란 장애물이 되게 된 것은 유감된 일이라 하는 것이다." 주요한, 앞의 책, 99면.
68 김윤식, 『이광수와 그의 시대』 1, 솔, 1999, 281면.

이상 측면에서 본다면 서북인이라는 명칭은 달갑지 않고 도산의 사례에서 보듯 분열을 유발한다는 시선을 원죄처럼 짊어지고 살아야 하는 것이었지만, 그 명칭은 한반도 근대화운동의 대표주자로서의 자부심과도 연결된 문제이기에 포기할 수 없는 이름이기도 했다. 요컨대 도산과 춘원 나아가 주요한에 이르기까지, 도산을 매개로 뭉쳐진 청년세대들을 묶고 있는 '서북인'이란 유대의 감정은 단순히 출신지에 근거한 혈연주의의 관계를 넘어 한반도 근대화운동의 진앙(震央)이자 중추라는 자부심과 묶여 있는 것이기에 그만큼 견고한 것이다.

『선도자』의 앞부분에 '대동강 동지'들을 배치했던 춘원은, 미국유학을 마친 이항목(도산)이 귀국하여 과거의 동지들과 합류하는 과정을 그린다. 그러나 그는 곧 '대동강 동지'들을 서사의 표면에서 슬그머니 삭제하고, 도산이 다시금 '백령회'라는 조직의 일원을 모아 그들과 북한산 진흥왕순수비 앞에서 회합하며 조직을 구성하는 장면을 그린다. 지방색을 부정하는 도산과 신민회의 민족적 대표성을 이야기하기 위해서는 불가피한 선택이었을 것이다. 그리고 결과적으로 도산과 의기투합했던 '대동강 동지'의 플롯은 서사의 중후반부에서는 사라져버린다. 이와 같은 서사상의 내적 갈등이야말로 서북청년의 계보를 이야기할 때에 반드시 등장해야만 하는 대동강의 의미를 역설적으로 보여주는 것이라 할 수 있다. '대동강 결의'는 신민회 해체의 역사가 보여주듯 집단적 수난과 희생을 담보로 한 것이기에 결연하고 비장한 분위기를 띤 것이 될 수밖에 없다. 유사혈연을 표방한 형제애 속에서 춘원은 도산과 자신을 동일한 자리에 놓아 보고 있다.

이러한 계보학적 동질성의 확인 작업과 더불어, 『선도자』에서 춘원은 도산과 자신을 같은 수준에 놓고 도산의 내면을 시험해보기도 한다. 예를 들면 주인공 이항목, 즉 추산 선생에게 그의 의지를 시험하는 여성인물을 접근시켜 육욕과 민족에 대한 책임 사이에서 방황하게 만드는 것이다. 이 여성인물은 이항목이 백령회(신민회)운동의 좌절과 조직의 내분으로 인해 환멸에 빠졌을 때 등장하여, 그에게 세속적인 쾌락을 좇는 범인(凡人)의 삶을 살 수 있다고 유혹하는 것이다. 도산의 전기에서는 찾아볼 수 없는 이 여성의 등장은 도산의 것이라기보다 춘원의 이야기에 가깝다. 세간의 관심을 모았던 허영숙과의 연애 행각을 도산에게 대입시켜 보는 것이다. 육체적인 욕망을 갈구할수록 주인공은 죄의식에 빠져든다. 일신의 평안과 쾌락을 본능적으로 추구하는 육체란 그 자체로 원죄라는 의식을 떨치지 못하기 때문이다. 육체적 사랑보다 숭고한 영적인 사랑을 절대시하는 의식구조는 금욕을 통해 자아의 존재방식을 확인하는 수행자의 삶의 방식, 즉 종교적인 율법의 원리가 춘원에게 내재화되어 있음을 의미한다.

육체와 영이 대립하는 데서 생겨난 갈등은 춘원 연애소설의 상투적인 갈등 해결방식이 늘 그러하듯이, 추산이 여성인물의 구애를 동지애로 승화시키면서 마무리된다. 그러나 이와 같은 삽화가 보여주는 흥미로움은 춘원 특유의 갈등 해결방식을 재확인하는 데에만 있는 것이 아니다. 시각을 조금만 바꾼다면 이렇듯 윤리적인 춘원이 자꾸만 우상이자 선도자인 도산에게 자신의 삶을 이입시키려 시도한다는 점을 알 수 있다. 그것도 자신의 갈등과 고뇌의 장면에 도산을 등장시켜 시험을 치르게 하는, 말하자면 '불경'을 저지르고 있다. 도산과 자신을 동일화시키려는 이와 같은 시도는 어떤 의미로 해석할 수 있을 것인가.

> 그렇다. 죄 많은 세상이요, 괴로운 중생이다. 이 중생을 건져낼힘이 없을진댄, 마땅히 산간에 숨어 중생을 건져지다 하는 축원을 할 것이다. (…중략…) 아아, 축원! 우리 인생으로 축원밖에 더할 것이 무엇이랴. 우리에게

무슨 힘이 있나? 사람이 어찌 사람을 괴로움에서 건져내나? 우리가 할 일은 오직 눈물 섞인 간절한 목소리로 '삼계 중생을 건져지다 건져지다'할 수 있는 것 뿐이다.

이렇게 생각하고 선생은 자기가 지금까지 살아 온 일생을 생각하였다. 십팔세에 평양에 나와서부터 지금까지 이십년 가까운 동안에 나는 이천만 조선 사람을 건져볼 양으로 있는 애는 다 써 보았다. 그러나 그리하여 얻은 바가 무엇인고? 붙들려던 나라는 넘어지지 아니하였느냐? 건지려던 동포들은 여전히 멸망으로 향하지 아니하느냐? 인제는 삼천리 강산에 이몸 하나도 담을 곳이 없어 한많은 이 목숨을 끊어 버릴 자리를 찾으려 하지 않느냐?[69]

위의 인용문은 『선도자』의 결말 부분에서 발췌한 것이다. 한일합병의 기미를 느끼고, 백령회의 내분과 해체를 지켜보며 추산은 자신의 기력이 다했음을 감지한다. 세상이 부끄러우면 바로 잡을 힘을 기르고, 힘이 없으면 죽음을 택하는 것이 옳다고 여긴 추산은 자살하기 위해 화계사를 찾는다. 인용문에서 추산은 산사에서 울려나오는 독경소리를 들으며, 실패로 돌아가 버린 자신의 모든 사업에 대한 회한을 토로한다. 중생을 건진다는 일이 애초 불가능한 것이었으며, 오히려 혼자 간절히 기도하는 것만도 못한 것이 아니냐고 자신의 선택을 비관한다.

이 소설은 백령회 해체를 결심한 추산이 배를 타고 국내를 빠져나가는 장면, 즉 상해로 망명하는 장면으로 마무리된다. 그러나 마무리 장면이 보여주는 추산의 번뇌는 조선뿐 아니라 장차 상해에서 경험할 잇단 실패의 무게까지 미리 소급되어 표현된 것으로 보아야 한다. 도산에게 신민회의 해체는 약 3년간에 걸친 국내의 실력양성운동이 물거

---

69 이광수, 『선도자』, 『이광수전집』 4, 삼중당, 1962, 535면.

품으로 돌아가는 고통이었지만, 실제 도산은 조선을 떠나는 순간까지
도 해외를 거점으로 한 독립운동 구상을 계속한 것으로 알려져 있다.[70]
그러나 춘원이 그린 『선도자』의 추산은 1907년 신민회 시절의 도산과
1919년 이후 춘원이 목격한 상해 시절의 도산을 합쳐서 허구로 만든
형상이다. 이 소설의 마무리에서 춘원은 추산을 어디에도 의지할 곳이
없고, 회한에 잠겨 자살까지도 생각하는 외로운 의인의 형상으로 그려
놓았다. 오로지 신념만을 좇아 인생을 살아온 이 외로운 지사가 그 신
념이 무화되었을 때 한꺼번에 밀려오는 삶에 대한 회한을 어떻게 처리
할 것인가를 정면으로 그린 셈이다. 그리고 이런 설정은 춘원이 상해
에서 임시정부의 조직에 전력을 쏟던 도산의 계획이 연달아 실패하는
광경을 보아버렸기 때문에 가능했던 것이다.

　『선도자』는 춘원이 1921년 상해임시정부에서 귀국한 이후 1923년
에 집필한 작품이다. 이때 국내의 분위기에 대해 주요한은 총독부의
문화 정책하에서 민간 신문과 잡지들이 생기고, 세계 경기회복에 따라
상공업이 흥하면서 민족적 울분이 교육, 문화, 실업 방면의 경영으로
완화되기 시작했다고 적었다. "상해의 임시 정부는 먼 세계의 신화처
럼 느껴지고, 이따금 발생되는 테러리즘의 행동이 세상을 놀라게 할
정도였다"[71]라고 기술할 정도로 상해임시정부에 대한 관심이 약화되
기 시작했던 것이다. 1923년 무렵 임시정부는 재정문제, 내부 조직의
분열, 사회주의운동의 대두로 인해 어려움을 겪고 있었다. 그러므로

70　주요한에 따르면 도산이 낙심한 것은 국내에서가 아니라 망명 이후 청도에서 신민회원들
　　을 소집해서 회의를 개최한 후 단일조직 구성이 실패로 돌아갔던 시기라고 한다. 청도회담
　　의 내용에 대해서는 의견이 엇갈리고 있지만 주요한은 독립운동 자금의 조달자였던 박종
　　호가 이동휘를 중심으로 한 급진파에 가담했기 때문에 내분이 생겼다고 증언하고 있다. 주
　　요한, 『안도산전서』, 삼중당, 1963, 117면.
71　위의 책, 362면.

이 시기 상해에서 단독으로 귀국한 춘원이 집필한『선도자』는 국내 및 상해의 민족운동에서 잇달아 실패를 거듭하고 있는 도산에게 바치는 오마주인 것이다.

그러나 춘원의 연민과는 무관하게 1923년 무렵의 도산은 흥사단 확장운동과 아울러 그 자신이 청도 회담 때부터 계획했던 이상촌건설운동 등에 관심을 쏟으며 모든 사태를 원점부터 다시 시작하고자 분주했던 것으로 보인다.[72] 따라서 위의 인용문에서 자살을 생각하며 산사를 찾아드는 추산의 모습이란, 실제 도산의 행적과는 상관없이 '거듭된 실패, 신념의 붕괴'라는 사태에 직면한 '도산화(島山化)된 춘원(春園)'이자 '춘원화(春園化)된 도산(島山)'의 형상이다. 흥미로운 점은 백성을 구원하는 메시아의 역할에서 시작하여 불문의 해탈을 꿈꾸는 추산의 모습이 해방 전후 춘원이 실제 보여주었던 행적이나 사상적 전이과정과 유사하다는 사실이다. 즉,『선도자』는 도산의 정치사상, 즉 실력양성론의 현실적 실현여부에 대해 춘원이 가지고 있었던 회의의 일단을 보여준다. 민족운동의 실패로 궁지에 몰린 지사가 불교에 의한 해탈을 꿈꾸고 혹은 죽음을 떠올리는 이 소설의 결말부는 상해에서 귀국할 무렵 춘원이 이미 도산을 통해 지사적 삶의 허무한 말로까지도 염두에 두고 있었음을 보여준다. 실제로 춘원은 자신의 상상했던 추산의 행보처럼 수양동우회 사건으로 투옥되고 산촌에 은거했으며, 기독교적인 대중적 구원의 이상을 거두고 차츰 불문에 귀의하는 방향으로 기울었다. 실제로 그는 자신이 만들어 놓은 시나리오 속 추산의 말로를 그대로 밟아 나간 것이다. 1923년에 나온『선도자』에는 도산의 삶에 투영해서 예견해본 춘원의 전체 삶의 축도가 고스란히 담겨 있다. 춘원은 이미 도산을 통

---

72 위의 책, 363면.

해서 신념만을 좇는 경우 맞닥뜨릴 수 있는 최악의 경우를 상정하고 실패를 연습하고 있었다.

그렇다면, 지사적 삶의 허무한 말로를 알고도 흥사단의 국내 지부인 수양동우회를 조직하고 도산의 임종까지 그를 따랐던 춘원의 태도는 어떻게 해석할 수 있는가. 이는 춘원이 도산의 정치적 이상주의의 실현을 그대로 믿었기 때문이라기보다는, 도산이 그 자체로 춘원의 삶의 가치를 담보하는 객관적 증거였기 때문이라는 맥락에서 생각해 볼 수 있다. 도산은 서북 지역 민족주의 청년운동의 역사적 계보의 원점에 서 있는 산증인이다. 춘원의 청년 시절은 도산의 신민회 세대와 그들이 만들어 놓은 청년의 형상에 부합하려는 노력에 바쳐진 것이다. 도산이 낸 길을 따라 걷는 것은 그의 청년기의 선택이 옳은 것이며 가치 있는 것이라는 점을 입증할 수 있는 유일한 방법이다. 정치적으로 성공의 전망이 보이지 않음에도 과거 도산과 신민회가 열어 보였던 신세계의 가능성을 믿고 따라 걸어야만 하는 상황은 그 자체로 파국을 향해 걸어가는 순교자의 여정임이 틀림없다. 그리고 이와 같은 길을 걷는 춘원의 내면은 춘원의 실제 정치적인 상황과는 별도로 춘원이 고수하고자 했던 자기결백성의 단면을 형성한다고 할 수 있다. 이때 도산과 신민회시대의 신화가 열어 보인 신세계는 춘원에게 있어 그의 청년시대의 순수성과 열정으로 바친 시공간이기에 그 진정성을 두고 시비할 수 없는 영역이 된다. 이로 인해 춘원이 도산에게 보여주었던 맹목적인 신뢰는 달리 말하면 춘원 자신의 청년시대에 대한 믿음이 되기도 하는 것이다.

『창조』 세대의 문학론과 소명의식의 세 가지 유형

근대 평양은 종교적 조직과 정신주의적 경사가 강한 도시이면서, 동시에 상공업을 중심으로 한 토착 부르주아들의 지배하에 놓인 신흥공업도시라는 이중적인 면모를 동시에 보여준 도시였다. 기독교는 평양을 종교의 도시로 바꿔놓았으며, 동시에 근대적 교육과 산업을 전래하여 제도적 기반을 마련해주었던 원천이었다. 그리고 무엇보다도 평양은 청년학우회와 신민회로 대변되는 청년수양론의 구상이 발원한 곳이었다. 청년론에 의해 제시된 종교적 아포리즘, 즉 '자기갱신에의 신념'이 그 자체로 청춘의 이념이자 생명의지라는 대전제는, 서북의 근대화론이 궤도에 오르면서 본격화된 일본 및 미주로의 유학, 그 과정에서 마주친 식민지 지식인의 열패감과 극복 방향의 모색과 어울려 서북청년의 계보를 재생산한다. '조선의 예루살렘'이라고 불리던 평양에서 '문학을 위한 문학'을 지향하는 한국 근대문학의 새로운 운동세력이 나타났다는 것은 어떤 의미인가. 『창조』의 동인들 역시 서북청년의 세대적 이행이라는 측면에서 검토가 가능하다. 최초『창조』의 창간을 논의했던 김동인과 주요한은 물론 이들과 의기투합했던 전영택까지 모두 서북 지역 기독교와 도산의 직간접적인 영향하에 놓여있다. 김동인은 장로의 아들이자 김동원의 아우였으며, 주요한은 목사의 아들이고, 전영택은 감리교단의 지원하에 신학을 전공하는 학생이었다. 말하자면, 이들은 기독교를 통해 근대화의 시야를 넓히고 동시에 그 종교적 영향하에서 민족 공동체의 현실적 구원 논리를 찾으려 했던 근대적 서북인 일 세대의 아들들이다.

『창조』의 동인들이 문학, 보다 넓은 범위에서 예술활동을 통해 질문했던 문제들, 예컨대 '참', '진리', '예술', '자아' 등의 질문들은 종교적인 물음과 겹쳐져 있다. 최초 기독교를 민족주의운동의 정치적 담론으로 확장시키거나 지역 사회 내의 제도적인 기반의 원천으로 삼으려 했던 기독교 수용 첫 세대의 직접성이 비로소 이들의 후세대 이르러 내면화되고 반성적으로 회의되는 단계에 이르렀다고 보아야 할 것이다. 이는 기독교의 수사와 언어 혹은 관념이 맹목적인 은유와 신앙의 단계를 벗어나 의식 저변을 형성하는 단계로 이행하고 있다는 점을 보여준다. 가정과 학교에서, 즉 성장의 공간에서 이들이 내면화한 종교적 관념은 미의식의 형성에도 영향을 미친다. 아울러 서북 지역의 기독교가 토착화의 과정에서 민족주의 이념으로의 변형을 겪었다는 점을 감안한다면, 이들의 문학에서 확인되는 기독교의 사유와 언어들은 비단 순수한 종교 담론에 그치는 것일 수가 없다. 근대의 기독교는 일변으로 도산과 춘원이 받아들였던 민족운동의 소명론을 표현하는 언어이기도 하고, 그 소명론을 부정하는 언어가 되기도 했다. 요컨대 '신앙'과 '신념'의 결합 상태를 표명하기 위해서는 물론이고, 이러한 결합 상태를 비판하기 위해서도 기독교적 언어가 필요했다. 이것은 모두 어떤 '믿음'의 형태를 근대적 화법으로 표현하는 과정에서 기독교의 제도와 언어를 통과했기 때문에 생기는 문제이다.

『창조』가 최초에 문학행위의 근거를『학지광』으로 대변되는 정치행위와의 차별에서 찾았다는 점은 잘 알려져 있다. 이는 정치와의 대치구도를 전제하고, 결과적으로 창조파의 문학에서 '정치와의 분리' 지향성을 논의하도록 만든다. 이는 한편으로는 정치적 집단성에서 분리된 근대적 개인의 탄생이라는 측면을, 다른 한편으로는 문학의 자율성을 주장하는 예술지상주의자 집단의 탄생을 이야기하는 문학사적 해석을 낳는다. 이와 같은 해석을 강화하는 데 있어서는 '창조'의 발간을 주도했던 김동인과 그 전 세대인 이광수가 보여주는 문학적 지향의 차이에 대한 대조적 요인들이 관여하고 있다.

그러나 정치와 문학의 이분법에, 종교라는 제삼항을 추가하는 경우 그 논의의 구도는 훨씬 복잡해진다. 게다가 그 종교라는 것이 '민족'이라는 집단적 이상의 신념을 가탁한 언어가 될 가능성이 있다는 점을 감안한다면 말이다.『창조』의 결성은 기존 신념의 정치적 표현방식과는 다른 신념의 문학적 표현방식의 대한 필요에서 나왔다. 이때 '신념'이라는 용어는 중요하다. 이 지점에서 이들이 합의했던 '문학의 자율성'이 공허한 부정의 형식이 아니라, 기존의 정치와는 다른 의미에서의 시도되었던 정치적 담화라는 해석이 가능해지기 때문이다. 최초 같은 잡지의 발행에 가담했다고는 하지만, 창조파의 주요 인물인 김동인, 주요한, 전영택 등의 창작 경향이나 문학인으로서의 삶의 양상은 매우 달랐다. 그럼에도 불구하고 이들을 하나의 장에 묶어냈던 힘은 결국 '문학운동'의 필요성이었고 이들이 반드시 필요하다고 생각했던 '어떤 문제들'에 대해 기존의 정치나 문학이 제대로 접근하지 못하고 있다는 불만이었다. 기독교와 청년론은 이와 같은 필요와 불만이 형성되고 발현되도록 만든 배후의 생산기제로 작용한다. 이 '동인'들은 자기신념에의 정직성을 증명하기 위해 각기 예술로, 정치로, 종교로 달려갔던 것이다. 이하의 각 절은 창조파의 주요 일원인 전영택, 주요한, 김동인의 작품과 문학론을 중심으로 이들 문학에 나타난 자기신념에의 표현 양상을 살필 것이다. 이를 통해 이들 작가군이 현실적 맥락에서 문학행위의 필요성을 마련하고 그 실천에 적극적 의의를 부여할 수 있었던 계기를 해명하고자 한다.

1. 기독교 문학론과 '사랑'이라는 이데아_전영택의 경우

서북 지역 특유의 종교화된 민족주의의 압력 속에서 종교, 문학, 민족이라는 세 가지 항목을 놓고 고민했던 인물이 곧 『창조』의 동인 중 한 명이었던 전영택이다. 전영택의 소설은 작품성의 면에서 그다지 우수하다고 할 수 없는데, 이때 소설의 장르론을 충족시키지 못하는 '결격 요인들' 자체가 서북 지역의 문학적 토양에서 생겨난 것이기에 주목할 필요가 있다. 주요한의 문학이 보여주는 수사학적 혼종성이 서북 지역 청년운동의 역사적인 견인력에서 나온 것이었다면, 전영택의 문학은 서북 지역 기독교운동의 역사적 견인력에서 나온다. 그는 평생 문학과 신학이라는 두 항을 함께 놓고 그 공리적인 활용의 가능성을 모색한 인물이다. 그 결과 전영택의 소설은 영, 진리, 생명과 같은 종교철학적인 용어를 중심으로 공동체의 이상, 공리, 윤리 등을 이야기하는 설교형의 산문이 된다. 이는 전영택의 문학적 모범으로 선택되었던 이광수의 글쓰기 방식과 같은 계보에 선 것으로, 그의 문학적 생애

와 소설은 예술, 종교, 민족이라는 근대문학상의 세 가지 중요한 축이
만나 충돌하는 현장에서 형성되었다는 점에서 논의의 가치를 지닌다.

『창조』의 동인이 되던 당시 전영택은 감리교 계열 청산학원의 신학
부 학생이었다. 『창조』 결성을 주도한 김동인이나 주요한이 호기심과
기대에 차서 '조선 최초의 순문예지'를 발의했던 것에 비해, 동인으로
가담하라는 제의를 받았던 전영택의 입장은 그리 쉽게 동의할 수는 없
는 처지에 있었다. 그는 신학부 학생이라는 특수한 입장으로 인해서,
"소설이라면 의례히 연애소설로 알고 정치를 논하고 종교를 설하는 일
류 학생들과 소위 지사로서는 배척을 하고 멸시하는 것이요, 더구나
교회방면에서는 소설 쓰는 일을 죄악시하고 소설을 쓰는 사람을 타락
한 사람으로 여기던 시절"이기 때문에, 청산학원 신학부에서 신학공부
를 하고 목사가 되려는 사람으로 문예잡지를 내는 데 참여하거나 소설
을 쓴다는 것은 일종의 모험이었다고 회고한다.[1] 이렇듯 전영택의 문
학적 생애를 볼 때 흥미로운 점은 한국에 근대라는 이름으로 도입된
기독교가 문학과 부딪쳤을 때 생겨난 파장과 고민의 종류를 명확하게
보여주는 사례라는 점에 있다.

전영택은 1894년 평양에서 태어나[2] 도산의 대성학교를 거쳐 감리교
의 지원으로 일본유학을 통해 목사수업을 받는다. 『창조』의 동인인 주
요한이나 오천석 등이 제도화된 기독교의 영향력 아래 목사의 자녀로

---

1 전영택, 「『창조』와 『조선문단』과 나」, 『현대문학』, 1955.2(표언복 편, 『늘봄 전영택 전집』 3,
  목원대 출판부, 1994, 498면에서 재인용). 이하 '전집'이라 표기함.
2 전영택이 직접 적은 것으로 보이는 흥사단 이력서에 따르면 1894년 평남 평양생으로 되어 있
  으나('第二五一團友 田榮澤', '한국독립운동사 정보시스템 원문자료' 참조), 김동인은 『창조』
  시절을 회고하는 글에서 "요한과 여는 평양 출생이다. 늘봄은 영변인이다"라고 회고하고 있
  다(「문단회고」(1931), 『朝鮮近代小說考 外―김동인 전집』, 조선일보사, 1988, 310면). 전영택
  의 가족이 평양에서 태어나 유년기에 진남포로 이주하고, 청년기에 경제 사정이 어려워 가족
  이 영변, 서울 일대로 뿔뿔이 흩어졌던 데에서(「성장기」(1968, 유고), '전집' 2 참고) 기인한 혼
  동인 것으로 보인다.

서 성장했다면, 전영택의 경우는 개신교 선교사의 영향을 받아 개종하며 목사가 된 부친의 대를 이어 그 자신도 목사수업을 받았다. 전영택의 부친은 일찌감치 신교육의 필요성을 깨달은 개화인사로 전영택이 유년기를 보낸 평북 진남포에 신식 소학교를 세워 전영택을 그곳에서 교육 받게 했다. 전영택은 소학교 시기를 전후해서 국문을 깨치고 일어와 영어를 배웠다. 부친의 지원 아래 1908년 대성학교에 입학하면서 그곳에서 도산을 만나게 된다. 전영택의 민족운동에 대한 체험과 평양지역의 역사에 대한 내면화는 이 시기에 시작된 것이다. 이곳에서 그는 한편으로는 춘원의 소설을 읽고, 육당의 『소년』을 읽으며 문학에 취미를 붙였다고 회고한다.[3] 1909년 부친이 별세하고 가세가 기울면서 잠시 학업을 중단하게 된 그는 세상으로부터의 고립감과 미래에 대한 불안감을 종교를 통해 해소한다. 그는 독실한 개신교인이었던 형을 따라 진남포의 삼숭교회(三崇敎會)에 다니며, 이곳에서 한국 최초의 목사인 김창식(金昌植)으로부터 세례를 받는다.

빈한한 살림을 뒷받침하고자 의학공부를 하러 진남포를 떠나 상경한 그는 적성에 맞지 않는 의학공부를 등한시하고 대신 문학에 몰두한다. 감리교의 지원으로 유학할 기회를 얻은 그는 동경 아오야마(靑山) 학원 중등부에 편입학한 뒤, 1915년 청산학원의 대학과정에 진학하면서 문학부를 지원한다. 이 시기에 어릴 때부터 문학적 스승 노릇을 했던 춘원과 해후하고 동시에 메이지학원 유학파인 주요한, 김동인, 김환 등과 더불어 『창조』의 동인이 된다.[4] 동경 유학생들의 2·8독립선

---

3   전영택, 「나의 문학수업」, 『문학예술』, 1965.5(『전집』 3, 526면).
4   김환은 전영택에 의해 『창조』의 동인이 된 것으로 보인다. 진남포에서 부친이 세운 보동학교에 다녔던 전영택은 진남포 부자의 아들인 김환, 안중근 의사의 사촌인 안공근과 동기였다고 회고한다. 전영택은 보동학교를 졸업한 후 평양으로 나가 1908년에 대성학교가 개교하자 신입생으로 입학하는데, 김환 역시 전영택과 함께 대성학교에 입학했던 것으로 보인다. 김환과

언을 지켜본 그는 혼란기에 평양으로 돌아오는데, 이곳에서 독특한 경험을 하게 된다. 약혼자인 채혜수(蔡惠秀)가 만세운동을 주도하여 수배자 목록에 오르자 경찰에게 체포당하기 직전에 결혼식을 올린 것이다. 결혼식 다음날 아내가 연행되고 평양감옥에 투옥된다. 결혼하자마자 아내가 만세운동 혐의로 끌려가 부부가 생이별을 하게 된 이 사건은 당시 평양 성내에 유명한 이야깃거리였다고 전영택은 회고하고 있다. 3·1운동 이후에 전영택은 재도일하여 청산학원 신학부에 복교하고, 이후 1923년경 귀국하여 서울감리교신학교 교수로 재직하면서 『신생명』, 『진생』 등 기독교잡지운동에 관여한다. 1930년에는 미국 캘리포니아주 태평양 신학교로 유학한 뒤 그곳에서 흥사단에 가입하고, 약 2년여에 걸친 유학을 마치고 1931년 말부터 황해도 봉산 지역에서 목사로 일하며 농촌운동에 관여하다 1934년 경성으로 돌아와 감리교신학대학 교수로 복귀하지만, 1937년 수양동우회 사건에 연루되어 다시 시골로 내려가 은신한다. 해방 이전 전영택은 평양을 거점으로 일본과 미주(美洲)를 오가는 동선을 보여주고 있으나, 모두 기독교 관련 기관을 바탕으로 움직이고 있다.[5]

작가이자 동시에 목사였던 그는 종교를 기본 전제로 그 속에서 문학과 민족을 아우르려 했다는 점에서 이광수, 주요한과는 차이가 있다. 전영택의 삶은 확실히 작가라기보다는 개신교 목사로서의 역할에 충

대성학교의 연관은 김환이 '백악', '흰뵈'라는 필명으로 쓴 기행문 「고향의 길」(『창조』 2, 1919.3)과 그 속편격인 「東渡의 길」(『창조』 3, 1919.12)에 부분적으로 언급되어 있다.

5 전영택의 생애에 관한 사항은 자전적 기록인 수필 「성장기」(『신동아』 43, 1968.3(『전집』 2, 251~260면)), 「나의 문단생활 회고」(『신천지』, 1950.4(『전집』 3, 494면))에 비교적 자세히 언급되어 있으며, 목원대학교 표언복 교수에 의해 전집이 출간되면서 연보의 형태로 정리되었다. 본문에서 논의되는 전영택의 생애 및 연보에 관한 내용은 표언복 교수의 『늘봄 전영택 전집』(목원대 출판부, 1994)을 참고로 하되, 작가의 자전 수필, 독립운동사 데이터베이스를 통해 수집한 전영택의 흥사단 및 수양동우회 관련 기록, 전영택의 장녀인 전산초가 출간한 『메풀 전산초 평전』(플러스라이프, 2009)에 담긴 회고담 등을 토대로 수정·보완한 것이다.

실했다고 볼 수 있으나, 그가 문학과 신학의 병행 여부를 놓고 고민을
거듭한 3·1운동 전후의 시점이 곧 작가 전영택으로서 가장 밀도가 높
은 소설을 써낸 시점이라는 사실은 주목할 만하다.

전영택은 문학의 중요성을 소리 높여 주장한 적은 없지만, 3·1운동
이후 발표된 그의 작품들에서는 문학을 포함한 예술 및 당대의 예술가
들의 역할에 대해 답을 고민한 흔적을 찾을 수 있다. 이는 3·1운동으
로 인해 공동체적 시간의 감각을 회복하면서 나타난 현상으로, 1910년
이후로 기독교가 민족주의자와의 결별을 선언한 상황에서 다시금 종
교와 민족의 관계항을 어떻게 설정해야 하는가라는 고민을 담고 있다.
3·1운동 이후 발표된 전영택의 중편소설 「生命의 봄」(『창조』 5~7, 1920.
3~7)은 예술과 종교 사이에서 갈등을 일으키는 주인공이 두 영역을 합
일시키는 과정에서, 무의식적으로 3·1운동을 일종의 종교적 묵시의
발현으로 받아들이고 있음을 보여주는 소설이다.

「생명의 봄」은 평양의 남산현 교회에서 열린 목사 P의 장례식에서
시작되고 있다. 목사 P는 작가 박영준(朴榮濬)의 선친이자 만세운동 주
모자로 투옥된 박석훈(朴錫薰)을 가리킨다. 이 소설의 화자는 기독교인
이자 소설가 '나영순'으로 설정되어 있다. 화자는 장례식에 참석하여
자신이 지은 추도문을 낭독한 뒤 슬픔에 잠겨 있다가, 역시 만세운동
의 주모자로 평양감옥에 수감되어 있는 아내를 면회하러 간다. 이와
같은 에피소드가 자신의 체험을 토대로 만들어진 것임을 전영택은 문
단회고를 담은 짤막한 글에서 언급한 바 있다.[6]

이 소설은 기본적으로 예술과 종교 가운데에서 갈등을 일으키는 영
순의 내면을 기둥으로 삼고 있다. 첫 장면에 자신의 신념을 위해 순교

---

6 전영택, 「나의 문단생활 회고」, 『신천지』, 1950.4(『전집』 3, 493~496면).

한 한 종교인의 죽음과 3·1운동 이후 평양의 분위기를 묘사하면서, 이 소설은 유한한 인간존재와 바람직한 삶의 윤리에 대한 질문을 던진다. 작중에서 영순의 고민은 육신의 유한성을 넘어설 영원한 생은 무엇인가에 집중되고, 이에 대한 답안으로 종교와 예술이 서로 경쟁을 벌이는 구도로 되어 있다. 종교적 삶의 숭고함은 주인공 영순이 P목사의 죽음에 압도되고, 투옥되어 있는 상태인 아내 '영선'에게 부채감을 느끼는 것으로 강조된다. 한편 예술적 삶의 숭고함은 만세운동 후 평양시내의 분위기와 인심을 관찰하는 영순의 내면 및 그의 동생 '은순'의 시와 노래 속에서 강조되고 있다.

① 英淳은 생각이 막다른 골목으로 드러가서 英善의 죽음을 想像한다. 그러나 아모 苦痛도 업시, 도로혀 재미로, 재미라는 것보다는 한 유 — 모아 이엇다. 英淳은 참아 眞正으로는 英善의 죽음을 想像도 할 수 업섯다. 英淳의 이 상상은 마치 사랑하는 英善을 向하야 直接으로 (네가 죽으면 엇더케 될가)(내가 엇더케할가)하고, 戱弄으로 말하는 셈으로 하는 것이오, 쏘 P牧師도 獄에 갓첫다가 죽엇스니 英善이도 더구나 軟弱한 英善이도 獄에서 苦生하다가 죽을지도 모르지 — 이러한 가벼운 論理的 想像에 지나지 못한다.[7]

② 英淳은 무슨 小說冊이나 하나 못가지고 온거슬 恨하면서 우둑커니 서 잇다가 '올치 사안 小說을 닑으리라' 이런 생각이 니러낫다. 곳 산 小說을 찾아보앗다. 그째에는 그의 周圍에 보이는(잇는) 모든 거시 죄다 小說노 보엿다. — 져 각쳐에서 모혀온 할머니, 아쥬머니, 老人, 靑年, 져 壯年한톄 하고 왓다갓다하는 看守들 죄다 小說이다. 이 監獄이라는거시 벌서 小說

---

7 전영택, 「생명의 봄」, 『창조』 5, 1920.3, 7면.

쥬머니다. 올타, 이 監獄 안에 몇 千名 잇는 罪囚가 다 —아이구— 그거시
하나식 하나식 죄다 小說이로구나. (…중략…)

　올타. P牧師가 죽은 것도 한 藝術이다. 아니, 偉大하고도 玄妙한 한 詩다.
오냐 千萬代에 기리 —썩지안코 더욱— 빗나갈 詩로다. 그의 죽음 그것은
無限이 高貴한 詩이지만, 그의 죽음을 哀悼한 내 弔文은 도로혀 그 산詩를
더럽힐지언뎡 빗나게는 못할 가쟝 拙劣한 거시다. 생각하다가 '그 오리지
날 詩를 꼭 고대로 體現한 참詩를 못짓나'하고 恨歎하엿다.[8]

　인용문 ①은 영선을 찾아 평양감옥으로 면회를 간 영순이 기다리는
동안 주변을 관찰하는 대목이다. 그의 상상은 영선이 죽는 상황을 가
정하여 소설의 플롯을 구성하는 데까지 나아간다. 단순한 상상과 스토
리의 전개, 그러니까 외국 소설이나 활동사진에서 보았던 상황에 자신
의 실제 상황을 대입하고 그 순간의 감흥과 슬픔, 감격, 고통 등을 생각
해보는 것이다. 그러면서도 그는 이것이 진정이 아니라는 점, 다만 '희
롱'이자 '논리적 상상'에 지나지 않는다는 점을 여러 번 스스로 다짐하
고 있다. 실제의 감정과 고통이란, 그와 같은 논리적 상상이 닿을 수
없는 자리에 놓여 있기 때문이다.
　인용문 ②에서 영순의 생각은 실제의 감정과 고통의 '오리지널리티'
가 곧 진짜 소설이자 예술이라는 데까지 나아간다. 감옥을 배경으로
움직이는 모든 사람들 저마다의 생은 곧 이런 논리적 상상과는 질적으
로 다른 '산소설'인 것이다. 그리고 소설가인 화자로서는 소설과 예술
속에서 살고 있지만, 자신의 창작물이란 이러한 '오리지널리티'를 구
현한 '참소설', '참시'는 되지 못하는 것이다. 작가에게 문학의 정당성은

8　위의 글, 10~11면.

그것이 '살아 있는 것', 영순이 '참'이자 '오리지널리티'라고 생각되는 것을 포착하는 것에 닿아 있다. 단지 허구적인 상상이나 논리적인 유희에 불과한 것이라면 스스로도 용납할 수 없는 것이다.

위의 인용에서 보듯 전영택의 소설 「생명의 봄」은 예술과 종교 사이에서의 갈등을 다루고 있지만, 그 갈등의 수준은 비단 당대 예술가에게 쏟아졌던 일반적인 시선처럼, 미의 여신을 추종하는 방탕하고 방종한 삶에 매혹된 예수교 청년의 갈등과는 자못 다른 양상을 띤다. 작가의 질문은 문학예술이 구현되는 원리인 허구성, 인위성 자체가 현실에서 벌어지는 죽음과 고통의 중압감과 무게감의 진실성을 담아내기에 역부족이라는 지점까지 이르고 있기 때문이다. 즉, 그는 문학예술의 장르 자체에 대해 회의하는 대목에서 출발하고 있다. 문학 / 예술의 인위성, 인공성 자체가 회의의 출발점이 된다면 그가 꿈꾸는 예술의 상이란 어떤 곳에서 해답을 찾을 수 있는가. 전영택의 고민이 이렇듯 예술의 인위성이라는 근본적인 지점에 귀착된 것은 그의 문학이 근본적으로 '죽음'이라는 주제를 어떻게 다루어야 하는가라는 고민을 안고 있었기 때문이며, 당대의 현실적 죽음이 문학을 압도하고 있었기 때문이다. 전영택은 죽음을 낭만화 하는 것에 대해 죄책감을 느끼고 있으며, 삶과 죽음의 본질에 대한 문제를 묻게 된다. 그가 나중에 '위대한 신앙가는 시인'이라며 욥기나 전도서 등을 들어 어느 세속문학이나 근대문학도 따라오지 못하는 위대한 문학이라 단정할 때에는, 종교가 본질적인 것을 손상시키지 않고 그대로 전달할 수 있는 매체라는 데에 우위를 둔 것이다.[9]

예술의 인위성에 대한 불신을 해소하고 그 가치를 인정하기 위해서

---

9 전영택, 「기독교문학론」, 『기독교사상』, 1957.1(『전집』 3, 565면).

는 문학의 종교적인 승화라는 측면이 필수적이다. 이에 작중에서 영순은 평양감옥에 수감된 영숙을 기다리는 동안 머릿속에서 '논리적 유희'를 통해 소설의 줄거리를 구상하던 것을 멈추고, '산소설'을 찾으려 대합실로 들어간다. 그곳에서 아들을 염려하는 어머니의 군상에서 숭고한 모성을 보고, 그것이 곧 종교적 '신성'과 통한다는 생각을 하게 된다.

> 이 째에 英淳은 小說, 藝術이라는 것보다도 오마니를 생각하고, 宗敎, 하나님, 그리스도의 十字架를 생각하엿다.
> '오 ― 오마니의 사랑, 그리스도의 사랑'
> ― 사랑이다, 사랑이다, 누리에 가쟝 아름답고 尊貴한 거슨 사랑이다. 사랑밧긔 업다. 사랑은 누리를 支配한다. 왼누리에 오직 사랑이 이슬쑨이다.
> 올타, 사랑은 예술의 본질이다. 예술은 사랑이다. 올타. 사랑과 예술은 하나이다. 그의 생각은 이러케 歸結하엿다.[10]

영순에게 있어서 '사랑과 예술은 하나이다'. 그리고 사랑과 예술은 곧 종교적인 신성과 통한다. 신성은 사랑에서 비롯되고, 그 지극한 감동과 숭고함의 원천에 압도되어 그것이 곧 예술이라 인정하는 장면이다. 이때 그가 말하는 예술이란, 이미 앞서 부정해버린 소설이니 예술이니 하는 좁은 의미의 인위적 기예를 뜻하는 것이 아니고, 오리지널리티를 체현한 바로 그 예술, 순수한 감동의 본질로 이루어진 '예술'의 이데아를 지칭한다. 즉, 예술의 이데아는 '사랑'이다. 이것은 나중에 전영택의 기독교 문학론을 이루는 핵심적인 명제가 된다.

예술의 인공성에 대한 회의는 결국 미메시스라는 예술적 재현의 본

---

10 전영택, 「생명의 봄」, 『창조』 5, 1920.3, 11~12면.

질에 대한 회의에 해당한다. 따라서 이 소설에서 작가는 예술의 개념을 변형시켜 그 정당성을 획득하려 든다. 자연의 오리지널리티를 예술에 포섭하기 위해 그가 선택한 것은 조형적 능력의 기원을 인간이 아닌 신에게서 유래한 능력으로 보는 것이다. 다음과 같은 장면은 예술 및 예술가의 자질을 인간이 아닌 초월적 존재에게 의탁하는 사유의 전형을 보여준다.

십자가 후에 승리잇고
죽음이 가고 부활이 오며
죽음의 겨울 지나가면
生命의 봄이 도라오네

'오―生命의 봄이 도라와! 오―銀순아 그거 네가 지엇니?……오―生命의 봄이 도라와!'

英淳은 다시 은순의 두손을 쥐어 잡아 다리면서 얼골에 갑작이 無限한 깃븜이 充滿해서 빙글~ 우스면서 이러케 말한다.

'오―은순아 지금 네 노래의 마그막 한 句節은 네 노래가 아니오 天使의 노래다. 내가 지금 分明히 天使를 보앗다. 天使를 나는 보앗다. 죽음의 겨울이 지나가면 생명의 봄이 도라오네 오―그거슨 하느님의 말삼이다. 그거시 默示다. 오―내게 네 입을 비러 默示를 바닷다. 오―은순아 고맙다. 오―天使야!' (…중략…)

'은순아 너 공부 잘해라. 確實히 너는 詩人이 될 天分이 잇다. 수양 잘해라. 아―네의 詩的 天分과 그 音樂의 天才! 너야말노 쟝차 큰 藝術家가 되겠다. 네가 詩人이 못되면 참 앗갑다. 은순아!' [11]

위의 인용은 P목사의 장례식에 참석한 후, 감옥에서 아내를 면회한 주인공이 결국 모두가 죽으리라는 비관에 빠졌다가 여동생 은순의 찬미가를 듣고 감격하는 장면이다. 인간은 결국 모두 죽게 마련이라는 절망이 '죽음의 겨울'로 표상되고 있다면, 희망과 소생의 가능성은 '생명의 봄'으로 대립되고 있으며, 이 단편의 표제가 유래한 주요 대목이다.

이 소설에서 주인공 영순은 그 자신이 소설가이면서도 자신의 작업에 대한 뚜렷한 소신을 찾지 못하고 있는데, 대신 동생 은순에게는 '시인이 될 천분', 예술가적 소양이 있다고 칭찬을 아끼지 않는다. 그는 은순의 찬미가가 그녀로부터 유래한 것이 아니라 묵시의 형식이라는 것을 강조한다. 진정한 시인과 예술가의 자질은 그 자체로 발현되는 창조력에 있는 것이 아니라 대자연의 뜻, 즉 대자연의 오리지널리티를 체현하는 매개로서의 자질에 있다. 즉 예술의 신성성과 권위를 인정하되, 그것은 대자연의 묵시를 재현하는 형식이기 때문에 위대한 것이다. 예술가의 창조력은 대자연의 뜻에 의탁되어 있다. 작가가 찾아낸 신성한 종교적 예술가의 형상은 작중에서 종교와 예술의 대립을 뛰어넘어 '생명의 봄'을 추구하는 "진실하고 생명잇는 사람"의 역할에 대한 탐구 의지로 귀결된다.

　　나는 몬저 사람이 되어야 되겟소, 무엇보다도 몬저 眞實하고 生命잇는 사람이되어야 하겟소. 牧師가 되는 것보다 敎師가 되는 것보다도 몬저 거짓이 업는 사람이 되여야 하겟소. 生命잇는 사람이 되어야 하겟소. 우리 압헤도 이계 봄이 도라오겟지오. 生命의 봄이 도라오지오. 우리도 生命잇는 사람이 되어서 生命의 봄을 마저서 참 新生活노 드러갑세다.[12]

11　위의 글, 18면.
12　전영택, 「생명의 봄」, 『창조』 6, 1920.5, 39면.

소설의 후반부에서 아내 영선은 감옥에서 나왔으나 병으로 생사의 기로에 서게 된다. 병실의 다른 환자들이 죽어가는 가운데 영선이 살아남는 에피소드는 인간의 운명은 결국 하늘에 달렸다는 신적 권위를 재확인하고, 아울러 죽음의 절망에 이르렀다가 '생명의 봄'의 환희를 만끽하는 대목에 해당한다. 영선이 죽을 고비를 넘기고 살아남는 것은 결국 인간의 삶의 우연성에 대한 수용에 있어서 어떻게 하면 가치있는 삶을 살고 죽음이라는 운명에 직면할 것인가라는 문제를 낳는다.

죽음, 즉 자연이라는 압도적 타자를 접했을 때, 전영택이 종교와 예술을 합일시키는 방식 역시 앞서 살펴본 '묵시'의 수행자로서의 종교적 예술가, "진실하고 생명잇는 사람"의 도출과정과 크게 다르지 않다.

> 그는 문득 靑年루터를 생각하엿다. (…중략…) 이 캄々하고 무저운(무서운 — 인용자 주) '죽엄'이란 問題, 알 수 업는 神秘的 大問題로 限업시 焦悶을하다가 곳 修道院으로 드러간거슬 생각하엿다. 그리고 自己도 그만 修道院으로 드러가고 십흔 생각도 낫다.
>
> 그리고 루터가 修道院에 드러간다음에도 가즌고생을 다 지내면서 오래 앨쓰다가 엇든 先生의 도음으로 마참내 과연 霽月光風이랄만하게 所謂大悟徹底하야 리듬슌을 經驗하고, 萬人의게 그 經驗을 전하고 그 眞理를 더 가라친거슬 생각하엿다. 그리고 그의 偉大한 人格과, 偉大한 혁명덕 事業을 聯想하엿다. 그는 그러한 敬虔宗敎的 經驗의 深奧하고 崇高하고 귀한 거슬 새삼스럽게 집히 늣것다. 그리고 루터를 놉히 울어러 보앗다. 그리고 자긔가 몹시 보잘것없고 적은거슬 불상히 녁엿다.[13]

---

13 전영택, 「생명의 봄」, 『창조』 7, 1920.7, 12면.

영순은 죽음 앞에서 선 인간의 운명에서 선지자 루터의 생애를 떠올린다. 루터가 '리뎀슌', 즉 그리스도를 통한 '구원(redemption)'을 경험하고 그로부터 인류를 위해 일하는 종교인이 된 것을 떠올리는 것이다. 인용한 장면에 이어 영순은 P목사의 장례가 치러졌던 '남산현예배당' 문 앞에 나서 눈앞에 펼쳐지는 대동강과 문수봉(紋繡峯)의 대자연미에서 '엑스타시'를 느끼고, "그 순간의 삘닝(feeling - 인용자 주)을, 그 自然을 엇더케든지 自己손으로 표현하고 십흔 極히 强한 무럭々々 니러나는 藝術的 衝動"을[14] 경험한다.

「생명의 봄」은 종교적인 숭고함이 나타나는 장면에는 반드시 예술적 갈등 혹은 충동이 따르는 특징을 가지고 있는데, 이는 죽음, 즉 자연의 섭리를 수용하는 데 있어서 종교와 예술의 대응방식을 함께 검토하고 있는 작가의식에서 나온 것이다. 최초 대자연의 압도적인 타자성을 접할 때 주인공이 선택할 수 있는 방식은 두 가지로 나타난다. 한 가지는 그 압도성 앞에 자아를 개방하여 밖에서 오는 소명을 받아들이는 것이며, 다른 한 가지는 자연을 향한 감성과 두려움을 자아의 내면으로 흡수하여 내재적인 절망, 분노, 좌절 등 본능적인 감성과의 대면으로 회귀하는 방식이다. 전자가 종교적인 반응이라면, 후자는 예술적인 반응이다. 즉, 자아를 개방하느냐 고수하느냐의 고민인 것이다. 이 분기점에서 전영택은 산문적 감성을 지탱할 저항적인 거리감을 유지하는 폐쇄성을 버리고, 대자연의 부름에 호응하는 개방적 시인의 감성을 선택한다. 우선 그는 자신이 대자연 앞에 우연하게 존재하는 '임시적인 존재'임을 인정하고, 마치 루터처럼 믿음을 매개로 인류에 봉사하는 사도의 역할을 선택한다. 이것은 종교의 길이다. 동시에 그는 대자연의

---

14 위의 글, 12면.

아름다움에 감응하는 자아를 스스로 지각하는 황홀경의 영역과 종교적인 깨달음을 연결하고 이로부터 예술가적 충동을 경험한다. 대자연의 미에 감응하는 자기 내부의 목소리에 스스로 도취되는 예술적 충동이란 곧 보편적 찬송과 찬미의 세계이며 노래와 시의 세계인데, 이것을 곧 예술의 길로 설정한다. 크게 보아 선지자적 시인이라는 경지에서 종교와 예술의 존재론 및 역할론을 아우른 것이다. 이와 같은 종교예술적 미학의 기반 위에서야 그는 차후로 '생명 잇는 사람'으로서 장차 어떤 일을 해야 하는가에 대한 질문을 던진다. 「생명의 봄」의 결말에서 영순이 아내를 두고 정처 없이 길을 떠나는 것은 이 때문이다.

작가가 창작의 주체로서 내는 목소리가 아니라 대자연의 소리, 외부에서 오는 목소리에 감응하여 이를 옮기는 존재라는 인식은 전영택이 종교인이면서도 평생 예술을 버리지 않을 수 있었던 근거가 된다. 그에게 종교와 예술은 생에 있어 본질적인 것이 갖는 권위, 신성성, 순도 등을 담보하는 공통적인 형식이었고, 이는 삶 혹은 자연의 '오리지널리티'를 추구해야 한다는 신념을 만족시키는 것이었다. 오리지널리티를 향한 신념 속에서 전영택은 개성과 세계, 특수성과 보편성이 만나는 자리에 문학을 세울 수 있었던 것이다.

그러나 예술관의 구현에 있어서 주체의 이성과 합리성에 의거한 시각을 당초 설정하려들지 않았기에, 전영택이 추구하는 미학은 산문이 아니라 운문에 가까운 것이 된다. 인위성을 배제한 오리지널리티의 반영이라는 자세는, 사실의 재현이 아닌 묵시 즉, 영감의 재현이라는 방식으로 나타난다. 외부적 초월자의 묵시의 형식으로 산문 미학을 수용하고 있다는 점은 「생명의 봄」이 비록 소설로 발표되었지만 실제로 서사의 축을 지탱하는 사건의 구조가 연약하고, 주인공 화자의 내적인 방황과 영탄을 중계하는 각종 찬미와 노래, 고백, 기도 등의 서사 장치에 의존하고 있는 정황을 이해하기 위한 전제이다.

작가 스스로 대표작이라 꼽고 있는 단편 「천치? 천재!」에서 현실의 논리에 전혀 무지해 모두가 바보라 일컫는 아이가 등장하되, 그 아이가 노래하는 음성을 듣고 화자가 그를 곧바로 자연의 아이이자 시인이라 말하는 것은 이런 맥락에서 이해가능하다. 또한 「생명의 봄」과 마찬가지로 3·1운동을 소재로 한 단편 「독약을 마시는 여인」이 소설이라고 분류하기에는 애매한, 소위 작가의 표현에 따르면 "인상파적인 기분"을 따른[15] 실험적인 에세이의 형식으로 발표된 것은 시와 노래의 정서를 바탕으로 한 정서를 산문으로 옮기고자 한 시도의 일환이다.

전영택의 작품은 특정한 상황과 작가의 목소리는 존재하되 사건을 구성할 만한 갈등선과 플롯을 확보하지 않아 소설로 분류하기 어려운 콩트 형식의 작품들이 대부분이다. 작가의 목소리가 들어서는 자리에 신적 목소리가 대신 개입되고, 작가는 그 매개로서 기능한다. 그 결과로 나타나는 것이 종교적인 교술과 이야기의 혼종 성격을 띠는 전영택의 소설이고, 신적 목소리의 외부적 현현이 노래와 고백, 시가의 형식을 띠는 경우 그의 소설은 형식은 산문이되 실상은 운문에 가까운 글이 된다. 이는 서북 지역의 개신교적 풍토에서 나타난 혼성적 글쓰기의 일환이라 볼 수 있다.

전영택은 청년에게 주어진 시대적 소명의 매개로 문사의 역할과 소설쓰기를 선택했다는 점에서 춘원 문학의 직접적 영향을 받았다. 오히려 전영택의 소설은 공동체적 당위를 선으로 설정하고, 개인의 욕구를 악으로 규정했던 춘원의 문학보다도 종교적으로 교조화된 양상을 띤다. 정치적 공론의 영역에서 발언할 수 없는 개인적 갈등의 상황을 종

---

15 전영택, 「문단의 그 시절을 회고함」, 『조선일보』, 1933.9.20~22(『전집』 3, 486면).

교문학의 질문과 해답을 통해 해소하고, 이것이 기독교의 공동체주의를 강화하는 힘이 된다고 믿었던 것이 전영택이다. 이 기독교 공동체주의를 통해 그는 민족적 유토피아 나아가 인류의 유토피아를 만들 수 있다고 믿었다. 그 과정에서 청년의 시대적 소명을 강조하는 도산사상과 춘원의 소설은 그에게 구체적인 문학운동의 실천방향을 지시하는 것이었고, 『창조』는 그 계기로 다가왔던 것이다.

전영택에게 있어 민족 집단의 종교적 구원과 그 사도로서의 청년의 역할론이라는 문제는 일시적으로 제기된 것이 아니라 그의 문학은 물론 그의 생애를 관통할 정도로 핵심적인 질문이다. 앞서 루터의 생애를 생각하며 예배당 앞에 서서 평양 성내를 돌아보는 광경에서 암시되어 있는 것이지만 전영택이 지녔던 종교적 예술관의 지향점은 역사와 민족이라는 거대 담론과 밀착되어 있다. 이를 위해 그는 종교와 예술의 갈등을 아울러 '생명 잇는 사람'이라는 종교적 예술가의 형상을 만들고, '죽음'이라는 문제 앞에서 선지자적 시인이 되기를 자처했다.

> 푸른물 건너 물기는 적물위에
> 멀리 반공에 떠나가는 흰 갈매기
> 우리님이 날 생각하는 일편단심
> 그 정기화하여 오는 메세지가 아닌가.
> 낭림산 깊은 골짜기 구비구비 흘러서
> 모란봉, 유벽루, 청류벽을 비치면서
> 능라도 반월도 씻기면서
> 만세 전부터 흐르는 맑으나 맑은 대동강물에
> 아 ― 너 입은 양을 비쳐라.
> 그러면 웃물이 흐르고 흘러서 대해로 나올 때에

물에 비친 네 그림자 둥실둥실 떠돌아

나를 따라 여기까지 따라와서

저기저기 저 물에 늠실늠실 비치나보게[16]

「평양을 떠나서 동경으로」에서 대동강은 생명을 사장하고도 끄떡 없이 도도히 흐르는 자연의 권위로 등장한다. 물론 대동강이란 시어는 우연히 등장한 것이 아니다. 전영택에게 있어서 대동강이란 곧 평양이란 도시와 등가이며, 이는 곧 서북 지역 청년운동 및 민족주의운동의 역사와 연결되어 있다.[17] 그러므로 그에게 있어서 '죽음'이라는 문제는, 「생명의 봄」에 등장하는 P목사의 죽음 혹은 아내 영선이 맞았던 생명의 위기, 또한 단편 「독약을 마시는 여인」에 등장하는 아이의 죽음 등이 시사하듯, 그가 평양 지역에서 보고 체험한 3·1운동의 집단적 봉기와 공동체적 수난의 체험과 연결되어 있다. 그리고 이와 같은 정서가 비단 3·1운동에만 한정되지 않는다는 것을 "만세 전부터 흐르는 맑으나 맑은 대동강물에"라는 구절은 보여주고 있다. 전영택의 문학과 종교의 세계에는 평양의 역사와 기왕의 정치적 시련이 전사로 남아 있고 그 역사 속에서 겪었던 많은 시간의 층위와 사라진 생명에 대한 책임감과 고민이 압축되어 있다. 「생명의 봄」은 이와 같은 책임감과 고민에서 나온 종교와 예술 사이에서의 방황을 '생명 잇는 사람'으로서의 역할론을 통해 '구원'해주기에 이른 것이다. 이 '생명 잇는 사람'으로서의 역할론이 어떤 방향으로 진행되는지는 그의 본격적인 기독교 문학론과 기독교운동까지도 아울러 살펴봐야 그 전모를 이해할 수 있다.

전영택은 1920년에 재도일하여 청산학원에서 신학공부를 계속하

---

16 전영택, 「평양을 떠나서 동경으로」, 『서울』 4, 1920.6(『전집』 2, 320면).
17 제1부 제2장 중 「1. 평양(平壤), 소년시대의 원형과 회상의 시작」, 77~79면 참고.

고,[18] 1923년경 귀국하여 감리교신학교의 교수가 된다. 매부인 방인
근(方仁根)이 『조선문단』을 창간하는 작업을 도운 것도 이 무렵이다. 전
영택은 방인근, 임영빈(任英彬) 등과 기독교 잡지인 『진생(眞生)』, 『기독
신보』 등에 주도적으로 관여하면서 기독교 문화운동에 나선다. 이어
그가 미국으로 신학공부를 하러 떠난 것이 1930년, 그의 나이 37세 때
로, 당시 조선 유학생들이 청년기에 대학교육의 연장선상에서 미국으
로 떠나는 것에 비하면 만학인 셈이었다. 미국 캘리포니아주의 태평양
신학교에서 적을 두고 공부하였으며, 이 시기에 미주 흥사단에 가입하
게 된다. 그가 평양으로 다시 돌아온 것은 1931년 6월이니, 2년도 채 못
지나서 돌아온 셈이다.[19] 유학을 조기에 끝낸 것이 자의에 의한 것인
지 예정에 있던 것인지는 알 수 없지만, 미국 유학에 대한 그의 인상은
그리 좋지는 않았던 것 같다. 그는 훗날 미국을 '무정(無情)대륙'이라 부
르면서 주로 백인이 아시아인을 철저하게 차별하던 기억을 회고하고
있으며,[20] 또 다른 지면에서는 문명한 사회가 오히려 무섭고 더럽다는
내용을 작중인물을 통해 발언하고 있다.[21] 비교적 순탄했던 전영택의
생애에서 전환기가 찾아오는 것은 이 미국 유학을 마치고 귀국한 다음
부터이다. 전직 감리교신학대학 교원이자 미국 유학을 마친 그에게 황

---

18 『늘봄 전영택 전집』의 연보에는 1921년으로 되어 있으나, 재도일하는 길에 평양 생활의 애
   환에 대해 쓴 「평양을 떠나서 동경으로」가 1920년 6월에 발표된 것, 이 글의 말미에 작성날
   짜를 1920년 2월 25일이라 적어 놓은 것으로 보아 도일 시점은 1920년 초입인 것으로 추정
   된다.
19 전영택 전집의 연보에는 유학을 끝내고 귀국한 시기를 1932년 12월로 기록하고 있다. 그러
   나 전영택이 『기독신보』에 1931년 9월 23일에서 10월 14일 사이에 연재한 「감상」은 좀 다른
   정황을 보여준다. 이 글은 미국에서 평양에 돌아와 미국유학생활에서의 느낀 점에 대해 '박
   형'이라는 인물에게 써서 보낸 서신 형식을 띠고 있다. 이 글의 배경은 1931년 6월 무렵임을
   알 수 있으며, 이로 미루어보아 전영택이 유학을 마치고 귀국한 시기는 늦어도 1931년 중반
   기라고 추정해볼 수 있다.
20 전영택, 「무정대륙왕래기」, 『백광』 1, 1937.1(『전집』 2, 473~481면).
21 전영택, 「외로움」, 『새벽』 6, 1955.7(『전집』 1, 662면).

해도 봉산이라는 벽촌의 교회에서 목사 겸 교원으로 시무하라는 조치
가 취해진 것이다. 그는 1931년 말부터 1934년 초까지 약 3년간 황해도
봉산에 머무른다.[22] 갑작스러운 농촌행과 그곳에서의 생활에 대해 그
는 몇 편의 에세이와 자전소설류 한 편을 남겨 놓았는데 별로 자세하
지는 않은 편이다. 그러나 이 시기를 전후하여 그가 남긴 기독교 관련
논설이나 단체 활동 등의 행적을 종합하여 살펴보면 1920년대 중반부
터 1930년 후반까지 그가 기독교 문화운동을 근거로 '생명 잇는 사람'
의 역할, 즉 보편적 신념의 실천이라는 과제를 놓고 고민했음을 알게
된다. 이 과정에 홍사단, 수양동우회, 기독신우회 등 서북 지역 도산
계열의 인사들로 구성된 사회운동 단체들이 관여되어 있다.

특히 그가 황해도 봉산에서 체류하면서 이상촌운동에 관여한 부분
은 당시 서북 지역 청년문화운동의 정신사를 설명하는 유용한 자료가
된다. 전영택은 황해도 봉산에서의 체류 경험에 대해 "황해도 어떤 산
읍에서 몇 해를 아까운 세월을 보내면서 지냈다"고 말하기도 하지만,[23]
자세한 사정을 알아보기 위해서는 일종의 자전소설인 「외로움」을 읽
어보는 것이 도움이 된다. 1955년 홍사단의 기관지인 『새벽』에 발표된
이 소설은 작가의 황해도 봉산에서의 몇 년간 생활을 소재로 쓴 것이
다. 직접적인 회고록이 되는 것을 막기 위해 그는 화자로 막내딸을 내

---

22 기존 전영택 전집의 연보에는 황해도 봉산에서 시무하기 시작한 시기를 1933년이라고 파
    악하고 있으나, 전영택은 봉산에서의 체험을 적은 「농촌잡기」(『동아일보』, 1933.1.1~3)에
    '농촌에 와서 살게 된 지도 어언간 한 해가 넘어 지나 벌써 두 번째 새해를 맞게 되었습니다'
    라고 적어 놓았다(『전집』 2, 435면). 또한 기행문인 「간도행」(『기독신보』, 1932.8.31~10.12)
    과 「농촌잡기」에 따르면, 그는 1932년 여름에 간도 지역 순회를 떠났으며 당시 이미 황해도
    봉산에 체류하면서 교회활동과 농촌운동을 하고 있었던 것으로 보인다. 이런 맥락을 감안
    한다면 봉산으로 이주한 것은 1931년 중반에 미국에서 귀국한 이후, 1931년 말부터라고 보
    아야 할 것이다. 「나의 문단생활 회고」(『신천지』, 1950.4)에 따르면, 1934년에는 서울 염동
    (鹽洞)으로 올라오게 된다. 『전집』 3, 495면.
23 전영택, 「문단의 그 시절을 회고함」, 『신천지』, 1950.4(『전집』 3, 495면).

세우고, 돌아가신 아버지의 젊은 시절 이야기를 그녀가 기록하는 형식을 취했다. 딸의 입장에서 서술되는 사적인 이야기인 만큼, 작가는 자신이 '그' 혹은 '아버지'라고 지칭되도록 만들어 놓았다. 봉산에서 시골 생활에 적응하던 이야기, 농민들과의 관계, 농촌운동의 면모, 봉산에서 얻었던 아들을 돌이 못되어 잃은 이야기 등을 적었다. 이 소설에서 농촌운동에 대해 구체적으로 언급한 부분은 많지 않지만, 야학을 조직하고 농우조합을 만들었음을 알 수 있다. 그리고 이 일로 경찰의 주목을 끌지 않기 위해 대표자의 자리에는 단위 지역 농민들을 대표로 내세웠다.

전영택이 농촌문제에 관심을 갖게 된 것은 정황상 몇 가지 원인이 있다. 첫 번째는 그의 기독교적 이상주의를 떠받치는 톨스토이즘의 영향이다. 그는 톨스토이즘이 제시하는 기독교 정신에 입각한 보편인류에의 공헌이라는 대의에 매료되었다. 톨스토이가 농촌운동을 통해 유토피아의 건설을 궁극적인 목표로 삼았던 것을 그 자신도 시도해보려 한 것이다. 톨스토이즘이 농촌운동의 기본 이념이 될 수 있었던 정황에 대해 전영택은 다음과 같이 적고 있다.

내가 기독교인인 관계로 톨스토이 옹의 만년생활과 사상에 꽤 공명이 된다. 그는 우주의 가장 참되고 숭고한 존재로 신을 보고, 인생사회의 최고 진리를 사랑이라 보았다. 톨스토이가 만년에 모든 재와 지위를 버리고 농민의 친구가 된 것이다. 그는 불란서의 루소에 슬라브 민족의 신비주의를 가미하였고, 나사렛 예수의 근대적 가장 가까운 제자라 할 수 있다. 루소의 자유와 예수의 사랑을 합해 가진 사람이라 할까.

사람은 자유가 있어야만 제대로 자랄 수 있다는 것을 옹은 믿었다. 자기가 꿈꾸는 이상적 사회에 모든 인류를 인도해 넣어보려 한 사람이 톨스토이다. 그가 붓을 들어 글을 쓴 것도 이를 위함이요, 농민으로 돌아가서 농민의 친구가 되고 고향에 소학교를 세우고 교육에 힘쓰며 사람을 만들어 보려 한 것이다. 그 이상을 실험한 다음 그 결과를 잡지에 내어 널리 본받게 하려고 하였다. 나도 톨스토이를 모방하여 만년에서 교사 노릇을 할 생각이 있다. "참 문인은 넓은 의미로 인류교육가"라야 할 것이다.[24]

위의 인용문은 전영택이 황해도의 농촌생활을 청산하고 난 이후에 쓴 것으로, 톨스토이 사상에 대한 소회를 밝히고 자신도 만년에 이르러 톨스토이처럼 지내고 싶다는 뜻을 피력한 것이다. 실제로 톨스토이의 이상촌 건설 시도는 정도야 각기 어떻든 기독교에 공명하는 지식인들에게 직접적인 영향을 미쳤다. 이 대목에서, 전영택이 유학 시절 일본 문단에서 아리시마 다케오[有島武郎]의 작품을 부러워했다고[25] 말한 적이 있다는 것을 상기할 필요가 있다. 전영택이 일본 아오야마 대학에 유학하던 1920년대 초반에 일본 문단은 인도주의적 이상주의를 앞세운 시라카바[白樺]파의 전성기였을 뿐만 아니라, 세계대전 이후 찾아온 대공황과 사회주의운동의 대두로 인해 시라카바파 문인들도 지식인으로서의 사회적 역할에 대해 고민하지 않으면 안 되었던 시기였다. 이에 시라카바파의 대표적 인물인 무샤노코지 사네아쓰[武者小路實篤]는 '새마을 운동'을 통해 이상촌 수립운동에 나섰고, 아리시마 다케오 역시 자신이 상속받은 '아리시마 농장'을 농민들에게 공동경작을 조건으로 무상 불하하여 당대 자본주의 논리에 역행하는 '아리시마 공생농원'의 수립을 시도했던 것이다. 이들은 문학에 입문하던 청년기에 기독교와 톨스토이즘에 공명했다는 공통점을 가지고 있었고, 당시 사회주의운동과

---

24 전영택, 「평범의 진리」, 『매일신보』, 1935.11.20(『전집』 2, 466~467면).
25 전영택, 「나의 문단 자서전」, 『자유문학』 1, 1956.6(『전집』 3, 505면).

는 다른 기독교 이상주의의 입장에서 반자본주의적 공동체의 수립을 시도한 것이었다.[26] 전영택은 기독교에 사상적 기반을 두고, 기독교의 이상주의가 개인적인 차원으로 환원되지 않도록 그 실천적 통로를 톨스토이의 이상주의에서 찾았던 한국의 사례에 해당한다. 설사 전영택이 아리시마 다케오를 주목했던 것이 비단 그의 이상촌운동 때문이 아니라고 해도, 톨스토이의 기독교적 이상주의에 매혹되었다는 점은 분명하다. 또한 전영택이 톨스토이로 이행하는 데에는 비단 일본 문단의 영향뿐만 아니라, 그의 젊은 시절 문학적 영감을 키우는 은사 노릇을 했던 이광수에 대한 모방 및 계승의식이 관여하고 있다. 전영택은 여러 지면에서 자신이 춘원의 이름을 일찍이 알고 있었으며, 어려서 가세가 기울어 학업을 중단했을 무렵 이광수의 소설로 마음의 위로를 얻었노라고, 춘원의 소설이 자신을 문학으로 이끌었음을 여러 곳에서 서술한 바 있다.[27] 그가 문단의 선배인 춘원에게 "그와 나와는 문학사상에 있어서도 주로 인도주의로 나갔다고 하는 점에 있어서 서로 통하는 점이 있다. 그는 동경에서 명치학원이라는 미션학교, 나는 청산학원이라는 미션학교에서 교육을 받기 때문에 피차에 일찍부터 기독교의 영향을 받았다는 것도 같은 점"이라며,[28] 특별한 동질감을 느끼고 있다는 점도 이 대목에서 이해할 수 있다.

톨스토이즘이 인도주의적 '사랑'을 그 사회운동, 특히 농촌운동의 원리로 삼는다는 것은 잘 알려진 일이다. 전영택 역시 톨스토이가 "인생 사회의 최고 진리를 사랑이라 보았다"고 파악하고 있다. 전영택의 문

---

26 시라카바파의 성격과 이들이 시도한 공동체운동에 대한 설명으로는 우스이 요시미, 고재석·김환기 역, 『일본 다이쇼문학사』, 동국대 출판부, 2001, 35~90·151~166면을 참고.

27 전영택, 「성장기」, 『신동아』 43, 1968.3, 유고(『전집』 2, 262면); 「창조」, 『사상계』, 1960.1(『전집』 3, 511~512면); 「나의 문학수업」, 『문학예술』, 1965.5(『전집』 3, 526면).

28 「나의 문학수업」, 『문학예술』, 1965.5(『전집』 3, 526면).

학론은 흔히 휴머니즘과 인도주의의 범위 내에서 해석되곤 하며,[29] 초기 전영택 소설의 이념을 지탱하는 것 역시 인도주의적 사랑이다. 「생명의 봄」이 보여주듯이 전영택에게 있어서 예술이란, 좁은 의미의 인위적 기예를 뜻하는 것이 아니고 오리지널리티를 체현한 바로 그 예술, 순수한 감동의 본질로 이루어진 '예술의 이데아'를 지칭한다. 이때 예술의 이데아는 '사랑'이다. 이것은 전영택의 기독교 문학론을 이루는 핵심적인 논리가 된다. 세속 문학과 성(聖) 문학, 영과 육의 전적인 합일이 일어나는 부분도 곧 인도주의적 사랑이다. 문학과 종교의 합일론을 가능하게 만드는 지점은 사랑이라는 이데아의 공유에서 비롯된다.

그러나 기독교적 이상 및 사랑을 주제로 한 인도주의 정도로 전영택의 문학을 논하는 것은 그가 병행했던 실천적 사회운동의 측면에 나타난 '사랑'의 의미를 감안한다면 부분적인 설명에 불과하다. 단지 인도주의적 견지에서 나타나는 보편적인 인류애의 개념에서 나아가, 사회운동의 이념 차원에서 '사랑'이라는 슬로건을 내세우는 경우는 그 밀도나 과학성의 차원에서 엄연히 차이가 있는 것이기 때문이다. 전영택의 경우 앞서 『청춘곡』이나 「생명의 봄」처럼 일반 독자를 대상으로 한 문학작품에서는 인도주의적 사랑에 입각한 원리적 차원의 이야기를 펴고 있지만, 본격적인 기독교운동의 차원에서는 보다 실천적인 전략의 차원에서 '사랑'의 운동론을 편다. 이 두 차원은 톨스토이즘으로 범박하게 뭉뚱그려지는 경향이 있지만, 그 맥락은 조금 다를 수가 있는데, 다음과 같은 이유 때문이다.

민족주의자들이 동시에 기독교도라는 특성을 가지고 있는 서북 지역의 경우, 기독교운동은 민족주의운동과 병행되는 경우가 많았다.

---

29 송하춘, 「휴머니테리어즘 문학의 모형―성직자 소설가 전영택의 문학」, 『동아한국소설문학대계』 4, 동아출판사, 1995, '해설' 참조.

1920년대 중반 전영택의 행적을 살펴보면, 감리교신학교에 재직하는 동시에 개혁적인 개신교 연합단체인 기독신우회에 관여하고, 다른 한 편으로는 미국 유학 시 흥사단에 가입한 뒤 귀국 후에는 수양동우회에 참가했다. 기독교단 내부에서도 개인의 내세구복 차원에 머무르지 않는 공리적 차원의 운동노선을 지속적으로 주장했다. 특히 그가 기독신우회에 관여한 정황은 조금 신중하게 접근해야 하는데, 이는 당시 기독신우회가 내세운 이념이 일본을 통해 전래된 기독교사회주의가 표방했던 '애의 원리'라는 것에 있었기 때문이다. 즉 보편적인 인도주의 차원의 톨스토이즘에서 한 걸음 더 나아가, 일본의 기독교사회주의자 가가와 도요히코[賀川豊彦]는 기독교의 실천원리로 '애(愛)의 원리'를 주장했다. 가가와의 '애'의 원리는, 약육강식의 사회진화론이나 마르크스주의와 구분되는 '애의 노동', '애의 사회', '애의 역' 등의 파생어를 낳으며 사회주의에 대응할 기독교계의 사상적 원리로 자리 잡는다. 사랑의 원리에 기초한 이상사회건설이라는 운동노선은 기독교계 내에서 1929년 '기독신우회'의 '기독주의' 선언을 낳는다.[30] 기독신우회는 신간회의 결성에 상응하는 기독교계의 연합 운동전선을 이루며, 김동원, 이윤재, 이승훈 등 수양동우회 계열 인사들은 그 주축을 이루었다.

전영택 역시 방인근과 더불어 기독신우회에 관여하고 있었다. 전영택은 1931년에 미국에서 평양에 돌아온 감상을 적은 글에서 미국의 물질적 풍요로움과 비교했을 때 조선의 낙후성이 실감되는 듯이 "불쌍한 것은 조선의 민중, 살 방법과 기회와 권리와 희망이 없는 농부와 노동자, 여자들"이라면서 사회의 소외된 계층을 두루 언급한 뒤, "그들을 도울 길은 철학에도 종교에도 없고 오직 '사회적 정의', '사랑의 실행'에

---

30 사회주의 대두에 따른 기독교 측의 대응에 있어서, 가가와의 영향과 기독신우회의 결성에 대한 구체적인 고찰은 장규식, 『일제하 한국기독교 민족주의 연구』, 혜안, 2001, 172면.

있다"고 주장했다. 이어 조선 사람들이 반드시 실행해야 할 몇 가지 덕목으로 '흰 옷 입지 말기', '여자 존경하기', '온 가족이 일하기' 등의 행동 방침을 제시하기도 했다.[31] 이와 같은 실천적 주장에 등장하는 운동 방법으로서의 '사랑의 실행'이란 실상 그 외양만으로는 톨스토이즘과 구분하기 어려운 것이나, 전영택의 문학세계를 지탱하는 '사랑'이라는 개념이 톨스토이즘만으로 단조롭게 해석될 것은 아니라는 가능성을 제기하기에 충분한 것이다. 아울러, 기독신우회는 '성령의 감화를 통한 인격의 개조와 공고한 단결'을 앞세웠는데, 이는 개인의 인격의 수양과 조직의 단결력에서 시작하여 사회의 개조로 나아간다는 홍사단 및 수양동우회의 기본 이념과도 일치하는 것이었다.[32] 기독신우회는 "기독주의의 민중화와 실제화 곧 사회복음주의의 이념적 기치를 분명히 한 최초의 사회운동이자 기독교 혁신운동"이라는 평가를 받고 있는 조직이나,[33] 그 혁신성만큼이나 교단 내부에서도 반발을 샀다. 한국에 보급된 개신교단의 한가운데 서 있었으면서도, 전영택이 선택한 운동의 방향은 주류와는 달랐던 것이다. 그는 종교의 보편주의적 공리성이라는 측면에 매달렸고, 서북의 기독교 문화운동이라는 영역에서 이를 실현하려 했다.

---

31 전영택, 「감상」, 『기독신보』, 1931.9.23~10.14(『전집』 2, 423면).
32 장규식, 앞의 책, 203면.
33 위의 책, 201면.

2. 정치적 수사학과 '언어의 장인'으로서의 작가_주요한의 경우

주요한은 안도산에서 시작하여 춘원 이광수로 이어지는 서북 지역 청년문화운동의 계보를 잇는 인물이다. 상해로 망명한 주요한은 임시정부에서 도산을 만난 이후 홍사단에 가입하고 임시정부 기관지『독립』을 편집했다. 임시정부에서 탈퇴한 도산이 남경에 영어학교인 동명학원을 설립하자 교사로 일하고, 그곳에서 이상촌운동에 관여하는 등 도산의 측근인사로 활동한다. 또한 국내에서는 홍사단 국내지부인 수양동우회의 핵심인물이 되어 기관지인『동광』의 편집을 담당하고, 도산의 서거와 춘원의 피랍을 겪은 이후에도 홍사단 조직의 재건과 기관지의 재발행에 앞장을 섰다.

해방 이후 주요한은 문단을 떠나 정치에 투신하지만 동시에 도산을 중심으로 한 서북 지역 청년운동과 춘원을 중심으로 한 서북인의 문학운동을 정리하는 작업을 담당했다. 주요한은 한국전쟁 이전 춘원이 집필했던『도산 안창호』에 이어, 실증적 자료를 보완하여 그 속편격인『안도산 전서』를 집필한다. 또한 춘원이 시베리아 여행에서 만난 신민회 회원 추정 이갑의 전기를 「무명씨전(無名氏傳)」이란 이름으로 남겨 놓은 것을 "秋汀 李甲"이라는 실명을 달아 한 편의 전기로 완성시킨다. 춘원이 반민법으로 제재를 받아 은거하다 납북되자 그의 작품들을 모아 춘원 전집으로 간행하는 데 앞장을 선 인물도 주요한이다.

실제로 춘원과 주요한의 전기적 기록은 흥미로울 만큼 겹쳐지는 부분이 많다. 상해의 임시정부에서 메이지학원 선후배 관계로 처음 대면한 두 사람은 함께 임시정부 기관지를 발행하고, 홍사단원이 되었으며, 국내로 돌아와『동아일보』,『조선일보』를 나란히 거치고, 수양동우회원이 되어 『동광』의 발행에 관여한다. 즉 춘원은 주요한의 거의 모든 사회활동에 앞서거나 함께 동반자 노릇을 했으며, 이는 주요한이 도산과 춘원을 이어 서북청년 문화운동을 계승한다는 의식을 가졌기에 가능한 일이었다.

상해 망명 이전 주요한은 김동인과 동경에서 『창조』를 발행했다. 당시 이 동인지가 정치와 문학의 분리, 즉 '순문예'라는 한국문학사상 초유의 선언을 내놓았다는 것은 잘 알려져 있다. 3·1운동 이후 주요한의 행적을 감안한다면, 그는 정치와 문학의 분리라는 당초 『창조』 동인의 대의를 사실상 파기한 셈이 될 것이다. 그는 상해에서 춘원과 함께 상해임시정부의 기관지인 『독립』을 편집하는, 정치적 문사의 전통을 이어 나아간다.[34] 훗날 시인이라기보다는 『동아일보』, 『조선일보』, 『동광』 등에서 기자나 편집인 등 저널리스트로서 활동하게 된 점을 놓고 보면, 그에게 있어 순문학지를 통한 문단활동이란 일시적인 외도인 반면 기관지 『독립』의 편집활동은 본격적인 문필 활동의 시작이 되는 것이다. 3·1운동 전후 주요한의 문학적 행보는 이렇듯 표면상으로는 그 전환의 구도가 뚜렷하다. 순문학에 대한 갈증은 정치적인 격변기의 청년운동에 대한 당위와 욕망을 누를 만큼 강력한 것이 못되는 것처럼 보인다. 그러나 그럼에도 불구하고, 주요한이 수용한 청년문화운동의 방식은

---

34 1919년 『창조』의 창간 당시 동경 일고의 학생이었던 주요한은 2·8독립운동의 현장을 목격한 뒤, 그의 신변을 걱정한 부모의 연락을 받고 국내에 들어와 3·1운동 직후의 국내 상황을 목격한다. 학업을 계속하라는 부친의 권유에 따라 재차 도일한 그는 상해에 임시정부가 생긴다는 소식을 듣고 곧 망명한다. 3·1운동의 발발 무렵 동경에서 제2호의 편집까지 마친 상태였던 『창조』는 주요한이 상해로 떠나고 김동인은 귀국해버린 상황에서, 백악 김환의 손으로 마무리되어 국내에서 발행된다. 이후 3호부터 『창조』는 국내 광익서관(廣益書館)에서 9호까지 발행되는데, 주요한의 경우 동인 자격은 유지했지만 『창조』가 그의 관심권 안에 있었다고 보기는 힘들다. 주요한이 훗날 창조시대를 여러 차례 회고하는 발언을 하면서, 『창조』의 창간 시점이나 정황에 대한 기억을 정확히 기술한 반면 자신이 상해로 망명한 이후의 『창조』의 진행 상황이나 폐간 여부에 대해서는 혼선을 보이고 있는 것은 그 방증이라 할 것이다.

앞서 춘원이나 전영택이 보여 주었던 종교적인 소명의식과는 다른 차원에 놓인 것이다. 이번 절에서는 정치와 문학의 분리, 보다 엄밀히 말하면 이념과 활자가 분리되는 정치적 감각이 문학에 내재되는 과정을 살펴보게 될 것이다.

주요한과 서북의 문학운동론을 본격적으로 살펴보기에 앞서 그의 시를 언급할 때면 따라다니는 일종의 '혐의'에 대해 언급할 필요가 있다. 즉 주요한의 시세계에는 주제적이든 형식적이든 작품 세계 전반을 관류하는 창작상의 일관성이 보이지 않는다는 것이다. 동일한 시기에 전혀 다른 형식과 감성의 시를 써내는 현상은, 시는 곧 시인 내면의 반영이라는 상식에 비추어 보았을 때 시인의 진정성까지도 의심받을 만한 상황을 만든다. 그의 문학은 얼핏 보아 잘 어울리지 않는 상반된 요인이 서로 착종되어 있다. 한 축에는 상해임시정부 기관지『독립』신문의 편집과 국내 수양동우회 기관지『동광』의 편집으로 연속되는 목적론적 시 창작 행위가, 다른 한 축에는 상해로 건너가기 전 동경유학 시절『창조』의 편집으로 대변되는 자율적인 시 창작 행위가 놓여 있다. 대개의 경우 후자에서 전자로, 혹은 전자에서 후자로 태도를 연속적으로 전환하는 것이 보통인 데 비해서, 주요한의 경우 이 두 가지 경향이 동시에 등장하고 이런 경향이 상당 기간 지속된다는 점이 특징적이다.

이념이나 형식 측면에서 고루 나타나는 혼종성을 대표적으로 드러내는 것이 그의 첫 시집인『아름다운 새벽』이다. 이 시집은 1917년부터 1923년까지 주요한이 동경과 상해에 머무르는 동안 발표했던 시들을 모은 것으로 1924년에 조선문단사에서 발행되었다. 주로『학우』,『창조』,『폐허이후』,『개벽』에 발표했던 것들이다. 한 권의 시집이지만, 각 작품들을 '니애기', '나무색이', '고향생각', '힘잇는 생명', '달빗헤 피는 꼿', '상해풍경', '불노리' 등의 소제목하에 분류해 놓았다. 주요한의 시는 그

소재에 따라 시의 형식과 어조가 눈에 띄게 달라진다는 특징이 있는데,
이와 같은 경향을 잘 보여주는 시집이다.

①

쯔란쓰클럽의일류미네슌은밝고

「R, F」共和國의첫글字는퍼런빗을토하도다

쿠카자無線電信柱에는

地球저쪽으로가는소식이

니엇다쓰엇다불꼿이되며쮜도다

피아노소리, 흰옷을닙은婦人의쎄,

오너라, 새로판못가, 풀언덕에안저

갈대나무밋에波紋을지어반짝이는물面을보고

지나간해와오는날의꿈을생각하고

「사랑하는쟈여! 각가히나아와

나의 쓰거운키쓰와쩌안음을바드라」할쎄

로만틱한녀름밤이온몸을피곤케하도다.

―「불란서 공원」 연작 중 「밤」[35]

②

샘물이 혼자서

춤추며 간다

산골작이 돌틈으로

---

35 주요한, 「불란서 공원―밤」, 『아름다운 새벽』 1, 조선문단사, 1924, 149~150면.
이 시는 본래 「공원」이라는 제목으로 『창조』 4호(1920. 2)에 발표되었고, 이후 『아름다운 새
벽』에서 「불란서공원」으로 개제되었다.

샘물이 혼자서
춤추며 간다
험한산길 곳사이로

하늘은 말근데
즐거운 그소래
산과뜰에 울니운다

─「샘물이 혼자서」[36]

　　인용문 중 첫 번째 것은 상해의 프랑스조계지의 공원에서 본 풍경을 노래한 것이다. 이 시는 이국적 풍경에 대한 엑조티시즘, 색채와 음영을 선명하게 부각하는 이미지즘의 영향을 보여주고 있다. 주요한의 시에 나타난 이미지즘의 연원에 대해서는 그가 일본 유학 시절 동경문단에서 익힌 자유시의 작법을 반영한 것이라는 의견이 있다.[37] 반면에 두 번째의 인용문은 서정과 언어유희를 극도로 자제한 정형시에 속한다. 『아름다운 새벽』은 이렇듯 서로 다른 경향의 시들이 동시에 창작되고 있었음을 보여준다. 나아가 주요한은 이들 시를 창작할 무렵 『독립』에 3·1운동의 잔혹한 기억을 노래하는 선동적인 시도 썼다.[38]

36　주요한, 「샘물이 혼자서」, 『학우』, 1919.1(『아름다운 새벽』, 13~14면에서 재인용).

37　「불노리」와 대정기 일본 이미지즘의 연결 가능성에 대해서는 양동국, 「동경과 상해 시절 주요한의 알려지지 않은 행적─'서광시사'와 호강대학 시절을 중심으로」(『문학사상』, 2000.4)를 참고하였다. 이 글에서 논자는 동경 유학 시절의 일본어 작품 명단과 시의 내용을 소개하고, 주요한의 일본 유학 시절의 시들이 당시 가와지 류코[川路柳虹]에 의해 일본 시단에 소개되었던 이미지즘의 영향을 강하게 받았음을 보여주고 있다. 「불노리」에서 시도된 산문 형식의 실험과 감각적 심상의 활용, 객관적인 묘사체에 의거한 시상을 그 구체적 준거로 들었다. 또한 논자는 가와지 류코의 평문을 인용하여, 유학 시절 주요한의 시세계는 이미 '찬가와 같은 경건한 작품'과 '화가의 스케치 같은 회화적인 작품'의 두 가지 부류로 나뉜다는 평가를 받았다고 소개했다.

38　주요한은 자신이 창작한 시를 『아름다운 새벽』 외에, 『三人詩歌集』(영창서관, 1929), 『봉

大韓의 누이야 아우야

漢陽城 날말근날, 獨立萬歲의 소리가

물결가치 우레가치 우러 나갈 쌔

暴虐殘忍한 倭警의 비린내 나난 칼이

슬적 빗길 적에 놉히든 太極旗에 피를

섚리며 쩌러지는 너의 가련한 두 팔을

지금 내가 본다.

— 「大韓의 누이야 아우야」[39]

이렇듯 전혀 다른 경향의 시들이 거의 동시에 창작되고 있다는 점은 시심의 진정성을 의심하는 논거가 되기도 하고, 동시에 매체종속적인 경향으로 해석되기도 한다. 주요한의 시세계를 총체적으로 파악하려는 연구자들은 삶과 시의 이원적 측면을 지적하거나, 매체 중심적인 이탈을 주목하는 등, 주요한의 시에 나타나는 분절적 양상을 해명하는 데 초점을 맞추고 있다.[40] 시가 곧 시인의 세계관을 의미한다는 상식론에 비추어 볼 때 주요한의 시는 일관성을 상실한 파편적인 세계관을

사꽃』(세계서원, 1930) 등에 나누어 상재했다. 그러나 『독립』에 '송아지'라는 필명으로 발표했던 시들은 모두 제외되어 있는데, 이를 두고 김윤식은 훗날 『手に手を』(박문서관, 1943)로 이어지는 대일협력활동에 대한 자의식 때문일 것이라 풀이하고 있다. 김윤식, 「준비론 사상과 근대시가—주요한의 경우」, 『한국 근대 문학사상사』, 한길사, 1984. 108~109면.

39 耀, 「大韓의 누이야 아우야」, 『독립』, 1920.3.1.
신문의 단수에 맞추어 산문의 형식으로 연 단위의 구별만 하여 게재한 것을 인용자가 편의상 나누어 행갈이를 하였다. 이 시는 주요한이 상해 시기 썼던 시들이 상해임시정부의 정치적 자장하에 생산되었다는 연관 관계를 증명하는 증거로, 조두섭, 「주요한 상해시의 근대성」(『우리말글』 21, 2001.8)에서 검토된 바 있다. 주요한의 상해 창작시를 비롯하여 상해임시정부 기관지 『독립』의 시가에 대한 실증적인 자료 검토는 박수환, 「상해판 '독립신문' 소재 시가 연구」(영남대 석사논문, 1989)를 참고하였다.

40 김은철, 「주요한의 삶과 시의 대응양식」, 『한국 문예비평 연구』, 한국현대문예비평학회, 2008; 장석원, 「주요한 시의 발화 특성 연구」, 『상허학보』 7, 상허학회, 2001.

보여주는 국면으로 해석될 수도 있다.[41]

　그러나 주요한의 시세계가 보여주는 파편성은 시인이자 저널리스트, 정치인, 무역업자 등으로 다방면에 재능을 보였던 작가의 전기적 행보와 겹쳐져 있다. 주요한은 본래 동경 유학 시 법학도였던 자신이 상해의 호강대학에서 화학을 전공했던 행적을 말하면서, 이런 삶의 방식이 자신의 성격상의 '변덕성'에서 나온 '방황'의 일종이라 말하기도 한다.[42] 일본 유학을 선뜻 포기하고 상해 임시정부로 떠났다거나, 인문학도에서 과학도로의 변신, 언론인에서 무역업자로의 변신 등 주요한이 '방황'이라 말하고 있는 삶의 우연성에의 의탁이란 순전히 그의 개인적인 기질 문제로만 돌리기는 어려울 것이다. 주요한의 어지러운 이력은 그가 정치와 문학이라는 두 가지 욕망 속에서 어느 하나도 포기하려 들지 않았다는 증거가 된다. 나아가 그의 시에 나타나는 혼돈의 양상 역시 두 영역의 착종이라는 맥락에서 이야기해 볼 수 있다. 그러니까 주요한은 '정치를 배제한 문학'을 하지 않은 대신 '정치와 문학을 동시에' 병행하기를 선택한 셈이다.

　가령 주요한은 해방 후에 『안도산 전서』를 집필하면서 3·1운동 시기의 시대적 분위기를 다음과 같이 적었다.

　　신민회 동지들은 합병 직후 일본 관헌의 야만적인 탄압으로 이른바 백오인 사건과 안악사건 등으로 희생자가 되었으나, 그 희생은 당시 청년 학생들에게 잊을 수 없는 깊은 인상을 주었던 것이다. 도산이 지어 부르던 노래들은 3·1운동 때까지 숲속에서 몰래 불리워져 애국사상을 전파 보존하는

41　이는 주요한이 일제 말기에 이르러 대일협력에 나서게 된다는 점에 맞물려, 당초 시작(詩作)에 있어서의 진정성의 여부를 의심하는 근거가 되기도 한다. 김은철, 위의 글.
42　주요한, 「나의 이력서」, 『주요한 문집―새벽』Ⅰ, 요한기념사업회, 1982, 37면.

불꽃이 되었으며, 공책에서 공책으로 베끼어져 퍼져나갔다. …… 아마도 도산이 3년 동안에 심어 놓은 불씨가 3·1운동으로 터져 나올 때까지 밑으로 연소되었던 것이다.[43]

도산이 조직한 신민회원들이 안악사건과 105인 사건을 통해 희생을 당했으며, '당시 청년학생들에게 깊은 인상'을 남겼다는 것, 그 희생을 지탱했던 도산의 목소리가 학생들에게 영향을 미쳤고 그 정신이 3·1운동으로 나타났다는 것이다. 실제 신민회운동과 3·1운동은 그 성격이 다르다. 전자가 비밀 결사의 형태로 실력양성운동의 실천적 조직운동이었던 반면, 후자는 대규모의 민중봉기의 형식으로 실현되었다. 3·1운동의 '봉기'라는 형식은 현실의 변혁을 이성적인 통제에 의해 점진적으로 실현한다는 실력양성론의 정치사회적인 냉정성을 져버린 것이다. 실제로 도산은 제1차 세계대전의 종전과 파리의 평화회의를 앞두고 술렁이는 조선의 분위기가 '일시적 흥분'으로 흐르지 않아야 한다고 주장했다. 그럼에도 주요한은 두 운동을 연속적인 것이라 주장하면서 도산의 세대와 자신이 속한 3·1운동 세대를 연결하고 있다.

그러나 그는 3·1운동 이후 상해 임시정부에서 썼던 시들에 대해서는 냉정한 태도를 취한다. 그는 임시정부 기관지『독립』에 실었던 시들을 두고 사실상 "시가의 경지가 아니"라거나 "의사 논설"을 쓴 것이라 평가하며 작품으로 인정하지 않았고,[44] 해방 이후까지도 시집으로 묶어내지 않았던 것이다. 그러면서도 흥사단의 이념인 준비론의 인내와 이상촌운동을 반영한 시「농부」(1924),「풀밧」(1923),「새생활」(1926) 등을 썼고, 한편 1927년 신간회운동에 참여하면서 프롤레타리아 혁명

---

43 주요한,『안도산 전서』, 삼중당, 1963, 70면.
44 주요한,『주요한 문집－새벽』I, 요한기념사업회, 1982, 276·715면.

노선을 지지하는 「채석장」 같은 시도 작품집에 실었다. 요컨대 그는 문학을 개인적 신념을 표현하는 수단으로서 동원할지언정 정치에 봉사하는 '공기(公器)'의 개념으로 보지는 않았다. 창작의 동인은 개인이 지닌 진정성과 욕구에서 나온다는 기준을 세우고 있었던 것이다. 그가 이해한 문학이란 그러므로 정치적 운동의 수단이 될 수 있으나 일단 개인의 표현수단으로서 선행하는 것이다. 문학과 정치의 병행을 선택했다고 하더라도 주요한의 경우는, '정(情)'적 인자의 유무를 기준 삼아 대중적 설득과 자각을 문학의 최우선 기능으로 설정했던 춘원과는 구분된다. 주요한은 일본 유학기에 익힌 '순문학'의 영역을 개인의 표현수단이라는 점에서 별도로 구분하고, 이로써 문학과 정치를 분리해서 인식했다. 이와 같은 정황에 따르면 그는 동인지 『창조』의 선언을 나름대로 지키고 있었던 셈이다.

　도산으로부터 시작되는 서북의 청년문화운동 계보를 계승하되, 그 구현의 방식은 춘원과 주요한의 세대 간의 차이를 나타낼 수밖에 없다. 어떤 양상으로 달라졌는지 논의하기 전에 세대 차이를 만들어낸 요인에 대해 살펴보는 것이 순서일 것이다.

　주요한의 세대적 특징을 결정짓는 중요한 요인은 이미 서북 지역 제반 사회제도의 형식으로 뿌리를 내린 기독교의 영향력이다. 주요한은 기독교가 이미 보급되어 생활의 일부가 된 가운데 태어난 세대이다. 주요한의 가계는 본래 함경도에서 일가를 이루어 살고 있었다. 조부 때에 평양으로 이주했으며, 주요한의 아버지 주공삼(朱孔三)은 붓행상을 하다가 미국인 선교사 모펫의 비서이자 조선어 교사역할을 하다가 평양신학교를 거쳐 목사가 된 인물이다.[45] 당시 목사는 사회의 폐단을

---

45 주요한, 「나의 이력서」, 위의 책, 11면.

낳는 계급제도의 부활이라고 춘원이 지적했을 정도로[46] 지역 사회에서 영향력을 행사하는 직업군이었다. 이는 지역 내 향반도 아니고 경제적으로 부유하지는 않았음에도 주요한과 주요섭 형제가 인텔리 교육을 받게 된 원인이 된다.

이광수가 동학 조직의 도움으로 일본 유학을 했던 반면에, 주요한은 서북 지역에 성했던 동학에 대해서는 이미 무엇을 하는 집단인지도 모르고 두렵기만 하다고 여길 정도로 거리감이 생겨버린 세대에 속했다. "내가 어렸을 때의 아이들은 '동학쟁이'라고 해서 동학당을 무서워했다. …… 동학당처럼 일반적인 경향은 아니지만 나 자신은 굿도 무서웠다."[47] 일본 유학 전 그는 아버지의 권유로 미션스쿨인 숭덕학교에 다녔고, "아버지가 신학문에 뜻이 있어 다른 아이들처럼 머리를 땋은 일은 없다. 태어나면서부터 예수교도가 된 나는 소학교에 들기 전부터 교회와 주일학교에 나가 성경공부를 했다. 창세기, 출애굽기, 사뮤엘전, 사사기 등은 말하자면 소설체이니 재미가 있었다"[48]고 회고할 정도로 그는 기독교와 친숙하게 자랐다. 이어 주요한은 평양 지역 기독교계 미션스쿨인 숭실학교에 진학하고, 아버지가 동경 지역 한인장로회의 목사로 부임하면서 아버지를 따라 동경의 미션스쿨인 메이지학원에 진학한다. 이렇듯 교회와 선교사를 중간 매개로 삼아 일본의 세이소쿠[正則] 영어학원이나 메이지[明治], 아오야마[青山] 학원에 진학하는 것은 서북 지역 지식인들에게는 관례와도 같았다.

개신교의 지원 한복판에서 자라고 성장한 주요한이 의식적으로든 무의식적으로든 체험하게 된 종교적 영향력이란 막강한 것이었다. 그

---

46 춘원, 「야소교의 조선에 준 은혜」, 『이광수 전집』 17, 삼중당, 1962.

47 주요한, 앞의 글, 17면.

48 위의 글, 12면.

것은 흔히 춘원에게서 보이는 일본인과 구분되는 자의식이나 열등감
의 요소가 주요한에게는 유소년기를 넘어 청년기에 이르기까지 거의
보이지 않는다는 점에서 확인된다. 그는 자신이 진학한 메이지학원의
학풍에 대해 "한국인은 7~8명 있었는데 미국인 선교사가 설립한 미션
스쿨로 서양사람 교사도 많고 자유주의적인 교풍이라 조선 사람이라
고 특별히 설움은 받지 않았다"[49]고 회고한다. 이 메이지학원에서 장
차 동경 일고에 진학하게 되는 유일한 조선인이 된 주요한에게 일본은
조선을 삼킨 적국이라기보다는 서구적 문명의 중간 매개로서 교류와
경쟁의 장이다. 그는 메이지 중학 시절 이미 일본 문단의 상징주의 시
인 가와지 류코[川路柳虹]로부터 시작법을 배우고, 그가 일어로 쓴 시들
은『아께보노』,『수재문단』이라는 잡지에 발표되기도 한다.[50] 그는 동
경 제일고에 진학하면서 조선인은 물론 일본인의 부러움을 샀다. 개신
교가 평양에 제공한 문화적・제도적인 보장 속에 성장한 주요한에게
일본인들은 위협적인 존재, 강압적인 존재라기보다는 '배움'이자 '학
습'이라는 동일한 장(場)에 놓인 존재들일 뿐이다.

　주요한은 구한말 서북지식인들이 추구한 근대화가 제도적으로 안
정된 후에 태어난 세대이다. 평양에 만들어진 교육과 산업의 기반이
근대 서북 지역 엘리트의 형성에 관여했다면 주요한은 그 대표적인 인
물 중의 하나인 것이다. 또한 주요한은 기독교인이 곧 문명화된 근대
인이자 서구와 연결된 특권층이라는 등식이 성립하는 평양 지역의 특
수한 환경에서 성장했다. 때문에 주요한의 삶과 문학은 민족주의라는
동일한 공동체적 이념의 지배를 받았지만, 춘원의 세대와는 달리 서북
지역 제도권의 감각 속에서 교육된 세대가 어떤 변화를 보이며 또한

49　위의 글, 18면.
50　위의 글, 20면.

어떤 자질들을 새롭게 습득하는지를 보여주는 지표의 구실을 한다. 일본과의 종속 구도에서 비교적 자유로웠다는 것은 이러한 서북의 전통이 낳은 세대적 특징의 하나이다.

이에 따라 주요한은 '식민지', '민족' 등의 자장에서 보다 냉정해질 수 있는 거리감을 확보한다. 이는 춘원이 집필한 『도산 안창호』와 주요한이 집필한 『안도산 전서』를 비교하는 경우 쉽게 드러난다. 앞서 살펴보았듯 춘원이 그려낸 도산은 외로운 순교자의 형상에 가까운 반면 주요한은 도산을 조직력이 탁월한 민주주의자, 뛰어난 웅변가 등으로 그 정치적 능력을 부각했다. 주요한은 머리말에서 춘원이 썼던 『도산 안창호』를 집필의 참고로 삼았으나 춘원이 그린 도산은 '춘원화된 도산'이라 평가했다. 그러나 당연한 이야기가 되겠지만, 주요한의 저술 역시 '송아(頌兒)화된 도산'의 형상을 담는다. 특히 주요한은 도산의 연설에서 깊은 인상을 받은 듯하다. 그는 『안도산 전서』의 곳곳에 도산의 연설에 대한 찬사를 적어 놓았다. 도산의 연설을 인용한 횟수도 횟수지만, 실제 연설의 내용보다도 연설에 동원된 '어조'와 '수사', 이에 호응하는 관객의 반응 등에 관심을 집중하고 있다.

주요한과 도산의 첫 만남도 이 연설의 감동에서 시작된다. 도산이 1919년 5월 미주에서 상해에 도착한 뒤 영국 조계의 북경로에서 첫 연설회를 열었을 때, 주요한은 『독립』의 전신인 『우리 소식』의 기자 신분으로 도산을 처음 만났다고 한다.[51]

북경로라는 거리에 있는 중국인 예배당을 빌어 도산 선생의 첫 번 연설

---

[51] 주요한의 기록에 따르면 임시정부조직을 위해 상해에 도착한 청년들 사이에서 자발적으로 조직이 되어 1919년 3월부터 『우리소식』을 발행했다고 한다. 이광수가 사장 겸 편집국장을 맡았고, 신한청년당 출신의 조동호, 과거 신민회원이던 차리석 등이 함께 활동했다. 주요한, 『안도산 전서』, 삼중당, 1963, 208면.

회가 있었는데, 원래 웅변가로 이름이 있는지라, 당시 상해에 모여든 동포 거의 전원이 참석했다.

소문대로 그의 연설은 만장한 청중을 흥분시키고 깊은 감명을 주었다.

"묻노니 대한의 남자야, 대한의 여자야, 그대는 오늘 대한을 위하여 무엇을 하고 있는가 —"라는 허두로, 조용하고도 가슴에 울리는 음성으로 별다른 제스처도 없는 그의 목소리는 마치 첼로 음악처럼 몸속으로 파고드는 것 같았다.

나에게는 20년 생애에 처음 가지는 감격이었다. 도산은 이미 10년 전에 본국에서 연설을 잘 하는 청년으로 이름을 떨쳤다는 소문으로 알았으나, 그 시절 나는 10세의 소년이었으므로 직접 그의 연설을 듣지는 못했던 것이다.[52]

위에 인용된 북경로 연설의 감동을 그는 훗날 여러 지면에서 술회한다. 주요한은 도산의 음성의 깊이가 주는 인상이나 그 어조에서 풍기는 침통미 있는 영탄조에 대해 감탄했다. 또한 '친애하는 동지 여러분'이나 '삼천만 동포 여러분' 식의 상투적인 도입이 아니라 '대한의 남자야 여자야'라는 수사가 주었던 신선함에 대해 지적했다. 이 연설의 허두 부분을 주요한은 그의 시 「대한의 누이야 아우야」의 표제로 패러디했다.[53] 그는 도산의 연설에는 "음성이나 어조에 있어서나 용어에 있어서나 언제든지 독창적이었다. 평범을 초월한 무엇이 있었다"고 경외감을 표시했다.[54]

도산의 연설에 대한 수사학적 관심은 춘원의 『도산 안창호』와 주요한의 『안도산 전서』를 구분 짓는 중요한 차이점이다. 연설의 수사학에

---

52 주요한, 「나의 이력서」, 『주요한 문집—새벽』 I , 요한기념사업회, 1982, 28면.
53 耀, 「大韓의 누이야 아우야」, 『독립』, 1920.3.1.
54 주요한, 「도산 선생의 추억」, 흥사단보, 1953(『주요한 문집—새벽』 I, 요한기념사업회, 1982, 769면에서 재인용).

대한 주요한의 관심은 단순한 호기심 정도를 넘어서는 것이어서, 그는 『안도산 전서』의 제4장에 「삼촌설(三寸舌)」이라는 소제목을 달아 별도로 도산의 연설만을 모았다. 그는 거의 다섯 면을 할애하여 도산의 연설 사례들을 단편적으로 소개하고 도산의 연설을 들었던 지인들의 평가를 수록한다. 대략의 논조만 추려보아도 '천성의 웅변가', '화법과 변술', '알맹이 있는 실사와 논리로만 두 시간을 연설', '군소리가 없는', '전편의 조직과 순서와 수미상응이 간연한' 등의 이야기가 나온다.

도산을 웅변가라 하여 '말도 잘 한다'라는 식의 태도로 보는 일은 춘원에게 있어서는 불경스러운 일인 반면에,[55] 주요한에게 있어서는 도산과 만나게 된 첫 장면에 놓여 있다. 이 장면은 이미 상해 유랑과 신민회 활동의 전사 속에서 도산의 존재성 자체에 압도된 춘원과 다른 맥락에서 주요한이 도산을 만났다는 상징적인 사태가 될 것이다. 주요한에게 도산의 경이로움은 그 존재가 아닌 언어를 통해 열렸던 것이다. 도산이 그 자체로 민족주의의 표상과도 같은 역할을 담당했다는 것을 감안한다면, 춘원이 만난 민족주의는 선험적인 것이었고 주요한이 만난 민족주의는 언어적 구조물이 주는 감동의 일환이었다.

서북의 청년문화운동은 춘원의 세대에서 주요한의 세대로 넘어 오면서 언어와 민족의 직접적 연결성을 벗어난다. 이른바 수사학의 측면에서 민족은 인식되고 상상된다. 그리고 이와 같은 역할을 지휘하는 창조자의 자리에 주요한이 정의하는 '문사'의 형상이 있다. 주요한에게 있어서 문사란 언어의 지휘자이며 창조자이다. 이때 언어란 민족어보다 앞선 보편 언어를 가리킨다. 보편 언어의 감각 속에서 민족어는 주조되는 것이다. 다음의 시는 주요한이 지향했던 문사의 모습, 즉 언

---

55 이광수, 『선도자』, 『이광수 전집』 4, 삼중당, 1962, 444면.

어를 다루는 "슬기잇는 장인(匠人)"으로서의 이상형을 드러낸다고 볼
수도 있을 것이다.

<blockquote>

노래여 나의 노래여 써나오라 ─

싸닭업는 한숨과 알른 소리에서

서투른 흉내 식은 눈물 검은 두루막이를

학질가치 버서버리고 나아오라

노래여 나의 노래여 무서워 말라

슬기잇는 장인은 연장을 쓸줄아나니

오직 물의 흐름가치 옷의 향긔가치

목소리를 노하주라 그리고 즐기라 ─ 그 자유를

노래여 나의 노래서 너는 버슨발로

나는 새와 기는 즘생가치 드을로 산으로

시내에서 쉬고 길가의 옷에 북그러운 사랑을 보내며

쏘 녀름밤 황홀한 쑴에 취하여 헤매여라

노래여 그째에 너는 춤추면서

내 사람의 쑴속에 드러가 소리하며

퍼지며 도다나며 피며 자라며 열며

천년의 줄을 쓰드며 전에업는 등을 불켜리라

그럴째에 나는 왕이다 나의 오관은

수은 가치 싸르며 어린 즘생가치 귀밝은

갓난 아기다 물고기다 별이다

</blockquote>

만인의 눈을한데로 몹는 새벽별이다

노래여 노래여
새 차림을 차리라
새날이 오느니
새 벼치 비치느니

―「노래여」[56]

주요한의 문학에 나타나는 여러 창작 경향의 착종 상태는 문맥에 따라 그 색깔을 달리하는 시들의 변형, 아울러 이를 뒷받침하는 형식적인 실험의식과 다양한 문체의 주조에 있다. 요컨대 언어를 문맥에 맞게 '다루는' 능력에 있다. 그는 한 평론에서 '—하엿다'와 '—하더라'라는 어미의 차이에 대해 언급하면서 전자는 단문으로 짧게 끊어주는 문장에 적합하고, 후자는 길게 연결하여 운율을 자아내는 문장에 적합하니 각각 '논문'과 '서사'에 적당한 자질이라 말하고 있다.[57] 어미의 특성을 해당 문장이 실릴 글의 양식과 관련하여 논의하고 있다는 점이 일단 눈에 띈다. 텍스트가 놓일 컨텍스트의 맥락을 전제하는 사고방식이 동일하게 반복되어 나타나기 때문이다. 또한 그는 이와 같은 결론을 내리기 위해 일본어, 중국어, 영어의 사례를 짤막하게나마 검토한다. 주요한이 제반의 각 언어에 능통했다는 것은 그의 전기적 검토에서 이미 알려진 사실이다. 물론 이때 주목되는 것은 이러한 언어의 확장이 동시에 시선의 확장을 가져온다는 점이다. 다시 말해 언어의 객관적인 상태를 보는 눈이 민족어를 민족과 분리하여 보편적인 언어의

---

56 주요한, 「노래여」, 『조선문단』 14, 1926.3.
57 주요한, 「文体辯」, 『文藝時代』 1, 1926.11, 60~62면.

하나로서 '조선어'의 자질을 점검하는 능력으로 이어진다는 것이다.

　주요한은 『창조』도 『독립』도 순한글로 편집했다. 이는 조선민족이니 당연히 조선어를 써야한다는 일차적 인식에서 나아가 민족어가 민족의식의 실체를 구성할 수 있다는 사실을 알았기 때문에 전략적으로 선택된 것이다. 그가 『창조』를 순한글 문예지로 만들기 위해 수소문한 끝에 찾아간 곳은 요코하마의 복음 인쇄소였다. 이곳에서는 한글성경과 찬송가를 발행하고 있었다. 이 인쇄소가 성경을 찍어내는 과정에는 이미 미국, 일본, 조선의 3개의 국가가 겨루는 언어의 신경전이 전제되어 있다. 원전을 보유한 미국, 인쇄소가 위치한 일본, 그리고 인쇄물이 배포될 조선. 그러나 결국 출판을 좌우하는 것은 직공의 작업이다. 주요한이 회고하는 『창조』지의 인쇄 정경 중 다음과 같은 장면을 그냥 흘려보낼 수 없는 까닭이란, 내용(text)보다 문맥(context)을 바라보고 있는 생산자의 시선이 눈에 띄기 때문이다.

　　직공 중에는 조선인이 없었으나 뜻도 모르는 언문 활자를 별로 틀리는 자가 없이 집어내는 그네들 직공의 숙련에 놀라지 않을 수가 없었다.[58]

　이는 주요한이 도산의 연설에서 내용보다 수사학의 뛰어남을 먼저 보고 찬사를 보냈던 것이나 마찬가지의 장면이다. 그는 언어가 민족의식과 연결된다는 것을 부인하지 않는다. 때문에 요코하마까지 찾아가 순한글 잡지를 찍어낸 것이다. 그러나 앞서 인용문에서 보듯 정작 인쇄의 과정은 조선어를 전혀 모르는 직공의 숙련된 손으로 이루어지는 것이다. 그는 민족어와 민족의식의 관계를 알지만 그 관계를 절대적으

58　주요한, 「기자 생활의 추억」, 『신동아』, 1963(『주요한 문집-새벽』, 674면에서 재인용).

로 신봉하지는 않는다. '민족어' 자체는 민족운동의 전략적 접근방법 차원에서 고려될 수 있는 것이다. 언어는 민족의식의 실현이지만, 그 민족의식 역시 언어, 엄밀히 말해 활자로 조형해내는 '표현'의 문제인 것이다. 즉 언어의 영역에서 볼 때 한글, 일어, 영어는 각자 무엇인가를 표현하기 위한 수단의 층위에서 존재하는 것이다.

언어의 구사 측면에서 본다면 주요한은 민족어 이전에 언어의 도구적 성격을 먼저 배운 보편주의자에 속한다. 상해의 이국성과 3·1운동의 잔학상을 동시에 다른 지면에 연재할 수 있는 분리의 감각은 언어를 수사학적으로 다루는 데서 나온 현상이다. 민족에게 종속된 민족어가 아니라, 민족어를 다루는 입장에서 민족을 바라볼 수 있는 시선의 전도가 일어난 것이다.

주요한이 거쳤던 조선(평양), 동경, 상해는 민족주의적 정서가 지배하는 공간이었지만, 동시에 이들 공간은 민족어를 둘러싼 경합의 관계 속에 놓인 장소이다. 이때 민족어의 주변에는 일본어만 있었던 것이 아니다. 주요한과 이광수는 동경에서 일본어와 동시에 영어를 배웠고, 지방별 사투리가 심해 중국인끼리도 의사소통이 안 되던 조계지 상해에서는 영어를 공용어로 사용했다. 일본어뿐만 아니라 영어, 중국어 등의 객관적인 정황 속에 놓인 '국어'가 아닌 '조선어'의 특질을 파악하는 것이다. 나아가 제반의 언어들이 각 민족의 '민족어'로 기능하는 광경을 목도하는 것이다. 그러므로 민족주의에의 함몰이 아닌, 제3자의 시선으로 민족주의에의 형성과 그 과정에서 민족어의 기능을 바라볼 수 있는 것이다.

주요한의 문학적 언어는 이념과 활자의 분리현상을 보여준다. 그는 활자의 도구적 의의와 이를 통한 수사학적 효과의 극대화라는 원리를 깨달은 자이다. 그리하여 민족이라는 거대 이념의 자장 속에서 평생을 살았으되 언어를 이념에 종속시키지 않았다. 오히려 그 이념을 어떻게 구현할 것인가를 놓고 가장 효과적인 언어의 형태를 저울질한다. 그러니까 민족에서 자연스럽게 파생된 민족어의 개념을 상정하는 것이 아니라, 민족어를 활용하여 민족을 규합하는 방법에 대해 전략적으로 접근할 수 있었던 셈이다. 춘원의 세대와 비교했을 때, 주요한의 언어적 감각이란 민족과 민족어의 포함관계가 전도되는 양상을 보여준다고 할 수 있다. 언어라는 거대한 컨텍스트에 의해 민족은 텍스트로 주조된다. 그 사이에 매개되는 것이 민족어라는 추상적 언어이다.

앞서 도산의 전기를 기록하면서 도산의 연설이 주었던 수사적 감동을 여러 장에 걸쳐서 기술하는 주요한의 모습은 이렇듯 민족어를 '언어'의 구현이라는 측면에서 바라보는 좋은 예라 할 수 있다. 안도산의 연설에서 그는 그 언어의 울림에 공감하여 감격에 겨워 우는 청중을 바라본다. 그리고 그와 같은 '언술'에 감동하고 그 연설에 사용되는 어휘, 어조, 발성, 비유 등을 방법적으로 분석하려 든다. 이미 주요한의 수사학적 감각은 민족어의 직접적인 권위에서 벗어나 있다. 도산이라는 존재와 연설의 수사학적인 힘을 분리해서 볼 수 있는 힘이 주요한의 재능이자 언어적 감각이다. 즉 언어의 전략적인 활용을 고안하고, 나아가 민족어를 민족과 분리하여 볼 수 있는 여유가 그에게는 있다. 민족과 민족어를 분리하여 사고할 수 있다는 것, 이는 곧 민족어를 민족 담론을 구축하기 위한 이데올로기적 장치의 일환으로 거리를 두고 사고할 수 있었다는 말이기도 하다.

이상의 논의는 『창조』 세대, 적어도 주요한의 세대에 이르면 문학의 정신적 기원 자체를 국가나 민족과 동일시하는 태도에서 자유로워진다는 점을 보여준다. 춘원은 문학의 도구적 활용을 표방했으되, 문학 행위가 민족국가의 독립과 직결되며 문학 자체가 민족의 정신이 된다는 생각을 포기하지 않았다. 문학의 정치적 종속 구도에 이의를 제기하지 않은 것이다. 반면 주요한은 문학의 기원을 언어의 수사학적 구현에서 배웠다. 이는 그에게 언어와 민족이 결합하는 장면을 의식적으로 바라보게 만든다. 때문에 그는 언어적 장인의 입장에서 주조하기는 하되 믿지는 않는다. 주요한이 시도한 정치와 문학의 분리는 보다 엄밀히 말하면 민족의 권위를 주조하는 차원에서 시도되는 것인 만큼 수사법적 차원에서 정치를 만들어내는 저널리스트의 성격과도 통한다. 문학이 그 자체로 정치성을 획득하게 되는 것이다.

3. 보편적 선(善)의지 너머 '전능한 힘'으로서의 예술

_김동인의 경우

『창조』의 위상과 그 의의에 대해 논할 때 3·1운동은 하나의 분기점이 된다. 3·1운동 이전 조선유학생들이 정치 담론에 경사되는 것을 보고 문학의 세례가 필요하다는 생각하에 창조파가 결성되었을 때[59] 그것은 정치론에 묻혀 홀대당하는 문학의 독자적인 공간이 필요하다는 합의에서 나왔다. 물론 이 시도는 정치와 문학의 분리가 가능하다는 생각이라기보다는 문학을 가장 '문학답게' 이야기하는 것이 궁극적으로 그동안 정치론을 통해서만 접근했던 공동체적 발전에 기여하는

---

[59] '처음에는 조국과 민족을 이야기하다 문학의 얘기로 귀결되어 문학운동을 일으키기 위하여 동인제의 잡지를 내기로 했다'고 전해진다. 구인환, 「김동인의 생애와 문학」, 『김동인 연구』, 새문사, 1982, 11면.

새로운 방법이 되리라는 확신에서 나왔다고 할 수 있다. 이 지면을 통해 전영택은 문학적 이데아가 신학의 이데아와 다른 것이 아니라는 점을 춘원과 다른 종류의 소설 쓰기를 통해 보여주려 했다. 주요한은 일본 문단에서 익힌 시작법을 본격적으로 조선의 정서와 풍경에 적용해 보려고 했다. 김동인의 동기도 주요한과 거의 다르지 않았다. 세계문학 전집을 통해 배운 기법과 구성을 춘원류의 소설에 익숙해진 조선에 소개하려는 의도를 가지고 있었다. 훗날『창조』를 회상할 때 이들 동인들의 기억은 3·1운동 이전의, '신문학'에 관한 나름대로의 구상에 들떠있던 시기에서 시작된다.

1919년, 일본 대정기(大正期) 동경의 일상화된 근대 모더니즘의 감각을 체화한[60] 유학생 사회에서『창조』의 문학예술론이 탄생했다는 사실을 감안한다면, 이들의 문화예술론은 오히려 민족의 운명 운운하는 거대 정치 담론에 대한 반론의 차원에서 제기된 것처럼 보일 수도 있다. 그러나 3·1운동 이후『창조』는 표류하게 된다. 그들이 종속되기를 거부했던 '정치'의 영역이 한일합병 이래 다시 한 번 민족이라는 거대 담론을 중심으로 전면에 부상했기 때문이다. 상해의 청년들은 임시정부를 조직하고, 점진주의의 원칙하에 3·1운동의 정치적 효과를 회의했던 미주의 안창호조차 한반도에 일어난 정치적 부흥의 기회를 놓칠세라 상해로 향했던 것이다. 이 시기 주요한은 상해로 가서 춘원과 임시정부에 합류한다. 본래 신학운동과 문학운동을 등가에 놓았던 전영택은 3·1운동을 겪으며 정치와 문학의 두 차원이 종교적 '사랑'의 이데아를 공유하는 차원에서 서로 다르지 않다는 점을 내세워 신학운동으로 선회한다. 두 사람의 선택은 그 방향은 달랐지만, 정치적 영역

---

60 야나기타 구니오, 김정례·김용의 역,『일본 명치·대정 시대의 생활문화사』, 소명출판, 2006.

에의 참여이고 그들의 소년시대를 점령했던 청년지사의 길을 따라간
것이다.

현대적 문화의 집합지인 동경에서 이루어진 그들의 선택은 일시적
인 비분강개쯤으로 돌리기 어려울 만큼 서북 지역 청년사와 긴밀히 연
결된 것이다. 춘원은 한일합병을 전후한 시기 대성학교의 분위기에 대
해 "거의 모든 지사들이 청년을 선동하므로 불과 삼개월 간에 천여 명
청년들이 아무 계획도 없이 직업과 공부를 버리고 만주로 건너갔다"고
적었다.[61] 임시정부가 위치했던 조계지 상해에 머물렀던 주요한은
3·1운동 이후 망명한 청년이 상해에만 수백 명에 달했고 이 가운데
"지리적 관계와 사상적 관계로 황·평 양도의 청년이 대다수를 점령"
했다고 회고한다.[62] 그리고 훗날 정주 출신의 작가 선우휘에게 고향은
만주로 빠져나가려던 망명인사들이 "정주와 신의주 사이의 경의선 기
차 안에서 곧잘 붙잡혀 이송되곤" 했던 땅, 오산학교의 함석헌과 춘원
이 전설적 인물로 전하는 가운데 어린아이들조차 일본인 아이를 때린
일이 있느냐로 나름의 용맹을 겨루는 땅으로 기억되고 있다.[63] 이와
같은 진술은 서북 지역이 국경과 가까워 망명자의 집합 장소이자 이동
통로가 되었으며, 대개 그러한 민족주의자들의 사상적 영향이 학생층
에게 전파되어, 서북 지역이 민족주의자를 재생산하는 중심지가 되어
가는 과정을 보여준다. 주요한, 전영택 이외에 『창조』의 발간 동인으
로 참여한 백악(白岳) 김환 역시 평안도 진남포 출신 부호의 아들로,[64]
옛날 대성학교의 자취를 바라보며 문학운동가로서의 태도를 떠올리
는[65] 청년지사적 인물에 가까웠다. 『창조』 동인들이 3·1운동 이후 보

---

61 이광수, 『선도자』, 『이광수 전집』 4, 삼중당, 1962, 493~494면.
62 주요한, 『안도산 전서』, 삼중당, 1963, 231~232면.
63 선우휘, 「영원한 향수, 정주」, 『북한』, 북한연구소, 1972, 208면.
64 전영택, 「『창조』와 『조선문단』과 나」, 『현대문학』, 1955.2('전집', 497면에서 재인용).

여준 정치적 경사란 서북 지역 청년운동을 지탱해온 문화운동론의 역사를 고려한다면 자연스러운 반응이라 볼 수 있다.

김동인의 문학론을 다루기에 앞서 김동인을 제외한 다른 동인(同人)의 이야기를 먼저 꺼낸 이유는, 비록 『창조』라는 동일한 이름하에 모였음에도 그 구성원들이 이해한 '예술'의 의미와 위상의 차이가 얼마나 컸는지를 드러내기 위함이다. 오늘날 김동인은 한국 근대문학의 패러다임을 바꾸어놓은 탐미주의자이자 예술지상주의자의 원형으로 평가된다.[66] 예컨대 김동인이 『창조』 7호에 발표한 「자기의 창조한 세계」의 다음과 같은 구절은 예술지상주의자로서 김동인의 면모를 뒷받침하는 유력한 근거가 된다.

> 誤解한 人生이던 엇써턴, 「自己의 創造한 人生, 自己가 支配權을 가진 人生」을 지어노코 自己손바닥 우에 뒤채여 본 文學者는, 이 世上에 果然 며치나 되는가.[67]

창작자로서의 작가가 인물을 설정하고 스토리를 전개하는 과정을 김동인은 '자기가 지배권을 가진 인생'을 짓는 것, 그리고 그 인생을 '손바닥 위에 뒤채여 보는 것'으로 표현하고 있다. 때문에 김동인의 문학관은 소위 '인형조종술'이라 지칭되며, 완전한 피조물에 대한 지배 욕

---

65 흰뫼, 「東渡의 길」, 『창조』 3, 1919. 12, 12면.
66 한국 근대문학사에서 김동인은 일본 대정기 시라카바패(白樺派)의 예술지상주의나 서구의 자연주의사조를 조선문단에 도입한 작가라는 점(김춘미, 「김동인과 일본 대정문학」, 권영민 편, 『김동인 문학 연구』 17, 조선일보사, 1988, 270~298면; 강인숙, 「김동인과 자연주의」, 위의 책, 226~239면), 단편소설을 의식적으로 창작하고 이를 뒷받침하는 형식론을 마련했다는 점(김상태, 「김동인의 단편소설고」, 위의 책, 122~145면), 탐미주의 혹은 유미주의의 첫 장을 연 작가(김은전, 「동인문학과 유미주의」, 위의 책, 240~260면) 등의 관점에서 평가되어 왔다.
67 김동인, 「自己의 創造한 世界」, 『창조』 7, 1920. 7, 50면.

구를 드러내는 것으로 평가받는다. 그렇다면 이에 따르는 질문은 비교적 분명해질 것이다. 이와 같은 예술지상주의를 지탱하는 필연성은 어느 부분에서 도출되는 것인가. 이와 같은 질문은 김동인의 예술지상주의가 일본 시라카바파(白樺派)의 예술관을 상당부분 모방한 것이라고 해도 동일하게 던질 수 있는 질문이다. 어떤 이유로 그는 예술의 자율성을 자신의 문학관을 지탱하는 논리로 차용하게 되는가.

김동인 연구사의 특이함이라면 작가의 예술관을 설명하는 데 있어 작가의 기질적인 면모에 기댄 부분이 많다는 것이다. 예컨대 김동인이 평양 부호의 아들로 태어나 경제적 어려움이 없었으며, 이에 성격이 오만하고 방탕한 생활을 일삼았다는 것이다. 이때 '오만함'이라는 평가에는 그가 탈현실적 문학을 주장했다는 것, 그의 예술주의가 선악의 윤리의식마저 초월한 영웅주의의 성격을 띤다는 점이 비판의 중심에 놓인다.[68] 그러나 김동인 스스로 「마음이 여튼 者여」(1919)의 창작 시기를 회상하면서 다음과 같이 써놓은 대목들로 미루어 알게 되듯이, 문학에 대한 그의 오만함 혹은 독선적 태도는 분명 의도적으로 선택된 사회적 자아의 성격을 가지고 있다.

春園에게는 內在的 美 憧憬과 意識的 善 欲求가 잇섯다. 그런고로 意識的 欲求(善)만 抛棄하면은 그는 美의 藝術家가 될만한 素質이 잇섯다. 그러나 그는(반대로) 善意識을 保存하고 美觀念을 버리려 하엿다. 可能한者를버리고 不可能한者를 保有하려하엿다. 여긔 그의 破綻이 잇다.

그러나 내게 잇는 것은 그와 性質이 달럿다. 兩者가 가티 內在的이엇다. 美를 버리랴? 이는 藝術의 滅亡을 쯧함이다. 善을 버리랴? 天性의 우에 生

---

68 김윤식, 「반역사주의지향의 과오」, 권영민 편, 앞의 책, 34~43면; 김우종, 「예술지상주의의 허와 실」, 위의 책, 316~416면.

長과 敎養으로 더욱 굿세히 백인 이 뿌리를 쏩을 수 업섯다. 이째에 나는 煩悶하엿다. 上海에 잇는 요한에게 文人으로서의 不適當함을 말하고 文藝道를 抛棄하겟다는 쯧을 몃 번을 거듭하여 편지한 것도 이째엇다. 요한은 당시의 나의 唯一한 벗이오, 同志오, 理解者엇섯다. 그러나 요한에게서도 冷冷한 회답이 니르럿다.

이째에 나를 救한 者는 나의 오만한 性格과 自尊心과 自負心이엇다. 이 나의 오만한 性格의 産物인 自負心은 그째의 나의 破滅을 救하엿고 그로부터 七年뒤(再昨年)에 쪼한 나로서 性格上 破産의 구렁텅이에서 소사나게 하엿다.

나는 善과 美, 이 相反된 兩者의 사이의 合致點을 發見하려 하엿다. 나는 온갓 것을 「美」의 알에 잡어너흐려하엿다. 나의 慾求는 모도다 美다. 美는 美다. 美의 反對의 것 美도 다사랑도(美의 反對의 것도 美다 사랑도―인용자 주) 美이나 미움도 쪼한 美다. 善도 美인 동시에 惡도 또한 美다. 가령 이런 廣汎한 意味의 法則에까지 違反되는 者가 잇다 하면 그것은 無價値的 存在다. 이러한 惡魔的 思想이 어음돗기 시작하엿다.

나의 狂暴한 思想과 그 思想의 反響인 狂暴한 生活樣式이 이에 시작되엇다.[69]

위의 인용문에서 김동인은 춘원의 경우 '내재적 미'를 버리고 '의식적 선'을 추구하는, 불가능한 것을 보유하려 했기 때문에 작가로서 내적 갈등을 겪게 된다고 보았다. 그러나 자신의 경우 선과 미가 똑같이 내재적이라서 충돌을 빚는 것인데, '미'를 버린다면 예술을 포기하는 것이니 "천성 위에 생장과 교양으로" 다져진 '선'을 뿌리 뽑아야 한다는 귀결에 이르게 된다. 이 글에는 3·1운동 이후 주요한이 상해로 간 이후이

---

69 김동인, 「朝鮮近代小說考(十三)」, 『조선일보』, 1929.8.14.

자, 1921년 「배따락이」를 발표하기 이전 김동인의 고민이 담겨 있다. 즉, 이와 같은 고민은 김동인이 「약한 者의 슬픔」, 「마음이 여튼 者여」를 발표하면서 결말부에서 주인공을 자살로 몰고 가려 했으나, 실제로는 "나는 인제부터는 참삶을 살려 합니다"라는 투의 건강한 삶의 의지를 되찾는 것으로 마무리한 일에 대한 반성의 결과로 도출된 것이다.

이와 같은 정황은 김동인을 이해하는 데 있어서 재론의 여지가 있어 보이는 두 가지 대목을 시사하고 있다. 우선 김동인이 주장한 '미'의 절대성이란 '선'으로부터의 도피, '선'으로부터 예술의 구원이라는 방편으로 상대적으로 선택된 것이다. 이때 김동인이 주장하는 '미'의 의미는 그 스스로 "생장과 교양"을 통해 강화되었다고 밝히고 있는 '선'의 성격을 파악해야만 온전해질 수 있다. 다음으로 김동인의 방탕한 행보가 다분히 의도적인 전략의 일종이라는 사실이다. 세간의 비난을 받으며 젊음과 재산을 탕진하는 방식으로 이루어진 자신의 방탕함을, 그 행동과 정신세계의 분화 과정에 대해 김동인은 마치 제삼자에 대해 말하듯 적어놓았다. 김동인은 이와 같은 자신의 방탕함이 '오만함'의 소산이라 적었다. 그러나 이렇듯 자각적인 '방탕함', 자기구원을 위한 방어적인 '방탕함'을 두고 사전적인 의미의 '오만함'과 동일시하는 것처럼 단순한 해석은 없을 것이다.[70] 주요한은 김동인의 「춘원 연구」에 대해 그것은 오히려 춘원보다 김동인에 관한 연구의 자료가 될 것이라면서, "천사적 천품을 가지면서 일부러 악마인 체하는 동인의 모습과,

---

[70] 오히려 끝없이 자신을 상대화하여 분석의 대상으로 삼는 자의식의 분열상태가 논의의 핵심에 가까울 것이다. 김동인의 소설을, 작가의 자의식을 투영한 주인공이 주체적 욕망을 실현하려고 하지만 동시에 현실 속에서 그 욕망의 환상성을 드러내는 아이러니의 반복 구도로 보고, 이로써 한국소설사에 주체 내부의 분열을 스스로 의식하는 근대의 낭만적 주체성이 발생하는 국면이라 해석한 황종연의 견해는 주목할 만하다. 황종연, 「낭만적 주체성의 소설」, 문학사와 비평학회, 『김동인 문학의 재조명』, 새미, 2001, 77~107면.

범람하는 관능을 억제하고 성자의 길을 닦으려고 고민하는 춘원의 모순 — 인간비극 두 개의 영원한 전형을 여기서 볼 수 있다"고 말하기도 하는데,[71] 그의 언급은 김동인의 문학이 일종의 위악(僞惡)을 통해 지탱되고 있으며 근본적으로 선의식과의 투쟁임을 시사하고 있다.

김동인의 예술지상주의에 접근할 때에 중요한 점은 '미의 절대성'이 '미와 선'의 역학 관계 속에서 도출된다는 점이다. 즉 그가 '미의 절대성'을 주장할수록 그 배후에는 미를 통해 통제하고자 했던 '절대적 선'이 군림하고 있다. 김동인이 주장했던 "동인味"는 그가 주조해낸 '자기의 세계'를 통해 설명될 수 있을지 모르나, 김동인의 '미의식'은 그 배후에 그림자처럼 자리 잡았던 '선의식'의 위협이 구명되지 않으면 온전히 이해되기 힘들다. 그 '선'을 둘러싼 고민은 그가 "唯一한 벗이오, 同志오, 理解者"라고 믿었던 주요한을 통해서도 해답을 얻을 수 없었고, 결국 그 자신의 오만함, 자부심을 의지처로 삼게 했다. 이때 김동인이 자신의 생을 탕진해서라도 소멸시키고자 했던 '내재적 선'이란 그 자신이 표현한 것처럼 "生長과 敎養으로" 뿌리내린 것이기에 결국 사회적인 문맥에서만 설명될 수 있다.

초기 『창조』에 실린 「마음이 옅은 자여」나 「약한 자의 슬픔」과 같은, 그 스스로 선의지에 의해 지배당해서 글을 썼다고 말하는 두 편의 소설을 발표할 무렵 그가 생각한 문학론의 대강은 3·1운동 이전 『학지광』에 발표한 논설 「小說에 對한 朝鮮사람의 思想을」을 통해 알아볼 수 있다. 이 논설은 "極幼稚한 通俗小說"을 대신하여 "健全한 文學的 小說"을, "小說과 墮落을 聯想하는 思想" 대신에 "小說과 文化를 聯想하는 思想"으로 대신하여 사회를 "純藝術化한 社會"로 만들자는 주

71　주요한, 「동인 연구」, 『주요한 문집―새벽』 I, 요한기념사업회, 1982, 755면.

장을 담고 있다. 이는 통속소설에 대응하는 의미로서 순수소설이 필요하다는 문맥에서 읽힌다. 아울러 그는 통속소설의 선입견을 가지고 소설을 타락한 것이라 비판하는 사람들, 예컨대 양반, 학자, 신사, 예수교도 등이 소설을 제대로 이해하지 못한 채 비방하고 있다고 주장한다. 그는 소설을 읽으면 정말 타락하느냐는 문제를 제기하고, 자신의 대답 대신에『기독청년』에 연재된 'ㅈ,ㅇ,ㅎ 君'의 주장을 소개한다. 김동인이 말하는 'ㅈ,ㅇ,ㅎ 君'이란 주요한을 가리킬 가능성이 크고, 그 지면은 당시 기독청년지에 관여하던 전영택에 의해 마련되었으리라 짐작된다. 주요한은 이 글에서 '대도회의 생활이나 육적인 향락, 공명욕이나 생존 경쟁에 대한 묘사에서 '俗界'에 대한 집착을 벗어나지 못한 채 도리어 이런 묘사에 유혹되어 이를 모방하려는 자는 이미 벌써부터 정신적, 도덕적으로 타락한 것인데 지금 와서 소설에게 그 죄를 지우는 것은 합당치 않다'는 요지의 주장을 펴고 있다. 김동인은 이와 같은 주요한의 주장을 긍정하는 맥락에서, 소설가가 타락한 자가 아니라는 점을 옹호하기 위해 다음과 같이 말하고 있다.

萬若 小說이 人生을 墮落케하는 原動力이면, 小說家는 人生誘拐者라하는 結論에와닷겟소. 小說家가 人生誘拐者라 하면, 浮浪者를뮈워하는社會가 웨小說家를뮈워안하오? 뮈워안할뿐만아니라 小說家에對하여 崇拜와 尊敬의念까지가지니 웬일이오? (이우에 但「小說家」라 稱한거슨, 참藝術家를云함이지, 朝鮮에現今流行하는 卑底한通俗小說家流는 例外이오) 小說家卽藝術家요藝術은 人生의精神이요思想이요 自己를對象으로한참사랑이요社會改良, 神人合一을遂行할者이오.
쉽게말하자면, 藝術은 個人全體이오.
참藝術家는 人靈이오.

참文學的作品은 神의 囑이오, 聖書이오.[72]

인용문에서 김동인은 소설가가 '인생유괴자'라는 세간의 비판이 오해라는 지점을 해명하기 위해 참예술가는 오히려 숭배와 존경의 대상이 되는 것이라 말한다. 왜냐하면 '소설가는 곧 예술가'이며 예술은 "자기를 대상으로 한 참사랑"이자 동시에 "사회개량, 신인합일을 수행할 자"이기 때문이다. 그의 설명은 소설가의 사회적 위상의 회복이라는 지점을 겨냥해서 이루어지고 있다. 아울러 그의 설명은 비단 소설가로서의 자신을 옹호하거나 합리화하기 위한 것이 아니라는 점에서 주목된다.[73] 건전한 소설을 통해 사회의 문화적 역량을 높이는 것이 사회개량의 방법이 된다는 맥락에서 나온 것이다. 인용문에 이어진 대목에서 그는 문학가들이 당대 사회의 모든 사조를 창조하는 역할을 맡았음을 강조하면서, 논문을 읽기보다는 소설을 읽는 것이 제반 사상을 이해하기가 쉬우리라는 의견까지 덧붙이고 있다. 김동인 문학론의 출발이 독아적 개인주의와는 거리가 있었음을 확인시키는 대목이다. 김동인이 『창조』 창간호에 실었던 첫 작품 「약한 자의 슬픔」(1919)이 정조를 유린당한 한 여성과 그녀의 호소가 수용될 여지가 없는 세계의 완고함을 폭로하는 내용이었다는 점은, 일단 육적인 향락이나 연애, 도시생활의 화려함 등이 주는 판타지를 배제했다는 점에서 통속소설과는 다른 문제의식을 제기하려던 목적을 달성했다고 할 만하다. 나아가 이 소설은 '약한 자'인 여성에게 타락자라는 세간의 오명이 씌워지고 타매당하는 상황을 그렸다는 점에서 김동인이 항변하고자 했던 당대 사회가 예술가에게 보여준 무정함을 재현하고 있다고 볼 수도 있다.

---

72 金東仁, 「小說에 對한 朝鮮사람의 思想을」, 『학지광』 18, 1919.1, 46면.
73 조남현, 「동양의 소설관」, 『소설신론』, 서울대 출판부, 2004, 39면.

또한 예로 든 평문에서 주목해야 할 것은, 주요한이나 김동인의 문학론이 기독교의 관념과 언어에 의해 개진되고 있다는 사실이다. '속세'의 집착에 연연하는 자는 기왕에 타락한 자인데 소설가에게 새삼스럽게 그 죄를 지우지 말라는 주요한의 요구나, 예술이 곧 '신인합일'의 경지라 말하고 있는 김동인의 설명은 명백히 타락한 세계와 대립하는 신성한 세계의 구현을 위한 매개로서의 문학을 상정하고 있다. 이와 같은 종교적 이원론의 언어를 발화하는 개인이란, 세계와 자아의 합일을 경험하는 개방된 존재일망정 자아의 주관 자체를 신으로 숭배하며 그 절대성을 신봉하는 데카르트적 개인이 아님은 물론이다. 문학운동과 신학을 분리하지 않았던 전영택의 경우는 말할 것도 없다.[74] 김동인은 인용문의 말미에서 주목할 만한 정의를 내리고 있다. "예술은 개인 전체"이며, "참예술가는 인령'이고, "참文學的作品은 神의 囁이오, 聖書"라는 것이다. '개인 전체로서의 예술'이란 개인과 전체가 일치한 양상이 곧 예술이라는 표현이고, 예술가는 사람이자 영 즉, 메시아적 역할을 수행하는 자이며, 이에 진짜 문학작품은 '신의 속삭임'이자 '신의 말씀'이라는 것이 김동인의 주장이다.

김동인이 사용하고 있는 '신인(神人)', '인령(人靈)' 등의 용어는 기독교의 자장하에 놓인 것이면서도 1910년대 후반 일본유학생계의 지지를 받았던 에머슨류의 초월주의 철학에서 나온, 세계와 개인의 합일이라는 관점을 차용한 것이다. 에머슨에게 심취했던 일본문단의 기타무라 도코쿠(北村透谷)에 의해 '주관과 객관의 철학적 대립을 초극한 보편적 유일자'란 의미의 '대령(大靈)'이란 존재가 상정되고, 이 대령이 '삼라만상에 편재하면서 동시에 사람의 내부에서도 현존하는 것'이라 소개된

---

74 신성의 관점에서 보았을 때 인간 세계의 축도를 아이들의 유희에 비유한 전영택의 「구습의 파괴와 신도덕의 건설」(『학지광』 13, 1917, 55면) 등은 그 예이다.

바 있다. 이때 대령으로부터 분유된 인간의 마음을 '심령(心靈)'이라 불렀다. 이로써 유기적 자연 속에서 자아의 경계를 없애고 우주의 일부로 만든다는 것이 에머슨과 도코쿠가 세계와 개인의 합일을 이룩한다는 의미였으며, 이에 자연의 계시자로서의 신의 숭배는 자아의 숭배와 같은 차원에 있다는 논리가 열린다.[75] 에머슨의 초월주의를 통해 당대 조선의 청년들은 개인의 자유와 공동체에의 의무 중 어느 쪽도 포기하지 않으면서 통합할 수 있는 방식을 찾았던 것이다.

김동인이 예술을 정치와 견주고 심지어 정치보다 우월하다고 자신 있게 이야기할 수 있었던 것은 이렇듯 개인의 인격적 고양에서 시작되어 현실적 변혁을 가져오는 힘이 있다는 확신에 따른 것이었다. 이에 통속소설이 점령한 조선의 문화계에 신성한 문학을 자리 잡게 하고, 소설에 대한 인식을 바꾸어 궁극적으로는 대중들의 각성에 이르게 하는 것이 자신의 소명이라 여겼던 것이다. 단지 개인의 내면적 각성에 머무는 것이 아니라 그 각성의 확산에서 이상적 유토피아를 이룰 수 있다는 희망이 김동인, 주요한, 전영택을 하나의 문학적 공간에 있게 했던 것이고 초기 『창조』의 긍지와 낙관성을 지탱하는 것이었다.

그러나 1919년 3·1운동 이후에는 보다 상황이 복잡해진다. 3·1운동은 청년들에게 정치적 참여를 요구하는 강력한 계기가 된다. 3·1운동은 『창조』의 동인들에게 무엇이 가장 우선순위의 '신성'에 해당하느냐는 물음을 제기한 것이나 마찬가지였다. 이는 정치와 예술에 분재하

---

75 이철호, 「한국 근대문학의 형성과 종교적 자아담론」, 동국대 박사논문, 2006, 23~24면. 이철호는 1910년대 유학생들에게 영향을 미친 에머슨주의가 일본문단을 거쳐 유학생 사회에 수용된 양상을 '영', '신인', '생명'이라는 키워드를 통해 분석하고, 이것이 자아의 내면적 각성을 가능케 하여 낭만적 주체의 탄생에 기여했다는 주장을 편다. 그의 논의는 근대 예술론이 종교적 담론의 자장하에 형성되었으며, 그 어휘의 영향력하에서 예술이 시공간의 제한을 넘어 보편적 주체성을 획득하는 방법론으로 활용되었음을 논증했다는 점에서 의의가 있다.

던 신성이 정치에 편중된 결과이다. 예컨대 3·1운동 시기 문학청년들에게 쏟아졌던 사회적인 비난을 전영택은 다음과 같이 회고한다.

> 이때에 남들은 ××(만세 — 인용자 주)를 부르다가 감옥살이를 하고 죽는다 산다 하는데, 시며 소설이 다 무엇이고 문예잡지가 다 무엇이냐 하는 것이 세상 사람의 큰 욕이요 핍박이었습니다.[76]

이와 같은 공격은 단지 소설을 타락자의 유희라 비판하는 차원과는 다른 맥락에 놓여있다. 3·1운동이 천도교 및 기독교를 중심으로 한 양대 세력의 제휴형식으로 추진되었을 뿐만 아니라, 그 참가자들 중 종교인이 다수를 이루었음은 잘 알려진 사실이다. 아울러 3·1운동의 결과가 무저항운동에 대한 폭력적인 진압과 대거 투옥, 죽음이라는 결과로 나타나면서 이는 종교적인 박해의 유비로 해석되기에 이른다.[77] 한반도를 점유한 종교적인 수난의 분위기 속에서 창조의 동인들은 문학이 나아가 문화운동이 '죽음'의 직접성을 대신할 만한 존재의의가 있느냐는 저항에 부딪치는 것이다. 이 대목에서 주요한과 전영택은 '신성함'의 순위를 다시 매겼다. 주요한은 상해로 건너가 민족운동에 투신했고, 전영택은 평생 기독교문학론과 문화운동의 틀을 벗어나지 않았다. 최초『창조』라는 잡지의 표제는 전영택의 제안에 의해 붙여졌다고 전하는데,[78]

---

76 전영택, 「문단의 그 시절을 회고함」, 『조선일보』, 1933.9.20~22('전집' 3, 486면에서 재인용).
77 언론이 통제되었던 국내와 달리, 상해임시정부의 기관지 『독립』이 3·1운동을 다루었던 일관된 수사가 기독교적 수난의 에피소드였다는 점이 그 근거이다.
78 "제호를 「창조」라고 한 것은 내 제안인 것으로 기억된다." 전영택, 「『창조』와『조선문단』과 나」, 『현대문학』, 1955.2('전집' 3, 497면에서 재인용); "「창조」라는 이름은 …… 전영택 목사의 제안에 따른 것입니다. 전목사는 당시 청산학원 학생이었는데 그분의 종교적인 아이디어가 아닌가 봐요." 주요한, 「살아있는 20년대의 문학정신」, 『조선일보』, 1968(『주요한 문집 －새벽』 I, 요한기념사업회, 1982, 846면에서 재인용).

그들이 생각했던 『창조』의 실현방식은 제각기 달라진 셈이 되었다.

죽음 앞에서 예술의 신성함을 증명해야 하는 과제 앞에서 김동인식의 문학과 정치의 분리가 이루어진다. 동경 유학기 『학지광』시대에, '예술은 개인 전체'이며, '참예술가는 인령'이고, '참 문학적 작품은 신의 섭이오, 성서'라고 언급하는 김동인에게 있어서 예술은 신과 인간이 서로 합일되는 자연의 상태에서 유래하는 신적 섭리의 발현이다. 이때 창조는 인간과 신적 자연의 조화에서 유래한다. 예술품은 인간의 주조물일 수 없고, 오히려 자연의 진리 중 일부라고 할 수 있다. '인령(人靈)'으로서의 예술가란 신의 소리[嘯]를 듣는 귀와 신의 음성을 전달하는 메시아의 역할을 담당하며, 때문에 예술가는 신의 세계나 예술품과 분리되어 존재할 수 없다. 그리고 이와 같은 원리가 신의 숭배가 곧 자아의 숭배와 동일하다는, 개성의 존중에 근거한 공동체적 유토피아 건설의 원리를 열고 예술의 신성함에 대한 인식을 뒷받침한 것이다. 전영택이 「생명의 봄」에서 만세운동으로 감옥에 갇힌 영선의 죽음을 가정하여 소설적 플롯을 구성하는 인위성에 일종의 '불경'을 느끼고, 오히려 감옥으로 면회를 온 사람들 개개인의 사랑과 안타까움에 '산소설'이 있다고 외치는 것도 같은 맥락에 놓여 있다. 이와 같은 신적 자질의 분유(分有)로서의 예술과 이상주의적 소명의식이 남아 있는 한, 일개 인간에 의해서 우주가 성립된다는 즉 '무에서 유가 창조된다'는 방식의 창조론은 성립할 수 없다.

그러나 3·1운동 이후, 자신의 자부심과 오만함으로부터 구원을 찾을 수밖에 없다는 언급과 함께 김동인이 보여준 '창조'의 인식이란 그 토대부터 뒤바뀐 것이었다. 동경에서 이루어졌던 『창조』에 대한 합의와 그 발간이란 김동인에게 있어서는 세계와 자아의 합일을 경험하는 소년기 이상시대의 연장선상에 있다. 당초 김동인에게 있어서 문학과 정치의 분리란 문학이 정치와 동일한 이상을 꿈꿀 수 없다는 선언은 아니었다. 그것은 공동체적 유토피아에 대한 지향성을 표현하는 방식이 예술 고유의 방식으로 존재할 수 있다는, 예술적 신성을 증명해야 한다는 사명감의 일종이었다. 그러나 3·1운동 이후 돌변한 문학적 지형 속에서 '정치'에 맞서 '문학'의 권위를 증명하는 일은 세계와 분리된 단독자로서의 자신을 경험하는 순간이다. 김동인이 『창조』 7호에 「자기의 창조한 세계」를 발표하면서, 세계와의 합일된 자아의 형상을 포기하고 오로지 자아의 지배로부터 성립하는 세계가 곧 문학이라 주장하기 시작한 것은 그가 예술에 독자적으로 '신성'의 근거를 마련하기 위해 도입한 논리이다. '참예술가는 인령(人靈)'이고 '참 문학작품은 신의 속삭임이자 성경'이라 표현되었던 문학의 신성성을, 절대적 자아에서 비롯되는 미학의 관점에서 새롭게 표현한 개념이 곧 '운명의 조종자'이며 '자기가 창조한 세계'였던 셈이다. 그러나 그럼에도 불구하고 그가 만들어낸 개인에서 발원하는 창조론의 논리란 "自己 一個人의 世界이고도 萬人 함끠 즐길 만한 世界"를 곧 '예술(藝術)'이라 정의하고 있다는 점에서[79] 『학지광』 시절 초월적 문학론의 잔영이 남아있는 것이고, 그렇다면 어떻게 신을 배제한 상태에서 개인과 세계를 연합시킬 수 있느냐에 대한 해답도 아직 마련하지 못한 어정쩡한 상태로 제기된 것이다.

'신의 속삭임'으로서 문학을 상정한다는 것이 곧 문학적 영감(inspiration)의 출처가 어디에서 오느냐에 대한 문제라 할 때, 「자기의 창조한 세계」에 이르러 김동인은 그 출처를 자아로 한정하고자 시도하고 있다. 이와 같은 선택에는 비교문학적 연구에서 알려진 바대로 그가 일본 시

---

79 김동인, 「自己의 創造한 世界」, 『창조』 7, 1920.7, 49면.

라카바파의 예술론에서 영향을 받았다는 점을 고려해야 할 것이지만,[80] 이에 앞서 논의되어야 할 사항은 김동인의 내면에서 진행된 선과 미의 역학과, '선'의 배제를 통해 '미'의 영역을 확보하려고 했던 내적 투쟁의 양상이다. '선'의 대타항으로 도출되는 '미'란 부가적으로 '악'의 성격을 가지게 되고, 이에 김동인의 창조론은 곧 '힘의 담론'이 된다. 메시아적 예술가를 통해 현현되었던 조화 원리의 일종이었던 예술은, 3·1운동 이후 온전히 별개 인간의 특수한 자질 즉 천재나 초인에게서 확인할 수 있는 '힘'의 일종이 된다. 이와 같은 방향의 전환은 김동인 자신도 의식하고 있었다. 춘원과 비교하여 자신의 광포함이 발현된 역사를 서술했던 앞의 인용문은 다음과 같이 계속된다.

地位 잇고 財産잇고 名譽 잇는 靑年이엇섯다. 時間을 약속하면 二三分의 差異가 잇서도 얼골을 붉히든 信用을 重히녁이는 紳士엿섯다. 단정한 衣服과 단정한 行動의 주인이엇섯다. 이러하든 나의 意外의 狂暴한 生活의 平壤市民은 驚異의 눈을 던졌다.

나의 行動은 다 美다. 웨 그러냐하면 나의 欲求에서 나왓스니깐 …… 이리하여 나의 狂暴한 放蕩은 시작되엇다. 아직것 憧憬은하엿지만 體面째문에 혹은 道德觀念 째문에 더럽다하든 無數한 狂暴的 行動이 시작되엇다. 「배짜락이」를 發表하고 創造도 廢刊하엿다.[81]

---

80 김춘미, 앞의 글, 270~298면.
81 김동인, 「朝鮮近代小說考(十三)」, 『조선일보』, 1929.8.14.
　　위의 인용문 중 "「배짜락이」를 發表하고 創造도 廢刊하엿다"라는 구절은 조선일보사 판본의 김동인 전집에는 "「배따라기」를 발표하고, 창조도 발간하였다"(33면)로 옮겨져 있다. 원문에서 '창조의 폐간'이라는 사건이 온건한 창작활동의 종료이자 광포한 생활의 시작이라는 의미에서 언급되고 있음을 감안할 때, 위의 오류는 김동인에게 있어서 『창조』의 의의를 정반대로 해석하도록 만들 우려가 있다.

개인적 차원에서 시작된 방탕의 내용이 시간 약속, 신용, 단정한 의복 등 일상적 수준에서 언급되고 있다. 이렇듯 사소해 보이는 반항이 그에게 큰 의미를 지니는 이유는 비단 그가 평양 지역 유지의 귀공자였다는 데에만 있는 것이 아니다. 이 글에서 김동인은 자신의 방탕함에서 온 결과물을 그 자신의 내적 해방이라든가 변화로부터 찾기보다 '평양 시민의 경이의 눈'으로부터 확인한다. 주지하듯, 김동인의 소설적 구상과 무대는 주로 그의 고향인 평양이다. 물론 그 이유는 김동인이 평양에서 태어났다는 데에서 찾을 수 있겠지만, 진짜 질문은 그다음에 등장한다. 왜 하필 평양이며, 고향인가. 그러니까 김동인은 왜 고향에 세계의 축도가 있다는 듯이 소설을 썼는가. 이것을 단순한 애향심이라 일반화하지 않는다면, 오히려 김동인에게 고향이란 투쟁의 대상이었음을 알게 된다. 김동인에게 '전능한 힘'으로서의 '창조력'이란 그의 방탕함이 평양인의 상식과 충돌하는 데서 오는 긴장감으로부터 발생하고 있기 때문이다.

김동인의 방탕함이란 '미'를 향한 헌신의 방식으로 선택되었고, 그는 그러한 선택의 정당성을 상대적으로 그의 기행(奇行)을 의아하게 쳐다보는 평양인들의 시선으로부터 확인받고 싶어 했다. 가령 평양의 대성학교에는 많은 일화가 전하는데, 당시 젊은이들의 나태한 생활 습관을 엄격하게 계도했다는 내용이 대부분을 이룬다. 수업 시간에 지각하는 것을 인간적 신용의 문제와 직결시켜 엄벌에 처했다거나, 매일 하루에 한 장씩 쌓은 벽돌이 담장을 이루는 것을 체험하도록 하여 노동과 협동, 저축의 필요성을 깨닫게 했다거나 하는 일화들이다. 교육받은 학생의 기본적 소양으로 단정한 행동과 옷차림 등을 꼽았던 것은 말할 것도 없다.[82] 김동인이 「배따라기」를 발표하던 1921년 무렵 그의 형인 김동원은 평양에서 재목과 소금 등을 취급하는 도매상으로 일하고 있었지만 1910년부터 1912년까지는 평양의 숭덕학교(崇德學校)와 대성학교에서, 1912년 대성학교의 폐교 이후에는 1914년까지 숭덕여학교에서 교사로 일했다.[83] 김동인 자신도 숭덕소학교를 졸업하고, 평양지역의 미션스쿨인 숭실학교에 진학했다. 그러니까 김동인의 방탕함이란 일반 도덕과 관습에의 반항이기 이전에, 그가 성장하고 자란 평양 지역에서 통용되던 민족의 동량(棟梁)으로서의 청년의 전형에 전적으로 위반되는 길을 선택한 것이라 할 수 있다. 여기에는 당대 '조선의 예루살렘'으로 불리던 평양의 지역성이 관련되어 있다. 이와 같은 지칭은 일차적으로 기독교의 제도와 종교원리가 평양 사회를 점유했다는 점 이외에도 신민회와 105인 사건, 3·1운동 등 근대사의 주요 자생적 민족운동이 일어나고 실패하면서 평양이 민족주의운동의 성소로서의 위상을 획득했다는 사정이 개입되어있다. 김동인의 반응은 이러한 외적인 '선'의 규범들이 개성의 발현을 억압하는 기제로 작용하기 시작했음을 보여준다. 이런 맥락에서 김동인 말하는 '미'의 절대성이란 '개성'의 절대성과 같은 말이다.

김동인이 실행에 옮겼던 방탕함을 이렇듯 평양 지역의 정서로부터 해석하는 것은 중요한데, 왜냐하면 이것으로부터 그가 저항하고자 했던 '선(善) 의식'의 성격이 보다 구체적으로 규정될 수 있기 때문이다. 그것은 사회 전반의 제도와 관습에 대한 저항의 성격이기에 앞서 평양지역의 청년문화운동의 지향이었던 공동체주의에의 저항이고, 이러한 공동체주의의 실현을 생의 소명으로 삼곤 하는 청년들의 전형적 삶에 대한 저항이다. 춘원, 김동원, 주요한, 전영택 등 김동인과 가까웠

---

82 주요한, 『안도산 전서』, 삼중당, 1963, 76~88면. 대성학교 시절 도산 안창호와 교풍에 대해 전영택, 김동인, 대성학교 졸업생인 김형식 등의 증언이 수록되어 있다.
83 「興士團(동우회) 사건 검거에 관한 건」, '京鐘警高秘 제7735호'(1937.10.28).

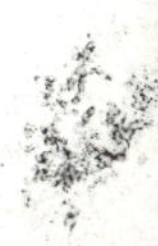

던 서북청년 어느 누구도 이와 같은 소명의식에서 벗어나지 않았다. 이들의 삶과 비교했을 때 김동인은 예술적 이상주의를 실현한다는 차원의 새로운 목적의식을 향해 달려간 것이다. 그러나 그럼에도 불구하고 자신의 신념을 위해 맹목적으로 돌진하는 것을 소명의 이행방식으로 선택했다는 점에서는 본질적으로 차이가 없다. 어디까지나 그의 방탕은 의식적으로 시도된 것이었기 때문이다. 그러므로 김동인은 서북청년의 공동체적 이상주의 외부에 존재했으면서도, 본질적으로는 소명의식을 내재화한 서북청년의 일원이다.

　김동인이 저항하고자 했던 서북청년의 전형과 평양 지역의 정서가 잘 드러난 작품이 「대동강은 속삭인다」(『삼천리』, 1934.9)이다. 이 소설에서 주목되는 것은 화자의 위치이다. 화자이자 작가인 김동인은 대동강에 무리지어 선 지역민들과는 분리되어 있지만 그렇다고 해서 이방인도 아닌 것이다. 이렇듯 평양인의 이상주의를 관조하면서 그 이상을 대상화하여 소설을 써낼 수 있었던 것이 김동인의 예술가적 긍지를 지탱한 힘이고, 이것이 그를 평양에서 떠날 수 없게 만드는 이유가 된다. 「대동강은 속삭인다」는 계급관념이나 나이를 불문하고 처자나 생계 문제조차 잊은 채 대동강을 바라보느라 여념이 없는 일군의 무리를 그리고, 이와 같은 대동강 바라보기가 평양인의 심경이며, 여기에서 평양인의 정서, 공상, 환몽, 시가, 노래 등이 나온다는 내용을 담고 있다. 작중에 등장하는 대동강은 한때 화자 자신도 속해 있었던 소년시대의 꿈과 이상의 공간이다. 김동인의 연대기와 문학 활동에 있어서 중요한 계기로 작용한 인자들을 김윤식 교수는 '균형감각'이라는 시각하에 볼 때 맏형 김동원, 친구이자 문학적 경쟁 상대였던 주요한, 선배이자 이념적 아비인 이광수 등 세 인물과의 대결의식이라는 구도에서 설명한 바 있다.[84] 이들 일군의 서북인이 김동인의 삶에서 차지했던 비중은 의심의 여지가 없는 것이지만, 공교롭게도 이들의 이념적 지향은 도산을 중심으로 한 청년운동론으로 엮여있다는 점을 간과해서는 안된다. 이들은 각기 문화운동과 상업이라는 분야에서 지도자적 위치를 점유하고 수양동우회를 이끄는 중심인물이었다. 김동인의 소년시대는 3·1운동을 계기로 끝났다고 한다면, 제각기 정치와 경제를 축으로 문화운동을 이끄는 그들의 소년시대는 여전히 진행 중인 것이다. 세계와 자아의 합일을 맛보았던 소년시대에의 열정을 바탕으로 유토피아를 실현시켜야 한다는 사명감이 여전히 이들을 지탱하고 있다. 김동인 역시 한때 그들과 어깨를 겯고 동일한 세계에 놓여 있었으나, 문학을 고집함으로써 그는 소년의 이상세계와 결별했다. 그로서는 그것이 성인이 되는 길이었고 최초의 선택에 대한 신념을 지키는 일이었던 탓이다. 문학의 신성성을 고수한다는 점에서, 김동인의 선택은 소년기에 부여된 소명을 수행한다는 명분이 있는 행위였으나 그것은 동시에 대동강을 끼고 앉은 무리들로부터 이탈하는 것이었다.

그러므로 화자는 어깨를 겯은 채 대동강을 바라보고 앉아 있는 무리의 심정을 누구보다 잘 안다. 그러나 그는 대동강 무리를 벗어난 상태에서 그들의 모습을 중계하는 역할을 맡는다. 즉 화자는 내부에 속한 외부인 것이다. 작중 화자의 관심은 세대를 초월하여 나타나는 일군의 평양인들의 독특성을 설명하는 것이다. 작가는 일군의 무리에 대한 관찰자적 성격을 띠고 있으며 서북청년들의 전형적인 삶의 양상에 대해

---

84 첫째, 부(父)로서의 맏형 김동원과의 대결의식하에 김동인이 '집안의 귀공자'가 되었으며, 둘째, 친구인 주요한과의 교제하에 김동인이 타자의식을 알게 되었으며, 셋째, 이념적 아비인 춘원을 상정하고 그와의 맞섬에서 세대적 차별성을 획득했다는 것이다(김윤식, 『김동인 연구』, 민음사, 1987, 39면). 이들과의 의식적 경쟁 구도 속에서 김동인이 신으로 군림하고자 하는 욕망을 키우고 문학은 그 방편으로 선택되었으며, 이로써 당대의 역사의식에서 분리된 예술지상주의자의 문학이 발원되었다고 보고 있다(위의 책, 24면).

시선적인 우위를 확보하고 있다. 작중 포함된 「무지개」라는 삽화가 보여주듯 대동강의 유혹은 행복을 잡으려는 무지개와도 같은 것이며, 이로써 청춘을 소진시키고 그 희생에 의해 유지되는 역사의 모양이 곧 대동강의 형상인 것이다. 그 동참의 역사는 세대를 이어 내려오는 것이며 훗날 깨달았다고 하더라도 대가없는 희생에서 오는 자기연민에 대동강을 떠나지 못한다. 이것이 세대를 뛰어넘는 감각이자 김동인이 파악한 서북인의 기질이다. 비록 소년의 이상시대에서 추방되었지만, 이를 통해 성인의 세계에 들어선 김동인의 냉정한 현실감각이 오히려 그를 관찰자적 입장에서 떠나지 못하게 만들었던 것이다.

「대동강은 속삭인다」의 표제는 김동인이 파악한 당대 현실감각의 중요한 단면을 보여주고 있다. 이른바 대동강에 모여 앉은 이들이 '소리를 보고 있다'는 측면이다. 대동강이 '속삭인다'고 했을 때, 이 속삭임은 '문학작품은 신의 속삭임이자 성서'라고 지칭할 수 있었던 세계에서 경험했던 우주적 자아의 황홀경에 대한 기억을 환기하는 것이다. 대동강의 목소리가 열어주는 자족적 세계는 비단 예술의 영역에만 해당되는 것이 아니다. 당초 『창조』의 문화운동이란 정치운동의 연장차원에서 문학의 독자적 영역을 확보하고자 하는 욕구에서 온 것이며, 신인합일의 욕구란 개인과 공동체와의 일체가능성에 대한 이상주의에 닿아 있는 것이니 만큼, 현실에 등을 돌린 채 돌아앉은 무리란 유토피아의 실현이라는 이상에 매달렸던 당대 청년들 일반의 모습이 투영된 형상이다. 김동인에게 있어서 '소리'는 그 자신도 경험했던 소년시대의 열정을 그리움 속에 회상하도록 만드는 유인(誘因)이면서, 동시에 성인이 된 그의 입장에서 보기에는 세대를 초월하여 청춘의 헌납을 요구하는 위험한 유혹의 소리이다.[85]

김동인이 서북 지역의 이상주의와 청년의 전형성이라는 '내재적인 선'의 세계에 함몰되지 않으려 방탕함을 인위적 저항의 기제로 택하고 그로부터 미의식을 끌어낸다고 했을 때, 그 경계에 놓여 있는 작품이 「배따라기」라 할 수 있다. 「배따라기」는 '청년의 신념'이 발원하는 영역인 평양의 대동강을 '예술가의 구상'이 시작되는 장소로 바꿔놓고자 하는 욕망이 담긴 작품이고, '청년의 유토피아'를 '예술가의 유토피아'로 바꿔놓으려는 시도가 담긴 작품이다.

　　하늘은 낮았다. 모란봉 꼭대기에 올라가면 넉넉히 만질 수가 있을이만큼 하늘은 낮다. 그리고 그 낮은 하늘보담은 오히려 더 높이 있는 듯한 분홍빛 구름은 뭉글뭉글 엉기면서 이리저리 날아다닌다. (…중략…)

　　나는 이러한 아름다운 봄 경치에 이렇게 마음껏 봄의 속삭임을 들을 때는 언제든 유―토피아를 생각지 않을 수 없다. 우리의 시시각각으로 애를 쓰며 수고하는 것은―그 목적은 무엇인가, 역시 유―토피아 건설에 있지 않을까. 유―토피아를 생각할 때는 언제든 그 '위대한 인격의 소유자'며 '사람의 위대함을 끝까지 즐긴' 진나라 시황을 생각지 않을 수 없다.

　　우리가 어찌하면 죽지를 아니할까 하여, 동남동녀 삼백을 배를 태워 불사약을 얻으러 떠나보내며, 예술의 사치를 다하여 아방궁을 지으며, 매일 신하 몇 천 명과 잔치로써 즐기며, 이리하여 여기 한 유―토피아를 세우려던 시황은 몇 만의 역사가가 어떻다고 욕을 하든 그는 참말로 참삶의 향락자며, 역시 이후의 제일 큰 위인이라고 할 수가 있다, 그만한 순전한 용기 있는 사람이 있고야 우리 인류의 역사는 끝이 날지라도 한 '사람'을 가졌

85　김동인의 소설에 나타나는 '목소리'의 의미를 해석한 관련 논문으로는 권희철, 「속삭이는 목소리로서의 '대동강'과 어머니 형상의 두 얼굴」(『한국 근대문학 연구』 17, 한국근대문학회, 2008, 223~254면)이 있다. 논자는 김동인의 소설에 등장하는 목소리를 '시적 영감의 원천'이라는 입장에서 주목하고 이로써 김동인에게 대동강이 현실적 영역 너머의 유토피아를 환기하는 장소가 된다는 맥락에서 설명한다.

었다고 할 수 있다.

　‘큰 사람이댔다’ 하면서 나는 머리를 들었다.[86]

　「배따라기」의 도입부이다. 「배따라기」에는 액자의 내부와 외부를
아우르며 군림하는 창조자의 모습이 있고, 또한 그와 같은 구상이 이
루어지는 창작의 유토피아로서 평양과 대동강의 모습이 있다. 예술적
창조의 권한을 신과 자연으로부터 분리하면서, 공동체적 질서인 도덕
성은 순종해야 할 것이 아닌 극복해야 할 대상이 된다. 하필 대동강가
에서 진시황을 떠올리는 것, 진시황을 ‘큰 인물’로 꼽는 것은 대동강가
에 선 김동인 자신에게 그 순간 가장 필요했던 것이 반도덕적인 용기
였기 때문이다. 김동인이 자주 사용하는 액자소설의 구도란 외부 서사
에 존재하는 서술자가 내부 서사의 전달자임을 분명히 밝히는 기능을
한다. 내부 서사가 비록 가공의 등장인물에 의해 진행되더라도, 외부
서사를 장악한 서술자의 통제의 영역을 벗어나지 못하는 상황인 것이
다. 이로써 그는 정치적 영역에서 벌어진 종교적 순교의 절대성과 맞
설 만한 전지적 권능의 힘을 예술가에게 부여한다. 그러나 이와 같은
선택이 유아론적 오만함에서 가능했다는 분석은 당시 김동인이 정치
와의 분리 속에서 문학의 존재의의를 입증해야 하는 의무감을 짊어진
상태였다는 점을 간과한 것이다. 오히려 그것은 전략적으로 선택된 정
치적 발언이며 냉정한 판단의 결과이다.

86　김동인, 「배따라기」, 『창조』 9, 1921.5.

제3부

서북청년의 탈영토적 모험과
자기귀환의 구조

　제3부에서는 1920년대 서북문인의 민족문학론에 내포된 공동체 이상주의의 구현 양상을 살핀다. 특히 서북문인의 공동체 이상주의가 세계주의 혹은 보편주의와 연결되는 지점을 살폈다. 서북 지역의 민족주의문학운동이 흥사단 및 기독교 단체가 주도한 문화운동과 연관을 맺는다는 점을 고려하여, 『朝鮮文壇』 및 『東光』을 중심 텍스트로 선택하였다. 주지하듯 전자는 이광수, 주요한, 전영택이 방인근의 출자로 창간된 전(全) 문단 규모의 문학잡지이며, 후자는 흥사단 국내지부였던 수양동우회의 기관지이다. 이 두 잡지는 흥사단의 수뇌부였던 이광수와 주요한이 상해 임시정부에서의 정치적 활동을 마감한 이후에 국내로 귀국하여 문화운동으로 노선을 전환하던 시기에 주요 편집자로 활약했다는 공통점을 지니고 있다. 물론 이 두 잡지는 경성에서 발행되었으며, 특별히 평양문단만을 염두에 두고 기획된 것은 아니다. 그럼에도 불구하고 서북문인의 문화운동을 다루는 이 책에서 두 잡지를 선택한 이유는 두 가지이다. 우선 정치사회운동과 문화운동을 분리시키지 않았던 서북지성사의 특징을 드러내는 데 적합하기 때문이며, 다음으로는 '로컬'의 극복을 지향하되 '로컬'의 역사로부터 정체성을 형성했던 서북인 집단의 특성을 잘 보여주기 때문이다.

　　실제로 평양(平壤), 상해(上海), 미주(美洲)로 연결되는 서북청년 문화
운동의 지리적인 확장성을 주목하는 경우 이른바 서북발(發) 코스모폴
리타니즘이라 이를 만한 '탈-로컬'의 지향이 확인된다. 우선 그간 계급
주의 문학론과의 대립구도에서부터 논의되곤 했던 『조선문단』의 이
념적 정향을 한반도 및 만주 지역을 포괄하여 진행되었던 이상촌운
동(理想村運動)이 시사하는 공동체적 구상과의 관련성 속에서 논의한다.
'이상촌운동'이라는 키워드가 보여주듯이 이러한 탈-로컬의 구상에는
비단 민족국가 특유의 '국민'과 '영토' 개념을 벗어나, 국경 지대를 넘나
드는 '서·북 간도'의 이민자, 망명자 등의 존재를 포괄한 조선 유민 집
단이 제각기 정착했던 혹은 정착할 수밖에 없었던 장소에서 공동체를
만들고 공동체 윤리를 마련하려했던 시도를 찾아볼 수 있다. 더불어
1920년대에 『조선문단』, 『동광』 등을 통해서 민족주의문학론이 활발
하게 제기되었으며, 공동체, 언어, 노래 등이 주요 화두였다는 점도 주
의 깊게 살폈다. 이들 테마는 배타적인 변별의 수단이기도 하지만, 동
시에 타자와의 경계를 무화시키는 보편적 매개라는 속성을 동시에 지
니고 있다.

　　물론 이러한 지리적 확장성과 보편지향적 경향은 1930년대에 이르
러 세계정세 및 이념지형의 변동에 따라 급격히 위축된다. 그럼에도
이렇듯 보편자적 매개를 주목하는 이유는 서북인의 현실 인식 자체가,
이미 권력의 억압과 교조화를 경계하는 변방인의 소외의식 속에서 마
련된 것이기 때문이다. 때문에 서북인이 보여주는 탈-로컬의 경향이
란 비단 서구지향적 경사로 단순화되기보다는 영토, 국경, 민족 등의
경계를 넘어 인류 공동체에 참여한다는 세계주의(cosmopolitanism) 혹은
보편주의(universalism)에 가깝다. 그리고 1920년대는 그와 같은 공동체
이상주의에 대한 낙관이 아직은 유효했던 시기이다. 요컨대, 서북인의

문학사상사를 살핀다는 것은 집단주의의 획일적 폐쇄성을 역사적으
로 경험한 소외 집단에서 재차 도출된 공동체 이상주의의 궤적을 따라
읽는 일이 된다.

문학사상사를 살핀다는 것은 집단주의의 획일적 폐쇄성을 역사적으
로 경험한 소외 집단에서 재차 도출된 공동체 이상주의의 궤적을 따라

『조선문단』, 월경(越境)의 감각과 보편자적 매개들

1. 변방의식의 역동성과 '조선'이라는 이상촌(理想村)

　『조선문단(朝鮮文壇)』(1924.10~1936.1)은 한국 근대문학사에서 가장 오랜 기간 발간된 문예지로 알려져 있다. 발행자는 방인근이고 제1호에서 제9호까지는 춘원이 주재하였으며 그 이후는 일인 주재 체제를 폐지했다. 『조선문단』의 발행 배경에 대해서는 이광수의 회고 정도가 그 자료로 남아 있는데, 방인근과 전영택이 춘원에게 『무정』의 재출간을 제의하러 왔다가 차라리 문예지를 만들어 보라는 권유에 따라 발간하게 되었다고 전한다.[1] 이에 『조선문단』은 춘원, 주요한, 방인근, 전영택 등 4인의 합의로 출발하였다.

　그간 『조선문단』 창간 세력의 성격에 대한 검토는 그다지 주목받지

---

[1] 춘원, 「조선문단 추억담」, 『조선문단』 4(4), 1935.8, 167면.

못했다. 이는 『조선문단』이 1920년대 중반 민족주의문학의 대표지였던 만큼, 프로문학과의 양립관계 속에서 주로 논의되는 경향이 있기 때문이다.[2] 실제로 프로문단의 문학운동의 경우, 운동의 범위 및 노선이 논리적으로 접근 가능하며 해당 작품이 이념적 지향에 얼마나 부합한 것인가를 분석하는 일이 용이한 데 비해서, 민족주의문학이란 '조선인이 조선어로 조선 사상의 감정을 다룬 작품 전부'라는 포괄적 범주로 접근하든, '민족적인(조선적인) 것'의 정서를 해명하려 하든 그 실체의 모호함에 직면하게 된다. 이에 따라 민족주의문학은 춘원류의 문학으로 대변되는 '심정' 혹은 '신념'에의 함몰을 보여주는 문학으로 환원되어, 무산계급의 해방이라는 선명한 목적을 내세운 프로문단의 과학성과 보편지향성에 대립하는 성격을 부여받는다. 물론 이와 같은 상호 규정에 의존한 문단의 대립구도는 이미 1920년대 국내 문단의 비평적 논란을 통해서 도출된 것이고 그 구도가 후대에 이르러 사후승인된 것뿐이다. 그러나 프로문학과 민족주의문학의 양대 구도를 전제한 시각하에서 정리되는 민족주의문학론이란, 논의 이전부터 보수적, 국수적, 부르주아적 등, 프로문학론이 '반시대적'이라 지칭하는 속성을 떠안게 되어 해당 속성들에 대한 입증 내지는 옹호라는 차원으로 논의의 방향을 제한받을 가능성이 크다. 또한 당대 『조선문단』, 『동광』 등 춘원을 중심으로 한 민족주의 진영에서 프로문단을 상대로 내세운 논리는 '사회주의자 역시 자신의 민족을 벗어날 수는 없으므로, 민족주의의 상대는 세계주의일망정 사회주의는 아니다'라는 반응이었다.[3] 즉 문단의 비평적 구도가 민족문학 대 프로문학의 대립적 양강 구도로 진행되었음에도 불구하고, 민족문학 진영에서는 대결의사가 없다고 대

---

2   김윤식, 『한국 근대문예비평사 연구』, 일지사, 107~133면.
3   「사설―민족주의와 사회주의」, 『동광』 1, 1926.5.

응하는 방식이어서 애초에 논쟁을 기대하기 어려운 조건인 것이다.

이는 단지 프로문학 진영과의 대립 구도를 통해서 민족주의문학론의 현실인식의 적극성 혹은 현실성 여부를 논의하는 데에는 제한이 있음을 보여준다. 『조선문단』을 표제로 내세운 이 글에서 이렇듯 민족주의문학의 현실 인식에 대한 논의로 출발하는 까닭은 과연 스스로 민족주의문학을 표방한다고 나섰던 논자들은 자신들이 믿고 선 '신념'의 추상성을 자각하지 못했던 것일까라는 질문으로부터 민족주의문학에 대한 재검토를 시작하고자 하기 때문이다. 앞서 '민족주의의 상대는 사회주의가 아닌 세계주의'라 했음을 감안한다면, 세계주의에의 저항이란 당대 민족주의 진영에서 파악한 시대적 과제가 되는 셈이다. 그렇다면 문제는 당대 민족주의 문학론이 부딪친 세계주의의 성격과 그 대응의 양상이 될 것이다. 아울러 민족주의 진영이 세계주의에의 저항을 표명했다고 해서 그것이 곧 국수주의적 태도로 환원될 수 있는지에 대해서도 논의가 필요하다.

『조선문단』은 문예지를 표방했으나 주요 편집진이 제시했던 문학운동의 방향을 파악하기 위해서는 이들 창간세력의 면면과 그들이 관여했던 대사회 활동의 성향을 먼저 살피는 것이 순서일 것이다. 『조선문단』의 편집진은 전영택을 중심으로 한 기독교 문화운동 세력과 춘원을 중심으로 한 흥사단 세력의 제휴라는 맥락에서 접근해볼 수 있다. 기독교 문화운동 세력과 흥사단 세력은 서북청년 문화운동의 양대축이다. 『조선문단』을 발행하기 전까지 방인근은 1923년부터 전영택과 함께 기독교 잡지 『신생명(新生命)』에 관여하고 있었다. 『신생명』은 선교사들이 독점해왔던 기독교계열 잡지의 관례에서 벗어나, 조선인의 재력을 바탕으로 한 문서선교운동을 표방하며 출간된 것이다. 조선의 정치 상황에 대해 간섭하지 않는 것을 원칙으로 삼았던 선교부의 입장에 한계를 느끼고, 조선인의 자본으로 언론기관을 만들어 기독교인의 적극적인 사회참여와 기독교 대중화론을 주도해야 한다는 취지에서 발행되었다.[4] 전영택이 주간을 맡고 방인근, 임영빈, 최상현(崔相鉉), 이은상(李殷相) 등이 종교, 철학, 문학 등과 관련된 글을 발표했다. 전영택은 김환, 김억, 주요섭 등 전문 문인들을 섭외하는 중개자의 역할을 했으며 방인근은 편집 실무를 담당했다. 두 사람의 공조 체제기에 규모를 키웠던 『신생명』은 창간 1년 후 방인근이 『조선문단』을 창간하고 전영택이 동반 퇴진하면서 대폭 지면이 줄어들고 곧 폐간된다.[5]

　『조선문단』의 창간에 있어서 방인근과 춘원을 연결시킨 전영택은 기독교운동 세력과 흥사단 세력을 잇는 교량의 역할을 하는 인물이다. 그는 1930년 미국의 캘리포니아로 유학을 떠난 시기에 흥사단 미주 지부에 가입하지만, 서북 지역의 청년문화운동에 가담한 것은 이보다 훨씬 앞서 이루어졌다. 감리교 측에서 장학금을 받아 1912년 동경의 청산학원으로 유학을 떠나고, 대학생의 신분으로 평양과 동경을 오가는 길에 우연히 춘원과 마주치면서부터 그는 기독교운동을 통해 사회변혁을 꿈꾸는 청년문사의 상을 내면화하게 된다. 이에 그는 평양 지역 감리교의 본산인 남산현교회(南山峴敎會)를 중심으로 기독교 청년운동의 이론분자로 활약하면서, 1925년에는 사회주의운동에 대항하여 만들어진 서북 지역의 기독교 청년운동 조직인 기독신우회(基督信友會)에 가담하게 된다. 전영택의 처남이었던 방인근은 『조선문단』을 창간하면서 전영택의 도움으로 춘원, 주요한 등의 흥사단 계열 인사들과 연결된다.[6]

4　『신생명』은 기독교 창문사에서 발행되었으며, 윤치호, 이상재, 이승훈 등이 출자한 것으로 알려져 있다. 윤춘병, 『한국기독교 신문·잡지백년사 1885~1945』, 감리교신학대 출판부, 1984, 165면.

5　위의 책, 164~168면.

6　주요한은 "『조선문단』이 문단의 公器라고 표명했으나 발행인인 방인근이 춘원·추호(전영택 — 인용자 주)·동인 등과 가깝게 지냈기 때문에 『창조』동인들의 계통이었다고 볼 수도

한편 초기『조선문단』을 주재하고 편집의 전권을 얻었던 춘원은 당시 상해에서 귀국하여 수양동맹회와 동우구락부의 합작을 추진하던 중이었다. 그는『조선문단』통권 9호까지 주재를 맡아 잡지의 성격을 형성하는 데 영향을 주었다고 할 수 있는데, 그가 구상했던 문학운동은 잡지의 기획이나 필자의 선정에서 이미 드러나고 있다. 그는 당시 상해 임시정부의 활동이 답보 상태에 빠지자 후장[滬江]대학에 진학했던 주요한을 편집진에 합류시켰다. 주요한은 상해의 흥사단 원동지부의 핵심 인물 중 하나였다. 춘원이 주재한『조선문단』의 초기 기획으로 두드러진 것은, 춘원, 주요한, 김억, 김동인으로 이어지는 '문학강좌' 시리즈와 '현상모집 추천제'를 통한 청년문인의 발굴 작업이었다. 『조선문단』은 오늘날 '전문단에 지면을 개방한 잡지'로 평가되고 있다.[7] 실제로 춘원은 창간 취지를 겸해서 쓴 권두언의 첫 마디를 '사람은 하나가 되어야 하겠다'라는 민족단결론으로 시작하고 있는데, 이는 정치적 경향을 초월한 범문단의 형성을 촉구하는 것처럼 읽히기 쉽다. 그러나 춘원 주재 기간의『조선문단』은 그다지 문호를 넓게 개방하지 않았다. 추천제를 통해 등장한 신인들을 제외하면『조선문단』의 주요 필진은 조운(曹雲), 이은상, 양백화(梁白華), 최서해(崔曙海), 방인근, 전영택, 유도순(劉道順), 춘원, 주요한, 주요섭 등의 범위를 넘지 않는다. 이 가운데 방인근, 전영택, 유도순, 이은상 등은『신생명』을 비롯한 종교운동 잡지를 중심으로 활동하고 있었고 춘원과 주요한, 주요섭은 상해 흥사단 지부에 연결되어 있다.

　이렇듯『조선문단』이 기독교 문화운동 계열 인사들과 흥사단 계열

있겠고……"라 회고하면서,『조선문단』을 춘원 및『창조』파를 잇는 서북문인의 문학사 속에 위치시키기도 한다. 주요한,「『창조』시대」,『주요한 문집-새벽』I, 요한기념사업회, 1982, 718면.

7　최덕교,『한국잡지백년』2, 현암사, 2004, 136면.

인사들이 의기투합하여 만들어낸 문화운동의 진지 역할을 담당했다
는 점을 감안한다면, 이 잡지를 통해 제기된 민족문학론의 성격이란
먼저 이들 연합세력이 구상했던 민족운동론의 방향을 이해하는 지점
에서 파악되어야 한다. 1919년 3 · 1운동 직후 조직된 상해임시정부는
최초 큰 기대를 모았으나 그다지 큰 성과를 내지 못했다. 내부 인사들
의 독립운동에 대한 구상이 달랐을 뿐만 아니라 지역과 이념에 따라
이해관계가 얽혀 있어 안건을 의결하고 실행하기까지 어려움을 겪었
다. 그러나 무엇보다도 임시정부의 운영이 답보 상태에 빠지고 3 · 1운
동의 흥분이 가라앉음에 따라 국내의 여론적 관심을 벗어나기 시작하
면서 민족운동의 추진력을 잃었다는 사실이 문제가 되었다.[8] 주요한
은 1924년 무렵이 제1차 세계대전 이후 세계정세가 경제적 · 정치적으
로 안정기에 접어들어 민족주의운동가들에게는 "반동기이자 정체기"
가 시작되었다고 보고 있다. 한국 독립의 희망은 희미해졌으며, 국내
에서도 사이토 총독의 문화 정책하에 민족적 울분이 교육 · 문화 · 실
업 방면으로 분산되면서 "상해의 임시 정부는 먼 세계의 신화처럼 느
껴지고, 이따금 발생되는 테러리즘의 행동이 세상을 놀라게 할 정도"
로 상해와 국내 간의 정서적 거리가 멀어졌다고 회고한다.[9]

　상해 임시정부의 침체기에 도산의 흥사단 원동지부와 기독교 세력
이 주력한 사업이 '모범촌' 혹은 '이상촌'이라 명명되었던 한인정착 사
업이었다. 대한민국의 임시정부가 조계지 상해에 있었다는 상징적인
상황이 말해주듯이 당시 민족운동 세력의 활동 영역이란 비단 한반도
에만 머문 것이 아니었다. 이상촌운동은 적당한 장소에 토지를 구입하
여 상해, 서간도, 북간도, 러시아, 몽골 등에 산재한 유이민들을 정착시

8　주요한, 「나의 이력서」, 『주요한 문집―새벽』 I , 요한기념사업회, 1982, 33면.
9　주요한, 『안도산 전서』, 삼중당, 1963, 362면.

켜 살게 하면서, 이곳에서 산업 활동에 종사하고 동시에 독립운동 기지로 활용하도록 만든다는 구상에서 나왔다. 이상촌 건립의 목적은 크게 나누어 해외 독립운동의 근거지를 마련하고, 해외에서 성공하여 귀국을 원하되 일본 통치하에 들기를 원치 않는 자에게 집단 생활지를 제공하고, 농촌 내지 농촌도시 생활의 모범을 마련하는 것 등으로 요약된다.[10] 그리고 마지막으로 "해외 동포로 하여금 모국의 문화를 보존할 것"[11]이라는 목적이 있었다. 이 가운데 '귀국을 원하되 일본 통치를 벗어나려는 자'를 대상으로 했다거나 '모국의 문화를 보존'해야 한다는 목적은 이상촌이 비단 유이민 구제책이나 농촌 개량의 차원에서 구상된 것이 아니며 국가 차원의 대체물임을 잘 보여주는 대목이다.

최근의 한 연구결과는 '이상촌' 혹은 '모범촌'에 대한 구상이 1910년대에서 1920년대 후반까지 신민회시절부터 계속하여 추진되어 온 정황에 대해 언급하고 있다.[12] 실제로 남강 이승훈과 함께 용동의 이상촌 사업을 추진했다는 춘원의 언급과[13] 그의 서사논설 「농촌계발」(1916)이 보여주듯이, 낙후된 농촌 지역을 대상으로 근대적 문명화의 이기들을 갖추어 자립을 가능하게 만드는 견본을 마련하려는 시도는 신민회 시기부터 언급된 바 있다. 또한 해외에 공동농장을 설립하려는 계획으로도 이어져서 신민회의 영향하에 만주 지역에 생겨난 한인촌락은 러시아 연해주와 북간도, 북만주와 서간도, 중국, 몽고 지역까지 미쳤던 것으로 알려져 있다. 그러나 한일합병 이후 국경을 넘는 망명객, 유이민들이 증가하고 국경 부근에 자연스레 한인촌이 형성되면서 이곳의 유

---

10 위의 책, 399면~400면.
11 위의 책, 400면.
12 이명화, 「도산 안창호의 이상촌운동에 관한 연구」, 『한국사학보』 8, 고려사학회, 2000, 121~182면 참고.
13 이광수, 『나의 고백』, 『이광수 전집』 13, 1962, 203~204면.

민들이 중국인이나 러시아의 지주, 비적으로부터 노동력을 착취당하면서도 빈곤을 면하지 못하는 상황이 발생한다. 망국이라는 상황, 즉 국가는 심정적으로 남아있었으되 제도적으로는 사라진 것이어서 이들은 소속 없이 떠돌게 된다. 유민들에게 생활의 기반을 제공하고 이로부터 민족운동의 자원을 확보하는 방안이 구상되고, 흥사단의 경우 '원동사업'이라는 명칭으로 "만주 지역에 황무지를 개척하여 농촌개발을 통해 농업생산의 기반"을 확립하는 것이 주력사업이 되었다.[14] 이상의 논의는 이상촌운동이 한반도를 넘어 조선인이 산재한 만주 지역까지 광범위하게 전개된 공동체 모형에 대한 실험의 일종이라는 점을 보여준다.

기독교 민족운동 계열과 흥사단 계열에서 추진된 이상촌운동은 협동 농장을 만들어 경제적 자립을 이룩하는 것 이외에도 야학이나 학교의 건립, 강연회·강습소·촌보(村報)발행 등의 풍화(風化) 향상활동, 토지 매수를 위한 주식회사 설립 등의 기획을 목표로 하고 있었다.[15] 이상촌운동의 실질적 추진을 위해 두 계열이 제휴한 대표적인 사례가 재만주 항일 단체 중 한 계열인 정의부(正義府)와 감리교단의 공동 추진으로 길림에서 1927년 결성된 '농민호조사(農民互助社)'이다. 농민호조사의 결성에는 정의부 측 인사로 안창호, 감리교 목사로 손정도(孫貞道)가 참여하고 있는데, 손정도는 안창호와 동향 인물이자 평양 숭실학교 출신의 흥사단 원동지부의 주요 단원이며 당시 길림 지역에서 농촌운동에 참여하고 있었다.

1907년 신민회결성 시기부터 1932년 도산이 상해에서 체포되기 이전

---

14 이명화, 앞의 글, 125면.
15 황민호, 「1920년대 만주 지역 기독교계의 선교활동과 농민문제」, 『일제하 만주 지역 한인 사회의 동향과 민족운동』, 신서원, 2005, 40~48면.

까지, 도산이 추진한 이상촌 사업에서 언급된 장소는 만주 길림성(吉林省)의 봉밀산(蜂蜜山), 서간도 유하현(柳河縣) 삼원보(三源堡), 길림성 목릉현(穆陵縣) 소왕영(蘇王營, 니콜니스크), 길림성 교하(蛟河), 길림성 액목현구(額穆縣溝), 길림성 동경성(東京城)과 경박호(鏡泊湖), 양자강 연안의 진강(鎭江), 북경 인근 서산(西山)과 해전(海甸), 북만주와 서간도 일대의 산해관(山海關), 금주(錦州), 호노도(葫蘆島), 남경(南京)과 진강 사이의 하촉(下蜀) 등이며, 멀게는 몽고의 포두진(包頭鎭), 필리핀, 보르네오, 싱가폴 등에 이른다. 실제로 관련자들이 파견되어 가격과 지형 등을 관찰했으며 일부 장소에는 실제로 한인들이 이주해서 살기도 했다.[16] 이상촌운동은 만주에서 가장 순조롭게 진행되었고 한인의 수가 많았기 때문에 1925년 무렵에는 임시정부를 만주로 옮기자는 의견이 제시되기도 했다.[17] 만주 길림성의 송화강 일대와, 양자강과 진강(鎭江) 부근에 미주 홍사단의 자금 원조하에 논농사를 지을 토지를 차입했다는 기록도 전해진다.[18]

국내에서 진행된 이상촌운동에 대한 초기 형태는 1910년대 남강 이승훈이 오산학교가 위치한 용동에서 벌였던 문명화된 자치 촌락에 대한 구상으로 거슬러 올라간다. 농촌을 배경으로 한 춘원의 작품들은 국내 이상촌운동의 연속성을 잘 보여주고 있는데, 「농촌계발」, 『허생전』, 『재생』, 『흙』 등이 이에 해당한다. 춘원이 1916년에 발표한 논설

---

16 이명화, 앞의 글, 121~176면.
    예컨대 목릉현 소왕영에서는 안중근의 아우 안정근이 벼농사 영농으로 성공하여 이익을 보았다는 기사가 전한다(公民, 「哈爾賓에서 海參威까지」, 『동아일보』, 1920.7.9, 1면). 춘원이 오산학교를 떠나 목릉에 이르러 추정 이갑을 만날 때 그곳에 안정근이 있었다고 회고하던 지점이다. 안정근 이후 홍사단원이자 감리교계 교인인 손정도가 1922년부터 같은 곳에서 논농사를 하며 주민들과 모여살았다. 봉밀산에는 '한흥동(韓興洞)'이라는 마을이 실제 만들어지기도 했다. 방인근이 쓴 「만주여행기」(『조선문단』, 1925.10, 116면)는 이러한 만주 한인촌의 정경을 간접적으로 전한 기사에 해당한다.
17 이명화, 앞의 글, 162면.
18 주요한, 『안도산 전서』, 삼중당, 1963, 399면; 이명화, 앞의 글, 175면.

「농촌계발」(『매일신보』, 1916.11.26~1917.2.18)은 향양리(向陽里)라는 가상의 농촌을 중심으로 "농촌을 차차 개량하여 이상적으로 만드는 소설 비슷하게 하기로"[19] 설정하고 농촌교화 사업의 모범을 제시한다. 농촌문제에 대한 관심은 『동아일보』에 연재한 장편소설 『흙』(1932)으로 이어진다.[20] 「농촌계발」과 『흙』은 창작 연대가 떨어져 있음에도 불구하고 춘원이 구상한 이상촌운동의 성격이 비교적 일관된 것임을 보여주는 작품들이다. 이들 작품은 '농촌'을 배경으로 쓰였음에도 불구하고 춘원의 시선은 리얼리즘 작가들의 그것과는 큰 차이를 보인다. 작중의 농촌은 실제 농촌이라기보다 별세계에 가깝다. 「농촌계발」의 '향양리(向陽里)'나 『흙』의 '살여울'은 조선의 전형적인 농촌상이라는 전제하에 제시되고 있지만, 정작 화자를 통해 전달되는 미래상이나 실천의 사례들은 정작 농촌이라는 지역적 특성이나 현실적인 실현 여부와는 거리가 있는 것들이다. 말하자면 작중인물들은 한 농촌마을을 다른 마을과 구분되는 이상적인 사회로 바꾸어가는 과정, 즉 소규모의 자치공동체로 만들어 가는 실험을 진행하고 있는 것이다. 이 공동체는 위생 및 청결문제는 물론 단합을 통해 공익사업을 수행하고 작게는 공중목욕탕부터 크게는 도서관, 은행, 병원에 이르기까지 단일 촌락 안에 만들어진 '고립된' 이상향의 모습으로 탈바꿈한다. 춘원이 그려내는 농촌의 형상은 당대 농촌이랄 수도 조선이랄 수도 없는 모호한 공간성을 지니게 된다. 이상촌운동이 개화기 실력양성운동의 맥락에 놓여 있으며, 이러한 자치촌락 건설운동이 한반도와 만주 지역을 포괄하는 민족국가 구상의 축소도라는 점을 고려하지 않는다면, 춘원의 구상은 농촌

---

19 이광수, 「농촌계발」(1916), 『이광수 전집』 17, 1962, 86면.

20 도산의 이상촌운동과 춘원의 『흙』을 연계시킨 논문으로는 윤홍로, 「『흙』과 民族更生力」, 『이광수 문학과 삶』, 한국연구원, 1992, 127~128면 참고.

을 소외시킨 농촌 담론이며 현실감이 결여되어 있다는 비판을 피해가기 어렵게 된다.

춘원의 『허생전』(『동아일보』, 1923.12.1~1924.3.21)은 이상촌운동의 이념만이 극단적으로 부각된 소설이다. 상해의 임시정부 활동이 답보 상태에 빠지고 흥사단 지부가 이상촌운동으로 방향을 전환하던 시기에, 이광수가 상해에서 귀국한 이후 처음으로 연재한 장편소설이 『허생전』(1923)이라는 점은 우연한 일이 아니다. 더불어 춘원이 『조선문단』 창간호의 권두언에서 '사람은 하나가 되어야 하겠다'고 말문을 연 것이나, 『동광』의 창간호의 첫 기획 사업이 '유토피아'에 관한 논문 소개와 독자현상공모였다는 점[21] 역시 이상촌운동으로 상징되는 공동체 이상주의를 사회적 화두로 부각하기 위한 의도를 지닌 것이다.

『허생전』에서 주인공 허생은 심성과 관계없이 관리의 탄압에 의해 비적이 된 인물들을 모아 남방에 있는 '새로운 나라'로 그들을 인도한다. 이때 신세계로 입성하는 조건이란 '몸소 일할 것, 내것과 네것을 가리지 말 것, 화내고 싸우지 말 것' 등인데, 허생은 이로써 신분차별이 없고 권력과 소유의 욕망으로부터 자유로운 세계를 설계한다. 특히 춘원은 『허생전』을 통해 차이를 넘어선 공동체적 사랑을 이야기하고 있다. 허생이 일본에 건너가 우연히 만난 한인으로부터 임진왜란 때의 사연을 듣는 대목은 그 대표적인 장면이다. 아들을 죽인 왜인 병정을 만나 "이 놈이 네 형을 죽인 놈"이라며 낫을 휘두르려는 어머니에게 그의 작은 아들은 왜인 부모님의 심정을 생각하라며 만류하고 있는 것이다. 어머니는 "네 말이 옳다! 네 말대로 하여라. 내가 내 아들을 애통하는 맘이 간절하거든

---

21 『동광』은 창간기념 현상 과제로 '내가 願하는 유토피아(理想鄕)'를 내걸고 1년간 논문이나 소설 등의 원고를 모집했다. 이 기획의 연장으로 「근대적 이상사회 - 「유토피아」談 其 一」(『동광』 제2호), 「유로바聯邦 - 유토피아 記 其 二」(『동광』 제4호, 削除), 「탑(길드 소시알리슴의 유토피아) - 유토피아긔 其 三」(『동광』 제5호) 등의 특집 기사를 연달아 실었다.

남인들 안 그러랴”며[22] 단념하고 있다. 춘원이 말년에 집필한 작품『사
랑』(1938)에서 집대성되었듯이 춘원에게 있어서 사랑이란 사적인 정욕
이 섞이지 않은 '아우라몬'의 사랑, 즉 절대적으로 타인을 포용하는 순교
자적 사랑만이 숭고한 것이다. 무조건적인 관용과 용서, 화해 등을 베푸
는 순교자적 헌신은 춘원의 장편에 공통적으로 나타나는 인격자의 자질
이며『허생전』에서 이와 같은 사랑의 원리는 '새로운 조선'이라는 이상
향을 뒷받침할 공동체의 윤리로 제시되고 있다.

　작중에서 허생이 소망하는 새 나라의 윤리적 균질화는 “새 나라에
와서 처음 난 아들이라 하여 한일자 백성민자 일민이라고 이름을 짓
고, 나와 남을 가리는 성은 쓰지 말기로 하였읍니다”[23]라고 할 정도로
공고한 것이다. 이 대목에서 새 나라의 국민으로부터 기대하는 것은
오직 원컨대 아이의 울음이 “아! 내가 왜 이 세상에를 왔던고”라는 고
통의 울부짖음이 되지 않기를 바라는 것이다. 실상 이 대목에서 춘원
의 '새 나라' 구상은 성서의 '욥기'에 등장하는 인간과 신성(神性)이라는
주제에 닿아 있다. 춘원이 인용한 성서상의 욥은 신과 사탄의 시험 대
상물로, 삶의 고통을 모두 견뎌내고서도 신을 믿는다고 말한 인물이
다. 욥의 시련이란 신의 무능함이 역설적으로 인간의 자기구원 의지
의 견고함을 낳는다는 점을 보여주는 사례로 해석되기도 한다.[24] 이러
한 '기독교적 주체'의 탄생이란 타인에 대한 관용을 절대시하는 춘원의
종교적 경사를 이해하는 데에도 유용하다. 그에게 있어서 신의 수용이
란 역설적인 구원의 원리이다. 삶의 덧없음에의 자각이 인류의 동질성
에 대한 자각과 이타적인 헌신으로의 전이를 낳을 때 비로소 인류의

22　이광수,『허생전』(1923),『이광수 전집』3, 삼중당, 1962, 122면.
23　위의 책, 131면.
24　슬라보예 지젝, 김정아 역,『죽은 신을 위하여』, 길, 2007.

자기구원은 가능해지는 것이다. 『허생전』은 이와 같은 도식을 공동체
의 서사로 옮겨놓은 것이며, 작중의 '새 나라'는 춘원이 구상했던 '새로
운 조선'일 수도 '전 인류적 유토피아'일 수도 있을 것이다. 『허생전』에
서 춘원은 '새 나라'의 원리로 세속적인 세계에서의 구분, 계급, 부귀,
혈연, 민족 등을 부정하고, 오로지 인간 대 인간으로서 성립하는 사랑
과 헌신만을 요구하고 있다. 이에 장차 새 나라의 지도자가 될 '돌이'에
게 나라 안에 만약 다툼이 생긴다면 지도자로서 할 수 있는 최선의 방
법은 "제가 집니다"라는 무조건적인 양보뿐이라는 점을 확인시키고
있는 것이다. 이와 같은 장면은 허생의 영웅적 군림, 일본과 조선인의
화해 장면 등과 더불어 현실적 국가의 개념을 도입하는 경우 정치적
비판을 불러일으키기 충분한 일화들로, 춘원의 종교적 어법을 전제한
후에야 비로소 이해할 수 있는 대목들이다.

  이념, 소유, 국경 등 세속적 차원의 경계들이 무화된 '이상촌'에 대한
구상은 1920년대 전반에 기독교운동 이론가로 활동했던 전영택에게
서도 동일하게 확인된다. 그는 자신이 주간으로 활동했던 『신생명』에
서 「문화와 종교」(『신생명』 1, 1923.7), 「조선사람과 기독교―조선문화에
대한 기독교의 의의와 책임」(『신생명』 2, 1923.8), 「조선문화에 대한 기독
교의 책임」(『신생명』 3, 1923.9)으로 이어지는 일련의 논설을 발표한 바
있는데, 이 글들은 그의 기독교 논설 중에서도 가장 사고의 밀도가 높
은 것들이다. 이 글에서 전영택은 기독교적 맥락에서의 '민족개조운동'
을 주장하고 있다. 기독교의 사회적 책임이란 인민의 교화와 신도덕의
향상 등에 있으며 피폐해지는 농촌계발에도 책임이 있다는 점을 강조
하면서 조선인을 '문화촌의 문화인이 되게 하고 이상촌의 신인들이 되
게 하자'고 결론을 내리고 있다. 이와 같은 소신은 1926년 발표된 중편
소설 「벗」에서 확인된다.[25] 이 작품은 소년 시절 의형제를 맺었으나

성장의 과정에서 타락을 겪고 인생의 위기를 겪은 두 청년이 이상촌운
동을 통해 새로운 삶을 설계한다는 내용으로 되어 있다. 전영택은 영
변 출신의 두 청년을 등장시킨다. 한 인물은 서울 유학을 왔다가 만세
운동에 참가한 후 북간도로 도피하여 공산주의자가 되고, 다른 한 인
물은 서울 유학 후 동경 유학을 떠나지만 그곳에서 신문화에 젖어 '신
진문사로 행세하며 타락과 방종을 일삼다' 결국 염세주의에 빠지게 된
다. 이 의형제의 상반된 삶의 양상과 갈등이 3·1운동 이후 청년 군상
의 전형적인 현실대응 방식이라는 것은 쉽게 알 수 있다. 전영택은 소
설의 결말에 의형제가 만주 송화강 변에서 이상촌운동에 투신하기로
결심하면서 화해하는 장면을 배치했다.

두 사람은 몃칠동안 더 룡정에 묵으면서 본국에 도라가서 모도 한식구처
럼 농사하고 살면서 리상촌을 건설할 연구하기에 시간가는 줄을 몰낫다.
그리고 본국 은덕의게 그동안 지난 일과 자긔네 계획을 말하고 과거의 모
든 것을 니저버리고 원시덕 생활 락원의 생활을 하자구 장문편지를 두 사
람의 일홈으로 부첫다 (…중략…) 그후 몇해를 지나서 '사랑과 용서'라는
표어를 씨운 리상촌이 강원도에 사실노 나타낫다.[26]

전영택의 소설이 보여주듯 국내 이상촌운동의 구상은 강원도나 원
산 등 벽지에서 모범 농촌 사업에 투신하는 형태로 진행되었다. 춘원
이 『재생』(1924~1925)의 결말부에서, 자신을 배신한 순영을 용서하기
로 결심한 봉구가 경원선(京元線) 끝자락에 위치한 산간벽지로 찾아 들

---

25 표언복에 의해 발행된 전영택 전집과 연보에는 미완성 작품으로 표기되어 있으나, 『진생』
    (1926.6~9)에 완결된 작품이다.
26 전영택, 「벗」, 『진생』, 1926.9, 63면.

어가 '낮에는 노동하고 밤에는 자고', '겨울에는 농부들 편지를 대필하고 국문을 가르치는 생활'을 하도록 만든 것 역시 이상촌운동을 모티프로 삼은 것이다.

이상촌운동은 교육 및 경제적 자립을 도모한 자치촌락의 건설운동이었던 만큼 한반도 및 만주 지역을 포괄하여 시도된 개화기 실력양성운동이 신민회시대를 거쳐 한일합병 이후 농촌운동의 형태로 변형되어 지속되었다는 성격을 갖는다. 이러한 이상촌운동의 사상적 맥락을 놓치는 경우 때로는 작품의 의도를 완전히 오해하게 되는 경우가 있는데, 특히 만주를 배경으로 창작된 작품들이 그러하다. 1931년 만주국이 성립되면서 당국은 치안의 통제를 위해 '집단부락'의 건설을 정책적으로 장려하고,[27] '五族協和, 王道樂土'를 건국이념으로 내세우며 만주국을 이상향으로 선전한다.[28] 이에 1931년 이후 만주의 농촌운동을 배경으로 창작된 작품들은 설사 이상촌운동을 다루었다고 하더라도 '제2의 고향', '국가', '공동체' 등의 표현이 놓여있는 중의적 맥락이나, 상대적으로 공산주의자나 무장투쟁자들을 경원시하는 태도 등에 의해 만주국 찬양의 서사로 오독될 여지가 많다. 주지하듯 실력양성운동은 교육과 식산을 수단으로 한 비폭력적인 준비론이며 도산 안창호의 이와 같은 운동노선은 한일합병 이후 무장투쟁노선과 갈등을 빚었던 것이다. 여기에 1940년대에 들어 일본의 군국주의가 강화되어, "재만 조선인 작가들에게는 거의 유일한 활동무대"라고[29] 평가되는 『만선일보』가 노골적인 선전기관지로 활용되었기 때문에 상황은 더욱 복잡해진다. 앞서 춘원이 이상촌운동을 농촌 계몽운동의 형식으로 작품 내에

27　최삼룡, 「재만 조선인문학의 친일작가와 작품에 대하여」, 『재만 조선인 친일문학 작품집』, 보고사, 2008, 22~23면.

28　위의 글, 19면.

29　위의 글, 17면.

도입하면서 당대 조선 농촌의 실상이나 농민들의 이해와는 분리된 별세계의 형상을 그려내어 비판의 여지를 남긴 것과는 또 다른 경우로, 작품 내의 이상촌이 만주국의 이념을 대변하는 것으로 오독되기도 하는 것이다.

1941년『만선일보』에 연재된 안수길(安壽吉)의『북향보(北鄕譜)』는 만주를 배경으로 한 이상촌운동에 관한 기록으로 섬세한 독서를 요구하는 한 예가 된다. 이 소설은 재만 지식인인 정학도(鄭學道)와 오찬구(吳贊求)를 중심으로, 정학도의 세대에 세워진 조선인 자치촌락인 '북향목장'이 재정난으로 위기를 맞았으나 뜻을 같이 하는 이들의 후원에 의해 보존된다는 내용을 담고 있다. 작중에서 농장이 세워진 연혁은 다음과 같이 설명된다.

> 찬구의 아버지 오준섭이와 정학도는 고향은 갓지 안앗스나 가튼도(道) 사람으로 일찍 서울에 공부를갓섯을때 둘은 막연한 교분을 매젓다. 대정오년경 둘은 전후하여 간도에들어온것이엿는데, 여기에서 그들의 사업은학교를 세우자는것이엿다. 아직 청년의 기분과 건강을 가지고잇는 그들이고 그리고 또한 손맛는 지기(知己)인지라 둘은 맛잡고 고난을 물리치면서 명동(明東) 어느 촌에 조고만 학교하나를 세운것이였다. …… 하여 명동 지방을 출발점으로 간도 교육계에 잇서 선구자의 역할을 하엿던 것이엿다.[30]

북향목장의 설립자인 정학도는 1916년, 한일합병 이후에 만주로 망명하여 교육사업에 투신한 지방 출신의 청년지사에 해당한다. 그는 임종하면서 찬구에게 "속히 리해(理解)되는 일은 얼른 이저버린다", "먼길에 가는 동행(同行)은 만치못하니라"고 당부하는데, 이는 북향목장의

---

30 안수길,『북향보』,『만선일보』, 1941(『재만 조선인 친일문학 작품집』, 보고사, 2008, 243면에서 재인용).

사업이 한일합병 전후의 실력양성운동의 연속선상에서 이루어졌으며, 기독교 민족주의운동의 특징인 소수 동지들의 헌신을 통한 점진적(漸進的) 발전이라는 운동관을 단적으로 보여준다. 물론 이 소설에는 '건국 전'이나 '건국 후'와 같은 시간적 구분이나, 목장 주민들의 모임에서 건국 신묘 요배와 같은 공식의례를 행하는 장면이 등장하기도 한다. 그러나 작중 인물이 춘원의 소설 『흙』을 실명으로 거론하는 데에서 알 수 있듯이, 선지자와 동지적 관계로 맺어진 후세대의 등장, 공공선을 향한 순교자적 헌신의 강조, 기독교적 어법 등은 춘원 소설의 내용 및 화법과 별반 다르지 않다. 요컨대 만주 조선인 집단에 관한 소설의 경우 친일소설로 속단하기에 앞서 체제상 강요되던 표면 서사와 역사적 맥락을 지닌 이면 서사를 변별하는 섬세한 독해가 요구된다고 할 수 있다.

해방 이후 춘원은 도산 안창호의 전기를 집필하면서 평양에 칩거했던 도산의 행적을 다시금 이상촌운동과 연결해 서술했다. 춘원은 도산이 송태산장을 선택한 이유를 과거 단군과 고구려의 도읍이었던 평양의 정신적 중심성과 고구려시대의 전설적 초인으로 꼽히는 송태선인(松苔仙人)의 역사적 계승이라는 측면에서 해석하면서, 평양 중심의 이상촌운동이 고대 제국시대부터 전래한 한반도 문명화운동과의 연속선상에 있는 것임을 강조하고 있다.[31] 이와 같은 시각은 주요한에 의해서 계승된다. 그는 도산의 일대기를 집필하면서 도산이 국내로 귀국한 후 고향인 평남 대동군 대보산(大寶山) 기슭에 송태산장(松苔山莊)을 지으면서 장차 한반도를 교육과 산업으로 혁신할 구상을 편 것이 이상촌운동의 연장이라 서술하고 있다.[32] 춘원과 주요한의 시각을 따른다

---

31 이광수, 『도산 안창호』, 『이광수 전집』 13, 삼중당, 1962, 99~108면.
32 도산의 송태산장 거주 시절 함경도 주을(朱乙), 대동강 기슭 추자도(楸子島) 등을 이상촌

면 이상촌운동은 멀리 보면 과거 고구려시대까지 소급되는 서북인의 고토회복 의지의 재현인 셈이다.

홍사단과 기독교에 의해 추진된 이상촌운동은 신민회시대부터 시작된 새로운 공동체적 모형의 실험이었다는 점, 또한 모국으로의 귀환 이외의 가능성을 상정하고 이주민들이 이상적 공동체를 스스로 건설하고 그 속에서 뿌리 내리도록 한 시도였다는 점에서 주목할 만하다. 망명, 이민, 추방 등을 통해 세계 각지로 산재한 조선인들이 '무국적자'로 제각기 뿌리 내린 땅에 정착해야 하는 상황을 맞았을 때, 기존의 영토나 국경의 개념을 넘어선 '이상촌'들의 네트워크란 새로운 민족공동체의 구상으로 제시되었다고 할 수 있다. 민족의 이산 상태는 자국 영토를 기준으로 삼는 경우 국가라는 기원으로부터 추방당한 자의 수난사에 머문다. 그러나 이들 코스모폴리탄들의 개인사와 정착의 기록을 기준으로 삼는 경우 그들 개개인이 지녔던 정착 욕구의 절박함, 그들이 개개인이 바랐던 이상적 공동체의 형상을 담는다. 이상의 획일적인 규합이 아닌 개별자들이 제출한 이상향들의 연합이라는 형태로 각 집단의 개성이 보존된다. 또한 춘원 및 전영택의 소설이나 『조선문단』에 소개된 만주 이상촌 관련 일화들은 이상촌운동이 국경을 넘어 산재한 조선인들까지도 민족의 범위에서 배제하지 않는 차원에서 실행된 범영토적 운동임을 보여준다. 지금까지 민족문학론의 문제는 일본과 한반도의 관계사 속에서 주로 조명되었으나, 실상 '국가 없음'의 상태 속에서 국가를 구상해야 했던 민족주의자들이 현실적 국가 건설의 가능성을 실험했던 것은 서북 지역의 경계 너머로 퍼져 나가 만주와 간도에 정착한 조선민족을 통해서였다. 이들을 대상으로 한 이상촌운동은 일

후보지로 세우고 답사했다는 등의 일화는 주요한, 『안도산 전서』, 삼중당, 1963, 430~432면.

차적으로 국가적 보호 없이 열악한 상태에 놓였던 조선인 집단의 생존을 위한 것이었지만, 궁극적으로는 한반도 내에서는 추진하지 못했던 실력양성운동의 연장선상에 있었다. 이상촌의 네트워크로 구성되는 범영토적 공동체에 대한 구상은 '탈영토적 존재'들의 개별성을 망각하지 않는다는 점에서, 또한 그들 개별자들의 이상을 하나로 묶어낼 수 있다고 본다는 점에서 오랜 기간 배제와 차별의 역사에 노출되었던 서북인들이 찾아낸 공동체론의 균형감각을 보여준다고 할 수 있다.

2. 찬미가·창가 세대의 예술론과 노래의 직접성

앞서 1920년대 민족문학론에 제출된 공동체의 범주를 한반도의 국경을 초월해서 나타났던 이상촌운동의 보편적 세계관을 통해 살펴보았다면, 이번 절에서 살펴볼 것은 기독교에서 유래한 종교적 세계관이 1920년대 민족문학론의 언어예술관에 직접적 영향을 미치면서 공동체론의 언어적 재현방식을 규정하는 근거가 되었다는 사실이다. 『조선문단』, 『동광』을 통해서 개진된 민요론, 한글론 등은 자민족문화론의 요소이기도 하지만 '노래'와 '언어'라는 개별자들의 소통방식에 대한 원론적인 검토이기도 하다. 이때 이들 원론적인 주제들이 종교적 문화권에서 성장한 서북문인에 의해 제출되면서, 민족주의문학론의 언어와 세계관이 종교적 이상주의를 표방하게 된다는 것이 이번 절의 주된 논점이다.

언어 인식만큼 안과 밖의 충돌 현상을 첨예하게 드러내는 영역은 없으며, 근대문학은 이러한 갈등의 현장에서 파생되었다. 구한말 조선에 유입된 개신교는 이미 해외에서 한글로 번역된 성경을 가지고 들어와 국내에서 선교 활동을 폈다.[33] 이는 중국을 거쳐 서북 지역으로 유입된 북방 선교 루트와 일본을 거쳐 남부 지역으로 유입된 남방 선교 루트의 공통적인 현상이다. 영국 스코틀랜드 연합장로회의 선교사인 로스(John Ross)와 맥킨타이어(John McIntyre)가 조선에서 온 이응찬 등 의주 상인의 도움으로 한글을 배우며 한문 성서를 한글로 번역하여 조선에 들여보낸 것이 1882년이다.[34] 이 한글 성서는 의주 지역 방언으로 된 것으로, 서선(西鮮) 지역을 넘어 한반도 남부 지역까지 보급되었다.[35]

한글 성서의 유입과 관련된 이와 같은 에피소드는 한반도의 서북 지역이 종교적 언어를 바탕으로 성립된 문화권이었다는 점을 부각하는 상징적인 장면이다. 교인이나 교회의 수 등 통계치를 통해서, 혹은 당대 기행문을 통해서 서북 지역, 평양의 경우 '예루살렘'이라 불릴 정도로 종교적 색채가 강했다는 점을 확인할 수 있다. 일상적인 문화 속에서 자연스럽게 형성되는 언어구조물의 경우 그 속에서 성장하는 구성원의 의식에 직접적인 영향을 미친다. 이는 일상적인 차원의 침투를 통해 이루어지는 만큼 개신교인이 아니라거나 일본 출신의 유학생이라거나 해서 벗어날 수 있는 문제가 아니다.

특히 선교에 활용된 한글 성서는 아직 구어에 맞는 표기법이 없었던 만큼 한글 교재로 활용되기도 했다. 조선에 전래된 기독교의 문화적

---

33 조선시대에 한국 전도를 위해 들어왔던 선교사들의 기록이 있으나 이들은 한문성경을 전했다. 최현배, 「기독교와 한글」, 『신학논단』 7, 연세대 신과대학, 1962, 52면.

34 위의 글, 53면; 이만열, 『한국기독교 수용사 연구』, 두레시대, 1998, 39~40면.

35 특정 지방의 언어로 번역되었다는 점은 로스 판본의 문제점으로 지적되었고, 이에 로스는 1887년에 개정본을 낸다(최현배, 위의 글, 53면). 기독교사적으로 로스 역 판본은 서북 지역에 선교사가 입국하기 전부터 자생공동체를 형성시켜 서북 지역 개신교 발전을 뒷받침한 가장 중요한 원인으로 평가되기도 한다. 정준호, 「19세기 말부터 20세기 초반까지 서북 지역 개신교 발전에 대한 연구」, 장로회신학대 석사논문, 2010, 45~56면.

역할을 전영택은 다음과 같이 정리하고 있다.

　　보아라. 모힐 줄을 모르든 朝鮮사람이 예수를 밋게된후에 모히기를 배
호고 말할줄을 모르더니 講道로 因하야 演說하기를 배호고 노래부를줄을
모르더니 讚頌歌로 因하야 唱歌하기를 始作하고 民間에 通用하는 글이 업
더니 新約全書로 말매암아「국문」이 생겻다. (…중략…) 예수教로 말매암
아「우리」라는 말이 생기고「同胞」라는 말이 생기고 實際로 同胞相愛兄弟
相助의 情神이 생기고 事實노 實現하게되엿고 (…중략…) 現今우리가 使
用하는바 至極히 貴하고 보배로운 文字의 普及과 保全은 온전히 敎會의 功
績으로 實노자랑할만한것이라하겟다.[36]

기독교의 전래로 달라진 문화적인 변화에 대해 전영택은 대중들이
모임이나 연설법의 요령을 배웠다는 점, 찬송가를 부르면서 조선에는
없던 창가가 생겨나고, 민간에 통용되는 '국문'이 생긴 점 등을 들었다.
'동포', '우리'라는 구체적 표현이 생겨나 '동포상애 형제상조'의 정신이
발생된 점을 예로 들었다.

　기독교가 한국 근대문학에 미친 영향은 성경 번역 과정과 한글운동,
찬송가와 창가의 관계 등을 중심으로 논의되어 왔다.[37] 당대의 문인들
은 기독교의 영향이 뚜렷하게 나타나는 신소설, 창가 등의 문학 장르

36　전영택,「조선사람과 기독교―조선문화에 대한 기독교의 의의와 책임」,『신생명』2, 1923.8, 9~10면.
　　이 밖에 전영택은 노동을 귀하게 여겨 직업의식이 생긴 것, 청결을 배우고 조혼이나 매매혼의
　　악풍이 줄어든 것, 교회가 병원과 학교를 지어 위생사상이 생기고 교육열이 나타난 것, 여성을
　　해방시켜 여성의 인격을 향상시킨 것, 사회의 계급의식을 타파한 것 등을 그 공적으로 들었다.
37　구체적인 영향관계는 신소설, 개화기 신문논설, 이광수·최남선의 창가 등에서 실제로 성
　　경의 모티프나 갈등구조, 운율이나 표현의 영향을 실증적으로 검토하는 방향으로 이루어
　　졌다. 김병학,『한국개화기문학과 기독교』, 역락, 2004; 표성수,「한글 성서문체의 형성 및
　　변천과정에 대한 소고 : 五大主要飜譯本을 중심으로」, 고려대 석사논문, 1971.

를 모방의 역사의 일환으로 보고 장차 극복해야 할 과제라고 보았다. 그러나 적어도 기독교가 토착신앙으로 발전된 서북 지역에 있어서 기독교의 수용사는 전혀 다른 방향으로 발전했을 여지가 있다. 즉 기독교는 외국어의 번역과 수용이라는 문제에 앞서 토착 지역의 문화권에서부터 시작되는 일상적인 언어의 문제 차원에서 접근되어야 하는 것이다. 다시 말해 기독교의 문체론과 수사학은 비단 특정 종교의 신앙과 관련해서가 아니라 사고의 보편적인 방식을 규정했을 수 있다.

한반도에서 가장 종교적 문화권의 성격을 띠고 있었던 서북의 언어문화권은 이와 같은 민족어와 종교적 자질의 결합이 전형적으로 일어난 지역에 해당한다. 서북의 언어문화권은 종교의 언어를 통해 민족이라는 특수 및 세계라는 보편을 배우고, 동시에 이 언어를 통해 산문과 노래라는 예술의 장르를 접했다는 특수성을 가지고 있다. 이때 기독교가 실제 근대문학에 미친 영향력은 창가와의 비교나 성경 번역 같은 특수한 현상을 벗어나 논의할 필요가 있는 것인데, 이는 기독교에서 비롯된 언어가 '예수교 문체'라는 유형을 별도로 나눌 정도로 일정한 언어문화권을 형성하고 있었기 때문이다.[38] 가령 춘원은 기독교를 비판했으나 기독교의 언어적 영역을 벗어나지 못한다. 도산을 '선도자'로 표현했던 것에도 볼 수 있듯이, 그의 문학은 희생, 순교, 개척자, 재생, 부활, 이상촌 같은 종교적 어휘의 의미망 속에서 구축된 것이다. 이와 같은 언어적 구조 속의 함몰된다는 것은 정작 당사자가 개신교에

---

[38] 김윤경, 「한글發展과 基督敎의 貢獻—朝鮮文字의 歷史的 考察」, 『동광』 39, 1932.11, 39면. 논자는 한글을 언문으로 천시하던 구시대의 악사상을 깨뜨리고 한글의 가치를 인정하여 세상에 드러나게 한 것이 기독교의 공적 중 하나라고 보았다. 중국에 머물던 선교사 로스가 조선에 선도하기 위하여 서상륜(이응찬의 오기—인용자 주)과 성서를 번역하여 인쇄한 것이 시초이며, 이후 이 성서의 문체는 "현금 우리 사회에 사용되는 한 특별한 문체"가 되었으며, "총독부철자법체, 주시경문법체와 병립하여 예수교문체가 유행"하게 되었다고 평가했다.

얼마나 귀의했느냐의 여부와는 관계가 없다. 기독교 언어에 의해 만들어지는 종교적 언어들은 시공간을 파악하는 방식과 상상력을 제한하고 결국은 이것이 토착 문화 속에 융해되기 때문이다.

서북의 기독교는 민족이라는 개념을 감당할 효과적인 표현의 방법을 성서의 수사학과 은유를 통해 제공했다.[39] 기독교의 영향이 『독립신문』,『대한매일신보』 등의 개화기 언론 매체나, 〈애국가〉, 〈독립가〉 등의 창가에서 고루 확인되는 것은 이와 같은 수사적 영향력이 개화기를 점령했다는 것을 말해주는 것이다. 특히 '민족'이라는 주제와 결합되어 있을 때 기독교의 수사는 거의 공식적으로 등장한다. 이 영향은 개화기뿐만 아니라 3·1운동 이후까지 확인된다. 상해 임시정부의 기관지 『독립』에 실린 논설과 시가는 민족과 수난과 핍박, 희생과 심판이라는 기독교의 모티프와 언어를 차용하는 경우가 많았다.

날이라날이라넷이가고새거시 오는

네즘두온쉬인여섯해첫날이리

세월의女神이驚笛를소리납히부르는날에

火印마즌수다한同族의靈들이

自由의거ㅡㅁ님알헤솟지피다

시드러져가는회불불씌로

가는해오는해에대임실을메ㄴ들고져

---

39 이는 사유의 체계를 구성한 언어를 나중에 의식적으로 벗어날 수 있느냐의 문제이며, 본격적인 산문의 장르의식, 본격적인 근대문학의 실험은 이 선험적 언어를 부정하는 지점에서 열린다. 즉, 특정시대의 전환이나 세대의 전환이라는 문제가 아니라 주어진 언어의 구조물을 인위적으로 재배치하려 시도하는 지점에서 열린다. 이 지점에서 김동인은 순수형식론으로 나아갔고 시인들은 민요운동으로 나아갔던 것이다.

가느른회불들을가진

敗北者의靈들이

한숨쉬여울며부르짓기를

"主여얼마나더참으시리나잇가?"한대,

두즘골째는靈들이呻吟하야

"빅셩나라넷재해세온여순닷새가 벌셔갓사오며

매운칼과독한살아래셔

이것을우리가참앗나이다

主여아직도더기다리려하시나이ㅅ가?"

— 牧神,「새해아츰」부분[40]

　주요한이 '목신(牧神)'이라는 필명으로 쓴 이 시는 "네즘두온쉬인여
섯해첫날" 즉, '단기 4256년'의 새해를 기념한 것이다. "즘"은 '천(千)'을
뜻하는 고어 '즈믄'을 줄여서 적은 것이며 "온"은 '백(百)'을 의미하므로,
서기 1923년을 단기로 고쳐 우리말로 풀어 적은 것이다. 주요한은
1919년 3·1운동을 '자유의 검님' 앞에 봉기한 날로 그리고 이날을 '새
것'이 열리는 시공간의 시작으로 삼았다. 그는 이미 "빅셩나라넷재해
세온여순닷새", 즉, 1922년의 365일이 모두 지나갔는데 얼마나 더 기다
려야 하느냐고 신에게 묻고 있는 것이다.

　이 시는 기독교적 메시아니즘을 바탕에 깔고 해방의 날을 기다리는
심정을 기독교적 화법과 상징들을 빌려서 표현했다. 일부 종교적 상징
성을 압축한 고유명사들을 한자로 처리한 것을 빼고는 고어까지 동원
하여 한글 표기를 고수하려 한 것이 눈에 띈다. '검님'이라는 민속신앙

40　『독립』150, 1923.1.1, 4면.

의 대상이 기독교의 '주(主)'와 동시에 등장하고 있는 것이다.

　기독교의 성서나 찬미가를 매개로 하여 성립된 '민족'의 개념은 성서의 종교적 신성을 이어받는다. 기독교의 신도가 성경을 읽는 것은 특별한 일이 아니겠지만, 그 독서의 과정이 곧 한글을 깨우치는 수단이기도 했다는 것은 특수한 상황이 될 수 있다. 이는 한글이라는 문자를 해독하면서 만들어진 의식구조에 이미 종교적인 신성이 개입된다는 뜻이고, 동시에 추상으로 존재했던 관념이 종교를 통해 그에 적합한 언어적 표현을 획득하여 재현될 기회를 얻는다는 뜻이다. 한글을 사용하는 이상 그 최초의 문자화 과정에서 습득된 종교적 사유 체계 역시 수용하게 된다. 민족은 어느 날 갑자기 초월적인 것으로 군림한 것이 아니다. 민족의 신성성을 뒷받침하는 언어적 구조물 안에서 탄생하며, 서북 지역의 언어적 구조물의 토대가 된 것은 기독교를 위시한 종교적 사유였다. 그리고 한국 근대문학의 출발 지점에 선 서북문인들은 그 토양에서 성장했다.

　　유교의 경전을 공부한 한학자들이 한자 한문에 대한 존숭의 마음을 가짐과 같이, 기독교의 성경을 공부한 대중이 한글에 대한 존중의 생각을 품게 됨은 또한 자연스런 심리라 할 것이다. 하느님의 말씀이 나타나 있는 한글 성경책이 귀중한 것으로 인식됨과 함께, 그 거룩한 내용을 나타낸 한글이 또한 귀중한 것으로 인식되었다. 수백 년 동안에 언문이니, 암클이니, 규방 문자니, 하여 천대받던 한글이 이제 기독교의 교리를 적게 됨으로 말미암아, 일약 사서 삼경의 한자와 같은 지위를 얻게 된 것이다.[41]

---

[41] 최현배, 앞의 글. 이어 그는 성서에 적힌 한글에 대한 존중의 마음이, 조선어학회에 의해 '한글맞춤법통일안'이 성립되고 이를 표준화하려는 움직임이 일어나고, 한글운동가들과 교회 내부의 결의가 있었음에도 6·25 이전까지 낡은 맞춤법을 그대로 유지한 원인이 되었다고 적고 있다.

종교의 언어로 근대와 세계를 인식하게 되었으며, 종교 언어의 신성을 모방하여 민족의 신성을 재현하게 된다. 이것이 『독립신문』, 『대한매일 신보』 등 순국문을 기조로 한 언론의 문체가 기독교의 화법을 도입하게 되고, 근대문학의 기독교적 수사법이 등장하는 맥락이다. 민족 공동체의 운명에 대해 이야기 할 때 기독교의 언어가 그 감정을 표현하기에 가장 적합한 것이라 생각하게 된 것이다. 이 영향은 신소설, 이광수와 최남선 시대의 민족론을 종교적 분위기와 분리될 수 없도록 만들었다.

성경을 통해 민족주의는 구체적인 재현의 수단을 얻고, 한글은 그 신성을 형상화하는 언어로 공동체적 자질을 부여받는다. 이는 찬송가 의 경우에도 마찬가지로 적용된다. 당시 '찬양가', 혹은 '찬미가'로 불린 찬송가는 개인의 감정을 표현하는 데 사용할 수 있는 수사를 제공할 뿐만 아니라, 공동체적인 염원을 표현하고 공통적인 정서를 확인하는 근대적인 수단으로 인식되었다. 비록 한국시가의 운율은 서양의 리 듬(자수율)이 아닌 율격(음보)에 의해 결정되는 것이어서 서구적인 시가 를 그 근원이라 볼 수 없다는 주장이 제기되더라도,[42] 근대 창가의 기 원을 언급할 때 찬송가까지 거슬러 올라가는 것은 그 직접적인 형식상 의 영향 여부를 떠나 '노래'를 통해 형성되는 정서적 정치 공동체의 출 현이라는 역사적인 맥락을 고려할 때 중요하다.[43] 찬송가를 통해 민족

---

[42] 정병욱, 「고시가운율론서설」, 『한국 시가문학의 탐구』, 신구문화사, 1999.

[43] 찬송가와 근대 창가의 관계를 언급한 논의로는 백철, 『신문학사조사』, 신구문화사, 1980, 32면 참조.
"찬송가가 一八九三년에는 벌써 그 일부가 번역되어 있는 것이며, 다시 나아가서 전에도 말한 바와 같이 培材·梨花 등의 學堂에서 교사들이 단편적으로 번역해서 학생과 함께 부른 것은 一八八八년 무렵까지 거슬러 올라갈 수 있는 사실인 것이다. (…중략…) 그리하여 우리는 唱歌의 기원을 대략 一八九〇년대로 지정할 수 있는데, 그것이 교회의 찬송가나 학교 시간의 한계를 벗어나서 唱歌라는 이름으로 日刊新聞 등에 발표된 것은 그 뒤 一八九六년 이후의 사실이다. 一八九六년 四월 七일에 『독립신문』이 발간되었는데 同紙 五月分에 唱歌가 처음으로 발표되었다."

공동체의 정서를 재현할 수단을 얻고, 이 경우에 그 신성을 매개하는 언어의 구실을 하는 것이 곧 노래이다.

성서에서 시작되는 창가의 역사는 주요한 자신도 참여했던 자유시 운동에 의해 전근대적인 것으로 물러난다. 창가에서 자유시로의 이행이란, 곧 '노래'라는 음성적인 자질에서 문자적 자질로의 이행이다. 음성의 직접성과 감정의 직접적인 노출에서 문자가 지닌 대상화된 내면으로의 이행인 것이다. 주요한은 일본에서 '음악에서 회화로의 이행'을 주장한 가와지 류코[川路柳虹]로부터 이미지즘을 배웠다. 가와지 류코는 일본 시단에 이미지즘을 본격적으로 소개한 인물로 알려져 있으며, 당시 이미지즘의 대의는 '색조가 아닌 형태로, 추상이 아닌 구상으로, 개인적 주관적이되 보편적 객관적인 확실성을 띤 것' 등으로 번역 요약되었다.[44] 일본 체류 시기 주요한이 일어로 쓴 시들은 당시 『현대시가』, 『백금학보』 등의 잡지에 발표되었는데,[45] 이 시기의 시에는 이미 「불놀이」의 출현을 예고하는 자유로운 산문시형과 회화성을 드러내는 작품들이 다수 발견된다. 3·1운동 이후 상해로 건너간 주요한은 국내의 『창조』에는 유학 동안 익힌 자유시를 발표하는 동시에, 상해에서 발간되는 『독립』에는 "문예 작품을 시험할 시간적·정신적 여유가 없어 〈독립가〉, 〈군가〉 같은 창가"를 썼다.[46] 그러니까 그의 말에 따르자면 당시 그의 작품들은 표현이야 어떤 방식이었든 간에 문예작품과는 거리가 있는 창가의 수준에 놓인 것이 된다. 그가 자유시와 창가를 이와 같이 구분해서 다룬 이유는 분명하다. 창가의 감수성이란 그가 익힌 문학과는 거리가 있을지언정 민족을 대상으로 한 문화운동이라

---

44 양동국, 「동경과 상해시절 주요한의 알려지지 않은 행적」, 『문학사상』, 2000.4, 263면.
45 위의 글, 272~293면.
46 주요한, 「나와 『창조』 시대」, 『대한일보』, 1969(『주요한 문집—새벽』 I, 요한기념사업회, 1982, 715면에서 재인용).

는 목적성에 부합하기 때문인 것이다. 다시 말해 그는 시가가 지니고 있는 '노래'로서의 자질과 '회화'로서의 자질을 명확히 구분하여 체득하고 있었던 것이다. 이에 찬미가의 전통에 이어져 있는 서북 지역의 대중적인 민족주의운동의 정서를 담은 것이 곧 '노래'이며, 적어도 그것은 자유시가 표방하는 개체의 내면성이 아닌 집단의 내면성을 끌어내는 수단이 되는 것이라 감지했던 것이다.

그러므로 3·1운동의 열기가 식어가고 상해임시정부의 존재가 대중적 관심사에서 멀어지던 1924년,[47] 『조선문단』을 거점으로 이광수와 주요한이 제기한 문화운동의 대안이 '민요론'이었다는 점은 자유시로 인해 잊힌 '노래'의 집단적 감응을 부활시키려한 시도였다는 점에서 주목할 필요가 있다. 이는 소위 '국민문학파'로 일컬어지는 민족주의 운동세력이 프로문단에 대응하기 위해 만들어낸 과거 퇴행적 선택이기에 앞서 '노래'가 지닌 공통감각을 복원하려 했다는 점에서 상당히 정치적인 시도였다. 즉 '민요론'은 '국민문학'과 연결되기에 앞서 '음성언어', 노래의 구어적 자질에서 끌어내려했던 감각이 무엇이었는가를 검토하는 과정부터 재론되어야 한다.

주요한이나 이광수가 제안한 민요 중심의 신시운동은 두 사람 모두 민요에 대한 사전 이해가 깊지 않은데다 민요를 통해 끌어내려는 '조선혼', '조선심' 따위의 개념 규정이 불분명했다는 공통점이 있다. 대신 민요 중심의 신시운동이 지향하는 실천 방향은 비교적 선명한 것으로

---

47 주요한은 1924년 무렵이 제1차 세계대전 이후 세계정세가 경제적·정치적으로 안정기에 접어들고, 국내에서도 사이토 총독의 문화 정책하에 민족적 울분이 교육·문화·실업 방면으로 분산되면서 민족주의운동가들에게는 "반동기이자 정체기"가 시작되었다고 보고 있다. 그는 "상해의 임시 정부는 먼 세계의 신화처럼 느껴지고, 이따금 발생되는 테러리즘의 행동이 세상을 놀라게 할 정도"로 상해와 국내 간의 정서적 거리가 멀어졌다고 회고한다. 주요한, 『안도산 전서』, 삼중당, 1963, 362면.

보이는데, 기존 신시의 역사가 가지고 있는 개인 정서의 내면적 표백 수준에서 공동체적 정서 발현의 수준으로의 이행을 촉구하는 것이다. 즉 기존의 자유시운동이 지향했던 개인화, 세속화의 경향을 공동체적 정신주의를 추구하는 방향으로 돌려놓고자 한 것이다.

이는 주요한에게 있어서는 『창조』의 지면에서 고수했던 개인적 문학으로서의 시작(詩作)을 유보하고, 적어도 『조선문단』의 지면을 활용해서는 '정치로서의 문학'을 제안하여 문화운동의 일환으로 활용하려 했던 것이라 볼 수 있다. 개인화되고 세속화된 자유시운동을 공동체적 차원으로 변환시키기 위해 그가 제안한 것은 곧 '문자'의 일환이 된 시를 '음성'의 일환으로 되돌리는 방식이었다. 민요시운동은 공동체의 기원을 확인하려는 민속지적(ethnographic) 역사의식의 일환으로, 이광수나 주요한 등은 다른 민족들의 예를 들면서 민요가 자민족주의를 확립하는 근거가 된다는 점을 강조하고 있다. 이는 물론 민요시운동의 유효성을 설득하기 위한 논리이지만 이것으로 하필 민요가 선택되었던 심리적 필연성이 모두 설명되는 것은 아니다. 과거로 회귀하되 노래의 차원으로 돌아간다는 것은 무엇보다도 문자의 간접성에 대한 불신과 그보다 앞서 존재했을 음성의 직접성에 대한 욕구에서 비롯된다. 그리고 이 음성의 복원 욕구는 찬미가의 종교적 경지에서 시작되어 창가로 이어졌던 공동체적 수준의 감응의 부활이라는 차원을 겨냥하고 있다.

3. 음성적 자질의 회복과 진리언어 정립의 문제

『조선문단』 창간호부터 세 차례에 걸쳐 연재된 주요한의 「노래를
지으시려는 이에게」는 1920년대 민족주의문학의 운동방향을 알리는
본격적인 문학론이다. 이 글의 첫 부분에서 주요한은 우리에게 있는
'노래'의 형식은 한시, 시조, 민요 및 동요가 있으며 이 가운데 민요 및
동요가 "국민덕 정조"를 가지고 있어 예술적 독창성을 가진 것이라 말
한다. 이어 주요한은 조선 신시운동의 역사를 서양의 찬미가, 창가, 자
유시운동 등의 순으로 소개하면서 역대 조선의 신시란 중국, 일본, 서
구의 모방에서 온 것이므로 '민요'와 '동요'에서 새롭게 신시운동이 시
작되어야 한다는 의견을 밝힌다. 신시란 형식상으로는 문자로 기록되
어야 할 것이되 운문의 형식일 것이라는 단서를 달았다. 또한 내용에
있어서는 사상과 정서적 독창성이 있어야 할 것, 조선사람의 개성, 즉
'조선혼'에 충실할 것 등을 기준으로 내세웠다. 신시운동의 첫 목적은
'민족적 정서와 사상을 바로 표현하는 것'이고, 두 번째 목적은 '우리말
의 미를 표현하는 것'이다. 주요한은 이 두 번째 목적을 설정한 이유에
대해 노래의 미는 태반이 언어의 미에서 나오는 것이며 '조선말의 진
정한 미'를 갖추지 못한다면 '신시가 한 가지 예술의 형식으로 조선에
서 생명을 계속할 가치와 권리'가 없기 때문이라 주장했다. 이때 조선
말이라 함은 '조선어근'을 가진 말, 즉 고어의 부활을 말하는 것이 아니
요, "어근은 어듸서 왓던지 현재 우리 감각에 반항을 니르킬만한 생명
잇는 말을 가르킨 것"이라 덧붙였다.[48]

---

48 주요한, 「노래를 지으시려는 이에게 3」, 『조선문단』 3, 1924. 12, 44면.

이 문학론에서 역대 조선의 시가들은 외국문학의 모방을 통해 탄생했다는 점에서 모두 부정되고 있다. '조선문학이니 조선말로 씌어야 한다'는 당위를 적용한다면 그의 논리는 이상할 것이 없지만 이와 같은 당위가 도출되는 과정에 던져봐야 할 질문은 적지 않다. 역대 시가가 중국이나 서양에서 왔다 해도, 주요한 자신이 말했듯이, 우리말과 우리글로 쓴 노래인데 왜 문제가 되는가?, 신시운동이 서양이나 중국의 모방에서 시작되었다는 점을 주요한은 왜 문제라고 느끼고 공론화시키고 있는가? 등이다. 주요한의 글에서 이들 질문의 답안을 찾는다면, '조선혼', '조선사람의 개성', '국민적 정조' 등이라 할 수 있을 것이다. '조선혼'이 없는 시가는 조선의 시가, 조선의 노래가 될 수 없다는 공고한 믿음이 기존의 시가운동을 부정하도록 만든다.

'조선혼', '국민적 정조' 등의 표현은 추상적인 만큼이나 접근하기도 그 실체를 이해하기도 어렵다. 예컨대 '국민'이라는 개념은 근대 국민국가론의 기획이라는 관점으로 설명할 수도 있겠지만, 그렇다고 해도 '국민적 정조'란 표현은 그대로 남는다. '국민'과 '정조'라는 말은 분리된 것이 아니기 때문이다. '조선혼'도 마찬가지이다. 이들은 단일어이기에 주요한에게 있어서 '조선시가'의 심급을 대치하는 용어로 사용될 수 있었던 것이다. 그러므로 문제는 이러한 표현의 추상성 자체에 내재하고 있다.

민요와 동요를 새로운 조선시가의 형식이라 지목하고 있음에도 불구하고 이 문학론의 논점은 '조선말로 쓴 노래'라는 대의를 전제하는 데 있다고 봐야 한다. 그는 "민요를 발족뎜으로 삼거나 말거나 하여간에 조선말로 쓴 노래가 조선사람의 가슴에 먼저 울리기 전에 예술적 가치가 생길것 아니외다"[49]라고 하여 특정한 대상을 지정하는 것보다도 "조선말로 쓴 노래가 조선사람의 가슴에 울리는 것"이 목표라는 점을 여러 대목에서 강조하고 있다. 신시운동의 목적을 민족적 정서와 사상의 표현, 조선말의 미에 둔 것도 동일한 맥락에 있다. 모방의 언어로는 '표현하지 못하는 것이 있다'는 불충분성의 자각 혹은 '표현해서는 안 된다'는 불순성(不純性)의 자각이 그에게 조선말로 된 노래를 주장하도록 만든다. 이러한 표현의 불충분함이나 불순성이 소거된 상태가 곧 '조선혼'의 일단을 이루는 것이다. "오늘날의 신시는 조선말이 아니라 외국말이 조선옷을 입고 있는 것"이라는[50] 주장 역시 그의 시가론이 '조선말로 쓴 노래', 특히 '조선말 찾기'의 필요성을 환기하는 것임을 보여준다.

당대에 통용되는 시가의 언어가 '외국말이 조선옷을 입고 있는 것'이라는 주요한의 지적을 이해하기 위해서는 그가 신시의 기원으로 찬미가를 언급했던 대목까지 거슬러 올라가야 한다. 주요한은 '산문'의 시작을 성경에서, '신시'의 기원을 찬미가에서 찾았다.

이 문톄(신시의 문체 — 인용자 주)는 력사적으로 관찰할 째에 명백히 대답됩니다. 산문학의 시작을 말하랴면 반드시 예수교의 성경을 들지 아늘수 업슴갓치 신시의 긔원을 말하랴면 「찬미가」를 들지 아늘수업습니다. 「찬미가」는 예수교인들이 례배 보러 모힐 째에 부르기 위하야 서양곡됴에 마초아서 조선말로 쓴 노래입니다. 그 노래의 내용은 대개 서양찬미를 번역한 것이 만슴니다. 그 번역의 잘되고못된것이라던지 가치가 잇고 업는것이라던지는 지금 론할것업고 다만 그것이 신시운동에 영향을 주엇다는뎜은 그것이 우리글로 우리말로 쓴 노래의 시작이라함이외다.[51]

49　주요한, 「노래를 지으시려는 이에게 2」, 『조선문단』 2, 1924.11, 49면.
50　주요한, 「노래를 지으시려는 이에게 3」, 『조선문단』 3, 1924.12, 44면.
51　주요한, 「노래를 지으시려는 이에게 1」, 『조선문단』 1, 1924.10, 48면.

주요한이 찬미가를 모방된 것이라 부정하면서도 신시의 기원의 자리에 놓을 수밖에 없었던 것은 인용문의 말미에 나타난 것처럼, 그것이 '우리글로 우리말로 쓴 노래의 시작'이기 때문이다. 그의 주장을 따라 읽으면 찬미가나 성경처럼 '우리글로 우리말로 쓴' 상태는 '조선말로 쓴' 상태와 같지 않다는 것을 알게 된다. 때문에 그는 '조선말'을 설명하면서 어근을 어디에서 구하든 '생명잇는 말'을 찾아야 한다고 부연한 것이다. 즉, 그가 말하는 '조선말 찾기'의 과제란 비단 글의 외적인 표기 형태에만 걸려 있는 것도 조선시가의 전통 문제에만 해당되는 것도 아니다. 그것은 외적인 표기 형태와는 별문제로 '말을 쓴다'라는 언어행위의 진정성을 확보해야 한다는 필요에서 제기된다. 모방의 문제는 사상과 표현을 타인의 언어로 말하고 있다는, 마음과 발화행위 사이에 불일치 상태를 빚기 때문에 문제가 되는 것이다. 마음과 발화행위의 동일성을 지닌 언어가 곧 "우리 감각에 반향을 일으킬 만한" '생명잇는 말'이 된다는 것인데, 이는 주요한의 시가론이 비단 작시법(作詩法)에 그치지 않고 이미 노래의 청취자 혹은 독자의 감각적 향유 문제를 고려하는 문화운동론과 연계되고 있다는 점을 방증하는 것이다.

'말을 쓴다'는 행위에 동일성이 필요하고 이것이 타인에게 영향을 미칠 만큼의 진정성을 담보한 자질이 된다는 의식은 종교적 언어가 갖는 신성성과 윤리적 구속력을 상기하는 경우 이해할 수 있다. 아감벤은 성서의 언어를 '호모로기아(homologia)'라는 의미를 도입하여 설명한다.[52] '호모로기아'는 '같은 것을 말하는 것'이라는 뜻으로, 본래 종교계에서 '신앙언어', '신앙고백'이라는 고유어의 맥락에서 사용하는 말이다. 이때 '같은 것을 말한다'는 호모로기아의 의미는 윤리적인 제약을

---

[52] 조르조 아감벤, 강승훈 역, 『남겨진 시간』, 코나투스, 2008, 213~225면 참조.

필요로 하는 여러 가지 상황에서 변주된다. 예컨대 어떤 종류의 계약을 맺을 때 '어떤 말을 다른 말과 일치시켜' 약속을 지킨다는 뜻으로 사용되기도 하고, 어떤 종류의 실천행위가 필요할 때 '어떤 말을 어떤 현실과 일치시킴'이라는 뜻으로도 쓰인다. 특히 아감벤이 '호모로기아'를 성서의 언어 차원에서 주목하는 이유는 이 단어가 '말하다'라는 행위 자체가 갖는 신성(神性)을 보여준다고 생각하기 때문이다. '같은 것을 말한다'는 호모로기아의 힘은 "입과 마음 사이에"[53] 동일성을 유지하도록, 그리하여 발화자를 '같은 말의 내부에 존재'하도록 묶어둔다. 구속력은 외부에서 오는 것이 아니며 단지 '입과 마음 사이'의 동일성을 유지하려는 '자기언급적인 효과'에서 온다. 신앙의 언어이자 메시아의 언어는 이처럼 그 내용보다도 '말하다'라는 행위 자체에서 내적 긴장감을 포유하게 되는 것이다. 호모로기아의 힘은 '마음과 입'이 같은 것을 말하게 하여 '말하다'라는 행위 자체로 이미 현실적 효력을 발휘하게 된다. 아감벤의 '호모로기아'는 주요한이 '조선말 찾기'를 통해 구상했던 문화운동의 성격을 이해하는 데 적절한 개념일 수 있다. 주요한이 찬미가의 모방성을 지적하는 대목에서는 '우리말 / 우리글'이란 구분을 적용하면서도 새로운 시가의 자질을 논할 때에는 한결같이 '조선말'의 수준에서 새 출발을 강조하는 것은 '조선말'의 음성적 자질이 갖는 힘을 의식하고 있기 때문이다. '조선말로 노래하다'라는 상황을 신앙 언어의 발화로 보기에 '조선말'은 '조선노래'의 절대적 조건이 된다. 보편언어로서 노래(말)의 윤리적 동질성이 독자 개개인의 마음을 움직이는 자극의 요인이 되어 '조선인의 가슴을 반향시키는' 효과를 거두기를 바라고 있는 것이다. 주요한이 독자의 감각적 향유 여부를

---

53 위의 책, 215면.

곧 "생명 잇는 말"의 조건으로 직결시켰던 까닭도 여기에 있다.

주요한의 신시론은 노래가 불러일으키는 보편적인 공감의 회복이라는 과제를 제시하고 있다. 그리고 그는 보편적인 공감의 회복이라는 과제를 민족공동체의 순수성의 회복이라는 상태와 연결해 놓았다. 공통감각을 이끌어낼 '조선말로 쓴 노래'의 회복, 그러나 이것이 모방되지 않은 고유의 언어를 통해 이루어져야 한다는 것은 당시 주요한이 제시할 수 있었던 문화운동의 최선책이었다. 그것으로 과거 찬미가와 창가운동의 수준에서 일어났던 노래의 공통감각을 부활시키려 했다. 이때 '노래'가 담보하는 정서란, 개인의 서정이 아닌 종교적 공동체의 부흥에 필적할 만한 집단적인 감응을 말한다. 주요한의 시가론은 민요론을 주장하거나 단순한 전통적 영역으로의 회귀를 주장하는 글이 아니다. 그가 주장한 시가의 음성적 자질의 회복이란 문화운동의 전략적 '현재성'의 획득에 놓여 있는 것이며, 이를 위해서 민족운동에 적합한 언어를 다시 구하고자 했던 것이다. 민요는 보편적인 공감에 접근하기 위한 최소한의 출발점으로 제시된 것에 불과하다. 상해임시정부의 기관지 『독립』을 편집하고, 상해의 열기가 식으면서 기존의 종교적 수사법이 도식화하여 '죽은 언어'가 되었다고 느낄 때 그가 제안한 것이 신시운동이며 이를 통해 새로운 현재적 감각에 맞는 생명력 있는 언어를 찾고자 한 것이다. 이때 종교적 신성성과 대중적 보편성의 개념은 그리 멀리 떨어져 있는 것이 아니다. 오히려 문학이라는 틀은 식민체제로 군림하고 있는 국가로부터 분리된 채, 개체 간의 단결을 이끌어낼 집단적 보편성, 종교적 차원의 공통감각을 확보하기 위한 기제로서 등장한다. 개체의 장벽을 넘어서는 공동체주의운동의 일환인 것이며, 이것이 조선혼의 정체이다.

이광수는 「민요소고(民謠小考)」를 통해 주요한의 제안을 긍정하면서 민요에 대해 보다 구체적인 설명을 내놓는다. 민요는 특정한 작자가 없는 "민족의 공동적 작품"이라는 것, 즉 그 기원이 보편적인 만큼 보편적인 정서를 반영한다는 것을 민요의 미덕이라 본 것이다.[54] 춘원이 「민요소고」와 동시에 『조선문단』에 연재한 「문학강화(文學講話)」에는 그가 그렸던 민요 즉 집단적 노래의 형상을 뒷받침하는 또 다른 언급이 등장한다. 그는 사람들이 과거 번성했던 '예루살렘의 폐허'를 목격하는 상황을 가정하고, 비유적으로 '노래'가 생성되는 과정을 설명한다. 그는 "繁華하던 예루살렘의 記憶을 가진 者는 반다시 이 悲慘한 예루살렘의 廢墟를 보고 모두 무슨 늣김을 가졋슬것이다"라고 전제한뒤,[55] 사람들에게 나타날 수 있는 반응을 소개한다. 한숨을 쉬는 사람, 눈살을 찌푸리는 사람, 혼자 우는 사람 등 다양한 반응이 나타나는 가운데 춘원이 주목하는 것은 그것을 언어화된 감상의 형태로 말하는 사람이다.

> '아아!' 하고 感嘆하는 말한마듸를 發하는이도 있섯겟고, 或은 좀더 길게,
> '아이구마, 이게 웬일이야, 우리 예루살렘이 이게 웬일이야.
> 엇지면 우리 서울의 榮華가 一朝에 이대도록 慘酷하게 되엇나'
> 하고 恨嘆한이도 잇섯을것이다.
> 이사람은 노래를 부른것이다. 노래하는것은 이리하야 생긴것이다.[56]

여러 가능성 가운데 춘원이 하필 폐허가 된 예루살렘을 예로 든 것은 우연이 아니다. 그것은 일차적으로 식민지화된 조선에 대한 유비일

---

54 이광수, 「민요소고 1」, 『조선문단』 2, 1924.11, 28면.
55 이광수, 「문학강화 4」, 『조선문단』 4, 1925.1, 115면.
56 위의 글.

수 있겠으나, 하필 종교의 성지로 소급하고 있는 것은 노래의 기원이
역사적 시간에 대한 기억과 그로 인해 파생된 감정을 '우리 예루살렘'
이라는 단어가 포괄하는 공동체적 정서 차원에서 표출하는 데서 나타
난다는 점을 의식한 발언인 것이다. 춘원에게서도 '노래'의 발생은 개
념이나 논리, 형식으로는 설명되지 않는다. 그것은 시간성을 초월하여
해당 공동체가 지닌 당대의 감정을 직접적으로 표출하는 데 그 존재의
의가 있는 것이다. 때문에 춘원이 「민요소고」에서 민요를 설명할 때
동원하는 리듬론은 정돈된 문학의 형식론이라 하기에는 그저 추상적
관념에 불과하다.

> 우리는 우리 민요ㅅ 속에서 우리 민족에게 특별히 맞는 리듬을 발견하는
> 동시에 우리 민족의 감정의 흐르는 모양(이것이 소리로 나타나면 리듬이
> 다)과 생각이 움지기는 방법을 볼수가잇다. 새로운 문학을 지으려하는 우리
> 는 우리의 민요와 젼설(니야기)에서 이것을 찾는것이 절대로 필요하다.[57]

춘원에게 민요는 민족 특유의 '리듬'을 내포한 것이고, "우리 민족의
감정이 흐르는 모양"을 담은 것인데 이 감정의 흐르는 모양이 "소리로
나타나면 리듬"이 된다는 추상적 차원에 머문 것이었다. 그러므로 그
가 전개한 민요론에는 조선 시가의 기본적 음수율을 전혀 엉뚱하게 제
시하는 따위의 오류가 섞여 있을 수도 있고, 아울러 그가 예로 든 민요
'놀량이 사실상 민요가 아닌 잡가라는 주장이[58] 나올 수도 있다. 춘원
의 관심은 민요니 잡가니 하는 유형론, 형식론의 구분과는 상관없는

---

57 이광수, 「민요소고」, 『조선문단』 3, 1924. 12, 31면.
58 류철균, 「1920년대 서도 지역 시가 연구—서도잡가와의 관련성을 중심으로」, 서울대 석사
    논문, 1993.

것이기 때문이다. 그의 관심은 단지 노래가 역사 공동체의 감정을 보존하고 환기할 수 있다는 자질을 가졌다는 점에 있다. 그에게 '민요'는 곧 '노래'와 동의어로 사용되는 것이며 이에 전통적인 음유시인의 역할을 왜곡된 형태로나마 보존하고 있는 기생들의 노래에서 그 전형을 찾았던 것 뿐이다.

이광수나 주요한은 창가의 시대를 부정하되 신시운동을 창가의 시대가 근간으로 삼았던 '노래'의 자질에서 다시 시작하자고 제안하고 있다. 이는 두 사람 모두 그들이 몸담아야 할 시대정신의 성격을 특정한 장르론을 초월하여, '노래적인 것'으로 설정하고 있었다는 점을 말해준다. 그들이 노래에 이렇듯 종교적인 신성성과 공동체적 이상을 의탁할 수 있었던 것은 소급하여 올라가면 그들이 익힌 노래의 기원이 종교적인 찬미가에 있다는 사태에서 기인한다. 다시 말해 종교의 언어로부터 문학의 감각을 얻었으며 찬미가와 창가의 집단적 호응을 통해 공동체 이상주의의 현현을 목격했던 '노래' 세대의 문학론인 것이다.

『동광』, 서북발(發) 민족주의운동의 이상과 환멸

1. 상해·평양·미주의 네트워크와 민족주의운동론

1926년 5월에 창간된 『동광(東光)』은 흥사단 국내 지부인 수양동우회의 기관지이다. 1922년 이광수가 경성에서 수양동맹회(修養同盟會)를 조직하고 같은 해에 김동원(金東元), 김성업(金性業), 조명식(趙明埴) 등 대성학교 동문들이 평양에서 동우구락부(同友俱樂部)를 조직한다. 이 두 단체는 1923년 무렵부터 통합 논의를 진행하기 시작하여 1926년 1월에 수양동우회로 합병하였다.[1] 수양동우회가 흥사단 국내 지부로 인식되었던 만큼 그 기관지인 『동광』 역시 흥사단 기관지의 역할을 담당했다. 발행처는 주요한의 자택인 경성부 서대문정 1정목 9번지였다.[2]

---

1 「동우회사건 검거에 관한 건」, 『京鍾警高秘(경성종로경찰서 고등경찰 비밀문서)』 제7735호, 1937.10.28.

2 서대문 일정목의 주택은 이광수가 동숭동에 새 집을 지어 이사하면서 당시 갓 결혼한 주요한에게 넘긴 것이라 한다. 안방은 주요한 부부가 쓰고, 건넌방은 동광 잡지의 편집실로, 사랑채

발행인은 주요한으로 되어 있으나 주필의 역할은 춘원이 맡았고 주요한은 편집자로서 실무를 담당했다. 『동광』은 당초 흥사단의 이념을 국내에서 독립운동이 아닌 문화운동의 형식으로, 체제하에서 가능한 한 합법적인 범위에서 선전한다는 목적을 둔 것이었다. 흥사단 이념의 보급과 홍보 이외에 『동광』은 운동노선의 후세대를 확보해야 한다는 과제도 안고 있었다. 1910년대를 풍미한 지사적 청년론의 자장하에 구축된 도산의 실천론을 따르는 것이었던 만큼 단체의 성격에 맞는 청년들의 확보는 중요한 문제였다. 이는 흥사단 이념에 동의하는 회원 수를 늘리는 것과는 별도로, 민족 지도자론, 중추계급론 등으로 대변되듯이 공적 지사의 상을 핵심으로 하는 청년운동 노선의 존속 여부를 좌우하는 것이었다. 도산과 춘원의 지도자상은 사적 쾌락을 포기한 사도이자, 장차 도래할 신생의 시간을 위해서 지난한 여정을 감당하고 견디는 사역자라는 종교적 개념의 차용에서 출발하는 것이다.

『동광』의 주된 논조를 결정한 것은 춘원과 주요한이었지만 『동광』의 지적도를 이해하기 위해서는 보다 지리적으로 확장된 시각이 필요하다. 『동광』은 국내 경성에서 발행되었지만 이 잡지는 사실상 도산이 확장시켜 놓은 청년운동의 해외 네트워크에서 생산되었다고 보아야 한다. 실제로 서북 지역의 청년운동의 자장이 펼쳐진 범위는 도산 안창호가 만들어 놓은 대륙별 네트워크의 범주를 참고하는 경우 쉽게 나타난다. 도산이 주관한 흥사단의 영역은 미주와 상해에서 가장 조직

는 음악가 박경호 부부가 세를 들어 살았다고 한다. 대청마루는 수양동우회 집회실이 되어 1주일에 한 번 꼴로 모임이 열렸다. '동광'이라는 이름은 미국 유학생 출신의 흥사단원이자 훗날 협성실업학교 교장을 지낸 김여식(金麗植)이 지었으며 '새벽'이라는 뜻이다. 육당이 발행한 잡지명에 『동명』이란 이름이 있었으므로, 조금 달리해서 '동광'이라 했고, 해방 후 재간하면서 잡지명을 『새벽』이라 고쳤다. 주요한, 「나의 이력서」, 『주요한 문집―새벽』 I, 요한기념사업회, 1982.2, 47면.

적으로 움직였고, 1926년 춘원과 주요한이 국내에서 조직한 수양동우회는 흥사단 국내 지부의 역할을 담당했다. 민족운동의 조직을 구상하는 경우 도산의 상상력은 세계 각 대륙에 분포된 조선인의 근거지를 중심으로 연합전선을 구축하는 방향으로 움직이는데, 가령 그는 '미주, 하와이, 서북간도, 시베리아'를 임시영토로 삼고, 그곳에서 재정지원을 받는 것으로 임시정부를 유지할 수 있다고 생각했다.[3]

당시 상해에 체류하던 도산은 『동광』에 '산옹(山翁)'이라는 필명으로 직접 글을 투고하고 잡지의 논점에 대해 직접적으로 지시를 내렸다. 예컨대 1931년 1월에 『동광』이 속간된 이후 그는 춘원이 관여되어 있었던 '자치론'에 대해서는 언급을 피할 것, 사회주의이론에 대해서는 완전히 배제하는 것보다는 『동광』이 내세운 민족주의적 입장과 함께 언급하면서 아우르는 방향으로 다루라는 지시를 내린다. 실제 도산의 이와 같은 지시는 『동광』이 사회주의를 다루는 기본적인 지침이 되었다. 그 결과 사회주의자도 자민족의 상황을 고려하여 사회주의운동을 전개하는 이상 사회주의 역시 민족주의의 일환이며 서로 분리될 수 없는 것이라는 방향으로 해석되었다.[4] 이에 따라 『동광』에는 수양동우회의 일원은 물론 상해를 휩쓴 사회주의의 영향이 농후한 망명 유학생들의 작품들이 실리고, 사회주의론은 사회개조운동의 일환으로 이론적으로 검토되기도 하였다.

한편 흥사단의 본부가 위치했던 미주도 동광의 지적 토대를 이루는 지역 중 하나였다. 이는 초기 『동광』에 글을 투고한 인사들 중 다수가

---

3 "북간도, 서간도, 시베리아, 미주, 하와이의 다섯 구역으로 나누어, 이 지역을, 말하자면, 대한민국 임시 정부의 영토처럼 생각하고 거기 거주하는 동포들을 조직하여 적은 금액의 세납을 임시 정부에 바치게 함으로써 정부의 재정 기초를 삼고, 임시 정부 산하에 다섯 개 지역을 통일하도록 한다는 것이다." 주요한, 『안도산전서』, 삼중당, 1963, 204면.
4 「사설―민족주의와 사회주의」, 『동광』 1, 1926.5.

미국에서 유학 중이거나 유학을 마치고 돌아온 지식인 집단이었던 것에서 증명된다. 이들 중에는 상해에서 홍사단에 가입한 뒤 미주 유학을 거쳐 귀환한 유형도 있고, 국내에서 미주 유학 중 홍사단에 가입한 뒤 국내에 귀국한 이들도 있었다. 이는 서북 지역 지성사의 주요 특징 중 하나인 미국발 정치경제 사상의 수용이라는 국면과 관련되어 있으며, 문학사상적으로는 반사회주의적 경향과 해방 이후 반공 성향의 강화라는 측면에서 특히 문제가 된다.

『동광』의 경우 잡지의 발간은 경성에서 춘원과 주요한을 중심으로 이루어졌으되, 평양이 정신적·경제적 거점이었다는 점이 특징적이다. 이는 수양동우회의 회원 중 다수가 서북인이었다는 지역 연고의 측면에서도 설명되지만, 무엇보다도 김동원, 김성업 등을 중심으로 한 평양지회가 가장 견고하면서도 재정적으로 안정되어 있어 수양동우회 활동을 떠받치고 있었다는 점에서 기인한다. 일례로『동광』의 속간은 평양지회에서 재정적 지원이 논의되기 시작하면서 가능해졌다. 경성에서 발행되어 전국에 보급되고 상해와 미주까지도 배포되었던 잡지이지만, 광고 후원의 대부분은 평양 소재의 인사가 차지하고 있다. 아울러 평양의 대동강 변에서 개최된 수양동우회의 국내 첫 단합대회도 동우회운동에서 평양 지회의 위상을 보여준 에피소드가 된다. 1931년 8월에 열렸던 수양동우회의 하기 단합대회는 단순한 친목모임을 표방했지만 미주나 상해에서 열린 홍사단 대회의 국내판 모임이라는 면에서 회원들의 사기를 크게 높였던 것이다.[5]『동광』의 논조를 이끈 것은 춘원과 주요한, 김윤경, 이윤재 등 국내에서 수양동우회에 가입

---

[5] 1931년 8월 17일에서 22일까지 6일간의 합숙 기간 평양 대동강 변의 모처에서 국내 수양동우회원 약 40여 명이 모여, 정견 발표 및 토론, 강연, 체육대회 등을 함께 하는 행사였다. 「동우회 公函」(제3회), '증거 제63호', 1931. 9.

한 민족주의 문화운동 계열의 인사들이되, 그 운동을 뒷받침할 조직력과 재정 지원은 평양지회에 의지하는 경향이 있었던 것이다. 이는 『동광』이 겪었던 잡지 발행의 여정과도 무관하지 않아 보인다. 『동광』은 1926년 6월에 창간된 뒤 1927년 6월에 일차 중단되고, 1931년 1월에 속간되어 1933년 1·2월 합병호를 낸 후 폐간된다. 중간의 휴지기를 전후하여 편의상 전기와 후기로 나누어 보았을 때, 두 시기 모두 『동광』의 논조는 유사한 부침을 겪다가 발행이 중단된다는 공통점을 보인다. 즉 초반에는 춘원을 중심으로 하여 동우회의 이념이 적극적으로 홍보되고, 후반에는 주요한을 중심으로 사회주의적 운동 노선의 차용이 주장되다가 발행이 중지되는 것이다. 1927년 7월 동광의 발행이 중지될 무렵은 신간회를 통해 민족주의운동 세력과 사회주의운동 세력의 통합 논의가 진행된 시기이며, 주요한이 신간회운동으로 통합할 것을 주장하면서 동시에 수양운동에서 적극적인 투쟁노선으로 전환할 것을 요구했다는 점은 이미 알려져 있다. 춘원이나 평양 지회의 입장과는 거리가 있었던, 주요한의 이와 같은 주장이 전면화되는 시기에 『동광』이 재정적 파탄을 맞아 발행이 중단되었다는 점은 우연한 상황만은 아니었을 것이다.

잡지 『동광』의 문화운동론 역시 평양, 상해, 미주를 아우르는 서북 청년운동의 네트워크를 통해 각지에서 유입된 것들이다. 『동광』의 문화운동론은 특히 춘원과 주요한이 집필한 주요 논설에서 그 방향을 짐작할 수 있는데, 1927년의 휴간기를 전후하여 흐름이 달라지는 것을 볼 수 있다.

1926년 창간호에서 1927년 중반까지는, 개인의 수양에서 시작되는 집단적 혁신이라는 도산의 인격수양론을 독자에게 설명하고 설득하는 기사가 춘원과 주요한의 권두언과 논설, 도산이 '산옹'이라는 필명

으로 집필한 기사, 상해나 미국에 거주하는 흥사단원의 투고문 등의
형식으로 실린다. 이 기사들은 흥사단의 이념인 무실역행, 정의돈수의
이념을 구체적으로 풀이한 것들이다. 망국을 부른 원인이 공동체 개개
인의 허위와 나태함이므로, 이런 폐단을 시정하여 각각 무실(진실), 역
행(실천), 충의(책임과 신용), 용감(적극성과 인내)을 덕목으로 하여 인격수
련에 나서야 한다는 것이 도산이 내세운 기본정신이었다.[6] 그는 조직
단위의 대중적 사업보다도 이와 같은 개인 차원의 수련이 우선이며,[7]
이렇듯 인격 훈련이 되어 있는 개인들의 단결이 민족운동을 추진하는
힘이라고 보았다. 조직 내의 개개인을 연결하는 것이 곧 친애와 동정
에 정의가 부가된 정의돈수(情誼敦修)의 이념이다. 도산은 이와 같은 이
상이 실현된 사회를 '유정한 사회'라 불렀다.[8] 『동광』에는 흥사단의 이
념을 노골적으로 드러내는 기사들이 다수 실렸는데, 이는 흥사단 회원
들의 투고를 적극적으로 독려한 결과였다.[9] 인격수련을 쌓으며 동시
에 공익을 위해 사욕을 버릴 수 있는 흥사단의 이상에 어울리는 자격
조건을 갖춘 인물만을 회원으로 한다는 원칙이 있었으며, 개인적인 인
격과 더불어 집단을 위한 헌신까지도 가능한 인물이 곧 흥사단이 지향

---

6 박현환, 『흥사단운동』, 대성문화사, 1955, 31면.

7 위의 책, 33면.

8 섬메, 「유정한 사회와 무정한 사회」, 『동광』 2, 1926.6(섬메는 도산의 필명 중 하나로, 도산
   을 한글로 풀어 읽은 것이다).

9 도산, 춘원, 주요한이 담당한 권두언과 권두 논설 등 이외에도 김윤경의 '인격'의 개념과 관련한
   일련의 기고물(「인격의 학리적 해의」, 「인격의 함양」, 「인격과 단결」(『동광』 4~6, 1926.8~10), 「무
   실역행신의용기」(『동광』 10, 1927.2))이나, 삭제조치를 당했던 주요섭의 「수양의 목표」(『동광』 8,
   1926.12) 및 이윤재의 「조선을 위하여 조선인의 조선 자존자활」(『동광』 11, 1927.3) 등의 기사는
   흥사단 이념을 선전한 대표적인 글들이다. 이렇듯 흥사단 관련 기사가 많이 실리게 된 것은 국내
   의 수양동우회 및 해외의 흥사단 회의를 통해 회원들의 '책임적인' 참여를 유도했기 때문이다. 일
   본 경찰 측이 조사한 수양동우회의 회의 내용에는 『동광』의 편집방향에 대한 토론과 구체적으로
   기사 주제까지 언급하고 있는 투고 요청이 종종 등장한다. 「동우회사건 미체포자 검거와 증거품
   에 관한 건」, '京鐘警高秘' 제15508호(1937.12.11).

하는 청년상이었다. 요컨대 도산 중심 운동론에서 운위되는 개인은 숫자나 종적 개념이 아니라 민족운동을 하기 위한 전제이자 목적이었다. 그리고 자격을 갖춘 개인을 부르는 이름이 곧 청년이었던 것이다. 개인에게서부터 자발적으로 촉발되는 이상적인 공동체주의의 발원지에는 크로포트킨류의 상호부조적 사회진화론에 대한 낙관이 배경에 놓여 있었다. 문화의 발전으로 인류의 이상을 실현한다는 포부가 용인되었고,[10] 도산은 크로포트킨의 상호부조론을 연상시키는 자조와 호조를 제목에 내세운 논설을 투고하기도 했다.[11]

1927년 7월에 발행된 15호는 기존 호들과 비교할 때 편집과 기사 면에서 대중화를 꾀한 흔적이 역력하다. 흥미 위주의 가벼운 읽을거리와 화보 등을 강화하였다. 주요한은 「수양단체의 나아갈 길, 낡은 도덕의 새 용처」라는 글을 통해, 도산과 춘원에 의해 강조되어 온 문화운동 노선을 정면으로 부정하기에 이른다. "개인의 개조는 사회의 개조를 아니 가지고는 도저히 능하지 못할 것"이며, "먼저 사회를 건전하게 한 후에" 개인이 건전해질 수 있다고 주장했다. 그는 "건전한 사회를 짓는 것이 수양운동의 근본적 해결책일 것"이라 주장하는데,[12] 이것은 당시 신간회의 합작 노선을 옹호하며, 수양동우회를 적극적인 투쟁단체로 전환해야 한다고 주장했던 주요한의 정치적 입장이 반영된 결과이다. 『동광』지의 연화(軟化)는 주요한이 추구한 혁신방식의 한 가지로, 그는 8월에 발행된 16호에서 '전호부터 내용쇄신을 힘쓰는 바'라 하여 대중성의 강화가 의도된 방향이었음을 밝히고 있다. 그러나 이러한 시도는 신간회 결성으로 인한 동우회 내부의 갈등과 재정적인 이유로 인해

---

10 이경열, 「문화의 의의, 인류의 이상」, 『동광』 9, 1927.1.
11 도산, 「자조의 정신과 호조의 정신」, 『동광』 11, 1927.3. 이 기사는 삭제 조치로 인해 제목만 나와 있을 뿐 내용은 알 수 없다.
12 주요한, 「수양단체의 나아갈 길, 낡은 도덕의 새 용처」, 『동광』, 1927.7.

『동광』이 휴간되면서 중단된다.

　『동광』이 속간된 것은 1931년 1월이다. 이 시기에 신간회는 광주학
생운동에 참여한 신간회 간부들이 대거 투옥되면서 단체의 주도권을
둘러싸고 혼선을 겪다가 결국 5월에 해소된다.[13] 속간된 『동광』에서
도 초반에는 역시 도산과 춘원의 주장이 강하게 부각된다. 그러나 신
간회운동을 계기로 수양동우회 내부에서도 갈등을 겪은 만큼 그 운동
의 노선에도 변화가 발생한다. 간도를 둘러싼 중국과 일본의 긴장이
고조되고 세계공황으로 인해 농민과 공장노동자들이 대거 빈민으로
전락하는 등 당시 시국의 정치적 상황 역시 급박하게 악화되고 있었
다. 춘원과 도산의 논설에서도 전반기 개인수양운동의 구호는 사라지
고, 집단적인 단결과 역량의 강화라는 방향으로 논점이 바뀌는 것을
볼 수 있다.[14]

　이 시기 춘원은 민족의 단결론을 주장하면서 지도자의 전범으로 간
디를 염두에 두고 있었다. 그는 간디의 비폭력 무저항 운동이 약소민
족이 체제의 억압을 피하면서 동시에 생명을 보존하여 민족운동을 지
속할 수 있는 효과적인 방법이라 보고 있었다.[15] 그러나 간디의 비폭
력론과 강력한 단결 및 힘의 제창을 오가는 이광수의 행보는 즉각 영
웅주의와 파시즘에 경도된 처사에 불과하다는 비판에 직면한다.[16] 비
폭력에서 힘으로의 화제 전환은 그가 직면했던 비판의 논조가 보여주
듯이 파시즘에 경도되는 과정으로 읽힐 수도 있다. 그러나 당시 세계
정세의 변화와 흥사단의 운동 노선을 견주어 다시 읽는다면 이는 민족

13　이균영, 『신간회 연구』, 역사비평사, 1994.
14　산옹, 「청년에게 호소함―인격완성, 단결훈련에 대하야」, 『동광』 18, 1931.2; 춘원, 「야수에의
　　복귀; 청년아 단결하야 시대악과 싸호자」, 『동광』 21, 1931.5; 춘원, 「청년은 자기를 초월하라」,
　　『동광』 24, 1931.8; 춘원, 「힘의 재인식」, 『동광』 28, 1931.12 등이 대표적인 논설에 해당한다.
15　이광수, 「비폭력론」, 『동광』 20, 1931.4.
16　김명식, 「영웅주의와 파시즘―이광수씨의 夢을 戒함」, 『동광』 31, 1932.3.

주의적 단결을 주장하던 그의 평소 논조와 크게 다른 것이 아님을 알게 된다. 즉 1931년 무렵 춘원이 내세운 '간디'와 '비폭력'의 키워드는 신간회의 결성과 해소라는 사건을 겪으며 분산된 흥사단의 민족지도자론을 강조하기 위한 선택이다. 도산이나 춘원이 몸에 익힌 민족운동의 방식은 '언제 도래할지 모르는 때'를 예비하는 과정이다. 이는 기독교적 종말론에 가까운 종교적 감정이어서 춘원에게는 항상 지도자의 자세를 이야기할 때 인류적 차원의 성자의 삶에 대한 비유가 따라다닌다. 그는 간디를 이야기하면서도, 간디를 무쏠리니와 비교하며 두 사람은 모두 사욕을 포기하고 민족을 위해 몸을 던진 인물이지만 한 사람은 핍박을 받아 감금되고 한 사람은 권력자의 지위에 올랐다는 숙명론으로 기울어진다.[17] 즉 춘원이 수용한 지사의 삶이란 주체적인 차원의 선택이 아니라 전 세대가 부여한 과제를 거부할 틈 없이 승계해야 하는 당위의 일종이었다. 그는 간디의 비폭력 노선을 '인욕(忍辱)'이란 용어로도 표현하는데, 이는 견뎌왔으며 견뎌야 할 지난한 시간에 대한 춘원식의 조어이기도 할 것이다.[18]

그러나 1932년에 접어들어 일본과 미국이 부딪치는 세계대전의 기운이 감지되면서 춘원은 그 인내의 시간이 끝나간다고 생각한 듯하다. 이 시기 세계대전의 가능성과 전쟁의 조짐을 전하는 『동광』의 지면은 전쟁에 대한 불안보다도 일종의 기대감에 찬 긴장감으로 술렁거리는 인상을 준다. 전쟁이 언제 발발할지 예상날짜를 묻는 설문을 진행하기도 하고,[19] 만주를 둘러싼 각국의 이해관계와[20] 지난 세계대전의 발발 요인을 분석하기에 바쁘다.[21] 전쟁의 풍문으로 둘러싸인 분위기에 대

---

17 춘원, 「묵상기록―간디의 하나님, 간디와 무쏘리니」, 『동광』 33, 1932.5.
18 춘원, 「인욕」, 『동광』 17, 1931.1.
19 「예언, 제2차 세계대전」, 『동광』 27, 1931.11.
20 주요한, 「만주 일중 관계사」, 『동광』 27, 1931.11.

해 춘원은 "우리 가슴은 말 못 할 흥분으로 띈다"고 적었다.[22] 여기에는 파시즘의 찬양이라기보다, 혁명투쟁은 감정에 도취된 힘의 소진을 낳을 뿐이요 독립의 계기는 국제 정세상 외부에서 도래하기 마련이라는 춘원의 믿음이 배경에 놓여 있다.[23] '힘', '단결', '희생', '개인의 초월', '헌신' 등 『동광』의 전반기를 이끌었던 개인의 수양은 사라지고 후반기의 『동광』에는 모든 것을 '도래할 시간'을 위해 내놓아야 한다는 종말론의 분위기가 팽배하다. 국제 정세에 따른 때를 놓쳐서는 안 된다는 비장한 태도는 1932년 4월에 상해에서 도산이 체포되어 국내에 이송된 후 더욱 완강해진다. 제34호(1932.6)부터 제39호(1933.1 · 2)까지는 조선민족 차원의 경계를 촉구하는 발언으로 일관한다. 주요한은 춘원과 달리 운동노선의 대중화라는 차별적 방법론을 견지했으나, 그 역시 집단의 단결과 희생이라는 기본적 입장에서 벗어나지 않았다.[24] 비록 춘원과 주요한 사이에 운동 노선의 실제 구현방식에 대한 갈등은 있었지만, 두 사람은 모두 도래할 '그 때'를 담보하는 준비와 희생이라는 종교적 사도론의 자장 안에 있었다.

---

21 김도태, 「구주대란은 웨 일어낫든가」, 『동광』 31, 1932.3.
22 춘원, 「힘의 찬미」, 『동광』 27, 1931.11.
23 국제 정세상 발발하는 전쟁을 틈타서 약소민족인 조선이 독립할 수 있으며, 그 시기까지 힘의 비축이 무엇보다 필요하다고 보았던 것은 도산의 운동노선이기도 했다. 도산은 조선민족의 독립기회는 일청전쟁 때, 구주대전 때 찾아왔었으나 힘이 없어 지키지 못했다며, 다음에 도래할 기회는 놓치지 말자는 논리로 실력양성론을 주장하곤 했다고 한다. 주요한, 『안도산 전서』, 삼중당, 1963, 8면.
24 송아, 「꾸준한 희생」, 『동광』 22, 1931.6; 「강력」, 『동광』 34, 1932.6.

2. 코스모폴리탄의 명랑성과 망명객의 내면

정치적인 소명의식의 도저한 강도를 감안한다면『동광』이 문예란
을 중요하게 여기지 않은 것은 차라리 자연스러운 현상이라 할 것이
다. 춘원이 '나에게 문학은 여기에 불과하다'고 밝힌 것이『동광』의 지
면을 통해서였다.[25] 아울러 주요한은『동광』에 문예란이 부족하다는
독자의 지적에 대해, "문예는 소요꺼리에 불과"하므로 "과학과 학술의
실제방면을 중시하는 것이 방침"이라는 것을 분명하게 밝혔던 것이
다.[26] 그리고 그 자신 역시 실제 창작이라 생각하는 활동은『조선문
단』을 통해 전개하면서『동광』에는 거의 창작물을 싣지 않았고, 간혹
외국의 정치물을 번역하고 싣고는 했다. 이는 문학의 영역과 정치의
영역을 구분하여 수사적으로 활용한 주요한의 문학관에 따른 것이다.
1932년 9월, 주요한이 잡지의 대중성을 강조하는 차원에서 문예면을
증설하고 이에 따라 이태준(李泰俊), 이효석(李孝石) 등 잡지의 운동노선
과는 거리가 있는 기성작가의 소설을 한 호당 한 편 꼴로 싣는다.[27]
『동광』에 실린 문학작품의 규모나 분량은 40호에 달하는 잡지의 발행
권수에 비하면 초라할 만큼 적은 것인데 소설의 경우는 더욱 그렇다.

그러나 이렇듯 당대의 기성작가들의 작품이 적다는 것은『동광』의
특수한 면모 중 하나이다. 이는 창작상의 아마추어리즘, 즉『동광』이

---

25 이광수,「여의 작가적 태도」,『동광』 20, 1931.4.

26 주요한,「社告」,『동광』 13, 1927.5.

27 최서해가「이역원혼」(『동광』 7, 1926.11),「무서운 인상」(『동광』 8, 1926.12),「전아사(餞迓
辭)」(『동광』 9,1927.1)등 가장 많은 작품을 실었고, 이 밖에 염상섭,「남충서」(『동광』 9~10,
1927.1~2); 김동인,「명화 리디아」(『동광』 11, 1927.3); 유진오,「밤중에 거니는 자」(『동광』
19, 1931.3); 이태준,「불도 나지 안엇소, 도적도 나지 안엇소, 아무일도 없소」(『동광』 23,
1931.7); 이효석,「프렐류드」,(『동광』 28~30, 1931.12~1932.2) 등이 등장한다.

청년이라는 특수한 미정형의 세대를 겨냥했기 때문에 생기는 현상으로『동광』의 운동노선 및 지리적 감수성에 두루 관계된 것이다. 문예면의 내용과 특징은 문화운동노선 전반의 경향과 마찬가지로 전기와 후기로 나누어 설명할 수 있다.

전반기『동광』의 서사적 영역을 담당하는 것은 그 지리적 네트워크에서 유래한 상해 및 미국 망명 청년들의 기행문과 체험기들이다. 이들의 아마추어리즘이 동광이 목표로 삼았던 청년상에 부합하는 것이기 때문이다. 특히 고학의 플롯은 거의 도식화되어 등장한다. 얼핏 이국의 견학기나 고학의 플롯은 물론 인종적인 차별이나 이국에서의 외로움, 노동의 고단함, 고국을 향한 향수 등으로 진지하고 비장한 것이 되기 쉬운 것이나, 그 근저에 일종의 '명랑성' 혹은 '낙관주의'가 있다는 것은 주의해야 할 대목이다. 이는 전반기『동광』을 이끄는 '청년'의 기본 정조이며, 서북청년의 정신사를 구성하는 지역적 네트워크의 특수성을 고려해야 이해할 수 있다.

디아스포라의 최초 어원이 비극적인 것만은 아니었듯이[28] 민족적 이산의 기록에는 유대적 디아스포라의 고통과는 다른 차원의 이국 영토에 대한 호기심과 해방의 감정이 담기기도 한다. 특히 농민이나 노동자처럼 경제적 원인으로 인해 사실상 강제적인 추방의 형식으로 이주한 것이 아니라, 본인의 정치적인 선택의 일환으로 이국으로의 망명을 선택하여 이주한 망명객의 기록인 경우 그렇다. 때문에 식민지시대

---

28 디아스포라는 본래 그리스어 전치사 dia(영어로 over, 한국어로는 '―를 넘어'에 해당)와 동사 spero(영어로 'to sow', 한국어로는 '뿌리다')의 결합에서 유래된 것이다. 이 용어는 고대 그리스인이 식민지를 확장하고 자국민을 이주시켜 세력을 확장하던 시기에는 이주와 식민지 건설을 의미하는 능동적인 의미로 쓰였다. 이후 유대인의 유랑을 의미하면서 추방, 난민, 소외 등의 부정적 의미가 더해졌고, 특히 유대인의 디아스포라는 첫 글자를 대문자로 표기하여 'Diaspora'라 한다. 윤인진,『코리안 디아스포라』, 고려대 출판부, 2003, 5면.

의 다수 청년 망명가들이 이국에서 남긴 문학은 기본적으로 이중적인 성격을 지니고 있다. 화자가 민족을 호명하는 경우 이미 공적인 발화로 간주되어 비극성과 비장미를 추구하게 되지만, 개인의 감정임을 전제하는 경우 자발적으로 기존의 관습과 폐쇄적 공동체의 경계를 넘어섰다는 해방감과 이국의 낭만을 노래하기도 하는 것이다.

> 記 : 五山學校에서 나와가지고는?
>
> 李 : 西伯利亞로 갓지요, 나는 원래 방랑하기를 조와해요, 소년시대에 廣漠한 西伯利亞 벌판을 도라 다니든 인상이 정말 진정으로 이즐 수가 업서요, 먼 — 지평선에서 해가 소사 다시, 먼 — 지평선 속에 사라지며 白樺나무가 끗업는 벌판을 덮흔 涯しなき 西伯利亞를 오늘은 東으로 내일은 西으로 하고 흘너다니든 생각! 아름다운 꿈 갓치 늘 내 기억을 흔듭니다.[29]

인용에서 보듯, 오산을 나와 시베리아로 국경을 넘었던 기억은 '방랑'이라 지칭된다. 그에게 시베리아의 기억은 한편으로는 만주와 연해주 등으로 망명한 신민회 인사들의 후일담을 확인하는 비감한 과정이기도 했었음은 앞서 살펴본 바와 같다. 그러나 동시에 그에게 시베리아행은 아름다운 자연과 더불어 자유를 만끽했던 순간으로도 각인되어 있다.

자발적으로 국경을 넘는 청년들에게 이국성이란 무엇보다도 그동안 그 자신의 인식의 지평을 형성해왔던 세계 밖으로의 체험이다. 이를 일컬어 지리적인 감각의 확장이라 부를 수 있을 것이다. 지리적 감각의 확장은 경험의 영역 및 사유의 확장이다. 한일합병 이후나 3·1

---

29 「이광수씨와 교담록」, 『삼천리』 5(9), 1933.9, 60면.

운동 이후 해외로 나섰던 젊은이들의 민족주의의식에는 고통스러운 '추방'이라는 의식과 더불어 분명 '방랑'이라는 낭만적인 체험이 지배하는 이중적 측면이 공존한다는 점을 주목해야 한다. 이 지점이 곧 '법치체제'의 연장으로서의 국가와 '소속 및 연대의식의 기원'으로서의 민족(ethnicity)의 체감방식이 갈라질 수 있는 지점이기 때문이다. 동일한 영토와 동일한 체제 내에서, 이민족으로 점령된 땅에서의 수복 의지를 통해서 이들은 민족-국가의 절대적 권위하에 공고하게 결합되어 있다. 그러나 공고하게 결합된 민족-국가의 절대적 의미망은 정치적 경계선을 넘어서는 지점에서 분화된다. 전통적인 법치적 통치 체제하에서 환대받지 못한 역사를 지니고 있으며 이 때문에 자생적인 생존의 방식을 소속된 공동체의 밖에서 구해야 했던 서북인, '내부의 외부자'들이 보여주는 모순은 이 지점에서 발생한다. 이는 남강 이승훈이 망국 이후에 '왕조의 소멸'보다도 '사직의 상실'을 통곡한다고 썼던 것과 연결된다.[30]

서북인들에게 통치 체제로서의 국가는 소속의 기원으로서의 민족과는 다른 층위에 놓인 것일 수 있다. 서북의 문학적 지정학은 민족운동의 진원지라는 자부심이 강했던 만큼 청년운동가들의 정치적 망명의 정신사와 밀접한 관련을 이루고 있다. 이들이 보여주는 이국성에의 매혹은 민족-국가의 비극성에 대한 망각이라는 단선적인 구도에서 볼 때, 이국의 문명이 보여주는 제국주의에의 함몰이나 이국의 자연을 향한 도피적인 탐닉으로 해석되기 쉽다. 그러나 서북 지역의 역사라는 지역론의 방법론에서 보아 통치 체제로서의 국가의 폭력성과 소속의 기원으로서의 민족에 대한 애착이라는 차원으로 나누어 본다면, 이들

---

30 이승훈, 「西北人의 宿怨新慟」, 『新民』 14, 1926.6(『남강 이승훈과 민족운동』, 남강문화재단출판부, 1988, 400면에서 재인용).

방랑객의 이국 체험이란 오히려 국가의 폭력적인 경계를 해체하고 평
등한 형제애의 수준에서 열리는 인류적 차원의 코스모폴리타니즘으
로 향하는 여정이다. 이는 서북문학의 보편주의적 경향을 설명하는 단
초가 된다.

이국 체험은 곧 망명지의 지리적 특성에 따를 것임은 물론이다. 3·
1운동 이후 조선의 청년들이 몰려들었던 상해의 위상을 눈여겨 볼 필
요가 있다. 그리고 실제로 상해는 장차 유럽이나 미주로 유학을 떠나
려는 조선유학생들의 필수적인 경유지였다. 즉 망명을 통해 만주나 상
해로 건너간다는 것은 비단 민족운동에 평생을 바친다는 말이 전부가
아닌 것이다. 물론 상해와 만주로 건너간 청년들의 일화는 각종 변형
된 상해 지사의 스토리로 변형되어 항간에 민족주의와 청년의 희생에
관한 플롯을 낳았지만,[31] 실제로 상해는 미래가 제약되어 있는 식민지
젊은이들이 스스로 미래의 방향을 바꾸어 놓을 수 있는 기회의 장소이
기도 했던 것이다.

상해가 투사 양성소에서 나아가 유학생의 경유지이기도 했다는 점
은 그동안 조선 민족의 디아스포라를 그 비극성에 맞추어 조망하는 동
안 가려져 있던 망명자의 내면을 새롭게 들여다보는 계기를 마련해준
다. 망명은 청년들에게 폐쇄적인 한반도의 법치 체제를 벗어나는 방편
이기도 했다. 일본은 강제병합 이후 통제 정책을 폈는데, 이것으로는
개화기에 만들어진 기독교나 민족주의 계열 사립학교의 교육을 통해
이미 높아진 교육열을 잠재울 수 없었다. 일본이 학생 사회를 통제하
는 방법이란 국가가 없어진 조선인에게 여권 발급의 전권을 행사하는
것이었다. 『창조』의 동인으로 평남 강서에서 태어나 미국에서 교육학

---

31 『단층』 제3호(1938.3)에 실린 김화청의 소설 「담즙」에는 〈상해 비가〉라는 제목의 연극을
   공연하는 장면이 나온다.

을 전공했던 오천석(吳天錫)은 회고록에서 유학생활을 자세히 기록한 바 있다. 식민 치하에서 학생들이 미국으로 유학을 가는 길은 두 가지였는데, 3·1운동 전에는 중국 상해를 거쳐 중국의 여권을 가지고 중국인의 신분으로 가는 길이 있었으며 "이 방법으로 적지 않은 수의 청년이 유럽을 거쳐 선편으로 태평양을 건넜다"고 적고 있다. 이 학생들은 학비 때문에 많은 고생을 하고 캘리포니아 농장에서 노동을 하여 대학에 진학했는데 대다수는 수학하지 못하고 캘리포니아에 주저앉기도 했다고 한다. 다른 하나의 방법은 정식으로 일본 여권을 발급받는 방법이다. 그러나 이 방법은 '병합 초기 우민정책을 쓰고 있는 동안에는 거의 사용할 수 없는' 것으로 총독부 당국이 사상건전하다고 인정하는 사람 외에는 불허했다고 한다. 이와 같은 통제는 3·1운동 이후 완화되어 비로소 노골적인 '불량분자'라고 생각되지 않는 인물에게 여권을 내주기 시작했으며, 자신은 이 혜택으로 여권을 받아 미국 유학을 할 수 있었다고 했다.[32]

물론 3·1운동에 관여된 학생들은 여권을 받기 어려운 신분이었다. 이런 청년들은 일단 상해로의 망명을 택했다. 많은 유학생들은 상해에 임시로 체류하면서 영어를 익히고 동시에 중국에서 가짜 여권을 마련해서 유럽과 미국으로 건너가는 경로를 밟았다. 이와 같은 사정은 이미륵(李彌勒)의 『압록강은 흐른다』(1946)에 잘 나타나 있다. 황해도 해주에서 태어난 그는 개화한 학자였으나 관료로 등용되지 못한 아버지 밑에서 자랐다. 아버지는 신학문을 가르친다는 학교에 어린 미륵을 들여보내

32　오천석, 『외로운 城主』, 광명출판사, 1975, 18~19면. 김상태에 따르면 총독부 당국에서 미국 여권 수속을 받는 일은 일제 시기 내내 쉽지 않은 일이었다. 입국에는 여권뿐만 아니라 현금 200달러의 휴대금이 필요했고, 이 때문에 일부 학생들은 휴대금을 마련하고자 상해에서 일자리를 얻기도 했다. 김상태, 「근현대 평안도 출신 사회지도층 연구」, 서울대 박사논문, 2002, 56면.

고, 구라파 사람들이 '평등'을 믿는다는 말에 감동한다. 미륵은 경성의전
에 진학하여 서울로 유학을 떠났다가 3·1운동에 참여한 후 고향으로 돌
아와 은신한다. 망설이는 미륵에게 어머니는 구라파로 떠나라고 권하고
그는 상해를 경유해서 독일로 망명한다. 상해에 머물면서 그는 임시정
부의 활동을 돕기도 한 것으로 알려져 있다. 그리고 여권을 받은 후 배를
타고 이탈리아와 프랑스를 거쳐 독일에 도착한다. 작중에는 오랜 항해
끝에 유럽 대륙에 도착하는 장면이 다음과 같이 그려져 있다.

> 북쪽에는 크고 작은 섬이 나타났다. 봉운이가 나에게 "희랍 도서다"라고
> 속삭였을 때 나는 얼마나 감동했는지 모른다. "희랍"이라고 나도 부르짖었
> 다. 나는 소크라테스와 플라톤의 고향을 비록 멀리에서나마 보았다.[33]

어린 시절 서구적 신식교육을 받았던 이미륵에게 구라파는 '소크라
테스'와 '플라톤'의 고향이자 동경의 대상이었다. 상해는 그에게 구라
파로 건너가는 통로의 역할을 했다.
이미륵보다 앞서 시베리아 유랑에 나섰던 춘원의 경우도 예외는 아
니었다. 그는 오산을 떠나 세계여행을 하고 싶었다고 『나의 고백』에
적었지만, 전혀 목적이 없었던 것은 아니었다. 1934년 삼천리 잡지와
의 인터뷰에서 '무슨 생각으로 시베리아에 가셨느냐'는 질문에 "米國
가려고, 米國 가서 공부하려고. 그 때 소문에 米國은 文明햇고 자유의
나라고, 또 돈 업시도 공부할 수 잇다기에 米國行을 열망하여, 五山學
校도 나오고 西伯利亞도 지나 도라다녓지요"라고 말하고 있다.[34] 알려
진 것처럼 그는 상해와 시베리아를 통과하는 여행에서 신민회의 주요

---

33 이미륵, 전혜린 역, 『압록강은 흐른다』, 여원출판사, 1959, 190면.
34 「이광수씨와 교담록」, 『삼천리』 5(9), 1933.9, 60면.

관계자들을 만났으며, 미국에서 『신한민보』의 주필 제의를 받고 미국으로 건너가려다 세계대전의 발발로 포기했다. 위의 인터뷰는 망명 생활에의 계획이 미국 유학으로 연장될 예정이었음을 보여준다. 청년들에게 망명은 민족운동을 위한 투쟁의 일환이었던 동시에 유학을 위한 절차로 존재하기도 했다. 주요한 역시 도산의 부탁으로 남경대학에서 미국유학생을 위한 영어교사 역할을 하던 1925~26년 상반기에, "미국에 가서 '박사'를 해야겠다는 생각으로 상해에 사는 김홍서에게 부탁, 길림성 출신 중국인으로 호적을 만들고 중국 여행권을 사기로 했다"고 회고하고 있다.[35]

이와 같은 망명의 이면성은 한편으로는 유학이 민족운동의 일환으로 생각되었다는 점에서 서북인의 문학사상사와 관련된다. 상해에는 한일합병과 3·1운동을 계기로 많은 한인 청년들이 몰렸지만 이들이 생각하는 독립운동의 방식은 제각기 달랐다. 안중근이나 김구처럼 서북인이면서도 적극적인 투쟁노선을 선택한 경우도 있었던 반면에, 도산의 실력양성론을 따랐던 흥사단 계열의 청년들은 유학을 통해 전문지식을 습득하는 것 역시 민족운동의 일환이라 생각했다. 미주 흥사단원이었던 장리욱(張利郁), 김려식(金麗植), 백낙준(白樂濬), 유형기(柳瀅基), 이묘묵(李卯默), 정인과(鄭仁果)[36] 등은 미국에서 신학, 교육학 등을 전공하고 귀국

---

35 주요한, 「나의 이력서」, 『주요한 문집―새벽』 I, 요한기념사업회, 1982, 45면. 주요한의 이 같은 계획은 결혼과 동아일보 입사로 인해 실현되지 못한다.

36 장리욱(1895~1983) : 평양부에서 출생하여 평양 숭실중학을 졸업했다. 동경 정칙영어학원을 거쳐 미국 콜럼비아대에 사범학부를 졸업하고, 수양동우회 사건 당시 평북 선천의 신성(信聖)학교 교장이었다. 김려식(1923~?) : 평북 용천에서 출생했고 1923년 미주 흥사단 가입 당시 미국 워싱턴의 아메리칸 대학에서 국제법을 공부하고 있었다. 수양동우회 사건 당시 김지담(金志淡)이라는 이름으로 협성 실업학교 교장직을 맡고 있었다.
 백낙준(1895~1985) : 평북 정주에서 출생했고 선천의 신성(信聖)중학교를 다녔다. 프린스턴 대학교에서 신학을, 예일대에서 철학을 전공했다. 흥사단에서는 백성빈(白成彬)이라는 이름으로 활동했다.
 유형기(1897~1989) : 평북 영변에서 출생했고 평양 숭실학교를 졸업했다. 일본 청산학원

후 도산의 수양동우회에 관여했다. 이들 중에는 오천석처럼 일본에서 일차 유학을 했으나, 다시 서구 유학을 선택한 경우도 많았다. 1925년 창간된 북미유학생들의 잡지인 『우라키(*The Rocky*)』 창간호에는 당시 미국유학생의 현황을 알 수 있는 ‘留美學生統計表’가 실려 있는데, 1925년 현재 총 159인의 학생 중 경기인이 41명인 반면 평안남도와 북도를 합친 평안도인의 숫자는 73명에 달하고 있어 서북청년들의 미국 유학 열기를 짐작케 한다. 평북 정주 출신으로 일본 와세다 대학 영문과를 거쳐 1925년경에 미국 시카고의 노스웨스턴 대학에서 교육학을 전공했던 유암(流暗) 김여제(金輿濟), 평남 평양 출신으로 평양 숭실학교와 일본 청산학원을 거쳐 상해 후장대, 미국 스탠포드 대학에서 교육학을 전공한 주요섭(朱耀燮), 평남 평양 출신으로 보성전문을 거쳐 미국 시카고 노스 파크 대학에서 영문학을 전공한 한세광(韓世光, 韓黑鷗)[37] 등의 문인들 역시 동일한 궤도에 놓여 있다. 춘원이나 주요한도 예외는 아니었다. 이들 역시 일본 유학을 중간 계류지 정도로 보고 다시 서구로 나가고자 했던 부류에 속해 있었던 것이다. 전형적인 서북엘리트들의 성장 궤도를 밟고자 했으나 다만 실현되지 않았을 따름이다. 실력양성론은 이들 서북청년들에게 세속적 입신출세의 방향이 반드시 민족운동과 상반된 선택이 되는 것은 아니라는 이론적 근거를 마련해 주었다. 또한 일본 유학생과는 달리 미국 유학생의 경우 귀국 후에도

을 거쳐 미국 보스턴 대학에서 신학을 전공했다.

이묘묵(1902~1957) : 평남 중화생으로 평양 광성(光成)학교를 졸업했다. 1925년 미국 오하이오주의 마운트 유니온 대학에서 역사를 전공했다.

정인과(1888~1972) : 평남 순천생으로 평양 숭실중학과 숭실전문을 졸업하였다. 장로교 목사로 안창호와 상해 임시정부에서 활동했으며, 1913년 미국 프린스턴대에서 신학을, 1923년 다시 도미하여 동대학에서 역사학을 전공했다.

이상의 자료는 ‘독립기념관 한국독립운동사시스템(https://search.i815.or.kr)’의 미주흥사단 자료 및 ‘興士團사건 검거에 관한 건’ 京鍾警高秘 제7735호와 재미유학생 잡지 『우라키』를 참고한 것이다.

37 한흑구, 민충환 편, 『한흑구 문학 선집』, 아시아, 2009.

관료로의 진출이 어려웠다는 점도 탈속적인 논리를 뒷받침했다. 오천석은 '당시 미국유학생은 교내외를 막론하고 불우한 위치'에 있었는데, 이는 총독부당국이 그 영외에서 수학한 사람을 환영하지 않았으며 심지어 "미국은 형식적으로는 우호관계에 있었지마는 실질적으로 이해를 달리하는 불상용의 국가로서, 내심으로는 적대시"하기까지 했다고 적었다.[38] 이에 망명지 상해는 당대 학생들의 처세술과 독립운동의 행복한 결합이 여전히 유효한 장소였던 것이다.

상해나 일본이 모두 최종의 정착지가 아니라 중간 계류지로 선택되었다는 것은 기존의 식민지 공간의 지리감각에 대한 재검토가 필요함을 이야기해준다. 서북의 청년들이 움직인 동선은 식민지 조선이라는 경계에 국한되지 않는 것은 물론이고, 내지-귀속지로 구분되는 이분법 안에서만 제한된 것도 아니다. 3·1운동 이전부터 한국에서 생겨난 이민자들, 망명자들, 추방자들 등 기타 부류들은 중국의 서·북 간도 지역은 물론 연해주, 미주에 이르기까지 광범위하게 퍼져 있었다. 국

---

[38] 오천석, 앞의 책, 75면.
　　그는 이런 경향은 "소위 태평양전쟁이 터지기 얼마 전부터 미국 유학생에 대한 일본경찰의 감시는 더욱 심해져갔다"(위의 책, 76면)고 적고 있는데, 구체적으로 언급하지는 않았지만 그가 말하는 감시란 '수양동우회 사건'을 가리킨다고 보아도 좋을 것이다. 서북 지역의 미국 유학생들은 귀국 후 수양동우회에서 활동을 계속하였다. 김상태에 따르면, 수양동우회 회원 가운데 인적 사항이 파악되는 110명 중 평안도 출신은 모두 80명으로 72.7%에 해당하고, 황해도와 함경도 출신을 포함한 서북 전체로 범위를 넓히면 82.7%가 된다. 수양 동우회의 회원 가운데 미국 유학생 출신은 34명, 즉 31%이다. 당시 미주에서부터 도산 안창호와 대립했던 이승만은 기호인들이 조직화되는 구심점이 되었는데, 이들은 귀국 후에 흥업구락부에 가입하여 활동했다. 흥업구락부의 회원은 35명 중 29명이 기호인이며, 평안도인은 없었다(김상태, 앞의 논문, 60~61면). 훗날 식민지 시기의 미국 유학생들은 해방 이후 대부분 월남하여 미군정 기간에 전후 남한 사회의 밑그림을 기획하는 제일선에서 활동하게 된다. 2공화국에서 상공부 장관을 지낸 주요한과 문교부 장관을 지낸 오천석도 이러한 사례에 속한다. 흥사단계 서북인들의 미군정기 관료 등용에 관한 내용으로는 김상태의 논문(앞의 논문, 105~168면)을 참고하였다. 서북인들의 월남 후 정치사회적인 행보를 1950년대 문화운동과 관련시켜 고찰한 저서로는 김건우, 『사상계와 1950년대 문학』(소명출판, 2003)을 참고하였다.

경인의 감각을 가지고 있는 서북인들이 자주 국경을 넘나들며 장사를 하고 외국의 문물과 그 존재에 익숙해 있었다는 것은 주지의 사실이다. 이들에게 식민화된 고국을 벗어난다는 것, 한인들이 세계 각지에 산재하여 있다는 것은 슬픔이지만 동시에 미정형의 미래를 만나는 기회이기도 했다. 이들에게 이국의 체험은 산재한 교포들로 이루어진 제국, 세계의 보편성을 다시 보는 계기가 되었을 것이며 이때만큼 상대적으로 세계가 좁아 보인 시기도 없었을 것이다. 조선을 세계의 '변방'이자 '지방'으로 보는 시각은 비단 민족에 대한 폄하에서, 식민주의적 시각에 귀속된 결과 나타나는 것만은 아니다. 이렇듯 지리적 차원에서 넓어진 인식의 지평, 그리하여 함께 넓어진 공간 인식의 감각에서 나오는 것이다.

특히 그 공간감각은 미국을 탈-일본의 출구로 인식하고 있었다. 기독교에 의해 마련된 교육 시스템 내에 체계화된 학문의 전문적 영역들과, 아울러 서북에 전해진 개신교의 본고장인 미국으로의 유학 루트는 서북 지역 문화사의 특징을 좌우하는 핵심요인이다. 서북지식인의 미국 유학은 6·25 이후 남한의 지적 지형도의 형성 맥락을 고찰하는 차원에서 자세하게 연구된 바 있다. 서북인의 경우 기독교 계열의 전문학교를 졸업한 후 전공을 선택하여 미국으로 유학하는 경우가 많았다. 이는 평안도 지역의 지식인들이 지역 내에서 기독교 계열의 사립학교에 진학하고, 선교사와 밀접하게 연결된 경우가 많았다는 특성에 기인한 것이다.[39] 1920년대 중반의 재미유학생의 출신지 분포는 평안도인

---

39 일제하 대표적인 사립교육 기관인 연희전문, 세브란스 의전, 이화여전, 숭실전문의 졸업생 현황을 참고했을 때 서울 소재의 앞의 세 기관의 경우 서울·경기 지역 학생 수에 이어 평안도 학생이 두 번째로 많은 것을 알 수 있다. 이 가운데 평양의 기독교계 사립학교인 숭실전문의 경우 평안도 출신 졸업생이 일제 시기 전체 졸업생의 58.8%를 차지하고, 황해도 출신까지 합한 서북 지역 출신 비율은 76.5%에 이른다. 숭실학교, 광성학교, 신성학교, 오산

이 약 과반수에 달하는 것으로 나타나고, 평안도인의 경우 일본 유학보다는 미국 유학의 비중이 상대적으로 높았다는 결론으로 이어지고 있다.[40] 전공 선택의 분야에 있어서도 미국 유학생의 경우 문과와 이과 선택에 있어 고른 분포를 보이되 교육학 및 신학 전공자가 많다는 특색이 있는 반면에, 일본 유학생의 경우 문과 전공자가 이과 전공자보다 월등히 많고 특히 법학과 경제학 분야의 전공자가 많아서 전통적인 관료지향성을 나타낸다는 특색이 있는 것이다.[41] 교육학이나 신학의 전공자가 많았다는 것은 앞서 보았듯이 서북 지역의 기독교세가 강하다는 점, 또한 민족운동의 일환으로 유학을 선택한다는 명분이 반영된 결과라고 할 수 있다.

중심과 주변의 종속 구도의 해체는 오랫동안 서북인들의 사유와 활동을 제한해온 압박으로부터 벗어나기 위한 선택이었다. 중앙이 아닌 지방이라는 변방인의 역사에 대한 인식이 뚜렷한 세대가 주도한 탈지역성이, 새로운 조류에 대한 수용성을 길렀던 것이다. 이는 평등주의에 입각한 인류의 일원이 되고자 하는 의식이다. 개화기의 세계인식은 개인에서 지역 사회로, 국가로, 나아가 인류의 차원으로 점차 확대되는 유비구조를 갖는다. 개화기의 독특한 이상주의이자 보편주의의 감각인 것이다. 한반도라는 지역, 지역 중에서도 서북이라는 소외된 변

학교 등 기독교계 중등학교나 숭실전문, 연희전문, 세브란스 의전, 이화여전 등의 기독교계 전문학교를 졸업한 평안도 출신 고학력층 가운데 상당수는 미국으로 유학하는 경로를 밟는다. 이때 평안도의 선교사들이 유학에 직접 관여하는 경우가 많았다(김상태, 앞의 논문, 54면 참고). 『창조』의 동인이었던 오천석의 유학도 이 경우에 해당한다. 오천석은 숭실학교를 졸업하고, 감리교회의 지원을 받아 미국 유학에 나선다.

40 1925년 현재 151명의 유학생을 조사한 결과 평안도 출신이 43.9%, 서울·경기 25.8%이며, 기타 전라 7.7%, 경상 4.4% 등의 분포를 보인다. 유사한 시기 재일 유학생의 출신지 분포에서 평안도 출신이 경상도 지역 인원에 훨씬 못 미치는 점을 감안한다면, 평안도 지역 학생들이 상대적으로 미국을 유학지로 선택하는 경향이 있다는 결론을 끌어낼 수 있다. 위의 논문, 57면.
41 위의 논문, 57~60면.

방, 그 지점에서 모색되는 변화에의 욕구와 탈-일본의 출구 찾기라는
욕망은 코스모폴리타니즘의 면모를 보여준다. 『동광』의 기저음을 이
루는 서북청년들, 특히 유학생들이 지니는 독특한 명랑성 혹은 낙관주
의란 이와 같은 꿈을 공유하고 실현했다는 자부심에 기인한 것이다.
도산을 중심으로 조직된 청년론의 열기는 비단 비분강개한 지사의식
에 머무는 것이 아니라 나아가 자유주의적 지식인상을 염두에 둔 것이
었으며 이로 인해 호응을 얻었던 것이다. 이때 지역인이라는 꼬리표를
떼고 평등한 인류의 일원이라는 인식을 심는 데 기여한 것이 당대의 지
리적인 감각의 확산과 기독교의 보편적인 종교윤리이다.

그러나 이와 같은 유학생의 명랑성은 1930년대 초반을 고비로 중국
상해를 비롯한 동아시아 전체에 전운이 드리우면서 소멸된다. 속간된
이후 『동광』의 논조는 이러한 정황을 잘 반영하고 있다. 후반기 『동
광』에서는 개인의 영역이 줄어들고, 민족 단위의 집단의식이 고조된
다. 심지어 춘원은 오늘날의 조선을 만든 것은 지식인이 아니라 노인
들의 애향심이라는 점을 들기도 한다. 동일한 고학의 플롯이 등장하되
젊은이의 감각이 이미 '지나간 시절'이라는 관점으로, 이미 퇴행된 과
거형으로 회고의 대상이 되고 있다는 점은 이런 맥락에 놓인다. 또한
미국 고학생은 학업과 노동의 사이에서, 자본주의 사회의 인종 차별과
빈곤에 지쳐 실종되는 인물로 묘사되기도 하는 것이다. 한흑구의 「호
텔 콘(Hotel Cone)」(『동광』 34, 1932.6)은 그 예에 해당한다. 작가는 미술과
사회학을 공부하기 위해 미국으로 유학을 떠난 두 유학생이 호텔 보이
로 고학을 하면서, 가난과 인종차별, 서양인의 도덕적 방종에 지쳐 최
초 고국을 떠날 때 지녔던 이상을 포기하는 과정을 그렸다. 작중 인물
은 예술학도지만 사회주의에 대한 관심도 가진 인물로 자본주의 사회
의 계급차별에 대한 비판력과 사회적 약자에 대한 배려심도 갖춘 인물

이다. 그는 일상에서 경험하는 인종차별에 더 이상 참지 못하고 미국인에 대한 적대감을 갖게 된다. 작중에서 흑인이나 아시아인에게 적용되는 편견은 경제적 빈곤과 직결되기에, 주인공의 무력감과 좌절감은 깊어지고 그는 결국 학업을 포기한 채 사라지고 만다. 이 시기『동광』문예란의 특징적인 현상은 외국 소식을 소개하고 기행을 전하던 방식에서 이들 서사에 반드시 조선을 포함시키려 시도하는 것이다. 이 시기에 연재된 기행문에는 도리어 외국인이 본 조선의 풍경의 연재물이 등장한다.

그러나 무엇보다도 후기『동광』의 변화를 잘 보여주는 것은, 코스모폴리탄의 구성원으로서 그 개성과 자질을 평가받던 청년의 개념이 변질 혹은 축소되는 양상이다. 이 시기『동광』의 문예면을 특징짓는 것은 1931년 3월에서 5월까지 연재되다가 예고 없이 중단된 춘원의 「무명씨전」과 학생작품소개란이다. 「무명씨전」은 신민회운동으로 인해 시베리아에 칩거하던 추정 이갑의 생애에 대한 회고이다.『동광』은 학생작품을 지나치게 중요하게 대한다는 세간의 비판에도 불구하고, 학생작품을 잡지의 한 가운데 배치하고 학생작품 공모를 통해 들어온 작품들은 당선작에서 선외작까지 상당수를 소개하고 실었다. 또한 학생작품 공모에서 눈에 띄는 시인들을 신인으로 소개하고 지면을 내주기도 했다.[42] 이는『동광』문예면에 대한 독특한 특징으로 인식되었던 것이다. 김동인은『동광』의 개선점을 묻는 인터뷰에서 학생 문예 작품을 잡지의 중간에 넣는 것이 잡지를 보잘 것 없이 만드는 계기라 지적하기도 하는데,[43] 이는 다른 한편으로는『동광』의 이념적 정향을 보여

---

[42] 요한, 「신시단에 신인을 소개함」,『동광』33, 1932.5.

[43] 김동인, 「東光에 忠告함—大成을 바라서」,『동광』33, 1932.5, 57면.
김동인은『동광』의 체재(体裁)문제에서 지질(紙質)이 나쁜 것, 인쇄술의 부족한 것 등은 경제관념에서 나온 것이니 묵과할 수 있다고 하지만, "四段組記事가 많은 점, 六號記事가 많

주는 장면 중 하나이다.

『동광』의 정신적 계보가 도산 안창호로부터 시작된 청년들의 수양 사업에 놓여 있는 만큼 일반 문예는 '여기', '소일거리'로 취급받지만 청년들의 교양 향상 작업의 일환으로서의 문예활동은 중점 사업에 속하는 것이었다. 명사에 대한 질문 코너를 마련하여 청년들의 질문에 직접 대답해주는 지면을 마련하거나, 어떤 종류의 고민이든지 투고하면 그에 대한 상담을 해주겠다는 기획이 마련된다.

학생 독자들을 겨냥한 기획은 1927년 신간회가 해소되고, 1930년을 경과하면서 세계대전의 발발 가능성이 점쳐지면서 더욱 강화되었다. 독립의 가능성이란 외부 정세의 변화 속에서 도래하는 기회를 잡는 데서 온다고 믿었던 실력양성론의 입장을 고려했을 때, 세계대전은 세계의 재편이 일어나는 기회로 인식되었다. 기회를 향한 절박한 기대만큼이나 학생들에 대한 당부의 문구가 자주 등장하고,[44] 각종 학생 특집들이 마련된다. 학생들의 문예작품을 현상 공모하되, 기존의 선발과 소개 방식에서 나아가 응모학생 개인별, 학교별 성적을 종합하여 시상하는 제도를 마련하기도 한다. 개인 간, 학교 간의 경쟁심을 자극하여 참여도를 높이고, 학생들의 주목을 끌겠다는 의도가 엿보이는 대목이다. 문예 창작의 경우 작품을 보내면 직접 첨삭을 해준다고 제안하기도 했다.[45]

『동광』이 마련한 학생문단에는 경성, 함경도, 평안도, 황해도 지역의 학교들이 두루 참여하였고 여학생들의 참여도 높았다. 1932년 『동광』이 세 차례에 걸쳐 마련한 '남녀학생작품대회'의 상위 입상자 명단에는 설정식(薛貞植, 청년학관), 김조규(金朝奎, 평양숭실), 김탄실(金彈實, 정

은 점, 더구나 學生作品을 冊 중간에 넣은 점 등은 店頭고객으로 하여금 一見 내용이 너절하다는 感"을 준다고 지적하고 있다.

44 山翁, 「청년에게 호소함」, 『동광』 18, 1931.2.
45 「공고 : 신시의 첨삭(김안서의 첨삭)」, 『동광』 31, 1932.3.

의여고), 민병균(閔丙均, 載寧明新), 함형수(咸亨洙, 鏡城高普) 등의 이름이 보인다. '기행문, 시와 시조, 논문, 서적비평문, 기사문'의 범주로 나누어 경연 대회를 열었는데, 논문이나 비평문, 기사문 등이 포함된 것을 볼 때 단순한 문예경연대회를 목적으로 하기보다는 정치사회적 교양을 높이는 데 초점이 맞춰진 것을 알 수 있다. 소설을 배제하되 시와 시조는 유지한 것이 보이는데, 이는 감정적 직접성에 호소하는 '노래'의 효용을 주목한 것으로 사실상 『동광』의 학생문단이 지향한 시의 성격이 정치적 구호의 수준에 놓여 있음을 시사하는 대목이다.

일부 청년들은 『동광』에 꾸준히 시를 기고하면서 청년문사의 반열에 오르기도 했다. 이규원(李揆元), 황순원(黃順元), 김조규 등이 이에 해당한다.[46] 이 가운데 황순원과 김조규는 모두 평양숭실학교 학생이었고, 이규원 역시 대동강의 모티프를 의도적으로 강조하는 것으로 보아 평양 출신의 학생인 것으로 짐작된다. 김시창(金時昌)이라는 본명을 쓰던 시절의 김사량의 작품도 찾을 수 있다.[47] 주요한은 이들 시인들을

---

[46] 『동광』에 발표된 이들 세 시인의 작품은 다음과 같다. 괄호 안은 게재지의 권호와 발행연도이다.

이규원	황순원	김조규
「기름이 말은 젖인 것을」, 「어머니 부르면서 잠이 들겠네」(20, 1931.4)	「나의 꿈」(23, 1931.7)	「검은 구름이 일 때」(28, 1931.12 — 게재불가)
「송장」(23, 1931.7)	「아들아무서워마라」(25, 1931.9)	「젊은이의 꿈」(29, 1932.1)
「유탄 맞은 성벽이여―패성고전장」(24, 1931. 8)	「젊은이어」(29, 1932.1)	「붉은 해가 나래를 펼때」(30, 1932.2)
「관에 새긴 노래」(25, 1931.9)	「넋잃은 '그'의 앞가슴을 향하야 힘잇게 활줄을 당겨라」(33, 1932.5)	「어버이 잃은 당신 가슴이」(35, 1932.7)
「冶匠手―冶爐를 바라보는 청년혼의 시」, 「부상병」(27, 1931.11)	「황해를 건느는 사공아」(35, 1932.7)	
「연약한 사공아 어서 지나가거라」(29, 1932.1)	「8월의 노래」(37, 1932.9)	
「만리북원에 유황을 밟고 가는 사람」(33, 1932.5)		
「古戰場―廢墟의 嘆歌」(33, 1932.5)		
「오월의 파도―해변에 누어 잇는 아버지의 시체」(34, 1932.6)		
「표박민」(36, 1932.8)		

[47] 金時昌, 「자장가」, 『동광』 37, 1932.9; 「市井初秋」, 『동광』 38, 1932.10.

정식으로 문단에 소개하기도 했다. 그는 「신시단에 신인을 소개함」이란 제목 아래 이응수(李應秀), 모윤숙(毛允淑), 이규원, 전봉제(全鳳濟), 황순원 등을 주목할 만한 신인으로 평가했다. 이 가운데 전봉제는 시인 전봉건(全鳳建)의 형이다. 다음 절에서는 평양숭실 출신으로『동광』을 통해 문단에 등장한 김조규와 황순원이, 이제 규율적 제도로 변해버린 서북청년의 역사를 다시 보편적 개인의 역사로 되돌리는 여정을 그들의 문학을 통해 살펴보기로 한다.

3. 잃어버린 소년시대와 미완의 보편주의

『동광』 문단의 아마추어리즘은 청년학우회와 흥사단 등으로 이어지는 청년운동을 유지하고자 의도적으로 일반학생들의 참여를 유도한 데서 기인한다. 그리고 구세대가 환기시키고자 했던 청년의 역할론은 그들 자신이 속했던 '중학시대'와 시대적 연속선상에 있는 것이다. 그러나『동광』의 학생문단이 과연 도산의 세대 혹은 춘원의 세대가 지녔던 소년시대와 동일한 성격의 것인가를 묻는다면 그 답은 회의적일 수밖에 없다. 구세대가 꿈꾸었던 보편지향성은 서북 지역의 근대화 과정과 맞물린 세계의 변화를 종교적 자기수양을 통해 제어한다는 신념 하에 도출된 과제이기 때문이다. 그러나『동광』의 학생문단은 1930년 대 일본과 중국의 관계가 악화되는 것을 기점으로 다시 한 번 세계가 전쟁의 기운으로 술렁이는 가운데 정책적으로 장려된 것이다. 다시금 세계의 재편이 이루어지리라는 긴장감 속에 장차 어떤 국면으로 전개

될지 모르는 조선의 미래를 위해 청년들의 역할이 막중하다는 인식하에 이루어진 일이다. 이에 후반기『동광』의 청년들에게서는 전반기를 특징짓던 명랑성은 찾을 수 없다. 그들의 소년시대는 죽음과 희생, 시대적 소명과 투쟁이라는 종말론의 긴장감으로 채워진다. 당시『동광』지면에 소개되었던 김조규와 황순원의 시는 이들이 제각기『단층(斷層)』, 『3·4 문학』등 모더니즘 계열 문학잡지에 발표했던 작품의 경향과는 사뭇 거리가 있는 것이다.

> 피흘릴 날이 오면 날리는 긔폭을 둘러싼후
> 부러진 총대나마 억개에 메겟다고
> 기운차게 나오야될 그 말소리를
> 지금은 잊어느냐? 힘을 잃엇느냐?
> 그러치 않으면 뛰는 피를 빼아꼇느냐?
> 쓰라린 뒷날의 피문은 과거를 가슴에 안고
> 그때 생각에 몸서리 치며 외치나니
> 사나이의 마음이 더한층 굳어지고 뜨거워 짐을 바람이다.
> — 황순원, 「넋잃은 '그'의 앞가슴을 향하야 힘잇게 활줄을 당겨라」 부분[48]

> 미끈미끈한 안개가 누리를 덮은 아츰에
> 터질듯한 가슴을 아츰안개속에 풀어헤치고
> 붉은火焰이 오르는듯한 눈동자를 하날로向하야
> 핏줄이 서리여 피덩이가툭툭 튀여나오도록
> 나는 힘찬노래를 이겨레의 잠든 생명을 향하야 부르나니

---

48 황순원, 「넋잃은 '그'의 앞가슴을 향하야 힘잇게 활줄을 당겨라」, 『동광』 33, 1932.5, 6면.

친구여 노래와함께 鍵盤에손구락을 눌러라

안개끼인 오날아츰 나의 聲帶에서 떨치는노래는
屍體를 옴기는者의 부르는슬픈 輓歌가아니며
오늘아츰 이겨레의 잠든生命을 向하야 부르는노래는
내음새나는 頹廢詩人이 부르는 데까단의 노래가아니다.
이는 가슴속에서 깊이깊이 끌어나오는 우렁찬 ××의노래
鎔鑛爐붉은 쇠물같이 뜨겁고도 씩씩한웨침이니
친구여 그대들도 이불을박차고 沈默을깨치리라

― 김조규, 「붉은 해가 나래를 펼때」 부분[49]

『동광』의 청년문단은 서북인의 역사이기도 한 청년사가 해방과 6·25라는 근대사를 통과하면서 어떤 문학사상적 문제로 분기되는지 보여주는 단면의 역할을 한다. 인용한 두 편의 시는 모두 그 어조나 표현에 있어서 상당히 선동적이다. 김조규와 황순원은 나란히 1914년 생으로 평양의 숭실학교를 졸업했다. 또한 이 두 사람 모두 『동광』이 마련한 학생문단을 통해서 문학 활동의 기반을 마련했다. 이들은 해방 이후 한 사람은 북에 남고 다른 한 사람은 월남하여 각기 다른 형식의 삶을 살게 되지만, 청년의 시대적 소명의식에 대한 강박 속에서 문학적 행보를 진행하게 된다는 공통점을 갖는다. 우선 김조규의 작품들을 검토해보기로 한다.

---

49 김조규, 「붉은 해가 나래를 펼때―濃霧속에 보내는 노래」, 『동광』 30, 1932.2, 99면.

고향을 잃은 사람

그는 길바닥에 구으는 조약돌입니다

그 마음은 깨여진 질그릇입니다

창백한 낙엽우에 꽂아놓은 수많은 망향의 보표

이슬 우에 그려놓은 어머니의 수많은 얼골

─ 바람아 내 고장 나뭇잎을 떨우지 말어라

─ 이슬아 내 어머니 들창을 적시지 말어라

그러나 그는 고향을 잃은 적막한 길손,

(고향이 그를 버렷는지, 그가 고향을 버렷는지)

구으는 세월 ─ 보헤미안의 회색시편들을 주서몽기에

어린 그날 풀언덕의 버들피리를 잊어버렷습니다

비오는 가을밤, 쓸아린 사랑의 상처를 어루만지기에

살진 마을의 얼굴과 기름진 그 머리채를 잃어버렷습니다

─ 아아 지금은 분칠한 그 얼굴이 보기 싫다,

─ 지금은 빛잃은 그 눈깔이 가슴 아프다

고향을 잃은 사람

그는 길바닥에 구으는 조약돌입니다

그 마음은 깨여진 홍보석의 파편입니다

─ 「고향을 잃은 사람」(1934.6)[50]

---

50 김조규, 「고향을 잃은 사람」, 『大平壤』1, 1934.11.

이 시가 수록된 『대평양(大平壤)』은 『동광』의 폐간 이후 미국에서 귀국한 흥사단 출신의 한흑구(韓黑鷗)가 1934년 평양에서 발간한 잡지이다. 미국 유학 당시 북미유학생잡지이자 흥사단원들이 관여했던 『우라키』의 편집위원으로 일한 경력이 있었던 그는, 귀국 후 김동원, 김종업, 방응모(方應謨) 등의 후원을 받아 평양의 지역성을 노골적으로 내세운 잡지를 창간한다. 그는 당시 경성에 있던 전영택을 형식상의 대표로 내세웠다. 첫 호의 표지로 평양성의 대동문을 내세운 이 잡지는 기독교와 상공업을 근간으로 성립된 평양의 문화와, 문화운동을 정치운동과 병행하는 평양 지역의 독특한 경향을 잘 보여주고 있다. 김조규가 이 시를 수록한 지면이 하필 『대평양』이었다는 점은, 그가 스스로를 '고향을 잃은 사람'이라 말하고 있으되 역설적으로 '고향을 잊지 않은 사람'임을 말하는 것이다. 스스로를 서북청년의 계보 위에 세우고, 그 의식 자체가 자신의 고향이자 '어린 그날 풀언덕의 버들피리'로 대변되는 열정 속에 놓인 것임을, 그리하여 자신은 '홍보석'을 가슴에 품은 자의 부류라 말하고 있는 것이다. 서북의 청년운동사와의 연대의식으로부터 자신의 기원을 확인하는 경향은 「Nostalgia」에서 "— 나는 대동강에 장미를 띄우고 왔단다 / — 나는 서경, 옛 마슬에 귀한 청춘을 묻고 왔단다"[51]라고 노래하는 대목에서도 반복된다.

앞서 인용한 「고향을 잃은 자」나 「Nostalgia」는 공통적으로 고향과 '소년시대'를 등가에 놓고 있다. 이들 작품에서는 소년시대로부터 멀어지는 것이 곧 자신을 잃어버리는 것이라는 두려움을 읽을 수 있다. 이때의 상실감은 비단 개인의 국면에 한정되는 것이 아니라, 그 자신이 소속되어 있는 고향과 혈연공동체와 넓게는 역사의식과의 분리라

---

51 김조규, 「Nostalgia」, 1937(작품은 연변대 조선문학연구소 편, 『김조규 · 윤동주 · 리욱』, 보고사, 2006, 118~119면에서 재인용).

는 점에서 거대한 정체성의 혼란을 부르는 사건으로 인식된다. 이와 같은 결과는, 앞서 살펴보았듯이 당초 서북의 청년의식이 '호모로기아'의 시간, 자기결백성의 순도로부터 성립되고 개인의 윤리의식에 정초한 공동체적 연대의식의 확장을 꾀해왔다는 점을 감안한다면 자연스러운 현상이다. 소년시대와의 결별은 그 자신은 물론 그와 보편적 세계를 연결하는 연대의식의 붕괴로 이어진다. 소년시대의 꿈을 잃는 것은 통과의례를 거치면서 거꾸로 성장을 얻는 독일식 교양소설의 개념을 따르는 경험이 아니라, 자신의 존립기반을 구성하던 세계와의 연결을 상실하는 고립의 경험이며 이에 생명을 상실한 무기물로의 이행을 부르는 것이다.

김조규의 시는 문학창작이 곧 공동체에 헌신하는 형태가 되어야 한다는 의식과 분리되어 해석될 수 없다. 그의 시는 '풀언덕의 버들피리'로 표현되는 소년시대의 목소리에 기원을 두고 있으며, 그 소리는 '어머니'와 등가인 '내 고장'을 향해 울린다. 물론 김조규의 시에 수반되는 불안 역시 소년시대의 열정을 상실하는 사태에 대한 두려움과 연결되어 있다. 해방 이전 김조규가 관여했던 『단층』은 평양의 감리교 계열 미션스쿨인 광성고보 학생들이 동인을 이루어 만든 잡지로, 이 역시 서북청년 운동사의 연장선상에 있다. 대개 1914년을 전후하여 태어난 서북청년으로 구성된 『단층』 세대는 1929년에서 1930년 사이, 그들의 중학 시절에 발생한 광주학생운동과 그와 연관된 독서회 및 야학운동에 가담하고, 이로 인해 검거되거나 투옥된 경험을 지니고 있다. 김조규 역시 예외는 아니다.

　　달밤이면 너는
　　바다를 생각해야 한다

도래구비에 부서지는
흰 물결을 잊지 말아야 한다

마을의 슬픈 전설과 옛 노래를 읍조리는
늙을 줄 모르는 시인
바다 ······

(···중략···)

긴 살눈썹
머루알 눈동자여
락조 비낀 수평선 바라보며
꿈은 제나름 아름다웠는데

때아닌 폭풍에
야학당 패쪽이 산산 깨여지고
구두발에 채이여
책상 네 다리가 떨어져 나가던 날
밭으로 마을로 도망치던
그 밤의 파도소리, 뱃고동 소리 ······

─「바다의 추억」(1938.9)[52]

위의 인용은 김조규의 시에 자주 등장하는 '바다' 혹은 '탈향'에의 의

---

52 김조규, 「바다의 추억」, 발표지 미상, 1938.9(작품은 연변대 조선문학연구소 편, 『김조규·윤동주·리욱』, 보고사, 2006, 134~135면에서 재인용).

지가 비단 서정적인 차원에서 오는 것만이 아님을 보여준다. 오히려 바다는 앞서 '홍보석', '장미' 등으로 표현된 소년시대의 '열정'과 같은 층위에 있는 소년시대가 부여한 '순수한 보편지향성'의 표상에 가깝다. 그리고 그 보편지향성의 표상인 바다는 소년이 부딪쳐야 할 현실적 격랑으로 변모하기도 하는 것이다. 이 시기 김조규는 『단층』의 동인으로 활동하면서 형식실험을 감행한 시들을 발표했지만, 위에 인용한 시는 『단층』의 활동만으로 미루어 김조규를 모더니즘 시인으로 한정하는 것이 단편적인 해석이라는 점을 보여준다.

『단층』은 한국문학사에서 심리주의와 초현실주의적 형식실험 등을 시도하여 모더니즘의 선구적 역할을 담당한 잡지로 평가된다. 당대 평양 학생계의 예술 창작 및 공연에의 열기, 미션스쿨인 광성고보의 서구문화적 개방성 등이 잡지 창간에 관련된 요인이 된다.[53] 이 잡지는 현실과 길항하는 과정에서 형식미학의 욕망이 탄생하는 순간을 잘 보여주고 있다. 이는 『단층』의 동인들이 보여주는 자의식의 과잉에서 드러나는데, 특히 누군가의 아들이거나 한 가정의 가장이 되어 세속적인 삶에 적응해야 하는 데에서 오는 괴로움, 보다 엄밀히 말하면 어느새 그러한 흐름을 자연스러운 성숙의 과정으로 인정하고 있는 자신에 대한 자괴감이 두드러진다.[54] 『단층』 동인들의 실험적인 소설과 시는 고향에 귀환하여 가정이나 친구들로부터도 철지난 이상주의 때문에 조

---

[53] 박남수는 1930년대 말에 평양고보에 재학하던 시기의 기억을 회고하면서 평양학생계에 불었던 문예 창작 및 연극 공연의 바람과, 특히 감리교계 미션스쿨인 광성고보와의 라이벌의식에 대해 적으며 『단층』 동인을 냈던 광성고보는 "핸섬보이가 많은 학교"였다고 회고하고 있다. 미션스쿨의 서구적으로 세련된 분위기를 지칭하는 듯 하다(박남수, 「나의 문단 교우록」(1963), 『박남수 전집』 2, 한양대 출판원, 1998, 25면). 이석훈도 「문단풍토기―평양편」(『인문평론』, 1940.8)에서 광성고보의 교풍을 일컬어 "사치하다"고 표현하고 있다.

[54] 일례로 『단층』 창간호(1937.4)에 수록된 김이석, 「감정세포의 전복」, 이휘창, 「기사창」, 김여창, 「육체」, 유항림 「마권」 등의 소설은 모두 세속적 생활에의 환멸과 그 죄의식의 보상으로 '연극', '문학', '연애' 등에 집착하는 지식인소설의 유형을 보여주고 있다.

롱을 받으며, 정작 사회로의 편입을 위해서는 부모의 보호 아래에서 장사를 하거나 구직 자리를 찾아 전전해야 하는 처지를 자조하는 데서 시작된다. 이렇듯 목표의식을 상실한 무력한 지식인이 쏟아내는 자의식의 과잉은 잡지의 기본 정서를 자학적이며 위악적인 것으로 만든다. 서북 지역 문화운동사에서 나타나는 미학적 형식실험과 순수 예술 지향성은 앞서 김동인이 보여주었듯이, 청년층을 둘러싸고 있는 공적 기대치의 억압으로부터 비롯되며 그 때문에 한층 강화된 심미성을 끌어낸다는 특징이 있다. 『창조』나 『영대』 등의 서북 계열 동인지가 예술의 보편성에 바탕을 두었음에도 예술론 자체는 공격적 성향을 띠었던 것은 이 때문이다. 『단층』의 전위적 형식 실험 역시 내면 서술을 자의식의 배출 수단으로 삼아 현실과 자아의 균형 감각을 회복하려는 시도를 보여주는 것이다.[55]

그러나 김조규의 경우 다른 『단층』 동인들의 자폐적이며 위악적인 포즈와는 다른 방식의 현실대응을 보인다. 1939년 무렵 김조규의 만주행은 이와 같은 자의식으로부터의 탈출, 즉 '소년시대'의 연속성을 찾아나가는 과정으로 풀이할 수 있다. 일반화하기는 어렵지만 김조규가 여타 『단층』 동인과 달리 숭실학교 출신이며 『동광』으로 대표되는 정치참여적인 잡지로부터 문학을 시작했다는 점은 그의 문학창작의 동기나 지향이 달랐음을 시사하는 대목이라 볼 수 있을 것이다.[56] 이미

<hr>

55 정주아, 「불안의 문학과 전향시대의 균형감각─1930년대 평양의 학생운동과 『단층』파의 문학」, 『어문 연구』 39(4), 한국어문교육연구회, 2011 참조.
56 이는 『3·4문학』 및 『단층』에 참여했지만 일정하게 다른 성향을 유지했던 황순원이 숭실학교 출신이며, 『동광』의 학생문단을 통해 문학에 입문했다는 상황에서도 동일하게 되풀이된다. 이와 같은 정황은 최근 『단층』의 시를 연구한 한 논문에서도 언급된 바 있다. 논자는 김조규와 황순원을 『단층』의 동인으로 넣어서 전반적으로 내면적인 무력감과 비관적 현실인식을 담아낸다는 공통점을 보여준다고 분석하였으나, 논의에 앞서 평양 숭실출신의 김조규와 황순원의 경우 『단층』 동인들과 동일한 문학적 지향점을 가지고 있었는지 예단하기 어렵다고 유보적 입장을 보이고 있다. 김정훈, 「『단층』 시 연구」, 『국제어문』 42, 국제

그는 『단층』의 동인이면서도, 「북으로 띄우는 편지」류의 시에서 계속해서 만주와 북방의 영토에 대한 그리움을 노래했던 것이다. 김조규의 만주행은 단순히 식민 치하 문인의 방랑이나 일본이 세운 만주국으로의 여행으로 단순화할 성격의 사건이 아니다. 그로서는 서북청년의 역사에 놓여 있는 망명자의 선택을 따라 국경을 넘은 것이다. 만주 북방에서의 이상촌운동이 생존의 모색을 위해 진행되던 현재적인 노력이었음은 앞서 살펴본 바와 같다. 그의 여정은 산재한 조선인들을 만나는 일종의 성지순례와도 같은 절차로, 만주에 남았던 한인의 촌락으로 들어가 농사를 짓고 교육활동에 종사한다는 것은 '이상촌의 근거지로서의 만주'를 지나간 역사가 아니라 현재형으로 유지해야 한다는 의무감의 일종인 것이다. 만주 지역에서 만난 『동광』 시절 학생문단의 동료이자 함흥경성고보 출신의 시인인 함형수(咸亨洙)를 만난 후 그로부터 시간의 무게와 정지된 시간의 숭고함을 느끼고 있는 것은 이 때문이다.

　　세월이여
　　무궁한 시간이여

　　굴욕의 분함이
　　그대로 땅바닥에 섞는데도
　　창문은 민족의 얼을 지키고 있는가
　　부뚜막 가엔 동방의 가족들이
　　배고파 웅크리고 있는데

어문학회, 2008, 342면.

한폭의 벽화

태양을 향해 활줄을 당기는

시인의 머리털은 자란 그대로

붉은 의욕에 굽실거리고 있었다

— 「한 詩人의 프로필」(1940. 10 함형수를 만나) 부분[57]

함형수는 김조규가 편지 형식으로 써낸 여러 작품의 수신인이었을 것으로 짐작되는데, 시인이 그로부터 여전한 의지와 눈빛을 읽고 있다는 점은 중요하다. 김조규의 만주행은 국내에서의 자신의 무력감을 떨치는 계기가 된다. 만주로의 이행이란 추방된 자들의 땅으로의 이행이되 동시에 소명이 주어진 땅으로의 이행이며, 궁극적으로는 시인에게 생에 대한 의지를 새롭게 인식하게 만들어준다. 그곳에서 보고 지나치는 사람들에 대한 비탄은 '슬픔'과 '상실'의 정서를 근간으로 하되, 아직 남아 있는 '이상촌'의 꿈, 즉 공동체주의에 대한 희망을 찾아내려는 절실함 때문에 이들 촌락의 주민들에게 염증을 내기도 하는 환멸의 시선이 발견된다.

풀 한 포기 돋지 못한 墳墓의 언덕엔

뼈만 남은 枯木 한 그루

깊은 가난 속에 파묻힌 초가 지붕들

창문은 우묵우묵 안으로만 파고들었다

여기는 流浪의 정착촌

쫓겨온 移民 部落

---

57 김조규, 「한 詩人의 프로필」(1940), 발표지 미상(작품은 연변대 조선문학연구소 편, 앞의 책, 1565면에서 재인용).

누구를 막으려

무엇을 경계하여

토성을 두세 길 쌓고도 모자라

숨은 참호까지 깊이 팠느냐

"형제를 미워하라

이웃을 경계하라"

아니면 칼을 받으라는 코란經쫌의 呪文인가

카인도 낯을 붉힐

背理의 法典

(그래 마을 창문들이 등을 돌린 게구나)

아, 한 많은 세상살이

허리는 굽었지만

마음이야 굽어들손가

마을은 침묵으로 외면하고 있는 한낮

오늘도 또 한 사람이 '통비분자'

묶이어 성문 밖을 나오는데

'王道樂土' 찢어진 포스타가

바람에 喪章처럼 펄럭이고 있었다

— 1941.8 老土溝에서 —

— 「찢어진 포스타가 바람에 날리는 풍경」[58]

만주 유이민의 부락에 파놓은 토성과 참호를 보고 시인은 '누구를 막으려, 무엇을 경계하려 하느냐'고 묻고 있다. 유이민 부락의 문제는 마치 외부에서 침입하는 비적의 출몰에 있는 것처럼 보이지만, 시인에게는 "형제를 미워하라, 이웃을 경계하라"는 내부의 불신에 있는 것처럼 느껴졌던 것이다. 내부에 존재하는 '통비분자'를 계속해서 색출하고 의심하며 내쫓아버리는, '카인도 낯을 붉힐'만큼 동족끼리 분열된 것이 만주 유이민 부락의 실상이었던 것이다. 같은 부락민끼리도 변심하고 혹은 의심하는 분위기 속에서, 만주란 더 이상 망국의 대안으로 새로운 이상촌을 현실화해 볼 수 있는 땅이 아니며, '왕도낙토'라는 만주국의 엠블럼 아래에서 죽음의 땅이 되어버리는 것이다.

김조규의 문학적 여정은 요약하자면, 자신의 소년시대를 점유했던 열정과 순수에 대한 그리움 속에서 현실과 분리되고, 그 괴리감을 미학적 실험에 투사했다가 실패하고, 결국 이상을 찾아 만주로의 망명을 결심하는 것으로 과정을 밟았다고 할 수 있다. 시인 박남수(朴南秀)의 증언에 의하면, 6·25 이후 김조규는 북한 정치권 내부의 사회주의 분파가 갈라지는 가운데 친소련 계열의 인사들과 활동하며 『조선신문』을 발간했던 것으로 알려져 있다.[59]

한편 『동광』에서 『3.4 문학』 및 『단층』으로 이어지는 황순원의 문학적 행보도 김조규와 유사한 측면이 있다. 주요한으로부터 힘이 있되 '순하고 조화로운' 리듬과 '내재적인 강건'을 지녔다는 평가를 받았던 것처럼,[60] 황순원은 『단층』 제4호(1940.6)에 동인으로 합류한 시점에

---

58 김조규, 「찢어진 포스타가 바람에 날리는 풍경」, 발표지 미상(작품은 연변대 조선문학연구소 편, 앞의 책, 165~166면에서 재인용).

59 박남수, 「적치 6년의 북한문단」(1952), 『박남수 전집』 2, 한양대 출판부, 1998, 63~70면.

60 주요한은 당시 황순원의 시에 대해 "황순원 군 역시 힘의 노래를 부릅니다. 그도 또한 새시대의 부름을 받은 시인입니다. 그러나 그의 리듬은 거츨지 않고 순하며 난조가 아니요 조화입

도[61] 형식실험보다도 화자의 서정적 내면을 노래하는 데 집중하고 있다. 그는 자신의 꿈에 도달하지 못하는 답답한 마음을 바다에 대한 회한으로 풀어낸 「무지개가있는소라겁떼기가있는바다」, 억압받는 눈먼 소녀를 보고 퉁소(피리) 불기를 그만두고 그녀를 따라 어두운 뒷골목을 그만 빠져 나가겠다고 결심하는 청년의 심정을 노래한 「대사(臺詞)」 등을 발표했다. 특히 후자의 경우, '내재적인 강건'을 지녔다는 평가를 다시 한 번 떠오르게 하는 것으로『동광』에 발표했던 초기 시의 창작경향을 잇는 것이다. 『단층』에 투고한 이 두 편의 시는 황순원의 시 창작에 있어서 후기작품에 해당하는 것으로, 이로 미루어 소년시대의 이상에 대한 그리움과 자기신념에의 확인이라는 창작의 원점이 큰 변화 없이 유지되었음을 확인할 수 있다.

최초에 시작(詩作)으로 출발한 황순원의 문학적 행보는 해방과 1946년 3월의 월남 및 피난생활에 영향을 받아 일종의 단절과 시선의 전환을 맞는다. 그러나 황순원의 문학 입문 과정과 그 진행과정을 특히 서북의 청년문화운동사라는 맥락에 두고 검토하는 경우, 그간 전후(戰後) 중·장편소설을 중심으로 논의되어 온 황순원 문학론이 간과하고 있는 두 가지 역사적 맥락이 발견된다. 다시 말해 황순원의 경우 부친이 평양 숭덕학교 교사로 일하며 3·1운동으로 투옥되었던 것이나, 그가 숭덕소학교를 거쳐 1929년 15세 무렵에 정주 오산학교와 평양 숭실중

니다. 표면적이 아니요 내재적인 강건을 가졌습니다'라고 평했다. 요한, 「신시단에 신인을 소개함」, 『동광』 33, 1932.5, 2면.

61 『단층』 제4호는 김명석 교수에 의해 발굴된 바 있으며 영인본은 한국문학연구학회가 발행한 『한국문학 연구의 새로운 가능성』(국학자료원, 2001)에, 원본은 고려대학교 도서관에 소장되어 있다. 『단층』 4호에는 기존 구성원 이외에 황순원이 동인으로 참여했으며, 「무지개가있는소라겁떼기가있는바다」, 「대사(臺詞)」 등 두 편의 시를 발표한 것이 눈에 띈다. 1939년 와세다 대학 영문과를 졸업하고 귀국한 황순원이 『단층』에 합류한 것은, 숭실고보 동문이던 김조규의 중재로 이루어졌을 가능성이 있다.

학을 거친 것, 1930년에 이르러『동광』을 통해 문학 활동을 시작했다는 이력을 보았을 때 서북청년운동사의 이력을 그대로 밟고 있어, 해방 이전 서북의 인문지리를 이해하지 않고서는 논의할 수 없는 지점이 생기는 것이다.

우선 황순원 문학에 등장하는 동심의 역사적 맥락에 대한 재구의 가능성이다. 「소나기」로 대변되는 순수서정의 단편작가로서, 소년을 등장시킨 황순원의 단편은 입사소설의 전형으로 평가되어 왔다. 그러나 앞서 살펴본 김조규에게 소년시대의 열정과 순수에의 그리움이 그의 삶을 만주까지 이끌고 월북시인으로서의 삶을 살게 했듯이, 황순원에게도 소년시대에의 기억은 작가적 출발의 강력한 원점으로 남아 있는 것이다. 현실 속에서 잃어버린 소년의 이상에 대해 노래했던 시들은 그 근거라 할 수 있다. 그는 생전의 한 인터뷰에서 시에서 소설로의 전환 이유를 묻는 질문에, "소설 속에 더 넉넉한 시를 담을 수 있다는 생각을 하고 소설을 써왔다"고 대답한 바 있다.[62] 이때 그가 그려내는 소년시대의 순수성, 혼돈과 불안은 비단 유년의 화자와 성장소설의 서사라는 일반적인 문학론의 차원에서는 전모를 확인할 수 없다. 즉, 거슬러 올라가 오산학교와 숭실학교 등 서북 지역을 중심으로 만들어진 공동체주의 및 세계를 향한 보편지향성의 자취까지 나아가야 한다. 이는 한국문학사 내에서 발견되는 소년문학의 원형이랄 수 있으며, 독특한 성장의 경험을 논의할 바탕이 될 것이다.

다음으로는 황순원 소설을 관통하는 기독교적 주제의식의 역사적 맥락이다.[63] 장편『카인의 후예』(1953)를 비롯하여,『나무들 비탈에 서

62　「작가 인터뷰」,『작가세계』24, 세계사, 1995.
63　황순원 소설의 기독교적 주제는 류광현, 「황순원 장편소설의 기독교적 상상력 연구」(서울대 석사논문, 2010)에서 논의된 바 있다.

다』(1960), 『일월』(1962), 『움직이는 성』(1968), 『신들의 주사위』(1982) 등 일련의 장편소설들은 신의 무능함 앞에서 고통 받는 인간의 삶과 이와 같은 상황에서 비롯되는 신 존재의 질문과 구원의 가능성이라는 주제의 형상화이다. 해방 직후 어느 '서북 지방'에서 일어난 토지 개혁과 그로 인한 지역민의 갈등을 그린 『카인의 후예』는 앞서 살펴본 김조규의 「찢어진 포스타가 바람에 날리는 풍경」에 등장하는 ""형제를 미워하라 / 이웃을 경계하라" / 아니면 칼을 받으라는 코란經 쯤의 呪文인가 / 카인도 낯을 붉힐 / 背理의 法典"이라는 부분의 절망과 상통하는 주제의식을 지니고 있다. 해방과 더불어 야학을 열고 그곳에서부터 새로운 시대로의 첫걸음을 내딛었던 야학교사 박훈은 자신을 지주 계급으로 몰아세우는 인민위원회와 대립 관계에 놓이게 되는 것이다. 작중에서 박훈의 분노는 자신의 뜻과 상관없이 지주라는 이유만으로 반동이자 원수로 몰리는 상황에 놓이고, 이로 인해 촌락의 주민들이 불안한 침묵 아래 서로를 경계하고 급기야 폭력까지도 발생하는 상황에서 생겨난다. 새로운 시대에 대한 박훈의 기대는 이로 인해 환멸로 변하고, 그는 '동족', '민족'의 범위를 다시 생각하게 된다.

> 해방 후 두 번째인가 평양에 들어왔을 때였다. 거지가 다 된 일본인 하나가 고깃간 주인에게 날기름 한 조각을 조르는 것이었다. 아쉽지 않게 먹어오던 고깃기름을 얼마간 먹지 못해 자꾸만 속에서 그걸 요구하는 모양이었다. 그때 훈은 가엾다는 느낌보다도 너희들도 좀 혼이 나봐야 아느니라 하는 생각이 앞섰다.
>
> 그것이 오늘의 일본인은 달랐다. 그 정상이 가슴을 찌르는 것이었다. 훈이 선만고무공장이름을 깜박 잊어버린 것도 이 때문인지 몰랐다.[64]

촌락에서 겪었던 갈등으로 인해 박훈은 조선인과 일본인이라는 '민족' 중심의 구도를 벗어나 고통 받는 인간이라는 '영도(零度)의 지점'에 선다. "背理의 法典"이라 이를 만한 율법의 세계를 벗어나 범인류적인 시각을 획득하게 되는 것이다. 이 대목에서 평양 지역의 '선만고무공장'의 이름을 잊었다는 서술이 굳이 등장한 것은, 평양 지역으로 대변되는 민족주의운동에서 작가 황순원이 그 순간 배타적인 집단성을 발견했는 뜻으로 풀이해볼 수 있다. 이 소설은 황순원에게 있어서 인류사적 보편성 속에서 한반도의 역사와 인간 군상을 조감하고, 기독교적 사랑과 이를 통한 구원을 갈등의 해법으로 제시하는 일련의 장편소설의 원형에 해당한다. 그러나 그가 지역사, 민족사를 벗어나 범인류적 차원의 독해를 모색했다고 하더라도, 투쟁이 아닌 화합과 사랑을 통해 구현되는 공동체의 구원이라는 주제는 결국 서북지식인의 보편지향성이라는 전통 속에 놓여 있는 것이다. 황순원에게 있어서는 이와 같은 자기신념에의 확보방식이 먼 길을 우회하여 원점으로 회귀하는 형상을 띠고 있는 것뿐이다.

김조규와 황순원의 문학적 행보는 한국문학사에 있어서 한반도 서북의 지역사와 문학사상사가 비단 근대문학뿐만 아니라 분단문학사에 이르기까지 영향을 미친다는 점을 보여준다. 일군의 서북청년들이 구상했던 보편적 공동체의 구상은 해방 이후 남과 북이라는 전혀 다른 이념체계를 선택하여 살아가게 된 두 명의 서북청년의 문학에서 '소년시대'의 순수라는 삶의 정향으로, 사랑으로 연결되는 탈-율법적 보편 공동체에의 지향성으로 자취를 남기고 있는 것이다.

---

64 황순원, 『카인의 후예』(1953), 『황순원 전집』 6, 문학과지성사, 1990(재판), 302~303면.

민족 / 문학의 틈새와 서북문학이라는 시선

1.

　이 책에서는 한반도의 서북 지역의 정치사회적 특수성 및 종교적 편향을 바탕으로 형성된 공동체 이상주의를 서북의 로컬리티라 명명하고, 이와 같은 지역 공동체의 이념이 서북문인의 문학론 및 문학운동에 미친 영향을 알아보았다. 한반도 변방의 국경 지대로 상업과 문화 교류의 중심지였으나, 전통적인 권력 구도 내에서는 소외되었던 서북 지역은 개화기에 교육과 식산(殖産)을 과제로 한 자강론 및 실력양성론을 내세우며 근대화 담론을 주도하게 된다. 한국 근대문학 초창기의 주요 작가들이 평양, 정주, 진남포 등 평안도 지역에 연고를 두고 있다는 점은 서북 지역이 근대화론의 선두 주자였다는 상황과 밀접한 관련을 맺는다.

　특히 이 글의 논의는 평안도 지역이 조선시대 이후 단일통치체제 내에서 집단적 동질성을 의심받는 위치, 즉 '내부의 외부'로서 '로컬'의 위상을 내재화했다는 점에 주목하고 있다. 개인과 집단, 지역 사회와 민족, 민족과 세계 등 특수자와 보편자의 포함 관계가 재생산되는 가운데, 서북 지역은 배타적 폐쇄주의로 환원되기 쉬운 중앙집권적 획일성의 폐단을 일찌감치 체험한 경우에 해당된다. 이 때문에 서북문인의 문학론 및 문화운동은 특수자와 보편자의 공존 가능성을 모색하는 성격을 띤다. 가령 문인의 자질이란 개성(특수자)과 공동체(보편자)의 신념을 동시에 구현하는 '보편적 주관'의 형상을 이상으로 삼는다. 서북 지역에서 유독 강세를 보였던 기독교나 천도교 등은 지역 문화에 종교적 사유와 언어의 맹아를 심어 놓았다는 점에서 중요하다. 개성의 자각으로부터 자발성을 획득하되 그 소명을 공동체주의의 실현에 두는, 이른바 '자각한 메시아'로서의 지식인상이 보편화되고 이는 곧 '보편적 주관'의 존재론과 등가를 이룬다. 공동체를 위한 자발적 헌신이라는 자기 구속의 방식은 춘원 및 『창조』파 동인은 물론, 오산학교 및 대성학교를 중심으로 확산된 도산 안창호의 청년 운동 그룹, 민족주의운동을 동시에 실천했던 종교운동 그룹 등 서북 지역 지성사에서 공통적으로 확인할 수 있는 사안이다.

아울러 이 글에서는 한일합병으로 인해 주권을 상실하고 사실상 통치 제도로서의 국가가 사라지면서 '지역'이 곧 세계와 만나는 단위가 되었다는 점을 주목했다. 국가를 '탈환'의 대상이기보다 '건설'의 과제로 보는 시각 역시, 오랜 기간 왕과 귀족 중심의 체제에 절망하고 개혁의 욕구를 키웠던 서북 지역의 특수성에서 나온 결과이다. 로컬의 숙원(宿怨)에서 기인한 탈-계급적·탈-지역적 공동체를 향한 이상은 민족국가의 건설이라는 시대적 과제와 연결된다. 서북인들은 과거 고조선 및 고구려의 도읍으로서의 지정학적·정신사적 정통성을 확립하려는 한편, 평양에서 기원하여 서간도·만주 등의 중국 대륙, 미주와 유럽 대륙으로 확장되는 코스모폴리탄의 역동성도 함께 보여준다. 이와 같은 확장성의 바탕에는, 서구 문명과의 교류는 물론 일군의 망명자, 유학생, 이민자 등 식민지화 과정에서 벌어진 민족의 이산 현상이 놓여 있다. 평양에서 발원한 공동체주의가 민족국가론으로 수렴되지만 동시에 문명지리학의 성격을 띠는 것이나, 서북 지역의 이념적 지향이 비단 지역 문학론에 머물지 않고 한국 근대문학의 보편성 문제로 연결되는 이유는 이 때문이다.

특수자와 보편자의 공존 상태를 지향하는 '보편적 주관'의 이상, '지역'에서 시작된 탈-계급·탈-영토적 민족공동체의 이상 등을 이 책에서는 서북 지역 로컬리티의 속성으로 보고, 서북문인의 문학론 및 문학운동과의 상관관계를 서북 지역의 시공간론(제1부), 청년운동론(제2부), 민족문학운동사(제3부) 등을 통해 구체적으로 확인해보고자 했다.

제1부에서는 한일합병을 전후하여 서북 지역의 시공간의 성격이 어떻게 재편되는지 논의하였다. 1906년 서북인의 정치적 약진의 결과로 나타난 『서우』와 남강 이승훈의 역사관을 바탕으로, 서북인이 변방인에서 '민족'의 생존을 이끌 선지자로 변모하는 과정을 이야기한다. 도산 안창호의 신민회운동은 교육·식산을 주축으로 한 실력양성론의 실현방식이었으나 한일합병으로 인해 중단된다. 신민회운동은 사회진화론의 위기의식 속에서 주체적으로 공동체의 미래를 준비하려는 공동체적 체험이었다. 대성학교·오산학교에서 자라난 후세대는 한일합병 이전, 신민회 세대가 열어 놓은 공동체적 장(場) 속에서 불안의 그늘이 없는 미래를 보유했던 시절을 '소년시대', '중학시대', '유년시대' 등의 용어로 기억하고 있다. 그러나 한일합병으로 주체적 미래상에 대한 전망이 유보되면서 신민회 세대의 민족운동 시절은 다시 재현해야

만 하는 과거, 이른바 '지나간 미래' 혹은 공동체적 유토피아의 시간으로 자리 잡는다. 서북 지역의 종교적 사유와 언어 속에서 형성된 공동체 이상주의는 유보된 미래 자체를 신앙의 대상으로 만들고, 이에 현재는 미래를 위해 견뎌야 할 인고의 시간이 된다. 다시 말해 현실의 직선적 시간과 유리된 순환적 시간 구조가 형성되는데, 이로써 문학적 상상을 위한 시공간이 탄생하게 되는 것이다.

본문에서는 특히 평양, 정주, 대동강 등 서북 지역의 표상을 담아낸 작품을 검토하고, 이로써 근대문학에서 서북의 인문지리가 어떤 의미로 이해되고 있는지 검토하였다. 서북문인에게서 문학의 출발은 도산 세대의 문화운동에 참여하거나 그 영향권에 놓인 후세대로서 '소년시대'의 유토피아를 회고하는 순간과 겹쳐져 있다. 가령 춘원의 『무정』은 영채와 평양 대동강가의 청년들로 대변되는 과거의 강력한 견인력을 바탕으로 각자의 현재적 역할을 확인하는 청년들의 이야기다. 즉 서북문인의 작품에 등장하는 서북 지역의 표상은 자신이 발 딛고 선 현재 지점의 좌표 및 청년 세대의 역할을 확인하도록 만드는 정신적인 기원으로 기능한다. 평양은 소년시대의 이상이 어린 유토피아적 공간으로 묘사되지만, 현실의 정치적 여건에 의해 그 성격이 변질되고 이에 작가의 성향에 따라 그리움의 대상이 되기도 하고 비판의 대상이 되기도 한다. 정주는 도시인 평양에 비해 유교적인 전통이 강했던 지역으로 지역성 자체보다는 오산학교를 중심으로 해당 지역에서 배출된 청년 지사들의 계보가 엮이고, 이것이 전통으로 각인되는 장소가 된다. 대동강은 평양에 속한 지역이지만, 공적 영역에서 분리되어 자신의 내면을 고백하고 관조하는 서정적 공간이 된다. 자신을 비추고 비판적으로 관조하는 거리가 확보되는 각성의 순간은 유토피아의 실현을 믿었던 소년시대의 이상에서 깨어나 현실 감각을 회복하는 성장의 순간과도 같다. 특히 김동인에게 대동강은 서북청년의 이상이 집약된 장소이자 그 무리에서 벗어난 개인으로서의 비판적 관조가 가능한 장소라는 이중적 의미를 갖게 되면서, 청춘을 삼키는 괴물이라는 평가를 얻기에 이른다.

제2부에서는 이광수 및 『창조』파의 문학론을 바탕으로, 개성의 자각과 공동체적 신념의 결합이라는 '보편적 주관'의 논리가 도산 안창호의 청년론이나 기독교적 언어관에 의해 확산되고 있음을 확인하였다. 대성학교나 흥사단의 규율에서 확인되는 도산의 청년론은 정신수양의 측면을 강조하고 있다. 정치적 상황의 전략 문제보다 지도자로서의 자격 조건을 강조했던 것, 개인의 윤리적인 자질 문제를 강조했던 것이 도산식 사상교육의 핵심이다. 도산의 무실역행 사상에서 대외적 돌발 변수를 통제하는 의지는 전적으로 인격적 완성을 향한 개인의 신념과 수련에 달려 있다. 이는 기독교적 관점에서 본다면 자신의 신앙에 의존하여 현세적 수난을 견디는 순교자 혹은 사도의 형상과 유사하다. 실상 춘원을 비롯하여 『창조』의 동인들은 문학을 신념의 형식으로 수용했다는 공통점이 있다. 기존 연구에서 『창조』 세대는 춘원의 부정과 극복이라는 시선에서 분석이 되고 있으나, 이들 두 세대는 모두 청년의 존재의의를 민족적 유토피아를 실현한다는 역할론에 두고 그 신념의 수행방식으로 문화운동을 선택했다는 공통점을 지니며, 도산 사상과 기독교를 주축으로 하는 서북 지역 민족주의 문화운동권의 자장에 놓여 있었다.

춘원은 도산의 문화운동론을 계승하되 이를 종교적으로 교조화하여 받아들인 경우에 해당한다. 그는 동경 유학 기간에도 청년학우회 운동에 직접 참여했던 것으로 보이며, 오산학교에 재직한 것 역시 신민회 활동의 일환이었던 것으로 추측된다. 오산학교를 떠나 상해로 향했던 그의 방랑은 무목적인 것이 아니라, 당대 서북청년이 대개 그러했듯이 상해를 거쳐 미국으로 유학을 떠나려는 여정의 일환이었다. 상해 임시정부와 흥사단 원동지부 활동 등을 거치고 국내에서 수양동우회를 결성하기까지 춘원의 행보는 도산의 조력자 역할을 담당한 것이다.

전영택은 도산 계열의 민족주의운동 세력과 기독교 문화운동 세력을 잇는 교량의 역할을 담당한다. 신학과 문학 사이에서 방황하던 그에게는, 3·1운동 이후 집단적 죽음이 현실적으로 벌어지는 가운데 '인위적인' 문학을 창작한다는 것이 현실적인 압박으로 다가왔다. 그는 문학적 이데아와 신학의 이데아가 '사랑'이라는 이념으로 통합된다는 결론을 통해 문학과 화해한다. 그가 이 시기에 선택한 대중적 기독교 문학운동에의 신념은 해방 이전은 물론 해방 이후에 사재를 털어 개인잡지를 발간할 정도로 끈질긴 것이었다. 전영택 역시 문화운동을 통해 자신의 신념을 입증하는 것으로 청년시대의 소명을 다하고자 한 유형에 속한다. 그러나 그 신념의 원천을 기독교 민족주의의 신적인 목소리에 두고 있기에 전영택의 소설은 갈등 구조가 깊어지지 못한다. 신적 계시를 대신한 노래, 기도 등이 서사에 섞이기 때문에 그의 창작물은 소설이 아닌 에세이 혹은 콩트의 성격에 가까운 것이 된다.

주요한은 춘원과 더불어 도산의 민족운동에 전적으로 조력한 인물 중 하나다. 그는 서북의 기독교 민족주의를 사상적으로 흡수하기보다 정치적인 언어의 일환으로 인식한 경우에 속한다. 언어에 특히 민감했던 그가 상해 『독립』신문에 발표한 일련의 시들은 기독교적 수사를 이용하여 3·1운동의 신성성, 도래할 구원의 날을 고대하는 수난자의 목소리 등을 모방한 것이다. 동시에 그는 자신의 내면을 고백할 때에는 일본의 시단에서 배운 이미지즘의 수사를 고집했다. 주요한의 언어 감각은 이렇듯 정치적인 수사 전략의 구현에 가까운 것이었는데, 이는 훗날 자신의 언어를 모두 모방에서 얻은 것이라 부인하고 『조선문단』을 통해 민요론을 개진하여 '노래'의 차원부터 조선시가의 출발점을 다시 설정하자고 제언하게 되는 결과를 낳는다.

김동인은 도산의 사상이나 춘원의 사상에 공명하지 않았지만, 수양동우회 평양지회의 책임자였던 형 김동원이나 춘원 및 주요한 등 도산 계열 민족주의자들과 얽혀 있었고, 그들의 활동 근거지였던 평양의 자장에서 벗어나지 못했다. 유아독존적인 예술지상주의자로 알려진 면모와는 달리 일본 동경 유학기 김동인의 문학론은 세계에 자아를 개방하여 신인합일의 경지를 이루고, 이와 같은 힘에서 비롯된 문학운동을 곧 공동체의 발전으로 이어간다는 에머슨류의 초월적 생명론을 추종하고 있었다. 당시 『창조』의 동인들은 이와 같은 기독교적 초월주의의 영향하에서 민족문화운동론을 구상한다는 공통의식을 지니고 있었다. 말하자면 문학은 '신의 속삭임'으로 세계를 바꿀 복음의 일종이었다. 그러나 3·1운동이라는 구체적 죽음의 현장은 정치적 순교자와 문학적 쾌락주의자라는 폭력적 대치구도를 만들어낸다. 세계가 선이라면 문학은 악이다. 이에 따라 『창조』의 동인들이 신성성의 우선 순위를 재배치하는 가운데 김동인은 본래 자리에 남아 문학의 신성성을 입증하려 든다. 그러므로 그의 유아론적 예술지상주의는 '보편적인 선'에의 저항 담론의 일환으로 발언된 것이며 위악적인 성격을 띤다. 이때 저항성이란 김동인 자신이 성장한 평양 지역 청년운동에 내재된 공동체적 이상주의의 교조화 경향에 대한 반발로 표출되며, 이에 김동인의 '창조론'은 곧 신과 겨루는 '힘'의 획득이라는 방향으로 정향된다.

제3부에서는 서북문인이 주도했던 『조선문단』과 『동광』을 중심으로 서북 지역의 탈지역적 보편지향성이 민족의 이산 현상과 아울러 문명지리학적 구상으로 나타났음에도, 국제 정세의 변화로 인해 곧 좌절

되고 마는 양상을 1920년대 민족주의 문학운동과 더불어 논하였다. 초기 『조선문단』의 창간은 전영택과 방인근으로 대변되는 기독교문학운동 세력과 춘원 및 주요한으로 대변되는 상해 흥사단 원동지부의 제휴라는 의미에서 접근해 볼 수 있다. 이들 『조선문단』의 창간 세력이 당대에 가장 주력했던 민족운동 사업은 국내의 농민, 서북간도 및 만주 등의 난민과 이주자 등을 대상으로 한 이상촌운동이었다. 이는 국가적 보호를 받지 못하는 민족구성원의 보호책이면서 동시에 식민지 치하에서 실행에 옮기지 못했던 신민회의 이상, 즉 실력양성을 통한 민족국가 건설이라는 공동체적 이상을 실현하는 차원에서 모색된 것이다. 『조선문단』을 주재하면서 춘원은 문학강좌, 민요론, 한글론 등을 개론의 수준부터 다시 논의하는 장을 만드는데, 이는 국경 너머의 조선인들을 포함하여 민족공동체의 연대를 유지하기 위한 전략의 일환이다.

특히 주요한과 춘원에 의해 제시된 민요론은 두 가지 차원에서 그 제안의 맥락을 재구해볼 수 있다. 첫째는 상해의 정치운동이 한계에 부딪힌 가운데 국내에서 민족운동의 여지를 창출해야 한다는 절박함이다. 기독교의 찬미가와 창가의 감성으로 문학을 터득한 춘원과 주요한은 민요론을 통해 음성언어의 직접적인 호응을 끌어내려 하였다. 물론 이는 문자 형식으로 정착된 신시로는 직접적인 대중의 공감을 끌어내가 힘들다는 반성에서 기인한 것이다. 둘째 조선인으로서의 정서를 서구적인 언어로밖에 표현하지 못한다는 한계를 인식하고, 원점에서부터 문학의 언어를 마련하고 배운다는 의도에서 시도된 것이다. 찬미가와 창가라는 시적 원류를 근본에서부터 거부한 것이다. 이는 당대 프로문단의 대두로 인해 상대적으로 '민족주의' 자체를 논리화할 필요가 있었으나, 민족문학 진영에는 최소한의 언어조차 마련되어 있지 않았다는 사정에서 비롯된다. 때문에 당대 제출된 조선혼, 조선심 등은 뚜렷한 내용이 있다기보다는 이와 같은 필요성의 자각 자체를 가리키는 개념이다.

　이후 춘원과 주요한은 『동광』을 창간하면서 『조선문단』의 초기 필진을 흡수하고 도산의 청년수양운동을 전파한다. 그러나 『동광』은 흥사단 국내지부인 수양동우회의 기관지로 창간되었지만 국내의 정치적 사정으로 인해 내분을 겪는다. 본래 도산 세대가 열어 보인 청년의 세계란, 최남선의 『소년』지에서 드러나듯이, 세계에 대한 모험심과 세계에 대한 백과사전적 지식욕으로 무장한 명랑성을 담지하고 있었다. 오산학교와 대성학교 학생들의 경우 상해로 망명한다는 것은 민족을 위한 독립운동에 투신이라는 비장한 명분을 실천으로 옮기는 일이기도 했지만, 다른 한편으로는 상해를 거쳐 유럽이나 미국으로 유학의 길을 모색하는 과정이기도 했다. 외국 유학을 통해 학식을 쌓고 견문을 넓히는 일은 적어도 실력양성론의 입장에서는 개인의 입신출세가 곧 민족의 발전으로 직결된다는 논리 속에 장려되었던 것이다. 『동광』의 초기 지면은 이들 유학생들이 전해 온 외국 문물에 대한 체험기와 새로운 지식이 전달되는 장이었다. 그러나 도산의 투옥과 중일전쟁 등, 정치적 여건이 변화하면서 유학생의 목소리는 점차 설 자리를 잃고, 대신 국내 학생문단의 목소리가 커진다. 특히 1930년을 전후하여 신간회가 해소되고 중국과 일본의 관계가 냉각되면서 제2차 세계대전의 발발 조짐이 보이자, 『동광』을 주도하던 흥사단 세력은 다시금 제1차 세계대전 직후와 같은 흥분에 휩싸인다. 국내에서의 소모적 투쟁보다 국제 정세의 변화를 기민하게 살펴 기회를 포착하고, 단합된 민족의 힘에 의해 그 기회를 놓치지 않는 것이 곧 독립의 방법이라 생각했던 도산이나 춘원의 실력양성론에 따르면 당연한 귀결이다. 도산, 춘원, 주요한 등은 일제히 청년을 향해 때가 도래했음을 환기시키고 있으며, 『동광』의 학생문단은 전략적으로 활성화된다. 이 시기『동광』의 학생문단을 통해 두각을 나타낸 세대가『단층』으로 대변되는 평양 숭실학교, 광성고보 출신의 작가들이다. 이들은 모두 청년의 시대적 소명과 전통과의 연계를 강조하는 선동적인 시를 썼다. 숭실학교 출신의 김조규와 황순원은 대표적인 예로서 해방 이후 김조규는 사회주의를 선택하여 북에 남아 시를 쓰고, 황순원은 월남하여 소설 창작에 몰두하게 된다. 이는 한국전쟁을 계기로 엇갈린 두 서북청년의 상반된 삶의 형식을 보여준다.

    2.

문화운동이 곧 정치사회운동으로 직결된다는 서북지성사의 특징은 엄밀히 말해서 문화운동을 정치사회운동의 수단으로 활용한다는 의미가 아니라 문화운동을 정치사회운동과 동일시했다는 의미로 설명할 수 있다. 이 두 표현은 유사해보여도 전혀 다른 해석의 장을 열어 준다는 점에서 차이가 난다. 전자의 표현은 근대문학의 엘리트 계몽주의나 국민국가를 완성시키기 위한 제도적 문화정치에 관한 논의로 이어지기 쉽다. 이러한 시각은 표면적으로는 문학과 정치의 분리를 인정하지 않는 듯이 보이지만 내적으로는 문학과 정치의 경계를 가정하지 않으면 성립하기 어렵다. 무엇이 다른 무엇의 '수단'이나 '도구'로 활용된다는 시각은 기본적으로 두 대상이 서로 다른 목적과 용도를 지녔다는 점을 전제하기 때문이다. 이때 표면적으로 발화되지 않은 채 은폐된 '문학적 영역'이란 '순수 문학'으로 추상화될 수도 있고 단지 '정치적이

지 않은 문학'이라는 부정형으로만 존재할 수도 있을 것이다. 문제는
이 추상 내지는 부정형의 여백과 문학과 정치의 영역을 넘나든 작가가
만날 때 발생한다. 결국 정치적 영역에의 가담이란 어떤 형태로든 '문
학적 변절'일 수밖에 없기에, 당초 문학과 정치의 비분리성을 전제하
고 시작된 논의가 실상은 정치로 인해 문학이 훼손당하는 양상을 조망
하는 이율배반적 전개를 낳는다. 요컨대 정치사회운동의 수단으로서
의 문화운동론이라는 시각은 이미 출발부터 구조적인 제약을 떠안고
출발하기 쉽다는 것이다. 논리적인 구조로 본다면 극단적인 순문학 옹
호론과 극단적인 문화정치론은, 마치 서로 반대항에 서 있는 듯이 보
이지만 각기 서로에게 의지하여 자기 영역을 확보한다는 점에서 상호
반영적이고, 그러므로 언제나 상대를 의식하여 교조화될 위험성을 안
고 있다.

　반면 서북인들은 문화운동을 정치사회운동과 동일한 것으로 봤다
고 표현한다면, 문화운동을 어떤 방식으로든 자신이 속해 있는 공동체
에 참여하는 방식으로 생각했다는 관점이 열린다. 즉, 현실에 참여하
는 문화운동 세력의 주체성과 자발성에 대한 해석의 장을 열어주는 것
이다. 한국 근대문학 연구에 있어서 한반도 서북 지역이 흥미로운 이
유는 단지 그곳이 유명한 근대 문인들의 고향이기 때문만은 아니다.
종교가가 정치가였고 상인이 교육자이며 시인이 무역업자였던 이 땅
의 특징이 보여주듯, 서북은 정치, 종교, 경제, 문화 등 제 영역의 목적
과 용도마저도 무화시켜버리는 강력한 이상주의의 지배를 받은 영토
이며 바로 그 이상주의가 초기 한국 근대문학 작품과 문인 집단을 생
성한 토양이 되었기 때문이다.

　이때 '공동체'라는 말을 '민족'이라는 용어로, '공동체 이상주의'를
'민족주의'로 대치하는 과정에서는 신중한 접근이 필요하다. 민족문학

은 흔히 '민족국가'적 정체성을 대체하는 관념적 산물로 이야기된다. 이른바 '신'이 빠져나간 자리를 대체하여 '신적 성상'의 환영을 제공하는 대리물이라는 것이다. 이와 같은 관점은 베네딕트 앤더슨의 언어민족주의론에 이르면, 민족문학의 언어적 구조물이 곧 민족국가라는 동일화로 발전한다. 그에 따르면 민족문학은 공동체의 영역과 공동체의 언어라는 확고한 관념에 의존하고 있어서, 스스로를 '인류'의 차원에서 '국민' 혹은 '민족'으로 구분하여 제한하려는 운동성을 갖는다. 그의 논의는 '민족국가'이라는 절대적 심급에 대한 맹목적인 신념이 창출되고 개성을 집단화시키는 기전을 구명한다는 점에서 문화민족주의의 발생과 권력화에 대한 경계심을 불러일으키는 것임에 틀림없다. 그러나 앤더슨의 문화민족주의 이론은 문화민족주의의 발생 단계별 혹은 유형별 구분이 전제되지 않는 한 단조로운 도식의 재생산을 낳을 우려가 있다. 가령 언어를 수단으로 삼아 자기 집단을 인류로부터 분리하려드는 차원의 '민족국가'와, 언어를 수단으로 자기 집단을 인류에 합류시키려 드는 차원의 '민족국가'는 동일한 개념일 수 없다. 근대의 민족주의와 원형적인 민족주의를 나누어 논의하는 홉스붐(E. J. Hobsbawm)의 접근이 보다 합리적으로 보이는 것은 이 때문이다. 원형적인 민족주의는 집단적인 배타성과 개성을 말살한 획일주의의 기제이기 이전에, 파편화된 개인들의 사고를 공동체적 사고로 전환하는 기제가 된다. 이 원형적인 민족주의 단계에서 소환되는 민족문학의 언어나 노래란 배타적 집단성의 승인이기에 앞서 공동체적 이상주의를 실현할 매개에 가깝다. 홉스붐은 원형민족주의 단계에서 나타나는 언어란, 인종이나 국가의 동일성의 표지이기 이전에 타자와의 소통을 위한 가장 기본적인 '수단'으로 사용되는 것임을 강조한다.* 이를 1920년대 민족주의 문단의 정치적 감각에 적용시켜 본다면 어떻게 될까. 예컨대 초기『동광』을 지배하는 유학생의 명랑성과 후기 『동광』의 국내 학생문단의 비장함은 사뭇 대조적이다. 서북문단의 전개라는 시각에서 읽어볼 때, 『동광』은 진화론적 세계관에서 발원한 인류의 진보에 대한 믿음과 그에 합류하기 위한 방안으로서 선택된 실력양성론이라는 처방이 적어도 1920년대 후반까지 지속된다는 것을 보여준다. 그러나 1930년대 중일전쟁을 계기로 세계대전의 조짐이 감지되자 다시금 세계재편성의 흐름 속에서 민족적 생존을 사수하기 위한 배타적인 태도가 우세해진다. 즉 배타적 집단주의로의 전환은 인류 공동체의 평화적 진보에 대한 낙관주의가 환멸로 바뀌는 지점에서 시작된다. 지역 사회에서 국가, 다시 국가에서 인류로 이어지는 보편적 이상주의가 현실에서 그 권위를 잃는 과정은 곧 인류 공동체를 향한 이상의 상실 과정이기도 하다. 그러므로 문화운동과 정치사회운동의 동일성을 중심으로 한 서북발(發) 민족주의문학론의 검토는 한국근대민족주의문학의 원형적 출발점을 재론하는 작업이 된다.

　서북문인의 문화운동이란 단순히 고향을 모티프로 삼은 문학창작에 있지 않았다. 그것은 구체제를 계급 간 차별과 억압, 통치적 무능과 제도화된 수탈의 역사로 규정했던 서북인이 근대 이행기를 전환점으로 삼아 새롭게 수립하고자 했던 공동체 이상주의의 실천방식이다. 교육과 식산(殖産) 중심의 실력양성론, '참'을 원리로 삼는 무실역행(務實力行)의 도산 사상, 기독교적 사랑의 원리 등은 장차 도래할 공동체의 운영 원리와 윤리관을 모색하는 차원에서 등장한다. 문화운동이 곧 이상적 공동체의 건설, 나아가 인류 진보에 합류하려는 보편주의적 지향에 닿아 있다는 것은 서북인이 '지방색', '지방열'이라는 세간의 비판으로부터

---

*　　E.J. 홉스봄, 강명세 역, 『1780년 이후의 민족과 민족주의』, 창작과비평사, 1994, 68~110면.

스스로의 정당성을 확보하는 명분이 되었다. 서북인 집단이 보여준 '로컬'에의 극복, 즉 '탈-로컬'의 경향은 곧 세계주의(cosmopolitanism)이자 보편주의(universalism)로 명명할 수 있을 것이다. 그러나 동시에 서북 지역을 구시대와 변별되는 신시대의 기원이 열린 곳으로 기억하고, 문화운동의 동력과 정체성을 서북인 집단의 역사 속에서 찾는 태도 역시 유지된다. 서북인의 현실 인식 자체가 이미 통치체제론의 일환으로 전락한 단일민족론의 허구성을 체험한 변방인의 소외의식 속에서 마련된 것이기 때문이다.

공동체 이상주의와 변방인의 보편지향성으로 요약되는 서북의 로컬리티를 고려하여 민족문학을 재론한다는 것은 통치 이념에 그치는 단일민족론의 획일적 폐쇄성을 경험한 집단에서 재차 도출된 공동체 이상주의의 구현 양상을 살핀다는 것을 의미한다. 민족문학이란 "어떤 입장을 가진 것이건 간에 외부자의 시선에 의해 포착된 내부자의 문학이라는 성격, 곧 보편자에 의해 포착된 특수자라는 성격"을 지닌 것임을** 감안한다면, 이제 서북 지역 문학 연구의 의미는 다음과 같이 말할 수도 있겠다. '내부의 외부'로 존재했던 집단의 시선에서 포착된 민족문학, 즉 내부도 아니며 외부도 아닌 틈새에 위치한 자들이 모색했던 공동체론의 구상으로 민족문학을 읽는 작업인 것이다.

** 서영채, 「한국 민족문학론의 개념과 역사에 대한 소묘」, 『문학의 윤리』, 문학동네, 2005, 60면.

참고문헌

1. 잡지 및 신문

『西友』,『西北學會月報』,『大韓每日申報』,『皇城新聞』,『靑春』,『學之光』,『開闢』,『創造』, 『廢墟』,『靈臺』,『東光』,『朝鮮文壇』,『우라키』,『大平壤』,『斷層』,『新生命』,『眞生』,『새 사람』,『天道敎會月報』,『新人間』

2. 작가 관련 작품집 및 단행본

계용묵, 민충환 역,『계용묵 전집』2, 민음사, 2004.

김남천, 정호웅 · 손정수 편,『김남천 전집』I, 박이정, 2000.

김동인, 권영민 편,『김동인 전집』, 조선일보사, 1988.

김사량, 김재용 · 곽형덕 편,『김사량, 작품과 연구』1 · 2, 역락, 2008.

김소월, 김용직 편,『김소월 전집』, 서울대 출판부, 1996.

문일평,『湖岩史論選』, 탐구당, 1975.

_____, 이한수 역,『문일평 1934년』, 살림, 2008.

박은식, 백암 박은식 선생 전집 편찬위원회 편,『백암 박은식 전집』, 동방미디어, 2002.

박남수, 이유경 외편,『박남수 전집』, 한양대 출판원, 1998.

박영준, 이선영 외편,『만우 박영준 전집』4, 동연, 2002.

선우휘,『望鄕』, 일지사, 1972.

오천석,『외로운 城主』, 광명출판사, 1975.

이광수,『이광수 전집』, 삼중당, 1962.

이미륵, 전혜린 역,『압록강은 흐른다』, 여원출판사, 1959.

이석훈,「문학풍토기−평양편」,『인문평론』, 1940.8.

주요한, 『아름다운 새벽』, 조선문단사, 1924.

______, 『秋汀 李甲』, 대성문화사, 1964.

______, 『주요한 문집-새벽』I, 요한기념사업회, 1982.

전영택, 표언복 편, 『늘봄 전영택 전집』, 목원대 출판부, 1994.

한흑구, 민충환 편, 『한흑구 문학 선집』, 아시아, 2009.

현상윤, 기당 현상윤 전집 간행위원회 편, 『기당 현상윤 전집』, 나남, 2008.

3. 작가별 연구 단행본 및 논문

구인환, 『李光洙 小說硏究』, 삼영사, 1983.

권영민 편, 『김동인 문학 연구』 17, 조선일보사, 1988.

권희철, 「속삭이는 목소리로서의 '대동강'과 어머니 형상의 두 얼굴」, 『근대문학연구』 17, 한국근대문학회, 2008.4.

김봉군, 「춘원 문학에 나타난 宗敎意識」, 『論文集』 9, 성심여대, 1978.

김명석, 「『단층』 4호에 대하여」, 『현대문학의 연구』 16, 한국문학연구학회, 2001.2.

______, 『한국문학 연구의 새로운 가능성』, 국학자료원, 2001.

김영민, 「동인지 『창조』와 한국의 근대소설」, 『현대문학의 연구』 18, 한국문학연구학회, 2002.

김용성, 「민족사의 비극적 궤적을 따라간 삶과 문학(이석훈론)」, 『이주민열차(외)』, 범우, 2005.

김윤식, 「주요한론-근대시 형성의 내면풍경」, 『(속)한국 근대작가론고』, 일지사, 1981.

______, 「준비론 사상과 근대시가-주요한의 경우」, 『한국 근대문학사상사』, 한길사, 1984.

______, 『김동인 연구』, 민음사, 1989.

______, 『이광수와 그의 시대』 1・2, 솔, 1999.

______, 「증언으로서의 소설」, 『20세기 한국 작가론』, 서울대 출판부, 2004.

김은철, 「주요한의 삶과 시의 대응양식」, 『한국 문예비평 연구』, 한국현대문예비평학회, 2008.

김정훈, 「『단층』 시 연구」, 『국제어문』 42, 국제어문학회, 2008.

김현주, 「식민지시대와 '문명'・'문화'의 이념-1910년대 李光洙의 '정신적 문명'론을 중심으로」, 『민족문학사 연구』 20, 민족문학사연구소, 2002.

박수환, 「상해판 '독립신문' 소재 시가 연구」, 영남대 석사논문, 1989.

백　철 편, 『김동인 연구』, 새문사, 1982.

서영채, 『사랑의 문법』, 민음사, 2004.

신범순, 「김소월 시의 여성주의적 이상향과 민요시적 성과(2)」, 『관악어문연구』 33, 서울대학교, 2008.12.

양동국,「동경과 상해 시절 주요한의 알려지지 않은 행적―'서광시사'와 호강대학 시절을
　　　　중심으로」,『문학사상』 330, 문학사상사, 2000.4.
______,「三木露風와 주요한」,『일본학연구』 22, 단국대 일본연구소, 2007.9.
연변대학교 조선문학연구소 편,『김조규・윤동주・리욱』, 보고사, 2006.
윤재근,「「홍경래전」 연구」,『경기어문학』 4, 1983.
윤홍로,『이광수 문학과 삶』, 한국연구원, 1992.
이익성,『선우휘―근대사의 역동성과 문학적 변용』, 건국대 출판부, 2004.
장석원,「주요한 시의 발화 특성 연구」,『상허학보』 7, 상허학회, 2001.
정기인,「주요한 문학 연구」, 서울대 석사논문, 2006.
최시한,「김동인의 시점과 시점론」, 문학사와비평학회 편,『김동인 문학의 재조명』, 새미, 2001.
한승옥,『이광수 문학사전』, 고려대 출판부, 2002.
황종연,「낭만적 주체성의 소설」, 문학사와비평학회 편,『김동인 문학의 재조명』, 새미, 2001.

4. 기타 논의 관련 단행본 및 논문

권영민,『한국 민족문학론 연구』, 민음사, 1988.
______,『서사양식과 담론의 근대성』, 서울대 출판부, 1999.
김건우,『사상계와 1950년대 문학』, 소명출판, 2003.
김도형,『대한제국기의 정치사상 연구』, 지식산업사, 1994.
김상태,「근현대 평안도 출신 사회지도층 연구」, 서울대 박사논문, 2002.
김용직,『한국 근대시사』 상, 학연사, 1998.
노관범,「대한제국기 박은식과 장지연의 자강사상 연구」, 서울대 박사논문, 2007.
류철균,「1920년대 서도 지역 시가 연구―서도잡가와의 관련성을 중심으로」, 서울대 석사
　　　　논문, 1993.
박성란,「「패강랭」, 1937년 평양의 문화지리」,『플랫폼』 6, 인천문화재단, 2007.
박정규,「대한매일신보의 참여인물과 언론활동」, 한국 언론학회 심포지움 및 세미나, 한국
　　　　언론학회, 2004.
박찬승,『한국 근대정치사상사 연구』, 역사비평사, 1992.
박태호,「근대 계몽기 영토적 공간개념의 형성」, '2004 한국문화연구원 학술대회 : 한국의 근대
　　　　와 근대경험 II ―1900~1904, 계몽의 공백' 발표문, 이화여대 한국문화연구원, 2004.
박혜숙,「평북 정주 지역의 문학 풍토와 시인 연구」,『국어국문학』 120, 국어국문학회, 1997.12.
방민호,「김일엽의 불교 선택과 그 의미」,『한국 현대문학 연구』 20, 한국현대문학회, 2006.

백　철,『신문학사조사』, 신구문화사, 1980.

서영채,『문학의 윤리』, 문학동네, 2005.

서중석,『신흥무관학교와 망명자들』, 역사비평사, 2001.

선우휘,「두고온 산하－영원한 향수·정주」,『북한』, 북한연구소, 1972.

소영현,『문학청년의 탄생』, 푸른역사, 2008.

신용하,『박은식의 사회사상 연구』, 서울대 출판부, 1982.

______,『한국민족독립운동사 연구』, 을유문화사, 1985.

신주백,『만주 지역 한인의 민족운동사(1920~45)』, 아세아문화사, 1999.

심용진,「박은식의 자강사상에 관한 연구」, 성균관대 석사논문, 1991.

오세영,『한국 낭만주의시 연구』, 일지사, 1980.

윤인진,『코리안 디아스포라』, 고려대 출판부, 2003.

윤치호, 김상태 편,『윤치호 일기』, 역사비평사, 2001.

이명화,「도산 안창호의 이상촌운동에 관한 연구」,『한국사학보』8, 고려사학회, 2000.

이철호,「한국 근대문학의 형성과 종교적 자아담론」, 동국대 박사논문, 2006.

______,「근대소설에 나타난 평양 표상과 그 의미」,『상허학보』28, 상허학회, 2010.

장유승,「조선후기 서북 지역 문인 연구」, 서울대 박사논문, 2010.

전산초,『메풀 전산초 평전』, 플러스라이프, 2009.

정병준,『우남 이승만 연구』, 역사비평사, 2005.

정종현,「한국 근대소설과 '평양'이라는 로컬리티」,『사이(SAI)』4, 국제한국문학문화학회, 2008.

정혜영,「김동인 소설과 평양이라는 도시공간」,『현대소설 연구』13, 현대소설학회, 2000.

조규태,「천도교 인물열전 2－신문화운동의 논객 이돈화」,『신인간』564, 신인간사, 1997.

조남현,『한국지식인 소설 연구』, 일지사, 1984.

______,『소설신론』, 서울대 출판부, 2004.

______,『한국 현대작가의 시야』, 문학수첩, 2005.

______,「이돈화 사상의 형성과 전개」,『시대정신에 합일된 사람性 주의』, 범우, 2007.

조연정,「평양의 경향」,『한국문학 연구』38, 동국대 한국문학연구소, 2010.6.

조현욱,「오산학교와 서북학회정주지회」,『문명연지』3(1), 한국문명학회, 2002.

차웅렬,「천도교를 빛낸 별, 夜雷 李敦化」,『신인간』616, 신인간사, 2001.12.

최덕교,『한국잡지백년』2, 현암사, 2004.

최삼룡,『재만 조선인 친일문학 작품집』, 보고사, 2008.

황민호,『일제하 만주 지역 한인사회의 동향과 민족운동』, 신서원, 2005.

허　수,「1920년 전후 이돈화의 현실인식과 근대철학수용」,『역사문제 연구』9, 역사문제연구소, 2002.

몽배원(蒙培元), 홍원식 외역, 『성리학의 개념들』, 예문서원, 2008.

옌푸[嚴復], 양일모 외 역주, 『천연론』, 소명출판, 2008.

우스이 요시미, 고재석·김환기 역, 『일본 다이쇼문학사』, 동국대 출판부, 2001.

라인하르트 코젤렉, 한철 역, 『지나간 미래』, 문학동네, 1996.

슬라보예 지젝, 김정아 역, 『죽은 신을 위하여』, 길, 2007.

알랭 바디우, 현성환 역, 『사도 바울』, 새물결, 2008.

에릭 홉스봄, 강명세 역, 『1780년 이후의 민족과 민족주의』, 창작과비평사, 1994.

조르조 아감벤, 강승훈 역, 『남겨진 시간』, 코나투스, 2008.

칼튼 J.H. 헤이즈, 차기벽 역, 『민족주의』, 한길사, 1981.

토머스 헉슬리, 김기윤 역, 『진화와 윤리』, 지만지, 2009.

페르낭 브로델, 이정옥 역, 『역사학 논고』, 민음사, 1990.

__________, 강주헌 역, 『지중해의 기억』, 한길사, 2006.

Anthony D. Smith, edited by John Hutchinson & Anthony D. Smith, "chosen peoples", *Ethnicity*, New York : Oxford University Rress, 1996.

Sun Joo Kim, *Marginality and Subversion in Korea : The Hong Kyongnae Rebellion of 1812*, The University of Washington Press, 2007.

David Parkin, edited by Nadia Lovell, *Locality and Belonging*, London & New York : Routledge, 1998.

5. 서북지역사 및 종교운동 관련 자료

남강문화재단, 『남강 이승훈과 민족운동』, 남강문화재단 출판부, 1988.

도산사상연구회 편, 『안도산 전서』 하, 범양사 출판부, 1993.

민경배, 『한국 기독교회사』, 대한기독교서회, 1973.

_____, 『일제하의 한국기독교 신앙·민족운동사』, 대한기독교서회, 1991.

박현환, 『흥사단운동』, 대성문화사, 1955(단기4288년).

서정민, 『한국교회의 역사』, 살림, 2003.

서중석, 「한말 일제 침략 하 자본주의 근대화론의 성격—도산 안창호 사상을 중심으로」, 『한국근현대의 민족문제 연구』, 지식산업사, 1989.

안종철, 「한말~1920년대 조선인 자본가층의 형성 및 분화와 경제적 지향」, 성균관대 박사 논문, 1991.

오산70년사 편찬위원회 편, 『五山七十年史』, 오산70년사 편찬위원회, 1978.

오산100년사 편찬위원회 편, 『五山百年史』, 학교법인 오산학원, 2007.

오수창, 『조선후기 평안도 사회발전 연구』, 일조각, 2002.

윤경로, 『105인 사건과 신민회 연구』, 일지사, 1990.

______, 『한국 근대사의 기독교사적 이해』, 역민사, 1992.

윤춘병, 『한국기독교 신문·잡지백년사 1885~1945』, 감리교신학대 출판부, 1984.

이광린, 「개화기 서북 지방의 개신교」, 『한국 개화사상 연구』, 1974.

______, 「구한말 평양의 대성학교」, 『개화파와 개화사상 연구』, 일조각, 1989.

이만열, 『한국기독교 수용사 연구』, 두레시대, 1998.

______, 『한국기독교와 민족의식』, 지식산업사, 2000.

장규식, 『일제하 한국기독교 민족주의 연구』, 혜안, 2001.

______, 『민중과 함께 한 조선의 간디, 조만식』, 역사공간, 2007.

정준호, 「19세기 말부터 20세기 초반까지 서북 지역 개신교 발전에 대한 연구」, 장로회신학
        대 석사논문, 2010.

주요한, 『安島山全書』, 삼중당, 1963.

최현배, 「기독교와 한글」, 『신학논단』 7, 연세대 신과대학, 1962.

학교법인 인제학원 저, 『선각자 백인제』, 창작과비평사, 1999.

한국기독교문화연구소 편, 『베어드와 한국선교』, 숭실대 출판부, 2009.

한규완, 『개화기 한국기독교 민족교육의 연구』, 국학자료원, 1997.

홍사단사 편찬위원회, 『興士團五十年史』, 대성문화사, 1964.

내다니엘 페퍼, 김여제 역, 『한국독립운동의 진상』(1920), 국가보훈처, 1994.

리처드 베어드, 김인수 역, 『배위량 박사의 한국선교』, 쿰란출판사, 2004.

Chull Lee, "social sources of the rapid growth of the christian church in the northwest Korea
        : 1895~1910", Ph.D. Boston University Graduate School of Arts and Sciences, 1997.

James S. Gale, *Korean Sketches*, New York : F.H.Revell, 1898.

홍사단 자료 및 동우회 사건 경찰 조사 관련 기록 : 한국독립운동사정보시스템 (https://sear
ch.i815.or.kr)